西村真砂子
久富哲雄
編

奥の細道古註集成

1

〔一 漂泊の思い～二六 瑞巖寺〕

笠間書院

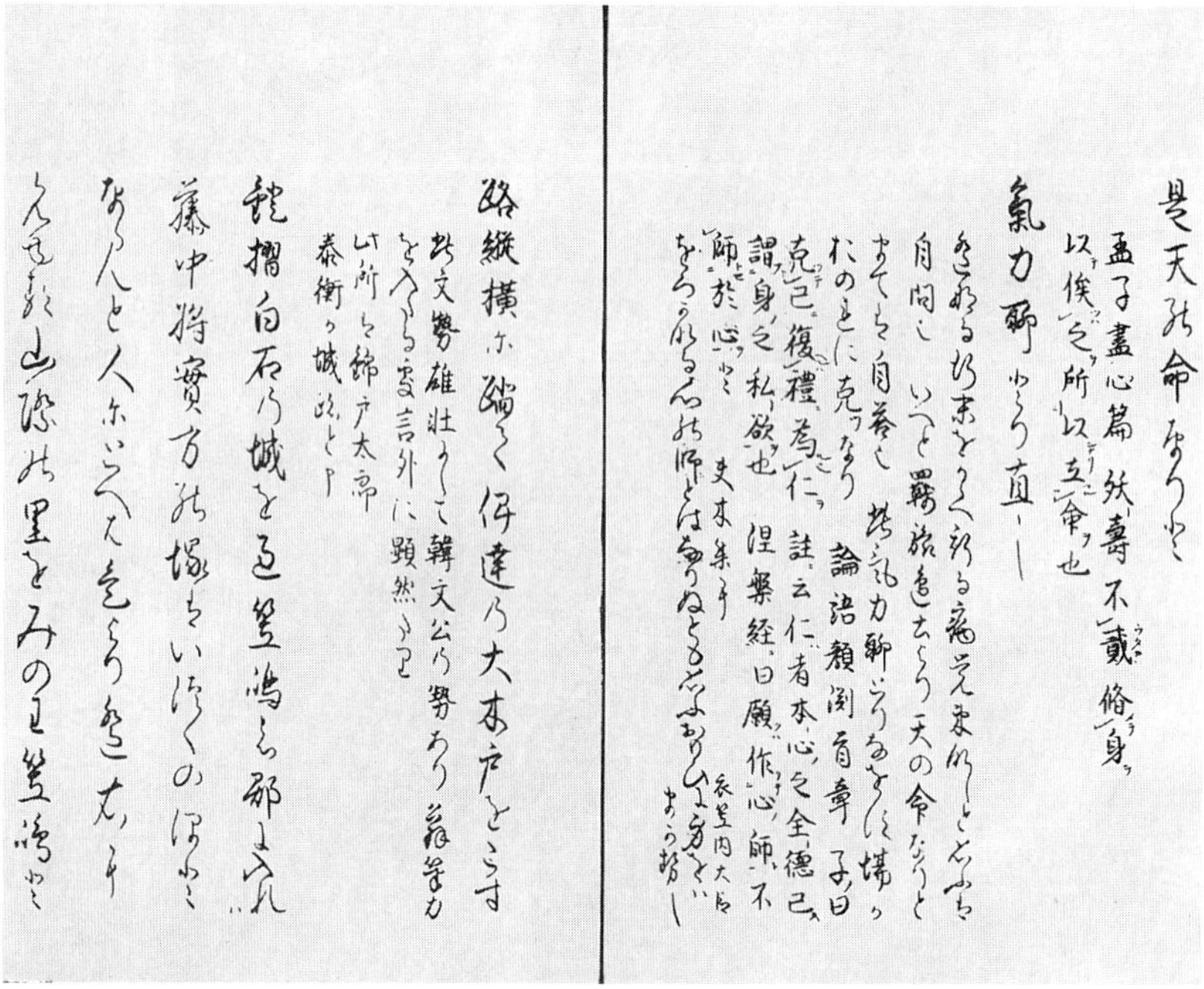

①『おくのほそ道鈔』（天理大学附属天理図書館蔵）

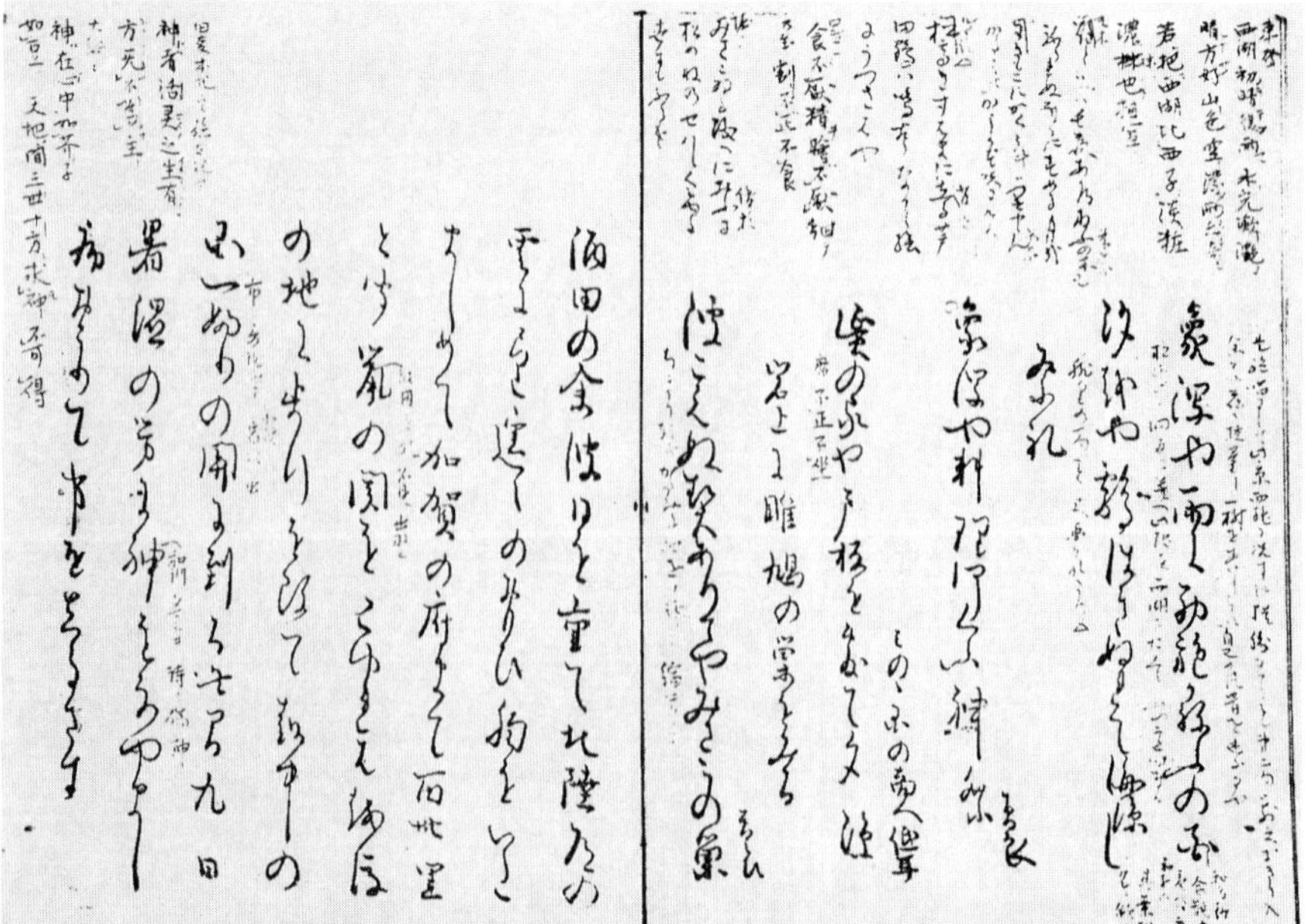

1

②　桃喬舎可常『おくのほそ道』（早稲田大学図書館蔵）

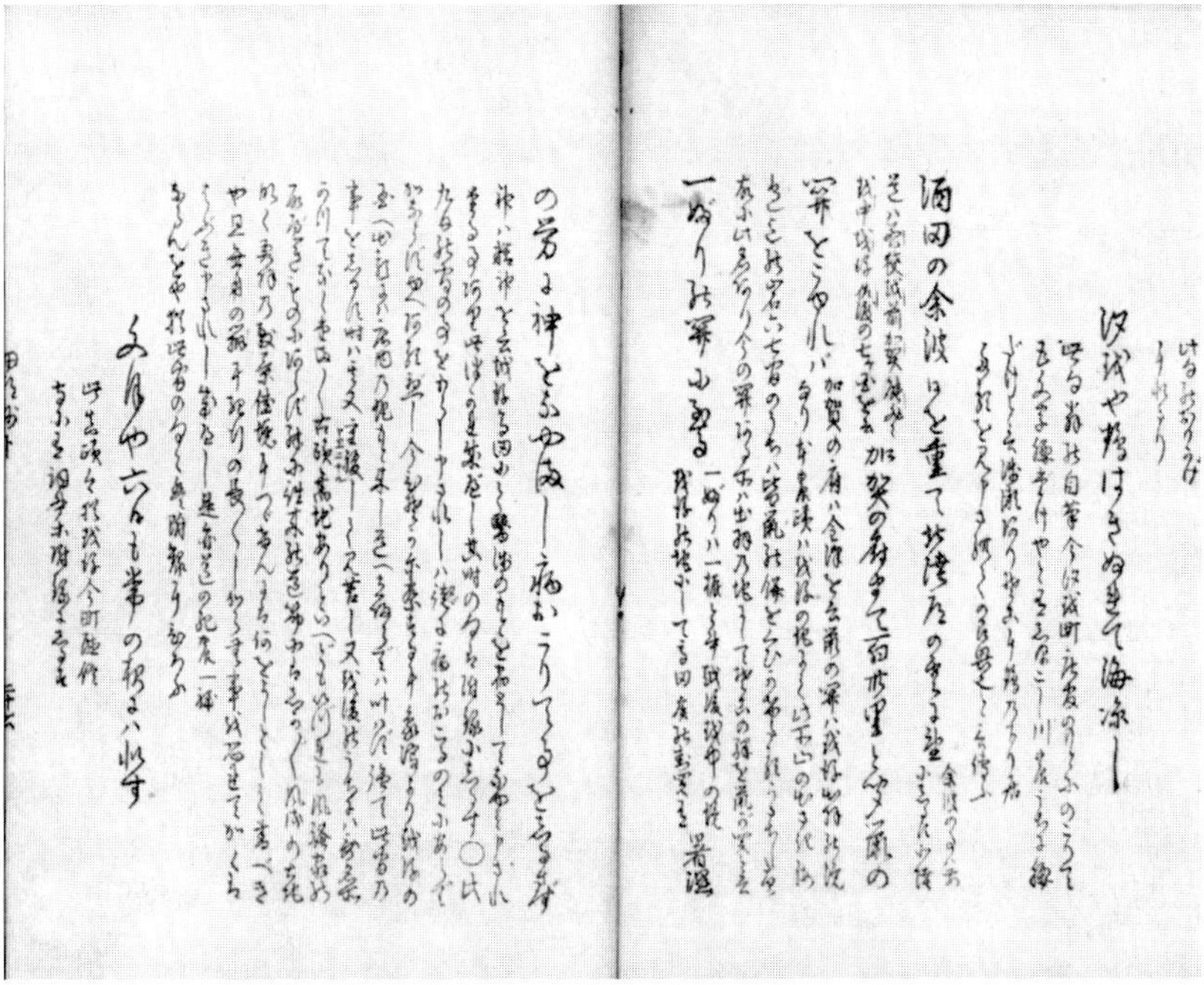

③『奥細道菅菰抄』（久華山房蔵）

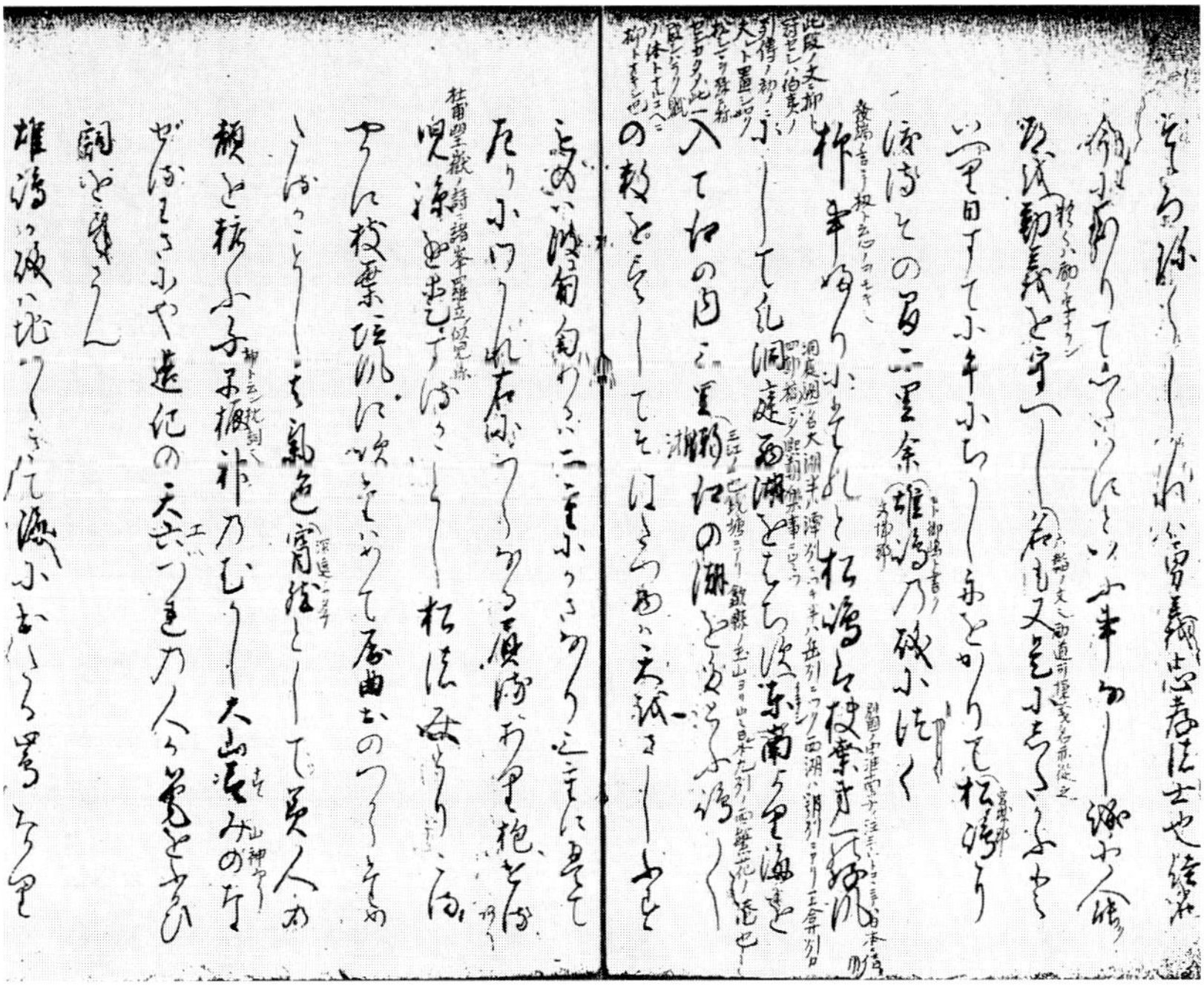

④『奥の細道傍注』（天理大学附属天理図書館蔵）

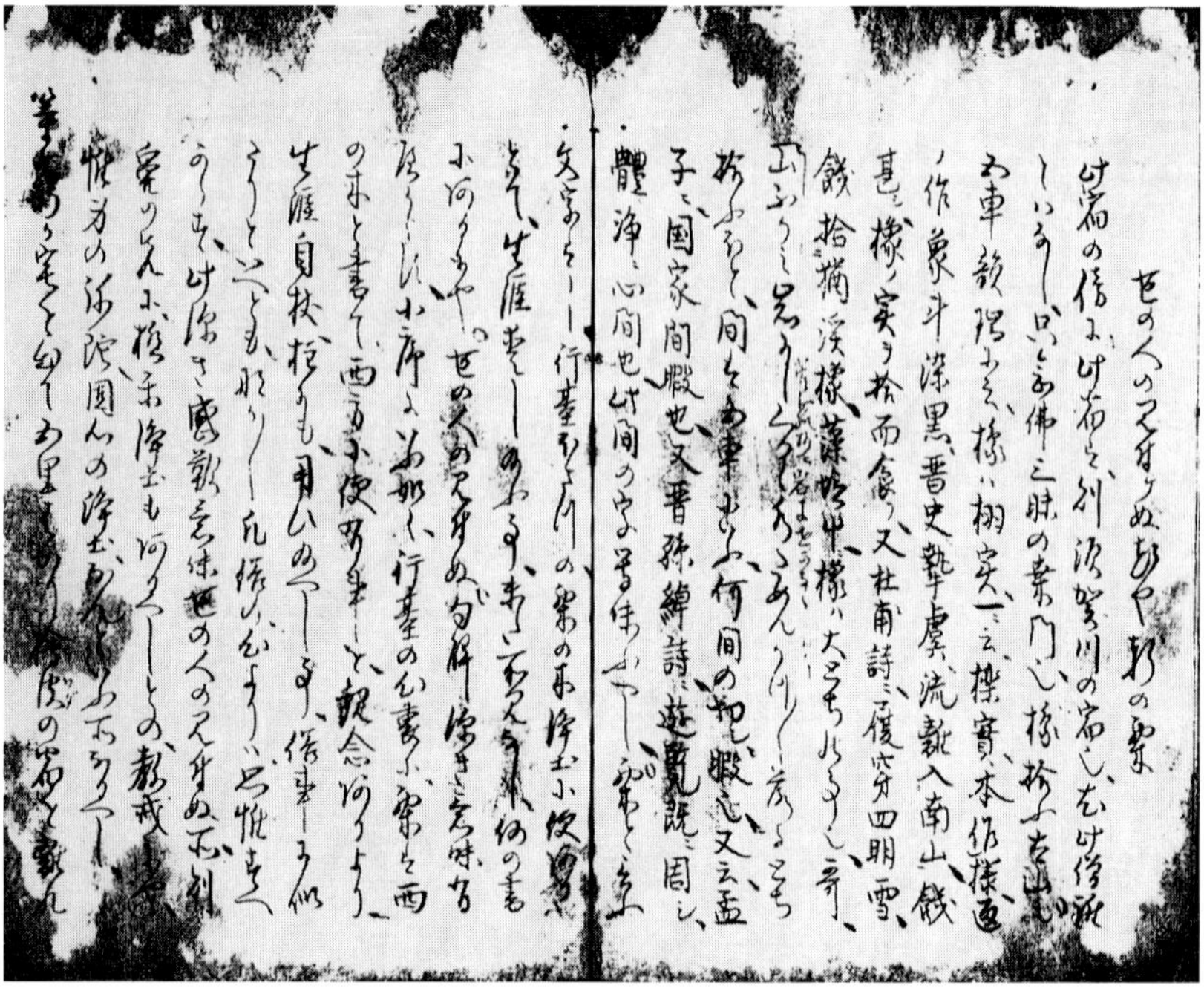

⑤『奥のほそ道解』（松宇文庫蔵）

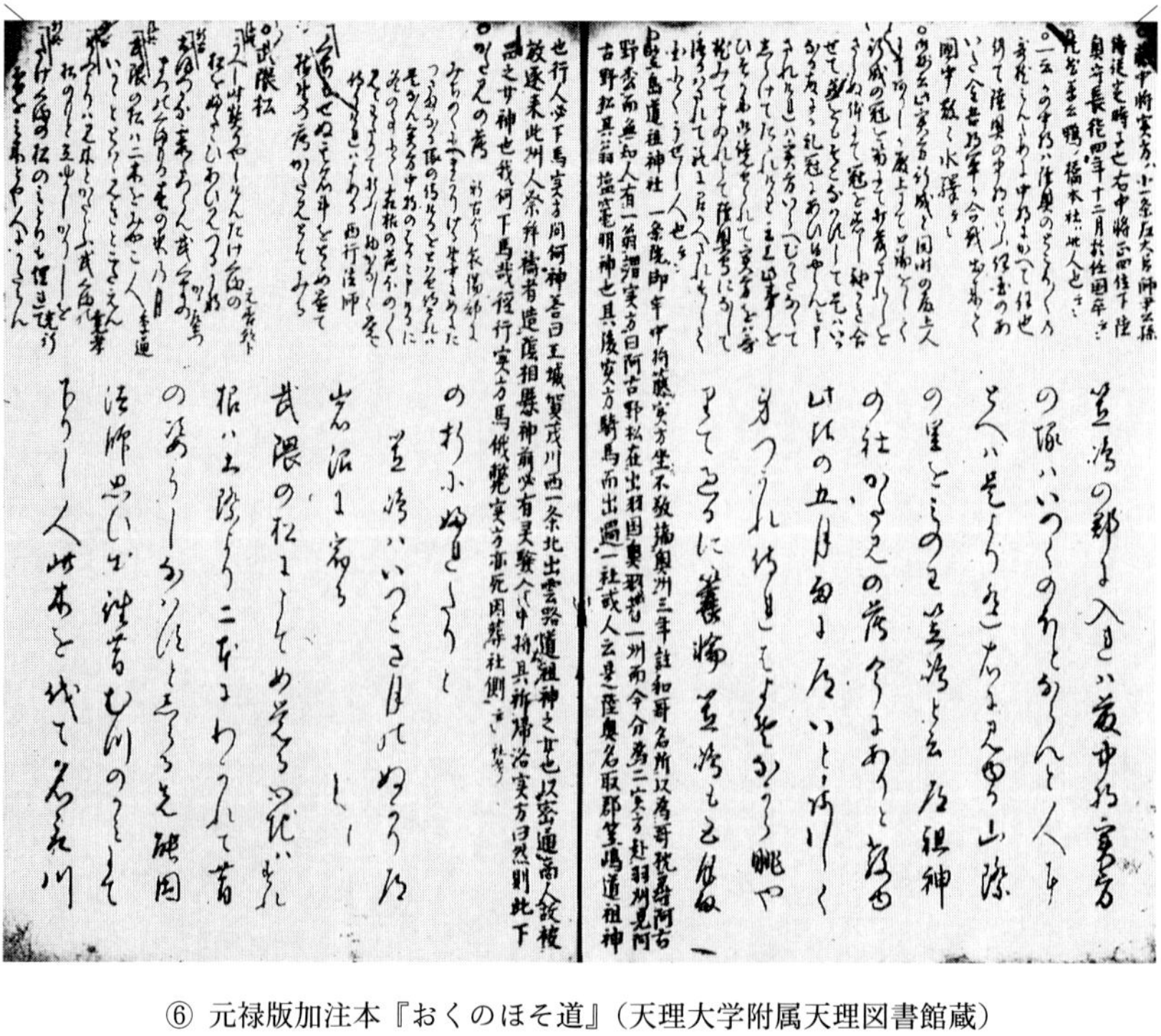

⑥ 元禄版加注本『おくのほそ道』（天理大学附属天理図書館蔵）

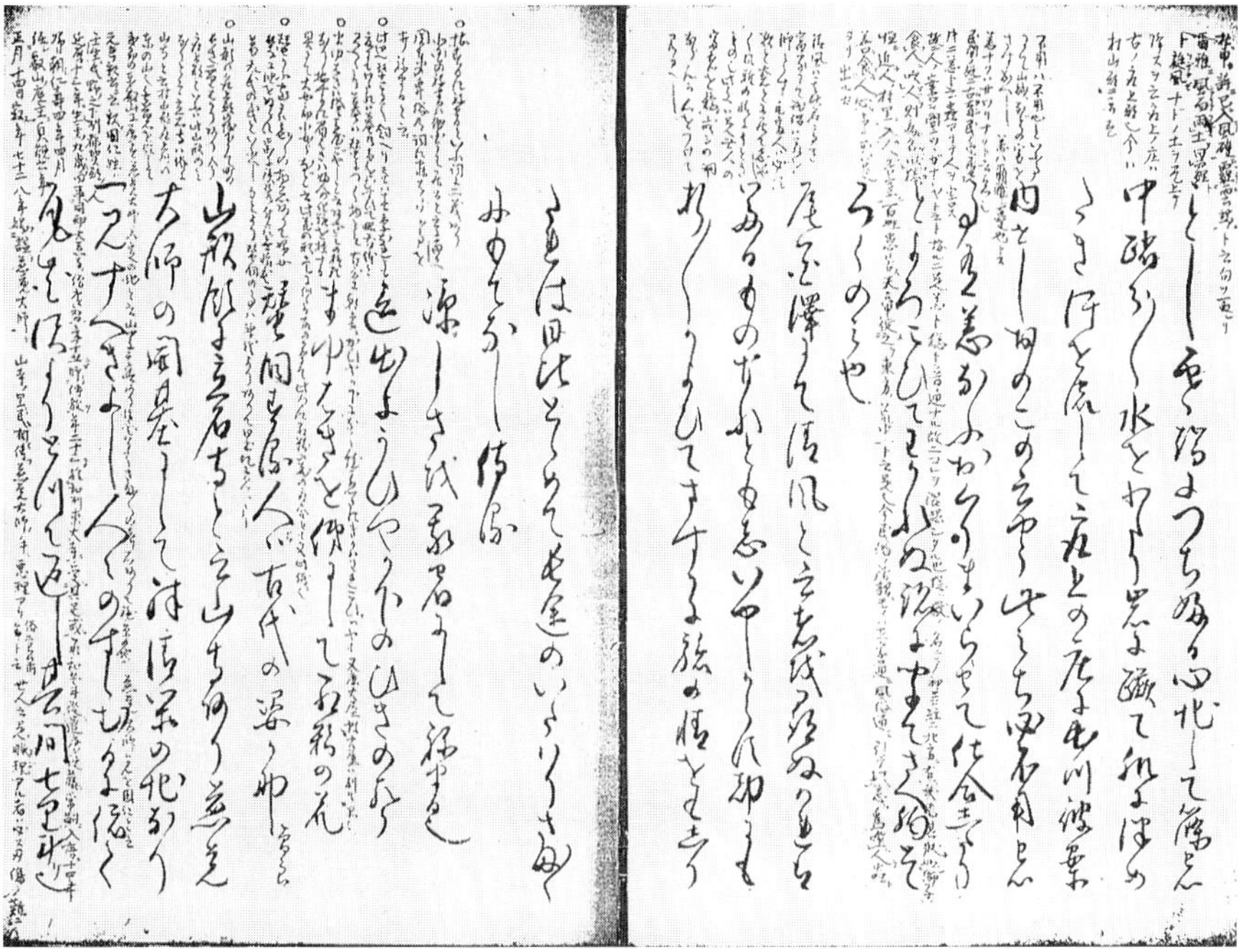

⑦ 明和版加注本『おくの細道』（天理大学附属天理図書館蔵）

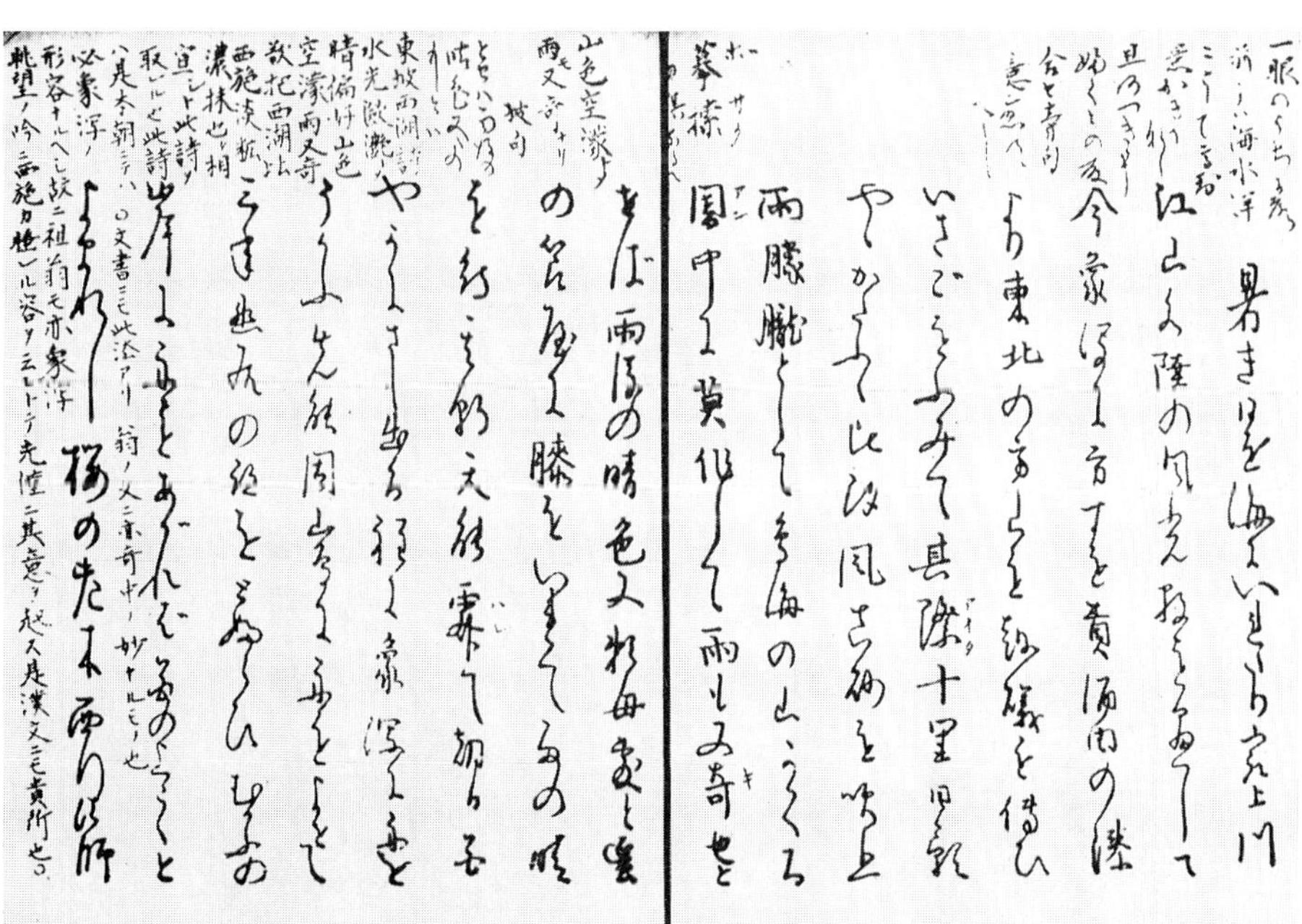

⑧ 寛政版加注本『おくのほそ道』（天理大学附属天理図書館蔵）

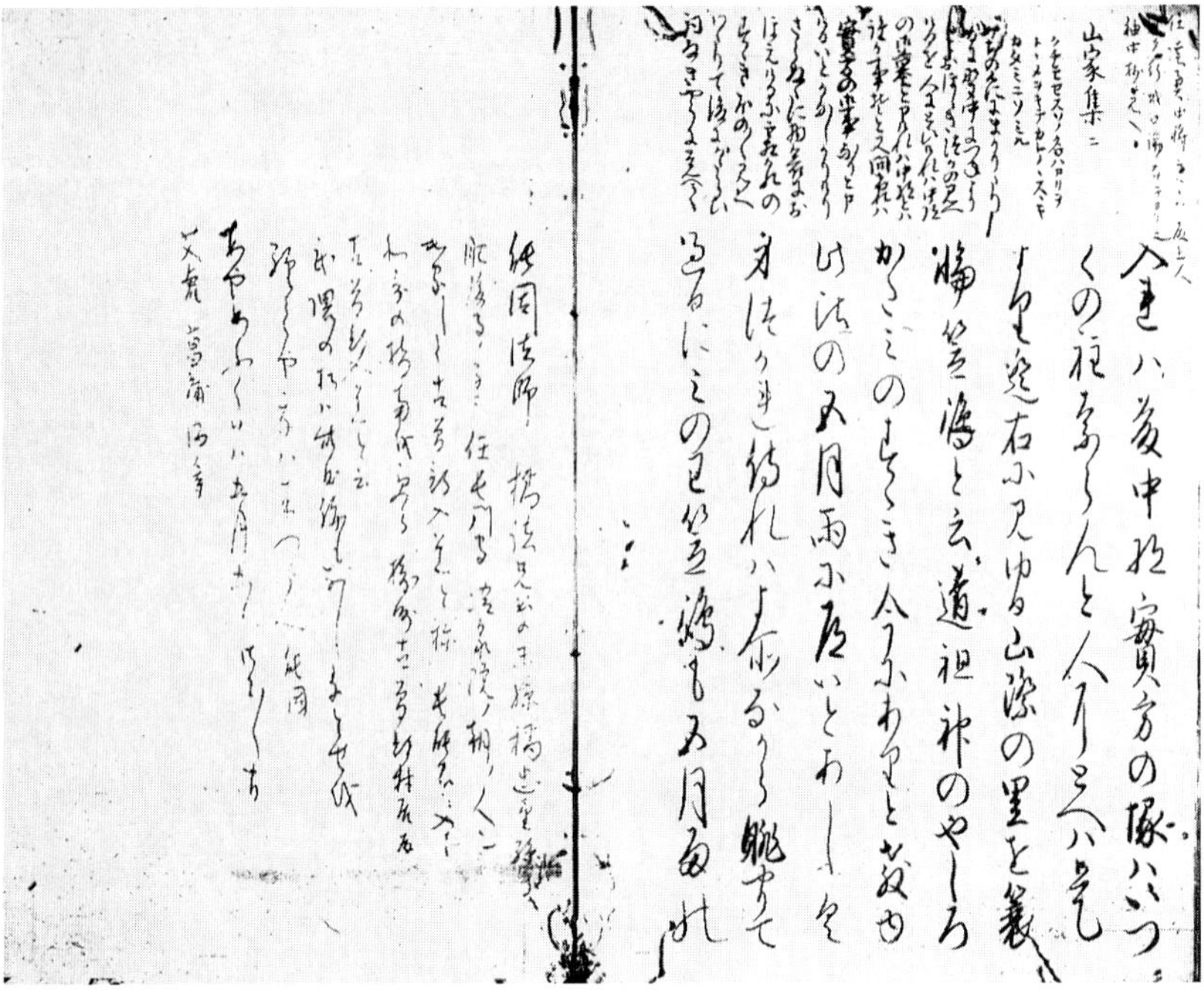

⑨ 京大本『於久埜保楚道』（京都大学文学部蔵）

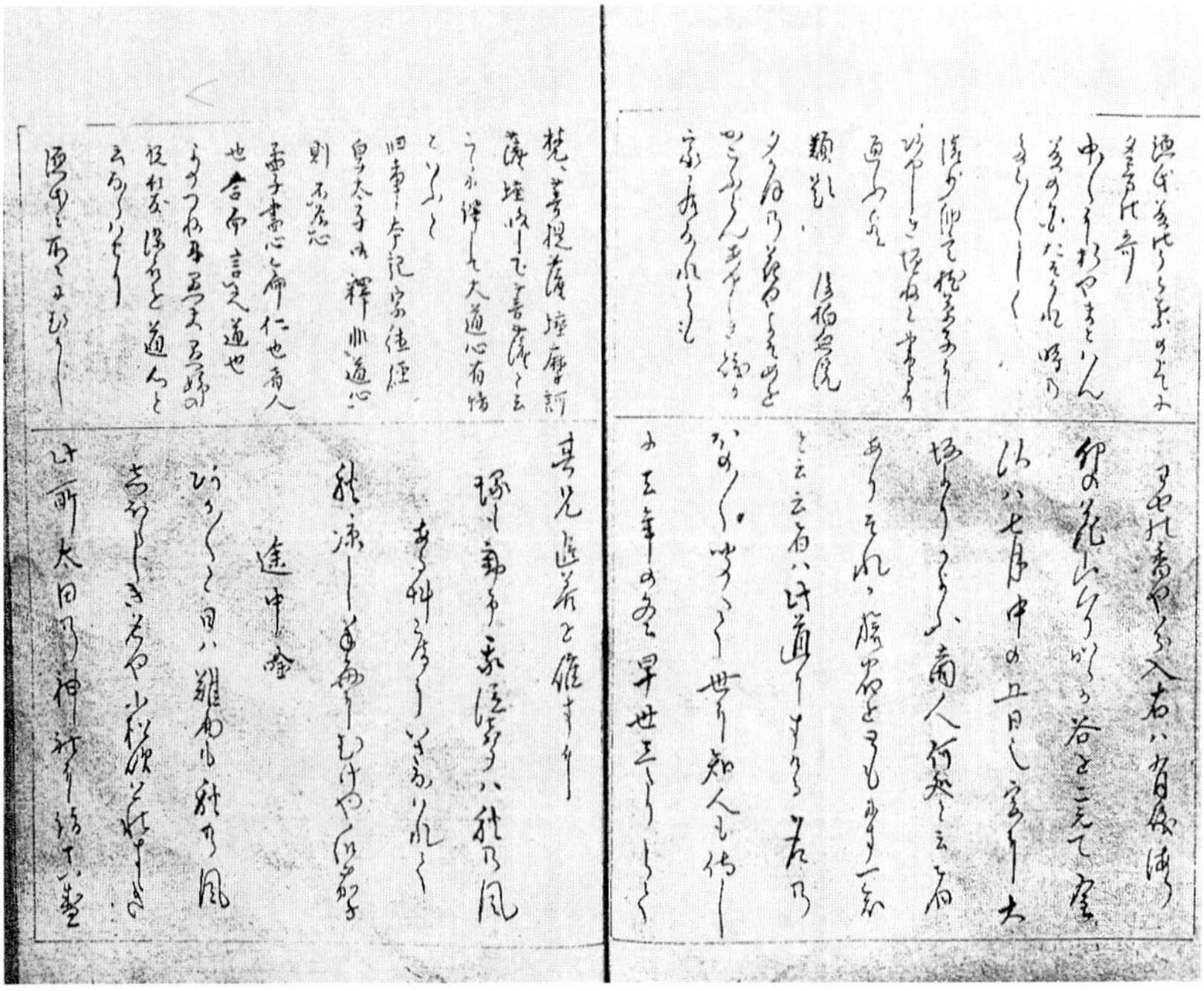

⑩ 蓼也苑五視頭注本『頭書おくの細道』（柿衛文庫蔵）

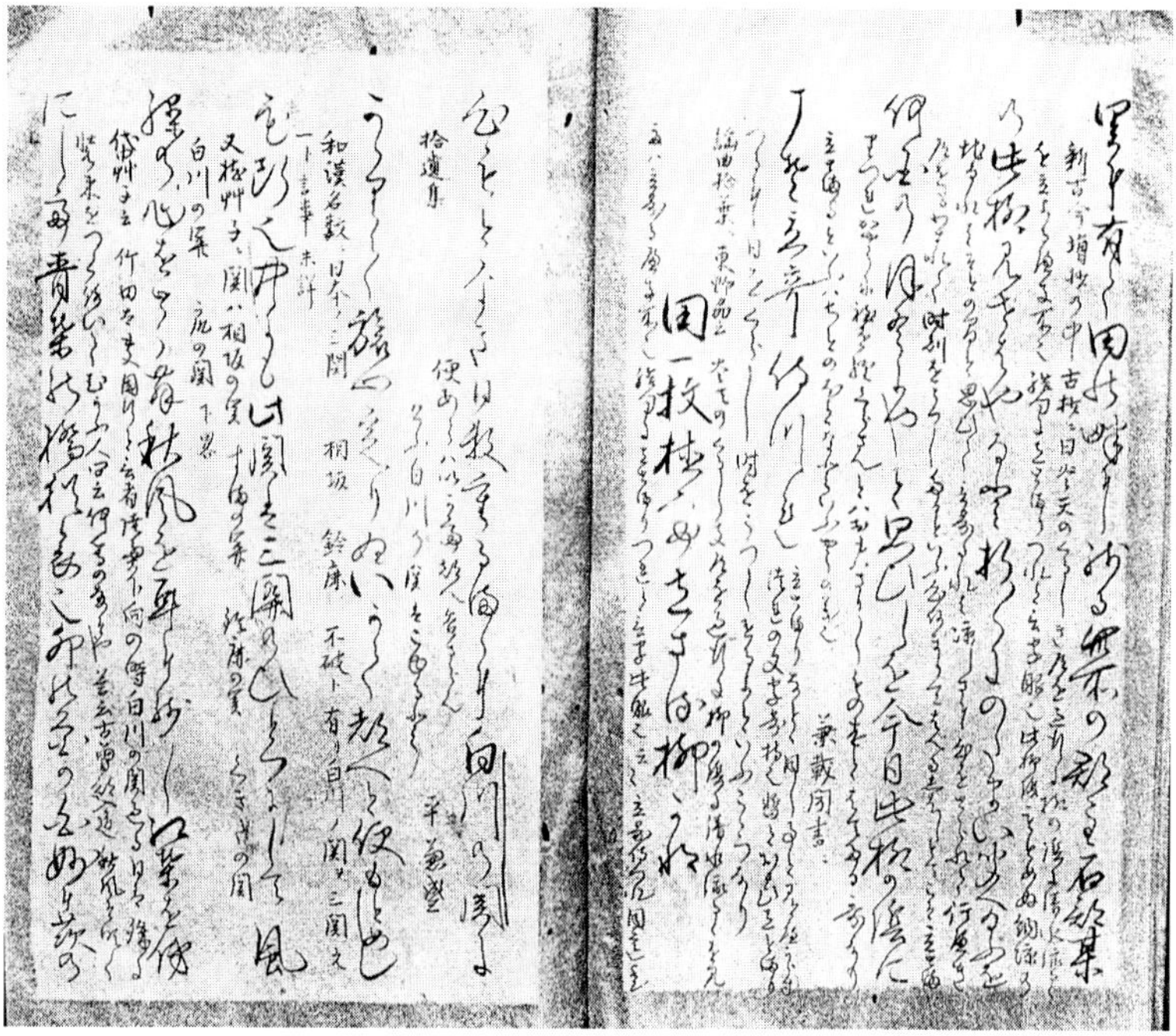

⑪ 沙鷗所持加注本『おくのほそミち』（柿衛文庫蔵）

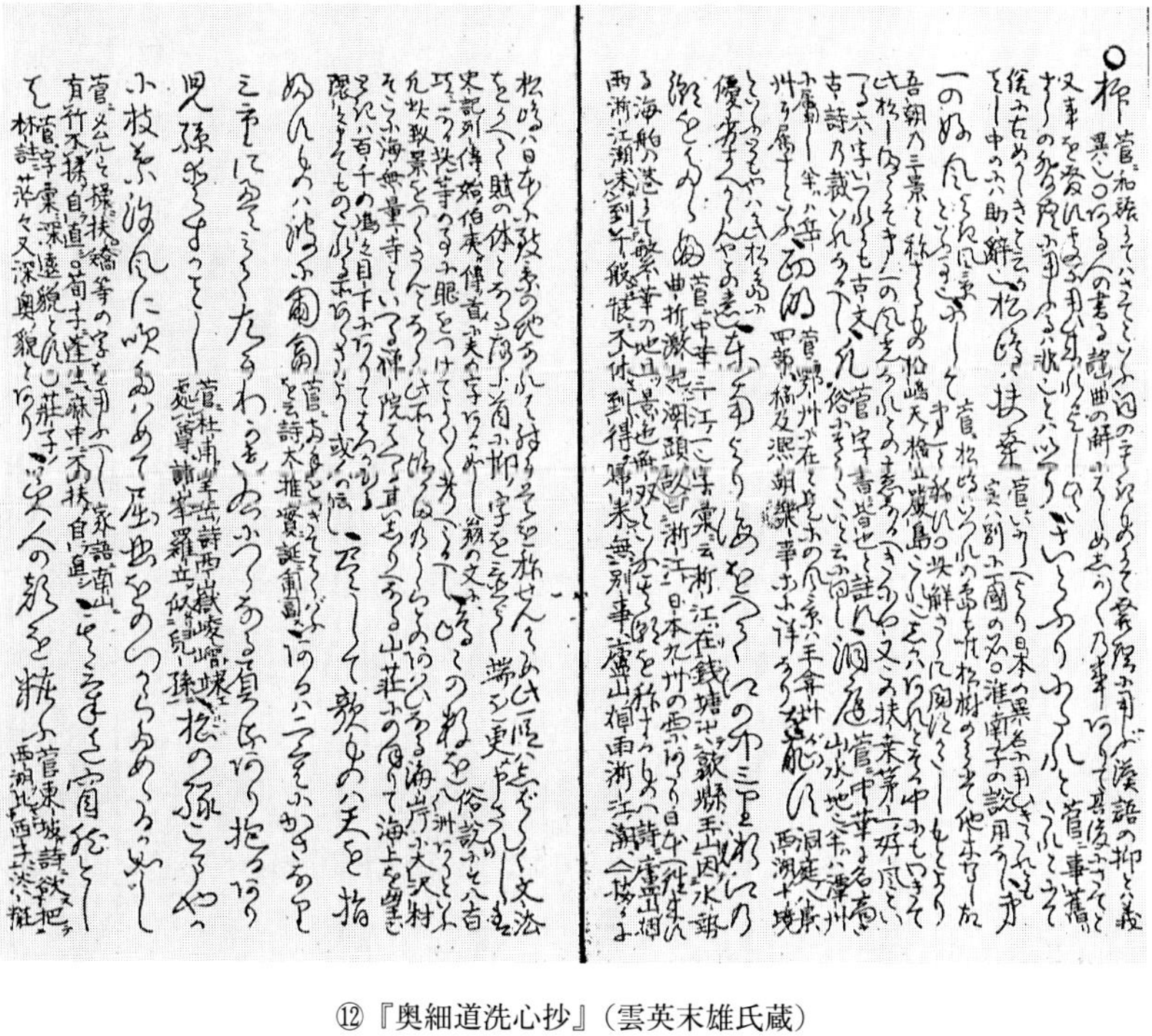

⑫『奥細道洗心抄』（雲英末雄氏蔵）

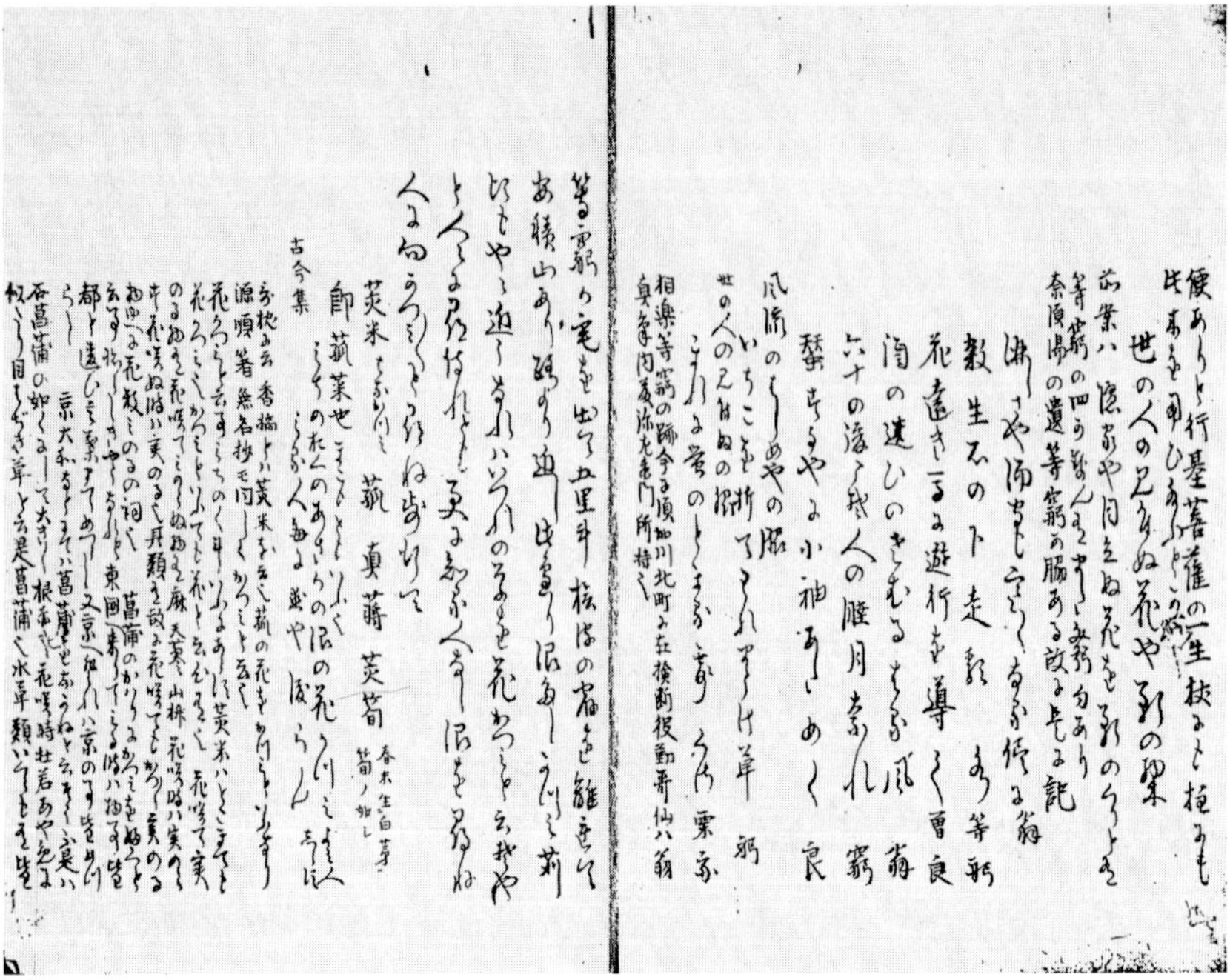

⑬『奥細道註』（天理大学附属天理図書館蔵）

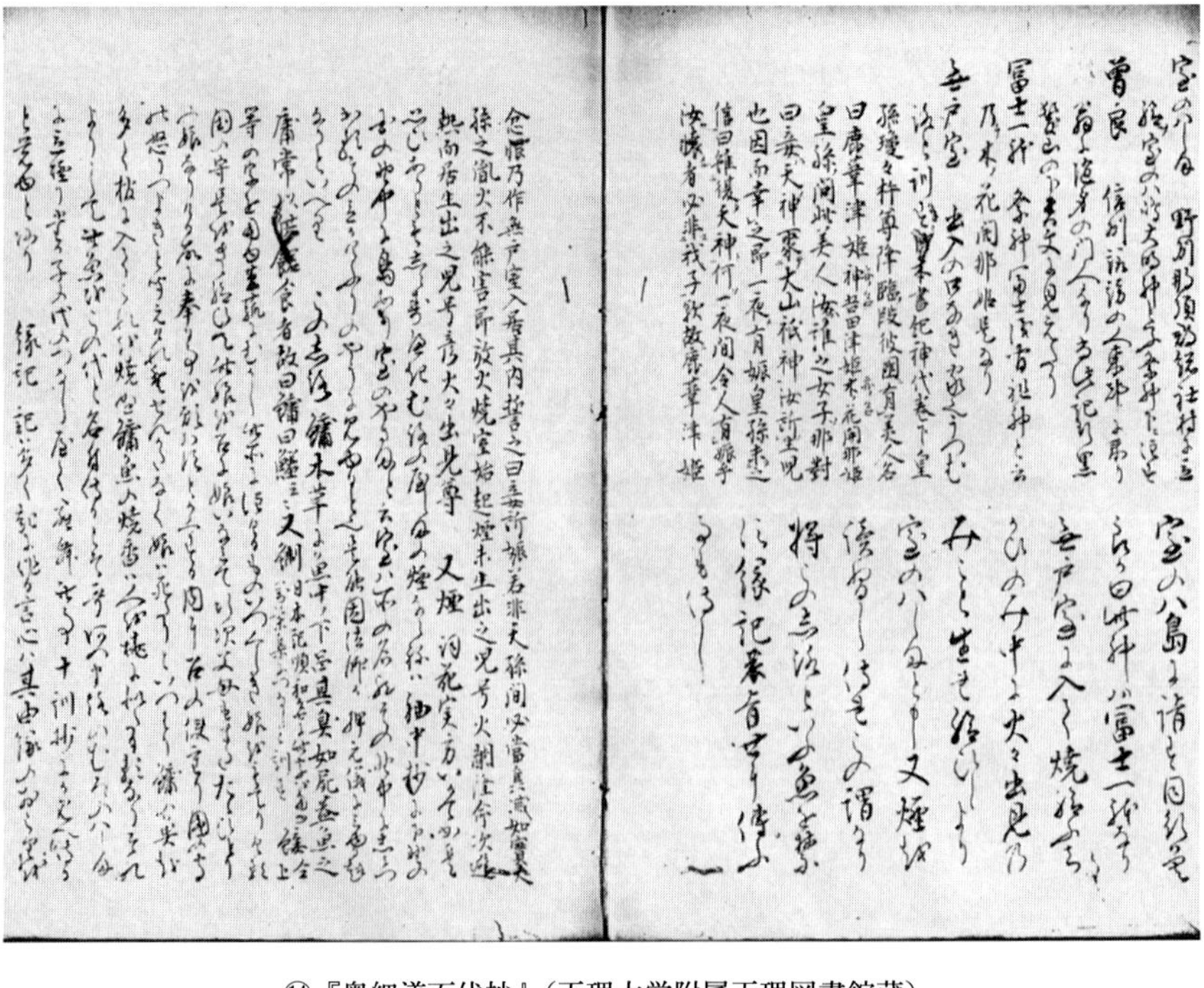

⑭『奥細道百代抄』（天理大学附属天理図書館蔵）

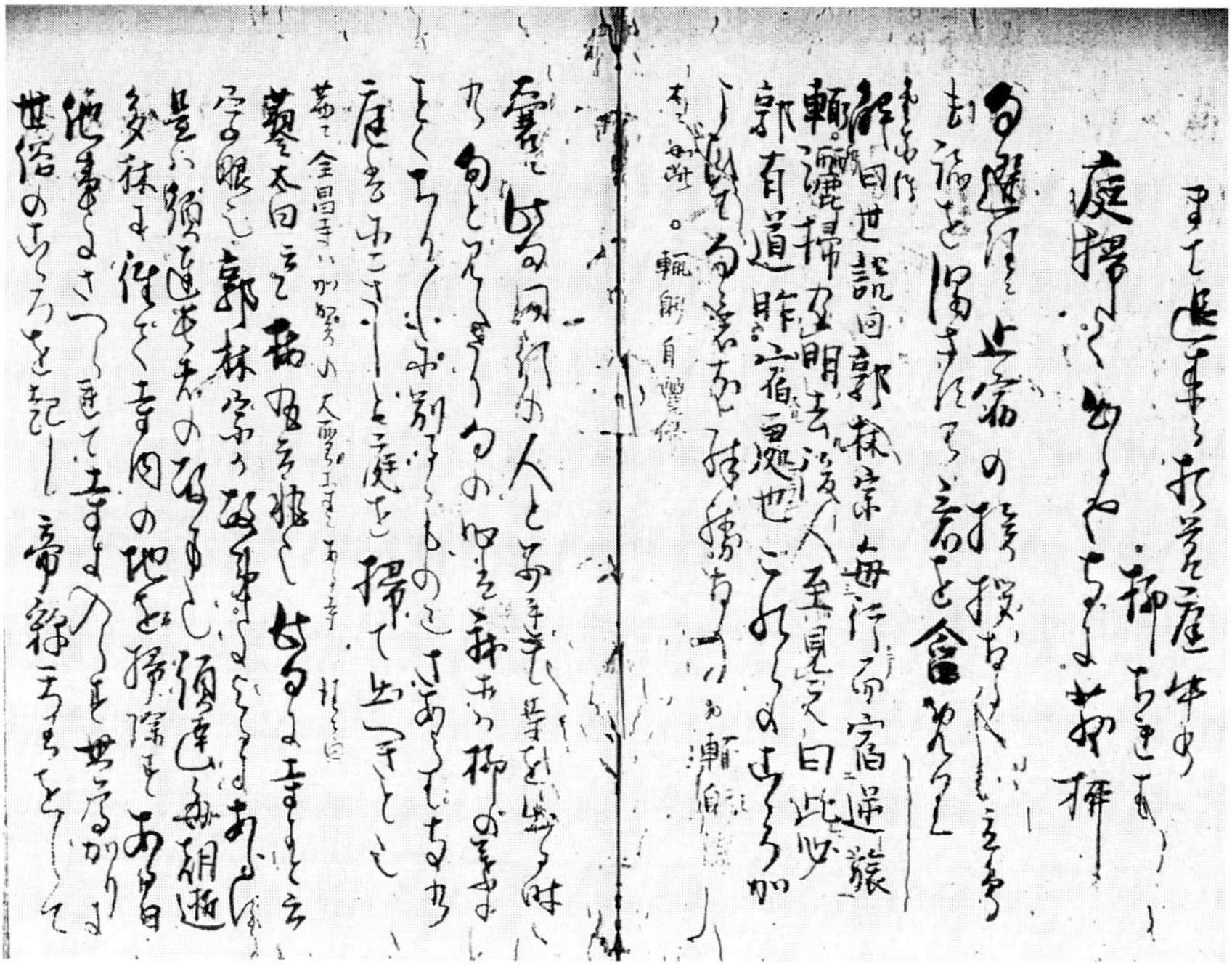

⑮『句解和談奥の細道』（天理大学附属天理図書館蔵）

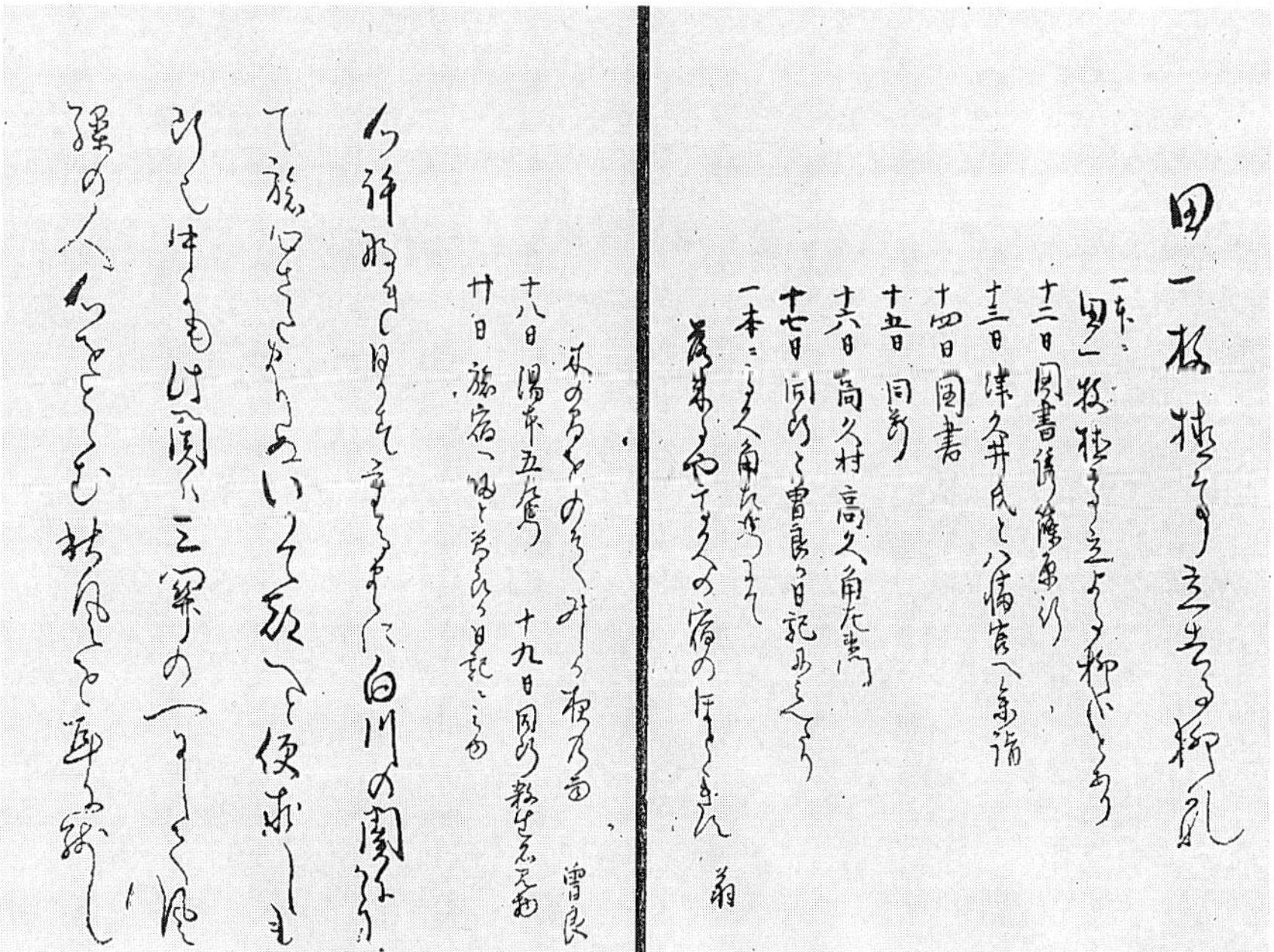

⑯『奥の細道下露抄』（天理大学附属天理図書館蔵）

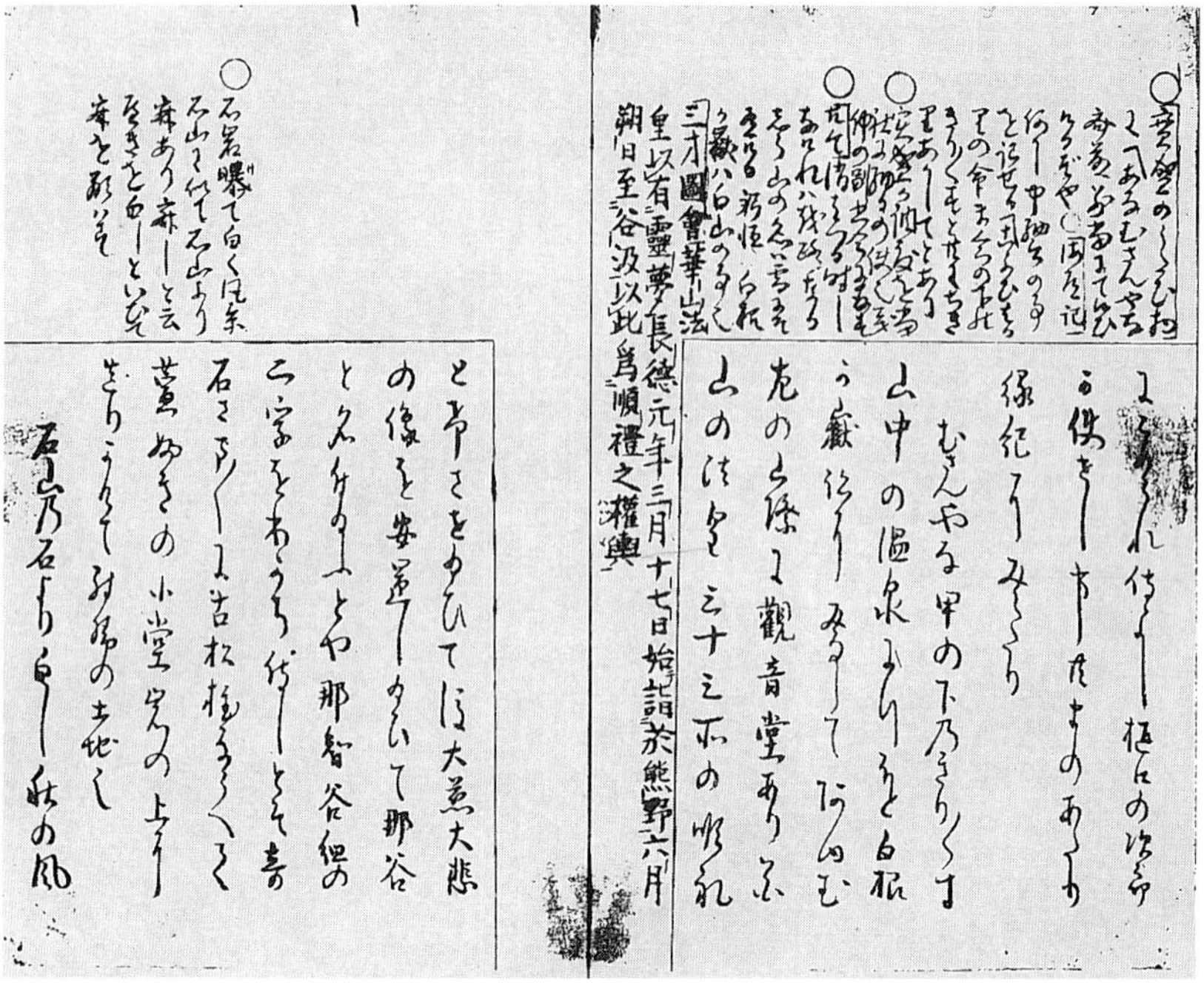

⑰『奥細道歌枕抄』（松宇文庫蔵）

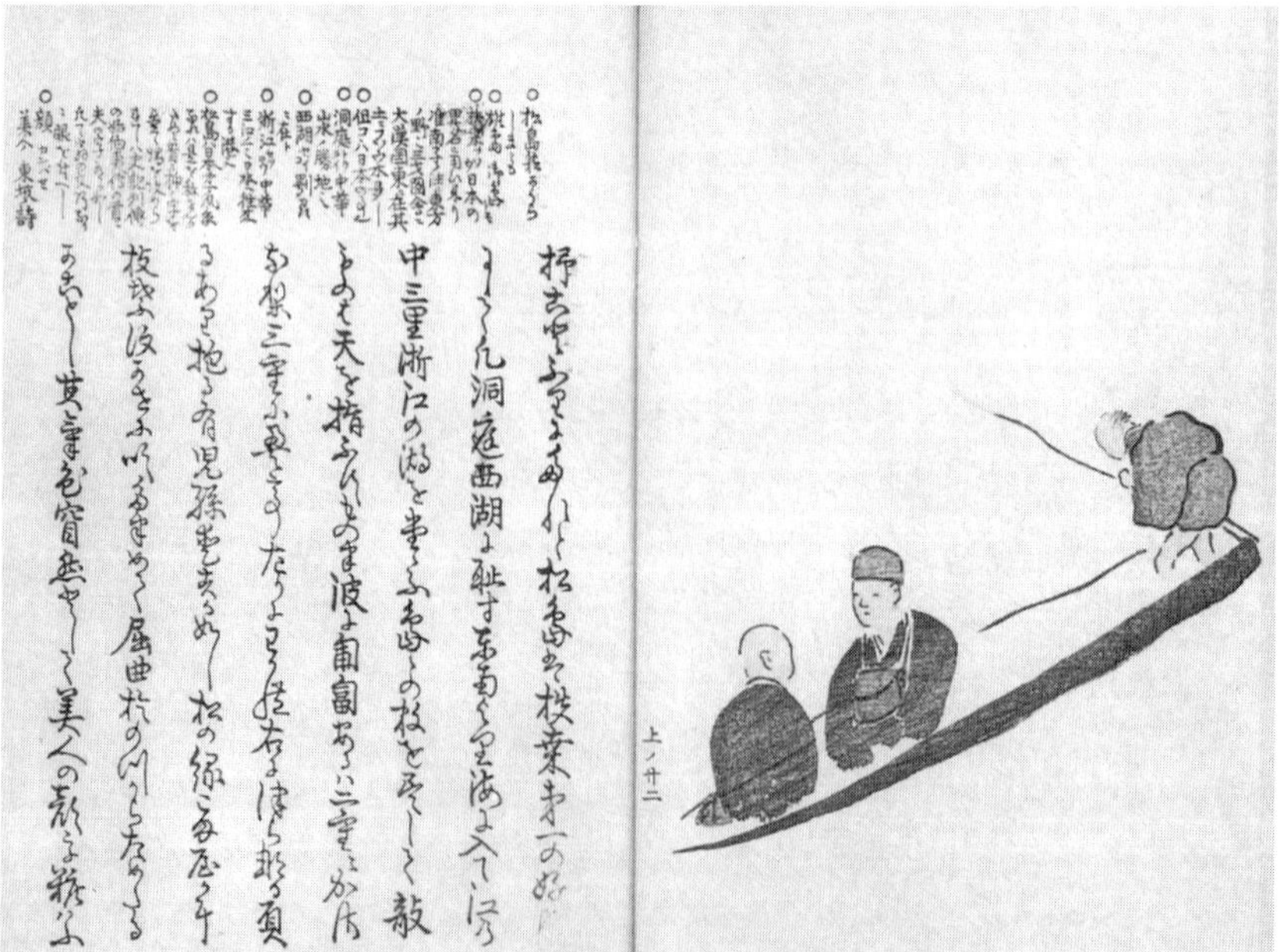

⑱『鼇頭奥之細道』（久華山房蔵）

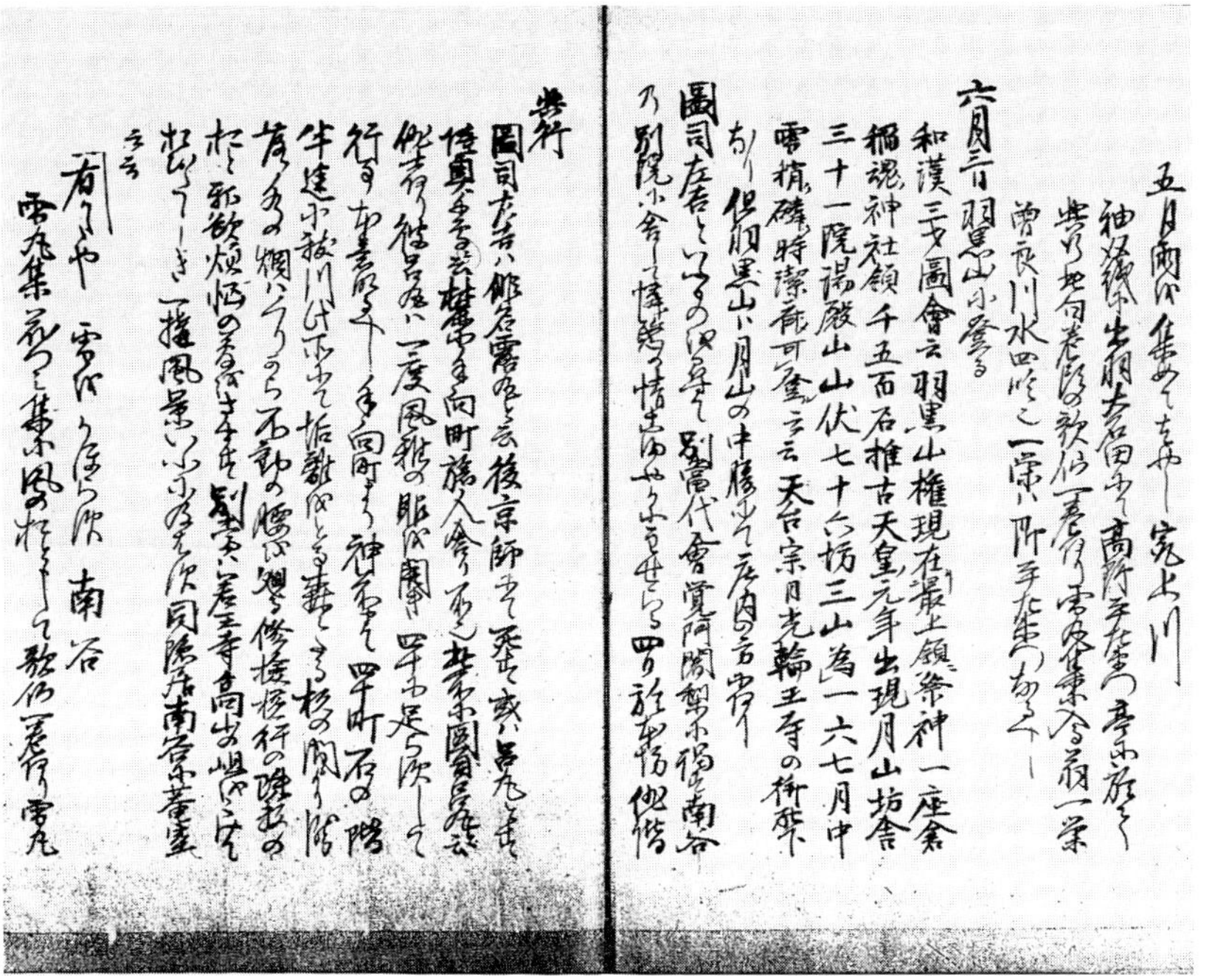

⑲『奥細道通解』（西尾市岩瀬文庫蔵）

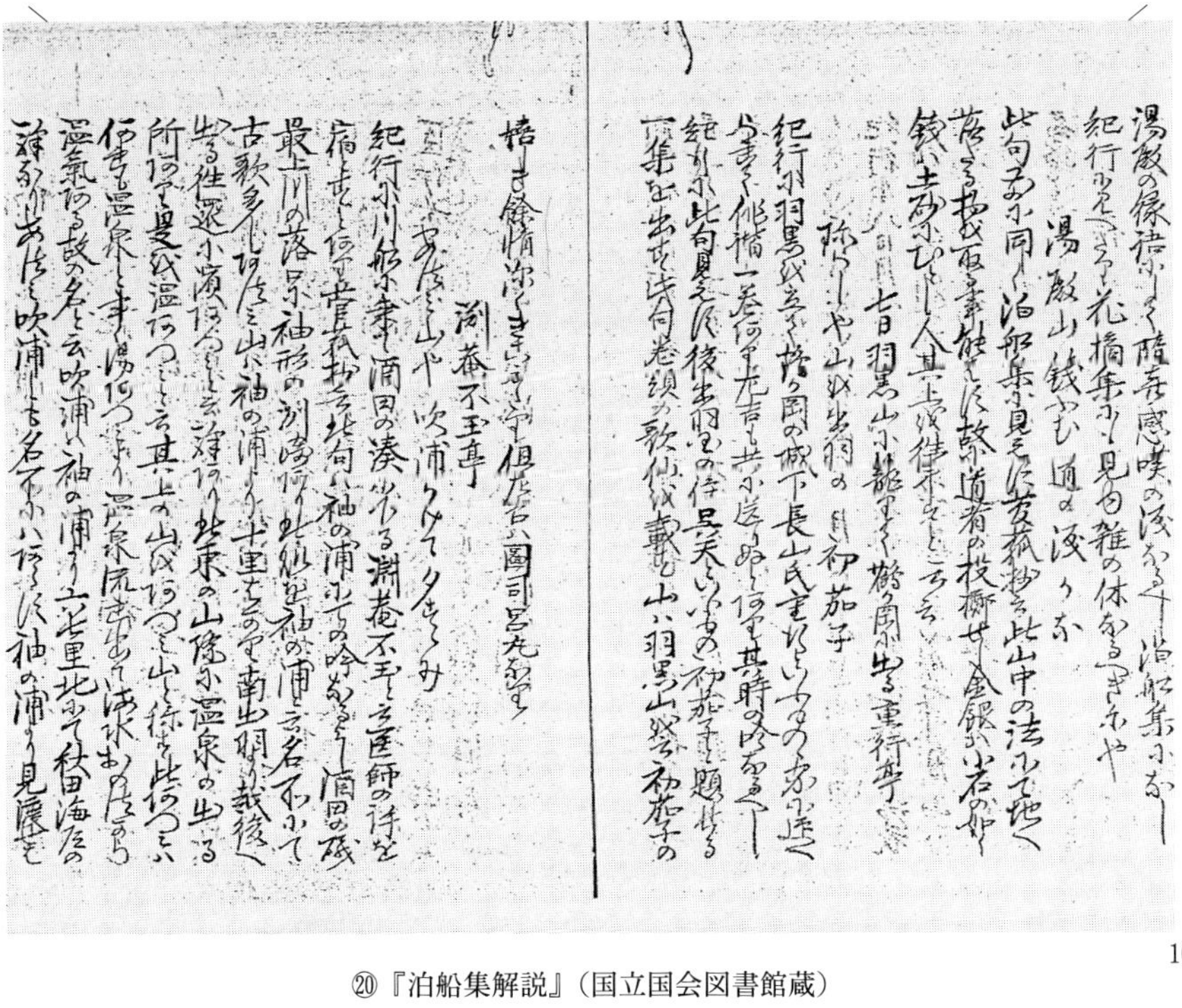

⑳『泊船集解説』（国立国会図書館蔵）

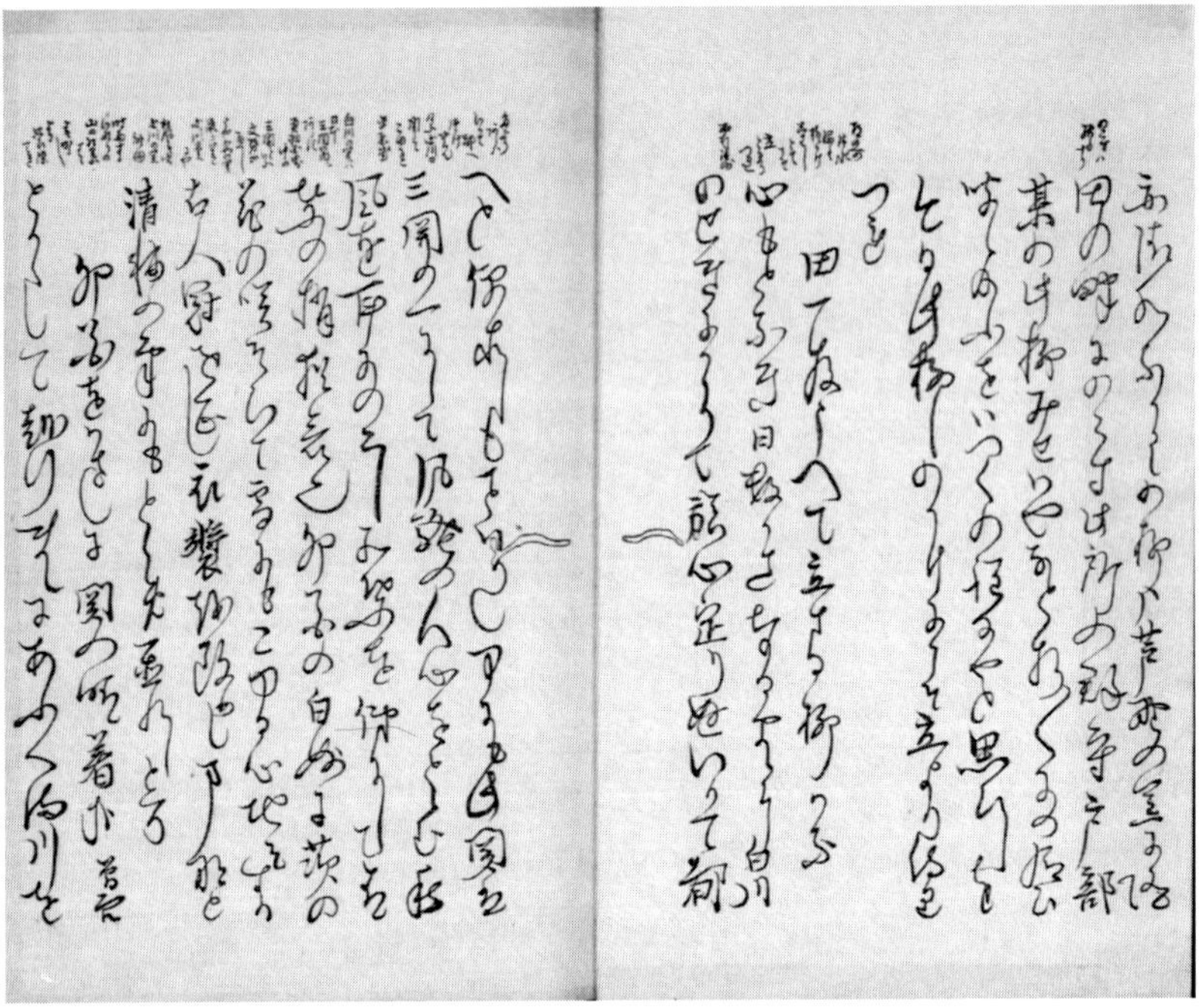

㉑ 永機本『おくのほそ道』(久華山房蔵)

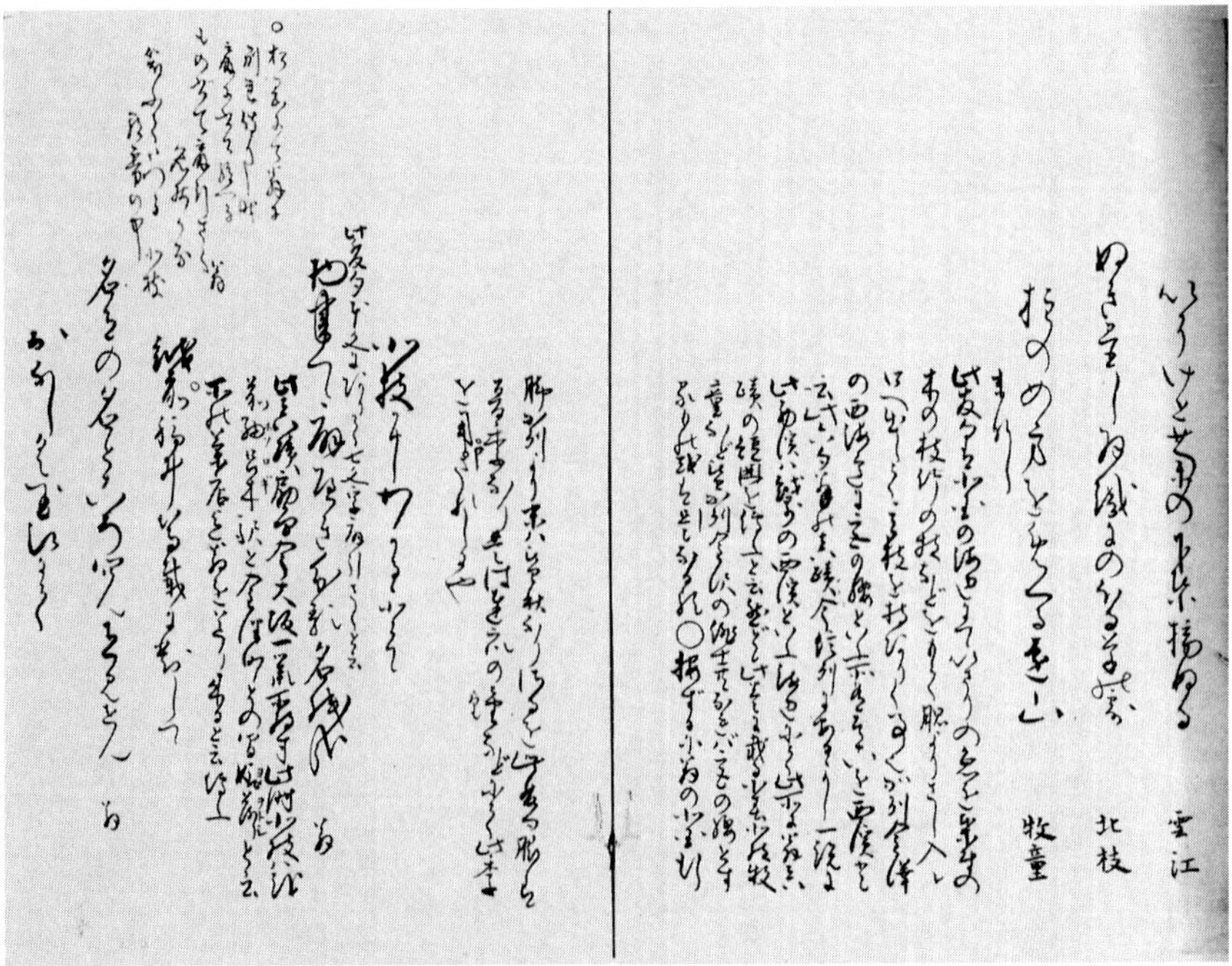

㉒『奥細道附録 菅菰後考 全』(東京大学総合図書館蔵)

『奥の細道』古註釈諸本を口絵写真として掲載することができましたのは、御所蔵各位の御厚意によるものです。御所蔵本の写真掲載を御快諾下さいました、柿衛文庫　京都大学文学部　雲英末雄　久華山房　国立国会図書館　松宇文庫　天理大学附属天理図書館　東京大学総合図書館　西尾市岩瀬文庫　早稲田大学図書館　の各位に深謝の意を表します。

奥の細道古註集成　1

目次

奥の細道古註集成　2　目次

凡　例

一　内容と構成

1　本書は、松尾芭蕉の『おくのほそ道』に関する注解本、二十一本を対照させながら収録したものである。

2　本書では、注解者の引く『おくのほそ道』を「本文」と言い、注解者の書き記した文言を「注解」とする。

3　注解本は、その形態から次の二つの型に分けた。

(1)「本文型」『おくのほそ道』の各一章を引きつつ、その後に注解を記すもの、および、書写した本文の間に注解を交えて記すものを「本文型」とする。但し、『奥の細道傍注』のように『おくのほそ道』本文の行間に注解を記すものもここに入れる。

(2)「頭注型」主として『おくのほそ道』本文の上部空欄に注解を記すものを「頭注型」とする。

4　右のように二大別しても、「本文型」にも上部や空白部分に書き入れがあり、「頭注型」も本文中に書き入れしている場合がある。また、貼付紙に記載していることもある。これらについては、「二　表記」の項に詳細を記す。

5　「頭注型」と「本文型」の諸本を次に列挙しておく。注解本の略称は諸本の項を参照のこと。また、成立年代順を示すのに、「１２３……」の記号の下に「①②③……」の番号を記した。

本文型

1 ①『おくのほそ道鈔』〈鈔〉
2 ② 桃喬舎可常『おくのほそ道』〈可常〉
3 ③『奥細道菅菰抄』〈菅菰〉
4 ④『奥の細道傍注』〈傍注〉
5 ⑤『奥のほそ道解』〈解〉
6 ⑫『奥細道洗心抄』〈洗心〉
7 ⑬『奥細道註』〈註〉
8 ⑮『句解和談奥の細道』〈句解〉
9 ⑯『奥の細道下露抄』〈下露〉
10 ⑲『奥細道通解』〈通解〉
11 ⑳『泊船集解説』〈解説〉

頭注型

1 ⑥『元禄版加注本』〈元禄〉
2 ⑦『明和版加注本』〈明和〉
3 ⑧『寛政版加注本』〈寛政〉
4 ⑨ 京大本『於久埜保楚道』〈京大〉
5 ⑩『蓼也苑五視頭注本』〈五視〉
6 ⑪『沙鷗所持加注本』〈沙鷗〉
7 ⑭『奥細道百代抄』〈百代〉
8 ⑰『奥細道歌枕抄』〈歌枕〉
9 ⑱『鼇頭奥之細道』〈鼇頭〉
10 ㉑ 永機本『おくのほそ道』〈永機〉

6　注解の内に、いわゆる注解とは異なる『おくのほそ道』に関わる評論がある。この部分は注解とは別に、［総論］として後に配置した。この評論は序跋に記されているものもあるが、注解の中に記されているものもある。その文言の記載箇所は明示した。

二　表記

翻刻本文（注解）は、すべて原本どおりとすることを原則とする。しかし、注解は、それぞれ独自の表記を持っている。可能な範囲で体裁の統一をはかるように努めたが、できないものについては、個別の凡例を別

に作成した。

A　注解本全部に共通するもの

一　文字の扱いについて

(1) 明らかな誤字は正しい文字に訂正した。

(2) 脱字は〔　〕の中に補った。

(3) 判読困難な文字の箇所は□とし、推定文字は□の中に記した。

(4) 曖昧な文字の横に明確な文字の訂正がある場合は、訂正後の表記を採用した。

(5) 文意不通の場合や誤字を残す場合には「ママ」を付けた。

二　記号の扱いについて

(1) 主に漢文訓読中に見られる、〆（シテ）・ヿ（コト）・𪜈（トモ）・寸キ（トキ）などの記号はカタカナに改めた。但し、ゟ（ヨリ）はそのままの表記で残した。

(2) 句読点は、底本のそれを尊重しながらも、多くは校訂者が私意を以て付した。

(3) 濁点は、校訂者が私意を以て付した。但し、注解に元からある濁点には、その右に「・」を付して区別した。但し、二行割注の時には左側に付けることもある。

(4) 和歌の頭に付す「〽」は、すべての詩歌に付されているわけではない。従って、注解の表記に従うことを原則としたが、私意を以て付した場合もある。

(5) 漢文訓読の返り点のうち、欠落していると考えられるものは括弧（　）を付して補った。

(6) 「＊」は、注解とは別な空白部分に記載してあるものである。

(7) 「※」は、貼付紙に記載の注解で、始めと終りに「※」を付した。

(8) 注解本にある「○」印は残した。

三　その他

(1) 注解の中に引用する和歌は、書名・和歌・作者の順に記載したが、注解の文中に出てくる場合は、底本どおりにした。

(2) 注解は「見出し語」に合わせて、別の箇所から移した場合もある。その箇所が、かなり離れているときは、該当箇所を示した。

(3) 総論 所収の文章は、『おくのほそ道』本文に関係のあるもののみとした。それぞれの文章の前に、その記載箇所を（　）内に記しておいた。

(4)『おくのほそ道』本文の句の前に、別の句などが書かれている場合は、その旨を注記した。

例〔註〕（本文〔暫くハ……〕の句の前に「時鳥裏見の滝のうらおもて」を併記）

5 見せ消ちの場合

見せ消ちの印「ミ」は本文・注解にあるとおりに付けたが、そのことを説明した場合もある。

例〔永機〕（本文「しきり」を見せ消ち）

6 見出し語に、線または弧線を引き、注解している場合は、底本をそのまま翻刻するが、説明のみを記したものもある。

例〔可常〕（◎〔機〕の右に　線を引き「写誤カ」と注記）

7 注解の引用で、同書又は単に同、とある場合は（　）の中に、書名を記した。

例〔解〕（「同書」は菅菰抄のこと）

8　見せ消ちと訂正などを同時に記しているもの

例〔元禄〕（本文はじめ「末も」とし、「も」を消して右に「を」と改め、頭注に「末をかけ」と書く）

四　注記などの扱いについて

編者（西村・久富）が必要に応じて施した注記・補記・説明などは、すべて（　）内に示した。

(1)　注解についている振仮名や漢字について

例〔京大〕（本文「漂」に「ヒヨウ」と振仮名）

例〔寛政〕（本文「ごてん　はやぶさ」に「碁点　隼」と振漢字）

(2)　注記の場合

イ　注解が記す『おくのほそ道』本文の文言を説明する場合

例〔傍注〕（本文「ものにつきて心を狂ハせ」に、「イニ、招きにあひて取るもの手に付かずトアリ」と注記）

例〔京大〕（本文「有馬」と書く）

例〔傍注〕（本文「かげ沼」とし、「沼」の右に「作り」と注記）

例〔傍注〕（「物から」の「物」より弧線を引き「ながらなり」と注記）

例〔傍注〕（本文「早か」の右に「早加」）

ロ　見出し語の一部を説明する場合

例〔可常〕（◎「漂」の右に「文ゼン、流寓之貞」、左に「タヾヨフ」）

ハ　見出し語の注解が同じ章の既出の項目に記されている場合

例〔元禄〕（前掲【あさむづの橋】参照）

ニ　見出し語の注解が同じ章の後出の項目に記されている場合

例〔註〕（後掲【世の人の……】参照）

ホ　見出し語の注解が、別の章に出てくる場合

例〔洗心〕（〔二九〕尿前の関の章【恙なう】参照）

ヘ　注解とは別に、上欄などの空白部分に注を記している場合

例〔鈔〕（頭注「ヲバネザハと云」）

例〔哥枕〕（補注「神代巻、略文也。訓傳アリトイヘドモ今通ジヤスキヲ以ス」）

例〔哥枕〕（補記「○神代巻付録ニ詳」）

B　注解本中、特に個別の凡例を必要とするもの

イ　桃喬舎可常『おくのほそ道』

1　本書は、頭注本でありながら、『おくのほそ道』本文中に記載する注が多いので、「◎」を付して本来の頭注と区別した。

2　見出し語に注解を施している場合

例〔可常〕（◎「順和名抄、サヘノカミ、タムケノカミ。袖中、チフリノ神。道ヲ守ル神也」と注記）

3　見出し語の一部に注解を施している場合

例〔可常〕（◎本文［古人］に「アベ中广呂ヲ先達トス。余多シ」）

ロ『奥のほそ道解』

1　注解の中で、見出し語には、その右上・左下に◜　◞を付けているが、編者により、その見出し語には「　」を付けた。◜　◞のない見出し語には、〕を付けた。

2　注解の中に引用された文言に、脱字・誤字などのある場合、それを補った。

例〔五視〕（「なか〳〵に折やまどハん藤の花たそかれ時のたど〳〵しく〔は〕」）

3〔解〕は『菅菰抄』を上欄や行間に多く引用するが、引用する場所の記号は付けない。

ハ『沙鷗所持加注本』

見出し語に、多く傍線を施しているので、それはそのまま保存する。傍線のない見出し語には、下に〕を付した。

例〔沙鷗〕　呉天〕　笠重呉天雪…）

ニ『奥細道洗心抄』

1〔洗心〕は、本文のあとに、注解を二行書きに記している。それ故、本文から注解に適当する文言を見出し語として、下に〕を付け、注解は一行書きに改めた。

例〔洗心〕 月日〕菅ニ日月と誤れり。信用すべからず。

2 本文の句解も、1と同じ手法であるから、元の発句の部分には〔〕を付けた。

例〔洗心〕〔草の戸も〕今はかく〔住替る〕定めなきうき〔代〕のさまなる〔ぞひなの家〕のかり初めなるが如し。

ホ『奥細道百代抄』

1 見出し語のみ記して注解を施してないもの

例〔百代〕幻のちまた〕（見出し語だけで解説なし）

ヘ『奥の細道下露抄』

1『おくのほそ道』の旅中に興行した連句を引用している箇所がある。それらの中、編者の意図で中略した箇所がある。

例 寐ミだれ髪のつらき乗合

（以下、十句省略）

ト『奥細道通解』

「＊」は、〔通解〕の注解本として採用した「西尾市岩瀬文庫本」と「洒竹文庫本」との異同箇所の印である。

チ『奥細道通解追加六』

1〔通解追加〕の見出し語は一行書き、注解は二行書きにしてある。見出し語には、下に〕を付け、注解は一行書きに改めた。

以上は原則としての注記であって、これらに基づきながら別記した編者注記もある。

本書は、平成十二年度日本学術振興会科学研究費補助金（研究成果公開促進費）の交付を得て出版することができましたことを明記して、深謝の意を表します。

奥の細道古註集成　1

〔一〕漂泊の思い

月日《つきひ》ハ百代《はくたい》の過客《くわかく》にして、行《ゆき》かふ年も又《また》旅人也《なり》。舟の上に生涯《しやうがい》をうかべ、馬《むま》の口とらえ(へ)て老《おい》をむかふる物(者)ハ、日〻《ひび》旅にして旅を栖《すみか》とす。古人も多く旅に死せるあり。予《よ》もいづれの年よりか、片雲《へんうん》の風にさそハれて漂泊《へうはく》の思ひやまず、海濱《かいひん》にさすらへ、去年《こぞ》の秋江《かう》上《しやう》《じやう》の破屋《はをく》に蜘《くも》の古巣をはらひて、やゝ年も暮《くれ》、春立《たて》る霞の空に白川の関《せき》こえんと、そゞろ神《がみ》の物につきて心をくるハせ、道祖神《だうそじん》のまねきにあひて、取《とる》もの手につかず、もゝ引《ひき》の破《やぶれ》をつゞり、笠の緒付《をつけ》かえ(へ)て、三里に灸《きう》すゆ(う)るより、松嶋の月先《まづ》心にかゝりて、住《すめ》る方《かた》ハ人に譲り、杉風《さんぷう》が別墅《べつしよ》に移るに、

草《くさ》の戸《と》も住替《すみかは》る代《よ》ぞひなの家

面《おもて》八句《はちく》を庵《あん》《いほり》の柱に懸置《かけおく》。

【月日ハ百代の過客にして、行かふ年も又旅人也】

〔鈔〕 夫レ天地ハ者萬-物ノ之逆-旅ナリ。光-陰ハ者百-代ノ之過-客ナリト。春-夜ニ宴二スルノ桃-李-園一ニ序、李太白。唐文粋及續文章軌範 事文類聚前集 古文後集 載レス之ヲとかや。或曰、光陰とハ日月の旲名と。行かふ年もと註し添たるにや。

〔可常〕 夫レ天地ハ者萬-物之逆-旅ナリ。光-陰者百代ノ之過客ナリト。春夜宴桃李園序、李太白、古文後集。

〔**菅菰**〕古－文後－集、春－夜宴《スル》桃－李－園序、夫天－地《ハ》者萬－物《ノ》之逆－旅、光－陰《ハ》者百－代《ノ》之過－客ト、天－地ノ運－旋、日－月ノ行－道ヲ旅ニ喩《フ》。逆－旅ハハタゴヤ。光－陰ハ日影ノウツリ行《ク》コト。過－客ハ旅人ヲ云ナリ。

〔**傍注**〕古文後集、春夜宴桃李園序ニ、夫天地者万物之逆旅光陰者百代之過客。

〔**解**〕李白が、春夜宴桃李園序云、夫天地《ハ》萬物之逆旅《ナリ》、光陰者百代之過客《ナリ》。芭蕉翁、此文面を以て紀行の序文を書出し、末にハ古人も生涯を旅に終るためしなんど細かに書つらねたる發端也、扨此文意は、天地は萬物の逆旅、驛路として見る時は日月光陰の過行ハとりもなをさず百代千載の過客に同じといふべく、四時の行かよふも又旅人にひとしからんとなり、夢想国師の詠哥に、　いづちよりいづ地にかよふ人なれば此世を仮の宿と定めん、といふにも下心かよひ侍らん。

〔**元禄**〕◯李白宴桃李園序云、夫天地者萬物之逆旅。光陰者百代之過客而浮生若夢。

◯荘子曰、吾生特逆旅耳。

〔**京大**〕古文、春夜宴桃李園序　李太白　夫天地《ハ》者万物之逆旅也。光陰《ハ》者百代之過客《ナリ》。注云、天地如客舎。字彙曰、逆ハ迎也。今按ニ旅客ヲ迎〔フル〕ユヘニ客舎ト云。逆旅ト曰ベシ。古郷ヲフミ出シテアトニスルユヘ逆ト云。還ハ順ナリ。月日ノタツハ旅也。

（本文「過客」の右に「タビ人也」と注記）

〔**五視**〕光陰ハ日月ノ㒵名。大天地者萬物之逆旅ナリ。光陰ハ百代の過客ナリト。春夜宴桃李園序、李太白、古文後集。

〔**沙鷗**〕月は百代の《ママ》　夫天地ハ萬物之逆旅、光陰者百代之過客。

〔**洗心**〕月日は〕菅、日月と誤れり。信用すべからず。百代の過客にして行かふ年も又旅人也〕李白集宴《スル》桃－李－園序、夫天－地者萬－物之逆－旅也。光－陰者百－代之過－客也。今、私にこれをおもふに、翁は此《ノ》文意を轉じて、兩曜（曜）の明光ゝたる、それすら百代の旅

人也。まして光陰においてをや、又ゝ斯の如しと活用セしなり。こゝに月日といへるを光陰の事と見誤るべからず。

〔註〕 古文前集 夫天地万物之逆旅也。光陰百代之過客而浮生若夢。爲歡幾何。 春夜宴桃李園序 李白。

千載集 旅の世に又旅寐してくさ枕夢の中にも夢をみるかな 慈園(圓)

弥生廿八日江戸出立。杉風手控に在。故人梅人之菴にて見る。俗名ハ鯉屋藤左衛門。

〔百代〕 月日〕 發語第一段奥羽の行脚の趣意を述んとて、先捨身無常の歡(觀)心を書顕はせり。此記行によらず、花に遊び鳥にめづるにも、徃ゝ此筆意の離れぬハばせを翁の常也。

百代〕 光陰のうつろひ安きを言ハんとて也。古文後集、春夜桃李園序、李白、夫天地萬物逆旅光陰者百代之過客而浮生若夢爲歡幾何。

〔歌枕〕 ○古文後集、春夜宴桃李園序、李白〽夫天地者萬物之逆旅、光陰者百代之過客而、浮生若夢下略。○日月とすべきを月日顛倒したる口傳。此以前更科の紀行〽百骸九竅の中に物あり。又、野ざらしの紀行〽千里に獨歩して。

〔鼇頭〕 ○古文後集ニ、夫天地ハ万物ノ逆旅光陰ハ百代ノ過客ト。天地の運旋日月の行道を旅にたとふ。逆旅ハハタゴヤ。光陰ハ日影のうつり行を云。過客はたび人なり。

〔通解〕 月日ハ百代の過客といふ事ハ、李太白、*春夜宴桃李園序の詞にして、*夫天地者萬物之逆旅。光陰百代之過客而、浮世若夢。為歡幾何《イクバクゾ》とあり。此語をとれり。行かふ年も又旅人なりとハ、天地者*萬物之逆旅といへる如く暫もとゞまる事なきをたとへて旅行発端の記とハなしける也。

〈洒本 春夜宴桃李園夫天地者萬物之逆旅光陰百代之過客而浮世若夢為歡萬物之逆旅〉

〔永機〕 古文後集ニ夫天地者万物之逆旅光陰者百代之過客。

【舟の上に生涯をうかべ、馬の口をとらえて老をむかふる物ハ、日々旅にして旅を栖とす】

〔鈔〕 文選古詩　青々《タリ》陵上《ノ》栢。磊々《タリ》澗中《ノ》石。人生《レテ》二天地《ノ》間一《ニ》忽《タルコト》如《シ》二遠客《ノ》一と。上《ミ》月日より下《モ》へおよぼし結する語欤。馬の口とらえし眼を付べきにや。挙要韻會《ニ》涯《ハ》岸也《ト》有と。

〔可常〕（◎［涯］に「岸也《ト》」、［馬］に「可眼付」と注記）文選古詩、青々《タリ》陵上《ノ》栢。磊々《タリ》澗中《ノ》石。人生《レテ》二天地間一。忽《タルコト》如二遠客一。

〔菅菰〕 生涯ハ俗ノ一生ト云ガ如シ。荘子《ニ》、吾《ガ》生《ヤ》也有《リ》レ涯《リ》。

〔解〕 舩の上に生涯を浮べとハ舩長舩頭の類にして、馬の口とらへて老をむかふるは馬卒馬士の類にして、是句中の對といふべし、古詩《ニ》、〽生涯《ハ》只在二水雲中一、又云、生涯とハ、荘子逍遥《ノ》篇《ニ》云、我生《ハ》也有《タ》レ涯、又杜詩、爛醉是生涯、是等の文意を以て生涯の常無常を思慮すべきなり、「日々に旅にして旅を栖とす」、杜詩に況《ヤ》、我瓢然として無二定所一終日戚忍二羇旅一、又劉《ガ》詩《ニ》于時處々千《ママ》時盧以旅、又説文《ニ》徐《ガ》云衆出則旅寓《ス》故謂レ在レ外為レ旅、是等旅を栖とする意と解べし。

〔五視〕 文選古詩、青々《タリ》陵上柏。磊々澗中石。人生二天地〔間〕一忽《タルコト》如二遠客一。

〔洗心〕 舩の上に生涯をうかべ〕 菅《ニ》、俗に一生といふが如し。荘子《ニ》吾《ガ》生《ヤ》也有《リ》レ涯《リ》。

馬の口をとらへて老をむかふる物ハ〕 物ハ者の誤りなるべし。

〔百代〕 生涯〕 一期の間を言り。荘子《ノ》、養生主《ニ》、吾生也有涯。而知也無涯。以有涯随無涯。殆已。

日々旅〕 千載集、慈圓、旅の世にまた旅寐して草まくら夢の中にも夢をミるかな。

栖〕 匂容（宮）に宿也。禽鳥《ノ》所宿皆謂（二）之栖一《ト》。又棲に作る。

〔歌枕〕 ○うかべハ舟の縁語、むかふるハ馬の縁語也。

○［朗詠］翠帳紅閨万事之礼法、雖レ異舟中波上一生之歓會是同。○［荘子］吾生也有レ涯。

○慈鎮和尚〽旅の世にまた旅寐して草枕夢の中にも夢をミるかな

〔鼇頭〕　○栖〕　スミカ。

〔通解〕　されバ舩頭馬奴の世を渡る姿情をあらはし、古人の旅に死せるハ誠の旅人の上を述られし也。荘子内篇養生主云、吾《ガ》生《ヤ》也有レ涯《カギリ》云々。よつて一生を生涯と云。（後掲【古人も多く旅に…】参照）

【古人も多く旅に死せるあり】

〔鈔〕　我国安部仲麿を先達として餘ハかぞゆるにいとまあらず。旅中の常旅中の旅と差別せば安部氏ハ旅中の旅と謂つべし。

新古今　みな人の知り顔にしてしらぬかなかならず死ぬる習ありとハ　前大僧正慈円

風雅　聞たびによ所の哀と思ふこそなき人よりもはかなかりけれ　僧正慈快

〔可常〕（◎〔古人〕に「アベ中广(麻)呂ヲ先達トス。余多シ」と注記）

〔菅菰〕　是マデ序ー中發ー端ノ詞ー也《ナリ》。

〔傍注〕　是マデ序中發端ノコトバ。

〔解〕　奈良帝の太子長岡ノ眞如清親王は道澄律師の御弟子にて天竺にておハらセ給ふ。其外実方中將西行法師宗祇の類、旅に死せる古人挙て筭(算)ふべからず、又晋史云、王義之尽ニ山水遊一弋釣為レ娯曰我當卒以レ樂死、又曰劉向指武云、必死不レ如ニ何楽死一、不レ如ニ甘死一、甘死《ハ》不レ如ニ義死一、下略。私曰、翁の心を評セバ楽死を事として生涯山水の遊びを尽さんとの意なるべし。

既に、此翁も難波の旅泊に終に終セり。

〔五視〕　阿倍の仲麿を初メ旅に死せる人多し。

新古　皆人のしり顔にしてしらぬかな必死ぬる習ありとハ　慈圓

〔洗心〕　日々旅にして旅を栖とす古人も多く旅に死せるあり」菅ニ、是まで發端の詞也。○旅に死せると云るハ覚英僧都のミちのくに、兼好法師の伊賀の國に、宗鑑法師の讃岐のくにゝなき跡を残せるたぐひにして、其呼あげて計へがたし。

〔註〕　西行宗祇の徒。是より翁己さしての筆法なり。

〔通解〕　旅に死せる人ハ和漢多くしてあぐるに及ばずといへども、今爰にそのひとつをいはゞ、古今集哀傷の

部に、甲斐の国にあひしりて侍りける人とぶらはんと
てまかりけるみちなかにて俄に病ひをしていま〳〵と
なりにければ、よみて京にもてまかりて母に見せよと
いひて人につげ侍けるうた、　在原しげはる

かりそめのゆきかひぢとぞ思ひこし今ハかぎりのかどでなりけり

是等にも哀を思ひやるべし。

〔通解追加〕
覚英僧都陸奥に、兼好法師伊賀に、宗鑑法師讃岐に終る云云。

〔永機〕　慈雲上人の歌に、とてもわれ旅路に死バしほがまの浦のあたりのけふりともなれ。

【予もいづれの年よりか】

〔菅菰〕（「予もいづれの年よりか」に「是ヨリ本序ナリ也」）

〔傍注〕　コレヨリ本序也。

〔解〕「予もいづれの年か片雲の風に誘ハれて漂泊の思ひやまず」いづれの年よりかとハ、自己の事を書んために前に古人の漂泊に終りしためしを書出したり。翁の漂泊の年を思ひつゞくれば、冬の日集ハ貞享二年、春の日集は同三年也。曠野集は元録二年也。此紀行も同年なれバ貞享二年ゟ(トリ)元録　一年迄漸く七年ばかり成を、いづれの年よりかと、書たる覚束なき処、是文法といふべし。

〔洗心〕　予もいづれの年よりか〕菅ニ、是より本序也。

〔百代〕　予〕　我といふに同じ。是より本序也。

〔通解〕　是自己の旅情をいふ也。終焉記云、天和三年の冬、深川の草菴急火にかこまれ、潮にひたり苫をかづきて煙のうちに生のびけん、是其玉の緒のはかなき始なり。爰に猶如火宅の変をさとり、無所住の心を発して、其次の年夏の半に甲斐が根にくらして、不二の雪のミつれなければと、それより三更月下入無我と《ママ》いひけん昔の跡に立帰おはしければ人〻嬉しくて焼原の旧草に菴を結び、しばしも心とゞまる詠にもと一と株の芭蕉を植たり。雨中の吟、

芭蕉野分して盥に雨をきく夜かな　と侘られしに堪

閑の友しげく通ひておのづから芭蕉翁と呼ことになん成りぬ 中略。貞享の初のとしの秋、知利を伴ひ、大和路やよし野の奥も心残さず 中略。大津 膳所の人〻いたはり深く、幻住菴 義仲寺 行所いたる所の風景を心のものにして遊べる事年あり 中略。須磨明石の夜泊 淡路しまの明ぼの 杖を引はてしもなく、きさ潟に能因 木曽路に兼行《ママ》二見に西行 高野に寂蓮 越路の縁ハ宗祇宗長 白川に兼栽《ママ》の草菴、いづれも〳〵故人ながら芭蕉翁についてまぼろしに見え、いざや〳〵とこそさそはれけん、行衛の空もたのもしくや。奥の細道といふ記あり。*十餘年のうち、杖と笠とを離さず。十日とも止る所にてハ又こそ我胸の中を道祖神のさはがし給ふ也と語られし也。芭蕉翁の遊行の叓、此記にても知るべき也。〈洒本　十餘年が〉

【片雲の風にさそハれて漂泊の思ひやまず】

〔**鈔**〕文選、張衡ガ西京賦ニ出。字彙ニ漂泊ハ流寓ノ之皃と。杜律、落-日邀《ムカヘ》ニ雙-鳥ヲ一。晴-天巻ク二片-雲ヲ一。亦、支-離タリ東-北風-塵ノ際。漂-泊ス西-南天地ノ間。日本紀ニ漂《タヾヨフ》。

〔**可常**〕（◎〔漂〕の右に「文ゼン、流寓之皃」、左に「タヾヨフ」と注記）

杜律、落日邀《ムカヘ》二雙-鳥一。晴-天巻ク二片雲一。又、支-離タリ東北風-塵際。漂-泊ス西-南天-地ノ間。

〔**菅菰**〕詩ニ 一-片ノ孤-雲逐レテ吹《カゼヲ》飛ブ、ト云風-情ナルベシ。

漂-泊ノ二-字、皆タヾヨフト訓ズ。サマヨヒアリクコトナリ。

〔**傍注**〕一片孤雲逐レ吹飛ト云風情ナリ。

〔**解**〕「片雲の風に誘ハれて」一片の雲也。雲の如く風に任かせて行心止ると也、彼の謝靈運は、風雲の心深く心止らずといふて、遠法師白蓮社の徒を除かれけるとなん。是等の事も含ンで片雲の風に誘ハれてと書たるなるべし。「漂泊の思ひ止まず」瓢《ママ》は風の飄る皃也。附ルヲ二舟ヲ於岸一ニ曰レ泊と。漂泊と續てたゞよふ心也。杜詩ニ、地分南北任二流萍一。注ニ云、任二其漂泊一則南ハ蜀中北ハ長安也。是漂泊の解也。

〔**元禄**〕○漂泊〕タヾヨフ和名抄。

〔**寛政**〕詩ニ、一片孤雲逐吹《カゼヲ》飛ト云風情ナルベシ。

〔**京大**〕（本文「漂」に「ヒヨウ」と振仮名）

〔**五視**〕字彙ニ漂泊ハ流寓之皃。槇はしらにともかくもさすらへとあり。岷江入楚ニ何となりともなり次第といふがごとし。

西行撰集抄ニ増賀ハつゐニ大和国多武峯といふ所江さすらえいりてとあり。

新古旅の部　さすらふる我身にしあれバきさがたや海士のとまやにあまた旅ねぬ　顕仲朝臣

〔**沙鷗**〕片雲の風　一片孤雲逐吹《カゼ》飛。

春立る霞　拾遺　春たつと言ふばかりにやミよし野の山も霞てけさハミゆらん　忠岑

後撰集　都をば霞とともに出しかど炑風ぞ吹白川の関　能因法師

〔**洗心**〕片雲の風に……やまず〕菅ニ、漂泊の二字皆たゞよふと訓ず。さまよひありく事也。

〔**百代**〕片雲〕一片孤雲逐吹《カゼヲ》飛。

漂泊〕たゞよふと訓ず。さまよひありくを言。

〔**歌枕**〕○片雲ハ不連雲也。○片孤雲逐吹飛など詩にもあり。○漂ハ浮也流也。泊ハ止息也。漂泊トハ言流寓。

〔**鼇頭**〕○片雲〕ヘンウン。詩ニ、一片孤雲遂（逐）テ吹飛《ブ》。

○漂泊〕ヒヤウハク。

〔**通解**〕片雲の風にさそはれといふ事ハ、白氏文集巻八、*宿《スル》淮口ニ許（詩）、行〻弃ニ雲水ヲ。歩〻近ニ郷國ニ。又巻六十九、逸老ノ詩、飄若ニ雲ノ信レ風。是等によれるにや。〈酒本　宿《スル》淮口ニ詩〉

【海濱にさすらへ】

〔**鈔**〕光源氏物語、槇ばしらの巻にともかくもさすらへと有。岷江入嵯《ママ》ニ何となりともなり次第といふがごとしと注せらる。

西行上人撰集抄に、増賀はつゐに大和国多武嶺といふ所へさそらえいりてとあり。此外毎章此こと葉有。

新古今旅ノ部　さそらふる我身にしあれバきさがたや

海士の苫屋にあまた旅ねぬ　顕仲朝臣

〔**可常**〕（◎「源氏槙柱三、ともかくもさすらへ。岷江註、何と成ともなり次第と」と注記）

新古〽さすらふる我身にしあれバきさがたや海士のとまやに数多旅ねぬ　顕仲

〔**菅菰**〕吟ー行ト書ベシ。是モサマヨフコトニテ文ー選漁ー父ノ辭ニ見タリ。左ー遷ヲ云ニハ非ズ。

〔**傍注**〕吟行ト書ク。左迁ニハアラズ。

〔**解**〕「海濱にさすらへ」海濱 海邊と言ふ心也。則深川邊なるべし。「さすらへ」藻汐屮(草)に流ルろふの事也といふ、左迁といふて、流罪などの支をもいへども、爰には流ろふ又はさまよふ心なるべし。翁の心は風雲にいづれのとしよりか、誘ハれ漂泊の思ひ、やまず、海濱の方へさすらへ歩きてと、後段に深川に再住を書出さんとての事なり。

〔**元禄**〕○怜傳〕サスラヘ文選。サマヨウ。又、進退流離並同。華苑云、行不止也。

〔**寛政**〕（本文「さすらへ」の左に「吟行。サマヨウ也」と注記）

〔**京大**〕（本文「さすらへ」に「左迁又浪人」と注記）

〔**五視**〕（前掲【……漂泊ノ思ひやまず】参照）

〔**洗心**〕海濱にさすらへ〕吟ー行と書べし。是もさまよふとよミて、文ー選漁ー父ノ辭にミえたり。左ー遷をいふにはあらず。○続後撰集右ー近ノ中ー将経ー家〽何となく明ぬくれぬとさすらへてさもいたづらにゆく月日かな

〔**百代**〕さすらへ〕吟行と書。左遷をいふにハあらず。

〔**歌枕**〕○濱ハ水際也。○さすらへはさまよう也。吟行の和訓なるべし。○撰集抄、中比都の内にいづくの者ともしられでさすらへありく僧あり中略。其後いづちへかさすらへ行にけん下略。

〔**龍頭**〕○サスラヘ〕吟行と書て是もさまよひありく事也。文選ニ見えたり。左迂を云にハあらず。

〔**永機**〕さすらへ〕左遷ニあらず。吟行と書ナリ。

【去年の秋江上の破屋に蜘の古巣をはらひて】

〔**鈔**〕深川芭蕉庵にや。杜律、居ー人不三自ミ解セ二東ー西一ヲ

書ー籤薬ー裏封《ゼラル》二蛛網《ニ》一。
堀川次郎百首　かきたえてとひ来る人もなきものを空だのめするさゝがにの糸　常陸

〔可常〕　居ー人不三自《ラ》鮮《セ》二東西一。書ー籤薬ー裏封《マツル》二蛛網《ニ》一。
堀百　〽かきたえてとひくる人もなきものを空だのめするさゝがにの糸　常陸

〔菅菰〕　江ー上ハ江ー都ナド云ガ如シ。江ー戸ヲサスナリ。

（◎［古巣］に「深川ノ菴にや」と注記）

〔傍注〕　江戸ヲサス。

〔解〕　湖《ママ》上の破屋とハ深川の旧庵也。前に海濱といふより照して江上の破屋と受て書は物也、破家ハ韓退之寄《ル》二盧仝一詩《ニ》、玉川先生洛城ノ裏破屋数間而已矣。

〔五視〕　古巣〕　深川芭蕉庵にや。
杜律　居人不三自解二東西一　書籤薬晨《ママ》封二蛛網一。
かきたえてとひくる人もなき物を空だのめするさゝがにの糸

〔洗心〕　去年の秋江上の破屋に〕　菅ニ、江ー上ハ江ー都などいふがごとし。江戸をさすなり。○此鮮大に非也。江ー上ハ江のほとりと訓じて、深川の庵をいへるなるべし。其ゆへハ祖翁自作の続が原の跋に曰、筆を江上の潮にそゝいで、蕉庵雪夜の燈に對すとあり。考へ合せて知べし。

蜘の古巣をはらひて〕　是ハ元禄元年戊辰とし、古郷及びよしの山、和哥の浦に遊歴して、旧庵に帰りしさまをいへり。私におもふに、此頃よりしてはやミちのくに遊ぶべきの思ひしきりにや有けん。〽朝よさを誰が松しまのかた心　とハおもひやられし也。因にいふ、此句意諸家まち〳〵の説をなせれど、さにはあらず。
観ー跡聞ー老ー志ニ曰、風ー光招レ我ヲ海ー山ノ阿、拍ー手吟ー魂奈《ン》レ句ヲ何、御ー島ノ烟ー波松ー嶋ノ月、到テハ慈ー捲《ン》ニレ舌ヲ富ー婁ー那、宋ノ薩ー天ー錫。この意をとりて作られしに疑ひなし。誰が松しまハ招レ我の轉語也。

〔百代〕　江上〕　江都などいふに同じ。

〔下露〕　此年元禄元年也。抑翁此地に住ミ給ふ事凡五度にして此時ハ四度目也。

〔**歌枕**〕川の大」者ヲ皆曰レ江。上、コ、ニテハホトリト云義也。|史記索隠| 上、邊側之義也。

〔**鼇頭**〕○江上〕コウジヤウハ東都江戸也。

○蜘の古巣をはらひ。時ハ元禄巳年也。

〔**通解**〕江上の破屋ハ、江戸深川芭蕉菴の幽栖を申さるゝなるべし。即終焉記に見えたり。

【春立る霞の空に〜取もの手につかず】

〔**鈔**〕新続古今 おぼつかな春は心の花にのミいづれのとしかうかれそめけん 西行法師

〔**可常**〕新古〽おぼつかな春ハ心の花にのミいづれのとしかうかれそめけん 西行

〔**菅菰**〕拾遺 春たつといふばかりにやミよし野ゝ《(の)》山もかすみてけさハ見ゆらん 忠岑

〔**傍注**〕拾遺 山、春たつといふ斗にやミよし野ゝ《(の)》山も霞てけさハ見ゆらん ミツ《ママ》ネ

〔**解**〕奥羽行脚の發端也。拾《ママ》遺集ニ、〽都をバ霞とともに出しかど秋風ぞ吹く白川の関 能因法師、又、柏玉集、〽いざ爰に立出見れバ旅衣春は霞の白川の闗、といふ哥の心を以て見るべし。

〔**元禄**〕後拾〽都をバ霞とともにたちしかど炑風ぞふくしら川の関 能因

〔**五視**〕おぼつかな春ハ心の花にのミいづれのとしかうかれそめけん 西行

同じくハこえてや見まし白川の関のあなたの塩がまのうら 行能

〔**洗心**〕やゝ年もくれ……霞の空に〕 拾遺〽春たつといふばかりにやミよしのゝ山もかすミてけさはミゆらん 忠岑

〔**百代**〕霞の空〕 能因、都をバ霞とゝもに出しかど秋風ぞよ《ママ》く白川の関

〔**歌枕**〕○|拾遺| 春たつといふばかりにやミよしのゝ山もかすミてけさハミゆらん 忠岑

○後拾遺 都をば霞と共に出しかど秋風ぞふく白川の闗 能因

〔**通解**〕＊春立と《ママ》霞空に白川の関を越むとハ、能因が詠に、都をバ霞と共にたちしかど秋風ぞ吹く白川の関

とよめるによるならん歟。〈洒本　春立る霞の空に〉

〔**永機**〕藍関の故事ニ言かけ、且ハ能因の歌などおもひよせられしなるべし。

【白川の関こえんと】

〔**鈔**〕続古今　同じくハ越てや見ましゝら河の関のあなたの塩がまのうら　従二位行能

〔**可常**〕續古〽同じくハ越てや見まし白川の関のあなたの塩がまのうら　行能

〔**菅菰**〕古哥のたち入にて下のしら河の條に委し。

〔**洗心**〕白川の關こえむと〕　菅、古哥の裁入にて、下の白川の條に委し。

〔**百代**〕白川〕　奥州白川郡にあり。この関と名古曽の関とを土俗呼て二所の関といふ事ハ下に注す。

【そゞろ神の物につきて心をくるハせ】

〔**鈔**〕華厳経ニ曰、人初‐生《ノ》時二‐天同‐時而生《ル》。二‐神《ヲ》名ニ《ク》倶‐生‐神一《ト》とあり。或は此二神両肩を離れずと。俗にちりけもとよりそゝかみがたつと云、もしくハ此神の事ならん歟。

千載　花にそむ心のいかで残りけん捨はてゝきと思ふ我身に　西行法師

〔**可常**〕花ゴン《ママ》経曰、人初‐生《ノ》時二‐天同‐時而生《ル》二二神一。名ニ《ク》倶生神一。

千セイ〽花にそむ心のいかでのこりけん捨はてゝきと思ふ我身に　西行

〔**菅菰**〕坐ノ字ヲソゞロト訓ジ來レリ。サレドモ此《コ》ニテハ、倉‐卒ノ字ヲ用ベシ。心ノアワタゞシキコトニテ　神ハ喩《ヘ》モノナリ。

〔**傍注**〕倉卒と書て心のあわたゞしき事なり。神ハ喩ものなり。〈本文「ものにつきて心を狂ハせ」とし、「イに、招きにあひて取るもの手に付かずトアリ」と注記〉

〔**解**〕そゞろと、切て、神の物に付てとよむべし、神明の物託《タク》して其人にいわするに譬ひたり。坐又誂ノ字也。いろ〳〵説ゝあれども爰にはこゝろそら成る共注して、されば譬バ面白き謡物など聞ほれて心浮たる意にて、狂氣の様に物ぐるわしき、かたなるべし。後文に「松

嵩の月心に懸りて」と云出さんとての事也。其角が枯尾花の序に云、十余年が中杖と笠とを放さず、十日とも止まる処にてハ又こそ我胸の中を道祖神のさハがし給ふ也と語られしなり。〽住付かぬ旅の心や置巨燵、是ハ慈鎮和尚、〽旅の世に又旅寐して草枕夢の中にも夢を見るかな と詠じ給ひしに思ひ合セて侍る也と云ゝ、是等の思ひをめぐらして翁の其時の心中、甘味すべき事也。

〔**京大**〕 明李夢陽《ノ》詩、花復一花坐見歳年易《ル》。注ニ云、坐ハ不覺也。字注ニ、ソヾロハ心ニ緒ノナキカタナルニ云リ。

〔**洗心**〕 そゞろ神の……心をくるハせ〕 菅《ニ》、坐《ソヾロ》、忽卒《ソヾロ》の両説あれど、さある時ハそゞろと詞をきりて、さて神のものにつきてと詞を発さゞれバ其意をなさず。又さなす時ハいづれの神にやわかず。私に思ふに、そゞろ神とハ窮奇《アヤカシ》の事也。ものゝけもあらでふとあやしき事、眼にふるゝを、其まゝにうち過せバ、終にハ実の狂氣ともなれる也。是を俚諺にあやかしのつきしといへる也。されバ此をかりてたゞ心の落つかざるをいへり。

〔**百代**〕 そゞろ〕 倉卒の字也。

〔**歌枕**〕 ○そゞろ〕 コゝニテハうかるゝ心也。○黄帝ノ子塁祖遠行ヲ好テ道ニ死ス。故ニ後人行神トシ祭ル。○本朝ニハ、猿田彦ヲ衢神ト祭ル。日本紀○（補記「○神代巻附録ニ詳」）ニ出。又佛家ニハ青面金剛ヲ庚申ト稱シ祭ル也。

〔**竈頭**〕 ○ソヾロ〕 倉卒ニて心あはたゞしき事也。そゞろ神のと云かけ《ニ》て神ハたとへもの。道祖神ハ狙田彦、俳家《ニ》ハ庚申の像と云。日本記（紀）ニ祥《マヽ》也。

〔**通解**〕 さそひ神といへるハ、いまだ尋ずといへども*是亦心化の神なるべし。くなとの神、菊理ひめの類ひ、皆心化の神也。物にさそはるゝ心をさそひ神のつきたるとはいふなるべし。〈洒本 是又〉

【道祖神】

〔**鈔**〕 此御神猿田彦大神を祭《ル》と日本紀《ニ》曰、是《ノ》時《ニ》衢《チマタノ》神問《テ》曰《ク》天《ノ》鈿女《ウズメ》汝《イマシ》為之《カクスルコトハ》何故《ナニゾ》耶《ヤ》。對《ヘテ》曰《ク》天照太

神ノ之子所幸《ミコイデマスル》道路《ミチニ》有《ルハ》二如此《カク》居《ヲルコト》一之者誰《タレカ》也。敢テ問フ之。衢神對テ曰ク聞《キ、上ル》二天照太神ノ之子今當行《イマイデマスベシト》一。故《カレ》奉レ迎《ツテ》相《ヒ》待《ヒ》ツ。吾ガ名ハ猿田彦大神ト。順ノ和名鈔ニ道神《サヘノカミ》《タムケノカミ》唐韻ニ云褐音觴和名太無介乃加美　道上ノ祭一ニ云道神也ト。源氏物語蓬生巻、玉かつらたへてもやまじゆく道のたむけの神もかけてちかハん。河海抄ニ玉かつらハ打任せてハ女の笄の玉を云也。又かつらをもいふにや。玉はほめたる心也。或は男‐縵をも云よし、後撰に見えたり。

伊勢集にも、道中へ行人にかつらやるとて、けふりこし心もあかで玉かつら手向の神と成ぞうれしき。

覊旅の人にぬさ以下の物を送る此神のたむけの為なり。是途中の祈禱也と。袖中抄ニ、ちふりのかみ、道を守る神也。顕昭云、ちふりとハ道ふりの神と云にや。又云、隠岐国知夫利崎といふ所にわたすのミやといふ神おハすなれ。舟出すとてハ其神に幣奉りて海陸の道いのるとぞ。

ゆくもけふかへらんときも玉ぼこのちふりの神をいのれとぞ思ふ　貫之

〔**可常**〕（◎「順和名抄、サヘノカミ、タムケノカミ。袖中、チフリノ神。道ヲ守ル神也」と注記）

ゲンジ蓬生「玉かつらたえてもやまじ行道のたむけの神もかけてちかハん

玉葛ハ女の笄の玉を云。

〔**菅菰**〕祖ハ道‐途ノ祭‐名ト云。首途《カドデ》ノ祭ナリ。黄‐帝ノ妹累‐祖ト云人、遠‐遊ヲ好ミ、終ニ途ニテ死ス。因テ以テ岐ノ神トスト云。日‐本ニテハ、猿《サル》‐田《ダ》‐彦《ヒコノ》‐命《ミコト》ヲ衢ノ神トス。神‐代ニ、天《アマ》‐津《ツ》‐彦《ヒコ》‐彦〱‐火瓊《ホノニ》‐瓊《ニ》‐杵《ギノ》‐尊《ミコト》下‐土ヘ降‐臨ノトキニ迎ヘ‐導キ玉フ神ニテ、日‐本‐紀ニ詳ナリ。後‐世佛‐家青‐面金‐剛ヲ傅‐會シテ庚‐申ト稱ス。道‐路‐庚‐申ノ像ヲ建テ、チマタノ神トスルモ是ノ故ナリ。

〔**傍注**〕祖ハ道途の祭名なりといふ。首途の祭なり。黄帝の妹累祖遠遊を好ミ終に道にて死す。因て以て岐の神とす。日本にてハ猿田彦の命を岐の神とす。神代に瓊々杵尊此土へ降り玉ふ時導き玉ひし神なり。後世仏

家青面金剛を附會して庚申と称す。道路に庚申の像をおゐてちまたの神とするも此故なり。

〔解〕「道祖神の招にあひて」書言古事云、餞スル㆓遠行㆒ニ者ハ曰㆓祖餞行軒㆒、又云、祖道ハ送行之祭、因テ饗飲ス。昔黄帝ノ子、累祖、好㆓遠遊㆒死(死)ス㆓於道㆒。後人、以為㆓行神㆒。注云、累祖ハ死ニ以道故ニ曰㆓祖道㆒祭㆑之保㆓行袵㆒ヲ。私云、斯とあれバ道祖神の名爰に起れり。又神道の家にハ道祖神を猿田彦の命といふ。又道雷神とも称すとかや。事繁ければあらましを注ス。

〔京大〕道祖神《サイノカミ》、雷鳴戸《フナト》ノ□神。俗ニ道六神ト云。サル田ヒコノ大神ト云。和哥八重垣ニ幣ノ部、タビノウタニタムケルヌサトテ、旅人五色ノ紙ヲ切テフクロニ入テ道祖神ニタムケルコトアリ。ムカシハタビダツヒトノハナムケニヌサヲ切リフクロニ入テオクリシトナリ。スベテ道ノ神ナレバコヽニイヅナルベシ。ハタハナムケノ座鋪ヲ祖席ト云也。祖ノ字首途ニ義理アリ。

〔洗心〕道祖神のまねきにあひて　猿田彦ノ太神、天ノ鈿《ウズ》女《メ》ノ命を祭れり。この神たちにうちさそハるゝ心地ぞするとなり。

〔註〕道祖神ハ猿田彦命 佃女命。手を引合て立せ玉へる故に前立の神とも申奉る。小柴さすあすハの神ちあへの神と申奉り、又さへの神とも云ゆへに、道端にさへまらを立る也。猿田彦の命ゑびすを喘吐てくつがへし玉ふ故に椿太明神と申奉る事、勝正 勝目 勝国 勝色勝の神なるが故に千勝太明神と崇め奉る也。かしま立の神も此神也。阿[諏]訪の神と同躰也。春日の神南都へ御鎮座、五ッ時かしま立、かりやどの神に一夜泊り給ひて其後ハ心の侭に立せ玉ふ。それよりして鹿嶌立と云事はじ(ま)る也。道祖神の招きにあひてとハ、翁そゞろといふ心のうつり也。

〔百代〕道祖神〕順、和名鈔ニ、共工氏之子好遠遊ヲ。故其死後ニ、以爲祖和名作倍乃加美と有。或説に奥州名取郡笠嶋庄道祖神を付て言なるべしといえり。今按るに、招といふ文勢により所あるものか。笠嶋明神の事ハ下に注す。見合べし。

〔**通解**〕道祖神ハ、日本書記（紀）云、衢《チマタノ》神對テ曰ク、聞ク天照大神ノ之子、今當ニ二降行ス一。故ニ奉レ迎相ヒ待ツ。吾ガ名ハ是レ猿田彦ノ神也云云。道祖神ハ、青面金剛猿田彦の太神をいへり。猿田彦の神ハ、*日の神の光に立て導給ふが故道祖神とハなせるなるべし。祖ハもろこし周の頃にも首途にまつれる名也。よつて道祖の名を称するにや。

〈洒本　日の神の先〉

【取もの手につかず、もゝ引の破をつゞり、笠の緒付かえて、三里に灸すゆるより】

〔**解**〕是俳文章のならハしにて旅装ひのあらましをありのまゝに書出す。皆是そゞろ心の躰たらく也。三里に灸居るゟ、鍼灸聚英ニ云フ三里膝下三寸䯒骨之外廉大筋ニ宛て中両筋肉分ノ間挙レ足取レ之極て重し。按レ之則趺上ノ動脉止矣下略。又外臺秘要ニ云、人年三十以上若不レ灸ニ三里一令レ人氣上冲レ目、又徒然艸に四十以後の人身ニ灸をくハへて三里をやかざれば上氣の叓あり、必やくべしと云ゝ。此外明堂灸位などの趣きも同じ叓也。三十已上三里に灸する事かるぐ〳〵敷思ふべからず。依て此ちなミに諸經のことわりを注す。

〔**寛政**〕（本文の「灸」に「ヤイト」と振仮名）

〔**通解**〕三里の灸ハ、日用灸法云、三里の二穴ハ膝のした三寸、䯒骨の外、大筋の内にあり。一説に膝眼の下三寸とあり。口傳あり。膈噎 腹脹 水腫 便血 上氣目眩 胃の氣 虚弱にして不食するに灸す。凡三十以上にハ必灸すべし。然らざればバ氣上て眼不明云云。

【松嶋の月先心にかゝりて】

〔**鈔**〕新後撰　松嶌やをじまの礒による波の月の氷に千鳥鳴なり　俊成卿

〔**可常**〕新コウセン　松しまやをじまの礒による波の月の氷に千鳥鳴なり　俊成

〔**菅菰**〕松嶋は奥州の名所にて下にくわし。

新勅撰　心あるあまのもしほ火焼すてゝ月にぞあかす杢が浦嶋　祝部成茂

新後撰　まつしまや雄嶋の礒による波の月の氷に千鳥鳴也　俊成

〔解〕 新後撰集 〽やミ路にはまどへ《ママ》もはてじ有明の月まつ嶋の人のしるべに 蓮生法師。松嶌の月の事此哥など考へ味ふべきにや、但此哥の作者は、熊谷蓮性にハあらず。作者部類にいふ、宇都宮ノ弥三郎入道蓮性法師なり、宝治哥合に陳状書し作者也。

〔五視〕 松嶋やをじまの礒による浪の月の氷に衙なくなり 俊成

〔沙鷗〕 松嶋の月 新後撰集 松しまや雄嶋の礒による波の月の氷に千鳥啼也 俊成

〔洗心〕 取もの手につかず……心にかゝりて〕 菅ニ、松島ハ奥州の名所にて下に委し。新勅−撰〽心ある海人のもしほ火たきすてゝ月にぞあかす松が浦しま 祝−部成−茂。新後撰〽まつ島や雄じまの礒による波の月の氷に千鳥なくなり 俊成。○私に思ふに、松しまの月ハ天−錫が詩−句の露顕にして、去年の秋よりして誰が松島と片心にかゝりしをこゝにいへる也。

〔註〕 朝よさをたが松嶌ぞかた心

ミちのく行脚おもひ立給ひし前の年の吟と申事、世人よく傳ふ。可考。

〔百代〕 松島の月〕 奥州宮城郡本朝第一の景地也。尚下に委し。新勅撰 祝(祝)部成茂、こゝろあるあまのもしほ火焼すてゝ月にぞあかす松がうら嶋 又、新後撰俊成、まつ嶋や雄嶋の礒による波の月の氷に千鳥嶋(鳴)也

〔下露〕 一本二、今とし元禄二とせの春奥州行脚のこゝろざし有て、

朝よさを誰松嶋ヲかたごゝろ

春雨や蓬をのばす草の庵 と見へたり。

〔歌枕〕

○新古今 松嶋やしほくむあまの秋の袖月ハ物おもふならひのミかハ 鴨長明

○新勅撰 心あるあまのもしほ火焼すてゝ月にぞあかす松が浦しま 祝部成茂

○新後撰 まつしまや雄嶋の礒による波の月の氷に千鳥鳴なり 俊成

〔通解〕 松しまハ即奥刕の名所なり。新後撰集 俊成、松しまや雄じまの礒による波の月の氷に千鳥なくな

り
其ほか月をよみたる古歌多かるべし。

〔**永機**〕 新勅撰　心ある海士がもしほ火たき捨て月にぞ明す松が浦島　祝部成茂

【住る方ハ人に譲り】

〔**解**〕 句解ともに注す、古翁松嶋へ旅行せば今まで住たる草庵《アン》人に賣たる也。其後ニ主ハ下賤たる夫婦者の小娘有りて、弥生なれば聊の雛祭したるをつらく見て、草の戸も住替る代ぞ、いつか雛祭りする家に成たるよといふ事を、雛の家とハ、いふなるべし。古今集雑の部、伊勢が家を賣て詠る、「飛鳥川渕にもあらぬ我宿は瀬に替り行く物にぞありける。此哥を下心に持書るゝ也。

【杉風が別墅】

〔**菅菰**〕 杉風ハ翁の門人、東都小田原町に住す。本名鯉屋藤左衛門と云魚店なり。別-墅ハ別-荘ニ同ジ。俗ニ下-屋-敷ト云。晋書謝-安ガ傳ニ、圍ム碁ヲ別-墅ニ、ト云是ナリ。此別墅ハ東都深川六間堀と云所にありて祖翁蛙飛込の句を製し給ふ地也と云。其古池今猶存す。
○是迄序文なり。

〔**傍注**〕 深川六間堀ニあり。古池やの吟ハ爰の地也。杉風ハ翁の門人にて小田原丁に住す。鯉や藤左衛門といふ魚店なり。
（「別埜（墅）にうつるに」）コレマデ序文ナリ。

〔**解**〕 杉風が別墅〕 別荘に同ジ。下屋敷也。 深川にあり。未レ記。杉風は翁の門人、六間堀の名主役也。今に其子孫あり。
奥の細道菅菰抄ニ是まで序文也。
奥の細道菅菰抄ニ云、杉風ハ翁の門人、東都小田原町に住す。本名鯉屋藤左衛門と云魚店なり。別墅ハ東都深川六間堀と云所にありて祖翁蛙飛込の句を製し給ふ地也と云。其古池今猶存す。

〔**元禄**〕 ○別墅〕 墅、匀会云田盧也。又圃墅也。 別家ナリ。

〔**京大**〕 杉風ハ鯉屋市兵衛ト云人也。万年橋ノ邊リニ下屋鋪アリ。今ハ替地トナリテ攝刕尼嵜城主松平遠江守

殿ノ下屋敷トナリテ、屋鋪ニ古菴ノアト有。古池 柳モアリ。[今]蕉庵ト申ハ右ノ代リ也。

〔洗心〕住る方ハ人に譲り杉風が〕 菅ニ、翁の門人、東都小田原町に住す。本名鯉屋藤左衛門といふ魚店也。○予ハ市兵衛と聞しがいかゞにや。其子孫深川に住して連綿す。風名は杉風といへり。

別墅にうつるに〕 菅ニ、別ー墅ハ別荘に同じ。俗に下屋敷といふ。又云、此別墅ハ東都深川六間堀にあり云〻。又云、是まで序文也。○採ー茶ー庵といへる、すなハち是也。

〔註〕深川六間堀也。

〔百代〕杉風〕翁の門人。東都小田原町魚店也。鯉屋舗藤《ママ》左衛門、今尚ぞんす。別墅〕別荘といふに仝じ。

〔歌枕〕○杉風ハ俗名鯉屋藤左衛門と云て、東都小田原丁の魚店也。

○晋書謝安傳、圍ニ碁ヲ別墅一。○杉風が別墅ハ深川六間堀にありて、翁蛙飛込の句ハ此所にて得られしとぞ。

〔鼇頭〕○杉風ハ東都小田原丁ニ住て魚店也。鯉屋藤左衛門と云。翁の門ニ入て今十哲と云古弟也。

○別墅〕ベツヤ。俗ニ云下屋敷也。晋書謝安ガ傳ニ、碁ヲ別墅ニ圍ムト云是也。

〔通解〕杉風が別墅〕別墅ハ別荘にて、野辺の住居、游息の所なり。杉風卑賤のものといへども冨れ、よつて此もふけあるなるべし。

【草の戸も住替る代ぞひなの家】

〔鈔〕論語學而篇 君子ハ居無シトレ求ルコトレ安カランコトヲ。閑寂に沈まず闤《クハンクハイ》闠に静を観ぜらるや《ママ》。代の字に荷ひて旡㝵《ムゲ》（頭注「㝵ハ礙《ガイ》 同ジ」）自在の境界なり。荻翁云、今一句有しと傳ふ。爰に略せらる。

家を出て行末いかに蝸牛　と。

西上人関東下向に、鈴鹿山都を跡にふりすてゝいかになりゆく我身なるらん。これによられしとぞ。

〔可常〕ロンゴ、君子ハ居無シレ求レ安。

〽鈴鹿山うき世をよそにふりすてゝいかになりゆく我身なるらん　西行

（◎「閑寂に沈まず。闤闠《ケンカイ》に靜を観ぜらるや《ママ》。今一句

有ト。家を出て行末いかに蝸牛」と注記。「闠《カイ》」の右に「市ノ門也」と注記）

〔**菅菰**〕 草の戸も住替る代ハぞひなの家

頃は二月末にて、上巳のセちに近き故に、雛を商ふもの、翁の明キ庵をかりて賣物を入置所となせしにより
て、此吟ありと云。勿論雛の家箱ハ、あるは二つの人形を一箱になし、或ハ大小の箱を取かへなど年〻其収藏の定なきものなれバ、年ー年歳ー歳花ー相ヒ似タリ、歳ー歳年ー年人不レ同カラ、の心ばえにて、人生の常なきを観想の唫なるべし。

〔**傍注**〕 頃ハ二月末にて上巳の節にちかきゆへ、雛を商ふもの翁の明庵をかり、賣物を入置所になせしにより
て、此吟ありといふ。住かはるさまのかハりし観相なり。

〔**解**〕（前掲【住める方ハ人に譲り】参照）

〔**寛政**〕（本文「ひな」の右に「雛」と振漢字）

〔**五視**〕 艸の戸も――〕 荻翁云、今一句ありしと。家を出て行末いかに蝸牛。論語学而篇ニ、君子ハ居無レ求レ安。

〔**沙鷗**〕 ひなの家 雛の家〕雛を商ふもの、ばせをの明庵をかりて賣物を入置所となせしにより、此吟有といふ。

〔**洗心**〕 〔草の戸も〕今はかく〔住替る〕定めなきうき〔代〕のさまなる〔ぞひなの家〕のかり初なるが如し

菅ニ、雛を商ふものゝ此明庵をかりて賣物を入おく所となせしによりて、此吟あり云〻。〇大乗の俳眼かゝる所をいかで望むべきや。浅ましき鑿説也。はたいふ、雛の家とは箱の事にして、鏡の家 家樽など例してしるべし。中につく此雛ハ人の形つくりしものなれば、家といへるも亦自然也としるべし。

〔**百代**〕 草の戸〕 草菴も雛などもてる人の栖え（と）ハなれりと、世の中のうつりかハる有さまを観相也。

〔**句解**〕 草の戸も住替る代ぞひなの家

句選註ニ奥の細道發端の句なり。元禄元年《ママ》三月江戸ふか川のばせを庵を出立なり。雛の箱に艸庵をたとへられし也。袖日記ニ元禄二年ト有。

嚢曰、我此所に年比ありしにけふより立出ぬればいかなる小人が來て住ぬらんと歎ずる句也。其時は三月三日也や。雛の家にて知れり。

〔**歌枕**〕○草庵にハ雛もなければ也。代の字、太平の心をふくめり。○「白川殿七百首」道ありと我君が代に出はてゝ山のおくにハ住人もなし。隠者出レ山といふ題の哥也。

〔**鼇頭**〕○雛の家とハ、年〻ヒナを箱出し入をして生涯の定めなきを観想の吟なるべし。

〔**通解**〕〽草の戸も住替る代ぞひなの家

菅菰抄云、頃ハ二月の末、雛を商ふもの、翁の明き家をかりてうり物を入置く所となせしによりて此吟ありと云〻。按るに甚拘りたる説なり。雛商人にあらずともあるべし。笈日記に、むかし此叟深川を出るとて此艸菴を俗なる人にゆづりて、とあり。翁の旅立るにより人の入り替るを雛の箱にたとへたる時節の感情なるべし。

〔**解説**〕深川の草菴を出玉ふとて

草の戸も住かはる世や雛の家

菅菰抄云、頃ハ二月の末雛を商ふもの翁の明き家をかりてうり物を入置く所となせしによりて此吟ありと云〻。按るに甚拘りたる説也。雛商人にあらずとあるべし。笈日記に、むかし此叟深川を出るとて此艸菴を俗なる人に譲りて、とあり。翁の旅立により人の入り替るを雛の箱にたとへたる時節の感なるべし。

【面八句を庵の柱に懸置】

〔**鈔**〕大原三吟ニ宗祇云、面八句に定る事ハ阿鑁吽に阿毘羅吽欠を合て是を号と。愚童云、神道八角殿の古實ありとかや。上宮皇太子の夢殿八角殿のよし。又、當時洛東吉田山中央の神社八角殿なり。見ツべし。首楞嚴経ニ、八角壇を用る叓など八の数理神佛ともにゆへあることにや。爰の心は兕願のためならむかし。

〔**可常**〕（◎宗ギ云、阿鑁吽ニ、阿毘羅吽欠合セテ八句、是一呪願ノ為ナラン」と注記）

〔**解**〕此面八句未レ考。

〔**元禄**〕○源語槙柱　いまハとてやどかれぬともなれき

つるすぎの柱よわれをわするな

〔五視〕面八句を〕大原三吟ニ宗祗《(祇)》云、面八句ニ定る事ハ阿鑁吽ニ阿毘羅吽欠ヲ合セて是ヲ号トヤ。

〔洗心〕面八句を〕此俳諧いまだ見あたらず。

庵の〕杉風が別墅。

〔百代〕面八句〕弥生の上迠結前生後の文也。草菴を出るとて草の戸のほぞ有て、面八句と成たるハ風《ママ》が別墅にてノ事と聞ゆ。此附合未見。

〔下露〕面八句不傳、おしむべし。

〔歌枕〕○此面八句をだにのせざれバ餘ハ可察。

〔通解〕是ハ首途の事をしるされし也。面八句ハ、此句によりてなれる所か。いまだ考へず。此紀行のうち、所〻の俳諧ありて、附合の巻〻夫〻の集にも入り、其家にとゞまり、近き頃奥の枝折といへる書にも多く出せり。これハ其紀の本より略せられしなれバ爰に挙ず。其集〻諸書によりておのづから見るべし。素堂の詩、安適の和歌のごときも又出さず。但詩ハ家集にありといへども、和歌ハいまだ考へず。此ほか是にならふとしるべし。

〔二〕旅立ち

弥生《やよい》も末の七日《なぬか》、明《あけ》ぼのゝ空朧《ろうろう》ゝとして、月ハ在明《ありあけ》にて光お(を)さまれる物《もの》から、不二《ふじ》の峯幽《みねかすか》にみえて、上野《うえの》谷中《やなか》の花の梢《こずゑ》、又《また》いつかはと心ぼそし。むつまじきかぎりハ宵《よひ》(宵)よりつどひて、舟に乗《のり》て送る。千《せん》じ(ぢ)ゅと云《いふ》所にて船をあがれば、前途《せんど》三千里のおもひ胸にふさがりて、幻《まぼろし》のちまたに離別《りべつ》の泪《なみだ》をそゝぐ。

行春《ゆくはる》や鳥啼魚《なきうを》の目ハ泪《なみだ》

是《これ》を矢立《やたて》の初《はじめ》として行《ゆく》道なを(ほ)すゝまず。人ゝ《ひとびと》ハ途中《みちなか》《とちゅう》に立《たち》ならびて、後《うしろ》かげのミゆる迄《まで》ハと見送《みおくる》なるべし。

【弥生も末の七日、明ぼのゝ空朧ゝとして】

〔菅菰〕 三月廿七日なり。三月ハ草木盛に生ずるの時なる故にいやおひ月とす。いよ〳〵生ずるの義なり。略してやよひと云。

〔解〕 三月廿七日の月是則下弦也。和漢名数ニ云、有明ハ下旬の月なり。一説十四五日ヨリ以後の月未《ダ》レ没而夜既明ヲ曰ニ有明一 袖中抄ニ出。「朧ゝとして月は有明にて」呉均詩《ガ》ニ、朧ゝ《タリ》樹裏月、飄ゝ水上雲。

〔沙鷗〕 弥生も末の七日　元禄二年三月廿七日也。

〔洗心〕 柱に懸置……末の七日〕菅ニ、三月廿七日也。

三月ハ草木盛に生ずるの時なるがゆへに、いやおひ月とす。いよ〳〵生ずるの義也。略してやよひといふ。

〔註〕明ぼのゝ空朧〻〕源氏物語の言葉。枕草紙の春ハ曙漸々白くなり行まゝに空の気色と云より富士の曇りを霞深く見渡したる空の余波をおしむ言葉也。

〔百代〕明ぼの〕先時節を書出セリ。清女が枕草紙に、春は暁やう〳〵しろくなり行山ぎハすこしあかりてとあり。是等の筆意なり。

〔下露〕又曽良が日記にハ、巳三月廿日深川出船、千住に上る。廿六日まで逗留とみへたり。杉風が記にハ廿七日とあり。これハ廿七日の暁千住を出給へるを記せるなるべし。

〔歌枕〕○弥生ハ木草のいよ〳〵生るといふ義とぞ。

【月ハ在明にて光おさまれる物から】

〔鈔〕源氏はゝ木〻巻、月は有明にて光おさまれる物から影さやかに見えて とあり。

〔可常〕（◎「源語」と注記）

〔菅菰〕源氏物語箒木ノ巻の文にて、からハ ながらなり。

〔傍注〕（「物から」の「物」より右に弧線を引き、「ながらなり」と注記）

〔解〕源氏箒木ノ巻、空蝉の名残の詞にいふ。月は有明にて光治れる物から影さやかに見へて中〳〵おかしき明ぼの也 下畧。

〔元禄〕○源語箒木 月ハ有明にして《ママ》光おさまれる物から影さやかに見えて云〻。

〔寛政〕月ハ有明にて〕源氏物語箒木の巻の文にて、からは、ながらなり。

〔京大〕源氏箒木に末の巻、月ハ有明にて光おさまれる物から影さやかに見へて中〳〵おかしきあけぼの也。北邑注ニ、暁の月のあくるきハに、空ハ月の光おさまりて地にかげの分明成ものながら、かげと光の差別をよく書分たり。此のちのあくるさかいを明ぼのといふ。

〔五視〕はゝきゞの巻、月ハありあけにて光おさまれる物から影さやかに見えたり。

〔沙鷗〕光納れる 源氏箒木巻ニ、月は有明にて光おさまれるものから影さやかにミへて中〳〵おかしきあけ

ぼの也。

〔**洗心**〕明ぼのゝ……物から〕菅ニ、源氏物語、箒木ノ巻の文にて、からハながらなり。

〔**歌枕**〕○光おさまれるハ光のうすらぐけしき也。源氏の文勢をかれり。〔補注「はゝき木の巻」〕ことばのゆふなるにて明ぼのゝ朧なるけしきを顕す。

〔**竈頭**〕○月ハ有明ニてひかりをさまれるものから、源氏はゝきゞの巻のことば也。

〔**通解**〕月ハ有明にとある文ハ、源氏箒木の巻に、月ハ有明にて光おさまれるものから影さやかに見えて中〻おかしきあけぼの也といふ詞をとれるにや。須磨の巻に、明ぬれバ夜深く出玉ふに有明の月いとおかしう花の木どもやう〱盛り過てわづかなる木かげのいと面白きにはに、薄ぎりわたりたる、そこはかとなくかすみあひて、秋の夜の哀に多く立まされりといへる俤にも通へり。

【**不二の峯**】

〔**鈔**〕哥書の注に不二は三国無双の心なりと。

〔**菅菰**〕不二の峯ハ富士山ヲ云。駿河ノ國富士郡ニ在リ。孝謙天皇五年六月一夜ニ出現ト云。祭ル神木花《コノハナ》開《サク》耶《ヤ》姫《ヒメ》淺間權現ト稱ズ。鳥居ノ額ニ三國第一山トアリ。故ニ又不二山トモ書ク。勿論名所ニテ世人ノ知ル所ナリ。

〔**解**〕「不二の峯幽かに見へて」兼好家集、吾妻にて宿のあたりより不二の山近ふ見ゆれば〽都にて思ひやられし冨士の根を軒端の岡に出て見る哉。又、名処《ママ》方角抄に、鎌倉より奥州へ下るに先武蔵へ出る也。むさし野〻《（の）》初る所は鎌倉より五六里なり。一国おしなべて野也。鎌倉ゟ北にあたるなり。秩父嶽は、西の端也。又見越しに不二見へたり。

〔**洗心**〕不二の峯幽にミえて〕菅ニ、不二ノ峯ハ冨士を云。餘ハはぶく。

〔**註**〕〔前掲【弥生も末の七日、明ぼのゝ空朧〻として】参照〕

〔**百代**〕不二峯〕富士不盡並に通し用ゆ。駿劦ふじ郡にあり。本朝文粋に古老傳て曰、山ヲ名ルハ富士ト取郡《ママ》ノ

名也。又宋《ノ》景傔日東《ノ》曲《ニ》蟠根直《ニ》壓《アツ》す三州《ノ》間云々。三劦ハ駿豆甲を云なり。峯ハ円機活法に山《ノ》頂高也。李園輪《ガ》云、直に上《テ》孤立《ナル》曰峯。

【上野谷中の花の梢】

〔鈔〕続後拾遺　よしの山梢の花を見し日より心ハ身にもそハず成にき　西行法師

此上人家集と云ものに、むかしこころざしつかまつりしならひに世をのがれて後も賀茂社へ参るまでなん年たかくなりて四国方へ修行すとて又かへりまいりぬ事にてこそ。いと覚て仁安三年十月十日夜参て幣まいらせしに内へもいらぬ事なれバたなこのやしろにかきつけて奉て心ざし侍しに、木の間の月ほの〴〵とつねよりも物あハれにおぼえて、ころもでになミだの月にかゝるかな又いつかハと思ふあハれさ。

〔可常〕続後シウイ　〽よしの山梢の花を見し日より心ハ身にもそハず成にき　西行

〔菅菰〕上野ハ東都ノ艮ニアリテ、山ヲ東叡ト云。寺ヲ寛永ト云。寛永年中慈眼大師開基ノ霊場ニテ、西都ノ比叡山ヲ模《ス》ト云。此地舊《ト》ハ藤堂家ノ舘地ニテ、地勢伊賀《ノ》上野《ノ》城ニ似タル故ニ此名アリト。今山口《ニ》車坂屏風坂ナド云アルハ皆伊賀上野ノ坂名ナリト云。谷中ハ上野ノ西、感應寺ト云天台宗ノ大伽藍アリテ、上野ニ隣ル。此兩處ハ、分テ花木多《ク》遊観ノ地ナリ。

〔解〕西行家集、〽ちる花を惜む心や止りてまたこん春の種と成るべき。此外花をおしむ古哥挙て云ふべからず。又云、上野ハ鎌倉両官領の時代忍が岡の城とて安田上総と言ふ者の居城也。其已後當御代御入國以後藤堂家へ給りしゟ居館を営《ミ》藤堂領国の伊賀の上野に並びて忍が岡を轉じて上野と号する事にハなれり。又、寛永年中に南光坊大僧正子細を以今の東叡山御建立有しに依て、藤堂家へハ今の和泉橋の地を替地に給、上野は夫ゟ東叡山と成にけり。翁も伊賀の本國なれバ、上野の事どもを此別れのちなミに思ひ出たるにやあらんと、此事跡の訳をいさゝか記置侍る。谷中ハ其風景

江都の嵯峨ともいふべき栖穏の地也。忍が岡方角抄の事。

〔洗心〕上野〕東―叡―山の境―内、山―王の社及び清―水観―音―堂等、花宸多し。
谷《ヤ》中〕菅ニ、感―應―寺の花をいへり。〇いまだ聞ず。宸壮―観おもふに、是飛―鳥―山をいへるなるべし。也。

〔百代〕上野〕武州豊嶋郡にあり。東叡山円頓院寛永寺と号す。開基慈眼大師。本尊千手。鎮守ハ山王也。此地を上野と名る事ハ、もと藤堂家の舘地ニて地勢伊賀上野の城に似たる故也。今山口に車坂屏風坂など云あるも、伊賀上野の坂名也と、梨一が菅菰抄に見えたり。
谷中〕上野につぎて花木おふ《(ほ)》く遊歓の地なり。

〔歌枕〕〇上野ハ則寛永寺ト号ス。慈眼大師ノ開基ニテ皇都ノ叡山ヲウツ〔ス〕故ニ東叡山ト云。
〇谷中ハ上野ノ西、感應寺也。天台宗ニテ大伽藍也。

〔竈頭〕〇上野ハ東都の東、東叡山寛永寺を云。慈眼大師開基也。谷中ハ上野の西、感應寺を云。両所ともニ花木多し。

〔通解〕上野谷中の花の梢〕名所記云。抑當山ハ江戸第一の桜花の名勝にして、一山花にあらずといふ所なし。いにしへ、台命に*よりて《テ》和劦吉野山の地勢をうつし植させらるゝが故に、花に速あり遅ありて山上山下盛をわかてりと云々。又云、東叡山の山内桜樹多き中にも山王の社辺を桜が峯と云。湯しま聖堂の旧地にして、昔ハ殊に桜多かりしといへり。谷中長耀山感應寺、上野谷中門の外にあり。東叡山の乾にあたるをもて鞍馬寺に比せらるゝといへり。境内桜桃二花ありて春時爛熳たり。感應寺の裏門より道灌山を界とし、日ぐらしの里と云。此辺寺院の庭中、四時草木の花絶へず。常に遊観に供ふ云々。但感應寺ハ今天王寺といふ。元禄十一年までハ日蓮宗の雄刹たり。

〈洒本　よりて〉

【又いつかはと心ぼそし】

〔五視〕西行関東下向に、

すゞか山都を跡にふりすてゝいかになり行我身なるらん

〔歌枕〕 ○山家集かしこまるしでになみだのかゝる哉又いつかハとおもふ心に
○行衛おぼつかなき身の程を察して、見る者こゝにはじめて涙をもよふ(ほ)すべし。

〔通解〕 又いつかはといへる詞ハ、撰集抄云、仁安三年十月十日、棚尾の社のもとにて静に法施を奉りけるほど、木の間の月ほの〴〵と常よりも神さび哀に覚へければ、

かしこまるしでに涙のかゝるかな又いつかはと思ふ哀に

と西行法師のよみけるうたの詞なるべし。盛久の謡に、見渡せば柳桜をこき交て錦と見ゆる故郷の空、またいつかはと思ひ出の限りなるべき東路に思ひたつこそ名残なれ云云。此紀行にまたいつかはといふ詞ハ、西行の詠に出るなれども、俤ハ盛久の都の名残に似たるとやいふべからむ。

【むつまじきかぎりハ宵よりつどひて】

〔鈔〕 日本紀に、會《ツドヘテ》二諸神《モロカミヲ》一と有。

〔可常〕 (◎「つどひて」に「日本ギ、會《ツドヘテ》二諸神一ヲ」と注記)

〔菅菰〕 ツドヒハ、湊輳等ノ字ヲ用ユ。ヨリ聚マルコトナリ。

〔解〕 睦《ム》字也。杉風其角嵐雪が類也。舟にて送るためしも、唐大和に多し。琵琶行の事。

〔元禄〕 寄集《ツドイ》也。菅菰抄ニ云、湊輳等ノ字ヲ用ユ。ヨリ聚マルコト也。

〔京大〕 寄集《ツドヒ》。

〔洗心〕 宵よりつどひて」菅一、つどひハ湊、輳等の字を用。より聚る事なり。

〔百代〕 むつまじき〕 土佐日記に、すむたちより出て舟に乗べき所えわたる。かれこれしるしらぬおくりす、とあり。此筆意也。

〔鼇頭〕 ○集〕 ツドヒ。(本文「集ひて」と書く)

〔通解〕 送別の事をいふ也。

【千じゆと云所】

〔菅菰〕千-住ト書《ク》。奥州往還宣-初ノ驛-宿ナリ。

〔解〕東路の記《ニ》貝原翁作江戸日本橋ゟ千住へ二里八丁。

〔元禄〕○千住。

〔洗心〕舟に乗て……千じゆと云所にて〕菅《ニ》、千-住と書。奥州往還宣初の驛宿なり。

〔百代〕千住〕奥州往還宣初の駅宿なり。千住両国六郷を合せて武陽の三大橋と称す と俗誇れり。

〔歌枕〕○哥枕あるハ古跡又ハ名高き地名の外、云の字あり。

〔鼇頭〕○千住　センヂユ。江戸より二里初駅。

【前途三千里】

〔鈔〕本朝文粋、朝綱卿蕃客を送る詩に、前途程遠《シ》馳二思《ヲ》於鴈山《ノ》之暮雲一《ニ》。文選古詩《ニ》、辞《シテ》レ家《ヲ》遠《ク》-行《キ》-游《ブ》悠々《タル》三千里　陸機。源氏須广巻に、まことに三千里の外の心ちするにと有。岷江入嶬　白氏文集引證あり。今爰に略す。

〔可常〕本朝文粹、前途程遠《シ》馳二思《ヲ》於鴈山之暮雲一。文ゼン、辞レ家遠《ク》行《キ》游《ブ》。悠々《タル》三千里　陸機。

（◎「源氏スマ、誠に三千里の外の心ちするほど《ニ》」と注記）

〔菅菰〕此五-字ハ　必《ズ》詩文中ノ一句ナルベシ。出-書未レ考。或ハ古-文前-集《ニ》、此《ヲ》去《テ》三-千-里、ト云意カ。前ハス、ムト訓ズ。途ハミチニテ、前-途ハ行《ク》先《キ》ト云コトナリ。

〔傍注〕此五字かならず詩文中の一句なるべし。出書未だ考えず。古文前集に此去三千里といふこゝろなる欤。

〔解〕前途三千里の賦、蘇武《ガ》詩《ニ》、三千里外随行李十九年間任轉蓬。

〔元禄〕朗詠―　前途程遠馳思於广山之暮雲。後会期遥霑纓於鴻臚之暁涙。

〔京大〕前途三千里〕古語也。行先ノ事也。古文、帰去來ニ、樵夫《（征）》ニ問ニ以前路ヲ。同意ナリ。

〔五視〕本朝文粋、朝綱卿蕃客《ヲ》送《ル》詩《ニ》、前途程近《ママ》馳二思於鴈山之暮雲一。文選古詩《ニ》、辞レ家遠行游悠々《タル》三千里。須广の巻に、まことに三千里の外の心ちすると有。

〔**沙鷗**〕前途三千里　前途三千里未考。
〔**洗心**〕舩を……前途三千里の〕　菅ニ、此五-字ハ必詩-文-中の一-句なるべし。出-書未レ考。古-文前-集ニ、此公ヲ(去)テ三-千-里といふ意か。前ハすゝむと訓ず。途ハみちにて、前途ハ行先と云事也。
〔**百代**〕三千里〕　行先の遠をいふ。こゝろぼそ〔き〕文躰なり。
〔**歌枕**〕○海道記　前途いよ〳〵ゆかし。
〔**鼇頭**〕○前途〕ゼンドハ行先を云。古文前集ニ、此ヲ去テ三千里トアリ。
〔**通解**〕前途三千里云々、和漢朗詠集に前途*程-遠馳ス二思ヒヲ於*雁-山-之-暮-雲一ニと云ひ、三千里ハ道の遠きをいへり。源氏須磨の巻に、まだ申の時ばかりにかの浦に着玉ひぬ云々。こし方の山ハ霞はるかにして誠に三千里の外の心地するに、かひの雫もたへがたしと三千里の思ひといふ。是等により思ひ合ハすべし。遠路の程の心ぼそき旅情ふかし。
〈洒本　程-遠シ　雁山之暮雲〉

【幻のちまた】

〔**鈔**〕幻、増韻云妖術也ト。玄宗帝の使にて方士が蓬莱山に至り楊貴妃が金釵鈿合のかた〳〵を取て帰る、是幻術也と。白氏長恨哥、魂魄曽テ来テ夢ニダモ不レ入と。金光明經ニ曰心ハ如シ二幻化ノ一と。心身幻化の沙汰経論をかぞゆにいとまあらず。行もとゞまるも則まぼろし也。しバらく此境をいふ。総ルときは世間是レ幻のちまた也。
古今　いとによる物ならなくに別れ路の心ぼそくもおもほゆる哉　貫之
命だに心にかなふものならバ何かわかれの悲しからまし　白女
〔**可常**〕白氏長恨哥、魂魄曽テ来夢不レ入。金光明經曰、心ハ如シト二幻化一。
（◎「行もとゞまるも則まぼろし也」と注記）
古今に〳〵いとによる物ならなくに別れぢの心ぼそくもおもほゆる哉　貫之
〔**菅菰**〕經ニモ、如ク二夢幻泡影ノ一、如レク露ノ亦タ如レシ電ノ、ト説テ、俗ニ夢ノ世ト云ガ如ク、人-生ノハカナキ

ヲ喩フ。

〔傍注〕（本文「うつゝ」を見せ消ちにして、「幻」と注記）

〔解〕「幻の岐に」金剛經云 一切有為法如夢幻泡影、ちまた 巷街の字也。廣員、直ヲ云レ街、曲ヲ曰レ巷。「離別の泪をそゝぐ」陸魯望ガ離別ノ詩ニ丈夫非レ無レ涙 不レ洒二離別間ニ一。菅菰抄ニ云、經ニモ如ク夢幻泡影亦如電ノト説テ、俗ニ夢ノ世ト云ガ如ク人生ノハカナキヲ喩フ。

〔元禄〕巷《チマタ》。

〔寛政〕杜甫、感時花濺涙恨別鳥驚心。

〔京大〕説文ニ曰、巷ハ里中道也矣。増韻ニ曰、直ルヲ云街、曲ルヲ曰巷ト也。

〔洗心〕おもひ胸に……幻のちまたに〕経にも如‐夢‐幻泡‐影、如‐露亦‐如‐電と説て、俗に夢の世といふが如く人世のはかなきを諭(喩)ふ。

〔百代〕幻のちまた〕（見出し語だけで解説なし）

〔歌枕〕○佛經ニ、如二夢幻泡影一、如レ露亦如レ電。

〔鼇頭〕○幻〕マボロシ。金剛経ニ如夢幻泡影如露亦如電ト説ク。俗ニ人生のはかなきを喩ふ。

〔通解〕幻のちまたといふは、有為生死のちまた、夢現(ママ)泡影など金剛経の文に見へたり。人間浮世のはかなきを幻のちまたともふ(まう)されしならむ。


【行春や鳥啼魚の目ハ泪】

〔鈔〕感ジテハレ時ヲ花ニモ濺ギレ涙ヲ恨デハレ別ヲ鳥ニモ驚スレ心ヲ 杜子美。述異記ニ曰、南‐海‐中ニ有リ二鮫‐人ノ室一。水‐居シテ如シレ魚ノ不レ廃二機‐織一ヲ。其ノ眼能ク‐泣トキハ則出スレ珠ヲ。博物志又左思ガ呉都賦にも此支を云りと。此故支空言なれども古き書に出たるゆへ詩文章に用ゆとぞ。唐詩選、送ル三秘書晁監ガ還ルヲ二日本一ニ。鼇身映ジテレ天ニ黒ク、魚眼射テレ波ヲ紅ナリ。 王維
〔可常〕感レバレ時花ニモ濺ギレ涙、恨デハレ別鳥ニモ驚スレ心 杜子美。述異記曰、南海中ニ有二鮫‐人ノ室一。水‐居シテ如シレ魚。不レ廃二機織一。其ノ眼能ク泣キ則出スレ珠。
（◎「此故事空言なれども古書に出ゆへ文章用之」と注記）

唐詩　鰲身映レ天《ジテ》黒《ク》魚-眼射レ波《テ》紅也　王維

〔**菅菰**〕 杜-甫《ガ》春-望《ノ》詩《ニ》、感レ時《ジテハ》花《ヲ》濺レ涙《モ》《ギ》、恨レ別《テハ》鳥《ヲ》驚レ心《モ》《カス》《ヲ》。文-選古-詩ニ、王-鮪懐《ヒ》二河-岫《ヲ》一、晨風《鷹ヲ云》思《フ》二北-林《ヲ》一。古-樂-府ニ、枯魚過レ河《テ》泣《ヲ》《ク》、何レ時《ノ》還《カ》復《テ》入《タ》《ン》。是等を趣向の句なるべし。

〔**傍注**〕 杜甫ガ春望ノ詩ニ、感レ時《ジテハ》花《ニ》濺レ涙恨レ別鳥驚心。文迁《ママ》古詩ニ、王鮪懐河岫晨風思北林。古楽府、枯魚過レ河泣。何《ノ》時《カ》還復入《ン》。これらを趣向の句なるべし。

〔**解**〕 句解 行春やとハ、花鳥もとゞまらぬけふの別れ路は霞や春に立そひて行　近衛前関白。又續後拾遺〽けふのミとおもふる春の古郷に花の迹問ふ鶯の聲　信実朝臣。句解 ミちのくへ行春やと春と故郷の名残をかけて発語したり。又鳥啼魚の目は涕と離別の愁情を深く無心の鳥魚に託してつらねたる処おもしろし。都て離別に涙をよむは常のならわしなり。去れども、魚の目は、といふ処いさゝか解し難きよふなれども、是鮫人の泪の古事をひかへて鳥と魚句中の對したるも、奇工と云べし。李白詩　相逢問愁苦、涙尽日南珠、などいふ事もあり爰呉都賦ノ鮫人事畧　近頃　冷泉為久卿為村ノ父　題二忍恋一、〽人問ハゞ玉に泣ぞと言なしてもろき涕も袖に包ん。又云、綃は説文ニ生糸の綃とて羅《ウスモノ》の類也。瑱玄《ゲン》云、綃は夏天に是を展レば一室漂然として涼しき也。鮫人ハ家客也、織二水室一賣《ル》二于人間一云々、是等の事を考ひ合すべし。

同書（菅菰抄のこと） 行春の句解ニ

杜甫ガ春望詩ニ感《テハ》時《ニ》花《モ》濺レ涙《ソソギ》《ヲ》。恨《デハ》別《ヲ》鳥《モ》驚レ心《ヲ》。文選古詩ニ王-鮪懐《ヒ》（二）河岫一《ヲ》。晨風鷹ヲ云思《フ》二北林一《ヲ》。古樂府ニ枯魚過レ河《テ》泣《ヲ》《ク》。何《ノ》時《カ》還《テ》復《タ》一入《ン》。是等を趣向の句なるべし。

〔**寛政**〕 古樂府ニ、枯魚過河泣何時還復入。

〔**京大**〕 杜子美偈ニ、感レ時《ヲ》花洒レ涙《ギ》《ヲ》、惜レ別鳥傷レ心《ヲ》。下ハ南海鮫人故事。康熙字典魚鳥部［鮫］［人］集中、鮫ハ魚ノ宼大ナル者也。同集ニ曰、鮫人水居《シテ》如レ魚《シ》ノ不レ廃《ハイ》二樅（機）織一《ヲ》。眼泣《トキニハ》則成レ珠《ル》《ヲ》。唐詩五言ニ《モ》涙盡日南珠。昔南国ニ大鮫魚人ト化シテ人ノ妻トナル。ハタ織居タ

ルニ去ル㕝ハ[ベ]リテ海ニ却時ニ至テ夫ト二別レヲホシ《ママ》
ミ落涙ス。ソノ涙皆玉トナリタリト云〻。

〔五視〕 玄宗帝の使方士ガ蓬莱山ニイタリ楊貴妃が金釵鈿合のかた〳〵を取て帰、是幻術なりと。

金光明經ニ、心如ニ幻化一。

感レ時花ニモ濺レ涙恨レ別鳥驚レ心。

述異記ニ曰、南海中有ニ鮫人室一。水居シテ如レ魚不レ廃ニ機織一。其眼能泣則出レ珠。

送三秘書罪監還二日本一、王維。鰲身映レ天黒シ魚眼射レ波紅ナリ。

〔沙鷗〕 魚の目はなミだ　魚の泪未詳。

〔洗心〕 江戸とミちのくへわかれて〔行春や鳥〕も我身も〔啼魚〕も見送り来りし人〻〔の目は泪〕ぐみて見ゆるぞや
萱ニ、杜ー律ニ感レジテハ時ヲ花ニモ濺レギ涙ヲ、恨レデハ別レヲ鳥ニモ驚レカス心ヲ。
○博ー物ー志ニ曰、南ー海ノ外ニ有リ鮫ー人一。水ー居如レシ魚ノ。不レ廃ニ織ー績一ヲ其ー眼能ノ(ク)泣レク玉ニ。こゝに此文を挙ざれば句意半バにして失せり。又、跋の文中にも少しく此事をいへるにて察しおもふべし。

〔註〕 杜律集　春望　国破山河在。城春草木深シ。感レ時花濺《ソゝグ》レ涙《ナミダ》。恨レデハ別鳥驚レ心。烽火連三月。家書抵ニ萬金一ヲ。白頭掻更短。渾テ欲不レ勝レ簪ニ。

〔百代〕 行春や〕　杜律春望　感レ時花濺涙恨レ別鳥驚レ心。唐詩五律　王維送三阿部仲麿還二日本一之詩中、魚眼射浪紅。文撰《ママ》古詩　王鮪懐阿岫《ママ》、晨風雁鳥ヲ云思北林。古樂府　枯魚過河泣何時還復入ン云〻。

家集に、俊成、聞人ぞ泪ハ落る帰る厂ないて行なる明ぼのゝ空。吾山が朱紫に、古今集、鳴は(わ)たる厂の泪や落るらん。

作意妙にして餘情限りなし。此処にて朝毎に市をなす。魚の店眼前なり下略。蝶夢が芭蕉句集にハ、前途三千里の思ひ胸にふさがつてと詞書を添たり。今按ずるに、此句にはし書せば千住といふ所に離別の泪をそゝぐとせざれバ、句意顕れがたし。蝶夢、此句の魚市をふまへたるを心付ざるにや。

〔句解〕 行春や鳥啼魚の目ハ泪

句選註ニ鳥なく魚の涙と、なミだの至極を云ハんとて、魚の目の出がたきをいへるなり。

金花傳ニ　春望　杜甫、

感レ時苍濺レ涙。恨レ別鳥驚レ心。

囊云、鳥啼ハ彼詩ニ自も鳥鳴の心にて夜の更たる事也。魚の目とは夜もすがら目もあハぬ也。春を惜ミて夜の更る迠ねられぬまヽ世を観ずれバ涙を催すとの句也。情ふかし。

朱曰、此句は東奥行脚の時千寿と云所にて離別の吟也。文畧す。

古今集　鳴わたる鴈のなミだや落つらんもの思ふやどの萩の上の露

この哥の露は鴈の涙かとよめるを、魚の目ハ鳥鳴なミだといひかへたる作意妙にして、餘情かぎりなし。此所にて朝毎に市をなす魚の店の眼前也。鶯のこぼれる涙と詠るも、鳴といふより泪とよむこと常也。魚の涙ハ、博物志　鮫人従ニ水中一出曽テ寄ニ寓ス人家ニ一。積日賣レ絹ヲ。鮫人臨レ去従ニ主人一索テレ器ヲ泣而出レ珠ヲ、満レ盤ニ與フ主人ニ一。

杜甫ガ詩　感レ時ヲ花濺レ涙ヲ恨レ別ヲ鳥驚スレ心ヲ。これらの意を趣向の句なるべし。しかれども古今集の哥を思ひよせたるをよしとす。

追考　鮫人ハ博物志なし。廣博志ニハあり。

〔**歌枕**〕（補注「杜律　感ハレ時花ニモ濺レ涙、恨ハレ別鳥ニモ驚スレ心」）

○ゆく者を鳥に比し、送る人を魚に比せる也。韵書、比ハ比ニ方シ於物一、興ハ托ニ事ヲ於物一ニ。

○比ハ物ヲ取テソノ姿ニ準ヘ、興ハ物ニ托テ其情ヲ起ス。物ヲ催スト、物ニモヤツサル、ト也。

○古樂府、枯魚過レ河泣、何ノ時カ還テ復入。

（補注　廣博志　鮫人従ニ水中一出、曽テ寄ニ寓人家一。積日賣レ絹。鮫人臨レ去、従ニ主人一索テレ器泣而出レ珠満レ盤與フレ人）

〔**鼇頭**〕○鳥啼魚の目ハ泪〕杜甫ガ詩　文選古詩　古楽府ニ枯魚過レ河泣ク。何時還復入。

〔**通解**〕〈行く春や鳥啼魚の目ハ涙

古今集に、なき渡る雁のなみだや落つらんもの思ふ宿の萩の上の露、また、鶯の氷れる涙などゝもよめる。是鳥のなく涙也。述異記ニ曰、南海中有二鮫人(一)。室水居如レ魚、不レ廢セ二機織ヲ一。其ノ眼能ク泣ク。則出スレ珠ヲ。又百萬の謡に、比目の涙しき波のとあり。是魚の涙也。ゆくもの送るもの誰か離別の涙をそゝがざらむ。されバ鳥も魚も此哀をしりて泣くべしと也。俊寛の謡に、此嶋の鳥獣もなくハ我をとふやらんとの心にも通はんかし。但行く春のおしまるゝに翁の旅情をとり合ハせたる作なるべし。

〔**解説**〕行く春や鳥なき魚の目ハなミだ

此句詞書細道にあり。

奥の細道に前途三千里の思ひ胸にふさがりて幻のちまたに離別の涙をそゝぐと前文あり。三月廿七日首途の時の吟也。

杜甫春望の詩に云、感ジテハレ時ヲ花モ濺ギレ涙ヲ、恨テハレ別ヲ鳥モ驚レ心ムヲ。古今集に、啼渡る鴈の涙や落つらんもの思ふ宿の萩の上の露、又鶯の氷れる涙などゝもよめる、是鳥のなく涙也。述異記曰、南海中ニ有二鮫人一。室水居如レ魚ノ、不レ廃セ二機織ヲ一。其眼能泣則出レ珠。又百萬謡に比目の涙しき波のとあり。是魚の涙也。ゆくもの送るもの誰か離別の涙をそゝがざらん。されバ鳥も魚も此哀をしりてなくべしと也。俊寛のうたひに此しまの鳥獣もなくハ我をとふやらんとの心にも通はんかし。但ゆく春のおしまるゝに翁の旅情を取合ハせたる作なるべし。

〔**永機**〕多くハ鳥啼と見たれど晋子が書にはハの字あり。下ニ目ハトあれバさなくては叶ハぬ作ナリ。

【是を矢立の初として行道なをすゝまず】

〔**解**〕「是を矢立の始として行道猶進まず」是ハ今俗習に用ゆる矢立なるべし、好事に注せば矢立の小硯の類也。「行道猶すゝまず」遊仙窟に云ふ、至二行事二三里一、囬首宥(看)猶在二旧所一、立余時去ル遠沉影滅顧瞻不見惻愴トシテ而去ル。是等の心を以て見るべし。

〔**通解**〕矢立ハ、墨筆を貯へて用とす。箙 胡簶につけて用ひたれバとて矢卓といふ名ありとぞ。

【後かげのミゆる迄ハと見送なるべし】

〔**鈔**〕 見ゆるまでハと見送る成べしと慮知する也。成べしの筆勢餘情限りなし。是までを一節の結語ならん。

〔**可常**〕 (◎「と慮知可識」と注記)

〔**百代**〕 後かげ〕 土佐日記に、これを見送らんとてそこの人どもハをひきける。かくて漕行まに〳〵海のほとおりにとまれる人も遠くなりぬ。舟の人も見えずなりぬ。きしにもいふ事あるべし。舟にも思ふ事あれどかひなし、とあり。むつまじき限りといふより是まで、すべてかの日記の筆意なり。奥羽の両国を付り。

〔三〕草加

ことし元禄二《げんろくふた》とせにや、奥羽《あうう》長途《ちやうど》の行脚《あんぎや》只《ただ》かりそめに思ひたちて、呉天《ごてん》に白髪《はくはつ》の恨《うらみ》を重《かさ》ぬといへ共《ども》、耳にふれていまだめに見ぬさかひ、若生《もしいき》て帰らばと、定《さだめ》なき頼《たのみ》の末をかけ、其日《そのひ》漸《やうやう》早加《さうか》と云《いふ》宿《しゆく》にたどり着《つき》にけり。痩骨《そうこつ》の肩にかゝれる物先《まづ》くるしむ。只《ただ》身すがらにと出立侍《いでたちはべる》を、帋子《かみこ》一衣《いちえ》ハ夜《よる》の防ぎ、ゆかた　雨具《あまぐ》　墨　筆のたぐひ、あるハさりがたき餞《はなむけ》などしたるハ、さすがに打捨《うちすて》がたくて、路次《ろし》の煩《わづらひ》となれるこそわりなけれ。

【ことし元禄二とせにや】

〔**解**〕今年の㐃二とせにやと、覚束なく書たる是又文法といふべし。源氏桐壺巻發端語に、いづれの御時にか女御更衣あまたさぶらへ給りけるなかにと、書出したる心持あるなり。

〔**京大**〕古《(去)》年の秋江上の破屋にトアリ。是貞享五年ナルベシ。シカレバ貞享五則元録元年ナリ。シカレバ早二年カト光陰ヲ思ヒテ如是ノ文章ナルベシ。

〔**洗心**〕元禄二とせ　己巳迺東ー山ノー帝の二年なり。

【奥羽長途の行脚】

〔**鈔**〕行〕アン　唐韻のよし。脚〕キヤク　キヤトつめてよみくせと。

〔**可常**〕祖庭事苑曰。行脚トハ者謂ク遠ニー離卿ママー曲ヲ一行ニ脚シ天下ニ一。脱シレ情ヲ捐テレ累尋ニ二訪師ー友ヲ一求メレ法證ー語スル也。所ー以ノミ学ニ無ニ常ノ師一。偏ー歴ヲ為レ尚　下略。

〔**菅菰**〕奥ー羽ハ陸ー奥　出ー羽ヲ云。行ー脚ハ、傳ー燈

録ニ古ー靈行ー脚、ト云リ。旅ー行修ー行ノコトナリ。
〔五視〕 行脚〕 行、唐音ノヨシ。キヤトツメテヨミク
セ。
〔洗心〕 奥羽〕 菅ニ、陸ー奥出羽をいへり。
長途の行脚〕 菅ニ、傳ー燈ー録ニ古ー霊行ー脚といへり。
旅行修行の事なり。
〔百代〕 行脚〕 旅行の事也。事苑　謂下遠離レ郷里脚行《ママ》レ
天ー下脱レ情捐レ累尋ー訪レ師ー友求レ法證上レ悟云〻。
〔歌枕〕 ○事苑謂下遠離二郷ー里一、脚二行天ー下一。脱レ
情捐レ累ヲ尋二訪シテ師ー友一、求レ法證レ悟スル也。
〔鼇頭〕 ○行脚〕 アンギヤ。旅行修行を云。
【只かりそめに思ひたちて】
〔解〕 前段に「そゞろ神の物につきていふ」発端を爰に
て結語す。
【呉天に白髪の恨を重ぬ】
〔鈔〕 笠ハー重シ呉ー天ノ雪。沓ハー軽シ楚ー地ノ華。 東坡（頭
注「四河入海出。鞋《クツ》ハ香シトモ」）
白ー髪三ー千ー丈縁テレ愁ニ似《ゴトク》レ個《カタノ》長シ 李太白。

人ー生不二再ビ好一 髩《カラ》ー髪白シテ成ルレ絲ト 杜子美。
萬葉 白髪に黒髪まじり牛るまでまたいとかゝる物は
思ハず 坂上郎女
〔可常〕 笠ハ重シ呉ー天ノ雪。沓ハ軽シ楚地ノ花。
人生不二再ビ好一 髩髪白シテ成レ絲 杜子。
万〔白髪に黒かみまじり生るまでまたいとかゝる物ハ
思ハず
〔菅菰〕 禅則ニ、笠ハー重シ呉ー天ノー雪。履ハ芳シ楚ー地ノー花、
ト云句アリ。白ー髪フ雪ニ喩ルコトハ、和ー漢ニ例多
シ。○按ルニ、此呉ハ、或ハ五ノ字ノ誤カ。五ー天ハ
五ー天ー竺ヲ云。三ー體ー詩ニ、五ー天到《ラン》レ日頭應シレ白カル、
ト。乃チ此意ナリ。
〔傍注〕 五ノ字ノアヤマリカ。五天ハ五天竺ナリ。三体
詩ニ、五天到ン日頭應白。又、禅則ニ、笠重呉天雪履
芳楚地花。
〔解〕 唐ノ三藏法師西域ニ行故事也。李洞送ルガ二三藏一詩ニ、
呉王到ン日應ニ白月一、月落長安半夜鐘。
〔元禄〕 ○呉天に白髪の恨を重〕 李白秋浦歌、白髪三千

丈。縁愁似個長。不知明鏡裏。何処得秋霜。

〔**寛政**〕五天ノ誤カ。五天到日頭應白。禅則ニ、笠重呉天雪履芳楚花《ママ》。

〔**京大**〕故語、杜子美。笠《ハ》重《シ》呉天《ノ》雪、鞋《ハ》香《シ》楚《ツラナル》地《ノ》花。天ノ字心ナシソラナリ。

〔**五視**〕笠重呉天ノ雪。沓《ハ》軽楚地花　東坡。

白髪三千丈縁愁似《ゴトク》個《カク》長　李太白。

人生不再好。鬢髪白《シテ》成絲　トシミ。

〔**沙鷗**〕呉天　笠重呉天雪、履芳楚地花。

呉天〕禅則注抄曰、呉者五ノ字ノ誤カ。五天者五天笠《ママ》ヲ言。三體詩、五天到日頭應白。

〔**洗心**〕呉天に白髪の恨を重ぬといへども〕萱、按に此呉ハ或ハ五の字の誤り欤。五―天ハ五―天―笠（竺）をいふ。三―體―詩、五―天到《ン》日頭應《ベシ》白《カル》と。すなハちこの意なり。

〔**百代**〕呉天〕釈惠宗詩笠《ハ》重《シ》呉天雪云々。萱菰に、五天到《ン》日頭應白云《ト》三體詩の句を引て、呉天ハ五天の假借なるゆへか。今言心ハ行先の遠きを心五天竺にもや至らんほどに思ふとならん、といえり。

〔**歌枕**〕○［禪則］笠《ハ》重《シ》呉天《ノ》雪。履《ハ》芳《シ》楚―地《ノ》花。

［三體詩］五―天到《ン》日頭應白。

〔**鼇頭**〕○白髪を雪にたとへる例古詩に多し。禅則ニ、笠ハ重呉天ノ雪。履ハ芳楚地ノ花。

〔**通解**〕唐書韓愈傳曰、愈貶湖州刺史曰、臣所《ノ》領州、在廣府極東。過《ギ》海口《ヲ》下《リ》悪水《ヲ》、濤―瀧壮―猛、難《シ》計《リ》期程《ヲ》。颶―風、鱷―魚、患―禍不測《ラレ》。州南界漲海連《リ》天、毒―霧、瘴―氛、日―夕發作。臣少《シテ》多病。年纔五十。髪白《ク》歯落《ッ》。理不《ト》久長《ナラ》云云。唐―詩―選、宋―之―問《ノ》*早發《シテ》始興江口《ヲ》。至《リ》虞氏村《ニ》作《テ》詩云《ク》、南中雖《モ》可《ト》悦北―思日悠哉《ナルカナ》。鬢―髪―俄成《リ》素《ト》、丹―心已作《ナル》灰《ト》。又李―白秋―浦《ノ》詩云、白―髪三―千丈縁《テ》愁似《ゴトク》個《カクノ》長《シ》。是《レ》等によりて呉天に白髪を恨むとハ申さるゝにや。〈洒本　早《ク》〉

〔**永機**〕呉天到日頭應ニ白かるべしとあり。

【耳にふれていまだめに見ぬさかひ】

〔**鈔**〕和名抄、釈名云、目《ハ》黙也、黙《シテ》而内識《ル》也。

類題集　題目　色といへバうつろひはてゝ空蝉の人めばかりのあだ物はなし　實隆
同　題耳　あらそひのありのすさびをうしとだに猶たしかには聞やたがへじ　基綱
〔可常〕和名抄〽釈名云、目《ハ》黙也。黙《シテ》而内《ニ》識《ル》也。
ルイ題　題目〽色といへばうつろひはてゝ空蝉の人めばかりのあだ物ハなし　実隆
同　題耳〽あらそひのありのすさびをうしとだに猶たしかにハ聞やたがへじ　基綱
〔解〕是三蔵が西域に行事をいひ出して、耳にふれていまだ目にも見ぬほど遠き境に趣く千辛万苦をいへり。
〔京大〕（本文「耳に」の右に「耳《ニ》而已也」）

【定なき頼の末をかけ】

〔鈔〕伊勢集　さだめなき世を聞時の泪こそ袖のうへなる渕瀬なりけり
〔可常〕イセ集〽さだめなき世を聞時の泪こそ袖のうへなる渕瀬なりけり
〔元禄〕（本文初め「末も」とし、「も」を消して右に「を」。頭注「末をかけ」）
〔五視〕伊勢集　定めなき世を聞時の泪こそ袖のうへなる渕瀬也けり
〔通解〕拾遺集
別れてハあはんあはじの定なき此夕ぐれや限なるらん
新古今集　道命法師、
別れ路ハ是や限りの旅ならん更にいくべき心地こそせね
是等取合ハせて感深く覚へ侍る。

【其日漸早加と云宿にたどり着にけり】

〔鈔〕早加ハむかしの文字にて書ると。当時は草加と書るよし。
〔可常〕（◎［早加］に「昔ノ文字。今草加ト云」と注記）
〔傍注〕（本文「早か」の右に「早加」）
〔解〕草荷の駅なり。千住ゟ二里十五丁也。此日漸ゝとはいふ成るべし。歩行進まざる離別の情を述たる也。国を去て遅ゝといへる、古語の如くなり。

〔**京大**〕行先オボツカナキ心を夕ドリツクト云リ。
〔**五視**〕早加ハ昔の文字にて書《ル》ト。今ハ草加と書よし。
〔**洗心**〕漸草加といふ宿にたとり着にけり〕この所まで千住のうまやよりわづかに弐里あまり也。漸の一字もて離別の情あくまでふくめるをミるべし。
〔**百代**〕早加〕千住より二里餘。江戸近邊ゆへ泊屋よろし。
〔**下露**〕曽良が日記にハ、廿七日粕カベに泊るとあり。
〔**歌枕**〕○着にけりと語をのばしたる餘音にて、くたびれたる姿を顕す。
〔**鼇頭**〕○草加〕ソウカ。駅也。出立ノ日江戸より四里の道也。
〔**通解**〕早加〕今草加に作る。千住より二里八町あり。日光道中の官驛なり。

【痩骨の肩にかゝれる物先くるしむ】

〔**解**〕痩骨は、説文に臞也瘠也とて皆痩たる皃也。西清詩話《ニ》善權亦能レ詩而清癯号二痩權一。又李白《ガ》称二杜甫一《ヲ》詩に、飯顆山頭逢杜甫、頭載二笠子一日卓午、為問縁何大痩生、只為二従來作詩《ニ》苦《ムガ》一。是等の詩を味れば、翁の痩骨は誠に吟痩なるべく思ひやられて尊むべし。
〔**鼇頭**〕○痩骨〕ヤセボネ。
〔**通解**〕芭蕉翁幻住菴の記に、終に無能無才にして此一筋につながる。楽天ハ五臓の神を破り、老杜ハ痩せたりと。翁ハ風雅に痩れたると成るべし。されバ五十年やゝ近き身の膚ハ髐骨とおとろへたるにや。肩に掛れる物の苦しさもさもありぬべきや。
（後掲【わりなけれ】参照）

【只身すがらにと出立】

〔**洗心**〕只身すがらにと出立〕行-装と書て、いでたちと訓ず。旅裝束の事也。

【帋子】

〔**百代**〕紙子〕本朝耆老ハ負士たり。中花の書《ニ》出。紙袍紙被猪倉などミえたり。活法に、紙被《ノ》詩、蜀錦呉綾何《ゾ》足レ比。安レ貧随レ分度レ流年。

【餞】

〔**百代**〕餞〕史記 世家 孔子去レ周。老子送レ之曰、吾聞富貴者送レ人以レ財、仁人者送レ人以レ言云〻。

〔**鼇頭**〕○餞〕ハナムケ。

【**さすがに**】

〔**元禄**〕流石又仝有繫。

〔**百代**〕さすがに〕本語しかするながらにの畧語。しかすがを約めて、さすがといふ。しかの二音を切セバさとなるなり。又さすがといふ語を漢字にうつせバ然《ドモ》尚《ヲ》の二字に当れり。俗に、さふあれどもまた、といふに仝じ。

【**路次の煩**】

〔**解**〕老子云、吾所三以《ハ》有二大患一者為二吾有《ナリ》レ身。又、逸士傳云、許由掛二瓢《ヲ》木上二、風吹有レ声以為レ煩、遂去《ル》レ之。翁もとより隠逸を好るゝ故に此古語に煩の字を甘《ン》じて書けり、と見るべし。

【**わりなけれ**】

〔**解**〕金葉集秋〈蘆根はひかつミもしげき沼水にわりなくやどる夜半の月哉

〔**京大**〕和歌八重垣《ニ》、ワリナキハ舞レ破ト云リ。道理ナキ心《ト》云。愚案、古哥ニ詠タル心ヲ考ルニ、物ノセツニサシキハマリテスキマナキ様ノ心ニモチヒタリ。コノ心モテ下タノ文ニカナヘリ欤。

44

〔**歌枕**〕○わりなきハ無破と書て、物のせつにさしきハまりてすきまもなきやうの心也。

〔**通解**〕わりなくといへるハ、無分 無理 無破とも書くよし、仙源抄に見えたり。発端より爰に至りて首途の事を述られし也。是より紀行の幽趣に入る。

（前掲【痩骨の肩に…】参照）

〔四〕室の八島

室《むろ》の八嶋《やしま》に詣《けい》す。同《どう》行《ぎやう》曽《そ》良《ら》が曰《いはく》、此《この》神ハ木《こ》の花さくや姫《びめ》の神と申《まうし》て、冨士一躰《いったい》也。無戸室《うつむろ》に入《いり》て焼《やき》給ふちかひのみ中に、火々出見《ほほでみ》のみこと生れ給ひしより、室《むろ》の八嶋《やしま》と申《まうす》。又《また》煙を讀《よみ》習《ならは》し侍《はべる》もこの謂也《いはれなり》。将《はた》このしろといふ魚《うを》を禁《きん》ず。縁記《えんぎ》（起）の旨《むね》世に傳《つた》ふ事《こと》も侍《はべり》し。

【室の八嶋】

〔可常〕（◎「日本記ニ在」と注記）

〔菅菰〕 神-社ニテ下野ノ國總-社-村ニ立。室ノ八-嶋大-明-神ト號ス。祭ル神富-士淺-間ノ祖-神と云。乃チ木-花-開耶-姫ニテ下ニ見タリ。

〔傍注〕 下野国総社村室八嶌大明神ト云。

〔解〕 室八嶌大明神在ニ惣社村一ニ、社領五十石、祭神不二淺間権現の祖神と云〻。社人十二人、別當神宮寺。六帖ニ云、下野ノ國野中に嶋あり。俗に室のやさ《ママ》まとぞいふ。室は所ノ名か。其下野に清水の出る気の、立る煙に似たる也。能因の押《ママ》元抄に、見へたり。

〔元禄〕 〽いかでかハ思ひありとも知らすべき室の八嶋の煙ならでハ　実方

千〽五月雨に室の八嶋を見わたせばけふりハ波の上よりぞたつ　俊頼

〽たへずたつ室のやしまの煙かないかにつきせぬおもひなるらん　顕方

※△室八嶋

清輔雑談集云、源経兼下野守ニテ在國ノ時、或者使書ヲ持テ向ヒ国府ニ雑事ナド乞ニ大方無便由ナド云テハカ

〳〵シキ叓モセズ。忙然トシテ出テ一二町バカリ行ヲ更ニヨビカヘシケレバ不便ナリトテ可然物ナド可給カト思ヒテナマジヒニカヘリ來ルニ、經兼云、アレミタマヘ室ノ八嶋ハ是也。都ニテ人ニ語リ玉ヘト云ヲ弥腹立ノ気有ト云。

哥、いかでかハ思ひありとハしらすべき室の八嶋の煙ならでハ

下野国野中ニ嶋アリ。清水ノ出テ気ノ立ガ ケフリニ似タル也。※

〔京大〕 清輔雑談集、源經兼下野ノ守テ任国ノ時、或者使書ヲモチテ向ヒ国府雜事[ナ]ドコウニ大方無便由ナド云テ、ハカ〳〵シキコトモセズ、忙然トシテ一二丁バカリ行クヲ更《カハルぐ》ニ呼ビカエシケレバ、不便ナリトテ可然物ナドタマハルベキカトオモヒテ、ナマジイニカエリキタルニ、ツネカネ云、アレミタマヘムロノ八嶌ハ是ナリ。都ニテ人ニカタリタマヘト云。イヨ〳〵立腹ノ氣有リト云。

いかでかハ思ひありとハしらすべき室の八しまの煙ならでハ

哥林良材云、下野国野中ニ嶌アリ。清水ノ出テケフリ立也。氣ノ立ノガ ケフリニタルト也。

〔洗心〕 室の八嶋〕下野国総社村に立。室ノ八島大明神と号す。

〔註〕 初中抄 室の八嶌 下野の野中に嶌有。室の八嶌と云。俗ハ室の八十〔し〕まと云とあり。

室の八嶌ハ壬生野と杤（櫔）木宿の間の道也。杤（櫔）木より二里余。惣社村と云所に社有。此神、室の八嶌をう〔つ〕す所。一室日光大明神 二弁才天 三天照皇太神宮 四熊野三社 五天満宮 六冨士権現 七大山石尊 八鹿嶌太神宮也。

宗祇（祇）法師方角集

下野のいぶきの山を尋ねなばむろの八しまのにしにこそあれ

能因坤元義

あぢきなやいぶきの山のさしもぐさおのがおもひに身をこがしつゝ

和語抄
下野や標が原のさしもぐさおのが思ひに身をや焼らん
近江に同名の山在。
野中に湯湧出る。湯煙り立てけふりに似たる故によむと、能因法師坤元義にあり。よき説なり。
翁もしか〴〵当る事に書玉ふにもあらず。同行曽良が曰とあれバ、唯斉のもとめなり。
このしろのうたの事　室の八しまに急度した詠人のあるでもなく、これハ哥読物語等にもふけて書し哥にして、證とするにもあらず。しかし縁記の哥は、
下野の室の八嶌に立けふりたがこのしろの《ママ》つなせ《ママ》焼らん
此哥ハ新井白鵞牛馬間（問）と云抄に書たる哥なり。
詞花集　実方朝臣
いかでかく思ひありともしらすべきむろの八しまのけふりならでは
女房返し
下野やむろの八しまに立けふりおもひありとハ今こそハしれ
実方朝臣
かくと谷繪やハいぶきのさしもぐささしもしらじな燃る思ひを
室温泉大権現ハ下野国伊吹山の梺に垂跡。室温泉大権現ハ六位にして座す。湯泉寺真言宗當山修驗也。三宝院の御法流。三宝院にも昔し當山在。徃昔行膺翁伊吹山に居。行基此翁に逢て久しく技《ママ》る灵樹在。是にて久世の尊像を彫刻す。それを伊吹のさしも草と云なり。さしも久世の尊也。相通也。其後弘法大師爰のよし。承和元年六字名号納て在。空海真跡也。今に其名号損せず。大名持命垂迹在て六位、夫より従五位下、夫より五位の上に神階をなし玉ハり、従四位の上迠ハ神階次第在て、夫より御迁座。正一位室八嶌温泉大明神。今の大宮室温泉大明神是也。神霞の山に立せ給ふ、是名所也。室の八嶌の事ハ嶌の里今は十むろの餘里あり。八《ツ》ハ地の枚なれバ八百萬八千代經八ちまた八嶌ハ八ツにかぎらず。地の枚をもちて八しまと云なるべし。

八重と云に同じ。室ハ温泉の浴室の事也。けふりハ湯煙りの事なり。差苦茂世尊ハ行者翁持る灵樹を行基菩薩の貰得て世尊を彫尅する也。行叡ハ伊吹に居給ひしを行基尋て登山。其後釈徳一登山。徳一を尋て空海登山。又、承和元年登山。其後三寳院御門跡登山也。

法性寺内大臣時の哥合に女房攝津、

絶ずたく室の八嶌のけふりにも猶立まさる戀もするかな

判者基俊也。基俊の曰、絶ず焚くの五文字を難ハし侍り。水靄にして湯けふりなれバ、誠の煙リにハ非ずにや。かくと谷繪と実方の読侍るも此けふりとさしも草のけふりとかけ合せ侍る也。此室の八しまハ伊吹山よりの勝景にして奇也。惣社村室の八嶌ハ後の事也。千蔭先生も此叓を箸《ママ》出す。

塩原温泉の内、板室、逃しむろなど、湯けふりにむすぶ室あり。

〔百代〕室の八しま〕野州那須郡総社村に立給ヲ室の八嶋大明神といふ。祭神下ニ註す。

〔歌枕〕○室八嶋大明神〕下野國總社村にあり。○「日本紀」時彼國有美人。名曰鹿葦津姫《カアシツ》。亦名、神《カン》吾田《アタ》津姫、亦名木花之開耶姫。皇孫因而幸之。即一夜而有娠。皇孫未之信。故鹿葦津姫乃忿恨乃作無戸室《ウツムロ》入居其内而誓之曰、妾所娠非天孫之胤必當焦滅。如實天孫之胤火不能害。即放火焼室。始起煙末生出之兒號火闌降《ホスソリ》命、次避熱而居生出之兒號彦火火出見尊（補注「神代巻、略文也。訓傳アリトイヘドモ今通ジヤスキヲ以ス」）○「哥林良材」下野國野中に嶋あり。むろのやしまと云。其嶋に清水ありて、それより氣のたち出るが烟に似たりと云々。又説、家の内にあるかまどをいふ。

○「詞花」いかでかハ思ひありともしらすべきむろのやしまの煙ならでハ

○「千載」いかにせん室の八嶋に宿も哉恋の烟を空にまがへん　俊成

〔鼇頭〕○下野国總社村ニ立。室ノ八島大明神と号。祭ル神、富士浅間ノ祖神を云。木ノ花開耶姫ナリ。

〔**通解**〕　和漢三才図會云、室ノ八嶋大明神ハ在ニ惣社村一。社領五十石、祭神不二淺間権現之祖神也。別當神宮寺、社人十二人。野中有ニ清水一。其水氣上テ如レ煙。歌人稱スニ之ヲ室ノ八ｰ嶋ノ煙ト一。

詞花集　實方、いかでかは思ひありともしらすべき室

の八しまの煙ならでは

東山道名所記ニ云、惣社大明神下野の惣社なり。林の内にやしろあり。此社の前に室の八しまあり。小嶋の如くなるもの八ツあり。そのめぐりハひきくして地と平均なり。今ハ水なし。今ハ水なし。嶋の大きさ何れも方二間ばかりあり。其嶋に杉少〻生出たり。嶋の廻りの池より水氣の煙の如く立けるを賞翫しける也。

夫木集　よみ人しらず、あづまぢの室の八しまにたつ

煙たが此世にかつなしやくらん

千栽（載）集 新古今集 新勅撰集 續古今集、そのほか煙をよめる古歌多く見えたり。

〔**永機**〕　室の八島ハ下毛国壬生の駅と飯塚の間、總社村ニアリ。八島大明神と中奉る。

【同行曽良】

〔**菅菰**〕　曽良ハ信州諏訪の産にして、東武に遊業し、翁に随身の門人なり。

〔**傍注**〕　信州諏訪ノ人、翁ノ門人也。

〔**解**〕　同行〕韓退之が詩に、同行三十人と見へたり。

〔**京大**〕　〔本文「曽良」の右に「信州諏訪ノ産也」と注記〕

〔**洗心**〕　同行《アン》曽良〕信ｰ劦諏ｰ訪の産にして、後年東ｰ武に遊行し、祖翁の門人と成。翁の滅後〈春に我乞食やめてもつくし哉、と首途の發句して西海道に遊歴せしが、壱岐の国に於て終りをとれりといへり。然れども其地さだかならず。追て可考。

〔曽良〕が曰〕　おのれが見をいハず、そがうへ同行の名をこゝにて始て云り。

〔**百代**〕　曽良〕信州諏訪の人。東都に来り翁に随身の門人なり。尚此記行黒髪山の下書文に見えたり。

〔**鼇頭**〕　〇曽良ハ信州諏訪の産なり。

【此神は木の花さくや姫の神と申して～無戸室に入て焼

給ふちかひのみ中に云々】

〔鈔〕 日本紀《ニ》曰、彼《ソノ》国《ニ》有《リ》美人《ヲンナ》、名《ナヲバ》曰《フ》鹿葦津《カアシツ》姫《ト》。亦《ノ》名《ハ》神吾田津《カミアタツ》姫。亦《ノ》名《ハ》木《コノ》花《ハナ》之開耶《サクヤ》姫。皇孫《スメミマゴ》問《テ》此《ノ》美人《ヲンナニ》曰《玉ワク》、汝《イマシハ》誰《タガ》之女子《ムスメゾヤ》耶。對《テ》曰《ク》妾《ヤツコハ》是《レ》天《ノ》神《ノ》娶《トテ》大山祇神《ヲホヤマツミノ》所生《ヲウマシメル》兒《コ》也。皇孫因而幸《ヨテメス》之。即一《ト》夜《ヨニシテ》而有娠《ハラミヌ》。皇孫未之信《イツハリナラントヲボシテノ玉ハク》曰 雖《フトモ》復《タ》天《ノ》神《ト》何《ンゾ》能《ク》一《ト》夜《ノ》之間《カラニ》令《シテ》人《ヲ》有娠《ハラマセンヤ》乎。汝《ジガ》所《ハラ》懐《メル》者必《ズ》非《ジ》我《ガ》子《ニ》歟。故《カレ》鹿葦津姫忿恨《イカリウラミマツリ》乃作《リテ》無《ウ》戸室《ツムロヲ》入《イリ》居《コモリテ》其《ノ》内《ナカニ》而誓《ウケイテ》之曰《イハク》、妾《ヤツコ》所娠《ハラメルモシ》若非《レバアメノ》天孫《ミマゴノ》之胤《ミコニ》必《ズ》當《ニヤケホロビン》爩滅。如實《モシマコトニ》天孫《ノ》之胤《ミコナラバ》火《モ》不《ジ》能害《ソコナフコト》。即《チ》放《ツケテ》火《ヲ》燒《ク》室《ヲ》。始《メテ》起烟《ヲコルケフリノ》末生《サキヨリナリ》出《イズル》之兒《ミコヲナヅク》號火闌降命《ホノスソリノミコト》。次避《ニサ(リ)テホトヲリ》熱而居《イタルトキニナリ》生出《イツル》之兒《ミコヲ》號《マウス》彦火火出見尊《ヒコホホデミノミコトト》。次《ニナリ》生出《ル》之兒《ヲ》號《ナヅク》火《ホノ》明命《アカリノト》 下略。

〔菅菰〕 日本紀《ニ》云、時《ニ》彼《ノ》國《ニ》有《リ》美人、名《ヲ》曰《フ》鹿《カ》葦《アシ》津姫《ツヒメト》、亦名《ノハ》、神吾田津《カンアタツ》姫、亦《ノ》名《ハ》木花之開耶姫 皇孫因《テ》而幸《ス》之《ニ》、即《チ》一夜《ニシテ》而有《リ》娠、《ムコト》皇孫末之《ヲ》信《ゼ》、故《ニ》鹿葦津姫乃《チ》忿《リ》恨《ミ》、作《リ》無戸室《ヲ》、入《リ》居《リテ》其《ノ》内《ニ》、而誓《テ》之《ヲ》曰、妾《ガ》所娠《ム》非《ズバ》天孫《ノ》之胤《ニ》、必《ズ》當《ベシ》爩(焦)滅《ス》、如實《シ》《ニ》天孫《ノ》之胤《ナラバ》火《モ》不《ジ》能《ハ》害《ヌルコト》、即《チ》放《チテ》火《ヲ》燒《ク》室《ヲ》、始《メ》起《ル》煙《ノ》末《ヨリ》生《リ》出《ル》之兒《ヲ》、號《ク》火闌降《ホノスセリノ》命《ト》、次《ニ》避《テ》熱《ヲ》而居《リ》、生《リ》出《ル》之兒《ヲ》、號《ク》火火出見尊《ホホデミノト》、下略。

〔傍注〕（本文「このはなさく屋」の右に「木花開耶」と振漢字）

〔解〕 日本記《ママ》神代卷《ノ》下云、天津彦火瓊仝杵尊、降到於日向槵日高千穂之峯而旅関完胸副国自頓丘不見国行玄立於浮渚在平地乃召国主事勝長狭而訪之、對云是有国也、取捨隨勅時皇孫因立宮殿焉、遊息後遊幸《ニ》海濱見一美人皇孫問曰、汝是、誰之子耶、對曰、大山祇神之子、名神吾欲以位姫小、名木花開耶姫因曰、亦吾姉盤長姫、在皇孫 曰、吾欲以位為汝如何、對云、妾父大山祇神乃使二女、持百机飲食奉進時、皇孫謂姉為醜、不御而罷、妹有国色引而幸之、則一夜《ニ》有身故《ニ》盤長姫慙、而詛之曰《ク》、假使天孫不可妾而御者生兒永壽有如盤后之常存今既不然、唯弟独見御故其生兒必如木花移落、一云、盤長姫、耻恨而唾

泣之曰、顯見蒼生者如木華俄遷轉當襄去矣、此世人短折之縁也、是後神吾田鹿葦津姫、見皇孫曰、妾孕天孫子不可私以生也、皇孫云、雖二天《ノ》神子一如何、一夜使人娠乎、抑非吾子歟、木花開耶姫、甚以慙恨、乃作無戸室中、以レ火焼室、于時焔初起時共生レ児、号二火《ホト》酸芹《スソカノ》命一、次火盛《ノ》時、生レ児、号二火明命一、次生児、号火々出見尊、亦号二火折尊一、下略。

〔京大〕（本文「燒たまふ」の左に「大山祇尊ノ女。木ノ花開耶ヒメ、鹿葦《カアシ》津ヒメ、神吾田《カンアタ》津ヒメ」と注記）

＊（本文「火々出見のみこと」の右に「日向《ノ》国高千穂ノ峯山陵有。天下《リ》給ふ。御父彦火瓊々杵尊」と注記）

〔洗心〕木の花さくや姫の神〕私にいふ、此社《ノ》のきに大《オホ》-神《ンガノ》神-社と石標をたてたれば、三-輪の神大和国大神大物忌《ノ》神社と同體にして大《オホ》-己《ナム》-貴《チノ》命を祭れるなるべし。祖翁ハたゞ土人のいへるまゝに記セしものと見へたり。さること下にもまゝ有。取捨してミつべし。

〔百代〕冨士一躰〕祭神冨士淺間祖神と云。乃《チ》木《ノ》花開那（耶）姫是なり。

〔通解〕日本書紀二曰、彼《ノ》國有二美人一。名《ヲ》曰《フ》二鹿葦津《カアシツ》姫《ヒメト》一。亦名木花之開邪姫《コノハナノサクヤヒメ》。皇孫問《テ》二此《ノ》美人《ニ》一曰、汝《ハ》誰《ノ》之女子《ゾ》邪。對《テ》曰、妾是天神娶《テ》＊大《ヲ、》二山祇《ヤマスミノ》神《カミノ》一所《ノ》レ生児也《ナリ》。皇孫因而幸《ス》レ之《ニ》。即一夜《ニシテ》而有レ娠《ムコト》。皇孫＊未《ダ》二之《ヲ》信《ゼ》一。曰《ク》雖《ドモ》二復《タ》＊天神《ト》一何《ゾ》-能《ク》一-夜之《ノ》間令《メン》二人《ニシテ》有《ムコトヤ》レ娠乎。汝《ガ》所レ懐者《ハ》必非《ル》二我子《ガ》《ニ》一歟。故鹿-葦-津-姫忿恨。乃作《リ》二無戸室《ムツムロヲ》一入居《テル》二其内《ニ》一。而＊誓《テ》レ之曰《ク》、妾《ガ》所レ娠《ロム》、若非《ズバ》二天-孫之《ノ》＊胤《ニ》一必當《ベシ》二焦滅《ス》一。如《シ》實《ニ》天-孫之《ノ》＊胤《ナルハ》一火《モ》不レ能《ハ》レ害《スルコト》。即放《チ》レ火《ヲ》焼《ク》レ室《ヲ》。始《メ》起-烟《ノ》末《ヘ》生出之《ノ》児《ヲ》號《ス》二＊火闌降命《ヒノスソリ》一。次《ニ》避《テ》レ熱《ヲ》而＊居《リ》生出之《ツ》児《ヲ》號《ス》二＊彦火々出見尊《ヒコホ、デミノミコト》一。次《ニ》生出之《ノ》児《ヲ》號《ス》二火明命《ホノアカリノ》一《ト》。凡《テ》三-子矣。

〈洒本　大山《オヽヤマ》祇《スミノカミヲ》神一　未《ダ》二之《ヲ》信《ゼ》一　天-神《ト》一　誓《テ》レ之《ニ》　胤《ナラバ》　火《ヒノ》闌《スソリノ》降命《ト》一　居《リ》生出之《ノ》　彦火々出見《ヒコホ、デミノミコト、》尊〉

【無戸室】

〔可常〕（◎「無戸室」に「ウツムロ」と振仮名）

〔菅菰〕無-戸-室ハ、俗ニ塗《リ》-籠《メ》ト云ガ如ク、出入ノ戸口ナキ家ナリ。

〔**傍注**〕（「無戸室」に「ウツムロ」と振仮名）　ウツ室ハ俗ニ塗ゴメト云ガ如ク、出入ノ戸口ナキ家ナリ。
〔**元禄**〕　日本昏《(書)》紀神代下、故鹿葦津姫忿恨。乃作無戸室入居其内而誓《ウケヒテ》之曰云々。
〔**寛政**〕　（本文の「無戸室」に「ムコシツ」と振仮名）無戸室ハ俗ニ塗籠ト云ガ如ク、出入ノ戸口ナキ家也。
〔**京大**〕　（本文「無戸室」に「ウツムロ」と振仮名。左に「ウツムロ日本紀」と注記）
〔**百代**〕　無戸室　出入の口なき家也。うつむろと訓ず。
日本書紀神代巻下　皇孫瓊々杵尊降臨《ノ》段、彼國《ニ》有レ美人。名曰鹿葦津姫。神《亦ノ名》吾田津姫。木《亦ノ名》ノ花開那《(耶)》姫。皇孫《ノ》問此美人汝《ハ》誰之女子《ソ》那《(耶)》。對曰、妾《ハ》天《ノ》神娶《テ》二大山祇神一汝所《ノ》レ生児也。因而幸レ之即一夜《シテ》有娠。皇孫未《ダ》二之信一。曰、雖二復《タ》天神《ト》一何《ゾ》一夜間令二人有一レ娠乎。汝《ガ》懐《メル》者必非《ズ》二我子一歟。故《ニ》鹿葦津姫忿恨。乃作無戸室入居。其内誓之曰、妾所娠若非天孫間必當爠滅。如實天孫之胤火不能害。即放火焼室。始起煙末生出之児号火闌隆《(降)》命。次避熱而居生出之児号彦火々出見尊。

〔**鼇頭**〕　○無戸室ムコシツ。ヌリゴメの戸口なき家也。

【又煙を讀習し侍もこの謂也】

〔**鈔**〕　詞花　いかでかハ思ひありともしらすべき室の八嶋の煙ならでハ　實方朝臣
同返し　下野や室の八しまに立けふり思ひありとハ今こそハしれ　女房
一説《ニ》云、野中にある清水を室の八嶋と云。其水気立のぼるをけふりとよめりと。法性寺内大臣の哥合に摂津が、絶ずたく室《ツトモ》の八嶋の烟にも猶たちまさる恋もするかなとよめるを判者俊基卿、たへずたくの五文字を難じ給ふハまことのけふりにあらざるゆへにや。
〔**可常**〕　詞花集〽いかでかは思ひありともしらすべき室の八嶌の煙ならでハ　実方
同〽下野や室の八しまに立けふり思ひありとハ今こそハしれ　女房
（◎「一説云、野中にある清水を室の八島といふ。其水気立のぼるをけふりとよめりと云」と注記）
〔**菅菰**〕　詞花　いかでかハ思ひありともしらすべきむろ

のやしまのけふりならでハ　藤原実方朝臣
此外烟をよミたる哥、千載 新古今 續古今等に見えたり。一説に 此野中に清水あり。其水気立のぼりてけふりのごとし。是を室ノ八嶋の煙と云と。

〔傍注〕 詞花　いかでかハ思ひありとも知らすべき室の八嶋の烟ならでハ　実方
此外に多くよめり。證哥あげてしるしがたし。一説に此野中に清水あり。其水氣立登りてけふりのごとし。是を室の八嶋の烟といふと云〻。

〔解〕「又煙《ケムリ》を讀習し侍るも此謂レ也」又海士の焚火なぞ讀事也。煙ノ字、和の字也。全く煙の字書謬るなるべし。雑和集に〽いかでかハ思ひ有ともしらすべき室の八嶋のけふりならでハ。顯昭云、是ハ実方中將の哥なり。此哥の返し女の哥〽下野や室の八嶋に立煙り思ひ有りとも今こそハ知れ。又新後撰集に〽立登る煙も雲に成りにけり室の八嶋の五月雨の頃　家隆

〔寛政〕 詞花集　いかでかは思ひありともしらすべき室の八嶋のけふりならでハ　實方
あづま路のむろの八嶋にたつ煙誰が子のしろにつなじ•焼らん

〔五視〕 詞花　いかでかハ思ひありともしらすべき室の八しまの烟ならでハ　実方
御返し　下野や室の八しまに立けふり思ひありとハ今こそハしれ　女房
一説、野中にある清水を室のやしまと云。其水氣立のぼるをけふりとよめりと。

〔沙鷗〕 室の八嶋　万葉集　しもつせ《ママ》の室に八しまに立煙たがこのしろにつなせ《ママ》焼くらん
新古今集第一　崇徳院ニ百首ノ哥奉る時、朝がすミふかく見ゆるや煙たつ室の八しまのわたり成らむ　藤原清輔

〔洗心〕 冨士一躰也無戸室に入て〕　菅ニ、詞-花-集〽いかでかハおもひ有ともしらすべき室の八しまの煙ならでハ　藤-原実-方朝-臣。此外烟をよミたる哥、千載 新-古-今 続-古-今等に見へたり。一説に、此野中に清水ありて　水影の立のぼりて烟の如し。是を

室の八島の烟と云。

〔百代〕 又煙〕 詞花 実方、いかでかは思ひありともしらすべきむろのやしまの煙ならねバ。袖中抄に下野の国の野中に島あり。室のやすま(し)と云。室ハ所の名欤。その野中にしミづ出る。その立がけふりのやうに見ゆると也。是能因法師が押(坤)元儀にミゆる趣なりといへり。

〔下露〕 一本に、野刕室の八嶋にて、

いと遊にむすびつきたるけふりかな

又、田家に春の暮をおもふと端書ありて、

入相のかねも聞えず春のくれ

〔鼇頭〕 ○烟をよミたる古歌あまた有。一説ニ、此野中ニ清水あり。水気立のぼりてけふりの如し。是をやしまの烟と云。

〔通解〕 (前掲【室の八嶋】参照)

〔永機〕 詞花集、いかでかハ思ひありともしらすべき室の八嶋のけふりならでハ　実方朝臣。あづまぢの室の八島に立けふりたがこのしろにつなしやくらん。十訓抄ニ見えたり。多くハ恋によミ合せ侍る。

【このしろといふ魚を禁ず】

〔鈔〕 俗に傳へ云、浅間の御身がハりに此魚を野阝送りにして焼たると云ハ此所也。其焼たる跡に今草木はへず、其しるし也と云つたふとや。

〔可常〕 (◎「俗云、淺間の御身がハりに此魚をのべ送りして焼たると云ハ此所也。其焼たる跡に今草木はへず、其しるしと云」と注記)

〔菅菰〕 コノシロハ鱅鰶等ノ字ヲ用來レリ。俗間ニ鮗ト書ハ鰶ノ誤ニテ、鮗ハ字書ニナシ。是等ノ類ハ、多ク小野《ノ》篁歌字盡《シ》ト云書ノ過失ヨリ出《ツ》。是《ノ》書ハ童子ノ手ヘ授クベキモノニ非ズ。○むかし此處に住けるもの、いつくしき娘をもてりけり。国の守《ミ》これを聞給ひて、此むすめを召に、娘いなミて行ず。父はゝも亦たゞひとりの子なりけるゆへに奉る事をねがハず。とかくするうちに、めしの使数重なり、國の守《ミ》の怒つよきときこえけれバ、せむかたなくて娘ハ死たりといつわり、鱅魚を多く棺に入てこれを焼《キ》ぬ。鱅魚をやく香は人を焼に似たるゆへなり。それよりし

て此うをゝこのしろと名付侍るとぞ。歌に、あづま路のむろの八嶋にたつけふりたが子のしろにつなじやくらん。此事十訓抄にか見え侍ると覚ゆ。このしろハ子《コノ》代《シロ》にて、子のかハりと云事也。此魚上つかたにてハつなじと云。

〔傍注〕コノシロハ鱅鰶等の字を用来れり。俗ニ鮗と書ハ鰶のあやまりにて、鮗ハ字書になし。是等の類多くハ篁哥字尽といふ俗書のあやまりより出。此書ハ童子の手に授べきものにあらず。十訓抄ニ、むかし此処に住ける者いつくしき娘をもてりける。国の守是を聞玉ひて此娘を召に娘いなミて行ず。父はゝも又只ひとりの子なりけるゆへに奉る事を願ハず。とかくする内に、召の使枚かさなり国の守の怒強きときこえけるが、詮方なくて娘ハ死たりといつはり、鱅魚を多く棺に入て是を焼ぬ。鱅をやく香ハ人を焼にゝたる故也。夫《（より）》して此魚をコノシロと名付侍るとぞ。哥に、あづま路のむろの八嶋にたつけふり誰が子のしろにつなじやく覧。コノシロハ子の代にて、子のかハりといふ事也。此魚上つかたにてハ、ツナシといふなり。

〔解〕縁記の叓前に見。

菅菰抄ニ云、コノシロハ鱅鰶等ノ字ヲ用来レリ。俗間ニ鮗ト書ハ鰶ノ誤ニテ鮗ハ字書ニナシ。是等ノ類ハ多ク小野篁歌字盡ト云書ノ失過ヨリ出ヅ。是書ハ童子ノ手ヘ授クベキモノニ非ラズ。〇むかし此處に住けるものいつくしき娘をもてりけり。国の守《カミ》これを聞給へ《（ひ）》此娘を召に娘いなミて行ず。父母も亦たゞひとりの子なりけるゆへに奉る事をねがわず。とかくするうちにめしの使枚重なり國の守の怒つよきときこへければせんかたなくて娘ハ死たりといつわり鱅魚を多く棺にいれてこれを焼きぬ。鱅魚を焼く香は人をやくに似たるゆへなり。それ〔より〕してこの魚をこのしろと名付侍るとぞ。哥に、あづま路のむろの八嶋にたつけふりたが子のしろにつなじやくらん。此事十訓抄にか見へ侍ると覚ゆ。このしろハ子代《コノシロ》にて、子のかハりと云事也。此魚上つかたにてハつなじと云。

〔元禄〕※○鰶〕日本釋名云、此魚旧ハつなしト云。

昔或人後妻ノ讒言ノ信《ママ》ジテ其前妻ノ生シ子ヲ其家僕ニ命ジテ　殺サシム。僕其罪ナキ叓ヲ知テ竊ニ其兒ヲ隠シ遁シ、其子ノカハリニつなしヲ多ク焼テ兒ヲ殺テ火葬シタル由ヲ其父ニ告ケル。夫ヨリ此魚ノ名ヲ子ノ代トゾ云ケル云云。古哥ニ、東路の室の八嶋にたつけふりたがこのよに《ママ》かつなしやくらん　※

〔寛政〕　此事十訓抄に見ゆ。このしろハ子の代にて子のかわりニ云ことなり。

〔京大〕　鮗也。コレヲヤクトキ人ヲヤクニホヒスト云リ。

〔五視〕　白魚ノコト。俗浅間の御身がハリ此魚を野辺送りにして焼たるといふハ此所也。其跡今艸木はへず。其印なりと。

〔洗心〕　このしろといふ魚を〕菅、コノシロハ鱅、鰶、等の字を用来れり。俗間に鮗と書ハ鰶の誤りにて鮗ハ字書になし。

禁ず〕菅、むかし此處に住けるもの、いつくしき娘をもてりけり云ゝ。〔下つけの室の八島に立けふり云ゝといへる哥など挙たれど、此古事ハ讃岐のくにの中にある處の八しまにして、こゝの事にてハなきよし。新井某が著述の牛馬問といへる書にミへたり。

〔百代〕　このしろ〕鱅。本草に魚中下品。其臭如屍。蓋魚之庸常以供饈食者故曰鱅曰饈云ゝ。又鮦日本記順和名に此字を用ゆ。萬葉集につなしと訓ず。鮻仝上等の字を用ゆ。菅菰に、むかし此所に住けるものいつくしき娘をもてりける。国の守是をきゝ給ひて此娘を召に、娘いなミて行ず。父母もまたゞひとりの娘なりける故に、奉る事を願ハず。とかくする内に召の使重り、國の守の怒りつよきと聞えければせんかたなく、娘ハ死たりといつはり、鱅の魚を多く棺に入てこれを焼ぬ。鱅魚の焼香ハ人を焼に似たる類なり。それよりして此魚をこの代と名付侍るとぞ。哥、あづま路のむろの八しまに立煙りたが子の代のつなしやくらむ。此事十訓抄にか見へ侍ると覚ゆ、とあり。

〔歌枕〕　○十訓抄　むかし此所に住けるもの、いつくしき娘をもてりけり。国の守これを聞給ひて此娘を召に、娘いなミて行ず。父母も亦たゞひとりの子なりけるゆへに、奉る事をねがハず。とかくするうちにめしの使

枚重り、国の守の怒つよきときこへければせんかたなくて、娘ハ死たりといつハり、鯆魚を多く棺に入てこれを焼ぬ。鯆魚をやく香ハ人を焼に似たるゆへなり。それよりして此うをゝ子の代と名付侍とぞ。

〽あづま路のむろの八嶋にたつけふりたがこのしろにつなしやくらん　○鮦ノ字也（頭注「鰟《コノシロ》鰶同」）

〔**鼇頭**〕○鰶〕コノシロ。又鯆トモ。つなしと云魚也。

〔**通解**〕俗傳に云、野𦥯室の八しまにひとりの美女あり。ひそかにかたらふ所の男ありけり。父母許して彼に嫁せしめんとしけるが、時に國の守の強てめとらんといひけり。父母是を肯はず。遂にその憤りを恐れ、疫をやミて死せしと偽り、棺を作り、あまたの鰶魚をもりて茶毘し、日を経て他郷へ走り、*其難儀遁れしと也。よつて魚を子の代と名づくといへり。されバ今も神に鰶魚を奉りて子をいのると云。殊に此魚ハ神のめで玉ふ所なれば*禁て食はずとかや。されバ誰がこのしろにつなしやくらんともよみけるとぞ。夫木集にハ、此世にかと出たり。前に見えたり。

〈洒本　其難を　禁じて〉

【縁記】

〔**洗心**〕縁記〕菅ニ、記ハ起の誤寫也。縁‐起ハ其由‐縁《イハレ》の起りを云。大‐日経ニ従リテ二因‐縁ノ起リニ一有リ二心ニ相‐生ズルコト一と云り。

〔**百代**〕縁記〕記ハ多く起に作る。言心ハ其由縁のおこりを云。大日經ニ従テ二因縁起ニ一有二心ニ相生ルコト一云〻。今按ずるに、その由縁の起りを記録すといふ義にて縁記とも書べきにや。

〔五〕仏五左衛門

卅日《みそか》、日光《にっくわう》山《ざん》の梺《ふもと》に泊る。あるじの云《いひ》けるやう、我名《わがな》を佛五左衛門《ほとけござゑもん》と云《いふ》。萬《よろづ》正直を旨《むね》とする故《ゆゑ》に、人かくハ申侍《まうしはべる》まゝ、一夜《いちや》の草の枕も打解《うちとけ》て休ミ給へと云《いふ》。いかなる仏の濁世《ぢよくせ》壥(塵)土《ちんど》に示現《じげん》して、かゝる桒(桑)門《さうもん》の乞食《こつじき》巡礼《じゅんれい》ごときの人をたすけ給ふにやと、あるじのなす事に心をとゞめてみるに、唯《ただ》無智無分別《むちむふんべつ》にして、正直偏固《へんこ》の者也《なり》。剛毅木訥《がうきぼくとつ》の仁《じん》に近きたぐひ、氣稟《きひん》の清質《せいしつ》尤《もつとも》尊ぶべし。

【卅日、日光山の梺に泊る】

〔菅菰〕 日光山ハ、下‐野‐國河‐内郡ニ在。祭ル‐神事《コト》‐代《シロ》‐主《ヌシノ》‐命。開‐山ハ勝‐道上‐人ナリ。東‐都ヨリ北三‐十‐六‐里。

〔傍注〕 下野国河内郡。祭神事代主命。開山勝道上人。江戸ヨリ北三十六里アリ。

〔解〕 別段発端の文の如く三月廿七日江戸を首途して同晦日、四日めに日光山の梺初石町《マチ》に泊る成るべし。東路の記に 江戸ゟ宇都宮道日光迄三十六里 壬生日道は卅四里と云〻。

〔寛政〕 日光山〕 開山勝道上人也。空海ヲ日光山の開基とし及び山名を改ルノ事日光山の記其外ノ書ニモ所見ナシトス。

〔沙鷗〕 日光山 日光山 祭神事代主命。開山滕《ママ》道上人。

〔洗心〕 卅日日光山の麓に泊る〕 曽良日記ニ、日光上鉢石町五左ヱ門方とあり。

〔百代〕 日光山〕 野刕河内郡。始ニ荒山と号す事ハ、玄(元)亨釈書に見ゆ。

〔**下露**〕今年三月ハ小の月にて晦日なし。曽良が日記にハ、廿九日鹿沼に泊るとあり。又、四月一日日光山鉢石村五左衛門に泊るとあれば、細道清書の頃取捨ありし成るべし。

〔**歌枕**〕○日光山ハ下野國河内郡ナリ。祭神事代《コトシロ》主ノ命。○勝道上人開山ト云々。

〔**鼇頭**〕○日光山〕下野ノ国河内郡ニ在。東都より三十六里。

〔**通解**〕室の八しまより日光山へは、金崎 奈佐原 鹿沼 板橋 今市を経て鉢石町にいたる。拾壱里に餘れり。

【我名を佛五左衛門と云】

〔**鈔**〕ほとけハ和訓にてほどけるの下略と。不仁不義非禮等の人欲の私を離れ、又貪瞋癡の業惑の纏縛を解脱するの謂とにや。天台大師の釈に依て近くは浄土三部経の中観無量壽佛經疏ニ曰、よのつね観経と云。佛ハ是レ覺ノ義有リ二六種ノ即一。涅槃経ニ曰、一切衆生即チ是レ佛也《ナリ》。浄名ニ云、一切衆生皆ナ如也也。浄名ハ維摩詰ノ譯言也。疏の全文繁重なれバ略ス。此要を取て、先徳の和解を挙る。

六即ノ位一念三千空假中ノ三一諦ヲ一切衆生具足スレドモ明ラカニ是ヲ解了スルコトナキヲ理一即ノ位ト申スナリ。面々ニ備へ持タル三千三諦ヲヨク明カニ悟リ極メテ十方三世ノ佛法ニヲヰテ少シモ疑ヒナキヲ名字即ノ位ト申ナリ。其ノ三千三諦ヲ念々ニ明カニ照シテ観念相續スルヲ観行即ノ位ト申ナリ。三千三諦ノ観念相續スル故ニ其功内ニツモレバ見思ノ二惑先ニ尽キテ六根清浄ニナリ、目ニハ三世界ノ内外ヲ明カニ見、耳ニハ三千界ノ内外ヲ明カニキク。カヤウノ勝用顕ハル、ヲ相似即ノ位ト云ナリ。三千三諦ノ観念徹底シテ旡明ノ細惑漸々ニ晴レ行キ法性ノ理體漸々ニ顕レ十方世界へ自由ニ往来シ度生利物スルヲ分真即ノ位ト云ナリ。無明ノ惑残リナク法性ノ理體究竟シテ顕レコレヨリ上ヘナル位ナキヲ究竟即ト名ヅク。此ノ位ヲ能ク知レバ我ハ凡夫ニシテ佛ト永ク違ヒタリト思フ誤リモナク、我即チ佛ナレバ修行ハ入ラヌト思フ誤リモナキナリト。かゝれバ五左衛門は名字即の仏ならん。猶次下に人品

の評あり。妙宗鈔ニ云、梵ニ云ヒ佛陀ト華ニ言フ覺者ト。或ハ具さに佛陀耶ともあり、下略して仏と云。大智度論ニ云、復タ名ク仏陀ト。秦ニハ言フ知者ト。知ル何等ノ法ヲ知リ過去未来現在、衆生非衆生ノ数有、常无常等一切ノ諸法ヲ菩薩樹下ニシテ了々ト覚知シ玉フ。故ニ名テ為ス佛陀ト と。大日経疏ニ云、開悟スルヲ称ス覚ト。起信論ニ云、所ノ言フ覚ノ義トハ者謂ク心體離ル念ヲ離念ノ相ハ等シ虚空界ニ。又自覚他覚ノ義。華嚴經如来出現品ニ曰、應ニ知ル自-心念-々常ニ有テ佛成ス正覚ヲ。何ヲ以テノ故ニ諸佛如来不ルカ離テハ此ノ念ヲ成セ正覚ヲ。故ニ如ク自心ノ一切衆生ノ心亦タ復タ如シ是ノ。悉ク有テ如来成ス等-正覚ヲ。瓔珞経ニ曰、無念ニシテ而離タルヲ心-意-識ヲ究-竟-佛ト。維摩經阿閦品ニ曰介ノ時世尊問玉ハク維摩結ママニ、汝チ欲セバ見ント如来ヲ為テ何等ヲ観ト如来ヲ乎。維摩結ママノ言サク、如ク自ミ観ズル身ノ實相ヲ観ズルコトモ佛ヲ亦タ然リ。註ニ肇ノ云佛トハ者何ゾ也。蓋シ窮メ理ヲ盡ス性ヲ大覚ノ之稱也ナリ。又観経ニ曰、是ノ心作リ佛ト是ノ心是レ佛ナリ。乃至従リ心-想生ズ。亦タ曰、佛-心トハ者大慈悲是レナリ。以テ無縁ノ慈ヲ摂ス諸〜ノ衆生ヲ。

ほとけとハ何をいハよの苦むしろたゞ慈悲心にしくものハなし

法華經法師品ニ曰、如来ノ室トハ者一切衆生ノ中ノ大慈悲ノ心是レナリトニ。佛三身ヲ云、法身仏報身佛應身仏亦化身トモ云ト。又藏教佛通教仏別教仏圓教佛ト是四教仏ト云と。楞伽経金光明経ニハ、四種ノ仏身大通經ハ五身勝天王経ニ十佛身ヲ説給ふけるとぞ。佛地論智度論般若論等二身を論じ又仏地論成唯識論四身なりと。心地観経ニ曰、森-羅-萬-像即チ佛-身ト。無門関ニ雲門因ニ僧-問フ如-何ナルカ是レ佛。門ノ云ク乾-屎-橛。或は聖中聖とあり。（頭注「法華會義ニ云、更ニ欲セバ廣ク説ント則百千萬無量身等アリ。多ニシテ不為多ト。少ニシテ不為少ト。非少ニ非多ニ而モ少而モ多倘ナヲ執シテ名相ヲ而欲セバ妄リニ較タクラベント諸経ノ優劣ヲ遠クシテ之遠シト矣）列子仲尼第四ノ篇ニ全章略ス。商ノ太宰孔子に見へて聖者を問、夫子曰、西方ノ人に聖者有と佛をさし宣ふと。法華経方便品ニ曰、告ゲ玉ハク舎利弗ニ亦タ如シ是ノ衆〜ノ聖ノ中ノ尊ト。又化城諭品諸梵王偈頌ニ聖主天中天ト。孟子離婁篇、聖人ハ人倫ノ之至リ也。智度論ニ云、衆

生《ノ》无上《ナル》者《ノハ》佛是《レナリ》。豈与二凡下一同《センヤ》。或は一切智智とも説玉ふとぞ。（頭注「聖《ノ》階級。白虎通《ニ》出」）

仏には何となるみの塩干潟身をいづくにかおきつしら波　小町

ほとけには心なるミの遠干がた身をいづくにもおきつしらなミ　明恵上人

佛には心もならず身もならずならぬものこそほとけなりけれ　一休和尚

法門無尽なれど所詮は現前一念の心法なりと。孟子盡心篇、萬物皆《ナ》備《ハル》二於我《ニ》一矣。反《フシテ》レ身《ニ》而誠《アレバ》樂《ミ》莫《シ》レ大《ナルハ》レ焉《コレヨリ》ト。寧他佛にのミ認《ツ》て自己本有の仏を知らず。死後の佛を念じて生前法性の活仏を見ず。嗚呼かたく〱なることを思ひおもハざるかな。書経多方篇ニ曰、惟《コレ》狂《タフレモ》克《ヨク》念《ヲモヘバ》作《ル》レ聖《ト》と。あが仏かほくらべせよ極楽のおもておこしは我のミぞせん　仲文家集。おもてふせといふに引かへたる詞也と。

〔**可常**〕（◎「佛」に「和訓ホドケルノ下略《ト》」と注記）

〽仏にハ心なるミの遠干潟身をいづくにもおきつしら浪　明恵

〽仏にハ心もならず身もならずならぬものこそ仏成けり　一休

〽ほとけとハ何をいハまの苔むしろ唯慈悲心にしくものハなし

〽仏にハ何となるみの塩干潟身をいづくよりおきつしら浪　小町

〽あが仏かほくらべせよ極楽のおもておこし（ヲモテフセト云ニ引カエタル詞也。）ハ我のミぞせん　仲文朝臣

〔**解**〕此五左衛門といふ者 正直を旨とするに因り同郷の衆民挙《ツ》て佛といふ呉名を付たり。里諺の釋を翁の書留めたる記也。されば元來私に評せば神佛と称して尊敬するも其徳行有て後の名也。初より其名あるに非ずと知るべし。既に南泉の語にも必不二是佛一智不二是道一といふて天晴て日出雨下て地濕の理にて名は自然に其善行の者をさし後に名付て佛とも神とも称すべし。五左衛門が正直正路を行ふを近郷近國に及ぼし聞へて其名を呼ぶに及ぶ、其情の善なる下文に書てとく。

天気の禀受清潔の生質いかんともすべからず。人かく申侍る侭他人の方より申ならわし名にて私より呼ぶにハあらずと少し自負するやうなれども、則是正直偏固の志より自身をとくの癖せありと見るべし。

〔五視〕（後掲【粟門】参照）

〔註〕五左衛門が家跡今はなし。故るき人に由を尋けれバ、今下鉢石丁左がハ中程に在りと申。今ハ人の屋敷となる也。橋掛長兵衛なる者日光の名物也。山菅のはしかけ也。其子孫是なり。

〔百代〕佛〔五〕左衛門〕下鉢石町に旧家ありといふ説有。未詳。

〔通解〕（後掲【いかなる仏の……】参照）

〔通解追加〕佛五左衛門〕上鉢石町ニ住す。

【萬正直を旨とする故に】

〔鈔〕先代舊事本紀天皇本紀《ニ》曰、武烈天皇六年九月戊《ナカノ》午《ヨカ》、皇太神託《カヽリテ》二采女一《ニ》命《ジテ》曰《玉ハク》、夫《レ》吾《ガ》正直《ノ》性《ミサナコ》其《ノ》淳雅《ナヲカル》之政《コトハ》雖《ドモ》レ非《ズト》二今日《ケフノ》合恣《コヽロヨキ》依《ヨキ》怙《ヨサシニ》一。遂獲《キニ》二日月廻《メグリ》勢《ナスノ》之憐《ミヲ》一其《ノ》謀《ハカリ》計《ゴトノ》曲《レル》政《コトハ》應《ジテ》二人《ノ》妄《アシキ》欲《ナキニ》一雖《ドモ》レ為《スト》二面目《マノアタリニ》

見獲《アラハル丶》財《ムサボリノ》利潤《ヨキヨサシヲ》一必《ズ》中《ル》二神明《ノ》漸《ヤヽ》令《ナシ玉フ》之罰《ツミナヘニ》一。維摩経《ニ》曰直心道場。楞嚴経《ニ》曰出二離《スルニ》生死一《ヲ》皆《ナ》以《セリ》二直心一《ヲ》と。吾朝は正の字をかふむらしめ、釈家には心の字をはかしめり。

〔可常〕（◎「ユイマ經《ニ》、直心道場。吾朝《ハ》正ノ字をかふむらしぬ。ケゴン經《ニ》、皆以二直心一。釈典《ニハ》心ノ字をはかしむ」と注記）

〔百代〕正直〕左傳、恤《テ》レ民《ヲ》為レ徳正直《ヲ》為レ正正ハ己《ガ》心也正曲《ヲ》為レ直正人曲也。参《テ》和《ヲ》為レ仁。如レ是則神聴レ之分《テ》レ福降（降）レ之。

【草の枕】

〔鈔〕類題　草まくらむすびかさねてさむしろに衣かたしきいく夜かもねん　為冬

〔可常〕ルイ題〽草枕むすびかねてぞさむしろに衣かたしきいくよかもねん　為冬

【いかなる仏の濁世塵土に示現して】

〔鈔〕經《ニ》曰、五濁悪世劫濁見濁煩悩濁衆生濁命濁下略色塵声塵香塵味塵

塵　触ー塵、是五塵也。

〔可常〕（◎「五濁悪世、劫見煩悩衆生命也。五塵、色声香味觸」と注記）

〔菅菰〕濁ー世ハ、法ー華ー經　阿ー弥ー陀ー經等ニ　五ー濁惡ー世ト云是ナリ。五ー濁ハ、業ー濁　見ー濁　煩ー悩ー濁　衆ー生ー濁　命ー濁ナリ。五ー塵ハ、眼　耳　鼻　口　心ノ塵ー汚ヲ云。或ハ色ー塵　聲ー塵　香ー塵　味ー塵　觸ー塵ヲ云トモ。五ー濁五ー塵トモニ皆娑ー婆世ー界ノ惡ムベキヲ目ス。示ハ シメスト訓ズ。シテ見スルノ略ナリ。現ハ アラハルト訓ズ。濟度ノ爲ニアラハレ在《ス》ヲ示現ト云。佛ー經ノ語ナリ。

〔解〕「いか成《ル》仏の濁世塵〔土〕に」佛書云、佛土名浄土常清潔にして自然無ニ一切雜穢一。故世界名ニ塵土一、又名ニ濁世一。

〔京大〕濁《ジョク》ハ呉音。佛縁ナレバ也。

〔沙鷗〕濁世塵土　阿弥陀経等ニ五濁悪世ト云。五濁ハ業濁 見濁 煩悩濁 衆生濁 命濁也。

〔洗心〕濁世塵土に〕菅ニ、浤ー華ー経阿ー弥ー陁ー経等に五ー濁悪ー世と云是也。

示現して〕菅ニ、示はシメスと訓ず。してミするの意也。現はアラハルと訓ず。済ー度の為にあらハれ在すを示ー現と云。仏ー経の語也。

〔百代〕濁世〕法花經ニ五濁惡世と云々。

塵土〕五塵六欲等充満の地といふ事。

示現〕大偶大悟石体ノ銘、昔在灵鷲山。説妙法花經。今在正宮中。示現大菩薩。

〔歌枕〕○法華經觀持品 濁世ノ惡比丘ハ不レ知ニ佛ノ方便一。

〔鼇頭〕○濁世〕ヂヨクセ。アミダ経ニ五濁悪世と云り。

○塵土〕ヂンド。心のちりのけがれを云。

○示現〕シゲン。○衆生済度のためニあらはれいますと云仏経の語也。

〔通解〕倶舎論曰、五濁者、一壽濁 二劫濁 三煩悩濁 四見濁 五有*清《ママ》濁。劫滅将ニ末《ナラント》レ、壽等鄙《ヒ》下《カシテ》如《シ》ニ滓穢《ノ》一。故説*名為レ濁《ト》。

三蔵法數ニ曰、大塵出ニ涅ー槃經一ニ。塵ハ即《チ》染汚ノ之義。一色塵謂《フ》ニ男女形貌色等一ヲ。二聲塵謂《フ》ニ男女歌謳聲等一ヲ。

三香塵謂《フ》二男女身分所有香等《ヲ》一。四味塵謂《フ》下有二膳美味一等《ヲ》上。五觸塵觸即著也。謂《フ》二男女身分柔軟細滑等《ヲ》一。六法塵*謂二《ヲ》《ママ》意根《ヲ》一。*對《シテ》二前五塵《ニ》一而起《ス》二善悪《ノ》諸法《ヲ》一矣。是ハ五左衛門を佛と称するよりかゝる濁世塵土に示現するとは申されし也。娑婆示現観世音、三世利益同一體とも聞えて、如何なる佛の此土に出玉ひて凡濁の衆生を救ひ玉ふとなり。濁世塵土といへるハ、倶舎論三蔵法数の文によりて明らむべし。

〈洒本　情濁　名為《テナスト》レ濁《ト》　謂《フ》二意根《ヲ》一　對《シテ》前《ノ》二五塵《ニ》一〉

〔**永機**〕濁世〕阿ミだ経ニアリ。

【**桒門**】

〔**鈔**〕文選張衡西京賦《ニ》出。李善《ガ》註《ニ》曰、桒門《ハ》沙門也。経疏《ニ》云、沙門《ハ》梵語。翻《シテ》云《フ》二勤息《ト》一。無漏道以《テノ》下能《ク》勤ー労《シテ》息《ルヲ》中煩悩《ヲ》上故《ニ》。又文選注《ニ》云、編《ミテ》レ蓬《ヲ》以《テ》為レ戸《ト》操《テ》二桒條《ヲ》一以《テ》為レ樞《ト》。和訓によすて人と云。遁世の人は桒の木の下にも三宿はすまじきといふ事なりとぞ。

〔**可常**〕（◎「和訓ヨステ人」、左に「ハ沙門也」と注記）

〔**菅菰**〕桒門ハ沙ー門ノ音ー譌ト云。沙ー門ハ僧ノ梵ー語也。

〔**解**〕善覺要説《ニ》云、以助二伊蒲塞桒門《ノ》盛一。注《ニ》云、即桒門沙門也。風雅集　子をおもふ闇にハ迷ふ桒の門うき世に帰る人はとゞても　有忠

〔**元禄**〕桒門〕ヨステビト文選。通鑑集覧云——則沙門也。

〔**京大**〕文選天台山ノ賦ニ、桒門ノヨステ人ト有。

〔**五視**〕佛にハ何となるみのしほひがた身をいづくにか
おきつしらなミ　小町
佛にハ心なる身の遠干がた身をいづくにもおきつしら
なミ
仏にハ心もならず身もならずならぬ物こそ佛也けり
一休
類題　草枕結びかさねてさむしろに衣かたしきいとも
かもねん　為冬
文選《ノ》注《ニ》、編レ蓬以為戸操二桒條一以為レ樞。
人ハ桒の木下《ニ》モ三宿ハすまじきといふ也とぞ。
法華經案行品《ニ》入レ里乞食《セバ》得二一比丘一。

〔**沙鷗**〕桒門ハ沙門ノ音譌《ト》云。沙門ハ僧ノ梵語。

〔洗心〕 桑門〕 菅《ニ》、沙門の音譌也と云。沙門ハ僧の梵語也。
〔百代〕 桒門〕 沙門の音譌と云。猶、法恩珠林に詳也。
〔歌枕〕 ○桑門《ハ》沙門也。詳「法苑珠林」。
〔鼇頭〕 ○桒門〕 ソウモン。世捨人を云。
〔通解〕 桒門の乞食順礼ごときの人とハ、芭蕉翁の自らたとへ玉ふ詞なり。桒門とハ僧の事をいひ、猶空門といふがごとし。和尚自謙して空桒子といふ。空桑ハ地の名にして伊尹の生るゝ処也。和尚是を称して父母なきの義とするとぞ。呂氏春秋本味篇《ニ》曰、有侁氏《ノ》女子採《ル》レ桑《ヲ》。得二嬰児《ヲ》於空桑《ノ》之中《ニ》一。獻《ズ》二之《ヲ》其君《ニ》一。其《ノ》君令下二烰人《ヲシテ》一養《ハ》上レ之《ヲ》。命《テ》レ之《ヲ》曰《フ》二伊尹《ト》一。是等によれるなるべし。

【乞食順礼】

〔鈔〕 乞食の号ハ釈門より出たるならむ。比丘は怖魔破悪乞士の三義を含むと。乞士とハ上《ミ》諸佛及師長に法を乞ひ下《モ》衆生に食を乞ふゆへにとあり。法華経安樂行品偈《ニ》曰、入《リ》レ里《ニ》乞食《セバ》將《ヰヨ》二一《リノ》比丘《ヲ》一。今章ハたゞ乞丐人に准じていへるならむ。
〔可常〕 （◎「[乞]」は「法ケ經曰、入レ里乞食将《リ》二一《リノ》比丘《ヲ》。（一）遁世の人ハ桒の木の下にも三宿すまじきといふ」と注記）
〔解〕 乞食順禮〕 今委く注するに及ばず。桒門につゞきて、樹下石上の人なるべし。
〔百代〕 順禮〕 合類《ニ》遊歴勝地、遊歴靈區之謂也。但、今世称三十三所起于花山法皇とあり。
〔通解〕 乞食ハ列子に見えたり。曰、齊有二貧者一。常乞《フ》二於城市《ニ》一。乞児曰、天下之《ノ》辱*莫《シ》レ過《ハ》二於此《ニ》一。謡曲拾葉抄云、昔ハ熊野山伏六十餘州をめぐり、法華経を一國に一所づゝ納めし也。是佛道修行の為なるが故に禅門の習ひとせり。又熊野巡礼は花山法皇はじめ玉へりと云。我ハ是に類せるを五左衛門のもてなせるハ佛の助け玉ふにやと也。〈洒本　莫《シ》レ過《ルハ》二於此《ニ》一〉

【正直偏固】

〔鈔〕 世人の云正直一遍との㕝にや。
〔可常〕 （◎「正直一遍との事にや」と注記）

〔菅菰〕　正直偏-固ハ、　俗ノ正-直一　-遍ト云ガ如シ。
偏-固ハ、片ヨリ傾クコトナリ。

〔解〕　偏が説文ニ鄙也ト云テ爰にて俗流の偏窟と云ふに似たるべし。其上固随なれば物知らぬ正直者といふ方なるべし。陶潜が心遠ク自偏也と、云に似たるべし。又固ハ説文ニ堅也、牢也、といふて一偏に堅き者也。易ノ語ニ貞固ハ足二以幹レ事、といふにも叶ひ侍らんと、称せば、此僕貞固トモ云フベキカ。

〔京大〕　論語、偏固。カタヨリカタキ心。イチガヒニカタクナナル心。

〔洗心〕　正直偏固の者也〕　菅ニ、俗の正直一偏といふが如し。偏固ハかたよりかたぶく事也。

〔百代〕（「正直」は前掲【萬正直を旨と……】参照）

〔歌枕〕　○偏ハ鄙也。固ハ堅牢也。

〔通解〕　偏固ハ一邉《（邊）》にかたよりかたくなゝる也。

【剛毅木訥】

〔鈔〕　論語子路ノ篇、子ノ曰剛毅木訥ハ近レシ仁ニ。

〔可常〕（◎「ロン語子路篇、剛毅木訥近レ仁」と注記）

〔菅菰〕　論語ニ剛毅木訥ハ近レシ仁ニ、トアリ。剛毅ハ、氣象ノジャウブナルナリ。木ハ樸ト通ジテ、ツクロヒカザラヌヲ云。訥ハ言語ノ無-調-法ナルコトニテ、何レモ律-義ナル者ノサマナリ。

〔傍注〕　論語-　-　-　-近仁。

〔解〕　論語ニ、剛毅木訥ハ仁に近し。註ニ揚《ママ》氏云、剛毅なれバ則不レ屈ニ物俗《ママ》一木訥則不レ至ニ於外馳一故仁ニ近シ。程子云、木者質樸訥ハ辽鈍。四ノ者ハ質近于仁者也。

〔元禄〕　○論語子路篇、朱註楊氏曰、剛毅則不屈於物欲。木訥則不至於外馳。故近仁。王氏曰、剛必無欲毅必能行。木無令《（令）》色訥無巧言。

〔京大〕　論語、剛毅木訥ト在。剛モ毅モツヨキ心。木訥ハ空木《クチキ》ノタグヒ。ヨツテ口チカシコク才ノアルモノハカナラズソノマコトウスシ。右ノタグヒノ人心ハマコトアツシト也。

〔沙鷗〕　剛毅木調《（訥）》　剛毅木調《ママ》〕論語子路ノ篇　剛木下レ毅調《上ママ》近仁。大學之序ニ其氣質之禀。

〔洗心〕　剛毅木訥の仁に近き〕　論-語子-路ノ篇に見へ

たり。菅ニ、剛ー毅は気象のじやうぶなる也。木ハ樸と通じてつくろひかざらぬを云。訥ハ言ー語の無調法なる事にて、いづれも律義者のさま也。

〔註〕程子曰、撲（樸）訥遅鈍（四者）署質之近ニ乎仁一者也。揚子曰、毅剛則不レ屈ニ於物欲一也。古語委。

〔百代〕剛毅木訥〕氣象の丈夫なる也。木ハ樸と通じて、つくろひかざらぬを云。訥ハ言語の無調法なる事にて、何れも世に云律儀と也。論語に、剛毅木訥ハ近仁ト云ヽ。兼好がつれ〲に、究竟ハ理即にひとし。大欲ハ無欲に似たり、と書れしと。此語の見直しなるべし。

〔歌枕〕○[論語]剛毅木訥ハ近レ仁。○程子曰、木ハ質ー樸、訥ハ遅ー鈍。四ノ者質ー之近ニ乎仁一者也。○楊氏曰、剛ー毅則不レ屈ニ於物ー欲一、木訥ハ則不レ至ニ於外ー馳一。○朱注、剛ハ是體ー質堅ー強不レ軟不レ屈、毅ハ却有ニ奮ー發作ー興ノ氣ー象一。

○[大學序]其氣ー質之稟。

〔鼇頭〕○剛毅〕ゴウキ。○木訥〕ボクトツ。論語ニ出タリ。

〔通解〕剛毅木訥ハ巧言令色の反對なり。不仁に似て仁に近し。論語子路篇に出たり。楊氏曰、剛毅ハ則不レ屈セ於物欲ニ、木訥ハ則不レ至ニ於外馳一ニ。剛ハ剛果也。毅ハ強忍なり。木ハ文飾なき也。訥ハ言葉少き也。早竟、質樸遅鈍にして仁に近く濁塵に遠きをもて其地に佛の名を得たる也。

【氣稟の清質】

〔鈔〕天性の潔白を嘆美せらる。

〔可常〕（◎「天性ノ潔白也」と注記）

〔菅菰〕氣ー稟ハ、朱ー熹大ー学ノ序ニ、其氣ー質ノ之稟、トアリ。人ー人生レ付テ稟ケ得タル氣ー象ヲ云。清ー質ハ潔ー白ナルカタギナリ。

〔解〕気稟〕人ヽ自レ天稟る処の心性を定る始めと云ふべし。稟ガ説文に受る也。又云、受レ命曰レ稟云ヽ。清質〕は、劉邵人物志ニ云、心質亮直 其儀勁固ト言にも叶ひ侍らん。

〔元禄〕気稟清質〕学変、可考。

〔**京大**〕 稟《ヒン》《リン》ハ、《ウクル》《タマフ》

氣稟ハ天ヨリ自然ニウクル氣ナリ。天性ノ定タルモノ也。

質ハ、マコト スナホ カタチ タヒラカ。

（本文「清質」の左に「素心」と注記）

〔**洗心**〕 気稟の清質〕 菅ニ、朱‐熹大‐学ノ序ニ其‐氣質之稟とあり。人〻生れ付て稟《ウケ》得たる気象を云。清‐質ハ潔‐白なるかたぎ也。

〔**百代**〕 氣稟〕 生れ付の氣象をいふなり。朱喜〔熹〕が大学の序に、その氣質ノ稟或不能齊云云。

〔**鼇頭**〕 ○気稟〕 キリン。朱熹大学ノ序ニ出ル。

○清質〕 セイシツ。潔白なる事也。

〔**通解**〕 氣稟ハ天の陰陽五行の氣をうけて人ハ生ずるなれバ、其清気を得て生ずるより、清質とハ称美せられしなるべし。此一段ハ佛五左衛門の事をしるされし也。

〔六〕日光山

夘(卯)月朔日《うづきついたち》御山《おやま》に詣拝《けいはい》す。徃(往)昔《そのかみ》此《この》御山を二荒山《にくわうさん》《ふたらさん》と書《かき》しを、空海大師《くうかいだいし》開基の時日光と改《あらため》給ふ。千歳《せんざい》未来をさとり給ふにや、今此《この》御光《みひかり》一天にかゝやきて、恩沢八荒《おんだくはつくわう》にあふれ、四民安堵《しみんあんど》の栖《すみか》穏《おだやか》なり。猶憚《なほはばかり》多くて筆をさし置《おき》ぬ。

あらたう(ふ)と青葉若葉《あをばわかば》の日の光

【御山】

〔**菅菰**〕（〔五〕仏五左衛門の章【卅日、日光山の梺下に泊る】参照）

〔**洗心**〕御山〕菅ニ、下野ノ国河内郡ニ在。祭神事代主ノ命。開山勝道上人なり。東都より北三十六里。

〔**百代**〕御山〕日光満乾大明神と日本記に云〻。称徳天皇神護景雲元年、勝道上人開基。后、弘法大師并慈覚大師所〻に堂社を建る。元和の頃、慈眼大師中興開山とす。事ハ世人の知る処也。祭禮、四月十七日東照宮、九月十七日日光宮云〻。

【二荒山】

〔**元禄**〕〇二荒山〕延喜式神名記、下野国河内郡二荒山神社、名神大。神社考云、按二荒日光音相近。蓋其是欤。又二荒和訓与補陀洛音相似由。是浮屠誘国俗而遂号補陀洛山欤。

〇勝道姓ハ若田氏。野之下州芳賀郡人。早山(出)塵累ニ鑽二仰ス勝業一。州ニ有二補陀洛山一峯峦峻峙。振古未レ有二

陟者。道以神護景雲元年七月企跋陟。路険雪深。雲霧晦瞑《ニシテ》不能登。止山腹凡経三七日而還。天応元年孟夏。又興先志亦屈而退。延暦之始季春之月。発大誓致勤修且曰者《コノ》回《タビ》不到山頂。亦不至菩提。漸達于頂。岧峯環峙四湖碧深奇花異木殆非人境。道堅誓所遂悦目喜心乃結蝸舎於西南隅修懺《スルコト》又三七日。道雖究山區未尽湖曲。三年之夏造小舩浮東湖西南北湖。備《ニ》極《テ》游蕩。就勝処建伽藍曰神宮寺。居四載。道《カ》行与灵境并傳《フ》。桓武帝聞之勅任《シテ》上野講師又与《フ》都賀郡。創華厳精舎。大同二年州界大旱。刺史令（令）道祈雨。道上補陀洛山行《フ》法雪甘雨速降百穀皆登。元亨釈昬（書）。

〔**洗心**〕徃昔此御山を二荒山〕廼二荒神社と称す。

〔**通解**〕日光名所記云、抑下野国都賀郡二荒山ハ、人皇四十八代の帝稱徳天皇の御宇、神護景雲元年、勝道上人の開創なり。この上人ハ同国芳賀郡室の八嶋にて出誕あり。此山に趣き、本宮四本龍寺を御建営ましく〳〵、其後中禅寺及び其餘の灵社ことぐ〳〵く御草創あり。猶年ありて弘法大師登山し玉ひ、二荒を日光と改め玉ひ、又慈覚大師も登山し玉ひて所〻に堂社を営ミ玉ふ。斯くて星霜八百餘歳を経て元和の頃、慈眼大師中興の開山として、神威を海内に耀し玉ふ云云。大楽院秘書諸堂社記に曰、此山艮に當て岩穴あり。羅刹崛と名づく。彼崫中より暴風吹出て國内を損する事一年の間両度なり。因て二荒と号す。弘仁十一年、空海和尚此岩穴にいたり辟除結界して改て日光山と号す。日本風土記に云、日光山は乃《チ》日《ノ》所《ノ》升處《ロ》、其山《ノ》草木四季皆《ナ》紅色《ト》云云。又黒髪山と號す。山のかたち、女の髪を洗乱すが如くなる故にとも、又此山常に黒雲掩ふ故に名づくとも云と見えたり。予登山の時、多くの秘書を拝し奉り、又見る処にまかせて日光登山記をしるす。

【空海大師開基の時日光と改給ふ】

〔**菅菰**〕空海ハ、弘法大師ヲ云。元亨釋書《ニ》云、釋《ノ》空海《ハ》、世姓佐《サ》伯《エキ》氏、讃州多度《ノ》郡《ノ》人、父《ハ》田公《キミ》、母《ハ》阿刀氏、夢《ミテ》梵僧入《ト》懐《ニ》、而有《リ》身《ムコト》、在《ルコト》

胎ニ十二月、寶龜五年ニ生ル焉。母思テ其ノ夢ヲ小ナ名ヲ曰フ貴ト物ノト。成ルノ人ト之後、就キ沙門勒操ニ受テ法ヲ而落髪ス。初ノ名ハ教海、後ニ自ラ改ム如空ト。延暦十有四年、登リ東大寺ノ壇ニ、受ケ具足戒ヲ、又タ改ム空海ト。二十有三年、従テ遣唐使ニ入ル唐ニ。元和元年秋八月帰ル。大同太上皇、入テ壇ニ灌頂ス。帝者ノ密灌、於テ此ニ始ル焉。弘仁七年、遊ビ紀州ノ相勝ノ攸ニ、上テ高野山ニ、創《タツ》金剛寺ヲ。承和二年、海在テ于此ニ、三月二十一日、結跏趺坐シテ入定ス。延喜二十五年冬十月、賜フ諡ヲ弘法大師ト。（大師國師ノ号ハ、皆帝王ノ師トナルノ称ナリ。故ニ多ク死後ノ諡ニ賜フ。）空海ヲ日光山ノ開基トシ、及ビ山名ヲ改ルノコト、日光山ノ記、其外ノ書ニモイマダ所見ナシ。

〔**傍注**〕空海ヲ日光山ノ開基トシ、及ビ山号ヲ書改ルコト、何ノ書ニアリヤ。無所見。アヤマレルカ。

〔**解**〕二荒山の注委あれど畧。空海大師、元亨《カウ》(亨)釈書云、空海世ノ性《ママ》佐伯氏讃岐国多度郡ノ人也。父ヲ田公ト云フ。

母ハ阿力氏也。（菅菰抄ニ刀ノ字也）ある夜夢に梵僧と覚しき人懐に入ると覚しより頓て懐胎の心地ありけり。斯て十二月の間胎内に宿て寶龜五年（四十九代光仁帝）生ル。母其夢のありさまを思ひて稚名を貴物《キ》と呼りけり（中略）。其後醍醐天皇正喜廿一年冬十月弘法大師ト諡ス。遷化は承和二年、金剛峯寺に居られしが三月廿一日結跏趺座して遷化ス。開基、魏何晏云、譬ニ天地以開基、並ニ列宿而作制。日光別段に註ス。千歳未來を数千歳の末也、來らざるをも招《マネク》者なれバ悟り給ふて、今泰平の御時をも察し給ひ日光山と改め給ふ成るべし。其外御神号の故事もあれども余は恐るゝ事あつて同じく筆をさし置ぬ。

〔**寛政**〕日光山開山勝道上人也。空海ヲ日光山の開基とし、及び山名を改ノ事、日光山の記、其外ノ書ニモ所見ナシト云。

〔**京大**〕※空海。讃州多度郡、父ハ田公《キ》母阿刀。僧入懐夢見。宝龜五年生。夢□□小名貴物ト云。人成落髪して教誨。延暦十四年ニ東大寺ノ檀《ママ》ニ登ル。具足戒。更に廿三歳入唐。元和《ママ》元年八月帰。弘仁七高野山。四

十三歳金剛寺創《タツ》。承和二年三月廿一日入定ス。延喜二十五年十月賜弘法大師ノ号。凡千年余。※

〔沙鷗〕空海大師　空海ヲ日光山の開基とし、及び山名を改るの事、日光山の記其外ニもいまだ所見なし。按ニ、空海ハ天海の誤にや。草書天の字似たり。天海は南光坊天海僧正、諡慈眼大師。

〔洗心〕空海大師〕元亨釈書ニ云、釈ノ空海ハ世姓佐伯氏。讃州多度郡ノ人也。父ハ田公。母ハ阿刀氏。小字ハ貴キ物ト云々。又云、承和二年三月二十一日結跏趺坐シテ入定ス。延喜十五年冬十月、賜フ諡ヲ弘法大師ト云々。菅ニ、空海を日光山の開基とし、及び山号を改むるの事、日光山の記其外の書に所見なし。○ミちのくの巣居が曰、性霊集ニ云、舊ト二荒山空海登山ノ後、二荒の響をとりて日光山と改云々。又按に、當山瀧ノ尾ノ社の額女体中宮の四字、空海の自書也といへり。されば開基と称すること據なしともいふべからず。又、勝道は鎌倉ノ右大将家治世の人といへれば、中興の開基にもや有なん。

〔百代〕空海〕佐伯氏。田公ノ男。母ハ阿刀。小字ハ貴物。名ハ空海。承和二年三月廿一日入定高野山ニ。歳六十二。延喜二十五年十一月賜ふ諡弘法大師ト。尚、元亨釈書に詳なり。

〔歌枕〕○弘法ハ諡ナリ。大師ハ帝王ノ師タルノ称。○事跡元亨釈書及ビ大師傳ニ詳也トイヘドモ日光ノ事未見。

〔通解〕（前掲【二荒山】参照）

【今此御光一天にかゝやきて】

〔解〕前漢書董仲舒が傳云、晏然として自以如日ノ有レ天。又老子曰、知レ常容ル、客《ママ》ハ則公ナリ、公ナルハ乃王ナリ。註曰、以公道而王則与天同矣。御光とハ御威光也。是日の天に有るが如くなればとりも直さず天と同じき御治世なるべし。

〔通解〕御光一天にかゝやける事猶観るべし。

【恩沢八荒にあふれ】

〔鈔〕孟子萬章上篇、施《スコト》澤ヲ於民ニ久シ。東西南北四隅合テ

八荒也。四民八荒對よく入たり。

〔**可常**〕（◎「孟子、施スコト二沢ヲ於民一久シ。」「八荒ハ東西南北四隅也。」「對語ヨク叶ヘリ」と注記）

〔**菅菰**〕 恩澤ハ　卑俗ノヲカゲト云コトニテ　慈恩ノウルヲヒヲ云。八荒ノ文字ハ　山海経　神異経　淮南子等ニ出テ　荒ハ遠方ヲサス。八荒ハ四－方四－隅ノ俗ニ八方ト云遠處ナリ。

〔**解**〕 恩沢則泰平に成たる御恩澤の御急起有事也。八荒は、揚雄が賦に八荒協、今萬国諧二四夷一。八荒ハ夷狄ノ称也。溢レとハ御恩沢の蝦夷が千嶋の果までも溢れて、靡き随ふとの事也

〔**京大**〕 恩澤〕 恩ハ天恩、帝国王ノ恩。沢ハウルオヒ也。八荒〕 天地ノ八荒ナルモノナリ。

〔**五視**〕 東西南北四隅、合テ八荒也。

〔**洗心**〕 恩澤八荒〕 菅ニ、四－方四－隅をいへり。拾－遺－記ノ注ニ、八－鴻ハ八－方之（ほ）－名也。

〔**百代**〕 恩沢〕 慈恩のうるをひをいふ。孟子註に、沢ハ猶言二流風餘韵一ト也とあり。

八荒〕 四方四隅とあり。

〔**歌枕**〕 ○澤ハ潤也。○荒ハ蠻－夷ノ荒－服、言二荒－忽トシテ不レ常也。（補注「八荒ノ熟字ハ山海經 淮南子等ニ出」）

〔**鼇頭**〕 ○恩澤〕 オンタク。俗のおかげと云事ニて慈恩のうるほひを云。

○八荒〕 ハツコウ。山海経 神異経 淮南子等ニ出て、荒ハ遠方をさす。四方八方と云事也。

〔**通解**〕 八荒ハ四方四隅をいふ。荒ハ曠也。

【四民安堵の栖穏なり】

〔**菅菰**〕 四－民ハ　士－農－工－商ヲ云。前漢－書食－貨－志ニ見タリ。安－堵ハ　通ジテ案－堵ニ作リ　歴－史－中ニ散－在ス。安－居ニ同ジ。ヲチツキテ居ルコトナリ。

〔**解**〕 四民〕 士農工商也。　安堵〕 説文ニ堵ハ垣也、ドテガキ也。文選ニ、百性安堵四民不レ反レ業。是太平ナルかたちなり。栖ハ説文ニ宿也とて棲《スミカ》と同じ。鳥有二巣上一形成リとも云て、各が栖にたとへたり。穏ハ説文ニ安と註して、安堵と熟字也。語林云、楊膈復曰、徐家ノ肺沉家脾、眞トニ安穏也。邪是よりも安穏の字劣

たるにや、此ちなみに註し侍る。

〔**京大**〕 堵ハ、シヤカキ ツチカベ。

〔**百代**〕 四民〕 士農工商。

安堵〕 文選、百姓安レ堵四民不レ反レ業ト云リ。史記、高祖本紀ニ、諸吏人皆案堵如レ故。註ニ、案ハ次第、堵ハ墻。

〔**歌枕**〕 （補注「四民ハ士農工商也。漢書食貨志ニ出」）

〔**鼇頭**〕 ○四民〕 シミン。士農工商を云。

○安堵〕 アンド。俗ニおちつきをる事。

〔**通解**〕 栖隠（穏）とハ、幽邃の勝地を選み玉ひしによりてなるべし。

【**猶憚多くて**】

〔**解**〕 翁自釈する也。前段にかゝる桒門 乞食 順礼如き人を助給ふにやといふ又を爰にて顧て、謙退の詞也、かゝる身にして日光山ほどの御神徳を可申にあらずと、奉恐生前結後の法也、憚ハ説文ニ忌難ナリ。又雑員に畏るゝとも云て、又中庸ニ無ニ忌憚《イミ》一の文字也。惣じて下賤の人にハ忌憚事などなき者多し。不慎より起り聊かの文句なれども、翁の筆法意味有りと知るべし。

【**筆をさし置ぬ**】

〔**解**〕 劉知幾傳云、毎レ記レ事載ル言閣レ筆相視ル。

【**あらたうと青葉若葉の日の光**】

〔**鈔**〕 詩経大雅ノ部皇矣篇及以中庸、徳ノ輶キコト如レ毛シ。毛ハ猶ヲ有レ倫リ二。上一天載コトハ無レ声ク无レ臭シモ。至レルカナ矣。

皇太神宮法樂、

何ごとのおハしますとハしらねども有がたさには涙こぼるゝ 西行法師

有ガ曰、語中に語なきを活句と云て舌に落ざる也。語中に語あるを死句といふとぞ。

〔**可常**〕 皇太神宮法樂 〽何事のおハしますとハしらねどもありがたさにハ涙こぼるゝ 西行

〔**解**〕 句解、一句の心明かなり。釈するに及ばず。去ながらあら尊とハ嗟呼尊也。称嘆する五文字也。尤慥なる切字也。是をあな尊とすれば連哥めくに依て、あら尊と、置くもの也。既に連哥大回シの句に〽あな尊春の日みがく玉津島、といへる、句ハ大回しの格也。此

句など思ひ出して、翁、あら尊の、五文字を居〔据〕へたりと見ゆ。一躰趣向も暗に摸したり。又云、安名尊といへり、催馬楽の曲名也。

〔**洗心**〕〔あら尊と〕や〔青葉若葉の〕うえはさら也。

我〻がうへにも有がたき〔日の〕御〔光〕かな

新 荀子ニ、日ー月不ㇾ高《ル》則《カラ》不ㇾ赫《カ》。これらに似て清廟の美麗露もくもらぬに日影梢梢に溢るゝけしきを尊ミ、あるハ久しく御威光の潤徳残りなく草木までに及ぶさま、蔽ー芾《タル》甘ー棠に周のむかしをしたふが如し云〻。

〔**註**〕高久角左衛門持来候真筆にハ、

あら尊木の下闇も日のひかり　と有。

日光大明神は珍宮明神と一躰にして、味耜高彦根命なり。加茂神銘帳に明也。今宇都宮日光の人〻ハ事代主の命と申奉る。叓代主の神ハ出雲八百寄に立《セ》玉ふ恵美須大明神也。

〔**百代**〕あらたうと　真蹟に、あな尊と木の下やミも日の光　とありて、野刕高久宿高久覚左衛門所持すとぞ。

〔**句解**〕日光ニて

あらたふと青葉若葉の日の光

句選ニ曰、詞を廻して聞べし。頌の躰也。金花傳ニ曰、歌所の御評ニ、日光にて此句を思ひて哥もあるべしと宣ふとなり。

新曰、荀子ニ日月不ㇾ高《トモ》則光輝不ㇾ赫。これらに似て清廟の美麗露もくもらぬ日影梢〳〵に溢るゝ気色を尊ミ、あるハ久しく御威光の潤徳殊に草木迠に及ぶさま、蔽芾たる甘棠に周のむかしをしたふがごとし。

〔**下露**〕一本に、あら尊木の下やミも日のひかり　とあり。

〔**通解**〕〽あらたうと青葉若葉の日の光り

後人此句を石に雕りて大日堂の地辺にたてたり。尤幽閑の地にして緇素游憩の地となせり。天保中蓁々翁句あり。

長閑さや花なき里も鳥の聲

高田信之乞ふて石に雕りて句碑とす。下野の国高久といふ所に、高久角左衛門といふものあり。其家に芭蕉

翁の真蹟あり。あな尊木の下闇も日の光り　と有るよしなり。此記行清書の頃再訂し玉ふ事多し。

〔一七〕黒髪山の章【黒髪山ハ霞かゝりて…】参照）

〔**解説**〕日光にて

あらたうと青葉若葉の日の光り

後人此句を石に彫りて大日堂の池辺に建てたり。西行一代記に上人伊勢大神宮に詣ての詠あり。〔宮ばしらしたつ岩根にしきたてゝ露も曇らぬ日の光りかな。同じ心なるべきにや。此句泊船集に見えず。

〔**永機**〕千五百番哥合、出る日の光りも高し天津空くもりなき代の春のはじめハ　俊成女

〔七〕黒髪山

黒髪山《くろかみやま》ハ霞かゝりて、雪いまだ白し。

剃捨《そりすて》て黒髪山に衣《ころも》更《がへ》　曽良《そら》

曽良ハ河合氏《かはひうぢ》にして惣五良《そうごらう》(郎)と云へり。芭蕉の下葉《したば》に軒をならべて、予が薪水《しんすゐ》の労《らう》をたすく。このたび松しま象泻《きさがた》(潟)の眺《ながめ》共にせん事を悦《よろこ》び、且《かつ》ハ羇旅《きりよ》の難をいたハらんと、旅立《たびだつ》暁《あかつき》髪を剃《そり》て墨染《すみぞめ》にさまをかえ(へ)、惣五を改《あらため》て宗悟とす。仍《よつ》て墨(黒)髪山の句有《あり》。衣更《ころもがへ》の二字、力ありてきこゆ。

廿餘丁《にじふよちやう》山を登つて、瀧有《たきあり》。岩洞《がんとう》の頂《いただき》より飛流《ひりう》して百尺《はくせき》、千岩《せんがん》の碧潭《へきたん》に落《おち》たり。岩窟《がんくつ》に身をひそめ入《いり》て、滝《たき》の裏よりミれバ、うらみの瀧と申《まうし》傳《つた(へ)》え侍《はべ》る也《なり》。

暫時《しばらく》ハ瀧に籠《こも》るや夏《げ》の初《はじめ》

【黒髪山ハ霞かゝりて、雪いまだ白し】

〔鈔〕　続古今　うバ玉の黒かみ山を朝越て木の下露にぬれにける哉　人麿

くろ髪 雪白し、自然の文勢。

〔可常〕　續古今　〽うば玉の黒かミ山を朝越て木の下露にぬれにける哉　人广(麻呂)

〔菅菰〕　黒かミ山ハ上野国の名所にて、上野下野の境山なり。續古今 むば玉のくろかミ山を朝こえて木の下露に

ぬれにける哉　人丸。方角抄旅びとの真菅の笠やくちぬらむ黒髪やまのさミだれの比。

〔傍注〕　上野下野ノサカイ。山ハ上野ニ属ス。

〔解〕　神社考ニ云、日光山の和哥に黒髪山と詠ズ。黒上山と書ぞ共いふ。黒髪山といふ〳〵、雪いまだ白しといふ也。又跡の發句に剃と云ふ字も、余さず、書つらねたり。堀川太良百首〽うば玉の黒髪山のいたゞきは雪も積らば白髪とや見ん　隆源法師。新拾遺《ママ》、身の上にかゝらん事も遠《ママ》からぬ黒髪山にふれるしら雪　源頼政。

〔元禄〕　○黒髪山

万七〽うば玉の黒かミ山を朝こえて木の下露にぬれにける哉　人丸

新後拾〽身のうへにかゝらん事ぞ遠からぬくろ髪山にふれるしら雪　頼政

〔寛政〕　續古今　むば玉の黒髪山を朝こえて木の下露にぬれにける哉　人丸

〔京大〕　※黒髪山ハ上野の国の名所、下野の境也。うば玉の黒髪山を朝こへて木の下露にぬれにけるかな。※

〔五視〕　続古今　うば玉のくろかミ山を朝越て木の下露にぬれにける哉　人丸

くろかミ、雪白し、白然の文勢。

〔沙鷗〕　黒髪山　黒髪山ハ上野下野の境山也。続古今　むば玉の黒髪山を朝こへて木の下露にぬれにけるかな　人丸

〔洗心〕　黒髪山〕上野ノ国の名所にて上野下野の境の山也と、菅ニいへれど、下野國をさかざる已前の事なるべし。今ハしもつけのうちなること明らか也。此ため し餘國にもまゝあり。続古今集〽うば玉の黒かミ山を朝こえて木の下露に濡にける哉　人丸。方角抄〽旅人の真菅の笠やくちぬらんくろかミ山の五月雨のころ。

○日光山の絶頂二峯にわかてり。男體山ハ大己貴ノ命、女體山ハ田心《ママ》姫ノ命を祭りたてまつるといへり。又、麓に在す所の本宮瀧ノ尾の両社これ也。

ハ霞かゝりて雪いまだ白し〕　此處の文法少しく色だて

を用ふ。

〔百代〕　黒髪山〕　上野下野のさかへにて、河内郡也。或日光山一名と云〻。萬葉に、黒玉の玄髪山乎朝越て山下露にぬれにける鴨。

〔歌枕〕　○［万葉］むば玉の黒髪山を朝こえて木の下露にぬれにける哉　人丸

［方角抄］旅人の真菅の笠やくちぬらんくろかミ山のさミだれの比

〔鼇頭〕　○黒髪山〕　上野の国の名所。下野の国境也。

〔通解〕　新後拾遺集　頼政、

　身の上にかゝらん事ぞ遠からぬくろかミ山にふれる白雪

寛永十三年夘月のはじめ、河野宰相藤原公業卿登山ありて、

山菅の橋より見れバ名にも似ず黒髪山に残るしら雪

仰げ猶いやたかてらす日の光りくもらぬ御代ハ神にまかせて

あらたうとの吟も此詠の心にかなへり。しかして青葉若葉の風情ハ俳諧の姿奇といふべきにや。

【剃捨て黒髪山に衣更　曽良】

〔鈔〕　此句の評以下に述らる。

〔解〕　發句の意翁の釈にて明らかなり。登山夘月朔日の發端なれば衣更の字力ありといふ処尤なり。但更衣ハ四月一日是禁中の更衣なれば、下賤の者までも更衣と唱るなり。是は更衣の文字墨染の衣と成たる曽良が変態と言へばにや、更衣の字力ありと翁は称し給ふ也。

〔洗心〕　〔剃捨て黒髪山に〕うき世の〔衣更〕　黒かミをそりすてゝと中より上へ意を及ぼす也　曽良

〔歌枕〕　○衣、頃も、訓相通す。

〔通解〕　剃捨て黒かミ山に衣がへ　曽良

按るに黒髪山ハ墨染に比する也。黒かミを剃り捨て却て衣の黒髪山となりたると也。衣更ハ時節にして、白雪も今ハとけてといふ心にも通ふ故に、力ありとも褒美せられしにや。又云、雪いまだ白しとの文ありて剃すてゝ黒かミ山といへる、山鬼も哭すべき文法ならずや。

【曽良ハ河合氏にして惣五良】

〔解〕傳末レ詳。伊せ神職家の類属ともいふ、又長崎《ママ》ともいふ。追て可考。

〔通解〕曽良ハ信刕諏訪の産なり。

〔通解追加〕曽良〕信州諏訪郡高嶋の産。九州に下向、壱岐の国に死す。

【薪水の労をたすく】
〔鈔〕法華経提婆達多品ニ曰、時ニ有リ二仙人一。来テ白シテレ王言《サク》、我有《タモテリ》二大乗ヲ一。名ク二妙法華経ト一。若シ不ンバレ違ハレ我ニ當ニ為ニ宣ヘ説ク一。王聞テ二仙ノ言ヲ一歓喜踊躍シ、即チ随ヒ二仙人ニ一供二-給ス所-須ヲ一。采リレ果《コノミヲ》汲ミレ水ヲ拾ヒレ薪ヲ設ケレ食ヲ、乃-至以テレ身ヲ而為シテ二牀座ト一、身心無レ倦ムコトレ 下略。
法華経を我得しことハたき木こりなつミ水くミつかえてぞえし　行基菩薩
〔可常〕〽法花經を我得しことハたきゞこりなつミ水汲つかへてぞえし　行基
〔解〕是ハ弟子の師に仕ひて薪とり水汲などする辛労をいふ也。

〔菅菰〕晉-書陶-淵-明ガ傳ニ云、陶-潜為リ二彭-澤ノ令ト一、不下以テ二家-累ヲ一自ラ随ヘ上、送リ二一-力ヲ一給シテ二其ノ子ニ一曰、遣シテ二此ノ力ヲ一助ク二汝ガ薪-水ノ之勞ヲ一ト。力ハ僕ヲ云。薪-水トハ、朝-夕ノ飲-食等ノコトナリ。又釋-尊檀-特-山ニテ阿-羅-羅仙-人ヲ師トシ事へ、採-果汲-水ノ業ヲナシ玉フコトナドノ取合セナルベシ。

〔傍注〕薪水ノ労ト云コト、晋書陶淵明ガ傳ニ、陶-潜彭沢ノ令トナリ家累ヲ以テ自ラ随ヘズ。一-力ヲ送リ其子ニ給シテ曰、コノ力ヲツカハシテ汝ガ薪水ノ労ヲ助クト。力ハ僕ナリ。又釈尊檀特山ニテ阿羅々仙人ヲ師トシ仕へ採菓《ママ》汲水ノ労ヲナシ玉フコトナドノ取合セナラン。

〔寛政〕晋書　陶淵明為彭沢令、身《ママ》以家累自随。送一力給其子曰、遣《ママ》此力助汝薪水之労ト。力ハ僕ヲ云。朝夕飲食等ノ事ナリ。

〔京大〕陶渕明、彭澤《ホウタク》ノ令トナリシトキ、ソノ子ニ一力《リキ》ヲヲクリテイ、ツカハヽ人。書ニ云、今遣《ツカハシテ》（遣）二此力ヲ一、助ク二汝ガ薪水ノ勞ヲ一。此レ亦人ノ子也 下畧。枕山帋ニモよ

くみかへりてと云〻。

※薪水ハ朝夕飲食の事也。※

〔**五視**〕法花經に我得しことハ薪こるなつミ水くミつかへてぞ得し。行基丼の云コトナン。

〔**沙鷗**〕薪水　薪水〕晋書陶淵明傳ニ曰、陶潜爲彭澤令、不下以二家累一自随上。送二一力一給二其子一曰、遣二此力一助二汝薪水之労一ト有。力ハ僕ヲ言。

〔**洗心**〕薪水の労をたすく〕菅ニ、晋-書陶-淵-明ガ傳ニ云、陶-潜為リ二彭澤ノ令一ト、不下以テ二家-累ヲ一自-随上送リ二一-力ヲ一給ヒテ二其子ニ一曰、遣シテ二此ノ力ヲ一助ク二汝ガ薪-水之-勞ヲ一と。力ハ僕をいふ。薪-水とハ朝夕飲食等の事なり。又、釈-尊檀-特-山にて阿-羅-々仙-人を師とし事へ、採-果汲-水の業をなし玉ふ事などのとり合セなるべし。

〔**百代**〕薪水〕法花經提婆品ニ、汲水拾薪随レ時恭(慕)敬興キ取意。

〔**歌枕**〕○釈尊檀特山ニヲイテ阿羅仙ニ事ヘ玉フニ採果汲水。○晋書 陶-潜爲二彭-澤ノ令一、不下以二家-累ヲ一自-随上、送二一-力ヲ一給シテ二其-子ニ一曰、遣二此-力一助二汝ガ薪-水之勞一。

〔**鼇頭**〕○薪水〕シンスイ。晋書陶淵明ガ傳に祥《ママ》(詳)也。

〔**通解**〕薪水の労といへる事ハ、法華経提婆品曰、即随仙人供給所須採果汲水拾薪設食とあるより出し詞也。

拾遺集　行基、

法華経を我えし事ハ薪こりなつミ水汲ミ仕へてぞ得し

【松しま　象潟の眺】

〔**菅菰**〕松嶋　象泻(潟)の事ハ下に委し。眺ハナガムト訓ズ。眺望ヲ云。見わたす事なり。

〔**解**〕此二所の註ハ末に顯ス。眺ハ眺望也。五車員粋に云、眺ハ遠く視也、又望也。

〔**洗心**〕松しま象瀉の眺〕菅ニ、眺ハナガムと訓ず。眺望を云。見わたす事也。

〔**百代**〕象泻〕夫木に蚶方に作る。羽州由利郡にあり。尚下の象泻の段ニ註す。

【羈旅】

〔**鈔**〕左傳ニ陳敬仲ガ云、羇旅之臣ト。杜預ガ云、羇ハ寄也。旅ハ客也とぞ。

〔**可常**〕（◎「左傳ニ杜預曰、〔羈〕ハ寄也。〔旅〕ハ客也ト」と注記）

〔**菅菰**〕羈ハ本字羇ニテ、ヨルト訓ズ。羈ハ假音ナリ。羇‐旅ハ旅ニ居ルヲ云。左‐傳ニ見タリ。

〔**傍注**〕羈トカケドモ本字羇也。羈旅遠キ旅也。左傳ニ出。

〔**解**〕杜甫が詩に生涯能幾何、と常に有。羈旅中、又云、況ヤ我飄然トシテ無二定所一、終日戚〻トシテ忍羈旅を、則羈旅ハむまぢき也。駅路といふに同じ。

〔**寛政**〕（本文の「羈旅」に「キリヨ」と振仮名）

〔**京大**〕行先長キタビ也。一日二日三日十日ノタビハキリヨトハイハヌ也。キハタビニツナガル、也。古今ニモコノ心ニヨセテ、ヨノウキメミヘヌヤマヂニイランニハオモフ人コソホダシナリケレト云。

〔**五視**〕羈ハ奇ナリ。旅ハ客ナリ。

〔**沙鷗**〕羈旅　羈ハ本字羇ニテ、ヲルト訓ズ。羈、旅ニ居ルヲ云。左傳ニ見ヘタリ。

〔**洗心**〕羈旅の〕菅ニ、羈ハ本字羇にて、よると訓ず。羈ハ假‐音也。羇‐旅ハ旅に居るを云。左‐傳に見へたり。

〔**註**〕羈旅《キリヨ》〕吹嗟味吹囉《クサミクラ》と云なり。

〔**百代**〕羈旅〕匀會ニ羈ハ旅寓也。又、左傳ノ註、羈ハ奇也。旅ハ客也ト云〻。

〔**歌枕**〕○匀會羈旅寓也。○左傳註羈寄也。旅客也。

〔**鼇頭**〕○キリヨ〕左傳ニ旅にをる事。此条ハ行先のキリヨを云。隣国ハいはず。三ケ国五ケ国を過てよりキリヨと云也。

〔**通解**〕羈旅とハ、左傳荘公二十二年、敬仲曰、羈旅之臣云云、杜預曰、羈ハ寄也。旅ハ客也といふにもとづく。假寐の舎りせる旅人の事をいふ也。

【難をいたハらんと】

〔**洗心**〕難をいたハらむと〕奥羽の邊土たる、其ころいまだ王‐化の及ばざる所多く、賊難等の危急しば〱の有をもて、もろ〱の門人等この人に託して専防禦の

任にあてしむといへり。

【髪を剃て墨染にさまをかえ】

〔鈔〕 古今　たらちねハかゝれとてしもうバ玉の我くろ髪をなでずや有けん　僧正遍昭

何ゆへに染ける身ぞと折〳〵は心に恥よすミぞめの袖

慈鎮和尚

是迄曽良が嘅《ママ》切境界を述らる。つら〳〵此道の大乗を得たる歟。

〔可常〕 古今〽たらちねハかゝれとてしもうバ玉の我くろかミをなでずや有けん　遍昭

〽何故に染ける身をも折〳〵ハ心にはぢよ墨染の袖

慈鎮

〔解〕 法華經序品云、徃詣二仏所一問二無上道一、便捨楽土宮殿臣妾剃二除鬚髪一、而被二法服一、云々。是剃髪黒《ママ》染の文字に依書たる処也。

〔五視〕 何ゆへに染ける身ぞと折〳〵ハ心に恥る《ママ》すミぞめの袖　慈鎮

〔百代〕〔墨染〕 西行哥、何ゆえに捨にし身ぞとおり〳〵はすがたにをしき墨染の袖

【仍て墨髪山の句有】

〔洗心〕〔墨〕 黒の誤写。

【廿餘丁山を登つて、瀧有】

〔解〕 瀧ハ説文云、奔湍也。俗ニ云、水ノ湍浚為レ瀧。

〔五視〕 恵山の賦など模せらる語歟とぞ。

〔通解〕 〽暫時ハ瀧にこもるや夏のはじめ

日光名所記云、大日堂より右の方へ道の程二十町ばかりゆけば裏見の瀧と云。されバ青葉の碑ハ大日堂のあたりに建たる事、より所ありといふべし。

【岩洞の頂より飛流して百尺】

〔鈔〕 廬山ノ賦などを模せらる語歟とぞ。

〔可常〕 (◎「廬山ノ賦ナド模セラル語歟」と注記)

〔菅菰〕 洞ハ峒ト通ズ。岩-峒ハイワヤノコトナリ。

〔傍注〕 「洞」ハ峒ト通ズ。イワヤナリ。

〔解〕 岩洞の頂より懸、岸ゟ水落て、水ハ廉洞の如く成るをいふべし。飛流ハ瀧の𠮷名也。李白詩に、懸流三百尺噴壑千里條《トシテ》如二飛雷来一隠《ヲ》若二白虹起一《ガ》。此詩

の趣なるべし。

〔京大〕李白、盧山ノ詩ニ、飛流直ニ（下）三千丈ト云。是九天ヨリ落ル叓也。

〔洗心〕岩洞〕菅ニ、洞ハ峒と通ず。岩ー峒はいハやの事也。

〔百代〕岩洞〕いわ（は）やの事也。洞ハ峒と通ず。

〔通解〕又名所記云、此瀧高さ十四五間ばかり、幅弐間余、岩窟の洞より飛流し、向ふ方へ走る事、猛獣の勢ひに似たり。傍より厳〻たるをつたひて道を下れば、かのさし出たる岩窟の本に至る。此瀧を裏より見るによりて名とす。上に荒沢不動明王たち玉ふ。凡天下の瀧多しといへども裏より見る瀧ハこゝに限る也云云。

（前掲【廿餘丁山を…】参照）


【千岩の碧潭】

〔菅菰〕碧ハミドリト和訓ス。瑠ー璃色ヲ云。潭ハ淵ナリ。水ノ深キ處ハルリ色ナルモノ故ニ名ツク。

〔傍注〕「碧」ミドリト訓ズ。ルリ色ナリ。

〔解〕碧潭は張九齢が詩、結宇倚二青壁一、流香噴リ二碧潭一、

＊菅菰抄ニ碧ハミドリト訓ズ。瑠璃色ヲ云。潭ハ淵ナリ。水ノ深キ處ハルリ色ナルモノ故ニ名ヅク。
〔寛政〕（本文「碧潭」に「ヘキタン」と振仮名）

〔京大〕碧潭ハ青ミタルミドリ也。タキツボナリ。

〔沙鷗〕碧潭｜李白詩、飛流直下三千尺。潭ハ淵也。

〔洗心〕碧潭〕菅ニ、碧はミドリと和訓す。瑠ー璃色を云。潭ハ淵也。水の深き所ハるり色なる物故ニ名づく。

〔百代〕碧潭〕碧ハみどり、潭ハ渕也。水の深き所ハ瑠璃色なるもの故に然いふ。

〔歌枕〕○［説文］碧ハ石ノ之青一美者。○［増韻］深キ青一色也。潭ハ［字彙］水ノ深キ處。

〔鼇頭〕○碧潭〕ヘキタン。みどり色の渕也。

〔通解〕碧潭〕潭ハ水の深き也。


【岩窟】

〔菅菰〕岩ー窟モイワヤヲ云。

〔解〕岩窟は、説文に鬼堀也。今作レ窟。薛拠《ショガ》詩ニ、弱年好二棲隠一錬レ薬有二岩窟一。

〔寛政〕（本文「岩窟」に「グワンクツ」と振仮名）

〔洗心〕 岩窟〕菅ニ、イハヤを云。

【うらみの瀧】

〔解〕 日光名勝記云、冨士 淺間 日光 此三山は同じ高サといふ。此山中に瀧数四十八在り、美事なる瀧多しと云ふ。恨の瀧といふは瀧の水裏より見る。前に近付て見る事、ならぬといふ処也とかや。

〔通解〕 裏見瀧ハ山菅の橋より一里半餘と云。予が日光登山記ニ云、凡二十町登る。即左に飛泉あり。其方へいさゝか下るに、其道六七尺、切かけし岩石の上を清水流れ、進歩する*股引ヲぬらす。かゝる事三四十歩、瀧の裏を経る其地二人並び行くべからず。瀧壺の方へ丸木二本を倒し、足のとまりとハしけれども、轉びなバその間より洩れて落入らん事必定なり。瀧のあなたよりして此瀧壺を見るに、其深さ枚十丈、白波洶沸し、其声猶華厳の瀧に類す。其上を望めバうしろの絶壁なり出て瀧ハ其上より落たり。

嵓-頭苔-滑羊腸ノ路。探レ得タリ鳴泉千-尺ノ素。崖下恰モ同ジ銀-漢ノ邊。*遊人輿ニ掃フ二沾レ衣露ヲ一。

都て此あたり中腹の崖路にて、尚洞中の如く、瀧の幅ハ二三間なるべし。又瀧のうらを戻りて五六歩登れば不動の石像あり。方二三十間、水たゝえて瀧又あり。是を上の瀧と称す云々。恨の瀧といふ事いまだきかず。傳写の誤にて只裏見の瀧なるべし。此あたりハ予見て知る所也。是より奥羽北國の境にいたりてハ唯きゝてしり、又さらにきかざる境も多し。一とたび其地にいたり此記をよまば、文章の光霽も嘸かしと其感をます事あらん。是うらむべき也。よつて其抄の疎なる、専後鑒を待て知るに及ばざる所を闕き、うたがはしきハふたつながら是をしるす。抑釋了貞の二十四輩巡拝記も見てしるすもの欤。北越の梨一が菅菰抄のごときハ、正しく祖翁の蹟を尋ねて書する処、多く是をとるといへども、空海を日光山の開基とし、及び山名を改る事、日光山記其外の書にもいまだ所見なしといひ、蘓武別李陵詩、雙鳧倶北飛、一鳧獨南翔云々。前漢書を引くといへども蘓氏が本傳に見へず。其外文意句意その注解従ひがたきものあり。又粗略なり。桃隣の陸奥千鳥

も此裏見が瀧に至ては其実景に叶り、後生是を辨じて可なり。〈洒本　股引を　遊人與ニ〉

（前掲【廿餘丁山を…】【岩洞の頂より…】参照）

【暫時ハ瀧に籠るや夏の初】

〔**鈔**〕安居ニ前中後ノ三位アリ。前ハ四月十六日ニ入夏ス。七月十五日、一度九旬満ル也。後ハ五月十六日ニ結夏、八月十五日開夏也。中ハ結夏日不定。故ニ夏境モ又介(爾)リ。入夏ハ五月十五日迠ノ内也（今ハ前夏ヲ用ユトアリ。）

〔**可常**〕（◎「安居ニ前中後ノ三位有。前ハ四月十五（六）日入七月十五日一夏九旬満ル也。後ハ五月十五日結夏八月十五日開夏。中ハ日不定。夏竟モ又介り」と注記）

〔**菅菰**〕夏ハモト結夏ト云。略シテ夏トス。僧家ニ籠リ居テ修業スル時ノ名ナリ。五雑俎ニ云、四月十五日、天下ノ僧尼、就テ禅刹ニ搭挂ス、謂フ之ヲ結夏ト。又謂フ之ヲ結制ト。又安居ト名ク。釋氏要覧ニ云、心形靜攝ヲ曰シ安ト、要期此住ヲ曰フ居ト。安居ハ、物寂カニシテ居ルヲ云。○友人僧懶菴云、天竺ノ一年ハ春夏冬ノ三季ニテ秋ナシ。故ニ一季ハ中華ノ四个(個)月ニ當ル。中華ノ今月十五日ヨリ翌月十四日マデヲ一月トシテ、上十五日ヲ黒月ト云、下モ十五日ヲ白月トス。中夏ニ上弦下弦ト云ガ如シ。一夏九十日トハ、夏《ナツ》一季ノウチニテ結制スル日ヲ云。九十日ニテ一季ノ盡ルニハアラズト。

〔**傍注**〕夏《ゲ》ハモト結夏ノ畧也。僧家ニコモリ居テ修行スルトキノ名也。五雑俎云、四月十五日天下ノ僧尼禅刹ニ就テ搭挂ス。コレヲ結夏ト云。又コレヲ結制ト云。又安居トナヅク。釈氏要覧云、心形静摂ヲ安トイヒ、要期此住ヲ居ト云トアリ。安居ハ物シヅカニシテ居ルコト也。○僧懶菴云、天竺ノ一年ハ三季ニシテ秋ナシ。故ニ一季ハ中花ノ四ケ月ニアタル。中華ノ今月十五日ヨリ翌月ノ十四日マデヲ一月トシテ、上十五日ヲ黒月ト云、下十五日ヲ白月トス。上弦下弦トイフガ如シ。一夏九十日トハ夏一季ノ内ニテ結制スルヲ云。九十日ニテ一季ノ尽ニハ非ズト云云。

〔**解**〕句解　句意明か也。夏の初は、一夏篭安居の始の

事也。翻譯名義集ニ云、以㆓四月十六日㆒入㆓安居㆒謂是結夏、凡九十日。又釈苑宗規云、四月十五日僧家結㆑夏在㆑外行恐㆑傷㆓草木虫類㆒。再ビ句を解かバ、渾て僧家の夏を結ぶに出て行かざるは、草木の虫類を踏破るまじき行なれば、一夏しバらくの程は、此恨の瀧こそ清浄にて、安居の所を得たるなるべしと、興じたる句意也。

〔**寛政**〕夏ハモト結夏ト云〻。畧シテ夏トス。五雑組《ママ》ニ云、四月十五日天下僧尼就禅刹搭挂。謂之結夏。又謂結制。又名安居。安居ハ物寂カニシテ居ルヲ云。

（本文「暫時」に「シバラク」と振仮名）

〔**京大**〕四月八日ヨリ七月中五日迄ノ間ヲ夏《ゲ》ト云。

※天竺の一歳春夏冬。秌ナシ。夏安居、心寂ニ居ル。釈氏要覧、心形静ヲ安トイフ。※

〔**洗心**〕〔暫時は〕せめてもの〔瀧に〕なりとも〔籠るや夏の初〕なれば

菅ニ、夏ハモト結‐夏ト云。略シテ夏トス。僧家ニ篭リ居テ修‐行スル時ノ名也。五‐雑‐俎ニ云、四‐月十‐五‐日天‐下ノ僧‐尼就テ㆓禅‐刹㆒ニ搭(搭)‐拒ス。謂フ㆓之ヲ結‐夏㆒ト。又謂㆓之ヲ結‐制㆒ト。又安‐居ト名ク。釈‐氏要‐覧ニ云、心‐形静‐摂ヲ曰㆑安ト。要期止‐住ヲ曰フ㆑居ト。安‐居ハ物‐寂ニシテ居ルヲ云。

〔**註**〕（本文「暫《(時)》くハ」の句の前に「時鳥裏見の滝のうらおもて」を併記）

〔**百代**〕暫時ハ〕其場の時宜也。僧家四月望より七月の望にいたり、首尾九十日禁足安居。是を夏といふ事ハ釈氏要覧ニミへたり。

〔**句解**〕うらミの瀧にて

暫時は滝に籠るや夏の初

三考曰、下野日光山に四十八瀧あり。裏見の滝は大石山の崖《ハナ》ニ出て岩窟あり。高サ一丈あまり、深サ二丈ばかり、三途川の嫗とて石像あり。これより瀧の本に出、瀧の裏を見ル。二丈ばかり上に石像の不動明王あり云〻。見諸国里人談ニ。

ほとゝぎすうら見の瀧の裏おもて

袖　元禄二、本書追加之分。

句選註、裏見の瀧ハ日光山に有。瀧の落る岩下へ入て見るゆへの名也。尤かの地時鳥あまたありと也。秋云、此句紀行にミえずといへど《ハなし。されど》おなじ名所の句なればＭ爰ニ戴（載）。はた此時の作かもしらず。

〔下露〕　一本ニ、ほとゝぎすうらみの瀧のうらおもてとみへたり

〔歌枕〕　○冬春の頃ならばざんじも居られまじと也。
（補注「籠るといふより夏のはじめとハ置たる也」）
○五雑組《ママ》四月十五日、天‐下ノ僧尼就二禅‐刹‐搭‐挂一ス。謂二之ヲ結‐夏一。又謂二之ヲ結‐制一。

〔鼇頭〕　○しばらくは瀧にこもるや夏のはじめ、中七文字ニ籠るを云かけ、仏家ニ一夏九旬又夏安居 冬安居など云、寂ニをる事也。

〔解説〕　裏見瀧

暫くハ瀧にこもるや夏のはじめ

裏見の瀧ハ日光山菅の橋より一里半餘と云。絶壁なり。出て瀧ハその上より落つ。岩窟のもとに至り此瀧をうらより見るによりて名とす。又、泊船集に見えず。

〔八〕那須野

那須《なす》の黒《くろ》ばねと云所《いふ》に知人《しるひと》あれバ、是《これ》より野越《のごえ》にかゝりて、直道《すぐみち》をゆかんとす。遙《はるか》に一村《いつそん》を見かけて行《ゆく》に、雨降《ふり》日暮《くる》る。農夫の家に一夜《いちや》をかりて、明《あく》れバ又野中《またのなか》を行《ゆく》。そこに野飼《のがひ》の馬あり。草刈《くさかる(を)》おのこになげきよれバ、野夫《やぶ》といへども、さすがに情《なさけ》しらぬにハ非《あら》ず。いかゞすべきや、されども此野《この》ハ縦横《じゆうわう》にわかれて、うゐ《(ひ)》〳〵敷《しき》旅人の道ふミたがえん、あやしう侍《はべ》れバ、此《この》馬のとゞまる所にて馬を返し給へと、かし侍《はべり》ぬ。ちい《(ひ)》さき者ふたり、馬の跡《あと》したひてはしる。独《ひとり》ハ小姫《こひめ》にて、名をかさねと云《いふ》。聞《きき》なれぬ名のやさしかりければ、

かさねとハ八重撫子《やへなでしこ》の名成《なる》べし　曽良《そら》

頓《やが》て人里に至れバ、あたひを鞍《くら》つぼに結付《むすびつけ》て、馬を返しぬ。

【那須の黒ばねと云所に知人あれバ】

〔菅菰〕 黒羽根は那ｰ須七騎のうち、大關家の領知にて舘あり。

〔傍注〕 下野国也。大関家ノ舘アリ。

〔解〕 此知る人は後段にいふ黒羽舘代禅坊《(浄)》寺何某なるべきか。此日四月二日なるべし。又云、黒羽ハ名高き國造の碑もまのあたり也。

〔元禄〕 ○那須野〕

夫〵道おほきなすの御狩の矢さけびにのがれぬ鹿のこゑぞ聞ゆる　信実

那須の黒羽といふ所に桃翠何がし住けるをたづねて深き野を分入ほど道もまがふばかり艸ふかければ、秣負ふ人を枝折の夏野哉。句ニ《ママ》アリ。

〔寛政〕夫木　道多き那須の御狩の矢さけびにのがれぬ鹿のこゑぞ聞ゆる

〔京大〕ミ〔ち〕多き那須野の御狩〔の〕矢さけびにのがれぬ鹿の声ぞ聞ゆる　信実

〔沙鷗〕黒羽　黒羽根ハ那須七騎ノ内、大関家ノ領地ニテ舘有。

〔洗心〕那須〕郡の名也。

黒羽〕大関矦（侯）の塁地也。

知人〕桃雪桃翠のともがらをさしていへり。

〔百代〕黒ばね〕野州那須郡。那須七騎のうち大関家の領知にて舘ありといふ。此處ニハ八景有之よし、桃隣がむつ衢集ニミゆ。

〔歌枕〕○黒羽は那須七騎の内、大關家の館地也。

〔鼇頭〕○夫木　道おほきなすのミかりの矢さけびにのがれぬ鹿のこゑぞ聞ゆる

〔通解〕芭蕉翁日光裏見の瀧より下山ありて、同国那須郡黒羽に赴るゝ也。黒羽ハ大関家の在所にて江戸より三十八里半を隔てたり。那須野ハ陸奥下野の堺に川あり、夫より南を言ひ、廣大なる野原也と云。

【是より野越にかゝりて】

〔菅菰〕此野ハ那須野を云。名所なり。夫木道多きなすの御狩の矢さけびにのがれぬ鹿のこゑぞ聞ゆる　信実

〔傍注〕那須野なり。

〔洗心〕野越〕菅ニ、此野ハ那須野をいふ。名所也。○あたらず。曽良日記ニ、二日玉生村名主と云々。是いまだ河内郡塩ノ谷郡のあハひの原野をいへり。夫より箒川といへるを越て、大田原の壱弐里前よりして那須郡の境に入る也。

【遙に一村を見かけて行に】

〔寛政〕（本文「遙」に「ハルカ」と振仮名）

〔洗心〕一村〕廼壬生村を云。

【農夫の家に一夜をかりて、明れバ又野中を行】

〔**解**〕是何国ともなし。行暮て田家を借りて一宿せし也。

〔**沙鷗**〕野中を行　那須野ヲ云。

〔**百代**〕農夫〕四民のうち百姓を付ていへり。

〔**下露**〕二日、玉入《ニフ》村名主と曽良が日記ニミゆ。

【草刈おのこ】

〔**永機**〕をのこ也。此頃ハいまだ定家假名のミなれバ此一巻此類多し。難ずる事なかれ。

【野夫といへどもさすがに情しらぬにハ非ず】

〔**菅菰**〕野ハ、イヤシト訓ズ。野夫ハ禮義ヲシラヌ輕キモノ、稱ニテ、今民間ニヤボト云詞モ是ヨリ出ルナリ。

〔**解**〕野夫〕野人の称にして左様成ル野人にても、人情知らぬにもあらねば道しるべするよし、鄙の風俗前にいふ如く自ラ剛毅木訥成ル者の仁に近き類有れば也。

〔**元禄**〕○文選鮑照詩、人非木石豈無感。

〔**京大**〕野夫〕俗ニやボト。

〔**洗心**〕野夫〕菅ニ、野はイヤシと訓ず。野-夫ハ礼-義をしらぬ輕き者の称にて、今民間にヤボといふ詞も是より出る也。

〔**百代**〕野夫〕野ハ鄙称也。今世俗野暮といふ詞も、あるハ此轉語欤。

〔**鼇頭**〕○野夫〕ヤフ。俗ニ礼をしらぬいやしきものを云。

【此野ハ縦横にわかれて、うゐ〳〵敷旅人の道ふミたがえん、あやしう侍れバ】

〔**菅菰**〕那須野ゝ(の)道多き事ハ前の古歌に見えたり。

〔**傍注**〕夫木　道多きなすの御狩の矢叫びにのがれぬ苅《ママ》の聲ぞきこゆる　信実

〔**解**〕是農夫の教る言葉也。縦横は、たてよこ也。勅撰集「まだ知らぬ旅の道にぞ出にけり野原篠原人に問ひつゝ　匡房。うゐ〳〵しき旅人不案内なるべし。

〔**洗心**〕此野ハ縦横にわかれて〕夫-木-集「道多き那須の御狩の矢さけびにのがれぬ鹿の聲ぞ聞ゆる　信-實。こハ菅にハ、前の野越にかゝりてといへる所にミへたるを、今かりて、こゝに出せり。

〔**百代**〕此野〕那須野を付り。名所也。夫木　信実、

みち多き那須の御狩の失(矢)さけびにのがれぬしかの聲ぞ
聞ゆる

うゐ〳〵」　初の字なり。

〔歌枕〕　○縦《ハ》直也。東西《ヲ》曰レ横、南北《ヲ》曰レ縦。

○うゐ〳〵しきハ、心うき事に用ゆ。

○［夫木］道多きなすの御狩の矢さけびにのがれぬ鹿の
聲ぞ聞ゆる　信實

【此馬のとゞまる所にて馬を返し給へとかし侍ぬ】

〔菅菰〕　馬ハ道をしるものなり。韓非子《ニ》云、齊《ノ》桓公伐《ツ》二孤竹《ヲ》一。春往《テ》冬還《ル》。迷惑《シテ》失《フ》レ道《ヲ》。管仲《ガ》曰、老馬《ノ》之智可《シト》レ用《ユ》。乃《チ》放《テ》二老馬《ヲ》一而随《フ》レ之《ニ》。遂《ニ》得《タリ》レ路《ヲ》。

〔傍注〕　韓非子ニ出タル齊桓公孤竹ヲ討トキ管仲ガ馬ヲ放タルノタチ入レ也。

〔解〕　後撰集　詠人知らず〈夕されバ道も見へねど故郷は本《ト》來し駒に任せてぞ行。又韓非子に云、斉《ノ》桓公伐《ツ》二孤竹《ヲ》一。春往冬還。迷失《ママ》二道路一。管仲云、老馬《ノ》智可レ用。遂放二老馬一、而随レ之。又平家物語ニ、別苻小太郎以二老馬一鵯越の道案内《ヲ》知りたる事あり。彼是の故事を心に含て、幸に模写したるにや。

〔寛政〕　韓非子六、齊桓公伐孤竹。春往冬還。迷惑失道。管仲曰、老馬之智可用。乃放老馬而随之。遂得道。

〔京大〕　韓非子ニ云、管仲曰、老馬知可用。乃《チ》放二老馬一而従レ之遂得レ路《ヲ》。

〔洸心〕　此馬のとゞまる所にて馬を返し給へ〕　菅《ニ》、馬ハ道をしるもの也。韓非子《ニ》云、齊《ノ》桓公伐《ツ》二孤竹《ヲ》一。春往《テ》冬還《ル》。迷惑《シテ》失《フ》レ道《ヲ》。管仲《ガ》曰、老馬之智可《シ》レ用《フ》。乃《チ》放《ツ》二老馬《ヲ》一随《フ》レ之《ニ》。遂《ニ》得《タリ》レ道《ヲ》。

〔百代〕　此馬〕　馬ハ道をよく知るもの也。韓非子《ニ》、齊桓公伐二孤竹一。春往《テ》冬還《ル》。迷惑《シテ》失レ道。管仲云、老馬《ノ》智可レ用。乃放レ老馬而随レ之。遂《ニ》得レ路。

〔鼇頭〕　○馬ハ道をよくしるもの也。一たび往たる道わすれずと也。○韓非子ニ云、斉ノ桓公伐孤竹、春往冬還。迷惑失道。管仲曰、老馬智可用。乃放老馬遂得路。

〔歌枕〕　○［韓非子］齊《ノ》桓公伐二孤竹一。春往冬還。迷惑《シテ》失レ道。管仲曰、老馬之智可レ用。乃放二

老馬一而隨レ之。遂《ニ》得レ路。
〔**通解**〕馬ハ道を知るものなれば馬にまかせて行き玉へと翁にをしへける也。馬の道を知る事ハ、韓非子《ニ》曰《ク》、管仲従《ヒ》二桓-公一《ニ》伐《ツ》孤-竹レ《ヲ》。春《ル》-往《キ》冬-還《ヘル》。迷惑《シテ》失《フ》レ道《ヲ》。管仲曰、老-馬《ノ》之智可《キ》レ用《ユ》也。仍《テ》*放《テ》二老-馬一《ヲ》而隨《フ》レ之《ニ》。遂《ニ》得レ道《ヲ》云々。大和物語に、夕されバ道も見えねど古郷ハもとこし駒にまかせてぞゆく。ためしある事也。〈洒本　放《テ》二老馬一《ヲ》〉

【**独ハ**】
〔**歌枕**〕○獨ノ字書-写誤レ之。一人也。

【**小姫にて、名をかさねと云。**】
〔**菅菰**〕按ずるに、世に云、祐天上人の化度有し鬼怒川の与右衛門が妻かさねと云しは、或は此小姫の成長したる後か。大槩(概)時代相應にて、きぬ川も亦此あたり近し。
〔**傍注**〕按るに、此かさねといふ娘ハ祐天の化度ありし鬼怒川の累□□ならん。時代も相應し、きぬ川も此あたりちかし。
〔**解**〕「小姫」にて　小女也。姫ハ婦人の称。爰にて小娘といふ心也。
〔**京大**〕祐天ノ累欤。鬼怒川も此あたり。時代も相応せり。
〔**沙鷗**〕かさね　祐天上人化度有シかさねか。此説覺束無シ。
〔**洗心**〕名をかさねと云〕菅《ニ》、此小-女の名の似たるに泥ミて、祐-天の済-度ありし羽-生村の累が幼きをりにやなど傅-會したり。非也。まどふことなかれ。
〔**註**〕異名集云、唐国に在ける叓ハいさしらず東の果にさくハ石竹
昔東なる下毛の国島田時主と云勇士在けり。其家の後の山に一ツの石あり。玉藻があらぬ灵あり、人をなやます。彼時主件の石を射けれバ則箭立早ぬ。其石に立たる箭より花咲。瞿麥也。かさね〴〵咲故にかさねと云也。又、石竹の名あり。圓機活法《ニ》石竹花在。已向美人衣上綉吏留佳客賦嬋娟(娟)結句開時更此南方晩。此故に、唐国に有ける叓ハいさ知らず　と異名集に詠

たり。翁かゝる古𠀋舊記による句をあげ給ふ𠀋なし。
曽良も同じ。句ハ活物也。

〔百代〕 姫〕 匂會に婦人ノ美禰(稱)。又漢書註ニ、衆妾ノ總称ト云り。

【かさねとハ八重撫子の名成べし　曽良】

〔鈔〕 かのいぬきあてきなどの俤うかびたるにや。大鏡ニ云、染殿太后少之時《イトキナキ》、容姿艶麗ユヘニ号ク二瞿麥《ナデシコノ》御ト一。取レリ二美艶多キニ一。改メテ二瞿麦ヲ一称二常夏花《トコナツノ》ト一。盖シ避ルレ諱《イミナヲ》也云云。

〔可常〕 （◎「彼イヌキ　アテキなどの俤うかびたるにや」と注記）

〔解〕 句解かさねと云ふ名より、誰か、撫子と夏季をかりて、其父母いつくしミ育し事をも含んで思ひやりたる名なるべし。爰に疑ふ心あり。但かさねといふ〻八重と受て則誰かなでし子と、聞ゆる処、即事ながら、手を尽したる句作り。藻塩草に云、撫子の山、奥州或は常陸と云〻。哥に、〽常に我旅寐してしか置く露の名をなつかしく撫子の山。此哥をも心得て句作したるにや、又源氏箒木巻に、夕㒵〽山がつのかきほありともおり〳〵はあハれハかけよ撫子の露。是ハ頭の中将に夕㒵の上の子の事をのたもふ哥也。惣じて撫子を児によミし哥多し。扨撫子ハ連俳ともに六月の季也。四月にハいかゞならん。とこ夏の名もあるゆへに、四月の季に用ひたるにや、覚束なし。又撫子ハ冬とても咲くゆへ、常夏の名あり。定家卿の哥に、〽霜冴る旦の原の冬枯に一花咲けるやまと撫子。又萬葉にハ、秋に詠たり。〽萩の花、おばな、くず花、撫子の花、おミなめし、又、藤ばかま、朝白の花。是山上の憶良《ヲクラ》の詠にて、秋の七屮(草)と称し侍る。此句解のちなミにや侍る。

〔五視〕 八重なでしこ〕 染殿《ナデシコノ》ノ大后の少時の名也ト。かのいぬきあてきなどの俤うかびたるにや。

〔洗心〕 〔かさねとは八重撫子の〕ごとくうるハしき小むすめの〔名なるべし〕や　曽良
清女の枕草子ニ、画にかきて劣るものとありて、なでしこ山吹と云〻。げに〳〵の名ありて此花を見出たる手だれの達者と云べし。

〔**百代**〕 八重〕 かさねと云より八重と受て、撫子の語便に美少年の姿をとどむ。

〔**通解**〕 八重撫子とハ、少女を称したる雅詞にて、撫子のとこなつかしきなど、子にとりなして古へより聞えしなり。されバ曽良も斯くハいひけるなるべし。

〔九〕黒羽

黒羽《くろばね》の舘《くわん》（館）代《だい》浄坊寺《じやうばうじ》何がしの方《かた》に音信《おとづ》る。思ひがけぬあるじの悦《よろこ》び、日夜《にちや》語《かたり》つゞけて、其《その》弟桃翠《たうすゐ》など云《いふ》が、朝夕勤《てうせきつとめ》とぶらひ、自《みづから》の家に伴《ともな》ひて、親属《しんぞく》の方《かた》にもまねかれ、日をふるまゝに、日とひ（一日）郊外に逍遙《せうえう》して、犬追物《いぬおふもの》の跡を一見《いつけん》し、那須《なす》の篠原《しのはら》をわけて、玉藻《たまも》の前《まへ》の古墳《こふん》をとふ。それより八幡《はちまん》宮《ぐう》に詣《まうづ》。与市扇《よいちあふぎ》の的《まと》を射し時、別《べつ》してハ我国氏神正八《わがくにのうちがみしやうはち》まんとちかひしも、此《この》神社にて侍《はべる》と聞《きけ》バ、感《かん》應殊《おうことに》しきりに覚えらる。暮《くる》れバ桃翠《たうすゐ》宅に帰る。

修験光明寺《しゆげんくわうみやうじ》と云《いふ》有。そこにまねかれて、行者堂《ぎやうじやだう》を拝《はい》す。

夏山《なつやま》に足駄《あしだ》を拝《をが》む首途《かどで》哉《かな》

【黒羽の舘代浄坊寺何がし】

〔**菅菰**〕舘代ハ城代の如し。舘の留守居を云。浄法寺何某ハ太關家の家老なり。

〔**傍注**〕大關家の家老なり。（頭注「浄法寺」）

〔**解**〕菅菰抄ニ云、黒羽の舘代浄法寺何がしとあり。坊にあらず。舘代ハ城代。舘の留主《ママ》居を云。浄法寺何某ハ大關家の家老なり。

〔**寛政**〕浄法寺何某ハ太関侯（侯）ノ家老ナリトゾ。舘代ハ城代ナリ。（本文「坊」の右に「イニ法」と注記）

〔**沙鷗**〕舘代浄坊寺何がし〕浄坊寺何某、大関家ノ家

老。

〔洗心〕 黒羽の舘代〕 菅ニ、城代のごとく舘の留守居をいふ。

浄坊寺〕 坊ハ浤(法)の誤写。

何がし〕 菅ニ、大関㑀(侯)の家老也。○通称圖-書、風名桃-雪と云り。

〔註〕 むつ千鳥と中集に出るハ、陸奥に下らんとして下野の国まで旅立けるに、那須の黒羽と云所に桃翠何某の住けるを尋て深き野を分入る程、道をまがふ斗草深けれバ、 此所黒羽舘代と有所と同じ事。

秣屓ふ人を栞の夏野かな　翁

青きいちごをこぼす椎の葉　桃翠

村雨に市の板屋を吹とりて　曽良

下畧。此末、翅輪 桃里 桃賀 桃隣。

八幡宮金丸ト云。 室八社第三也。那須の湯本にてハ温泉大明神と相殿也。大宮神器ハ貞歓(観)元年、梟鐘ハ文徳二年、樂器 神爾 玉等在。

麦ママや田や中にも夏ハ時鳥

此吟舘代浄法寺圖書桃雪亭にての句也と黒羽にて云り。尤今存ス。可考。圖書の家にハ襖障子なども翁の手跡在りしと傳ふ。黒羽の家老也。家中に色〳〵の古人の書在。

〔百代〕 舘代〕 舘の留主居を付り。浄法寺ハ氏名ハ圖書、大関家の家老なりと菅菰にミゆ。今按に、諱名桃雪といへるにや。陸奥衢に、舘代浄法寺桃雪子に宿すとあり。尤桃隣行脚ハ翁より八としの後、元録ママ九夏の事なり。

〔下露〕 曽良が日記にハ、三日 翠桃宅 四日 黒羽舘代浄法寺図書被尋、とみゆ。浄法寺氏ハ翠桃の兄也。翠桃後桃翠と改しとミへたり。

〔歌枕〕 ○舘-代ハ舘-主ニ代リテ是ヲ守ルモノ也。大-關-家ノ家-老ナルベシ。

〔鼇頭〕 ○黒羽子の舘代ハ留主居也。浄法寺某ハ大関家の老臣也。

〔通解〕 浄坊寺何某ハ大関家の老臣なるべし。其陣屋をあづかる故に舘代とハいふなるべし。今も浄法寺斉宮

老臣の重職をつとむ。日衣（本文「日夜」を「日衣」と書く）ハひめもそと訓ずるにや。

〔**通解追加**〕浄法寺何某〕圖書。風名桃雪。

〔**永機**〕浄坊寺ハ大関家の城代にて累世浄坊寺齋宮といへり。嘉永の頃も大蟻とよぶ風士出たり。

【桃翠】

〔**元禄**〕（〔八〕那須野の章【那須の黒ばねと云所に知人あれバ】参照）

〔**京大**〕桃翠〕誹士也。桃ハ名也。

〔**洗心**〕桃翠〕城–外餘–瀬–村に在–宅せりと。

〔**百代**〕桃翠〕予が所持の古人風調其外の集にも翠桃とあり。陸奥衛にもしかり。

秣負ふ人をしをりの夏野哉　ばせを

此句を巻柱《ママ》として、誹諧一巻あり。陸奥衛にミゆ。尚附録にのセ侍る。

〔**下露**〕奈須余瀬翠桃亭を尋て、

秣負ふ人を枝折の夏野かな　翁

青き覆盆子をこぼす椎の葉　翠桃

むら雨に市の仮家を吹とりて　曽良

町中を行く川音の月　翁

はし鷹を手に据へながら夕涼　桃

秋草繪がくかたびらハ誰そ　良

ものいへば扇に顔をかくされて　翁

寐ミだれ髪《ママ》のつらき乗合　翅輪

（以下十句、中略）

日傘さす子供さそふて春の庭　輪

衣をすてゝかろき世の中　桃里

（以下十句、中略）

けふも又朝日をおがむ石の上　翁

米とぎちらす瀧のしら浪　二寸

籏の手の雲かと見へてひるがへり　良

奥の風雅を物に書つく　輪

珎らしき行脚を花に留置て　秋鴉

弥生暮ける春の晦日　里

右哥仙、陸奥衛集 雪丸集等ニ出ス。

〔**通解**〕桃翠ハ余瀬氏ならん。

〔**通解追加**〕 其弟桃翠〕 城外餘瀬村に住す。

【朝夕勤とぶらひ自の家にも伴ひて】

〔**菅菰**〕 とぶらひハ訊の字にて、俗の見まふと云ふ事也。○此二句よのつねの作者ならバ、あさゆふにつとめとぶらひて、と句を切《リ》、扨ミづからの家にも伴ひと、下のてをぬくべし。それにてハ唯打聞たる儘の死句にて、文章の匂ひなし。上の句は訊ひの下に、其上にと云詞を入て聞べし。故にての字を置ず。是にて両句の魂をとゝなへ、語中に活動の妙を得る事属文家の第一とする所也。よく〳〵玩味すべし。

〔**傍注**〕 此下の二句、よのつねの作者ならバ勤とぶらひてと句を切り、扨自らの家にも伴ひと、下のて文字を抜べし。夫にてハ只打聞たる儘の死句にて、文の匂ひ無し。上の句ハとぶらひの下に、其上にと語を入て聞べし。ゆへにての字を置ず。是にて両句は魂をとゝのへ、語中に活動の妙を得たり。

〔**寛政**〕 ※朝夕勤とぶらひ〕 此二句よの常の作者ならバ、あさゆふにつとめとぶらひてと句をきり、扨ミづからの家にも伴ひと、下のてをぬくべし。それにてハ唯打聞たるまゝの死句にて、文章の匂ひなし。上の句訪ひの下に其上にと云詞を入て聞べし。故にての字を置ず。是にて両句の魂をとゝのへ、語中に活動の妙を得る事属文家の第一と云る處なり。よく〳〵玩味すべし云ゝ。※

〔**洗心**〕 勤めとぶらひ〕 菅《ニ》、とぶらひハ訊の字にて、俗に見まふといふ事也。

自の家にも伴ひて〕 菅《ニ》、此二句よのつねのものゝ作ならんにハ、朝夕つとめとぶらひてと句を切、さてミづからの家にも伴ひと、下のてをぬくべし。それにてハ打聞たるまゝの死句にて、文章の匂ひなし。上の句ハ訊ひの下に其上にと云詞を入て聞べし。故にての字を置ず。是にて両句の魂をとゝのへ、語中に活動の妙を得る事、属文の法の第一とする所也。よく〳〵翫味すべし。

【親属】

〔**歌枕**〕 ○属《ハ》附也。類也。親眷也。又、續也。

【郊外】

〔菅菰〕郊外ハ、字ー書ニ、邑ー外《ヲ》曰《フ》レ郊《ト》、ト。村バナレノ野ー地ナリ。

〔傍注〕村ハヅレノ野地ト云。

〔解〕説文《ニ》距《サルコト》レ国百里《ヲ》為レ郊、又爾雅曰、邑外《ヲ》郊《ト》云、此段の郊外ハ、黒羽の邑の外へ出て、古跡を尋る趣也。

〔元禄〕孟子朱註、国外百里為郊。郊外有関云〻。△又云、邑外謂之郊。

〔京大〕郊〕野外也。田ナドアル野也。

〔洗心〕郊外〕菅《ニ》、字ー書《ニ》邑ー外《ヲ》曰《フ》レ郊《ト》と。村はづれの野地也。

〔百代〕郊外〕匀會《ニ》邑外《ヲ》曰郊。郊外曰野。又、説文《ニ》、距《ルコト》レ國百里為郊云〻。

〔歌枕〕○［尓雅］邑ー外《ヲ》曰レ郊。

〔鼇頭〕○郊外〕コウグハイ。字㕑（書）ニ邑ノ外を云。

〔通解〕郊外ハ都邑のほかを云。

【逍遙】

〔鈔〕逍遥《ハ》天遊也。遠《ク》見《ルト》ニ無為《ノ》理《ヲ》一荘子《ニ》出。

〔可常〕（◎「荘子曰、逍遥《ハ》天遊也。又云遠《ク》見ニ無為理《ヲ》（二）」と注記）

〔菅菰〕逍遥ノ成語ハ俗ニ熟字ト云荘ー子ニ見《ヘ》テ、俗ノ氣バラシト云意。ブラ〱遊《ビ》アリクコトナリ。

〔傍注〕荘子ノ熟字、ブラ〱アルク也。

〔解〕逍遥〕詩經云、伊人於焉逍遥とあり。則遊行する事也。

〔洗心〕逍遥〕菅《ニ》、成ー語ハ荘ー子にミえて、俗に氣ばらしといふ意。ぶら〱遊びありく事也。

〔百代〕逍遥〕詩小雅白駒篇朱傳逍揺（遙）遊息也。荘子希逸註、逍揺（遙）優遊自在也ト云〻。

〔歌枕〕○逍遥《ハ》翺翔白適《ノ》貌。○［荘子］扁目ニ逍遙遊アリ。

〔鼇頭〕○逍遥〕セウヨウ。俗ニ氣ばらしと云。道ぶら〱遊びありく事也。

【犬追物】

〔鈔〕犬追ふ物、玉もの前、うたひ物にて世に流布せり。

〔菅菰〕犬逐ものは那須の丶（野の）狐を射ん為の稽古なりと、

殺生石のうたひ物に云り。式ハ東鑑に見えたり。

〔傍注〕 両介ガ稽古ノ古跡也。

〔五視〕 犬追物玉藻の前、うたひ物也。世に流布せり。

〔沙鷗〕 犬追ふもの　犬追物〕正保四年丁亥十一月三日、将軍家光公、武刕王子村江渡御有テ犬追物〕上覧有。此時松平薩广(摩)守光久、其家ニ傳習ハス旨ニテ其事ニアヅカル。其時ノ犬追物ノ記一冊有。

〔洗心〕 犬追物〕 菅ニ、那須野の狐を射んための稽古也と、殺生石のうたひ物にいへり。或ハ東鑑にミへたり。

〔百代〕 犬追物〕 殺生石の謡曲に、三浦ノ介上総介両介に綸旨をなされて、奈須野ゝ化生のものを退治せよとの勅をうけて、野干ハ犬に似たれば犬にて稽古有べしとて、百日犬をぞ射たりける。是犬追ふ物のはじめとかや。

〔歌枕〕 ○和漢三才圖會 近衛帝ノ久壽年中、一夕宮中管絃之夜燭滅ス。時ニ帝ノ寵妃玉藻ノ前身ヨリ放レ光。帝自レ是不豫也。安倍易誂《ヤスナリ》卜レ之曰、是玉藻ノ前ガ所爲也。于レ時玉藻化レ狐逃ニ東國一。因詔シテ二三浦介義明千葉ノ介常胤上總權介廣《ヒロ》常二驅二其狐ヲ於下野國那須野一、義明射二殺レ之。爾ノ後百年餘狐霊爲レ石。世俗曰二殺生石一觸二其石一則鳥獣人民皆死。時ニ有二僧大徹者一欲レ止二石怪一而不レ能焉。後深草帝寶治年中詔二僧源翁一。卽源翁到二石□一（補注「傍」）題レ偈擧二拄杖一卓一下ス。石忽破碎ス。其夜一女子現ジ謝リ禮曰、嫗得二淨戒一生レ天。言訖没ス矣。○義明等先嘗試ニ走犬ヲ進テ騎射ノ術ヲ習シム。是ヲ犬追物ト云。後、頼朝コノ故實ヲ御尋有テ、騎射ヲ御覧アルニ其法嚴重ナリ。

〔鼇頭〕 ○犬追ものゝあとハ、那須の狐を射ための稽古也。東鑑ニ出。

〔通解〕 信濃守頼実犬追物秘記云、本朝に犬を射る亊ハ、昔神功皇后三韓を従へ玉ひし時、御弓の弭《ママ》にて夷国の夷ハ日本の犬也と石に其文字を題し玉ふ。是により本朝御祈祷不過之云云。簠簋抄云、人王七十六代近衛院

の御時、容顔無双の女人宮中に化来す。玉藻前と名づく。やがて后に成り、帝をなやます。時に五方博士随一安部光栄《ヨシ》を召して此事を占申せとある。光栄申上るは、安部清明ハ不思議至極の博士なり。彼に仰付らるべしと申上る。依て清明が方へ＊勅使□(立)て、清明参内申て、御悩の由を占ひ申バ、狐美女と成りて今后に立玉ふ。最愛あるが故に其祟あり。彼の狐、周の幽王の后と成て褒姒と云。夏ノ桀王の后と成て旦嬉《ダツキ》と云。殷の周王にてハ＊末嬉《マツ》と云。皆国〻を悩し、今日本に来て玉藻前と云也。彼の姤を寄に立置、幣をもたせ是をいのる。則七色の狐と成て、下野のくに那須野原に飛び去りぬ。時に上総介三浦介両介に仰て、那須野にゆきて猟す。彼狐を討んとすれども不中。故に伊豆箱根若宮八幡に祈念す。其夜の夢に両介に鏑矢を玉はり、百日犬を射習ふべしと有。則百日稽古して彼狐を射とめて上洛す。彼の野にて猟しける様に、方八町に埒を結ひ、犬を入て騎馬の支度して射之。帝御覧ありて叡慮に備ふ。是犬追物の始也云云。彼狐殺したる血、那須野の原にこぼれて、石と成て人を悩ます。或る時玄能法師彼の石に向ひ、汝元來殺生石と察《サツ》し玉へバ、石忽に破砕す云云。犬追物の跡といへるは此狐を射たる稽古の跡なるべし。殺生石ハ陰毒の感ずる処、砒石の類ひなるべしと云。狐の精灵、殺生石となるとハ附會妄説ならん歟。〈洒本　勅使立て　末嬉〉

【那須の篠原】

〔**鈔**〕武士の矢なミつくろふ小手の上に霰たばしるなすのさゝハら

〔**可常**〕〽武士の矢なミつくろふ小手の上に霰たばしるなすのさゝハら

〔**菅菰**〕那須の篠原ハ名所也。方角抄ものゝふの矢なミつくろふ小手の上にあられたバしるなすのしのハら

〔**解**〕方角抄云、那須の篠原下野也。哥〽武夫の矢並繕ふ小手の上にあられたばしる那須篠原

〔**寛政**〕方角抄　ものゝふの矢なみつくろふ小手の上にあられたバしる那須のしの原

〔**五視**〕武士の矢なミつくろふ小手の上ニ霰たばしるな

すの篠原
〔沙鷗〕那須の　〔那須の殺生石〕和漢三才圖繪《ママ》云、近衛亭（帝）久壽年中一夕宮中管絃之夜燭滅。時帝寵玉藻前身放光。帝自是不豫。安部易詵《ヤスナリ》卜之曰、是玉藻前所為也。于時玉藻化狐逃東國。因詔三浦介義明千葉介常胤上総介廣常、驅其狐於下野國那須野、義明射殺之。尓後百年餘、狐霊爲石。世俗殺《ママ》生石。
〔洗心〕那須の篠原〕菅ニ、名所也。方-角-抄〈もの丶ふの矢なミつくろふ小手のうへに霰たばしる那須のしの原　實朝
〔百代〕那須篠原〕実朝家集に、もの丶ふの矢なミつくろふこてのうへにあられたバしる那須のしのハら
〔下露〕十二日　図書誘篠原行。
十三日　津久井氏と八幡宮へ参詣。
十四日　図書。
十五日　同断。
十六日　高久村高久角左衛門。
十七日　同断、と曽良が日記にミへたり。

一本ニ、高久角左衛門にて、
落来るや高久の宿のほとゝぎす　翁
木の間をのぞくみじか夜の雨　曽良
十八日　湯本五左衛門。　十九日　同断。殺生石見物。
廿日　旅宿へ帰、と曽良が日記ニミゆ。
〔鼈頭〕○方角抄　もの丶ふの矢なミつくらふ小手の上に雿たばしる那すのしの原
〔通解〕（後掲【玉藻の前の古墳をとふ】参照）

【玉藻の前の古墳をとふ】

〔菅菰〕玉藻ノ前の事ハ、和-漢三-才圖-會ニ云、近-衛-帝ノ久-壽年-中ニ、一-夕宮-中ニ管-絃ノ之夜、燭《トモシビ》-滅ユ。時ニ帝ノ寵-妃玉-藻ノ-前ガ身ヨリ放ツレ光ヲ。帝自リレ是レ不-豫也。安-部ノ易《ヤス》詵《ナリ》卜テレ之ヲ曰、是ニ玉-藻ノ-前ガ所-爲也ナリト。于レ時ニ玉-藻化レ狐ト、逃ゲ二東-國一ニ。因テ詔シテ二三-浦ノ介義-明、千-葉ノ介常-胤、上-總-權-介廣-常一ニ、驅リ二其ノ狐ヲ於下-野ノ國那-須-野一ニ、義-明射コ殺ス之ヲ一。爾ノ-後百-年-餘ニシテ、狐ノ靈爲ルレ石ト。世-俗曰フ二殺-生-石一ト。觸ルレバ二其ノ石一ニ、則鳥-獣人-民

皆死ス。時ニ有リ僧大徹ナル者ノ。欲シテ止ント石怪ヲ而不能ハ焉。後深草ノ帝寶治年中、詔ス僧源翁ニ。即源翁到リテ石ノ傍ニ題シ偈ヲ、擧テ拄杖ヲ卓一下ス。石忽チ破碎ス。其夜一女子現ジ、謝禮シテ曰、嫗得テ浄戒ヲ生ルト天ニ、言ヒ訖テ没ス矣。一説ニ此事實ニアラズと云。墳ハ塚也。とふハ訊ノ字ニテ、尋ルコト也。

〔解〕神社考ニ云、玉藻ノ前は近衛院之侍女也。以艶美幸セラル。會上不豫、医療無効、召安陪泰成ヲ占シム之。泰成入宮、令シテ玉藻ノ前、持シム御幣。泰成宣フ祝詞。玉藻前捨テ幣而去、化テ為白狐、走入下野国那須野原。害人惟多シ。上遣三浦ノ介義純上總ノ介廣常、驅之。於爰試ニ進走犬而、習射騎。是犬追物ノ始也。已而、三浦介上總介狩那須野ヲ。狐又化石。飛禽走獸觸ル、之者立ロニ斃ル。故号殺生石。私にいふ、召薬家之評云、殺生石ハ砒霜石成ルよしいへり。

〔元禄〕○玉藻前者近衛院侍女也。以艶眉幸。會〱上不豫、醫療無效。召安倍泰成占之。泰成入宮令玉藻前持御幣。泰成宣祝詞。玉藻前指《ママ》幣而去。化為白狐走入下野国那須野原、害人惟多。上遣三浦介上総介馳《ママ》之。於是試進走犬而習射騎。是犬追物之始也。已而三浦介上総介狩那須野。狐又化石。飛禽走獸觸之者立斃。故号殺生石。

〔京大〕玉藻前ハ道忠ノ娘。近衛帝久寿年中ニ安部易詵ト之。三浦介義明千葉介常胤上総権介廣常。

※玉藻前――――〕

近衛帝久寿年中一夕管絃之夜燭滅。帝寵妃玉藻前身より光リを放。安部ノ易詵《ヤスノリ》ト之。玉藻化狐ト東國ニ逃グ。三士殺之。毒石トナリ百〔年〕余ニして鳥獸人民死す。深艸帝宝治年中源翁石ヲ破。其夜一女子現ジ禮して曰、得浄戒生天ト言没。石ハ温泉山陰。那須の山ニ温泉有。新湯殿山ト云。高湯山月山寺ト云。八幡宮此寺ニ有。三坐祭。※

〔洗心〕玉藻の前〕近衛帝の愛妃なり。

〔百代〕玉藻の前〕近衛帝の寵妃なり。事ハ殺生石の下に註す。陸奥衢に、玉藻の社　稲荷宮、此處奈須の

篠原、犬追ものゝ跡あり。舘より一里斗り行とあり。

〔**古墳**〕墳ハ塚なり。墓の上に土を積を墳といふ。活法に、高大ナルヲ曰墳、小曰墓とミえたり。

〔**歌枕**〕（前掲【犬追物】参照）

〔**鼇頭**〕○玉藻の前の事ハ和漢三才図會ニくハしけれバ略す。但シ玉モノ前ノ故事、実録ニ曽て見えず。

〔**通解**〕玉藻の前の怪异等ハ実録の載せざる処、玉藻の前の古墳といへどもうたがふべし。

鎌倉右府の詠に、

もの丶ふのやなミつくろふこての上に霰たばしるなすのしの原

夫木集　信実の哥に、

道多きなす野御狩の矢さけびにのがれぬ鹿の聲ぞ聞ゆる

那須野の御狩の事、此詠によりてもしるべし。按るに玉藻前の事ハ信ずべからず。那須野の原に狐多く人の害をなせしより、上総介三浦介に綸旨下りて、狐を射よとありし成るべし。されバ多くの狐を射べき為に犬を射て稽古し、終に悉く射殺し、九尾の狐をも射て、其かばねを埋めし所を附會して玉藻の前の塚といふにや。犬追物ハ、射御の簡要馳逐の妙術なれば、鎌倉右府の御時より興行の沙汰ありて今に行はるゝといへり。猶後鑒をまつもの也。

【八幡宮に詣】

〔**菅菰**〕那須山に温泉あり、那須の湯と云。故に此山を新湯殿山と号す。寺有、高湯山月山寺と云。山上に羽黒権現を崇む。八幡宮ハ此寺の鎮守にて、應神天皇を祀る。相殿ハ神功皇后なり。舊-事-紀ニ云、應-神天-皇、諱ハ譽田《コンダ》ノ皇-太-子ハ-者、足《タラシ》-仲カ-彦天-皇（仲哀天皇也）第-四ノ皇-子也《ナリ》。母ハ氣長ガ足《タラシ》-姫ノ-尊（神功皇后）、則開-化天-皇五-世ノ孫也《ナリ》。和-漢三-才-圖-會ニ云、欽-明天-皇三-十-一-年、祭ル二靈ヲ於豊-前宇-佐一ニ。而-後チ稱-徳天-皇ノ之時ニ、和-氣ノ清-麻-呂詣ツ二宇佐一ニ。神-託シテ曰、我ハ是レ譽-田ノ八-幡-丸也《ナリト》。自リレ是レ有リ二八-幡ノ之號一ト。又或説ニ天皇出生ノ時、八-旒ノ幡ヲ立テコレヲ祝ス。故ニ八-幡ト稱ズトモ云。

〔傍注〕　那須山に湯あり。那須の温泉トいふ。古（故）に此山を新湯殿山といふ。寺あり、高湯山月山寺と云。山上に羽黒権現を祭る。八幡宮、此寺の鎮守なり。

〔解〕　「八幡宮に詣」延喜式神名帳ニ云、下野国那須郡三座、健武《タ（テ）ラム》山ノ神社、温泉神社、三和神社。私にいふ、与市が祈誓したる我国の氏神此内成るよし。

〔洗心〕　八幡宮〕　菅ニ、那須温（湯）本の神祠と混じて注セり。大に非也。こゝにいへる社ハ城外南金丸村に鎮坐まします御神にして、此わたりの捴（総）社也。さなくてハ地理に合ハず。

〔百代〕　八幡宮〕　菅菰に、那須山に温泉あり。那須の湯といふ。故に、此山を新湯殿山と号す。寺ハ高湯山月山寺といふ。上に羽黒権現を崇む。八幡宮ハ此寺の鎮守、相殿ハ神功皇后なりといへり。陸奥衛にハ、八幡宮ハ舘より程近し云々。那須温泉、羽黒（黒羽）より六里余。湯壺五ツ、両町ノ間にあり。権現八幡一社ニ篭トいへり。又云、八幡宝物、宗高扇流鏑暮目乙矢九岐ノ鹿角、温泉ありと人に告たる鹿也。主護より奉納の笙、外ニ縁記有、と見へたり。

〔通解〕　陸奥千鳥云、八幡宮ハ舘より程近し云々。

〔通解追加〕　那須八幡宮〕　城外、南金丸村。

【与市扇の的を射し時、別してハ我國氏神正八まんとちかひしも、此神社にて侍と聞バ】

〔菅菰〕　那須与市ハ此處の産にして、義經の家臣となり、讃州壇の浦にて扇の的をゐたる事ハ源平盛衰記にのセ、猶人口にも殘りて、おの〳〵しる所ゆへに委くしるさず。勿論那須家は今に遺跡ありて、姓名むかしのごとし。

〔傍注〕　讃刕檀《ママ》の浦。

〔解〕　平家物語に与市扇の的を射たる文句にいふ、沖にハ平家舩を一面に並べて、見物す。陸にハ源氏くつばみを揃て、是を見る。いづれも〳〵、晴ならずといふ事なし。与市目を塞て、南無八幡大菩薩、別してハ我国の神明日光の權現那須の温泉大明神願くハあの扇を真中射させておわせ給へ、射損るほどならば弓切折、自害して人に再び面を向ふべからず。今一度本國へ帰

さんと思召さバ此矢はづさせ給ふなと、心の内に祈念して目を見開きたれば、風少し吹弱ッて扇も射よげにこそ成にけり下畧。拾遺集にいふ、温泉〈塩釜の浦淋しげになぞもかく世をしもおもひなすの湯のたぎるゆへをもかまへつゝ　能宣。

〔元禄〕　盛衰記巻四十二元暦二年二月廿日記云、与一甲ヲバ脱、童ニ持タセ、揉烏帽子引立、薄紅毒ノ鉢巻シテ手綱カイグリ、扇ノ方ヘゾ打向ケル。生年十七歳云々。折節西風吹来舩ハ舻舳モ動ツヽ、扇枕ニモタマラネバ、クルリ〳〵ト廻リケリ。与一眼ヲフサギ心ヲ静メ、帰命頂来八幡大菩薩日本国中大小神祇別而ハ下野国日光宇都宮氏御神那須大明神弓矢ノ冥加有セ玉ヘト祈念シテ、目ヲ開テ見タリケレバ扇ハ座ニゾ鎮リケル云々。

〔京大〕　※与一檀（壇）ノ浦ニ而的射し事也。※

〔洗心〕　与市〕　那須資隆の二子、諱ハ宗隆。

△菅、義経の臣と成て西海の役に随ふと注せり。大に非也。

〔百代〕　与市〕　那須与市宗高、此地の産にして、義經の家臣たり。讃州壇の浦にて扇の的を射し事、世に知る所也。平家物語第十一に、与市目を塞て、南無八幡大菩薩、別してハ我国の神明日光の権現宇津の宮那須温泉大明神、願くハあの扇を射させて給ハせ給え、是を射損るものならバ弓切折自害して人に二度面を向ふべからず。今一度東国え帰さんと思召バ此矢はづさせ給ふなと、心のうちに祈念して、目を開たれバ風も吹よハリ扇も射よげにこそ成にけれ云々。

〔鼇頭〕　○那須與市〕　此処ノ産也。壇の浦の高名世のしる処也。今ニ遺跡ありて姓名昔のごとし。

〔通解〕　那須系図云、那須與市宗隆、始名資隆、無双弓馬達者也。源義経に属し、讃劦屋嶋の沖に合戦す。平氏の舶舳扇の的を出して射ん事を乞ふ。的風にまかせて定らず。宗隆射落し、名を天下に上たり。時に十七歳。鎌倉に帰り参り、勧賞を蒙る。丹波五ヶ庄、信劦角立庄、若劦東宮川原、武州太田庄、備中繪原庄等也。建久元年十月、頼朝公上洛の供奉し山城の國に於て死す。伏見の即成院に葬る云云。与市、與一に作る。關

白道長公の裔なり。

〔永機〕 氏神〕 ウヂ神とハよむべからずウブス神《ママ》とよむべし。與市氏神ハ春日明神なれバ也。

【感應】

〔菅菰〕 感應ノ成語ハ易ニ出テ、心ニ激ー受《アタリウクル》スルヲ云。感ハ心ニ激スル所アルヲ云。應ハウクルト訓ジ、アタルト訓ジ、感ニ依テ來ルモノヲ云。

〔洗心〕 感應〕 菅ニ、易に出て心に殷（激）ー受《アタリウクル》するをいへり。

〔百代〕 感應〕 心に激受するをいふ。易に出たる成語なり。

〔歌枕〕 ○感應ノ熟字、易ニ出タリ。

【殊しきりに】

〔永機〕 （本文「しきり」と見せ消ち）殊さらにとあるべきつゞきなり。

【修験】

〔菅菰〕 修ー験トハ俗ニ云山｜伏ノコトナリ。羽ー州大沼ー山ノ修ー驗鸞窻ノ説ニ、理ー修驗ー徳ノ文ヨリ出ト云リ。

〔傍注〕 理脩（修）験徳ノ文ノ畧也。

〔京大〕 脩（修）ルハレ驗ヲ山伏ノタグヒ也。

〔沙鷗〕 修験 俗ニ山伏ヲ云。羽刕大沼山修験鸞窻ノ説ニ理脩験徳ノ文ヨリ出ト云リ。

〔洗心〕 修験〕 菅ニ、俗にいふ山伏の事也。羽州大沼山の修験鸞窻の説に理ー修験ー徳の文より出ると云り。

〔百代〕 脩験〕 毎歳、大峯熊野に入に苦脩ス。故に脩験道といふ。傳て云、役の行者の法流、或ハ行者の叔父願行を始祖とすると云。後世顕密の二派、本山当山の二流あり。

〔歌枕〕 ○修験ノ名、理脩験徳ノ文ヨリ出トゾ。

【光明寺】

〔菅菰〕 光ー明ー寺ハ武ー州幸《サツテ》ー手不ー動院ノ末寺ナリ。開基未詳。

〔傍注〕 武州幸手不動院ノ末。

〔沙鷗〕 光明寺 武刕幸手不動院の末寺也。開基未詳。

〔洗心〕 光明寺〕 菅ニ、武ー刕幸｜手不ー動ー院の末ー寺也と。○乃餘《チ》｜瀬｜村にあり。

〔百代〕○光明寺〕武州幸手不動院末寺。開基未祥(詳)と菅菰にミゆ。

〔鼇頭〕○光明寺ハ餘瀬村と云處也。

〔通解〕光明寺ハ、下野黒羽領主大関伊豫守家臣、禄四百石、津田光明寺と云。武家修験也。今の光明寺ハ、津田家より別れて一字と成る。本家ハ禄百五拾石にて、津田源左衛門と云よし、積翠子の年考の頭書に見へたり。和漢三才圖會云、光明寺《ハ》在《リ》二田村《ニ》一。*天台宗也。又云、役小角、舒明五年正月朔旦生《ル》。加茂役公氏。和州葛上郡茆原村《ノ》人也。少《シテ》敏-悟博-学、兼《テ》仰《グ》二佛乗《ヲ》一。三十二歳。棄レ家入《リ》二葛木山《ニ》一、居《ル》二巖窟《ニ》一者三-十-餘歳。藤葛《ヲ》為《シ》レ衣《ト》、松果《ヲ》為《シ》レ食《ト》、持《チ》二孔-雀-明-王《ノ》呪《ヲ》一、駕《テ》レ雲《ニ》*遊行《シ》、驅二-逐《シ》鬼神《ヲ》一、以《テ》為《ナス》二使令《ト》一。*大寶元年六月七日、壽七十歳。又《タ》曰《ク》相《ヒ》傳《フ》、役《ノ》行者抖-擻《シテ》入《リ》二遠州長福寺《ニ》一乞《フ》レ施《ヲ》。寺僧《ノ》曰、今也鑄《ル》レ鐘《ヲ》事擾乱、今且面《マノアタリ》無《シ》二米粟一。速《ニ》可《シト》二出去《ル》一。行-者悪《ミ》二鄙言《ヲ》一強《テ》曰、施不レ可レ限《ル》二米穀《ニ》一也。僧詰《テ》曰、然《ラバ》則汝鐘亦可《クハ》レ受者可《シ》レ與《フ》。答《テ》曰、施《シ》無《シト》二軽重一。乃《チ》貫《テ》二錫杖《ニ》於龍頭《ヲ》一、足《ニ》著《ケ》二高屐《ヲ》一棒《カタゲテ》レ之《ヲ》行《サル》云云。

〈洒本　天-台-宗也　遊-行《シ》　大-寶元年六-月七-日壽七-十歳〉

〔通解追加〕光明寺〕同所に在。(同所は餘瀬村)

【行者堂】

〔菅菰〕行-者トハ役《ノ》-行-者ノコトニテ、名ヲ小-角ト云。元-亨釋-書《ニ》云、役《ノ》小-角《ハ》者、公-役-氏、今《ノ》之高-加茂《ト云》者也《ナリ》。和-州葛-木-郡茆-原-村《ノ》人。少《シテ》敏-悟博-學、兼《テ》郷《フ》二佛-乗《ニ》一。年三-十-二、棄《テ》レ家《ヲ》入《ル》二葛-木-山《ニ》一。後載《セ》二母《ヲ》-於鉢《ニ》一、泛《テ》レ海《ニ》入《ル》レ唐《ニ》。

〔傍注〕役ノ小角也。

〔解〕役の小角成るべし。扶桑隠逸傳云、小角は役公氏、和州葛木《カツラキ》郡、茆原《ノ》人也。敏悟博覧兼《テ》郷《フ》二佛象一(乗菅菰抄)。壯年棄レ家、入《イル》二葛木山一。棲任(住)《スルコト》二巖窟《ニ》一三十余歳、藤葛為レ衣、松菓《ヲ》為レ食。又持二密咒《ヲ》一役二鬼神一運二薪水《ヲ》一。朝散太夫韓廣足師焉。後害二其能一、談以二妖悪《ヲ》一文帝下レ勅捕《シム》二小角一。小角騰レ空去。官吏收二其母一。小角不レ得レ已、自来執囚、便配二豆州大嶋一。居《コト》三歳、

放廻《サル》。果《シテ》小角厭二我国一携レ母入唐。

〔寛政〕※役行者小角、和州葛木郡茆原村人。少敏悟博学兼郷佛乗。年三十二、棄家入葛木山。後載母於鉢泛海入唐。元亨釋書。※

〔京大〕役行者、名ハ小角。欽明帝五年出生。三十二ニ家をステ、役氏也。

※［行者］［　］和州葛城郡高加茂。葛城山ニ入、孔雀明王の咒を持ス。本朝未真言之法不渡、金剛胎蔵の法を修ス。不思議也。凡千百六十年※

〔洗心〕行者堂〕菅ニ、行-者とハ役ノ行-者の事なり。元-亨釈-書ニ云、役ノ小-角-者公-役-氏、今-之高-加-茂ト云者也。和-州葛-木-郡茆-原-村ノ人。少《シテ》敏-悟博-学、兼《テ》郷《フ》二仏-乗一《ニ》。年三-十-二、棄《テ》レ家《ヲ》入《ル》二葛-木-山一《ニ》。後《チ》載《セ》二母《ヲ》於鉢一《ニ》泛《テ》レ海《ニ》入《ル》レ唐《ニ》。

〔百代〕行者堂〕役ノ行者をまつる。元亨釈書ニ、役ノ小角ハ公役氏、今の高加茂と云者也。和州葛木郡茆原村人。少《シテ》敏悟博学兼郷《フ》レ佛乗。年三十二、棄家入葛木山。後載-母於鉢泛海入唐。

〔歌枕〕○行者ハ役小角ナリ。釈書ニ詳。

〔鼇頭〕○行者堂ハ役行者の事也。名を小角と云。

【夏山に足駄を拝む首途哉】

〔鈔〕役ノ小角勇猛飛行の容貌、今長途の行歩逞しからむ。いみじき前表也。

〔可常〕（◎「役小角勇猛飛行ノ容貌。今長途の行歩逞しからん。いみじき前表也」と注記）

〔菅菰〕世ニ傳フ小-角、常ニ木-屐《アシダ》ヲ著《ハク》テ、嶮-岨ヲ行コト平-地ノ如シト。故ニ此-像ハ、必ズ著-屐ノ形チヲ作ル。又世-説ニ、謝靈-運屐ヲ著テ山ニ登ルコトヲ載ス。コレラノタチ入レナルベシ。

〔解〕句解に、首途に足駄を拝むとハ、役氏の像都て足駄を履も靈像の粧ひをいへり。夏山に足駄といふ所、山履《サンゲキ》の故事を含《フクン》でいふ。是縁語といふべし。履は足駄なり。南史云、謝靈運、尋レ山陟レ嶺必造二幽峻一、木履有《リ》、上レ山去二其前齒一《ヲ》、下レ山去二其後齒一。此故事を以て、夏山に足駄の縁語を含り。可味処一句の深意筆舌に解くべからず。しゐて解バ作者の意に背く。

〔**五視**〕 役ノ小角　勇猛飛行の容貌、今長途の行歩遅しからん、いみじき前表なり。

天和 貞享の頃幡广に盤珪禅師と龍虎のごとくに云あひて世人信仰セしとかや。

〔**洗心**〕 事を大峰などに擬して〔夏山に〕五調な此像の

〔あしだを拝む〕と云は〔首途〕の幸ひなる〔かな〕

菅ニ、世に傳ふ小角、常に木履《アシダ》を着《ハキ》て嶮岨を行こと平地の如しと。故に此像ハ必着屐《チヤクゲキ》の形を作る。○以下の説無益なれバはぶく。○ある人此句を評すらく、翁東武を出て後此處に到るまで凡十日あまりを歴たり。然るにかどでの詞いと不審と是等にたがへり。かどでとハ門を出るの義にはあらず。首ー途はミチタチと訓じてたゞ旅行のはじめといへる事にして、一ー日一ー時にあづかれることにはあらず。まどふことなかれ。

〔**百代**〕 足駄〕 菅菰に、世に傳ふ、小角常に木屐著て嶮岨を行事平地のごとしと。故に此像ハ必著屐の形を作る。

〔**句解**〕 夏山に足駄を拝む首途哉

句選注ニ前書なし。註ニ曰、役の行者抔のおもかげなるべし。山にあしだと思ひよせたる其由縁か。謝霊運が木履の俤も有にや。いづれにも出羽の羽黒山を出立の句なるべし。

〔**歌枕**〕 ○修験ハ春秋順逆の峯を行とする故に、夏山にとハ置たる也。行脚漂泊の身なれバ歩行の達者のミ願ふゆへに、足駄を拝むとハいへり。

〔**鼇頭**〕 ○夏山ニ足駄を拝む〕小角常ニ木屐をはきてけんそを行事平地の如しと。是等を取て足駄をおがむとよまれたるならん。

〔**通解**〕 〽夏山に足駄を拝む首途かな

此句行者の霊像によりてならん。いまだ奥羽の境に入らず。故に猶首途の心を吟じ玉へるにや。積翠子芭蕉発句年考云、笈〔の〕小文に一日の願ふたつのミ。今宵よき宿からん、艸鞋の我足によろしきを求んと斗ハ、いさゝか思ひ出す也と見へたり。是により考ふるに、行者の屐を拝むの心察すべき歟云々。其足の健なるも願はしき心ならんかし。

〔**解説**〕　修験光明寺と云あり。そこに招れて行者堂を拝す。

　夏山に足駄を拝む首途かな

光明寺ハ武家修験なり。津田光明寺と云。行者とハ役の小角なるべし。小角常に木屐を著て嶮岨をゆく事平地のごとしと。故に此像かならず履を著し形を作りしならん。芭蕉翁いまだ奥羽の境に入らず。故に猶首途の心を吟じられし歟。其足の健かなるも願はしき心ならん。此句泊船集に洩らしぬ。

〔**永機**〕　役行者ハ常ニ一歯の足駄を用。長途の旅脚力をいのり申さるゝ句意、一毛を入ざるの秀逸也。

〔一〇〕雲巌寺

当国雲岸寺《たうごくうんがんじ》のおくに佛頂和尚山居跡《ぶつちやうをしやうさんきよのあと》あり。

　竪横《たてよこ》の五尺《ごしやく》にたらぬ草の庵《いほ》　むすぶもくやし雨なかりせバ

と、松の炭して岩に書付侍《かきつけはべ》りと、いつぞや聞え給ふ。其跡《あと》ミんと、雲岸寺に杖《つゑ》を曳《ひけ》バ、人〻《ひとびと》すゝんで共にいざなひ、若き人おほく道のほど打《うち》さハ(わ)ぎて、おぼえず彼梺《かのふもと》に到る。山ハおくあるけしきにて、谷道遥《はるか》に、松杉黒く、苔したゞりて、夘(卯)月《うづき》の天《てん》今猶《なほ》寒し。十景盡《じつけいつく》(尽)る所、橋をわたつて山門に入《いる》。

さて、かの跡ハいづくのほどにやと、後《うしろ》の山によぢのぼれバ、石上《せきしやう》の小菴《せうあん》、岩窟《がんくつ》にむすびかけたり。妙禅師《めうぜんじ》の死関《しくわん》、法雲法師《ほふうんほふし》の石室《せきしつ》をみるがごとし。

　木啄《きつつき》も庵《いほ》ハやぶらず夏木立

と、とりあへぬ一句を柱に残侍《のこしはべり》し。

【当国雲岸寺】

〔菅菰〕 雲岸寺は那須のうちにありて禅宗なり。

〔傍注〕 那須の内にて禅宗也。

〔解〕 菅菰抄ニ、雲岸寺ハ那須のうちにありて禅宗也。

佛頂和尚ハもと東都深川長慶寺に住して翁に参禅の師。後、此雲岸寺に来りて山中に隠棲す。長慶寺は翁の庵を去事三 四町ばかり。此寺に史邦が建し發句塚と云あり。

〔**元禄**〕 那須ノ雲岩寺〕 巖歟。開山佛光国師、開基仏国々師、二世仏應和尚、開山塔安置右三像。

〔**京大**〕 那須ノ雲嚴《ママ》寺〕 三和尚ノ像有、三佛塔ト云。則、開山佛光国師 開基佛国国師 二世佛應国師。以上開山塔ニ安置ス。コレ三佛塔ナリ。

※ 雲岸寺ハ那須のゝ内、禅宗也。佛頂ハ元江戸深川長慶寺ニ住して翁ニ参禅の師也。長慶寺、翁の居より四五丁斗也。※

〔**沙鷗**〕 雲岸寺 雲岸寺〕 當寺ニ十景 五橋 三水などいふ佳景有。十景ハ玉机峯 玲鏡《ママ》岩 水分石 龍雲洞 十梅林 千丈岸《ママ》 竹林塔 海岸閣 飛雲《ママ》亭 鉄蓋《ママ》峯。

〔**洗心**〕 當国雲岸寺〕 岸ハ巖の誤写。當寺ハ那須郡須佐木村のうちに在。乃チ雲岩寺村と称す。こは臨済の一派にして、唐土経山寺の末山也。

本邦にてハ京都花園妙心寺に属す。開山ハ宋人佛光國師にして、日本二甘露門東山雲巖禅寺と号す。

〔**百代**〕 雲岸寺〕 臨済派也。下野那須郡にあり。

〔**下露**〕 五日 雲岩寺見物。六日より九日迄光明寺。十日 同断。十一日 翠桃宅へ帰、と曽良が日記にハミへたり。

〔**鼇頭**〕 ○雲岸寺ハ那須のうちに有、禅宗也。

〔**通解追加**〕 雲巌寺〕 東ハ(山)雲巌寺と云。開山仏光國師。臨濟宗。唐土経山寺木、属妙心寺。

【佛頂和尚山居跡】

〔**鈔**〕 天和貞享の頃播(磨)に盤珪禅師と竜虎のごとくに云あひて世人信帰せしとかや。

〔**可常**〕 (◎「播ノ盤珪ト龍虎のごとしと。天和 貞享の頃」と注記)

〔**菅菰**〕 佛頂和尚ハもと東都深川長慶寺に住して、翁に参禅の師。長慶寺ハ翁の庵を去る事三四町ばかり此寺に史邦が建し發句塚と云あり。 後、此雲岸寺に来て山中に隠棲す。

〔**傍注**〕　はじめ、江戸深川長慶寺の住職。のちに雲岸寺に隠棲す。

〔**元禄**〕　佛頂和尚ハ鹿島根本寺住持。隠退後寓雲岩寺。庫裏之東山上有仏頂和尚旧坊。雲岩寺徹通和尚之代ノ人也。

〔**寛政**〕　佛頂和尚ハ東都深川長慶寺住。翁参禅之師也。

〔**京大**〕　佛頂和尚ハ鹿嶌根本寺住持。隠退後寓二ス雲巖寺ニ一。庫裏ノ東ノ山ノ上ニ在二リ佛頂和尚ノ舊坊一。雲岸寺徹通和尚ノ時代ノ人也ト云〻。佛頂東都長慶寺居。

〔**五視**〕　天和貞享の頃播广に盤珪禅師と龍虎のごとくに云あひて世人信仰セしとかや。

〔**洗心**〕　佛頂和尚〕　菅ニ、東-都深川長-慶-寺に住して云〻。大に非なり。是ハ深川六間堀に臨川庵を結びて寓居ありしことをおもひたがへしなるべし。和尚ハもと常陸國鹿嶋山の麓根-本-寺の前-住也。しかるを後-年當山に客僧として学徒を教導し、尤尊崇せらる。程経てこゝに化す。はたいふ、祖翁も此師に参じて喫-茶の禪-味を得たり。

〔**註**〕　佛頂禅師方丈の叓。

〔**百代**〕　佛頂〕　武州深川長慶寺に住して翁に參禅の師也。此寺に史邦が建し發句塚といふあり。後、此雲岸寺山中に隠棲す。又、常州鹿嶋根本寺に住す。其後又此寺に来り、正徳五未歳十二月廿八日入寂す。歳八十七と云。俗諺に、ぶつてうづらといふ事ハ、此和尚の面躰愛相なきよりいふ（ひ）はじめけるよし。

〔**歌枕**〕　○佛頂和尚ハ「十論爲弁」ニ武江深川に禅刹ありて芭蕉庵よりちかゝりけるよし。かの和尚の徳を慕ひて折〳〵禅話を聞れける。ある時投子一椀茶に俳諧のはこびを悟りけるとぞ。天和 貞享の頃にて播广（磨）に盤珪禅師、武蔵に仏頂和尚といひて、天下に龍虎の名知識也。○其角が「終焉記」にも、元來混本（根）寺佛頂和尚に嗣（嗣）法してひとり開禅の法師といハれ、一気〔鐵〕鑄生いきほひ也 下略。

〔**鼇頭**〕　○仏頂禅師はじめ深川長慶寺ニ住。歳八十七ニテ寂ス。

〔**通解**〕　終焉記云、元来混本寺*佛頂和尚も嗣法して、

ひとり開禅の法師といはれ、一氣鉄鋳生いきほひなりけれども、老身くづほるゝまゝに、句毎にからびたる姿までも自然に山家集の骨髄を得られたる有がたや云云。佛頂和尚ハ、芭蕉参禅師、鹿嶋根来《ママ》寺の開山なり。始ハ東武深川長慶寺に住す。此寺に芭蕉参禅あり。後雲岸寺に隠栖し、正徳五年十二月十八日、長慶寺ニ於て寂す。年八十七。されバ翁の佛頂和尚山居の詠をも尋られしなるべし。芭蕉翁の句、前書に、仏頂禅師の菴をたゝきてといふ前書ありしよしなり。

〔永機〕佛頂禅師深川長慶寺住居の頃翁參禅の事あり。

〈洒本　仏頂和尚に〉

【竪横の五尺にたらぬ草の庵　むすぶもくやし雨なかりせバ】

〔解〕竪横の哥「松の炭して岩に書付侍りと」「いつぞや聞へ玉ふ」未考、

〔洗心〕歌意は、其道の人にとふべし。おのれ此事にあづからざれば言を加ふることあたハず。

〔註〕竪横の九《ママ》尺の哥、言葉書も桜の板に奈良の墨にて書て在。今山庵に存す。奈良の襖なる故に松の墨してと書るなるべし。松の炭ハ古代燐筆又ハ炭を以書叓諸本に出て在。爰にてハ文の于尓葉也。大昔ハ岩を用ゆ。南都に岩墨と云在。春日山より出る。

【松の炭して岩に書付侍り】

〔菅菰〕松の炭とハ續杰《ツイマツ》(松)の燼《モヤサシ》を云。今俗松明と書てたいまつと唱ふ。いセ物がたりに、つゐまつの炭にて哥(歌)を書たる事有。唯かりそめに書を云。

〔傍注〕タイマツ也。

〔元禄〕伊勢物語云六―九　かち人のわたれどぬれぬえにしあれバと書て、末ハなし。其盃の皿に、つゐ松のすミして哥の末をかきつぐ。またあふ坂の関ハこへなん。

〔寛政〕いせ物語にも續松の炭にて哥を書たることあり。唯かりそめに書を云。

〔京大〕伊勢の六十九ニ、かちびとのわたれどぬれぬえにしあれバと書てすへハなし。その盃の皿につゐ松のすミしてうたのすへをつぐと有。また逢坂の関ハこえなむ。

〔**洗心**〕 松の炭して〕 菅ニ、とハ續《ツイ》松《マツ》の燼《モエサシ》を云。俗松明と書てまつと唱ふ。伊勢物語についまつの炭にて哥を書たる事有。たゞかりそめに書をいふ。

〔**註**〕 （前掲【**竪横の五尺に…**】参照）

〔**百代**〕 松の炭〕 續松の燼を云。今俗に松明と書て、たゐ（い）まつと呼ぶ、これなり。伊勢物語に、ついまつの炭にて哥を書し事ミへたり。唯かりそめのたはぶれ也。

〔**歌枕**〕 ○［いせ物語］つい松の炭して哥を書たるとあり。ついまつハ續松と書て、松明の事也。

〔**鼇頭**〕 ○松の炭ハ續《ツイ》松の燼《タキ》さしを云。松明の事也。いせものがたりニついまつの炭にて哥を書たる事有。

〔**通解**〕 菅菰抄云、松の炭とハ續松の燼を云。たゞかりそめにかゝれし也。

【**いつぞや聞え給ふ**】

〔**解**〕 いつぞや聞へ給ふ〕は、徃頃から聞ひ給ふといふ也。新撰〈あれにけり峯の庵の苔むしろ誰が世を爰に敷忍びけん　知家。此哥の心を以て知るべきにや。

【**杖を曳バ**】

〔**鈔**〕 禮記、檀弓篇ニ、孔子蚤《ツトニ》作テ、肩レ手ヲ曳レ杖ヲ、消《ママ》二一揺ス於門一ニ云云。（頭注「游二白水山一ニ　東坡。曳レ杖テ不レ知二巖谷ノ深一キコトヲ、穿レ雲ヲ但一覚フ衣裘ノ重一コトヲ」）和歌にハ、つくからに千とせの坂もなどよみて扶けらるゝ心欤。

〔**可常**〕 游二白水山一、曳レ杖不レ知二巖谷ノ深一コトヲ。穿レ雲但一覚衣一裘ノ重コトヲ　東坡。古今〈ちはやふる神やきりけんつくからにちとせの坂もこしぬべらなり　遍昭

〔**解**〕 携レ杖、同事也。王勃ガ詩ニ、間情兼默語、携レ杖赴二岩泉一。此こゝろ成るべし。

〔**五視**〕 游二白水山一、東坡。曳レ杖不レ知二巖谷深一穿レ雲但覚フ衣裘ノ重コトヲ。和哥ニハ、つくからに千とせの坂もなどよミて扶けらる心か。

【**山ハおくあるけしきにて**】

〔**菅菰**〕 古哥（歌）に、見わたせバ麓ばかりに咲そめて花も奥あるみよしのゝ山　と云る風情より出たる詞なるべし。

〔**傍注**〕見わたせバふもと斗ニ咲そめて花もおくある御よしのゝ山、といふ哥のたち入レか。

〔**解**〕續古今集、〽見渡せば梺計リに咲初て花も奥有《ヲク》るミよしのゝ山　宮内卿。是ハ花を見ておくある山を知れり。されども、奥ある景色は何となく、山深き、山のたゝずまひをいふ也。

〔**寛政**〕見わたせバ麓ばかりに咲そめて花も奥あるみよし野の山、と云風情より出たる詞なるべし。

〔**沙鷗**　山は奥有　山ハ奥〕見わたせば麓ばかりに咲初て花も奥あるミよしのゝ山。

〔**洗心**　おくあるけしき〕菅ニ、古-哥ニ〽見わたせばふもとばかりにさきそめて花も奥あるミよしのゝ山、といへる風情より出たる詞なるべし。

〔**百代**　山はおくある〕見わたせバ梺ばかりに咲そめて花もおくあるミよし野ゝ山

〔**歌枕**〕◯見わたせば麓ばかりに咲そめて花も奥あるみよしのゝ山

〔**鼇頭**〕◯山ハ奥あるけしきとハ、古哥ニ、見わたせバ梺斗に咲そめて花もおくあるミよしのゝ山。

【苔したゞりて】

〔**解**〕「苔したゞる」ハ清水など滴るならん。

【十景盈る所、橋をわたつて山門に入】

〔**菅菰**〕雲岸寺には十景五橋三水など云佳境あり。所謂十景ハ玉-机(几)-峰、玲-鏡(瓏)-岩、水-分-石、龍-雲-洞、十-梅-林、千-丈-岸(岩)、竹-林-塔、海-岸(岩)-閣、飛-雪-亭、鐵-盏(鉢盂)-峯。五-橋ハ獨-木-橋、瓜-瓞-橋、瑞-雲-橋、涅-槃-橋、梅-舩(船)-橋。三-水ハ神-龍-池、嶺(岩)-虎-井、頭《ヅ》-寺《ス》-泉、ナリト。京師ノ下岡崎蝶夢坊ノ文通ニ云越セリ。

〔**傍注**〕雲岸寺十景ニ云、玉机峯 玲鏡岩《ママ》 水分石 竜雲洞 十畚林 千丈岸《ママ》 竹林塔 海岸《ママ》閣 飛雪亭 鉄蓋《ママ》峯。又、五橋アリ。独木橋 瓜瓞― 瑞雲― 涅槃― 梅舩―。又、三水あり。神竜池 嶺《ママ》虎井 頭《ツ・》寺《ス》泉。

〔**解**〕十景ハ数景なるべし。色〻高致の風景を見尽し過て、橋を渡リて山門に入ルなるべし。

〔**京大**〕○玉机(几)峯　○玲鏡(瓏)岩　○水分石　○龍雲洞　○十梅

林　○千丈岸(岩)　○竹林塔　○海岸(岩)閣　○飛雪亭　○鐵盞(鉢盂)峯。

〔洗心〕 十景〕 景ハ境の誤寫。
尽る所〕 菅ニ、海-岩(岸ノ誤)閣玉-几-峰芳(鉢)-盂-峰玲-鏡(鏡ハ瓏ノ誤)-岩千-丈-岸(巖ノ誤)飛-雪-亭龍-雲-洞竹-林-塔(洞ノ誤)水-分-石十-梅-林、五-橋三-井云々。これなり。
橋を〕 瓜-瓞-橋これ也。五-橋の其一。

〔百代〕 十景〕 雲岸寺に十景五橋三水などの佳境有といふ。曰、三水ハ神竜池 嶺(岩)虎井 頭(都)寺泉也。五橋ハ獨木橋 瓜瓞橋 瑞雲橋 梅船橋也。十景ハ玉机(几)峯 鈴鏡(玲瓏)岩 水分石 龍雲洞 十梅林 千丈岩 竹林塔 梅岸(海岩)閣 飛龍(雪)亭 鐵蓋(鉢盂)峯云々。

〔歌枕〕 ◯雲岸(岩)寺ニ十景 五橋 三水トテアリ。玉机(几)峯、玲鏡(瓏)岩、水分石、龍雲洞、十梅林、千丈岸(岩)、竹林塔、海岸(岩)閣、飛雲(雪)亭、鐵盞(鉢盂)峯。
○獨木橋、瓜瓞橋、瑞雲橋、涅槃橋、梅船橋。
○神龍池、嶺(岩)虎井、頭(都)寺泉。
○西湖ニ十景アリ。断橋殘雪其一也。故ニ天猶寒シト云ニ、十景盡ル処橋ヲワタツテトハツヾケタリ。

〔鼇頭〕 ◯十景ハ悉くしるさず。橋ハ五橋とつゞきたるを略す。

〔通解〕 十景ハその地の人に尋て知るべし。
同書（菅菰抄のこと）云、雲岸寺にハ十景五橋三水など云佳境あり。所謂十景ハ、玉-机(几)-峰玲-鏡(瓏)-岩水-分-石龍-雲-洞*十梅林千-丈-岸(岩)竹-林-塔海-岸(岩)-閣飛-雪-亭鐵(鉢盂)-蓋-峯。五橋ハ、*獨木橋瓜-瓞-橋*瑞雲橋涅-槃-橋梅-船-橋。三水ハ、神龍池嶺(岩)虎井頭(都)寺泉なり云云。
〈洒本 十-梅-林　獨-木-橋　瑞-雲-橋〉

〔永機〕 雲岸寺十景〕 玉机《ママ》峯 玲鏡《ママ》石 水分石 竜雲洞 十梅林 千丈岸《ママ》 竹林塔 海岸《ママ》閣 飛雪亭 鉄蓋岸《ママ》。

【山門】

〔菅菰〕 山-門ハモト一山ニ入ル処ノ門ヲ云。釋-氏ハ専ラ閑-寂ヲ貴ミ山-居ヲ事トス。故ニ山-号ヲ称ジ門ヲモ山-門ト名ツクト。一-説ニ、山-門ハ三-門ノ

誤ナリ。寺門ハ貪瞋痴ノ三毒ヲ防《グ》ノ義ヲ取ト云リ。

〔傍注〕一山ニ入ノ門也。

〔京大〕山門〕三門也。

〔洗心〕山門に入〕菅《ニ》、山門ハもとより一山に入所の門を云。釈氏ハ専閑寂を事とす。故に山号を称し、門をも山門と名づくと。

○門上東山の額、同じく客殿に獅子王殿の額あり。是ともに残夢仙人〈常陸坊海尊也〉の墨跡にして、当寺奇珍の一也とす。

〔百代〕山門〕今按るに、三門と書べきを山《ト》三《ト》通じてしか書るなるべし。正にハ三解脱門の中略といふ。智度論に、涅槃城有三門、謂空 無想 無作なり。既已《ニ》説道故《ニ》次《ニ》應説到處門也。此三《ツ》通《ジテ》名解脱門者解脱《ハ》是涅槃門也。謂心《ハ》能通也。此三法能《ク》通行《スル》者得入涅槃。故《ニ》名解脱門《ト》云々。

【小菴】

〔百代〕小菴〕此菴の壁に横物にて翁の真跡、藤棚の画讃、留守に来て棚さがしするふじの花、とありと菅菰にミゆ。

【岩窟】

〔龍頭〕○岩窟〕ガンクツ。

【妙禅師の死関、法雲法師の石室】

〔鈔〕妙宗鈔《ニ》云、生死《ノ》巨関無《レバ》佛長《ク》鎖《ス》と。（頭注「碧巌集卅四則《ニ》、懶瓚和尚隠居衡山石室《ノ》中《ニ》」）

〔可常〕妙宗鈔、生死《ノ》巨関無佛長《ク》鎖《スト》。碧岩卅四則、懶瓚和尚隠居《ス》衡山石室中。

〔菅菰〕妙禅師ハ中華宋朝ノ僧ニテ、高峯ト云。山ニ處《リ》生涯戸ヲ閉テ出ズ。法雲ハ法運ノ誤ナルベシ。石室ニ籠《リ》馬糞ヲ焚《キ》芋ヲ煮テ食《ヒ》シ僧ニテ、何レモ禅録ニ委シ。和漢三才圖會ニ云、禪師ノ號ハ後宇多天皇ノ朝始《マリ》於建長寺ノ道隆《ニ》、法師ノ稱ハ起《ル》於後秦ノ鳩《ク》摩《モ》羅什《ニ》ト。

〔傍注〕中華宋朝ノ僧高峯ト云。山ニ居リ、生涯戸ヲ閉テ出ズ。法運ハ石室ニコモリ、馬糞ヲ炷キ、芋ヲ煮テ食シタル僧ナリ。（本文「法雲」の「雲」の右に「運

ノアヤマリカ」と注記）

〔**解**〕　同書（菅菰抄のこと）に妙禅寺《ママ》ハ中華宗《(宋)》朝ノ僧ニテ高峯ト云。山ニ處リ　生涯戸ヲ閉テ出ズ。法雲ハ泫《(法)》運ノ誤リナルベシ。馬糞ヲ焚キ芋ヲ煮テ食ヒシ僧ニテ、何レモ禅録ニ委シ。

〔**元禄**〕　中峯廣録三十曰、天目之山有獅子岩。高峯妙禪師居之。設死関以辨决。參学之士望崖而退者衆矣。得一人曰木公。是爲中峯和尚云云。

法雲法師〕　○宍《(曾)》元七曰、巴州魯祖山ノ法《寶》雲法師尋常見僧来便而辟ト。

〔**寛政**〕　妙禅師ハ宋朝僧ニテ高峯ト云。生涯戸ヲ閉テ出ズ。

法雲ハ泫運ノ誤ナルベシ。石室ニ籠リ、馬糞ヲ焚芋ヲ煮テ喰シ僧ト云。

〔**京大**〕　中峯廣録三十二有。天目之山有獅子岩。高峯妙禪師居之。設テ二死関ヲ一以テ辨决。參學之士望崖而退者衆矣。得一人曰杰《ママ》。是爲中峯和尚云〻。下畧。

妙禅〕　宋朝ノ僧。高峯居、生涯戸ヲ閉ズトモ。法雲ハ石室入。禅師ハ宇多帝始建長寺道隆ニ玉フ。法師ハ秦鳩摩羅什ニ記。

法雲トハ石室行者欤。イニシヘ石ニテ家造シテ米フミイタル人アリ。コレヲセキシツアンジヤト云。

〔**五視**〕　碧巌集ニ、三十四則ニ懶瓚和尚隱二居衡山石室中一。妙宗鈔ニ云、生死ノ巨関無レ佛長ク鎖ス。

〔**沙鷗**〕　妙禅師　妙禅師〕中華宋朝ノ僧ニテ高峯ト云。山ニ處リ、生涯戸ヲ閉テ出ズ。

法雲法師　法雲ハ法運ノ誤成ルベシ。石室ニ籠、馬糞ヲ焚、芋ヲ煮テ食せし僧也。

〔**洗心**〕　妙禅師の死関〕　菅ニ、宋朝の人、名を高峰といふ。山に處レリ。生涯戸を閉て出ず。

法雲法師の石室〕　菅ニ、雲ハ運の誤写なるべし。石室に籠り、馬糞を焚、芋を煮て喰ひし僧也。禅録に詳也。

〔**百代**〕　妙禅師〕　中華宋朝の僧也。高峯と云。山にをり、生涯戸を閉て不出。

法雲〕　法運なるべし。石室に篭り馬糞を焚き、芋を

煑て喰し僧也。前の妙禅師ともに禅録にあり。

〔**歌枕**〕○妙禅師ハ宋朝ノ僧也。高峯ニ居リ戸ヲ閉テ出ズ。○法雲ハ法運ノ誤ナルベシ。石室ニ篭リ馬糞ヲ焚、芋ヲ煮テ食ヒシ僧也。（補注「南梁高祖普通六年法雲法師勅爲大僧正」）。○［三才圖會］禅師ノ號ハ後宇多ノ天皇ノ朝始二於建長寺ノ道隆一。法師ノ稱ハ起二於後秦鳩摩羅什ニ一。

〔**鼇頭**〕○妙禅師ハ中華宋朝の僧ニて、高峯山ニ居り、生涯戸を閉て出ず。○法雲ハ運の誤写カ。石室ニコモリ、馬フンを焚、芋を煮てくらひし僧也。

〔**通解**〕蓮士報恩抄云、南三の中の第三の光宅寺の法雲法師云云。天監五年大旱魃ありしかば、此法雲法師を請奉りて、法華経を講ぜさせ参らせしに、甘雨下りし云云。

大部補註ニ曰ク、雲師、姓ハ周義興。*陽羨ノ人。生ル時在リレ草ニ。見ル二*雲氣満ルヲレ室。因テ以テレ雲ヲ為《ナス》レ名ト焉。*七歳ニシテ出家シ、更《アラタメテ》名ク二法雲一ト。奉リテレ勅ヲ為ル二光宅寺ノ主一ト。雲師年在リ二息慈一ニ。雅ヨリ尚ブ二経術一ヲ。於ル二妙法華一ニ研精累思シ、品二酌シ義理ア、始末照覧シ、乃チ往キ二幽巖一ニ、獨リ*講ズ二斯経一ヲ。竪テレ石ヲ為シレ人ト、*松葉為シレ拂ト、自ラ唱ヘ自ラ導キ*兼二通ス難解一ヲ。所三以テ垂ル二名ヲ梁代一ニ者ノ也ナリ。嘗テ於テ二一寺一ニ講二散ス此ノ経一ヲ。忽然シテ*天華状チ如シ二飛雪一ノ。満チレ空ニ而下ル。延二于堂内一、*升レ空不レ墜。訖テレ講方ニ去ルト云云。佛頂和尚の山居を此石室に思ひ合ハせられしなるべし。妙禅師、是も梁代済家の智識たり。蚤歳にして迁化あれバ徳化偏からずといへども頗る人の崇尚する処也。嘗菰抄云、妙禅師ハ、中華宋朝の僧にて高峯と云。山に處り、生涯戸を閉て出ず。法雲ハ*法蓮（運）の誤なるべし。石室に籠り、馬糞を焚き、芋を煮て食ひし僧にて、何れも禅録に委し云云。猶考ふべし。〈洒本　陽羨ノ人　雲氣満ルヲレ室ニ　七歳ニシテ出家シ講ズ二斯ノ經一ヲ　松葉ヲ　兼二通ス難解一ニ　天萃　升テレ空　法運〉

〔**永機**〕妙禅師ハ宋朝の僧高峯と云。山居戸を閉て生涯出ず。法雲ハ石室にこもり馬糞を焚、芋を煑る。

【木啄も庵ハやぶらず夏木立】

〔**鈔**〕道徳稱揚の趣旨ならむ。

〔**可常**〕（◎「道徳称揚の趣旨ならん」と注記）

〔**解**〕句解 句意明かなり。釈するに及ばず。されども木啄は、剥啄《ハギタクリ》也。韓文ニ、剥〻啄〻有レ客出レ門、我不レ出應客出而嗔ル。又藻塩草に云、南山ニ有レ鳥自ラ名ニ啄木一。

〔**五視**〕木啄も――――〕道徳称揚の趣とならん。翁の秀透十《ママ》發句の一句也ト申傳ふ。

〔**洗心**〕〔木つゝきも（さへのも也）〕かゝる大徳の〔庵はやぶらず〕よ〔夏木立〕

傳へきく浮-屠-氏の説に、物-部ノ守-屋ノ大-連と蕪-我ノ馬-子と相-挑むの時、豊-聡太-子ハ馬-子に力をそへ給ふ。こゝにおいて終に守-屋ノ連敗-北し、太-子の従士跡-見某がために命をおとしぬ。甚遺恨凝滞して遂に啄-木-鳥と化し、太-子造-立の伽-鑑《ママ》どもこと〴〵くはミつくさんとす。よて太-子亦宝-泫〔法〕の術をもてこれを避。こゝをもて霊-鳥近づくことを得ずして去らすと。しかゆへをもて此鳥をテラツゝキと和-訓すといへり。そはそれ頂-師の山-庵今日に至りて存在せり。されば徃し亨-和いづれのとしにや有けん、おのれ此寺に再遊のミぎり山-主毛-堂老-禅のために、頂-師の詠ならびに祖-翁の作をひとつ石のおもてにしるしけるを、たゞちに工につけてこれを彫しめ、草-堂の側に安じて不-朽の記-念とはなセり。

〔**註**〕俗説啄木鳥ハ守屋の大臣の化鳥にして、天王寺の塔を破らんとあつまる。是木啄也。寺や塔を破る鳥なる故、きつゝき共云。

〔**百代**〕木啄〕昔玉造天王寺を建立の時、この鳥羣れ来り、寺軒を啄き損ず。故ニ寺啄と名く。これ守屋の怨灵、鳥となるといふ。

〔**句解**〕木啄も庵はやぶらず夏木立

句選註ニ、句中の閑をきかすべき作也。

〔**歌枕**〕○岩窟にむすびかけたる小菴なれバ木啄さへ破らずと、住にし人の徳を称する也。

〔解説〕　佛頂禅師の菴をた〔づね〕て

木つゝきも菴ハ破らず夏木立

當国雲岸寺の奥に佛頂和尚山居の跡有。妙禅師の死関法雲法師の石室見るが如しといへり。佛頂和尚ハ芭蕉参禅の師、鹿嶋根本寺の開山也。始ハ長慶寺に住し雲岸寺に隠栖し正徳五年十二月十八日長慶寺に於て寂す。昔初玉造に天王寺を建るとき木つゝき群来りて寺の軒を啄き損ず。故に寺つゝきと名づく。守屋が怨霊鳥となると云。此軒ハ寺つゝきも破らずと、夏木立の茂りたる折から其佳境の程を吟ぜられしなるべし。

〔一一〕殺生石・遊行柳

是《これ》より殺生石《せつしようせき》に行。舘《くわん》(館)代《だい》より馬にて送らる。此口付《このくちづき》のおのこ(を)、短冊《たんじやく》得《え》させよと乞《こふ》。やさしき事を望《のぞみ》侍《はべ》るものかなと、

野を横に馬牽《ひき》むけよほとゝぎす

殺生石《せつしようせき》ハ溫泉《いでゆ》の出《いづ》る山陰《やまかげ》にあり。石の毒氣《どくき》《どくけ》いまだほろびず、蜂蝶のたぐひ、真砂《まさご》の色の見えぬほどかさなり死す。

又《また》、清水《しみず》ながるゝの柳(柳)ハ蘆野《あしの》の里《さと》にありて、田の畔《くろ》に残る。此所《このところ》の郡守《ぐんしゆ》戸部《こほう》某《なにがし》の、此柳(柳)みせばやなど、折《をり》〳〵《をり》にの給ひ聞え給ふを、いづくのほどにやと思ひしを、今日《けふ》此《この》柳のかげにこそ立《たち》より侍《はべり》つれ。

田一枚植《うゑ》て立去《たちさ》る柳かな

【殺生石】

〔菅菰〕 此石ノ事ハ前ノ玉藻ノ前ノ下ニ見タリ。一説ニ殺生石ハ本ト砒石也ト云。砒石ヲ俗ニ砒霜石ト云ハ誤ナリ。霜トハ此石ヲ焼テ白キ粉トナシタルヲ云。

〔寛政〕 素愚按ルニ、奈須殺生石ト云ハ砒石ナルベシ。大热(熱)大毒。殺生石にて、石の香や夏艸赤く露暑し　翁

此句一書ニアリ。○勿論短冊ニテハナシ。

〔**洗心**〕 殺生石〕 菅ニ、一‐説に殺‐生‐石ハ本ト砒‐石なりと云。

〔**註**〕 殺生石〕 大サ八尺斗。石肌赤し。外栗の垳(埒)在。

石の香や夏草赤く露暑し

殺生石の吟と世人申。可考。

〔**百代**〕 殺生石〕 近衛院ノ宮女、化シテレ妖狐ニ奔ニ野芻那須郡一。帝勅ニ千葉常胤 上総ノ廣常 三浦ノ義明一令殴之。義明射而殺之。孤靈化為ニ毒石一。觸レ之則人民禽獣皆𣦸(死)云々。源翁傳記 和漢三才圖會等に詳也。陸奥衢に、此岩刻(割)レ残りたるをミるに、凡七尺四方、高サ四尺余也。赤黒し。鳥獣虫行かしり度々死す。知死期に至りてハ行逢人も損ず。然る上十間四方に囲て諸人不入。辺の草木不育。毒氣いまだつよし、とあり。こゝに翁の發句あり。附録に出す。

〔**通解**〕 和漢三才圖會を按るに、白川より二里半、舟子村あり。奥羽の境川、是より南を那須野と云。廣大なる野也。向ふに三高山あり。茶磨が嶽 阿弥陀が嶽 毘沙門が嶽と云ふ。多く硫黄を生じ、其土青黄色にして孔多く、毎に火煙を出すが故に、磐石皆薫る。少し山を登れバ殺生石あり。垣を結ひ、方五間斗。其中に石多し。昔地震して山崩れ、よの常の石相雑はりいづれとわき難し。今も虫をとらへ、石面におけば立処に死す。谷に温泉あり。常に浴湯の人多し。寺あり。高湯山月山寺、出羽の羽黒権現を*勧請すると云へり。奥州會津盤大山にも又毒石あり。是にふるれバ禽獣皆死す。狐の性灵、殺生石となるといへるハ附會妄説取用ひがたし。むつ千鳥云、那須温泉、黒羽より六里余、湯つぼ五、両町の間にあり云云。〈洒本 勧請すと〉

【短冊】

〔解〕 短冊ハ凡定規の寸法あり。むさと寸遠(違)の短尺用ゆべからず。甚野鄙也。本式短尺雲紙也。竪一尺一寸八分、横一寸八分又九分にもなすなり。或ハ短二寸の短尺あり。是ハ天子 親王家の御料なれば、平人は用ひまじき事也。口授あり。(「雲紙」の「雲」の右に「唐か雲か」と注記)

【野を横に馬牽むけよほとゝぎす】

〔**鈔**〕 翁の秀逸十発句の一句なりと申傳ふ。
類題集　馬上聞郭公　いたるべき雲井ならねど時鳥駒引むけてしたふ聲かな　雅親
引むけて、ひきむけよ、轍を共にして運載は異ニしたり。

〔**可常**〕（◎「翁ノ秀逸十発句ノ一句なりといふ」と注記）
ルイ題　馬上聞郭公　いたるべき雲ゐならねど時鳥駒引むけてしたふ聲かな　雅親

〔**菅菰**〕 此真蹟 後に門人 許六が手に入リ、別に馬上の旅人を画き、此句を其上に粘す。今加州金澤半化房が函中に蔵む　勿論短冊にてハなし。

〔**傍注**〕 此真跡短尺にあらず。後に許六が手に入リ、別に馬上の旅人を画き、此句を其上に粘す。今加州金沢半化房が手にあり。

〔**解**〕 句即興躰也。句解に不及。偏に其口付のおのこに對して望に任かせて也。折節時鳥も鳴たるべけれバ、いざ其方へ馬ふり向ケよと、爰に滑稽の用を見セたる也。是即興躰の尊ぶ処なり。外ニ口授あり。

〔**元禄**〕 いたるべき雲井ならねどほとゝぎす駒ひきむけてしたふ聲かな（貼付紙にも同歌を記すが、略す）

〔**寛政**〕 此真蹟門人許六ガ手ニ入、別ニ馬上ノ旅人ヲ画キ其上ニ粘ス。今加州金沢半化房ガ函中ニ蔵ムト云。

〔**京大**〕 古人ノ哥有。イタルベキクモヰナラネドホト、ギスコマ引向テシタ〔フ〕声カナ

〔**五視**〕 類題集　馬上聞郭公　いたるべき雲井ならねど時鳥駒引むけてしたふ聲哉
引むけて、ひきむけよ、轍を共にして。

〔**洗心**〕 〔野を横に（此一文字あくまでの作意也）馬牽むけよ〕や、あのやうに〔ほとゝぎす〕が啼て通るぞ
菅ニ、類‐題‐集〽いたるべき雲ゐならねば《ママ》ほとゝぎす駒ひきむけてしたふ聲かな　西行《ママ》

〔**註**〕 高久角左衛門所持の真筆ハ細道の外爰に出す。
はし書　謡哥の文躰
ミちのく一見の桒門同行二‐人那須の篠原を尋て猶殺生石見んと急ぎ侍る程に雨降出ければ此所にとゞまり

候。
巻物　落くるや高久の宿の時鳥　凮（風）羅坊
　　木の間を覗そ《ママ》短夜の雨　曽良
はし書　田家に春の暮をこ《ママ》ふ
掛物　入あひの鐘も算《ママ》へず春の暮　凮羅坊
巻物　あな尊木の下闇も日の光　凮羅坊
高久ハ黒羽領。是故舘代よりの添書也。角左衛門亭に三日逗留のよし。今の角左衛門青楓なる者の申。

〔百代〕　野を横〕　此真跡、後に許六が手に入り、別馬上の旅人を画き、其上に此句を粘す。今半化房蘭更が別号也が函中に蔵むと。勿論短尺にてハなしと菅菰にミへたり。
頼政家集　思ふべき雲井ならねバ時鳥駒引むけてしたふこえ哉

〔句解〕　野を横に馬牽むけよ時鳥
句選注ニ、此鳥は徃昔三浦上総両介が犬追ものゝ狩せし所也。故に馬の首を引きむけよと心にかけたるよし、ある人の注也。さもあるべき事ながら、子規と馬とかけ合たる此翁の骨也。蕉翁一人の作意其おもむきをよく弁へざれば知りがたし。
嚢云ミ、野を横に馬引向ヶよと軍出立のごとく、ことぐヽしく云立たるハ、彼昔三浦上総の両介が那須野の狐がりの故事を含て、我も其如くして郭公に馬引むけよと一句の仕立所がら相應の作也。
新曰、類　いたるべき雲井ならねどほとゝぎす駒ひきむけてしたふ声哉
此詠を指て野を横にと俳諧にくづしけむ姿情かぎりなし。

〔歌枕〕　○向ふ所に鳴かぬをうらミて也。「類題」馬上聞郭公　〽いたるべき雲ゐならねばほとゝぎす駒引むけてしたふ聲かな

〔鼇頭〕　○野を横に〕後許六馬上の旅人を画て此句を上に粘す。今金沢ニ在ト。
○類題、雅親、馬上聞時鳥　いたるべき雲井ならねど時鳥駒引むけてしたふこゑかな

〔通解〕　〽野を横に馬ひきむけよ時鳥
此吟ハ猿ミの集夏の部に入たり。頼政のうたに、

及ぶべき雲井ならねバ時鳥駒ひきむけて慕ふ聲かな

か丶る姿なるべきにや。菅菰抄云、此真蹟、許六が手に入、今加刕金澤半化房が函中に藏む云云。

〔解説〕 那須の丶原にて

野を横に馬引き向けよ時鳥

紀行に是より殺生石にゆく。舘代より馬にておくらるとありて此句あり。此吟ハ猿ミの集夏の部にも入りたり。七部捜に頼政のうた、〽及ぶべき雲井ならねバ時鳥駒ひきむけて慕ふ聲かな。古歌どりの句と云。何れの集に出たるや。廿一代集 古今類句などにも見へずと云。

〔永機〕 およぶべき雲井ならねバ時鳥駒引むけてしたふ声かな　頼政

【温泉の出る山陰】

〔菅菰〕 温泉ハ博物志ニ、凡ソ水源ニ有ニ石硫黄一、其ノ泉則温ナリ、ト云リ。

〔洗心〕 温泉の出る山陰〕菅ニ、博物志ニ凡ソ水源ニ有ニ石硫黄一其泉則温也といへり。○古哥にも往々よみおける那須野の御湯《ミ》是也。

〔註〕 温泉奈須八幡宮奉納

湯を結ぶ誓も同じ岩清水

平家物語第十一に、与市目を塞て、南〔無〕八幡大菩薩、別而ハ我国那須温泉大明神 宇都宮明神 日光権現納受在而、射させ玉へと誓し。此誓も同じ也。

〔下露〕 一本、那須野丶温泉明神の相殿に八幡宮を移し奉りて両神一方におがまれ給ふとあり。

湯を結ぶ誓もおなじ石清水

むすぶより早歯にひゞく泉哉

〔龍頭〕 ○温泉ハ水原ニ石硫黄ありて其泉温也。

〔通解〕 （前掲【殺生石】参照）

【石の毒気 いまだほろびず、蜂 蝶のたぐひ、真砂の色の見えぬほどかさなり死す】

〔元禄〕 ※家集 殺生石と題して、石の香や夏山《(草)》赤く露暑し ※

〔洗心〕 石の毒気……重り死す〕私にこれを考るに、此山中こと〴〵く硫黄礬石の精気ミち〳〵たるが・

ゆへにかゝる災をなせるにて、其石とさすべきもの一個に限れるにハあらざるべき歟。

〔下露〕一本ニ、石の香や夏草赤く露暑し。

【清水ながるゝの柳】

〔鈔〕世俗遊行柳ともいふよし。是奥州の口也と云。

道のべにしミづながるゝ柳かげしバしとてこそ立どまりつれ　西行法師

〔可常〕（◎「俗遊行柳とも云よし。是奥刕の口なり」と注記）

新古〔道のべに清水流るゝ柳陰しバしとてこそ立どまりつれ　西行

〔菅菰〕清水ながるゝの柳ハ、西行の哥に、道のべにしミづ流るゝ柳かげしばしとてこそ立どまりつれ。是よりしての名なり。今は土人遊行柳と云。諷物の俗説によるなり。此柳ハ蘆野の宿の北はづれ西のかた、畑の中に八幡宮の社ありて其鳥居の傍に残る。

〔傍注〕此柳ハ寔に土俗の説にして偽なり。芦野の宿の北はづれ西のかたの畑の中に八幡の社ありて其鳥居の傍に残る。

〔解〕清水流るゝ柳かげ」は芦野ゝ《（の）》里にあり、遊行柳ともいふよし。西行法師家集に、道の辺の清水流るゝ柳かげしバしとてこそ立留りつれ。芦野ゝ里柳の側に在鎌足の祠とて有り。尤小祠也。

〔元禄〕＊新古　道のべに清水ながるゝ柳かげしばしとてこそ立どまりけり《ママ》　西行法師　＊

〔寛政〕道のべに清水流るゝ柳かげしばしとてこそ立ちどまりつれ　西行

〔五視〕世俗遊行柳ともいふよし。道のべに清水流るゝ柳かげしバしとてこそ立どまりつれ　西行

こそ、立よりて、侍つれ、本哥ニかゝりての文法優なるかな。

〔沙鷗〕清水流るゝ柳　新古今集、題不知　道のべの清水ながるゝ柳陰しバしとてこそ立どまりつれ　西行法師

新古今増抄の中、古抄ニ曰、炎天のくるしき道を過行に柳の陰に清水流るゝを立よるべき所也。結句に立ど

まりつれと言、字眼也。此柳陰もとめぬ納涼の地なれば、そとの間と思ひて立寄たれば、涼しさに心をとられて行べき道をもわすれて時刻をうつしたるといふ心あまりてはべる。しばしとてこそ立どまりつれ、かやうに程を経くらさんとハおもハざりしものをとはてたる哥なり。立どまるといふハちとのほどなどいふやうの義也。兼載聞書ニ、立どまりなどゝ同じ事と見るべからず。つれの文字奇特也。暫とおもひ立どまりつるに日をくらし時をうつしけるよといふこゝろなり。謡曲拾葉ニ、東野劢云、炎天のくるしき道を過行に柳の陰に清水流るゝを見てハ立寄るべき所也。結句に立どまりつれと言字此眼也云々。立寄侍つれ同意歟。

〔**洗心**〕清水ながるゝの柳〕菅ニ、道の邊のしミづ流るゝ柳かげしばしとてこそたちどまりつれ　西行　○西行柳遊行柳ともいへり。

〔**註**〕大治二年十月十日頃鳥羽殿に御幸ならせ給ひて、初めて御所の御障子の繪共叡覧有に、誠にゆふなる御気色にて、其頃の哥詠達、經信 匡房 基俊并憲清等を召れて、此繪共を題にして各々一首の詠を奉るべしと仰下されけるに、面々にいとなミよまれけるに、中にも憲清其日の内に仕て奏し奉る哥十余りの内、清水流るゝ柳陰に旅人の休むさまを画たる所を、

道野邊の清水流るゝ柳陰しばしとてこそ立どまりつれ

西上人、憲清の時の詠也。遊行柳ハ海道の西北にあり。徃昔柳の情(精)童子に化して遊行上人の札及十念を請る。是にて遊行の名あり。近き頃沾揚《ママ》柳寺と云遊行派の寺ありしよし。今ハなし。南岳院と申山伏の預るよし里人申。貞徳門人兼載法橋の菴松今ハ是もなし。遊行山より未申に当て愛宕山と申所に小き社在。兼載老人の菴も此所也と申傳ふ。芦野駅より八丁程登也。兼載老人ハ會津猪苗代の産也。小平泻兼載天神社在。下毛古阿之脇村に墓在りと申。可尋。文明の人。戸邦(部)氏、今ハなし。芦野宿の外邑と申。検断の氏にて徳右衛門と云。今存ス。是の家の先なる人にても在や。可考。

芦野の小流を奈良川と云。古代奈良和気の王子の住給ふ故跡在。柳より南の方田の中、牛頭天王の社在、此所と申。南良に似たる所とて名付らるゝとなり。

ミちのくの関のふもとの衣が井ながれのすゑハ南良川となる　よミ人しらず

衣が井ハ関明神の北東の方、道の爪下りにあり。

桂林集

兼載法師の墓ハ下総古河の北の和田と云所にあり。

つくば山しげき言葉の花の露苔の下にも光ミゆらん

直朝

と哥にありと申傳ふ。

〔百代〕　清水流　山家集、道のべの清水流るゝ柳かげしばしとてこそ立どまりつれ。菅菰に、蘆野ゝ宿の北はづれ西の方畑の中に八幡宮あり。その鳥居の傍に残る。蘆野ハ往来の駅ニて那須七騎のうち蘆野何がしの旧里なりとあり。又、遊行柳ともいへるよし。むつちどりにミへたり。

〔鼇頭〕　○清水流るゝの柳ハ、西行の哥ニ、道の辺にしミづ流るゝ柳かげしばしとてこそ立どまりつれ

〔通解〕　新古今集夏の部、題しらず　西行法師

道のべの清水流るゝ柳影しばしとてこそ立どまりつれ

大木の柳に垣を結ひて昔の根ざしとし、右の方に道のべの清水とて清き流あり。但立どまりつれと云字此眼なり。兼栽（載）聞書云、立どまりけれなどゝ同じ事と見るべからず。つれのつ文字寄特《ママ》也。暫くと思ひて立どまりつるに、日をくらし 時をうつしけるよ と云ふ心也云云。されバ翁も立寄り侍りつれとはしるし玉ひしなるべし。然れども西行此柳を見て、道の辺のうたをよめるといふ事、新古今集の詞書にも見へず。是ハ繪にしるされしうた也といへり。道の辺の清水ハ附會の説なるや。またハ此うたによりて事を好むものゝ名づけたるや。かゝる事世に多し。

むつ千鳥に、遊行柳、芦野入口一丁右へゆき、田の畔に有。不絶清水流るゝ、と見へたり。

【蘆野の里】

〔**菅菰**〕 蘆野ハ往来の駅にて、那須七騎のうち蘆野何某の舊里なり。

〔**元禄**〕 ○蘆野〉 和名抄 安積郡。葦屋アリ。是歟。

新古 〽道のべに清水ながるゝ柳かげしばしとてこそ立どまり×けれ よりにツレ 西行法師

（右の文と歌を貼付紙にも記すが、略す。その歌の第五句は「立どまりけり」）

〔**通解**〕 和漢三才圖會を*按る処《に》、下野の国芦生《ママ》より奥刕白坂へ三里、其間両國の堺明神あり。白坂より白川へ一里半餘、白川の関あり。出口に阿武隈川流れ、其次に追分ありて、二本松 山形 米沢等所〻へゆくと見えたり。芦生ハあしのふとよむ。芦野の里是なり。

〈洒本 按るに〉

【此所の郡主】

〔**洗心**〕 此所の郡主〉 那‐須‐家の類‐葉にて、迺《チ》蘆野をもて氏とす。

【戸部】

〔**菅菰**〕 戸‐部ハ民‐部ノ唐‐名也。但、此戸部《トベ》ハ苗‐氏カ。

〔**京大**〕 送《ス》三趙‐戸‐部ノ出《テ》守《ルニ》二淮‐陽《ヲ》一。趙未《ダ》レ詳《ニ》二其人《ヲ》一。戸‐部尚‐書左‐右侍‐郎掌《ル》二天下戸‐口田糧之政命《ヲ》一。

〔**洗心**〕 戸部〉 菅《ニ》、民部の唐名也。

〔**註**〕 （前掲【清水流るゝの柳】参照）

〔**百代**〕 戸部某〉 （見出し語のみで解説なし）

〔**歌枕**〕 ○戸部ハ唐官名也。日本ノ民部ニアタル。サレド是ハ苗字ナルベシ。

〔**通解追加**〕 戸部某〉 芦野民部、那須七家の内なり。

【今日此柳のかげにこそ立より侍つれ】

〔**鈔**〕 こそ立より侍つれ〉 本哥にかゝりての文法優なる哉。

〔**可常**〕 （◎「本哥によりて優なる文法也」と注記）

〔**歌枕**〕 ○西行の哥をたち入たる文勢也。〽道のべの清水ながるゝ柳かげしばしとてこそ立どまりつれ

【田一枚植て立去る柳かな】

〔**鈔**〕 寄るを去るに轉じて一樹を領せられたり。哉又奇なり。文選猛虎行、渇《シテ》不レ飲《マ》二盗泉《ノ》水《ヲ》一。熱《シテ》不レ息《イコハ》二

悪木ノ陰一ニ。

〔**可常**〕（◎「寄るを去るに轉じて一樹を領せられたり。哉又奇也。文ゼン猛虎行、渇シテ不レ飲二盗一泉水一、熱シテ不レ息二悪木ノ陰一」と注記）

〔**菅菰**〕此句はじめハ七文字うへて立よる と有。按ずるに、それにてハ早乙女の立よるにも動き、且よるは前書に有て句中にハ言におよバず、かた〲一句の風情うすし。立去るとすれバ餘情に西行の哥を受て、我はしバしがほどゝ思ひしに、早乙女の田一枚植る間、此柳がもとに下涼して、今立さると、爰に意を含たる再案なるべし。是にて、前書のつなぎ名物のなごり、何れもよくとゝなひ侍る。是らにて発句に前書の仕方をも察し弁ふべし。

〔**傍注**〕初案ニ寄ると置ク。後ニ去ルとす。寄るにては早乙女の立よるにも動き、又寄る意は前書にもあり。かた〲にて餘情に西行の哥を受けて立去るとせられたり。光陰の速なる観あり。

〔**解**〕句解に云、西行法師ハ、いそがるゝ旅路なれども、心こめて、しバし立留りけれと、詠ぜし也。翁ハ立留りたくはおもひども、松嶌の月に、心いそがれて、よふやくに、田壹枚植たるをさへ眺めて、立去りぬ。爰に変態の法を立る、滑稽の妙用と称すべし。然るを、或人此哉を難じて云。立去る柳哉とハ留らず、いかゞと問、予答て云、哉の事ハ和哥連哥共に、大事とする処也。されども俳諧には連哥の切字の法を慕ふて、意を慕わず、と云先言あり。尤連哥の切字の名目までも用る事ハ、世の知る処也。将タ連哥ハ詞の續がらを第一とす。俳諧は連哥の法ハ追ふといへども、連哥の如く詞續がらを専らとすれば、一句よわく、連哥めくゆへに、誓ひ續かぬ哉といふとも、一句の字眼とも思ふ所は知てやはり、立去る柳哉ともする也。又、立去る柳かげとも、能きようなれども、是又柳哉といはんより、語勢よわき也。されバ、俳祖の詞にも、むかしは連俳といふわいだめなし。其中に詞の幽玄なるを連哥とし、詞の俗なるを俳諧と定むと、いへる傳法もあれバ、此柳の句にも限らず、切字に連哥の差別取捨の

傳在と示ス也。

〔元禄〕 立去る〕（本文「去る」の右に弧線を引き「後による」と注記）

〔京大〕 ＊古哥、みちのくの清水ながるゝやなぎかげしばしとて立寄にけれ どまりつれ　西行＊

（本文「立去る」の右に「よる　後ニ去る」と注記）

〔五視〕 田一枚 ——〕寄るを去ルに轉じて一躰を領せられたり。哉又奇なり。

文選猛虎行、渇シテ不レ飲二盗泉水一。勢シテ不レ息ハ二悪木陰一。

〔洗心〕 〔田一枚植て〕ゐるうちしバし見て〔立（去る夯 と古哥を一等むかふへ活用したる也 かな〕

菅の解尤よし。されど事長ければこゝにはぶき、その解の大意をかりて傍註とハなしぬ。意ハ梨一にして、詞ハ舎来なりといハんのミ。

〔百代〕 田一枚〕中七はじめハうへて立よるとせられし。支考が古今抄にはこれによれり。今按るに、前文にこの柳のかげにこそ立より侍りつれとあれバ、句又立よるとしてハ句勢よハし。故に立さると再案し給ひて、前文の文勢もつよく、尚また西行の哥を一ときハすり上たる作意と聞え侍る。菅菰も予が云所に等し。猶、朱紫を照考すべし。

〔句解〕 田一枚植て立去る柳かな

句選ニ、植て立たるト有。

註ニ曰、奥州芦のゝ柳ハ西上人の哥によめる柳なりと昔よりいひふらす。

道野辺に清水流るゝ柳かげしばしとてこそ立どまりつれ

尤此哥は名所にあらずとか。只西行の哥の名高きをもつて後人いひなせるよしなれども、俳諧にハ尤とるべし。田一枚うへて立たる柳を女にとりなしたり。金花傳、解云、芦野ハ下野国ニ有。道のべに——此哥の心を取りてしばしとこそやすらひつれ。はや田一枚植けるよと驚き立去りたる旅情なり。太如此曰、句法摸写變態口授。

嚢ニ、早乙女を誉たる句也。たをやかなる柳腰の女共

が田一枚を植て各立さりしと也。
朱曰、新古今西行法師、道のべに――立どまりつれ。ばせをは西上人の風骨をしたはれけれバ、下心にハ其趣意こもるべし。夏柳の緑をひとつ色に早苗とる手の隙なく面白き折から、此柳かげにしバらく立どまりしに、おもひの外時を移し、田一枚うゑて立去りしと也。清水流たるを早苗にかへたる、力有てきこゆ。是ハ題を得て情を起せし風調にあらず。其所に至りて詠嘆《エイタン》のあまり也。又、此句に付て立のく立よるといふ事を申せども、それハはやく連哥にて沙汰セし事にて、今更めづらしからねば申侍らす。又、道のべに清水流るゝの哥ハ、大治二年の頃鳥羽殿へ御幸ならせ給ひて、はらしめたる御所の障子の絵のおもしろかりけるを御覧じて、その時の哥よミどもを召れてよませられしとき、則清(憲)をも召てよませられしに、十首を一日によミて參らせける。其十首の中に清水ながれたる柳の陰に水むすぶ女房をかゝれたるをミてよめるよし、西行記の巻物に見えたり。西行いまだ出家せず則清といひし時の哥也。是絵に書つけんためによませられし也。右のごとく俗の時絵に題したる哥なるゆへ、たゞ景ばかりをよめるなり。然るに人の心ハ柳がもとの清水のごとく流れやすきものとなりなどの説は、則清が本意にあらず。此歌に限らず、古哥を釈するに作者の本意にもあらざる佛教心法の義などを拊会(附会)して説を作るハ、理窟を以てあたら哥の風雅を失ふ事あり。俳諧の句を釈《トク》もなをしかり。又、此吟ハ其事跡《ジセキ》の真偽《シンギ》にさのミかゝハらず。此所の郡主戸部何某の此柳ミせばやなど折〳〵の給ひ聞え給ふに任せて立とゞまりての吟なるべし。

〔下露〕一本ニ、田一枚植て立よる柳哉とあり。

〔歌枕〕○懐旧に心をとられて田一枚うへ仕廻ふまで居たると也。

〔通解〕翁の吟ハ古今抄に、翁の句はじめ立よる柳かなとありしハ、西行の道の辺の柳のうたの意をはこび、田植の姿もすゞしげに有りしに、清書にいたり、立去る柳かなと定りたるよし。但田一枚植仕舞ふを見て、

立去りしといふ意也といへり。委敷ハ説叢俟後抄にあり。

〔**解説**〕 田一枚植て立去る柳かな

清水流るゝの柳ハ芦野の里に有て田の畔に残ると紀行の文あり。古今抄に、柳の一章ハ奥の須賀川なる人の便りに植て立よる柳哉と、其頃の文通に書傳へ云云。優劣を評せば、前の立よるハ後の立去るにまさりて西行のうたの意をはこび田植の姿もすゞしげにといはん歟云云。西行のうたハ新古今集題しらず、道のべの清水ながるゝ柳かげしばしとてこそ立どまりつれ。此詠の事なりとぞ。此柳かげハ、もとめぬ納涼の地なれば少の間と思ひて立寄りたれバ、涼しきに心をとられてゆくべき道をも忘れ、時刻をうつしたるといふ心あまりてしばしとてこそたちどまりつれ云云。されバ芭蕉も田植の面白さに芦野の柳の陰に立より、思はず田一枚植るを見て時をうつしたり。かやうに程を經んとハ思ハざりしものをとの心言外にあるべき也。立寄るにてハ早乙女の田一枚植上て柳陰にすゞみたるとの事にて、柳に女の立休らふ体の画賛の俤にや。去りながら田植の面白きに思はず立どまり一枚植るを見早り、涼しき柳陰をはじめて知り立よりたるにや。立よりて又時刻をうつすハ西行の詠のごとくなるべし。されバ支考の立よる方まさりたるとハ申せしならん。芭蕉其巧に過たれバ立去るとしかへて細道の清写をも命ぜられしなるべし。むつ千鳥に、遊行やなぎ芦野の入口一町右へゆき田の畔にあり。不絶清水流るゝと見へたり。納涼によろしきを察すべし。是より奥州白坂へ三里、白坂より白川へ一里半餘ありと云。

〔**永機**〕 道のべの清水流るゝ柳かげしばしとてこそ立どまりつれ　西行法師

〔一二〕 白河の関

心許《こころもと》なき日かず重《かさな》るまゝに、白川《しらかは》の關《せき》にかゝりて旅心《たびごころ》定《さだま》りぬ。いかで都へと便《たより》求《もとめ》しも断《ことばり》(理)也。中にも此關《このせき》ハ三関《さんせき》の一《いつ》にして、風騷《ふうさう》(騒)の人《ひと》心をとゞむ。秋風を耳に残し、紅葉《もみぢ》を俤《おもかげ》にして、青葉の梢《こずゑ》猶《なほ》あはれ也。卯《う》の花《はな》の白妙《しろたえ》に、茨《むばら》《いばら》の花の咲《さき》そひて、雪にもこゆる心地《ここち》ぞする。古人冠《かんむり》を正し衣裝《いしやう》(裳)を改《あらため》し事など、清輔《きよすけ》の筆にもとゞめ置《おか》れしとぞ。

卯《う》の花《はな》をかざしに關《せき》の晴着《はれぎ》かな　曽良《そら》

【心許なき日かず重るまゝに】

〔鈔〕　源氏かげろふの巻のこと葉に、心もとなき花のすゑ〴〵とあり。岷江の注、怺の草〴〵成べしと有。

〔可常〕　（◎「源、カゲロフ巻ニ、心もとなき花のすゑ〴〵と有」と注記）

〔解〕　覚束なき日枚(数)重る侭也。前段のホ句に植て立去るといふ釈也。

〔五視〕　心許〕　源氏かげろふの巻の詞に、心もとなき花のすゑ〴〵ト有。岷江入楚ノ注、怺の草〴〵なるべしとあり。

【白川の關にかゝりて旅心定りぬ】

〔鈔〕　有書ニ云、孝徳天皇の御宇、諸國の関の冣初也と。山家集下ニ、陸羽へ修行にまかりけるに、白河の関にとまりて所がらにや常よりも月おもしろく哀にて、能因が秋風吹と申けんをりいつなりけんと思ひ出られて、

名残おほくおぼへけれバ関屋のはしらに書付ける。
白川の関屋を月のもる影は人の心をとむるなりける
都出し日数思ひつゞけければ霞とともにと侍ることの
あとたどるまできにける。心ひとつにおもひしられて
よみける。
都出てあふ坂越し折までは心かすめししら川のせき

〔**可常**〕（◎「孝徳天皇ノ御宇諸國関ノ㝡初ト云」と注記）

山家集下、陸奥へ修行にまかりけるに、白川のせきにとまりて、所からにや常よりも月面白く哀にて、能因が秋風吹と申けんをりいつなりけんと思ひ出られて、名残おほくおぼへけれバ、関屋の柱に書付ける。

〽白川の関屋を月のもる影ハ人の心をとむるなりけり

〔**菅菰**〕此関は奥州の入口宮城郡の名所にて古哥多し。
○按ずるに白川より前白坂といふ驛の南に下野と陸奥との境あり、境の明神とて二社並び立り。南ハ下野北は陸奥の社也と云。此所或はむかしの關跡なるべし。今白川と云ハ榊原家の城下にて驛宿なり。

〔**傍注**〕宮城郡なり。今案るに、白川より前、白坂といふ驛の南に下野と奥州との境あり、境の明神とて二社並びたてり。南ハ下野、北は陸奥の社なりといふ。此所むかしの關あとなるべし。今白川といふは城下の驛なり。

〔**解**〕蝦夷文段（談）抄云、白川の内也。同郡に有二関山一、古道は關海道といふ。今海道東也。二所明神有りと云ゝ。白氏文集ニ、出関路ノ詩に、蕭條ニシテ去レ国意、秋風生ニ故関一云心也。

〔**元禄**〕○白河關〕

能因法師　俗名永愷《ヤス》。号古曽部入道。橘諸兄公末孫也。古今著聞《ママ》云、能因ハいたれるすき物にて有けれバ、

後拾〽都をバ霞とともに立しかど秋風ぞふく白川の関

とよめるを、都に有ながら此哥をいださん事念なしと思ひて、人にもしられず久しくこもりゐて、色をくろく日にあたりなして後、陸奥くにのかたへ修行の次によみたりとぞ披露し侍りける云ゝ。二度下向の由あり。於一度者実歟。云二八十島記一云ゝ。

拾イ 〽便あらバいかで都へ告やらんけふ白川の関ハこえぬと　平兼盛
千 〽もミぢ葉のミな紅に散敷バ名のミ也けりしら川のせき　親宗
続古 〽あふ坂を越だにはてぬ秋風にすゑこそ思へ白川の関　寂連《ママ》
新後撰 〽音にこそ吹とも聞しあき風のそでになれぬるしら川の関　頼範女
〽白河のセきの紅葉のいかにして月に吹しく夜半の木枯　家隆
〽しら川のセきの関守いさむとも時雨ゝ《る》秋の色ハまさらじ　定家
千 〽見て過る人しなけれバ卯花のさける垣根やしら川の関　季通
※句撰ニ、奥州今のしら川に出る　早苗にも我色黒き日数哉　※
○山家ニ、能因が秋風ぞふくと申けんおり、いつなりけんとおもひ出られて、名残おほくおぼへけれバ、関屋のはしらに書付ける。
白川の関屋を月のもる影ハ人の心をとむるなりけり
○同、都出し日数思ひつゞけければ霞とともにと侍ることのあとたどるまゞきにける。心ひとつにおもひしられてよミける。
都出てあふ坂越し折までハ心かすめし白川のせき
〔京大〕　ミヤコヲバカスミトトモニ立出テモミジチリシク白川ノセキ　頼政
後拾遺　羇旅部
都をバかすミとともに出しかど秋風ぞふくしら川の関
拾遺集　平兼盛
便りあらバいかで都へ告やらんけふしら川の関ハこえぬと
山家
能因が秋風ぞふくと申けんおり、いつなりけんとおもひいでられて、名残多く覚へければ、関やの柱に書付ける、
白川の関やを月のもるかげハ人の心をとむる也けり

〔**五視**〕　関〕　有書ニ、孝徳天皇の御宇諸国の関宬初也とぞ。

山家集下ニ、陸奥へ修行ニまかりけるに、白河の関にとまりて、処からにや常よりも月面白く哀にて、能因が秋風吹と申けん折いつなりけんと思ひ出られて、名残多くおぼへければ、関屋の柱に書付ける。

白河の関屋を月のもる影ハ人の心をとむるなりけり

〔**沙鷗**〕　白川の関　拾遺集、便あらバいかで都へ告ざら《ママ》んけふ白川の関はこゆると　平兼盛

和漢名数ニ、日本ノ三関、相坂　鈴鹿　不破ト有リ。白川ノ関ヲ三関之一ト言事未詳。

又、枕艸子ニ、関ハ相坂の関　すまの關　鈴鹿の関　くきたの関　白川の關　鼠の関　下略。

俗艸子云、竹田太夫國行と言者、陸奥下向の時、白川の関過る日は殊に装束をつくろひてむかふ。人問云、何等の故ぞや。答云、古曽部入道　秋風ぞ吹く白川の關とよまれたる所をいかで罄《ママ》形にてハ過んと云々。殊勝の事か。

千載集、見て過る人しなければ夘の花の咲る垣根や白川の関　藤原季通

同、東路も年も末にやなりぬらん雪降にけり白川の関

僧都印性

東鑑ニ曰、文治五年何(七)月廿九日丁亥越白川ノ関、給明神御奉幣。此間召景季。當時初秋也。能因法師古風不思出哉之由被仰出、景季扣馬詠一首、怺風に草木の露を拂せて君が越れば關守もなし

〔**洗心**〕　白川の関〕　菅ニ、此関ハ奥州宮城郡の名所にて古哥多し。按に、白川より前白坂と云駅の南に下野と陸奥の境あり、境ノ明神とて二社ならび立り。南ハ下野、北は陸奥の社なりと云。此所或ハむかしの關跡なるべし。今白川と云ハ榊原家の城下にて、驛宿也。〇是こと〴〵く非也。まづ白川ハ郡の名にして、一郷一邑の名にはあらず。又宮城郡といへるは、此所より遥四拾里餘も北にて、仙臺の府の内外ミな是に屬せり。又、蝶夢が梓行せし芭蕉発句集のうちにも、奥州今の白河の關に到ると詞書して〽早苗に

も我色黒き日枚哉、と出せり。是にてもしりぬべし。又、古の奥街道ハ遥右の山中にて、関の跡も又しかり。さるを近ごろ、白川矦（侯）の隠君羽林次将源ノ定信朝臣古をとぶらふの文章を作り、碑にものして關跡にのこされたれば、千歳の後といふ其事実を失ふべからず。はた今往還に在所の關ハ二所ヶ関といふなるよし。

〔註〕 清輔の袋双紙に、竹田の太輔国行と云者、奥刕下向の時白川の關過る日殊に裝束をひき繕ひ向ふと云云。人問て曰、何等の故かな。答て曰、古曽部入道の秋風ぞ吹白川の關と詠れたる所、いかでか其《ママ》なりにて越んやとあるハ殊勝の叓也かし。

和漢三才圖彙　人皇卅七代孝徳天皇朝所立也。是諸關門之最初也。

拾遺集　便あらばいかで都へ告やらむけふ白川の關ハこえぬと　平兼盛

千戴（載）集　都をばまだ青葉にて出しかど紅葉散しく白川の關　頼政

続拾遺集　都をバ霞とともに出しかど秋風ぞ吹白川の關　能因法師

嘉應二年法住寺殿關路の落葉と云題にて哥合在ける時に勝に出るとぞ。此哥頼政能因の哥と同案非と也。俊恵上人の古叓、今川了俊の文在。

〔百代〕 白川関〕 奥州白川郡にあり。合類に、其地属二京師東北ノ隅一ニ。故ニ曰二鬼門関一ト。凡東海道行旅シテ而到二奥州羽刕一者歴二野州一而皆據二此関一。過二常州一者入二于名古曽ノ関一。故ニ土俗合呼二謂之二所関一といへり。此関ハ人王三十七代孝徳天皇朝所レ立、是諸國関ノ宬初也ト云。

〔下露〕 一本ニ、

関守の宿を水鶏に問ふもの
早苗にも我色黒き日枚かな
西か東か先早苗にも風かほ《ママ》る

廿一日白川中町左五左衛門を尋。大野半治案内して白川より四里半先矢吹に宿、と曽良が日記にあり。

〔鼇頭〕 ○白川ノ関ハ奥刕ノ入口宮城郡ニて名所也。旧

説ニ、逢阪 鈴鹿 不破ヲ三関ト云。日本三関ハ逢阪 須广 白川也。また不破 鈴鹿をくハへて五関トす。

〔**通解**〕按るに、白石の関にかゝりてとは、白川の関とあるべきを、傳写の誤れるなるべし。孝徳天皇の御代に立る処、是諸国関所の始なり。白川の関ハ白川郡にあり。

陸奥千鳥云、宗祇《ママ》もどしへ下り、加嶋 桜ヶ岡 なつかし山 二形山 何も順道也。是より関山へ登る。峯に聖観音、聖武皇帝勅願所 成就山満願寺。坊の書院よりの見渡し、白河第一の景地也。此所往昔の関所と也。本道二十丁下りて城下へ出、関を越る。阿武隈川ハ白河町の末、流れハ奥の海へ落る云云。

（以下は底本巻之五の巻末「蛤のふた見に…」の句解の後に記す文の一部であるが、内容的に関係があるので、この位置に移した）

愚秘抄云、能因法師の秋風ぞふく白河の関といふうたをよみ出して、此うたハ其羇中にさしむかはでは無念なるべきが故に、是を披露せん為に、洛中の好士等に東の修行に出る由のいとま乞ひて、半年に及び居所にわざと二階の所をかまへ、軒の板を日のさし入るほどこぼちあけて、面を日にあてゝ黒めて指出て、修行より今来りぬとて、此うたを披露しけるとかや。されバやさしと思ひ玉へるやらん。後拾遺集に羇旅の部に、みちのくにゝまかり下りけるに、白川の関にてよみ侍りける、能因法師、

都をバ霞と共に出しかど秋風ぞふく白川の関

とそのうたを出されたり。されバ袋双紙にも、能因実に奥州に下向せず、二度下向の事あり。其ひと度ハ誠歟とうたがひしるせる也。能因哥枕といへるも偽書なるよし。さるを象潟に能因嶋あり。武隈の松そのほか所どころの詠歌も、白川の関のごとくあらバ撰集に入り、又ハ其所のうたとはなし侍り。所の詠歌あれバ、誠に下向ありとし、其旧蹟をも誠とせる類ひ、其実ハ白川の関のうたの如く撰集に入り、又ハ其所のうたとなし侍りしにや。坤元儀といへる書をあらはせしも、又道を重んずるの事好ミなるべしと也。然れば歌人ハ

居ながら名所をしり、都より白川の関の花をも見るなどよみ侍りける具眼の人も有りけるならし。

【いかで都へと便求しも断也】

〔鈔〕拾遺　便りあらバいかで都へ告やらんけふしら川の関はこえぬと　兼盛

〔可常〕拾遺　〽便あらバいかで都へ告つら《ママ》んけふ白川の関をこへぬと　兼盛

〔菅菰〕拾遺集　便あらバいかで都へ告やらんけふ白川のせきはこゆると　平兼盛

〔傍注〕拾遺集　便あらバいかで都へ告やらんけふ白川の関はこゆると　平兼盛

〔解〕拾遺集　〽便有らばいかで都へ告《ゲ》やらんけふ白川の關は越へぬと　平兼盛

〔寛政〕拾遺集　便りあらばいかで都へ告やらんけふ白川の關ハ越ると　平兼盛

〔五視〕都出し日枚思ひつゞけけれバ霞と共にと侍ることのあとたどるまできにける。心一ツに思ひしられてよミける。

都出てあふ坂越し折迠ハ心かすめし白川の関

拾遺　便りあらバいかで都《江》告やらんけふ白川の関ハこえぬと　兼盛

〔洸心〕断也〕断ハ理の誤写ならん。菅ニ、後拾《ママ》‐遺‐集

〽便りあらバいかで都へつげやらんけふしら川の關はこえぬと　平ノ兼盛

〔百代〕いかで〕後拾《ママ》遺、平兼盛、便あらばいかで都へ告やらんけふしら川の関はこへぬと

〔歌枕〕○［拾遺］便あらばいかで都へつげやらんけふ白川の關ハこえぬと　平兼盛

〔通解〕拾遺集　兼盛、
便あらバいかで都へ告やらんけふ白川の関ハ越へぬと

〔永機〕たよりあらバいかで都へつげやらんけふ白川の関はこゆると　平兼盛

【三関の一】

〔鈔〕和漢名数ニ云、日本三関、相坂　不破　鈴鹿と。
今ニ云、鈴鹿　不破　愛発と有。略出ス。
私ニ云。此三関といへるは陸奥一州のことにや。

〔**可常**〕（◎〽「和漢名枚ニ云、相坂　不破　鈴鹿。」
「私ニ云、陸奥ノことにや」と注記）
〔**菅菰**〕舊説に逢坂鈴鹿不破を三関と云。白川の関を三關の一とする事ハ、いまだ聞ず。
〔**傍注**〕此三関の一、據所慥ならず。
〔**解**〕拾芥抄に云、日本三関は、近江の勢田、伊勢の鈴鹿、美濃不破、此三關也。爰には陸奥の三關の一と云ふ事也。陸奥の三関ハ、名古曽の關、白川關、衣の關。後拾遺、名古曽の関〽東路の名こその里もある物をいかでか春の越て來ぬらん　源師賢朝臣。又千戴《(載)》集に、白川の關〽紅葉ばの皆紅に散しかバ名のミなりけり　白川の関　右大辨親宗。又詞花集、衣の関〽もろ共に畳まし物をミちのくの衣の関をよ所に聞く哉　和泉式部。
〔**元禄**〕＊三關〕拾芥ニ云、勢多鈴鹿不破。＊
＊○貝原氏名数、相坂鈴―不―。＊
○日本後紀六、延暦廿五年三月　遣使固守伊勢　美濃越前三国故關云々。

○軍防令云、其三關者義解云謂伊勢鈴鹿　美濃不破越前廿六ウ愛発《アボチ》等是也。
○続日本紀巻十八ウ云、神亀五年夏四月丁丑十一日、陸奥国、請新置白河軍團、又改丹取軍團為玉作團、並許之云々。
〔**京大**〕逢坂鈴鹿白川三関也。
〔**五視**〕和漢名枚ニ、日本三関、相坂不破鈴鹿。
〔**洗心**〕三關の一にして〕旧説ニ逢坂鈴鹿不破をもて本邦の三関とハいへり、白川を三関の一とせる事、宲いぶかし。
〔**註**〕三關ハ（近江）逢坂（ミノ）不破（奥刕）白川。（下毛黒羽 ミチノク白川）領二所ケ關と云。峠に社二ッ在。二社共ニ玉津大明神［虫損］。奥州白川古關ハ今関山と云。寺在。今の海道東に当る幡《(旗)》宿と申所也。

秋鴉主人の佳景に題す
心《ママ》も庭もうごき入るゝや夏坐敷
西か東かまづ早苗にも風の音
關守の宿を水鶏に問ふもの欤《ママ》

〔**百代**〕三関〕逢坂鈴鹿不破、又、逢坂不破白川を

いふとも。

〔歌枕〕 ○古三關ト号ハ逢坂 鈴鹿 不破ノ三所也。コヽニ三関トイヘルハ奥州へ入ノ三関カ。今俗、白川名古曽ヲ二所ノ関ト云。（補注「一説、東ニ三關アリ。不破 逢坂 鬼門關ト云。鬼門ハ白川ナルヨシ。」）

〔通解〕 和漢名枚に、古所謂三関ハ、勢多 鈴鹿 不破といへり。白川の関ハ其外なり。後世、今切 箱根 白川を以て東国の三関とするにや。名所百首和歌聞書ニ云、関ハいづれもかための為也。都ちかきハ都の内より出る逆心のものをとゞめ、又登るものを改る也。白川の関ハ、奥のえびすのあらきものなれバ、其かためにすゑたり。然れバ何れの関よりも爰につはものをおく也云云。

〔永機〕 白川の関ハ日本三関の内ニあらず。奥羽国界中の三関といふ文勢成べし。うやむやの関 巣がせき 白川の関にや。

【風騒】

〔鈔〕 繰《ママ》の字、騒ならん歟。写誤にや。

〔可常〕 （◎［騒］は「騒ノ写誤か」と注記）

〔菅菰〕 本字ハ風繰《ママ》にて風雅にあそぶを云。或ハ通じて風藻 風操に作る。

〔解〕 私ニ云、風騒の字未考。但騒の字音同ジければ、素龍蒙記に、風騒とは典籍吟雅にわたる、風流の人をいふ也。杜甫詩ニ、山居精ニ典籍一、文雅渉ニ風騒一。騒の字若躁の誤りにや。譬へ躁の字にても解がたし。躁は論語に、言未レ及レ之而言謂ニ之ヲ躁一ト、注不ニ安静一。

〔洗心〕 風騒〕 菅ニ、風-雅に遊ぶを云。通じて風-藻 風-操に作る。

〔百代〕 風騒〕（見出し語だけで解説なし）

〔歌枕〕 ○風人騒客也。騒ノ字書写誤レ之カ。

〔鼇頭〕 風操《ママ》〕 フウソウ。七到功 節操。又風調ヲ曰レ操ト。又風騒トモ。風雅ニ遊モ《ママ》を云。

〔通解〕 風驗《（騒）》〕 風ハ風雅、騒ハ詩騒、何れも詩歌風流の雅人をいふ也。

【秋風を耳に残し】

〔鈔〕 都をば霞とともに立しかど秌風ぞふく白河の関

能因法師

〔可常〕〽都をば霞とともに立しかど㚑風ぞふく白川のセき　能因

〔菅菰〕後拾遺　都をバ霞とゝもに出しかど秋風ぞふくしら河のセき　能因法師　清輔ノ袋艸子《ニ》云、能因實ニハ不下向《セ》奥州《ニ》為《メニ》詠《ゼンガ》此《ノ》歌《ヲ》竊《ニ》籠居シテ下向《ノ》奥州《ニ》之由風聞《ト》云云。二度下向《ノ》之由アリ。於《テハ》一度《ニ》者實歟。書《ク》八十《ヤソ》嶋《ノ》記《ヲ》。古今著聞集に云、能因ハいたれるすきものにて有けれバ、此哥を都に在ながら出さん事念なしと思ひて、人にも知られず、久しくこもりゐて色を黒く日にあたりて後、陸奥の国のかたへ修行の次によミたりとぞ披露し侍る。

〔傍注〕後拾遺、都をバ霞とゝもに出しかど秋風ぞふくしら川の關　能因

〔解〕後拾遺集〽都をバ霞とともに出しかど秋風ぞ吹くしら川の関　能因。〽都にハまだ青葉にて見しかどももみぢ散り敷く白川の関　源政頼《ママ》。此二首の哥を心に吟じて、耳に残し、俤にして、對句といへる成《ル》べし。

尤当時青葉の頃なれば、紅葉の時を俤にしてと也。秋風耳に残してといふも、是又同じ心也。又重て釈し《ママ》也。紅葉を俤にして、今青葉の梢猶哀れなりと、顚側(倒)の作法と言ふべし。俤の字、字書になし。和《ノ》作字也。

〔寛政〕拾遺　都をバ霞とともに出しかど㚑かぜぞ吹しら河の關　能因法師

〔京大〕※秋風を耳に殘しハ、都をバ霞とともに出しかど　能因

紅葉を俤にしてハ、もミぢ葉〔の〕皆くれなひに散敷バ名のミ也けり白川の〔関〕　左大臣親宗《ママ》

青葉の梢なを哀也、都にハまだ青葉にて見しかども紅葉ちりしく白川の関　頼政。　哀ハ頼政が身のなる果也。※

〔五視〕都をバ霞と共に出しかど秋風ぞふく白河の関　能因

都にハまだ青葉にて見しかども紅葉ちりしく白川の関　頼政

〔洗心〕秋風を〕菅《ニ》、後拾遺集〽都をバ霞とともに

出しかど秋風ぞふくしら川の關　能-因。清-輔ノ袋-草-子ニ云、能-因実ニハ不レ下ラ二奥-州ニ一為レ詠《ゼン》ニ二此-歌ヲ一竊ニ篭-居《シテ》下二-向奥-州ニ一之-由風-聞《スト》云々。一-度下-向之由於《アリ》二一-度《ハ》一者実-歟。書《ク》二八-十-島ノ記ヲ一。古-今著-聞-集ニ云、能-因法師ハいたれるすきものにて有けれバ、此哥を都に在ながら出さんこと念なしと思ひて、人にもしられず久しくこもりゐて色を黒く日にあたりて後、陸奥國のかたへ修行のついでによみたりとて披露しはべる。

〔百代〕續拾遺《ママ》　能因法師、都をバ霞とともにいでしかど秋風ぞふく白川の関。

〔歌枕〕○後拾　都をバ霞と共に立しかど秋風ぞ吹白川の關　能因法師　○袋艸子　能因實ニハ不レ下二向奥州一之由風聞ス。竊ニ籠-居シテ下二向奥州一之由風聞云云。一度下向之由アリ。於二一度一者實歟。書二八十嶋記一。○古今著聞集　能因ハいたれるすきものにて有けれバ、此哥を都に在ながら出さん事念なしと思ひて、人にもしられず久し〔く〕こもりゐて色を黒く日にあたりて後、陸奥《ミチ》の国のかたへ修行の次によミたりとぞ披露し侍る。

〔龍頭〕○都をバ霞とゝもに立出《ママ》て烋風ぞ吹しら川の関　能因

〔通解〕秋風を耳に残しといへるハ、後拾遺集、能因法師、

都をバ霞と共に出しかど秋風ぞふく白川の関

〔永機〕秋風ぞ吹白川の関　能因

【紅葉を俤にして】

〔菅菰〕千載集　もミぢ葉の皆くれなゐに散しけバ名のミ成けり白川の関　左大弁親宗

〔傍注〕千載　紅葉ばの皆くれなゐに散しけば名のミなりけり白川の關　左大弁親宗

〔解〕（前掲【秋風を耳に残し】参照）

〔寛政〕千載集ニ、紅葉ゝ（ば）のミなくれなゐに散しけバ名のみなりけり白かわ《ママ》の関

〔京大〕（前掲【秋風を耳に残し】参照）

〔洗心〕紅葉を〕　菅ニ、千-載-集〔もミぢばのみなく

れなゐに散しけバ名のミ也けり白川の関　左ー大ー臣《ママ》
親宗
〔百代〕紅葉〕　千載　左大弁親宗、紅葉の皆くれなゐ
にちりしけバ名のミなりけりしら河の関
〔歌枕〕○千栽（載）もミぢ葉の皆くれなゐに散しけば名の
ミ成けり白川の關　左大弁親宗
○〽都にハまだ青葉にてみしかども紅葉散しく白川の
關　頼政
〔通解〕紅葉を俤にしてとハ、頼政、
都にハまだ青葉にて見しかども紅葉ちりしく白川の関
是等の詠によれり。
〔永機〕時雨するいなりの山の紅葉ばゝ青かりしより思
ひ染てき

【青葉の梢猶あはれ也】

〔鈔〕みやこにはまだ青葉にて見しかども紅葉ちりしく
しら川の関　頼政
〔可常〕〽みやこにはまだ青葉にて見しかども紅葉ちり
しく白河の関　頼政
〔菅菰〕都にはまだ青葉にて見しかども紅葉ちりしくし
らかハのセき　頼政。但、本文のあはれハ、頼政の身の
なる果ハあはれ成けり、とよミしあハれのごとく、天《アツ》
晴《バレ》と云事なるべし。
〔傍注〕都にはまだ青葉にて見しかども紅葉ちりしくし
ら川の關　頼政
〔解〕（前掲【秋風を耳に残し】参照）
〔元禄〕には未ダ青葉にてミしかども
イ ともに立出て
△都をバ青葉ながらに立しかどもみぢ散しく白川の関
頼政
〔寛政〕＊〔あはれ也〕あっぱれなりト云意。＊
〔京大〕（前掲【秋風を耳に残し】参照）
〔洗心〕青葉の梢〕菅ニ、〽都にはまだ青葉にて見しか
どももミぢ散しく白川のせき　頼政
〔百代〕青葉〕仝集　より政、都にハまだ青バにてミ
しかども紅葉ちりしく白川の関（「仝集」は千載集）
〔歌枕〕○〽都にハまだ青葉にてみしかども紅葉散しく
白川の關　頼政

〔**通解**〕猶哀也と云哀ハ、あつぱれなる意と見るべし。

【夘の白妙に】

〔**菅菰**〕千載集 見て過る人しなけれバうの花の咲る垣根やしら河の關 藤原季通朝臣

〔**傍注**〕千載 見て過る人しなけれバうの花の咲る垣根やしら川の關 季通

〔**解**〕新古今集〈夘の花の咲ぬる時は白妙のなミもて越ゆる垣根とぞ見る 重家

「茨の花咲添へて」茨ハうばらとよむべし。荊棘の字也。二ツながら下の文に雪にも越ゆる心地といわんとて、白妙の花の色を出セしもの也。

〔**寛政**〕千載 見て過る人しなけれバうの花の咲る垣根やしら河のせき

〔**京大**〕※夘の白妙、千載ニ、見て過る人しなけれバ夘の花の咲る垣根や白川の關 藤原季通

此間ハミな古哥也。俳文の鑑とす。

雪にも越る、東路もとしの（も）末にや成ぬらん雪ふりにけり白川の関 僧都印性。※

〔**洗心**〕夘の花の白妙に〕菅、千-載-集〈見て過る人しなければ夘の花の咲る垣根やしら川の關 藤-原-季-通-朝-臣

〔**百代**〕夘の花〕全集 藤原季通、見て過る人しなけれバうの花の咲る垣根や白川の関 （「全集」は千載集）

〔**歌枕**〕○[千載]見て過る人しなけれバうの花の咲る垣根やしら河の関 藤原季通朝臣 ○[千載]東路も年も末にやなりぬらん雪ふりにけり白河の關 僧都印性

○雪 夘の花とゝもに此關に讀ならハせり。故に茨の花ハ咲そひてといへり。

〔**通解**〕又千載集 藤原季通朝臣、見て過る人しなければ夘の花の咲る垣根や白川の関

【茨の花の咲そひて】

〔**菅菰**〕按ずるに、此前後の詞はすべて古哥故事をたち入ひたすらの優美のミにて、いはゞ哥人の文に似たるを、此一句にて皆俳文となれり。文章を学ばん人は是らをもて龜鑑とすべし。

〔傍注〕 此前後皆古哥のたち入レにて、いはゞ哥人の文にゝたるを、[此]《この》一句にて俳諧の文になしけるなり。

〔解〕（前掲**【夘の花の白妙に】**参照）

〔寛政〕 茨の花の〕此前後の詞ハすべて古哥故事をたち入、ひたすらの優美のミにていはゞ哥人の文に似たるを、此一句にて皆俳文となれり。文章を学ばん人ハ是等をもて龜鑑とすべしとぞ。

〔洗心〕 茨の花の咲そひて〕菅ニ、按るに此前後の詞は古哥故事をたち入、ひたすらの優美のの《ママ》ミにて、いはゞ歌人の文に似たるを、此一句にて皆俳文となれり。文章を学ばん人ハ是らをもて龜鑑とすべし。

〔百代〕 茨の花〕此前後古哥古事を載（裁）入れ、優美過たる文章なるを、茨の花にしをら□て誹文とハなれりとミる。

〔歌枕〕（前掲**【夘の花の白妙に】**参照）

〔通解〕（後掲**【雪にもこゆる…】**参照）

【雪にもこゆる心地ぞする】

〔菅菰〕 千載集 東路も年も末にやなりぬらん雪ふりにけり白川の関　僧都印性

〔傍注〕 千載　あづま路も年の末《ママ》にやなりぬらん雪ふりにけりしら川の關　僧都印性

〔解〕 龜山殿七百首〽雪ならばわけつる跡も有りなまし道たどるまで咲ける夘の花　定家。又、〽山里の夘の花垣の中つみち雪ふみ分ケし心地こそすれ。是等の心なるべし。

〔洗心〕 雪にもこゆる心地〕菅ニ、千-載-集〽東路も年も末にや成ぬらん雪ふりにけり白川の關　僧-都印性。○私にいふ、紅葉をおもかげといへるより此句に至るまで、すべて色だてをあやなせしもの也。土-佐日-記ニ黒崎の松原をへてゆく。所の名はくろく、松の色ハ青く、礒の波ハ雪の如くに、貝のいろハすハうにて、五色にいまひといろこそたらね。

〔百代〕 雪にも〕千載　僧都卯（印）性、東路もとしも末にやなりぬらん雪ふりにけりしら河の関

〔歌枕〕（前掲**【夘の花の白妙に】**参照）

〔通解〕 茨の花も又白妙に咲るより、雪にもこゆる心ち

ハすると申されしなるべし。雪をよめるうた又多し。

【古人冠を正し衣裝を改し事など】

〔鈔〕 袋艸子云。竹田大夫國行ト云者陸奥下向之時白川ノ関スグル日ハ殊ニ装束ヒキツクロヒムカフト云々。人問テ云ク何等ノ故ゾ哉。答云、古曽部ノ入道ノ秋風ゾフク白河ノ関ト読レタル所ヲバイカデケナリニテハ過シト云々。殊勝事欤。

〔菅菰〕 清輔袋艸子云、竹田ノ大夫國行ト云者陸奥ニ下向之ノ時、白川ノ關スグル日ハ殊ニ裝束ヒキツクロヒムカフト云々。人問テ云、何等ノ故ゾヤ哉。答テ云古曽部ノ入道ノ秋風ゾフク白川ノ關ト讀レタル所ヲバイカデケナリニテハ過ント云々。殊勝ノ事歟カ。古曽部入道ハ能因ヲ云。傳ハ下ニ見タリ。

〔傍注〕 竹田ノ大夫国行が古事也。袋艸子に出。

〔解〕 清輔袋草紙巻ノ三にいふ、竹田ノ太夫国行といふ者、陸奥に下向の時、白川の関過る日は、殊に裝束引繕ひ向ふと云ゝ。人問て云、何等の故ぞや。答云、古曽部ノ入道の、秋風ぞ吹く白川の関と、詠れたる所をバ、いかでかゝる形にてハ過んと云ゝ。殊勝の事也。又云、能因実ハ不為下向奥州、為此哥詠、引籠して、奥州へ下向のよしを風聞すと云ゝ。二度下向のよしあり。実か。書八十嶋記。

〔元禄〕 岱艸紙三云、竹田大夫国行と云者陸奥に下向の時白河の関過る日ハ殊に装束を引つくろひて向ふト云。人問云、何等の故ぞや。答口、古曽部入道の、秋かぜぞ吹白河の関とよまれたる所をいかで褻形にてハ過んと云ゝ。殊勝の事欤。

〔寛政〕 ※（以下は、〔一〕漂泊の思いの章【白河の關こえんと】の注であるが、ここに移した）古人冠を正し〕 清輔岱草紙ニ曰、竹田太夫國行ト云者陸奥ニ下向ノ時白河関過ル日ハ殊ニ裝束ヒキツクロヒムカフト云ゝ。人問テ云何等ノ故ゾヤ。答云古曽部ノ入道ノ秋風ゾ吹白河ノ関ト詠レタル所ヲイカデケナリニテハ過ント云ゝ。殊勝ノ事カ。古曽部入道ハ能因ヲ云ゝ《ママ》。※

〔京大〕 清輔袋草子三ニ云、竹田大夫国行ト云者、ミチ

ノクニ下向ノ時、白川ノ関過る日ハことに装束引つくろひむかふと云。人問而云ク、何等故哉。答て曰、古僧《ママ》部の入道ノアキカゼゾフク白川ノ関とよミたる所をバいかでかけなり〔に〕てハ過ンと云〻。殊勝の事欤と有。

○古曽部の入道ハ能因法師也。津のくにのこそべに旧跡あり。

〔五視〕 袋草子ニ云、竹田太夫国行ト云者、陸奥ニ下向之時、白川の関スグル日ハ殊ニ襞束ヒキつくろひ向フト云。人問テ曰、何等の故ぞや。答曰、古曽部の入道の秋風ぞ吹白川の関とよまれたる所をバいかでけなりにてハ過し《ママ》と云〻。殊勝の事か。

見て過る人しなければ夘の花の咲る垣根や白川の関

季通朝臣

新拾遺　秋風にけふ白河の関越て思ふも遠しふる里の山　後九条前内大臣

〔洗心〕 古人冠を正し衣襞を改し〕菅ニ、帒ー草ー子云、竹ー田ノ太ー夫國ー行といふ者、陸ー奥ー国に下向の時、白川の関過る日ハ殊に襞ー束ひきつくろひむかふと云〻。人問て云、何等の事ぞや。答云、古曽部ノ入道の秋風ぞふく白川のせきとよまれたる所をいかでけなりにてハ過んと云〻。古曽部ノ入道ハ能因をいふ。傳ハ下にミへたり。

清輔〕正ー四ー位ノ下大ー皇太ー后ー宮ノ前ノ大ー進。父ハ三ー位左ー京ノ太ー夫顕ー輔。

筆にもとゞめおかれしとぞ〕とあらハにいハざる所、例の謙退辞譲なるをや。

〔註〕（前掲【白川の關にかゝりて旅心定りぬ】参照）

〔百代〕 古人〕清輔袋草子に、竹田の太夫國行といふもの、陸奥に下向の時、白河関すぐる日ハ襞束ひきつくろひて向ふと云〻。人問云、何等の故ぞ哉。答曰、古曽部入道能因を云の秋風ぞ吹白川の関と詠れたる所をばいかでけなりにてハ過んと云〻。殊勝の事欤、とあり。

清輔〕（見出し語だけで解説なし）

〔歌枕〕 ○袋草紙竹田大夫国行ト云者陸奥ニ下向之時、白川関スグル日ハ殊ニ装束ヒキツクロヒムカフト云云。

人問云、何等故哉。答云、古曽部入道ノ秋風ゾフク白河ノ関ト讀レタル所ヲバイカデカケナリニテハ過ント云云。殊勝の事敟。

〔鼇頭〕○袋艸紙ニ、竹田大夫国行ミチノクニ下向ノ時白川ノ関過る日ハ殊ニ裝束ヲヒキツクロヒ向ふと云。問云、何の故ぞや。答云、古曽部入道秋風ぞ吹白川の関とよまれたる所をバいかで褻ナリにて過むと云。古曽部の入道ハ能因を云也。

〔通解〕清輔袋草紙云、竹田大夫國行といふもの陸奥へ下向の時、白川の関過る日ハ殊に裝束ひき繕ひ向ふと云云。人問て云、何等の故ぞや。答て云、古曽部の入道の秋風ぞ吹白川の関とよまれたる*所をバ、いかでか、けなりにて過んと云云。殊勝の事敟。能因実にハ不下下(二)向《セ》上奥刕一ニ、為《メニ》レ*詠《ゼン》二此歌ヲ二窺に籠居して、*下二一向奥刕一之由を*風聞ニ云ゝ。

西公談抄に、橘の為仲かとよ、陸奥守にて下りけるに、白川の関を通るとて長持より狩衣指貫とり出して着しければ、具したるものどもあやしがりて、こハいかなるにかといひたれば、白河の関をいかで見苦しくてハ通るべきぞといひけり。やさしき事也とあり。同じ心なるべし。

〈洒本　所をハ　詠《ゼン》ニ此ノ歌ヲ一　下ニ向奥刕一ニ　風聞と〉

〔永機〕清輔が袋艸子に、竹田の大夫国行と云もの、白川の関を過る日殊ニ裝束引繕ひむかふと云ゝ。人問て曰、何らの故ぞや。答て古曽部入道の秋風吹と詠し所いかで無下ニ過んやとなり。

【夘の花をかざしに關の晴着かな　曽良】

〔鈔〕見て過る人しなければ夘の花の咲る垣ねやしらかわの関　季通朝臣

百敷の大宮人はいとまあれや桜かざしてけふもくらしつ

〔可常〕千ザイ〽見てすぐる人しなければ夘の花の咲る垣ねや白川の関　季通

新古〽百敷の大ミや人ハいとまあれや桜かざしてけふも暮しつ　赤人

〔解〕句解、前にいふ竹田の太大が故事を以、此發句の

趣向となせり。かざしハ挿頭《ソウトウ》の文字也。藻塩草に、續古今、神祇、藤原隆信、〽君見ずや桜山吹かざし來て神のめぐるにかゝる藤浪。又新撰六帖、左藤右桜とてとりなれしかざしの花もむかしなりけり　衣笠右大臣家良。是は、梅藤を冠の巾子にさす叓也。八幡の祭り等也。又前の桜山吹の哥も、舞人の叓也。前にいふ如く、白川の關を通る時、竹田太夫が故事を以て、翁の心にハ、我も此関をバ、いかでかか《ママ》けなりにハ通るべきなれども、隱遁風雲に任する身なれば、素り衣冠の沙汰にもあたわず、幸ひ爰に、雪にも越ゆる心地と詠じ、夘の花のゆへある花を、茀にして、関の晴に《ママ》せん物と、興ずる心なり。藤桜山吹など、例ノ挿《カザシ》なれども、夫を用へず、夘の花をかざしにしたる風流の躰たらく、幽趣のおもしろき事、言ひつくすべからず。

〔**元禄**〕○錦繍　○夘の花をかざしに關の。白頭度梅關詩、只插梅花一兩枝。

〔**洗心**〕〔夘の花〕のいさぎよくきよき〔を〕なりとも〔かざしに〕してなりと〔關の晴着〕にもせん〔哉〕

曽良

〔**歌枕**〕○前文の冠衣裳をうけて晴着とハしたる也。

〔**鼇頭**〕曽良が句此意をふくミての作、尤賞すべし。

〔**通解**〕〽夘の花をかざしに関のはれ着哉　曽良

此句、関の実景を吟ずるにや。如何なる姿なりけん。其心もしのばし。

〔一三〕須賀川

とかくして越行《こえゆく》まゝに、あふくま川を渡る。左に会津根《あひづね》高く、右に岩城《いはき》　相馬《さうま》　三春《みはる》の庄《しやう》、常陸《ひたち》下野《しもつけ》の地をさかひて山つらなる。かげ沼と云《いふ》所を行《ゆく》に、今日《けふ》ハ空曇《くもり》て物影《ものかげ》うつらず。すか川の驛《えき》に等窮《とうきゆう》といふものを尋《たづね》て、四五日とゞめらる。先《まづ》白河《しらかは》の関《せき》いかにこえつるやと問《とふ》。長途《ちやうど》のくるしみ、身心《しんじん》つかれ、且《かつ》ハ風景に魂《たましひ》うバゝれ、懐旧《くわいきう》に腸《はらわた》を断《たち》て、はか〴〵しう思ひめぐらさず。

　風流の初《はじめ》やおくの田植《たうゑ》うた

無下《むげ》にこえんもさすがにと語れば、脇《わき》　第三《だいさん》とつゞけて、三巻《みまき》となしぬ。

此宿《このしゆく》の傍《かたはら》に大きなる栗の木陰《こかげ》をたのミて、世をいとふ僧有《あり》。橡《とち》ひろふ太山《みやま》もかくやと閒《しづか》に覚《おぼえ》られて、ものに書付《かきつけ》侍る。其詞《そのことば》、

　栗といふ文字《もんじ》ハ西の木と書《かき》て、西方浄土《さいはうじやうど》に便《たより》ありと、行基菩薩《ぎやうぎぼさつ》の一生杖《つゑ》にも柱にも此木《このき》を用《もちゐ》給

　ふとかや。

世の人の見付《みつけ》ぬ花や軒《のき》の栗《くり》

【とかくして越行まゝに】

〔鈔〕 新拾遺　烋風にけふ白河の関越て思ふも遠しふる里のやま　後九条前内大臣

〔百代〕 とかく〕 兎角と書。根本雑筆ニ、兎ノ頭難レ得レ角云〻。

【あふくま川を渡る】

〔鈔〕 古今みちのく哥　あふくまに霧立わたり明ぬとも君をバやらじまてバすべなし

君がよにあふくま川の埋れ木は氷の下に春を待けり
家隆卿

〔可常〕 古今〽あふくまに雰立わたり明ぬとも君をばやらじまてバすべなし

〔菅菰〕 あふくま川ハ阿武隈川と書。奥州徃還白川と根田の宿との間を流る。名所なり。

新古今 ゆく末にあふくま川のなかりせばいかにかセましけふのわかれを 高階經重朝臣

〔傍注〕 白川と根田の宿の間也。（本文初め「おほくま川」、のち「おほ」を「あふ」に改め、左に「阿武隈」と注記）

〔解〕 新古今、〽君が代にあふくま川の埋木も氷の下に春をこそ待て　家隆。文段（談）抄ニ、檜隈川の水上と云、白川の西、甲子の温泉山より流れ出て、仙臺の荒濱にて海へ落、稲葉の渡へ尋云〻。

〔元禄〕 ○阿武隈川〕

古大哥 〽あふくまに霧たちわたりあけぬ共君をバやらじまてバすべなし

新後撰 〽人しれぬ恋路のはてや陸奥のあふくま川の渡りなるらん　季宗

〽長月やいく有明のめぐり来てあふくま川に宿る月影
家隆

玉 〽つらくとも忘れずこひん加嶋なるあふくま川のあふせ有やと　順

続後拾 〽君が代にあふくま川の渡し舟むかしの夢のためしともがな　前左大臣

類聚 〽颪そよぐいなばの渡空はれてあふくま川にすめる月影　光とし

〔寛政〕　新古今　ゆく末にあふくま川のなかりせバいか
にかせましけふの別れを
〔五視〕　古今みちのく哥　あふくまに雰立わたり明ぬと
も君をバやらじまてバすべなし
君が夜にあふくま川の埋れ木ハ氷の下に春を待けり
家隆
〔洗心〕　あふくま川〕　菅ニ、阿武隈川と書。奥州往
還、白川と根田の宿の間を流る。名所也。
新古今集〔ゆく末にあふくま川のなかりせばいか
にかせましけふの別れを　高階経重朝臣
○此川ハその源同國會津の山中より流出て東北に流
るゝこと凡六七十里にして、仙臺侯〔候〕の封内荒濱
といへる所にて大海に落入る。実に當國第一の大河也。
〔註〕　新古今集　君が代に阿武隈川の埋木もこほりの下
に春を待かな　家隆
〔百代〕　阿〔武〕隈川〕　新古今　家隆、君が代にあふく
ま川のうもれ木も氷の下に春をまつ哉。
陸奥衢に、白川町の末、流ハ奥の海へ落る。板橋百間
余、半ニ馬除あり。世に替りて見所有、とあり。
〔歌枕〕　○新古　君が代にあふ隈河の埋木も氷の下に春
をこそまて　家隆。　行末にあふくま川のなかりせば
いかにかせましけふの別を　高階經重朝〔臣〕。
○夫木　あふくまハいづれど人にとひつれバなこその
關のあなた也けり
〔鼇頭〕　○あふくま川〕　名處也。川。
〔通解〕　和歌聞書云、阿武隈川、此川ハ昔ハ妻去川とて、
此水を飲る人、妻にわかるゝ也。宇都宮明神、此河の
水をのミて死し玉ひしに、御つまの朝日の姫こゝに来
り玉ひける。涙の口に入りて生返り、又合玉ふ。それ
よりあふ妻川と云也。今ハいひよき方に、あふくま川
といふにや云々。
古今　大うた所、あふくまに雰立わたり*あけぬとは
君をバやらじまてバすべなし
和漢三才圖會を按るに、白川の関を越へて阿武隈川有。
根田 小田川 大田川 踏瀬 大和久 矢吹 久来寺 笠石を経
て須賀川の驛路にいたる。　〈洒本　あけぬとも〉

【左に会津根高く、右に岩城 相馬 三春の庄】

〔菅菰〕 会津根ハ會津の山を云。岩城 相馬 三春ともに皆諸侯家の城地にて 人のしる所。勿論いづれも名所にてハなし。

〔解〕 水面の如く、左右の眺望名高き長流を下る風景也。歌枕に云、會津嶺、万葉十四、あひづねのくにをさとほみあはなはゞしのびにせんとひもむすバさね、（陸奥国哥）（會津嶺能久爾乎佐杼抱美安波奈波斯努爾勢牟等比毛牟須婆左禰） 會津の国は遠き故不逢して有もしたわし〔し〕のぶ成ソニ解たる紐は又むすんでつれなくはせまじき也。後拾遺十九、君をのミ忍ぶの里へ行く者を會津の山のハるけきやなぞ　藤原滋幹女

〔洗心〕 左に會津根高く右に岩城相馬三春の荘〕 菅ニ、會津根ハ会津の山をいふ。岩城 相馬 三春皆諸侯家の城地にて人のしる処。勿論いづれも名所にハあらず。

〔歌枕〕 ○山上をすべて根と云。ふじの高根といふが如し。俗に屋上を屋根といふ。

〔鼇頭〕 岩城 相馬 三春いづれも城跡ニて名所にあらず。人能しる所也。

【かげ沼と云所を行に、今日ハ空曇て物影うつらず】

〔鈔〕 影沼〕 又月なしの沼とも云。うき藻もなく水絶る事なけれ共むかしより月影うつらずと。哥枕にハ非ズ。

〔可常〕 （◎「影沼又月なしの沼とも云。うき藻もなく水絶る事なけれども昔より月影うつらずと。哥枕にハあらず」と注記）

〔菅菰〕 （本文「かけ作」と誤る）
山の峙《ソバ》道にて、かけ作ハ 梯《カケハシ》 也。

〔傍注〕 （本文「かげ沼」とし、「沼」の右に「イニ作り」と注記）
「かけ作り」山ノ岨ミチニテ、カケ作リハカケハシナリ。

〔解〕 「かけ作《ママ》といふ処」かけ作り《ママ》ハ岩鼻に造りかけたる家をいへども、云ふ所とあれば、地名なるべし。あふ熊川の往還なるべし。

〔元禄〕 （本文「かけ作と云所」とし、頭注に「作《ミ》ナリ」）

〔寛政〕 （本文「かげ沼」とし、「沼」の右に「ミ作歟」）

〔京大〕 かけ作《ミ》。梯《カケハシ也》。 （本文「かけミ」と誤記）

〔洗心〕 かけ作〕菅ニ、かけ作ハ山の岨道の梯也。○とほうもなき事也。おもふに、かゞみ沼とやうに書たるが磨滅せしを、其のまゝに飜刻セしをうかと見て注したる也。鏡沼にあらざれば後の文かつふ《ママ》つ無益也。物影うつらず〕かゞみ沼の縁語もて、かくハいへり。いよ〳〵かけ作にあらざるの證也。

〔註〕 氷面鏡とけて今はたうつりけりゆきかふ人のかげぬまの里

今此里をかゞみ沼と云。常松定寀(實)何がしと云旧家あり。保命酒を造る。近頃此所をかけづくりとよミて濯作の字などを書入たる也。今鏡沼と云。

〔百代〕 かげ沼〕 陸奥衢に、影沼ハ白川とすか川の間、道端也すか川より二十七丁白河ノ方也とあり。或人の説に、今ハ鐘(鏡)沼と云とぞ。又、菅菰に、沼を作るの字として、かけ作りハ梯也と註セリ。梨一ハ自ラ行脚せしか。いかゞしてかくハしるせるにや。

〔歌枕〕 ○影沼ならバ物かげのうつるべきをと、所の名によせて其日の晴曇を記す。

〔通解〕 影沼ハ、地上に人物の徃来する陰のうつれるをいふ。尾張名所図會に常陸国に有といふ。此所も同じ様なるべし。むつ千鳥に云、影沼、白河とすか川の間、道端也。須ヶ川より*二十七町白河の方なり云〻。

〈洒本 二十七町〉

〔通解追加〕 影沼〕 鏡沼なるを、かげ沼と云とあり。猶尋ぬべし。

【すか川の驛に等窮といふものを尋て】

〔菅菰〕 すか川も徃来宿にて須加(賀)川と書。

〔解〕 黒羽ゟ須賀川迠、凡里数十六里十二丁程なれば、二日路に、等窮が家に着。須賀川の駅に久しう偶居する、等窮と云ふ隠者あり。此等窮常奥案内の為に、蝦夷文段(談)抄といふ、小冊を著述したる者也。自単斉《ママ》、等窮、といへる隠士也。須賀川ハ下緒の関の次なり。

〔寛政〕 (本文の「等窮」に「トウキウ」と振仮名)

〔洗心〕 すか川〕菅ニ、徃来宿にて須加川と書。

等窮〕 其頃の豪富にて通称相良伊左衛門と云。一の木戸といへる集の作者也。其名跡今ハ

絶たり。

〔**註**〕（後掲【世の人の見付ぬ…】参照）

〔**百代**〕 等窮〕 古人風調に、風流のはじめと有。哥仙のはし書に、奥州岩瀬郡相楽伊左衛門亭にてとあり。これ窮が俗名なるべし。

〔**下露**〕 廿二日スカ川台《（午）》單斎宿。俳諧アリ。

廿三日同所可伸庵ニ遊。帰寺八幡参詣。

廿四日可伸庵ニ會有。

廿五日 同。 廿六日 同。 曽良日記ニアリ。

廿七日 同。せり沢瀧へ行、と曽良日記ニあり。

此流阿武隈川の瀧とも又石河の瀧とも瀧が崎のミたきとも云。須賀川より拾丁余有。

　五月雨の瀧ふりうづむ水かさかな　　翁

廿八日 同。矢内吉三郎。

廿九日守山問屋善兵衛を尋、郡山ニ泊ル、と曽良が日記ニ有。

〔**通解**〕 等窮ハ、岩瀬郡相楽伊左衛門といふものゝよし。

〔**通解追加**〕 等窮〕 遺跡絶果て、荒木屋と云倡家に栗の古木今に残れり。

【先白河の関いかにこえつるやと問】

〔**通解**〕（後掲【風流の初や…】参照）

【身心つかれ、且ハ風景に魂うバゝれ、懐旧に腸を断て】

〔**鈔**〕 有ル抄ニ云、在テ二心ノ中ニ一霊ナル者ノ云フ二之ヲ魂ト一。是レ即チ猶シ如シレ皇ノ霊魂ノ之所ロレ寓スル云フ二之ヲ心ト一と。断腸ハことにふれて意を異にすとぞ。大ㅣ底四時ノ心惣テ苦シ。就テレ中ニ腸断ヲツハ是レ秋ノ天。此おもむきにかよふか。

〔**可常**〕 有鈔云、在テ二心中一霊ナル者云二之ヲ魂ト一。是即ㅣ猶シ如シレ皇ノ霊ㅣ魂之ノ所レ寓云フ二之ヲ心ト一。大ㅣ底四時ノ心惣テ苦シ。就レ中腸レ断ハ是秋ㅣ天。

（◎「腸断ハことにふれて意を異ニするぞ」と注記）

〔**解**〕「風景に寃を奪れ」晋祖逖傳云、晋過レ江人士新帝ニ飲宴ス、周顗嘆曰、風景不レ殊、擧レ目有二山河之異一、相視流レ涕。私云、風景に意を奪るゝ意味、此周顗が故事を案れば、風景の心寃に徹したりといふべきにや侍らん。又宗之問詩云、望水知二柔性一、看山欲二レ断レ意一。

「懐旧に腸を断て」五車韻瑞傳亮謁陵表云、感レ旧永懐フ痛レ心在レ目。是懐旧の釈なり。「腸を断て」晋陶潜、春ニ徃昔時懐レ此断ニ人腸一。

〔元禄〕断《タツ》。

〔京大〕懐旧ハ古詩古哥等也。

〔五視〕心〕或抄ニ云、在ニ心ノ中一霊ナル者ノ云ニ之ヲ魂一ト。是即猶如レ皇霊魂之所レ寓スル云之ヲ心ト。断腸ハことにふれて意を異ニすとぞ。大底四時の心惣て苦し。就レ中腸断是秋天。

〔歌枕〕○懐旧〕こゝにハ古哥をさしていふ。○「文選西征賦」眄山川以懐古。

〔通解〕（後掲【風流の初や…】参照）

【はかぐ〵しう思ひめぐらさず】

〔解〕等窮が問より、此語あり。長途に心身を疲れ果て、或は好風景に意を奪ハれ、或は懐レ旧覧古に、腸を断の思ひをなして、漸白川の関越しより、はかぐ〵としたる、佳句、秀吟をも、思ひめぐらし得ざりしかと、等窮にかたれる、辞譲隠退の詞也。是全く、等窮好事の隠者なればなり。

〔洗心〕はかぐ〵しう思ひめぐらさず〕あハひにしばらく餘事を挙、又こゝに至り等窮に答るを名として、此闕の事に及ぶ。是あく迠も名區《ママ》の幽勝をうち返して歎美せし深切をミるべし。

【風流の初やおくの田植うた】

〔鈔〕治世不易の風流、年々歳々。田うへの句にはあらず。白川関をいへるなり。狐疑を入て大切の作意を失すべからず。

〔可常〕（◎「治世不易ノ風流年〻歳〻。田植の句にハ非ズ。白川関をいへる也。狐疑を入て大切の作意を失すべからず」と注記）

〔菅菰〕奥州の田うへ哥ハ生仏といふ目くら法師の作なりと云傳ふ。此生佛ハ平家物語にふしを付て琵琶に合セ初たるよし、徒然草にしるせり。故に風流のはじめとは申されたるなり。

〔傍注〕奥州の田植哥ハ生仏といふ盲人の作なりといひ傳ふ。平家物語ニ節をつけ琵琶に合せ初たるよし、徒

然草にも見ゆ。

〔**解**〕句解、風流、世説に王倹云、風流の宰相惟有二謝安一云〻。催馬樂風俗部、常陸哥下ニ、田歌ト一云曲名有、未レ詳。源氏引哥に、風俗常陸哥、〽ひたちには田をこそ作れたれをかハ山を越え野を越え君があまたきませるわかむらさき。是等の心を籠て、先キに、白川の關にて、旅心定リぬと言ひしより、是みちのくの入口なれバ、されば風流の初なるぞや。常陸哥にもある、田植哥の聞侍りて、彼の催馬樂の田哥曲名の事も思ひ出られて、風流なればおもしろくも、嬉しくもありしとの心なるべし。又此初やといふ奥の下モにかけたる所、下〻上へ心をめぐらして見る時は、いよ〳〵感味多ふかるべし。されども、強て愚意を以て、解べからざる処有べし。源氏岷江入楚若カ紫の巻、あづまをすりかきてひたちにハ田をこそ作れ、注河ひたちにハ田をこそ作れたれをか年を越へ野を越へ若があまたきセ《ママ》る。風俗常陸哥、あづまは和琴の惣名なれども、又東に調べとて、秘曲ある也。常陸哥風俗の秘事、四首、其一ツ也。東調にてすかしきて、此哥を唄ふ也。今の世知れる人稀也。再案に、風俗口哥、印刻する所の、梁塵秘抄等にハ見へず。猶博恰《ママ》の人に尋ぬべし。

〔**寛政**〕奥州の田植うたハ生佛といふ法師の作なりと云。この生佛ハ平家物語に節を付て琵琶に合セ初たりしよし、つれ〴〵草に記せり。故に風流の初とハ申されしとぞ。

〔**五視**〕風流―〕終世不易の風流、年〻歳〻。田植の句ニハあらず。白川の関をいへるなり。狐疑を入て大切の作意を失すべからず。

〔**洗心**〕〔風流の初や〕いなや〔おくの田植うた〕のいかにも古雅に聞なさるゝぞ。

菅ニ、奥州の田うゑ唄は生仏といふ目くら法師の作也と云傳ふ云〻。叢按るに、猿楽能太夫家に風流といふ諷もの十七八篇ほどもあり。同じ狂言に田植哥といふもの別にあり。これらの事を思へば、又風流のはじめとのミいふにもあらざるべし。都て上代より諷ひものゝはじめは此ミちのくの田うゑ哥よりおこりて諷ひけん。

さてもしほらしくゆかしく古風なるものかなと賞せるこゝろにや云〻。新許‐渾ガ詩ニ、玉‐樹歌‐残王‐氣終リテ、景‐陽兵‐合シテ戊‐楼空シ。これらにかよひて古代の哥ざまハ遠國邊境に残れるもの也。古昔の質なる哥を風流のはじめと聞れしにや。むかしハ田うゑ哥誠に風流なりけるにや。榮‐花物‐語ニ、治安三年上東門院五月に田うゑ歌御覧ぜさせし事あり。鼓こしにゆひつけ、笛ふき、さゝらといふものつき、さま〴〵の舞して、あやしの哥うたひ、心地よげにほこりてなど出たり。此田人のうたふ哥をきこしめせバ、〽さミだれにもすそぬらしてうゝる田を君が千とせのミまくさにせん、〽うゝるより枚もしられず大君のくらにぞつまんミまくさのいね。

〔註〕 奥の田植哥ハ 〽苗の中の鴬ハ何をなにと囀る。くら舛に斗かけ掛て俵積と囀る。

白川辺より三春辺迠此やうなる哥を唄ふなり。

古代哥ハ 〽格子小まかにかきあら〳〵とおはゞ并よくさしうへよ。〽よさもよし〳〵田作もよしや真那井大原に孕め苗。是ハ大原さしの田うへ唄也。真那井、神代巻に在。不考。真那井の叓ハ加茂の浦水井の叓、天子の産湯也。クジあさまの曙井、ヒタチ生洲うしほ井、三所の霊水と申。

（脇句については　後掲【世の人の見付ぬ…】参照）

〔百代〕 風流〕 菅菰に、奥の田植哥ハ生物(佛)といふ盲人の作也といふ傳也。生佛ハ平家物語に節を付て、琵琶に合せ初たるよし、つれ〴〵草にしるせりと云り。田哥の唱哥あまたあり。その題目ハ、朝はか弥ン十良、夕ぐれとりはる苗株已上。苗の中の鴬ハ何とさへづるくら中にとかきかけて俵づめとさえづる、など謡とぞ。何さま古雅なるもの也。故に、風流のはじめとハ申されしなるべし。尚此句の解ハ、素丸が説叢大全、ミつ人がミつうまや集、又、積翠が句撰年考に師走の袋の解、又、外に一説あげたり。いづれも少略大同なれバこゝにのセず。

〔句解〕 風流のはじめや奥の田植うた

句撰註ニ、右の文よりつゞけて有句なり。先奥州に入

ての始て風流の面白きは田植哥也と。田うへ哥は誠ニ古風の物にて侍る。尚奥州などはことに今めかしからぬ事ならずと眼を付られし、さすがに翁の答へ感ずべし。言外さまざまありてすぐれて調高し。翁の奥の細道ハ翁一世の盛なり。尤此篇抔すぐれたるもの也。

金蘭集ニ、奥州岩瀬郡相樂伊左衛門亭にて歌仙あり。脇等躬 第三曽良。三座如此三吟哥仙有。

囊曰、鄙の果なれば物のやさしき事も有まじきが、昔めきたる田哥を諷へる、これや風流の始ならんと也。或人の曰、白川の関を越て初メて奥州へ至るなれば、奥刕の風流の始に此田哥を聞たりといふ心也といへり。いづれ好む方に随ふべし。

三考　風流の―――

いちごを折て我まうけ草　等窮
水せきてひるねの石やなをすらん　曽良

〔**下露**〕袋草紙ニ、
元禄二巳夘月　岩瀬郡相楽伊佐エ門亭興行
風流のはじめや奥の田植唄　翁
覆盆子を折て我がまうけ草　等窮
水せきて昼寐の石や直すらん　曽良
籮に鮇《カジカ》の聲生すなり　翁
一葉して月に益なき川柳　窮
日雇《（雇に）》屋根ふく村ぞ秋なる　良
（以下、二十八句中略）
六十の後こそ人の陸《（睦）》月なれ　窮
蚕飼する家に小袖重る　良
田植の日なりとて目なれぬ寿きなどありてもふけせられ侍ければ、
旅衣早苗に包む食乞む　曽良
あさかの《（いたかの鞁）》堤菖蒲をらすな　翁
夏引の手引の青苧くりかけて　等窮
あさかの沼を尋られ侍るに、今ハ草のゆかりも何れ〳〵と知人候らはず。
ふきやうを又習ひけりかつみ草　等窮
市の子共の着たる細布　曽良
日面に笠を双ぶる涼ミして　翁

〔**歌枕**〕○奥州の田うへ唄は生仏の作也とぞ。生仏ハ盲目法師にて、平家物語にふしをつけ琵琶に合せうたひし也。故に都の今やうに事かわりて、風流のはじめおもハるゝと也。

〔**鼇頭**〕○みちおくの田うゑ哥ハ生佛と云盲法師の作と云傳ふ。平家ものがたりニふしをつけて琵琶ニあはせ諷たるよし、徒然草ニしるせり。故ニ風流のはじめと申されたるならん。

〔**通解**〕〽風流のはじめやおくの田植うた

此句、猿ミの集夏の部に入たり。昔めきたるハ風流の始にやとの観相なり。いかに越つるにや、懐旧に腸を断てなどしるされしハ、國行 為仲のふる叓など思ひ合ハせられたるにや。されバ又田植の吟ありし成るべし。菅菰抄云、奥劢の田植うたは、生佛と云目くら法師の作なりといひ傳ふ。此生佛ハ、平家物語にふしをつけて琵琶に合せ初たるよし、徒然草にしるせり云云。

〔**解説**〕奥州しら河の関越て

風流のはじめや奥の田植うた

此句猿ミの集夏の部に入りたり。菅菰抄云、奥州の田植うたハ生佛といふ日くら法師の作也といひ傳ふ。此生佛ハ、平家物語にふしをつけて琵琶に合ハせてうたひそめたるよし、徒然草にしるす。後鳥羽院の時のもの也。奥州の田植うた、本朝文鑑に見えたり。昔めきたるハ風流のはじめにやとの観相也。年考云、此行脚にはじめて諷ひものを聞たる、尤其文句ふしともに古るめかし。是よりゆく先風流古雅なる事あらんと思へる感ならめ云云。此所にて諷ひものをはじめてきゝたるにや、覚束なし。奥羽の勝地を心ざしての旅行なれバ、先奥州に入るのはじめ古雅なる田植うたをきゝて、是ぞ風流のはじめなるべきとの感なるべし。下学集に風流ハ風情の義也といへり。

〔**永機**〕此句の説くさ〴〵侍れど、先師言、古くより幕府大礼の時ハ開口と唱てあらたに謠□作る。その時の狂言ニ松竹風流靏亀風流などいへるものあり。此句ハそれ也。元禄踊どりの流行し事ハ世人の知る所也。

【無下にこえんもさすがに】

〔解〕前の注する如く等窮へ挨拶なり。爰にて翁謙退はしながら、發句に風流の初やと、奥の田植哥を称して、言外にちら〳〵と自己の風流をも自屓する俤見へて、心のうちおもしろし。

【脇・第三とつゞけて、三巻となしぬ】

〔菅菰〕此三巻附録に記す。

〔洗心〕三巻となしぬ〕菅《ニ》、此三巻附録にしるす。
〇いと覚束なし。此詠一章にて三巻の連哥有しにや。予いまだ見ず。私におもふに、三ハ壱の磨滅を見あやまりて飜刻せしものなるべし。

〔百代〕脇第三〕此ほ句に脇ハ等窮、第三曽良にて哥仙なら《ママ》ぬ。此巻并奥羽脚(行脚)行中の附合見当しハ不残附録す。徃見すべし。

三巻〕田植哥の巻 軒の栗の巻 今一巻ハ追て尋べし。

〔通解〕其一巻、雪丸集に出せり。

【此宿の傍に大きなる栗の木陰をたのミて、世をいとふ僧有】

〔可常〕（◎【蔭】の字に「様《ト同》《トチガウ》」と注記）

古今〽世をいとひ木のもとごとに立よりてうつぶし染のあさのきぬ也　不知人《ママ》

〔解〕此宿は、則須賀川の宿也。尤此僧誰とハなし、只念佛三昧の桒門也。

〔洗心〕世をいとふ僧〕号《シ》二栗‐齋一《ト》名《ク》二可‐仲(伸)一《ト》。

〔百代〕僧あり〕古人風調に可仲とあり。蝶夢がばせを句集にハ可仲(伸)と書り。誹名ハ栗齋とよぶ。附録に亘見すべし。

【橡ひろふ太山もかくやと閒に覚られて】

〔可常〕（◎「橡」の右に「ジヤウ」と振仮名、左に「栩《トチ》實」、「太山」の右に「未勘木食ヲ云欤」と注記）
荘子盗紀(跖)篇云、旦吾聞レ《ク》之、古《ハ》者禽獣多《ク》而人民少《シ》。於レ是民《ン》皆巣‐居以《シテ》避レ之。昼《ハ》拾二橡栗一《ヲ》暮《ハ》栖二木上一。故命《ニナツケテ》レ之曰二百巣氏之民一《ト》。

〔菅菰〕山家集 山深ミ岩にせかるゝ水ためんかつ〴〵落るとちひろふほど 西行
間ハ間‐寂ノ義ニテ物静《カ》ナルヲ云。

〔傍注〕山家集　山深ミ岩にせかるゝ水ためんかつ〴〵

落るとちひろふほど　西行
〔解〕五車韻瑞に云、橡ハ栩実、一ニ云、櫟實。本作レ様《ママ》、通ノ作象斗染黒、晋史、摯虞、流離入ニ南山一、饑甚シ。橡ノ実ヲ拾而食フ。又杜甫詩ニ、履穿四明雪、饑拾ニ猶渓橡一。藻塩艸ニ、橡ハ大とちの事也。哥〽山ふかミ岩にしぐるゝ《菅菰抄　岩にせかるゝとあり》水ためんかつ〴〵落るとち拾ふほど。間は五車にいふ、何間の切シ暇也。又云、孟子ニ国家間暇也、又晋孫綽詩ニ、遊覧既ニ周シ、體浄ニ心間也。此間の字等味ふべし。
〔元禄〕橡子《トチノミ》。
〔寛政〕山家集　山深み岩にせかるゝ水ためんかつ〴〵落るとちひろふほど
〔京大〕山家集ニ有。やまふかミ岩にせかるゝ水ためんかつ〴〵落る橡ひろふほど
（本文「橡」に「トチ」と振仮名）
（本文「閒」の右に「トモ」左に「カン」と振仮名）
〔洗心〕橡ひろふ太山〕菅、山―家―集〽山ふかミ岩にせかる《家集　くだくる》ゝ水ためんかつ〴〵落る橡ひろふほど
○晋ノ摯―虞入テ二南―山一ニ飢―甚シ。拾レフテ橡ヲ食フ。
間に〕菅ニ、間寂の義にて物静なるを云。○閒、閑通ジテ用フ。
〔百代〕橡ひらふ〕山家集、山ふかミ岩にせかるゝ水ためんかつ〴〵落るとちひろふほど
間〕閑寂をいふ。物静なる事也。
〔歌枕〕㊥「山家集」山深ミ岩にせかるゝ水ためんかつ〴〵落るとちひろふほど
○間ハ閑寂ノ略ナルベシ。
〔鼇頭〕○橡ひらふ僧は木食聖などをさしていへるなり。
○間ノ字　閑寂なる所故、閑シヅカならん。但し閑ノ篆、閒也。
○大山《ママ》ハ唐土五臺山の一ツ也。文殊井の浄土と云。
〔通解〕山家集、西行法師、入道寂然大原に住侍けるに、高野よりつかわしける、
山ふかミ岩にしたゞる水とめんかつ〴〵おつるとち拾ふ程
ミ山もかくやとハ、高野山の灵地を思ひ合せられたる

にや。

返し、寂然、

　山風に峯のさゝぐりはら〳〵と庭に落しく大原の里

何れも閑なる界なるべし。

〔永機〕　間に〕　此二字なき書モアリ。

【栗といふ文字ハ西の木と書て】

〔歌枕〕　㊥行基菩薩ノ事迹［釈書］其外ニモ栗ノ事イマダ見當ラズ。且西ハ广ノ韻ニテ音カ也。西ハ青ノ韻ニテ音セイ也。疑ラクハ後人ノ説カ。将《タ》古代字書ニ乏クサダカナラザル故ニヤ。

〔通解〕　栗を西の木といふ事ハあたらぬ事ながら、行基菩薩の方便説にや。世にいふ所なれば、俳諧の俗談をもてかくハ申されしならん歟。行基栗の事出処をしらず。たゞし蓮士も此事を申されしにや。

【西方浄土】

〔百代〕　西方〕　安養世界。又云、安楽国。極楽の一称也。娑婆を去事十万億土といへり。

【行基菩薩の一生杖にも柱にも此木を用給ふとかや】

〔菅菰〕　元亨釋書《ニ》云、釋《ノ》行基《ハ》、世姓高《タカ》志《シ》氏、泉州大鳥《ノ》人。天智七年《ニ》生《ル》。及《テ》レ出《ルニ》レ胎《ヲ》、胞衣裹纏《ス》。母忌《ミ》レ之《ヲ》、弃《テ》縣《ク》二樹枝《ニ》一。經《テ》レ宿《ヲ》往《テ》見《レバ》、出《テ》レ胞《ヲ》能《ク》言《フ》。父母大《ニ》悦《ビ》、収《テ》而鞠育《ス》。十五《ニシテ》出家《シ》、居《ル》二薬師寺《ニ》一。基事《トス》二行化《ヲ》一。遇《ヘバ》二嶮難《ニ》一、架《シ》レ橋《ヲ》修《シテ》レ路《ヲ》、穿《チ》二渠池《ヲ》一、築《ク》二堤塘《ヲ》一。州民至《テ》レ今頼《ル》レ之《ニ》。王畿之《ノ》内、建《ルコト》二精舎《ヲ》一四十九處。諸州往往《ニシテ》而在《リ》焉。天平七年、爲《ル》二大僧正《ト》一。此《ノ》任始《マル》二于基《ニ》一。二十一年正月、皇帝受《ク》二菩薩戒《ヲ》一。乃《チ》賜《テ》號《ス》二大菩薩《ト》一。二月二日、於《テ》二菅原寺《ノ》東南院《ニ》一右脇《シテ》而寂《ス》。

〔解〕　行基ぼさつの、栗の木浄土に便ありとて、生涯愛し給ふ事、未だ所見なし。何の書にあるにや。

〔京大〕　行基ノウタアリ。　老らくの行すへかけておもふ身ハつく〴〵嬉し西の木の杖

此注、らくの字心ナシ。老の字をいゝつぐ也。

※行基　王仁ノ苗裔。泉州大鳥高志氏。天智帝七年ニ生。胞衣を纏て生る。母忌レ之弃懸二樹枝一。經レ宿

徃見ニ胞衣を出。父母大ニ悦育ス。十五ニて出家し薬師寺ニ居。橋を造り堤をつく。民を利ス。天平七大僧正ニ任。五畿ニ堂舎創四十九所。皇帝ニ菩薩戒、受大菩薩の賜號。天（廿一）平勝宝元年、菅原寺ニ寂ス。凡千百五十年ニなる。※

〔**洗心**〕 行基菩薩〕 菅ニ、元亨釈書ニ云、釈ノ行基ハ世姓高志氏。泉州大鳥ノ人也。天智七年ニ生ル。及テレ出ルニレ胎ヲ胞衣裹纏ス。母忌ミレ之ヲ弃テ懸ク二樹枝一ニ。経テレ宿ヲ徃テ見レバ出テレ胎ヲ能ク言フ。父母大ニ悦ビ収メテ而鞠育ス。十五歳ニシテ出家シ居ル二薬師寺一ニ。基事トス二行化一ヲ。遇ヘバ二嶮難一ニ架ケレ橋ヲ修スレ路ヲ。穿チ二渠池一ヲ築ク二堤塘一ヲ。州民至リテレ今ニ頼ルレ之ニ。王畿之内建ルコト二精舍ヲ(一)四十九處。諸州徃々ト而在リ焉。天平七年皇帝受ク二菩薩戒一ヲ。乃チ賜フテ號ス二大菩薩一ト。二十一年正月二日於テ二菅原寺東南院右脇一ニシテ而寂ス。

○續後撰集ニ、天平廿一年いこま山のふもとにてをハりとり侍りける。遺戒の哥大僧正行基

〽かりそめの宿かる我ぞ今さらに物なおもひそ佛とをなれ。又因にいふ、基生縁の地の僧俗ともに唱ふ所の行基和讃ノ文ニ曰、行基（菩薩）井ノ誕生ハ心太ニゾサモ似タリ。スリコ鉢ニイレオキテ榎ノ枝ニゾカケニケル。邊土の素朴歎称すべき事にや。

〔**百代**〕 行基〕 泉州の人。高石氏。天平正（勝）宝元正月、大菩薩の号を賜ふ。同二月二日菅原寺に寂す。年八十。事ハ續日本記 元亨釈書等に詳也。

菩薩〕 （見出し語だけで解説なし）

〔**通解**〕 按ルニ二紀傳ヲ一、*行基菩薩、父ハ高志氏*貞知。其ノ先*百濟國王仁ノ之末。母ハ蜂田ノ首虎身ノ之女、名ハ*薬師女。初メ出家シテ讀ム二瑜珈唯識論ヲ一。即巧ニ二其ノ意一。既ニシテ而周二遊都鄙ニ一也。*教(二)化シ衆生ヲ一、道俗慕フレ化ヲ。追従者動スレバ以テレ千ヲ數ツ。而行ク之處ロ聞キ二和尚來ルト一、巷ニ無ク二居人一、爭ヒ來テ禮拜ス。隨テレ器ニ誘導シ、*咸趣カシム二于善一云云。和尚霊異神驗、觸レ類而多シ。時ノ之人*曰フ二行基菩薩ト一。天平勝寳元年二月二日寂ス二和州菅原寺ニ一。時年八十二。

〈洒本 行ー基菩薩 貞ー知 百ー済ー国 薬師女 教二ー化《シ》衆生《ヲ》一 咸趣《カシム》二于善《ニ》一 曰《フ》二行ー基菩薩《ト》一〉

【世の人の見付ぬ花や軒の栗】

〔鈔〕 孟子滕文公上篇、道性善。此至善を見性せざる㕝を含む歟。軒の華まつ毛のごとく見難し。直指人心華。

〔可常〕 （◎「孟子曰、道《フ》二性善《(一)也》。至善を見性セざる㕝をふくむ歟」と注記。なお［見付ぬ］の右に「見馴可成」、［花や軒の栗］の右に「軒花如二眉毛（一）」と注記）

〔菅菰〕 按ずるに此句は佛教に云衣裏寶珠の喩をもて趣向とし給へる歟。此發句にて付合あり。附録にしるす。

〔解〕 句解、深き意味有べからず。小序にいふ如く、行基の心裏に、栗は西の木と書て、西方に便有事を、観念あるより、生涯自杖、柱にも、用ひ給へし事、俗事に似たりといへども、なか〳〵凡俗の心よりハ、思惟すべからず。此深き感歎意味世の人の見付ぬ所、則鼻の先に、極楽浄土もあるべしとの、教戒にや。惟身の弥陀、固心の浄土なんどいふ所なるべし。

〔京大〕 一句佛教ノ諭を詠句ス。

〔五視〕 世の人の―」 孟子滕文公上篇、道性善。此至善を見性せざる事を含む歟。軒のはな、まつげのごとく見がたし。

〔洗心〕 〔世の人の〕 えも 〔見付ぬ〕〔花〕（隠者の徳ー行に比したり） のなつかしさ 〔や〕 この 〔軒の栗〕 こそハ

新 項ー斯《ガ》宿《スル》二山ー寺《ニ》一詩《ニ》、栗ー葉重ー々覆《フ》二徑微《ヲ》一。黄ー昏溪ー上語ー人稀《也》。○今この古木は其まゝに軒の栗と称して、荒ー木ー屋といへる倡ー家の庭中にあり。又、その句の歌仙行ハ乃《チ》曽良が墨跡にて、同駅なる内藤某が秘藏となれり。

〔註〕 前案ハ 隠家や目立ぬ花を軒のくりと有。等窮の四かせん有。また發句あり。

奈須湯の遺《ママ》等窮が脇ある故に是に記。

淋しさや湯守も寒くなる侭に　翁

殺生石の下走る水　等躬

花遠き馬に遊行を導て　曽良

酒の迷ひのさむるはる風　翁
六十の後こそ人の睦月なれ　窮
蛩するやに小袖あだめく　良
風流のはじめやの脇、
いちごを折てわれまうけ草　躬
世の人の見付ぬの脇、
まれに蛍のとまる露くさ　栗斎
相樂等窮の跡、今に須加川北町に在。検断役勤。哥仙ハ翁真筆。内藤弥左衛門所持也。

〔句解〕世の人の見付ぬ花や軒の栗
袖元禄二。選註ニ、花は見所なけれどもいとふ心を聞せり。
秋云、紀行ニ、大きなる栗の木陰をたのミて世をいとふ僧有。椽ひらふ太山もかくやと閒に覚られてものに書付侍る。其詞、栗といふ文字は――――――とありて此句はなし。また〳〵この時の作なるべし。
林云ニ、軒の字のはたらき、余りちかくて見出さぬ文字の事なれバ殊ニ軒ちかきなるべし。

〔下露〕伊達衣集ニ、
桒門可伸ハ栗の木のもとに庵をむすべり。傳へきく、行基菩薩のいにしへハ西に縁ある木也と、杖にも柱にも用ひ給ひけるとかや。幽栖こゝろある分野にて弥陀の誓ひもいとたのもし。
隠家や目立ぬ花を軒の栗　翁
まれに蛍のとまる露草　栗斎
切崩す山の井の名ハ有ふれて　等窮
畔傳ひする石の棚橋　曽良
たばねたる真柴に月の暮かゝり　等雲
秋しる顔の綾屋はなれず　須竿
梓弓矢の羽の露をかはかせて　素蘭
（以下、二十七句中略）
人口ハ四門に法の花のやま　良
燕をとめる蓬生の宿　雲
雨はれて栗の花咲く跡見哉　桃雪
いづれの草に鳴《（お）》うつる蝉　等躬

夕餉喰ふ賎が外面に月出て　翁
　秋来にけりと布たぐる也　曽良

〔歌枕〕○隠者ならでハ詠べき花とも見へず。此僧のこゝに住るも世の人え気もつけまじとの心にて、軒の字ハ置たるなるべし。

〔通解〕伊達衣に七吟の歌仙有。此桑門を可伸といふよし。脇に栗斉(斎)とあり。真蹟、奥劦須賀川何某所持す。かくれ家の目だゝぬ花や軒の栗、とあるよし。伊達衣にハ、かくれ家や目だゝぬ花を軒の栗、に作る。後に再考あるハ是のミにあらず。

〔解説〕詞書ハもらしぬ。細道

　世の人の見付ぬ花や軒の栗

細道、須賀川の所に、栗といふ文字ハ西の木と書て西方浄土に便ありと行基ぼさつの一生杖にも柱にも此木を用ひ玉ふとかやと前文あり。栗を西の木といふ事あたらぬ事ながら行基ぼさつの方便説にや。世にいふ所なれバ俳諧の俗談をもて斯くハ申されしならん。行基栗の事出所をしらず。此桑門を可伸と云よし。伊達衣に、隠れ家やめだゝぬ花を軒の栗　とあり。とにかく隠逸を称せしならん。

〔一四〕安積山

等窮《とうきゆう》が宅を出《いで》て五里計《ばかり》、桧皮《ひはだ》の宿《しゆく》を離れて、あさか山有《あり》。路《みち》より近し。此《この》あたり沼多し。かつみ刈比《かるころ》もやゝ近うなれバ、いづれの草を花かつみとは云《いふ》ぞと、人〻《ひとびと》に尋《たづね》侍《はべ》れども、更知《さらにしる》人《ひと》なし。沼を尋《たづね》、人にとひ、かつみ〳〵《かつみ》と尋《たづね》ありきて、日は山の端《は》にかゝりぬ。二本松《にほんまつ》より右にきれて、黒塚《くろづか》の岩屋《いはや》一見《いつけん》し、福嶋《ふくしま》に宿る。

【等窮が宅を出て五里計、桧皮の宿】

〔**菅菰**〕桧皮ハ本字日和田なり。こゝにハ洒落にて桧皮と書申されしにや。

〔**傍注**〕本字ハ日和田なり。

〔**解**〕桧皮は日和田の里なるべし。須賀川ゟ佐〻木へ一里半十六丁、日出《ママ》の山へ十八丁、小田原へ八丁、郡山へ十五丁、福原へ廿一丁、日和田へ廿五丁、此里敉、凡四里三丁程なれば、五里斗りと、云ものならし。

〔**洗心**〕桧皮の宿〕菅ニ、本字日和田也。こゝにハ洒落にて檜皮と書さ《ママ》れしにや。◯おもふに翁のうへに別の意あるにハ有べからず。たゞ其土人の口づからにいへるをうち聞たるまゝに記せしなるべし。以下の地名に誤字有もこれに倣ふてしるべし。

〔**百代**〕檜皮〕本字日和田ノ宿。

〔**歌枕**〕◯檜皮ハ日和田也。里人奥州詞にて答ふるを聞て記し給へるならん。

〔**通解**〕須賀川より笹川 日出山 小田原 郡山 福原を過て檜皮にいたる。須賀川より四里弐拾町と云。夫より高

倉本宮 杉田 二本松 八丁目 根子町 福嶌とつゞく。

【あさか山】

〔鈔〕 古今 浅香山影さへ見ゆる山の井のあさくも人を思ふものかハ うねめ

〔可常〕 古 〽淺香山影さへミゆる山の井のあさくハ人を思ふものかハ ウネメ

〔菅菰〕 あさか山は安積山と書。安積《アサカ》郡にて今間の宿となる。茶店の詹（簷）下に山の井あり。此上の山をあさか山と云。小山なり。新古今に浅香と書るハ誤也。古今序 あさか山影さへ見ゆる山の井のあさくハ人を思ふものかハ 采女。

〔傍注〕 新古今に淺香と書どもあやまりなり。安積なり。安積郡ニシテ今ハ間ノ宿ナリ。茶店ノ詹《ママ》下ニ山ノ井アリ。此上ノ山ヲ安積山ト云。

〔解〕 文段（談）抄に、二本松の内に、片平ト云、里ありと云ゝ。又云、淺香山は梁川の壘、二本松の城の間なり。前に、あぶ熊川流るゝ也。萬葉十一、あさか山影さへ見ゆる山の井の淺き心にワが思わなくに 采女。續千載集に、影をだにいかでか見まし契りこそうたて淺香の山の井の水 為氏。安積《アサカ》山、又淺香山ともいへり。

〔元禄〕 ※〇安積 石井〕

名 〽水艸生しあさかの石井夏くれバあまてるかげのすきがてにする 曽根好忠

〇安達原

〽あなたより霜や下葉にいそぐらんあだちのまゆみ忩ハとなりと 定家※

〇安積山〕

古 〽あさか山影さへ見ゆる山の井のあさくハ人を思ふものかな 采女

新千 〽敷嶋の道のおくなる淺香山ふかき心ハいかでしらまし 僧正栄海

〽淺香山霞の谷し深ければ我物思ひハはるゝよもなし 深草大夫

〔京大〕 安積《アサカ》也。間ノ駅也。淺香誤也。在下也。

〔五視〕 あさか山〕 古今 あさか山影さへ見ゆる山の井の淺くも人を思ふ物かハ 采女

〔**沙鷗**〕あさか山　あさか山〕昔大納言なりける人の帝（妾）にならんとてかしづきける女を内舎人なるものゝとりてミちの国にいにけり。あさかの群（郡）あさか山に庵を結びて住けるが、男外へ行たりける間に立出て、山の井にかたちをうつして見るに、ありしにもあらず成ける影を恥て、

浅香山影さへうつる山の井のあさくは人を思ふものかハ

と木にかき付てミづからはかなくなりにけり。大和もの語十訓抄ニ出。

新古今第三　冣勝四天王院の障子にあさかの沼書たる所、

野べハいまだ浅香の沼に刈草のかつあるま《ママ》ゝに茂る頃かな　藤原雅経

あさか山ハ安積山と云。安積郡にて今間の宿となる。

〔**洗心**〕あさか山〕菅ニ、あさか山ハ安積山と書。安積郡にて今間ヒの宿と成。茶店の簷下に山の井あり。此上の山をあさか山といふ。新古今に淺香と書るハ誤り也。古今の序に〽あさか山影さへミゆる山の井のあさくは人を思ふものかハ　采女　○常陸國笠間ノ隠士師維熊通称生駒尚蔵曰、まことのあさか山はこの處より左の方三四里も奥にありて大山也。絶頂にあさかの沼あり。此山奇怪の事有よしにて、登ることを禁ず。ゆへに人跡近き所に其名をかりてうつせりとぞ。

〔**百代**〕あさか〕安積山、又淺香に作る。安積郡ニ有。陸奥街に、日和田へ出る。此所四丁行て道端右の方に淺香山。梺より巓迠四十三間。梺の廻り二百六十八間云々。又云、山より未申ノ方、山際に帷子といふ村に采女塚、山ノ井も此邊。藪のよふ（やう）に葎おほひて底もはへ（み）わかず、とあり。万葉、前采女、安積山かげさへミゆる山の井のあさき心は我おもハなくに

〔**歌枕**〕○古今 みちのくの浅香の沼の花かつミかつミる人に恋やわたらん　同序 あさか山影さへミゆる山の井のあさくハ人を思ふものかハ　宋（采）女

〔**鼇頭**〕安積山〕アサカ山。あさか郡是也。

〔**通解**〕安積山ハ安積郡にあり。萬葉集に、

あさか山影さえ見ゆる山の井の浅き心をわが思はなくに

古今集恋之部、よミ人しらず、

陸奥のあさかの沼の花かつミかつ見る人に恋や渡らん

陸奥千鳥云、行〻て奥道日和田へ出る。此所四丁行て道端右の方に淺香山、南部若艸山の俤あり。名ある山とハ見えたり。巓に少さき榎三本有。徃来の貴賤登ると見えて徑あり。梺より巓まで四十三間、梺の廻り弐百六十八間。此山より未申の方山際に帷子と云村に采女塚。山の井も此辺。萩の根に葎掩ひて底も見へわかず云々。菅菰抄云、檜皮ハ本字日和田なり。あさか山、今間の宿となる。茶店の簷下に山の井ありといへり。

*何れにハ定むべき。〈洒本 何れにか定むべき〉

〔**通解追加**〕 浅香山〕 沼ハ絶頂にありて、山中奇怪有を以て登る事を禁ず。故に其名をかりて爰にうつせしもの也。

【此あたり沼多し】

〔**菅菰**〕 あさかの沼も名所にて古哥多し。今此沼とさす處ハ、日和田の町のうらに有と、里人の語りき。

〔**解**〕 菅菰抄ニ云、あさかの沼も名所にて古哥多し。今此沼とさす處ハ日和田の町のうらに有と里人の語りき。かつミハ舊説に菰の事と云り。菰とは今の真菰草なり。後世民間に稲の藁をもて編たるを菰と名付く。故に水草のこもハ誠の菰と云心にて真菰と称し、是をわかつなるべし。

〔**永機**〕 日和田村入口、左の方東勝寺といふ寺院のうしろにあさかの沼の跡アリ。

【かつミ刈比もやゝ近うなれバ、いづれの草を花かつミとは云ぞと】

〔**鈔**〕 古今 みちのくのあさかの沼の花かつみかつ見る人に戀やわたらん よミ人しらず

或説ニ云、此國にあやめなし。仍かつミを五日にふく也と。円位上人家集とて、五月會に熊野へ参りて下向しけるに日高宿にかつみを菖蒲にふきけるを見て、

かつみふく熊野まふでのとまりをバこもゝ見めとやゆ

ふべかるらん
※都のつと
前文畧之。夫より出羽國へこえてあこやの松などみめぐりつゝ。みちの国浅香の沼をすぐ。中將實方朝臣くだられけるに、此国には菖蒲のなかりければ本文に水草をふくとあれバ何レも同じこと也とてかつミにふきかへけると申つたへ侍るに、寛治七年郁芳門院の根合に藤原孝善が歌に〽あやめ艸ひく手もたゆく長きねのいかで浅香の沼に生けん、と讀るハ此国にもあやめの有にやと年月不審に覚えしかバ、此度人に尋しに當國にあやめなきにはあらず。されども彼ノ中將の君くだり給ひし時、何のあやめもしらぬ賤が軒端にハいかで都の同じあやめをふくべきとてかつミをふかせられけるより是をふき傳へたる也、と語り侍しかバ、げにもさる一義も侍るにや。風土記などいふ文にも其国の古老の傳などかきて侍れバさる事もやとてしるしつけ侍る也。但し此おくにもとあらの萩の事も委く出る。
村徑書写

右ハ扶桑拾葉第十五釋宗久※

〔可常〕古〽みちのくのあさかの沼の花かつミかつミる人に恋やわたらん　不知
（◎「或云、此国あやめナシ。仍かつミを五日にふく也と」と注記）

〔菅菰〕かつミハ舊説に菰の事と云り。菰とは今の真菰草なり。後世民間に稲藁をもて編たるを菰と名付く。故に水艸（草）のこもハ誠の菰と云心にて真菰と称じ、是をわかつなるべし。無名抄に云、或人云、橘為仲みちのくのかミにて下りける時に、五月五日家ごとに菰をふきければ、あやしみて是をとふ。其とき庄の官が云、此国にはむかしよりけふさうぶをふくといふ事をしらず。しかるを故中將の御館の御とき、けふはあやめふくものを、尋てふけ、と侍りければ、此國にハあやめなきよしを申侍りけり。其時に、さあらバあさかの沼の花がつミといふものあらバそれをふけと侍しより、かくふきそめて侍るとぞ云ける。中將の御館とは実方の事也と。按ずるに、いにしへかつみと云、菰といふ

ものハ、或ハ今の花菖蒲の類か。今見る所の真菰ハ、さして花を称ずべき草に非ず。疑べし。

〔**傍注**〕花カツミハ旧説ニ菰ノコトト云リ。菰トハ今ノマコモ也。後世民間ニ稲ワラヲ以テアミタルヲ菰ト云ユヘニ、水草ノ菰ハ真コモト云ナリ。

無名抄ニ、ある人の云く、橘為仲陸奥の守にて下りける時に五月五日家ごとに菰を葺けれバあやしミて是を問ふ。其時庄の官が云、此国にハ昔ゟ《（より）》けふ菖蒲をふくといふ事をしらず。然るを故中将の御館の御時けふハあやめふくものを、尋てふけと侍りければ、此国にはあやめなき由を申侍りけり。其時ニさあらバあさかの沼の花かつミといふものあらバ夫をふけと侍しより、かくふき初て侍るとぞいひける。中将の御館とハ実方の事なりと。按るに、古ヘカツミといひコモといふ物ハ、或ハ今の花菖蒲の類か。今見る所の真菰はさして花を称すべき草ニあらず。疑べし。

〔**解**〕世に今、嘉津美考ト云者あり。曰、はなかつミは薦をいふぞといへども、倭名にも見へず、六帖にも薦につゞけて、別に出したれば、こと物なるべし。顕注ニ云、かつミとは、菰をばかつミといふに、花咲たるをバ花かつミとハいふなり。花芒、花橘といふが如し。かゝる物の名は、所に随ふ事なれバ、伊勢の國には、蘆を濱萩と言ふ、又さか木を、玉ぐしといふやうに、みちのくにも、薦をかつミといふとかや、下畧。今案に、万葉第四、〽女郎花咲く沢に生へる花かつミかつても知らぬ恋もする哉。又六帖に〽君が折る八重山吹の花かつミかつミる人ぞ恋しかりける。又、千載集、〽五月雨にあさ沢沼の花かつミかつミるからにかくれ行哉。此三首、浅香の沼の外にもよめれば、ミちのくに限りて、菰を、かつミといふにあらざる事を知られたり。殊に千載集の哥は、津の国の、あさ沢にてよめれば、陸奥ならでも、かつミをよめる事、慥なる證とすべし。実方中将、ミちのくに下られたるに、五月五日、いか成ル事にや、あやめにて葺かぬぞと、尋ぬるに、国にさふらはずと申。さて有べきにあらず、浅香の沼のかつミを取て、葺くべしとて、葺セられたるよ

しにて、彼国にハ、菖蒲なきかと思ふに、小大君が集に〽苦しきに何もとむらんあやめ草あさかの沼に生ふとこそきけ。小大君は実方同時の人なり。其頃もかくよめるなり。金葉集、藤原孝善〽あやめ草引手もたゆくながれねのいかで浅香の沼に生へけん。又、俊頼の哥に、〽あやめ刈る浅香の沼に風吹ば遠の旅人袖かほる也。是等の哥にても思ひ、孝善の哥ハ、顯注に出されたり。陸奥に、あやめある事分明也。いか成れば、あやめなしといひけん、いぶかしけれども、古説に随ふ。私に按ずるに、実方の生質、わざと物を、愛なく言給ふ癖ありと、評する事も、又より処あるにや。古今集、飛鳥井栄雅卿、注に云、実方中將、みちのくの守りに成りて、下られたる、五月五日、いかにあやめは菖かぬぞと、尋ぬるに、国にハさふらハずと申。扨あるべきならねば、安積の沼のかつミを刈て菖なりと、中古の人語《リ》傳へたり。六條右府子息信雅朝臣、みちのくの守に成て、下りて、京に帰て申されけるは、此事空事也。あやめ、こよのうおふ《(おほ)》かりけると、侍る。

彼の後にや出たりけん、又かつミふくにや、ひが事ならん、しらず。其人は態と物を愛なく、いひなすやうなり。又、下総国けせ沼といふ池に、かつも、といふ藻在て、水に浮べりといふ。見るに、斯したる萍也。花の形したれバ、花かつミとも、古しへハいひし成らん。古き太刀の、蒔などにも、此形の藻の水に流るゝ形を書けるあり。又、土佐光長が画る年中行事の袍の、紋様に、花かつミといふにあはせつくれば、てらし合セて、此物ならんと知らる。又、四条家の御家の紋も、かつミ成《ル》よし、言ひ傳ふ。是也。委しくハ、博恰《ママ》の人に尋ぬべし。

〔元禄〕　○無言抄云、或人云、橘為仲みちの国のかミにてくだりける時に五月五日家ごとに菰をふきけれバあやしくて是をとふ。其時庄の官が云、此国にハむかしよりけふさうぶをふくと云事を知らず。しかるを故中将の御舘の御時、けふハあやめふく物を尋てふけと侍りけれバ、此国にハあやめなきよしを申侍りけり。其時、さらバ淺香の沼の花かつミと云物あらばそれをふ

け、と侍しより、かくふきそめて侍る也とぞいひける。
中將の御舘と云ハ実方の事也云々。
△古訓蜜勘云、かつミとハまこも也。彼国の風俗としてまこもをかつみと云。みちのくにハ菖蒲なくて水艸なれば是を五月五日にふくとなん云々。
古 〽みちのくのあさかの沼の花かつミかつミる人を恋やわたらん　よミ人不知
新古 〽野べハいまだ淺香の沼にかる艸のかつミるまゝに茂る比かな　藤原雅経
続千 〽かりてほすあさかのぬまの草の上にかつミだるゝハ蛍なりけり　家隆
後拾 〽五月雨に見えしを箂の原もなしあさかの沼の心地のミして　範永
金 〽菖蒲艸ひく手もたゆく長根のいかであさかの沼に生けん　光善
※　三才圖會　菰《マコモ》《ハナカツミ》トアリ。
千載 〽五月雨に淺香の沼の花かつミかつ見るまゝにかくれゆくかな　顕仲　※

〔**京大**〕　カツミ〕　菰也。真菰也。カツミト云、菰といふハ花菖蒲也。カツミハ此沼ニカギル。アヤメニ似タル草也トアリ。
〔**五視**〕　花かつミ〕　みちのくのあさかの沼の花かつミかつみる人に恋や渡らん
或説ニ、此国ニあやめなし。依てかつみを五日にふく也と。
〔**沙鷗**〕　かつミ　カツミ〕　蒋。字彙ニ蒋資良切音蒋。水草青謂之花蒋(菰)。枯謂之芻茭。張揖曰蒋菰也。あさかの沼も名所にて古哥多くして、此沼とせる所ハ日和田の時(町)うらに有と里人の語き。かつミハ旧説ニ菰の事と云へり。
無名抄ニ云、或人云、橘為仲ミちのくのかミにて下りける時に、五月五日家毎に菰をふきけれバあやしミて是を問。其時莊官が言、此国にハ昔ゟけふさうぶをふくと云事をしらず。然るを故中將の御舘の御時、けふハあやめをふくものを、尋てふけ、と侍りけれバ、其時に、さあらバあさかの沼の花かつミといふものあら

バそれをふけと侍りしより、此所ふく（き）初て侍るとぞ言ける。中将の御館とハ実方の事也。

〔洗心〕かつミ〕菅、かつミは旧説に菰の事といへり。菰とハ今の真菰也云々。無名抄ニ云、或人曰、橘為仲ミちのくのかミにて下りける時に五月五日家ごとに菰をふきけれバあやしミて是をとふ。其時荘の官が云、此国にはむかしよりさうぶをふくといふことをしらず。しかるを故中将の御館の御時、けふハあやめふくものを、尋てふけ、と侍りければ、此國にはあやめなきよしを申侍りけり。其時に、さあらバあさかの沼の花かつミといふものあらばそれをふけと侍りしより、かくふきそめて侍るとぞ云ける。中将の御館とハ実方の事也と。按るに、いにしへかつみといひ菰といふものは、或ハ今の花菖蒲の類か。今見る所の真菰ハさして花を称すべき草にあらず。疑ふべし。

○此説大にあたれり。予も久しく此草の諸説まち〳〵なるに惑ひて夫と決し難かりしに、ミちのく塩竈ノ祠官藤塚知明が著ハセしかつミ考を閲して、花かつミの事ハあきらかに解し得たり。その形状花あやめに異なることなし。葩の四葉なるにてそれと是とのわかちあること明らけし。もとより花あやめの種類とハしらる。又たゞにかつミとなふるものハ、前説の如く菰の花なるよし、つくしの國植木の里人香月春岑通称新兵衛もさはいへりし。

かつミかる頃もやゝ近うなれバ〕四月晦日ごろなれバ端午の佳節も近づけると也。

〔註〕茭米〕はなかつミ　菰　真蒋　茭筍春末生ニ白茅筍ノ如シ。即菰菜也。まこともいふ也。

古今集　ミちのおく《ママ》のあさかの沼の花かつミミる人毎に恋や渡らん　よミ人しらず

哥枕に云、香摘とハ茭米《ママ》を云也。菰の花をかつミといふなり。源順著無名抄モ同じくかつミと云也。花かつミと云事ミちのく斗いふにあらず。茭米ハどこまでも花かつミ也。かつミといふても花と云心有也。花咲て実のる物有。花咲て実のらぬ物有。麻　天蓼　山枡、花咲時ハ実のらず、花咲ぬ時ハ実のる也。其類有

故に花咲てもかつ〴〵実のる物ゆへに、花粒ミのる詞也。菖蒲のかハりにかつミをふくと云事珍らしきやうなれど、東国へ来りてミる時ハ、物事皆都と遠（違）ひ言葉までめづらし。又、京へ登れバ京の事皆めづらし。京大和などにてハ菖蒲をながねと云。そうぶ是ハ石菖蒲の如くにして大きく根赤し。花咲時杜若あやめに似たり。目はぢき草と云。是菖蒲也。水草類いくらも有。皆沼池野地に生ず。杜若に似たるをあやめと云也。此類軒をふくも所〻にて彼是たがへる事ハ多し。猶有識の人にあらねバしる事かたし。花かつミ葍《フク》事ハ中將実方朝臣、安積里人におしへ給ふとなり。

〔百代〕　花かつミ〕　萬葉　娘子部四、咲沢ニ生流花勝見都毛不知恋裳摺可聞。無名抄に、或人云、橘為仲みちのくの守にて下りける時に、五月五日家毎に菰をふきけれバあやしミて是をとふ。その時庄の官が云、此国ハむかしよりけふさうぶふく事しらず。しかるを故中將の御館の御時、けふハあやめふくものを尋てふけと侍りけれバ、此国にハあやめなきよしを申侍りけり。其時に、さあらバあさかの沼の花かつミと云事のあらバ、それをふけと侍りしより、かくふきそめて侍るとぞいへり。これ無名抄ハ菰に定たりとミゆ。此外、荷田東麿 加茂真渕等が證さま〴〵侍れど、いづれも分明ならず。又、刀の鍔に勝見形といふあり。そのかたちあやめの花に似たり云々。

〔歌枕〕　○無名抄或人云、橘為仲みちのくのかミにて下りける時に、五月五日家ごとに菰をふきけれバあやしみて是をとふ。其とき庄の官が云、此国にハむかしよりけふさうぶをふくといふ事をしらず。しかるを故中將の御館の御とき、けふハあやめふくものを、尋てふけ、と侍りけれバ、此国にハあやめなきよしを申侍りけり。其時に、さあらばあさかの沼の花かつミといふものあらバそれをふけと侍しより、かくふきそめて侍るとぞ云ける。中將の御館とハ実方の事也。○菰ハさまで花を称すべき草にあらず。むかしのかつミは花あやめにや。又、後世藁にてあめるをこもと云。むかしハ菰にてあめるならん。後、藁にてあめるをもかく

いふなれバ真菰とハわけていふにや。

〔鼇頭〕 かつミ刈ころ〕 あさかの沼の花かつミの説、諸書ニ見えたり。略す。名所也。

〔通解〕 世継物語曰、みちの国のかミ橘の為仲といふ人、国に下りて五月四日たちに廳官とかやいふもの、年老て、例のあやめにハあらぬ草を引けるを見て、けふハあやめをこそひく日なるがといへバ、此国にハ昔よりあやめひく事知らざるに、実方の中将みたちの時、今日ハあやめをふく日なるになどさやうの事ハなきぞととひ玉へバ、国の習ひにさる事なしと申せば、五月雨などの頃軒の雫もあやめによりてこそ見る、にいそぎふけとあれば、此国には生侍らずといふ。さらバあさかの沼の花かつミといふもの有。それをふけとの玉へバ、こもといふものをなむふきけるとなり。童蒙抄云、花かつミとハ花咲たる蒋を云。かつミ刈る比もやゝ近ふなればとハ、あやめふく日の近けれバかくハ申されしか。

〔永機〕 世継ものがたりニ、実方ののたまハく、あさかの沼の花かつミといふものあり。それを葺とのたまへバこもと云ものなんふきけると云〻。

【かつミ〳〵と尋ありきて、日は山の端にかゝりぬ】

〔鈔〕 有《ガ》謂、薦をかつみといへるよし。右西上人の哥にこもゝ見めとやとあれバさこそにや。翁此文法ハ思慮あられて書れたるべし。かつみ〳〵と日は山のはにかゝりぬの一節、幽玄のよし、時の人いたく称嘆し、自他耳目を驚かし感じあへりと。杜子美がいはゆる語不《ンバ》レ驚《カ》レ人《ヲ》死《(死)トモ》不レ休《セ》。

〔可常〕 (◎「有謂、薦をかつミといへるナリと。西上人の哥ニこもも見めとやと有レバさこそにや」「此の文法有思慮書れたるべし。一節幽玄可称嘆。語不《ンバ》レ驚《カ》レ人死《(死)トモ》不休。　子美」と注記)

〔五視〕 円位上人家集にて、五月会ニ熊野へ参りて下向しけるに、日高宿にかつみを菖蒲にふきけるを見て、

かつミふく熊野まふでの泊りをバこもゝ見めとやゆふべかるらん

有ガ謂、薦をかつみといへるよし。右西上人の哥にこ

も丶見めとやとあれバさこそにや。翁此文法ハ思慮あられて書レたるべし。かつみ〳〵と日ハ山のはにか丶りぬの一節幽玄のよし、ときの人い丶《ママ》て称嘆し自他耳目を驚かし感じあへりと。杜子美がいはゆる語不レ驚レ人死不《トモ》レ休。

〔**百代**〕 沼を尋〕 陸奥衜に、浅香の沼ハ田畑なり《ママ》。かつミ草花蔣いづれともしれず、只あやめ也といふ、真菰也といひ、説々多し。菖蒲池と云ハ此所に有といへり。

〔**通解**〕 かつミ〳〵と尋ありきてとハ、かつ見るといふうたの詞によりてならん。むつ千鳥を《ママ》、浅香沼ハ田畠となり、かつミ草花蔣いづれともしれず、只あやめ也と云、まこも也といひ、説ゝ多し。菖蒲池と云ハ此所にありと云へり。

【二本松】

〔**菅菰**〕 二本松ハ駅宿にて、丹羽家の城下なり。

〔**傍注**〕 驛にして城下なり。

〔**解**〕 安積郡也。

〔**洗心**〕 二本松〕安達郡ニ在リ。丹羽矦(侯)ノ城地。

〔**註**〕 海道記ニ二本松ハ相馬海道追分に有と在り。二木の松の事か、可考。二木の松ハ岩沼也。是も相馬海道也。

〔**百代**〕 二本松〕 駅宿にて丹羽家の城下也。

【黒塚の岩屋】

〔**鈔**〕 拾遺 陸奥のあだちが原の黒塚に鬼こもれりといふはまことか 兼盛

〔**可常**〕 拾〽陸奥のあだちが原の黒塚に鬼こもれりといふハまことか 兼盛

〔**菅菰**〕 黒塚の岩屋ハ安達郡あだちが原に有。是も名所なり。拾遺集 ミちのくの安達がはらのくろづかに鬼こもれりときくハまことか 平兼盛。舊説に此鬼ハ女をさして云たハぶれの詞なりと。按ずるに、中華の俗語に情夫を寃家と云類にて、皆艶喩なり。○又按ずるに、黒塚のうたひ物にいへる紀州那智東光坊祐慶の悪鬼を伏せしは、此黒づかにはあらず。武州足立郡大宮の宿に有塚の事にて、此處をもいにしへハあだちが原

と云。是亦足立郡の原なりし故也。今、大宮の町に東光寺と云修験寺あり。即ち東光坊祐慶の開基にて、黒塚は此寺のうしろの畑中に今猶存すと云り。安達と足立と和訓の似たるよりして、うたひものには奥州の事に混誤したる也。

〔傍注〕黒塚の岩屋は安達郡あだちが原にあり。拾遺集に、ミちのくの安達が原の黒塚に鬼こもれりと聞くは誠か　兼盛。此鬼ハ女の事なりと云。

安達郡安達が原なり。又、黒塚の謡物にいへる紀州那智東光坊祐慶の悪鬼を伏せしは武州足立郡大宮の宿の塚の事にて、此処も古へはあだちが原といふ。今、大宮の町に東光寺といふ修験寺あり。則、祐慶の開基にて黒塚は此うしろの畑中に今猶ありといふ。

〔解〕文段（談）ニ云、二本松城下より十丁余東と云。又、里諺ニ云、黒塚の址は、二本松より八丁程に舟引山あり、其こなたに、草村の内に、柏の木枚株むら立て残れる処なりと云〻。又、拾遺集、平兼盛、みちのくに名とりの郡黒塚といふ処に、重之が妹あまた侍ると聞て言遣しける、〽ミちのくのあだちが原の黒塚に鬼篭れりと聞ハ誠か。又、達（建）保百首〽わがためや是や安達の黒沢《ママ》に冬草たけて人は入りつゝ　従三位行能

〔元禄〕○安達原

拾〽みちのくの安達の原の黒塚に鬼こもれりといふハまことか　兼もり

古〽陸奥のあだちのま弓我ひかバ末さへよりこしのび〳〵に　よミ人不知

拾〽ミちのくのあだちの原の白ま弓心こハくもミゆる君かな　同

後拾〽ミちのくのあだちの駒ハなづめどもけふあふ坂の関までハきぬ　源縁法し

新古〽思ひやるよ所のむら雲時雨つゝあだちの原に紅葉しぬらん　重之

続後拾〽名残なきあだらの原の霜枯にまゆミちりしく比のさびしき　為子

同〽分侘ぬ露のミふかき安達野をひとりかハかぬ袖しぼりつゝ　観意法師

夫〽あだちのゝ野沢の氷とけにけりますげにまじる小芹つむ也　衣笠内太卜（大臣）

同〽あだちのゝ野沢のますげ萌にけりいばゆる駒のけしきしるしも　徳大寺

〔寛政〕拾遺集　みちのくの安達が原の黒塚に鬼こもれりときくハまことか　平兼盛

旧説に、この鬼ハ女をさして云戯れの詞なりと。

〔京大〕黒塚ノ岩家《ママ》　安達郡安達原也。

ミチノクノアダチガハラノクロヅカニオニコモレリトキクハマコトカ　平兼盛

〔五視〕拾遺　みちのくのあだちが原の黒塚に鬼こもれりといふハ誠か　兼盛

〔沙鷗〕黒塚　黒塚〕　大和物語ニ、兼盛ミちのくとてかんゐんの三のミ〔こ〕の娘に有ける人くろ塚といふ所にすみけり。其娘どもにおこせたりける、

みちのくのあだちが原の黒塚に鬼こもれりときくはまことか　平兼盛

〔洗心〕黒塚の岩屋〕阿武隈川の東供《グ》中《チウ》村にあり。拾遺集（又大和物語）〽ミちのくのあだちが原の黒塚に鬼こもれりときくハまこと歟　平兼盛

〔註〕黒塚ハ阿武隈川をわたりて東へ入、一里余山根に在。黒塚観音堂（并）菴在。塚ハ長十軒《ママ》斗巾三間斗の黒岩にて疊在り。石面色々の佛を彫む。

〔百代〕黒塚〕むつ千鳥に、二本松城下にさしかゝり、亀が井町より半里、阿武隈川端に彼黒塚あり。邊ハ田畠也。此あたりをさして安達原と云といへり。拾遺、平兼盛、陸奥のあだちの原の黒塚に鬼こもれりといふハまことか

〔歌枕〕［拾遺］ミちのくになとりこほりくろづかと云所に重之がいもうとあまたありと聞てつかハしける〽みちのくのあだちが原のくろづかにおにこもれりときくハまことか　○おにハ女の事也。［いセ物語］〽かりにもおにのすだく也けり〔と〕云ハ女の多くあつまりたるを云。

〔鼇頭〕黒塚の岩屋ハ安達郡あだちが原に有。名所也。

〔通解〕福嶋より瀬の上へ二里。夫より桑折《コ》へ一里半あ

りといふ。安達が原ハ安達郡にある原也。黒塚と唱ふる所あり。今もさびしき地なりとぞ。拾遺集雑下、平兼盛、

みちのくの安達が原の黒塚に鬼こもれりといふハ誠か

古き物語に、鬼のすみける事あり。今も草村の中に黒塚とて栢《カシ》の木の村立て其跡残れりと云。

〔**永機**〕ミちのくのあだちが原の黒塚に鬼こもれりといふはまことか　平兼盛

【一見し】

〔**洗心**〕一見し〕印-本ニ一-字の地を闕。恐クハ落-字歟。

【福嶋】

〔**菅菰**〕福嶋は徃来の驛にて、　板倉家の舘下なり。絹を産とす。世に福嶋絹と云。

〔**解**〕信夫郡、福島陣屋也。

〔**洗心**〕福嶋〕信-夫ノ-郡ニ在。其-頃の郡-主堀-田矦（侯）。今ハ板-倉-矦の居-城たり。

〔**百代**〕福嶋〕駅宿にて板倉家の城下也。

〔**下露**〕五月朔日福嶋に泊、と曽良が日記ニ見へたり。

〔一五〕信夫の里

あくれバ、しのぶもぢ摺《ずり》の石を尋《たづね》て、忍ぶのさとに行《ゆく》。遙山陰《はるかやまかげ》の小里に石半《なかば》土に埋《うづもれ》てあり。里の童阝《わらべ》(部)の来《きた》りて教《をしへ》ける。昔ハ此《この》山の上に侍《はべり》しを、徃《ゆき》(往)来《き》の人の麦草《むぎくさ》をあらして、此《この》石を試《こころみ》侍《はべる》をにくみて、此《この》谷につき落せバ、石の面《おもて》下ざまにふしたりと云《いふ》。さもあるべき事にや。

早苗《さなへ》とる手もとや昔しのぶ摺《ずり》

【しのぶもぢ摺の石】

〔鈔〕 みちのくの忍ぶもぢずり誰ゆへにみだれそめにし我ならなくに

後撰　君をのミ忍ぶの里へ行ものをあひづの山のはるけきやなぞ

〔可常〕 〽みちのくの忍ぶもぢずり誰ゆへにみだれそめにし我ならなくに

後セン　〽君をのミ忍ぶの里へ行物をあひづの山のはるけきやなぞ

〔菅菰〕 此所及びしのぶの里に至て皆信夫《シノブ》郡なり。文字摺ハ、古今みちのくのしのぶもぢずり誰ゆへにミだれんとおもふ我ならなくに（河原左大臣）、後拾遺　君にかくおもひミだるとしらせばやこゝろの奥のしのぶもぢずり（後法性寺関白）、など云證哥ありて、名物なり。（今福嶋よりもぢずりと云染絹を出す。もやうハ石目或ハ紅嶋の中にしのぶ草の葉を染たり。）童蒙抄に云、もぢずりとハ陸奥信夫郡にすり出せる摺の名なり。打ちかへてみだりがハし

くすれりと。栄雅の説には、信夫郡に大なる石二つあり。其面平にして綟《モヂ》のやうなる紋あり。それに藍にてすれる布をむかし年貢に奉りけり。天智天皇の時奉りし也と云。八雲御抄には、忍ぶ草を紋につけたる摺なりと有。

〔傍注〕　童蒙抄ニ云、文字摺とは陸奥信夫郡にすり出せる絹の名也。打遠（違）えて乱がハしくすれり。又栄雅の説に信夫郡に大なる石ふたつあり。其面平にして綟子のやうなる文あり。夫らに藍にてすれる布をむかし京に奉りけり。天智天皇の御宇也。また八雲御抄には、しのぶ草を後につけたる摺なりといふ。

〔解〕　文段（談）云、信夫山、同岡、同杜、同原、同戾摺、福嶋、北の山端に、今御山と云々。私云、福嶋より一里余行て、此山口にあり。忍ふ摺の石、大サ一間に二間斗リ成るべしと。哥林良材ニ、古今集十四、河原左大臣〽みちのくの忍ぶ文字摺たれゆへにミだれそめにし我ならなくに。同書に陸奥国の信夫郡に、文字摺とて、髪をミだしたるよふに摺りたる物をしのぶ文字摺といふ也。

〔元禄〕　○文字摺〕　栄雅説、信夫郡に大なる石二ツあり。其面平にして戾《モヂ》のやうなる紋あり。それに藍にてすれる布をむかし年貢に奉りけり。天智天皇の時奉りし也云々。

八雲御抄後鳥羽院にハ忍草を紋につけたる摺也云々。

○文字摺石　長サ一丈五寸、幅七尺餘。

○勢語臆断、もちずりハ戾り摺にて、みだれすれるをいへり云々。

〔京大〕　八重垣ニ注尺ニ《ママ》、信夫ノ郡也。石面平ニシテ忍艸ノ形ニ似タリ。乱タル紋有。其上ニ藍ニ而モ又紫ニテモカケテ布ニ摺也。麦ノ艸ヲ以テスリテケンズトナリ。天知（智）ノ御宇トカヤ。

翁　文字ズリノ記ニ、

忍ぶの郡しのぶの里とかや。文字ずりの名残とて方二間ばかりなる石有。此石ハむかし女のおもひ石になりて其面に文字有リとかや。山藍すりみだるゝ故に恋によせておほくよめり。今ハ谷間に埋れて石の面下ざま

に成たれば、させる風流も見えず侍れども、さすがにむかし覚へてなつかしけれバ、と云〻。下の通の句あり。（「下の通の句」とは「早苗とる手もとや昔忍ぶ摺」のこと。『芭蕉庵小文庫』所収）

石碑ノ面文

陸奥国信夫郡毛知須利石始稱其名不知何時其説亦未詳也。只恐萬世之後人不知其斯石故表而立碑於傍云尓。

丙子元録《ママ》九年夏五月中旬。福嶋大守紀正虎表焉。

翁行脚ノ六七ケ年後ニコノ石碑立ナリ。

＊シノブズリ　ムカシ貢モノ天智帝ニハヂマル。八雲御抄ニシノブ艸ヲ紋ニツケタルスリナリトアリ。＊

〔五視〕　みちのくの忍ぶもぢずり誰ゆへにみだれそめにしわれならなくに

君をのミ忍ぶの里に行ものをあひづの山のはるけきやなぞ

〔洗心〕　もぢずりの石〕　菅ノ引哥こと〴〵く恋の題のよミ合せにして、名所の證とすべき物なければはぶく。童‐蒙‐抄ニ云、もぢずりとハ陸奥信夫郡にすり出せる摺の名也。うちゝがへてミだりがハしくすれりと。栄‐雅の説には、信夫郡に大なる石二ツあり。其面平にして綟《モチ》のやうなる紋あり。それに紫にても藍にてもすりたる布を年貢にしたるを、しのぶもぢずりとも忍ぶずりともいふなり。天‐智天‐皇の時奉りしと云。八‐雲御‐抄にはしのぶ草を紋につけたるすり也とあり。

〔註〕　しのぶ摺ハ福嶌より是も東へ阿武隈を渉りて一里余、黒川のわたりを越。しのぶ摺石、長二間巾一間と云也。外ハ栗の角木を以て埒を給ひて在。観音堂并菴在り。此石ハ鏡石と云名のよし。真事の石ハ爪下りの田の中に臥て在。翁の本文真事也。

〔百代〕　もぢ摺〕　むつ千鳥に、石の寸尺ハ風火（土）記に委見へたり。いつの比か岨より轉落て、今ハ文字の方下に成、石の裏を見る。扇にて尺をとるに長サ一丈五寸幅七尺余。楷の丸太をもて囲ひ、脇よりの目印に杉二本植といへり。栄雅説に、信夫郡に大なる石二ツあり。其面平かにして綟のやうなる紋あり。夫ニ藍にてすれる布を昔年貢に奉りけると也

云々。古今、河原左大臣、陸奥の信夫文字摺誰ゆへに
みだれんと思ふ我ならなくに。

〔歌枕〕○〔童蒙抄〕もぢずりとハ陸奥信夫郡にすり出せる摺の名也。打ちがへてみだりがハしくすれり。○栄雅の説にハ、信夫郡に大なる石二ッあり、其面平にして綟のやうなる紋あり。それに莖にてすれる布をむかし年貢に奉りけり。天智天皇の時奉りし也。○〔八雲御抄〕忍ぶ草を紋に付たる摺也。○一説、むかし女のおもひに石になりて其面に文字ありしとかや。○草の汁にて結布を摺ハ何となくみだれたる形つく也。〔古今〕みちのくの忍ぶもぢずり誰ゆへにミだれそめにし我ならなくに。〔後拾〕君にかくおもひミだるとしらせばやこゝろの奥のしのぶもぢずり　後法性寺関白。

〔鼇頭〕○しのぶ文字摺〕信夫郡シノブ古哥多し。むかし此石のおもてニ綟のやうなる紋有を、藍ニて布ニすり、天智帝の御時年貢ニ奉しと。○八雲御抄ニしのぶ草を紋ニ付たる摺なりと云。

〔通解〕文字摺の石ハ信夫郡にあり。桒折より半里ばかり細道をゆき、節黒川を越へて石有。長さ二間、幅一間ばかり。石の垣あり。古今集恋部四、河原左大臣、

みちのくのしのぶもぢずり誰ゆへに乱れんと思ふ我ならなくに

伊勢物語にハ、みだれそめにしとあり。文字摺の石ハ文字の様なる文あり。藍にてすりたる布を年貢に奉るを狩襲束にしたりと也云々。袖中抄に、遍照寺の御簾のへりにぞ摺られてありしをなどあり。

〔通解追加〕文字摺石〕観世音を安置せし中堂のかたはらにあり。

【忍ぶのさと】

〔解〕後撰集十九〈君をのミ忍ぶの里へ行ものを會津の山のはるけきやなぞ　藤原滋幹女
〔元禄〕○信夫里〕哥別紙アリ。
同山。同岡。同原。同浦。同杜。○缺摺《モヂスリ》伊勢真名。
※△信夫ノ次
○山家ニ、ふりたるたなはしをもみぢのうづミたりける。渡りにくゝてやすらはれて人にたづねければ、お

もハくのはしと申ハこれなりと申けるをきゝて、ふまバうき紅葉の錦散しきて人もかよはぬおもはくのはし
しのぶの里なり。二日ばかりいりてあり。※
※
後撰　君をのミ忍ぶの里へ行ものをあひ津の山のはるけきやなぞ　藤原滋幹女
新勅　東路のしのぶの里に休らひて名こその関をこえぞわづらふ　西行法し
新古　あやなくもくもらぬ宵をいとふ哉忍ぶの里の秋の夜の月　橘為仲
新勅　しのぶ山忍びて通ふ道もがな人のこゝろのおくも見るべく　なりひら
千　時鳥なをはつ声をしのぶ山夕ゐる雲のそこになくなり　守覚
同　いかにせんしのぶの山の下紅葉時雨まゝに色のまさるを　常陸
新古　人しれずくるしき物ハしのぶ山下はふ葛のうらみ也けり　清輔
同　きえねたゞしのぶの山の峯の雲かゝる心ハ跡もなきまで　雅経
同　かぎりあれバ忍ぶの山の麓にも落葉がうへの露ぞ色づく　通光
新後撰　思ひあまる心のほどもきこゆ也忍ぶの山のさをしかのこゑ　寂蓮
同　我ならぬしのぶの山の松のはも年へて色に出るものかハ　有教
新千　もらすべき隙こそなけれ忍ぶ山忍びて通ふ谷の下水　土御門院小宰相
新後拾　岩つゝじいはでや染るしのぶ山心のおくの色をたづねて　定家
新続古　なけや鳴忍ぶのやまのよぶこ鳥つゐにとまらぬ杢ならず共　順徳院
万七　人こそハおほにもいはめわがこゝだしのぶが原をしめゆふなゆめ
後撰　浅茅原荒たる宿ハむかしみし人を忍ぶの渡り

なるらん　能因法師

千　我庵ハしのぶのおくの真菅原露かゝりとも知人のなき　定雅

続古　人めのミしのぶが原にゆふしめの心のうちに朽やはてなん　家隆

新後拾　名とり川音になたてそ陸奥のしのぶが原ハ露あまるとも　深守親王

続古　何事をしのぶの岡の女郎花思ひしほれて露けかるらん　中納言

後撰　難面を思ひしのぶのさねかづら果ハくるをも厭なりけり

続後撰　跡たえぬ誰に問ましミちのくの思ひしのぶのおくの通路　忠良

続古　みちのくの忍ぶの鷹のとや籠りかりにもしらじ思ふ心ハ　中務卿

新千　○秋風にみだれにけりな陸奥のしのぶにハあらぬ萩の花ずり　為子

新後撰　尋ばや忍ぶのおくの桜花風にしられぬ色や残ると　定家

千　いづくより吹くる風のちらしけん誰も忍ぶの杜のことのは　隆房

新後撰　しられじなさても忍ぶの杜の露もりて涙の袖に見えずバ　前関白

新続古　時鳥をのが五月の比だにも何としのぶの杜に鳴らん　宗宣

金　ミちのくの思ひ忍ぶに有ながら心にかゝるあふの松原　長実

〔新古今〕打はへてくるしき物ハ人めのミ忍ぶの浦の蜑のたく縄

新勅　人知れず忍ぶの浦にやく塩の我名ハまだき立煙かな　家隆

続後撰　尋ばや煙をなにゝまがふらん忍ぶの浦の蜑のもしほ火　同

同　人めのミ忍の浦にをく網の下にハたえずひく心かな　兼氏

新千　しらせばやしのぶの浦のうけの緒の思ひたゆ

たふ心ながさを　恒明親王

新古　日を經つゝ都しのぶのうらさびて波より外の
音づれもなし　入道前關白太政大ト

新千　いかにせん忍ぶの浦の沖津波かけても袖の色
にいでなバ　隆教

古　ミちのくのしのぶもぢずり誰ゆへに乱れんと
思ふ我ならなくに　河原左大臣

千　旅衣あきたつ小野の露しげミしぼりもあへず
忍ぶもぢずり　覚忠

新続古　宮城野の朝露分て秋萩の色にみだるゝしのぶ
もぢずり　頓阿法師

みちのくの忍ぶの里の秋風にもぢずり衣うち
もたゆまず　公朝朝ト(臣)

きぬ〲に移し色ハあだなれど心ぞふかきし
のぶもぢずり　隆信朝ト(臣)

うちつけに思ひやいづこ陸奥のしのぶ草して
すれる也けり　中納言敦忠

ミちのくのしのぶもぢずり忍びつゝ色にハ出
じミだれもぞする　舜然法師

いつまでも思ひミだれてすごすべきつれなき
人を忍ぶもぢずり　兼宗朝ト(臣)

みだれぬる心ハよ所に見えぬらんなにか人め
を忍ぶもぢずり　顕昭法師

きのふミし忍ぶのみだれ誰ならん心のほどぞ
かぎりしられず　清輔朝ト(臣)

続拾　君にかく思ひみだるとしらせばや心の奥のし
のぶもぢずり　後法性寺関白

人とハぬ軒の忍ぶの山の端にその色となく春
雨ぞふる　家隆　※

〔**洗心**〕忍のさと〕正‐字信‐夫ノ里。

〔**通解**〕忍ぶの里しのぶの浦、いづれも名所也。

後撰集　藤原滋幹女、
君をのミしのぶの里へゆくものをあひ津の山のはる
けきやなぞ

新古今集　入道前関白太政大臣、
日をへつゝ都しのぶの浦さびて波より外の音信もな

し

【遙山陰の小里に石半土に埋てあり】

〔洗心〕 遙山陰の小里〕是も川より東にてわびしき観ー音ー堂の庭ー中にあり。

【早苗とる手もとや昔しのぶ摺】

〔鈔〕 手もとの形容申もさらなり。

〔可常〕 （◎「手元の形容申もさら也」と注記）

〔解〕 句解、昔を忍ぶ、目を忍の、道を忍、皆哥に常の詠ならわし也。哥枕名寄に、秋風抄 〽思ひやるむかしも遠しミちのくの忍ぶの里に匂ふ橘 隆祐朝臣。早苗とる手元《ト》をバ、つら〳〵眺て、むかし忍ぶ摺する、手元も、かくやと、其むかしを思ひしのぶとなり。此やの字疑のやなり。則疑て句の落着したる処、おもしろし。秀逸といふべし。しゐて釈すべからざる物にや。

〔寛政〕 後拾遺 君にかくおもひみだるとしらせばや心の奥のしのぶもぢずり

栄花《ママ》の説にハ信夫郡に大なる石二ツあり。その面平にして綟のやうなる紋あり。それに藍にてすれる布を年貢に奉りたるよし。大智天皇の時なりとぞ。

〔五視〕 早苗とる——〕 手もとの形容申もさら也。

〔洗心〕 〔早苗とる手もと〕のさも似たる事〔や〕と見ぬ〔昔〕を〔しのぶ摺《したハる、の意也》〕

〔註〕 手もとやむかし〕 此昔の文字随分かろく聞へて妙也。一句を能〻味ふべし。

〔百代〕 早苗〕 元禄四年、北枝が撰、卯辰集に、早苗つかむとあり。詞書も少し畧なり。又、史邦がに文庫（小）、此句の詞書に、忍の郡しのぶの里とかや。文字摺の名残とて方弐間ばかりなる石あり。此石ハむかし女のおもひ石になりて、其面に文字ありとかや。山藍摺みだる故に恋によせておはくよめり。いまは谷合に埋れて石の面は下ざまになりたれバ、させる風情も見えず侍ども、さすがにむかしおぼへてなつかしければバ、早苗とる…―とあり。

〔句解〕 早苗とる手もとやむかししのぶ摺

句選註ニ、忍ぶ摺の石はむかし絹をすりて貢せしよし也。みちのくの忍ぶ文字とよめる、是なり。今はなか

ば埋ミて見えずと也。昔を忍ぶとさなへ艸にたとへしなるべし。

〔下露〕 夘辰集　早苗つかむ手もとやむかししのぶ摺。

〔歌枕〕 ○今早苗とる者を見て、昔はかゝる者ども摺て奉りしならんと云心なり。

〔通解〕 〽早苗とる手もとやむかし忍ぶ摺

夘辰集にハ、早苗つかむとあり。早苗とる手もとは忍ぶ摺りたる手つきなるべしとの吟。所から感深かるべし。

〔解説〕 早苗とる手もとやむかし忍ぶ摺

細道に、忍ぶの里にゆくみち山かげの小里に石半土に埋ミてありと云云。夘辰集にハ早苗つかむとあり。早苗とる手元ハ忍ぶ摺たる手つきなるべしとの吟、所がら感深かるべし。小文庫に前書あり。其文ニ云、忍ぶの郡しのぶの里とかや。文字の名殘とて方二間ばかりなる石あり。此石ハむかし女の思ひ石に成りて其面に文字有とかや。山藍摺みだるゝ故に恋によせて多くよめり。今ハ谷間に埋れて石の面下ざまになりたれバさせる風情も見へず侍れども、さすがにむかし覚へてなつかしければと、ばせをの文見えたり。伊勢物語に、信夫郡に石あり。絹布をする山藍という艸の汁ニてすれると見へたれば、早乙女のわざに思ひよれるならんと年考に見へたり。泊船集に見へず。

〔一六〕佐藤庄司の旧跡

月《つき》の輪《わ》のわたしを越《こえ》て、瀬《せ》の上《うへ》と云《いふ》宿《しゆく》に出《い》づ。佐藤庄司《しやうじ》が旧跡は左の山際一里半計《ばかり》に有《あり》。飯塚《いひづか》の里鯖野《さばの》と聞《きき》て尋〳〵《たづねたづね》行《ゆく》に、丸山と云《いふ》に尋《たづね》あたる。是《これ》、庄司が旧舘(館)也。梺《ふもと》に大手《おほて》の跡など、人の教ゆるにまかせて泪《なみだ》を落し、又かたハらの古寺《ふるでら》に一家《いつけ》の石碑《せきひ》を残す。中にも二人の嫁がしるし先哀也《まづあはれなり》。女なれどもかひ〴〵しき名の世に聞《きこ》えつる物《もの》かなと、袂《たもと》をぬらしぬ。墜(堕)涙《だるゐ》の石碑も遠きにあらず。寺に入《いり》て茶を乞へバ、爰《ここ》に義経の太刀《たち》弁慶《べんけい》が笈《おひ》をとゞめて什物《じふもつ》とす。

笈《おひ》も太刀も五月《さつき》にかざれ帋幟《かみのぼり》

五月朔日《さつきついたち》の事也。

【月の輪のわたし】

〔鈔〕 此わたし、哥まくらに見えず。

〔可常〕 (◎「哥枕不見」と注記)

〔菅菰〕 しのぶの里より瀬の上へ出る田舎道にて、名所にハ非ず。

〔傍注〕 信夫の里ゟ(より)瀬の上へ出る田舎道なり。

〔解〕 福嶋より瀬の上迫の間なり。

〔五視〕 月の輪のわたし」此渡し哥枕に見えず。

〔洗心〕 月の輪のわたし」菅ニ、しのぶの里より瀬の上へ出る田舎道にて、名所にハあらず。

〔百代〕月の輪」しのぶ里より瀬上へ出る田舎道也。瀬上ハ駅場なりといふ。

〔歌枕〕○月の輪ハ名所に非ざれども都近き所にも此名ありて、いかにも風流に聞ゆるゆへ、と云の文字を添てハ文章おかしからず。

〔通解〕菅菰抄云、月の輪の渡しハ、信夫の里より瀧（瀬）の上へ出る田舎道にて、名所にハあらず。

〔永機〕此一段文章の前後せし所アリ。此本のあや可然おもハる。


【瀬の上といふ宿】


〔菅菰〕是も往還の驛場にて官領なり。

〔傍注〕駅場官領なり。


【佐藤庄司が旧跡】


〔菅菰〕庄司ハ秀衡が家臣にて、信夫郡を領し、信夫ノ庄司佐藤元治と云。大職冠の裔。次信忠信が父也。

〔傍注〕秀衡家臣、信夫郡領主。

〔解〕文段《ママ》云、飯塚の里鯖野、丸山、是庄司が旧舘なりと、言傳ふト云ゝ。私云、翁、則、等窮が教し文段《ママ》抄を、道しるべにして、古跡を尋たらん。依て此処の文句、文段《ママ》抄の通、遠（違）わず侍る。

〔京大〕庄司元治ハ秀衡ガ臣也。三良兵衛次信　四良兵衛忠信等ガ親也。

〔洗心〕佐藤庄司」菅ニ、秀-衡が家-臣にて云ゝ。次-信忠-信が父なり。

〔註〕飯坂の宿の内、西北の平山古城跡、大鳥が城と云也。

〔百代〕佐藤庄司」秀衡が臣。信夫郡領す。信夫庄司佐藤元治といふ。大職冠の裔。次信 忠信の父也。

〔歌枕〕○信夫庄司佐藤元治とて、秀衡の家臣。次信 忠信の親也。

〔鼇頭〕○庄司ハ秀衡ガ家臣也。信夫郡を領す。次信忠信ガ父なり。

〔通解〕和漢三才圖會を按るに、佐藤庄司旧跡、信夫郡にあり。寺あり。竹二本あり。其ふとさ節の間ともに相ひとし。兄弟もつところ二本の旗竹地にさせバ活生す云云。兄弟の塚あり。後人きづく所かと見へたり。

父信夫庄司元治は秀衡の家臣なり。二子を義経に属す。数度の合戦に功あり。兄継信ハ讃州屋嶋に於て義経に代りて死し、弟忠信ハ和州吉野山に於て義経に代りとゞまり、敵を防ぎ京都にて死す。実に忠義の士なりといへり。

【飯塚の里鯖野と聞て尋〳〵行に、丸山と云に尋あたる】

〔**菅菰**〕此三所も皆名所ならず。

〔**傍注**〕飯塚〕非名所。「鯖野」非名所。「丸山」非名所。

〔**洗心**〕鯖野〕正字佐場野なり。
丸山と云に尋あたる〕菅、此三所も皆名所ならず。

〔**永機**〕たどる〳〵行に。

【又かたハらの古寺に一家の石碑を残す】

〔**菅菰**〕此寺は甲冑堂といふ。佐保《ママ》川の邊にあり。佐藤次信忠信二人が妻の甲冑を着たる木像あり。故に堂の名とす。兄弟戦死の後、二人の婦《ヨメ》甲冑を著し、軍戦の粧ひをなして、遺《ノコ》れる老母を慰めしと言傳ふ。和漢三才圖會云、寺有竹二本、節間共相等。傳曰兄弟所持二本旗竿、挿地活生。按ルニ疑クハ後世好事ノ者コレヲ植ルカ。此竹今ハナシ。

〔**傍注**〕此寺を甲冑堂といふ。佐保川の邊なり。故に堂の名とす。次信忠信が妻の甲冑を着たる木像なり。

〔**解**〕此寺の山号、寺号、未考。菅菰抄ニ云、此寺は甲冑堂といふ。佐保川の辺にあり。佐藤次信忠信二人の妻の甲冑を着たる木像あり。故に堂の名とす。兄弟戦死の後、二人の婦甲冑を著し軍戦の粧ひをなして、遺《ノコ》れる母を慰めしと云傳ふ。

〔**洗心**〕かたハらの古寺〕天台宗にて瑠璃光山醫王寺と云。

〔**百代**〕古寺〕陸奥衢に、佐葉野といふ所二里分入。瑠璃光山医王寺、宝物品〻有中に、義經の笈弁慶手跡大般若あり。佐藤庄司基所（墓）一門石塔ありといえり。菅菰に、此寺ハ甲冑堂といふ。佐保川の邊にあり。次信忠信二人が妻の甲冑を着たる木像有故に堂の名とすといへりと。此寺は甲冑堂とハ別所と聞ゆ。所謂陸奥千鳥に、国見山高くさゝえ伊達の大木戸構きびしく

見ゆ。是より才川村入口、鐙摺の岩あり。一騎立の細道也。少し行て右の方に寺あり。小高き所堂一宇。次信 忠信両妻軍立の姿にて相双びたり。外に本尊なしとあり。これ医王寺の条とハ別段なり云々。翁ハ甲胄堂にハ遊杖なかりしにや。

〔**歌枕**〕○文選 去者ハ日以疎ク、生者日ニ以親シ。直ニ出二郭門一視レバ、但見二丘ト與レ墳。

此古寺に甲胄堂とてあり。二人の妻が甲胄を着たる像也。兄弟戦死の後二人の嫁甲胄を着て軍戦の粧をなし、老母を慰しとかや。

〔**通解**〕陸奥千鳥云、佐葉野といふ所二里分入り、瑠璃光山医王寺寶物品々あり。中に義経の笈 弁慶手跡大般若あり。佐藤庄司旧跡 丸山城跡あり。庄司墓所 一門石塔、次信 忠信石塔あり。又云、伊達大木戸構嚴敷見ゆ。従是幸川村入口に鐙摺の岩あり。一騎立の細道也。少ゆきて右の方に寺あり。小高き所、堂二宇、次信 忠信両妻軍立姿にて相並びたり。外ニ本尊なしといへり。按るにかたはらの古寺といへるハ、高福寺の事なるべし。

〔**通解追加**〕義経の笈〕源九郎よし経、出羽国三瀬といふ所まで落着、作り山伏の姿も是までなりとて、皆山伏の姿をとき、各の笈どもを社頭に残し置て去り玉ひぬとぞ。今に此三瀬の社に義経主従の笈七ツ残れり。第一の寶物として秘藏す云云。平泉の中尊寺に、亀井六郎が笈なりとて今に只一ツ残れり。亀井抔ハ奥州まで貿ひゆきたるにや。○むつ千鳥に云、医王寺の笈ハ義経の笈と云、いぶかし。

【中にも二人の嫁がしるし先哀也】

〔**元禄**〕次信忠信二人が婦人、老母ニ仕シ至孝貞烈ノ叓、諸軍記等ニ顕然タリ。

〔**京大**〕※甲胄堂 二人ノ嫁甲胄の像ナリ。此寺二本竹節ドモ相等。二人旗竿插レ地ニ活生ス。※

〔**百代**〕二人の嫁〕次信 忠信二人の妻を云り。

〔**鼇頭**〕○二人の嫁とハ次信 忠信二人が妻也。戦死の後、二人のよめ甲胄を着し軍のよそほひなして、老母を慰めしと云。

〔**通解**〕 佐伊川の邊りに甲冑堂あり。佐藤次信 忠信二人の妻、甲冑を着たる木像あり。東遊記云、義経大功をたて玉ひて再度奥州へ来り給ひし時、始つき従ひて出たりし亀井 片岡など皆無事にて帰国せしに、兄弟二人とも他国の土となりて形見のミ帰りしを、母なる人悲しミ歎きて、無事に帰り來る人を見るにつけて、せめてハ一人なりとも此人〻の如く帰りなばなど泣沈ミぬるを、兄弟の妻女その心根を推量し、我が夫の甲冑を着し、長刀を脇ばさミ、いさましげに*(出)かたち、只今兄弟*凱陣せしより其俤を学び、老母に見せ其心をなぐさめしとぞ。其頃の人も*二人の隣(婦)人の志心を哀に思ひしにや、其姿を木像に刻ミて残し置くと也。才川の町末高福寺といふ寺の寺中にあり云云。

〈洒本 出たち 凱陣せしと 二人の婦人〉

〔**通解追加**〕 二人の嫁〕 梨一が解、老母を慰めたると云、舎来思ふにひがごとなるべしや。按るに、元治等中村為宗を拒の時、然も無勢なる故、二人の女性も物具着して、防戦の人数に加はり、粉骨を盡せしものにやと覚へらる。さなくバかひぐ〱しきの詞、いさゝか詮なきに似たり。此説従ふべきにや。愚考ふるに、高館落城のときの事なるべし。戦死なくしてしるすに及ばず。継信の子孫ハ相續するよし。

〔**永機**〕 才川の駅の末高福寺といふアリ。境内の小堂に継信 忠信が娵二人甲冑の像ヲ安置す。扁額に故将堂トアリ。

【女なれどもかひぐ〱しき名の世に聞えつる物かな】

〔**洗心**〕 女なれどもかひぐ〱しき名〕 菅二、此寺ハ甲冑堂といふ。佐保川の邊にあり。佐藤次信忠信二人が妻の甲冑を着たる木像あり。故に堂の名とす。兄弟戦死の後二人の婦《ヨメ》甲冑を着し、軍戦の粧(妝・粧)をなして遣れる老母を慰めしといひ傳ふ。

○東鑑二云、文治五年己酉八月八日云〻。又云、泰衡郎《ガ》従信夫《ノ》佐藤荘司、又号《ス》湯《ノ》荘司。是継信忠信等《ガ》父也。相具《シ》叔父河邊《ノ》太郎高経伊賀良七郎高重等《ヲ》陣《ス》石那坂之上二云〻。おもふに此時無勢なるをもて二人の女性もうち加ハりて粉骨を尽せしも

のにやあらん。さなくてハかひがひしきの文、少しくあたらざるや。されど其事跡未考。後《ノ》人よく正《セ》之《ヲ》。

〔百代〕女なれども」兄弟戦死の後二人の婦甲冑を着し、軍戦の粧ひをなして、遺れる老母を慰めしといひ傳ふ。又義經記に、兄弟のものども御供して下り、御前にて孫どもにゑぼしを着せなバいかばかり嬉かるらんとて、りうてひこ《ママ》がれけれバ、二人の嫁もなき人の事を一しほ思出し、わかれし時のやうに聲もおしまずかなしミける。

【墜涙の石碑】

〔鈔〕晋書羊祜傳《ニ》、羊祜守《タリ》襄陽《ニ》。卒《シテ》百姓為《メニ》建《ツ》碑《ヲ》。望《ム》者莫《ノ》不《トコト》流涕《セ》。名《ニ》墮涙《ノ》碑《ト》。

（頭注「李太白、峴山臨《ム》漢江《ニ》。水緑《ニシテ》沙如《シ》雪《ノ》。上《ニ》有《リ》墮涙《ノ》碑。青苔久《ク》磨滅《ス》」）

〔可常〕晋書羊祜傳、羊祜守《タリ》襄陽《ニ》。卒《シテ》百姓為《ニ》建碑。望《ム》者莫不《云コト》流涕《セ》。名《ニ》墮涙《ノ》碑《ト》。峴山臨《ム》漢江。水緑《ニシテ》沙如《シ》雪。上《ニ》有《リ》墮涙《ノ》碑。青苔久《ク》磨滅《ス》。李白。

〔菅菰〕墜涙ハ墮涙の誤なるべし。晉書羊祜ガ傳《ニ》云、祜樂《ム》山水《ヲ》。毎《トニ》風景必《ズ》造《リ》峴山《ニ》、置酒言詠、終日不倦《ママ》。祜死《シテ》後、襄陽《ノ》百姓、於《テ》祜ガ平生遊憩《ノ》之處《ニ》、建《テ》碑《ヲ》立《テ》廟《ヲ》、歳時享祀《ス》。望《ム》其《ノ》碑者《ノ》、莫《シ》不《ルコト》流《サ》涕《ヲ》。杜預因《テ》名《ケテ》爲墮涙《ノ》碑《ト》。

〔傍注〕墮ノ字ノアヤマリナルベシ。晋書ニ、羊祐《ママ》山水ヲタノシム。死シテ襄陽ノ百姓已ニ、碑ヲタツ。杜預名ヅケテ墮涙ノ碑ト云。

〔解〕菅菰抄ニ墮の字の誤成るべしとあり。

墜涙の石碑〕晋書云、半祐《ママ》、為刺史、登峴山。及祐《ママ》薨《ズルニ》、立碑峴山。百姓見其碑、莫不悲感。号《シテ》為墜涙碑。

〔元禄〕晋羊祜世〻吏二千石。至祜九世并以清德聞。中畧 相墓者見曰猶出折臂三公祜竟墮馬折臂仕至公卒、贈《ルトキ》大傅而無子。祜樂山水毎風景必造峴山。置酒言詠終日不倦。襄陽《ノ》百姓於祜

平生遊憩之所一。建レ碑立レ廟歳時享ニ祀ス。望ニ其碑一者莫レ不レ流レ涕。杜預因名為ニ墮涙碑一。蒙求。

〔**寛政**〕 隨《ママ》涙の〕 晋書羊祜傳云、祜楽山水毎風景必造峴山置酒言詠終日不倦。祜死後襄陽百性《ママ》於祜平生遊憩之處建碑立廟。歳時享祀。望其碑者莫不流涕。杜預因名為隨《ママ》涙碑。

〔**京大**〕 墜涙の石碑ハタトヘ也。

事實ニ曰、晋羊祐《ママ》ノ碑也。羊《ヨウ》祐《ユウ》守タリニ襄《ジヨウ》陽《ヤウ》ノ一。後ニ百姓於テニ平生遊憩《ケイ》處テニ於峴《ケン》山ニ一立ツレ碑ヲ。望ニ其碑ヲ一者莫シレ不ト云コトレ流サレ涕ヲ。因テ名クニ墮涙ノ碑一ト。

〔**五視**〕 李太白 峴山臨ニ漢江一。水緑ニシテ沙如レ雪。上ニ有ニ墮涙碑一。青苔久ク磨滅ス。

〔**洗心**〕 墮涙の石碑〕 菅ニ、晋書羊祜ガ云、祜樂ムニ山水ヲ一毎ニ風景ニ一必造ルニ峴山ニ一。置酒言詠終日不レ倦。祐《ママ》死シテ後襄陽ノ百姓於ニ祜平常遊憩之處ニ一建テレ碑歳時ニ享祀ス。望ムニ其ノ碑ヲ一者無シレ不ルコトレ流サレ涕ヲ。杜預名ケテ為スニ墮涙ノ碑一ト。

〔**註**〕 墮涙の石碑〕 墮戻《ママ》碑、晋書出。

羊祐《ママ》守ニ襄陽一。後百姓ニ於平生遊憩處於峴山立レ碑。望ニ其碑ニ者莫レ不ハニ流涕一。因名墮涙碑。晋朝庶士一片石亀龍剥落生ニ莓苔一。断碑莫レ恠。千回讀コト今代何人筆カ同カラン。

碑面不分大サ一丈程、二ツ宛立シテ、四ツ世人角文字の碑と云也。

〔**百代**〕 墮涙〕 今いふこゝろハ、墮涙碑の名ハ中華の事なるを、今この二人の嫁がしるしに袂をぬらすハ取もなをさず墮涙の石碑也と云文章なん。晋書、羊祜傳ニ、祜樂レ山水。毎ニレ風景必造レ峴山ヲ。置酒言詠終日不倦。祜死後襄陽ノ百姓於ニ祜樂レ山水慰之處一建碑立廟。歳時享祀。望其碑者莫レ不レ流レ涕。杜預因名テ為ニ墮涙碑一云々。

〔**歌枕**〕 ○[晋書]羊祜傳、羊祜樂ニ山水一毎ニ風景一必造ニ峴山ニ置酒言詠終日不レ倦。祐《ママ》死ス。後襄陽ノ百姓於ニ祜ガ平生遊憩之處一建レ碑立レ廟歳時享祀。望ニ其碑一者莫レ不レ流レ涕。杜預因名爲ニ隨(墮)

泪碑一。○祜鎮二襄‐陽一有二恵‐澤一故如レ斯。

〔鼇頭〕 ○堕泪〕ダルイ。晋昼(書)羊祐(祜)ガ傳ニくハし。祐《ママ》を祀るニ碑泪を流さゞる事なし。名づけて堕泪の碑とすと云。

〔通解〕 堕泪碑ハ、晋の世、襄陽の百姓羊祜をしたひ、游息する所に碑をたて、廟をたて、歳時饗祭す。仁徳の感ずる所、其碑を見て涕泣せざるもの無が故に、杜預堕泪の碑と名づけたるよし、晋書羊祜の傳に見えたり。翁の思ひ合ハせて烈婦を悲しミ給へるならし。年の寒きにあらバ鬢鬚も氷りぬべし。

【寺】

〔註〕 釋名、寺ハ嗣也。謂三治レ事者ノ相二續其内一也。故天子有レ九寺。後漢明帝永平十年佛法初至摩騰法蘭。以レ白馬駄レ經像屈二洛‐陽一。勅シテ於二鴻臚寺一安置。後別ニ建レ寺ヲ以テ二白馬ヲ一名ク佛寺之始也。

鯖野、真言宗醫王寺と云。寺領三十石。佐羽子の王子の旧跡と云。地内に南殿の櫻在。若木なれども其もとを不失、今ニ在ス。飯坂温泉さばこの御湯是也。

拾遺集　あかずして別れし人のすむ里はさばこの見ゆる山のあなたか　よミ人しらず

【義経の太刀　弁慶が笈】

〔解〕 義經ハ清和天皇十代、後胤、従五位下、左衛門少尉、兼伊豫守源義經朝臣、左馬頭義朝朝臣ノ九男也。母は九条院、雑仕、常盤ト云シ女房也。弁慶ハ義經の功臣也。父ハ紀州ノ住人、岩田入道寂昌の子也。仁平元年四月八日誕生す。依て此日灌佛の日なればとて、眞佛丸と名付。生れながらにして、敏悟聰明也。又、力量人に勝レたり。叡岳に登て勤学し、西塔の桜木坊の弁長僧都の、弟子と成りしが、修学の暇にハ、兵道脩(修)行するゆへに、三千の衆徒鬼若と称す。然るに、其頃西塔の北谷に、定泉坊附の武蔵坊といふ空僧坊ありけるを、押て彼の坊に入り、自ラ剃髪して、武蔵坊弁慶と号しけるが、其後、義經の武徳に随て、君臣の誓約をなしたる事、世人知る処なり。

〔洗心〕 義経〕高‐館の下に委しく記す。

弁慶〕義‐経ノ郎‐従号ス二武‐蔵‐坊ト一。叡‐山西‐塔ノ

北谷定泉坊ノ附屬タリ。生縁ハ紀伊ノ國岩田入道寂昌ガ子也。

〔百代〕　義経〕　左馬䟦(頭)源ノ義朝の八男、九郎判官義經、小字ハ牛弱《ママ》丸左衛門尉兼伊豫守云々。平治軍記盛衰記等に祥(詳)也。

〔百代〕　辨慶〕　家傳未詳。雲州鰐渕所生にして、今も宅地の遺趾侍るよし、後太平記に見えたり。或ハ云、紀州熊野ノ人。雲州枕木の寺に入て薙髪し密教を学び、其後書写山に移住し、又笈を台が嶺に肩ふ。西塔学侶武藏坊と称す。文治五年閏四月、奥州高舘の役に戦死と云々。

【什物】

〔百代〕　什物〕　むつ千鳥にハ義經の笈 弁慶手跡とある。こゝにハ義經の太刀 弁慶が笈をとゞめて云々。今按ずるに、むつ千鳥ハ此記行に書のこされしを拾えるこゝろなるべし。尤陸奥千鳥に記行の所ハこの書の巽《ママ》なるべし。

【笈も太刀も五月にかざれ帋幟】

〔鈔〕　追福の賢慮ありや。帋のぼり、古実のむかしに返して。

〔可常〕　（◎「追福の賢慮ありや」と注記）（「帋幟」に「古實ノ昔ニ返テ云」と注記）

〔菅菰〕　類書纂要ニ云、武人以テ二端午ヲ一、于テ二用武之ノ處ニ一、爲シ二弃揚之ノ技ヲ一、盡ク爲ス二闘勇ノ之戯ヲ一。藤ノ森ノ社縁起ニ云、天應年中、異國ノ蒙古責メ來ル、被レ三祈リ二申サ當社ニ一、五月五日、大風吹テ而翻シ二波浪ヲ一、蒙古悉ク滅却シ畢ル。以テ二此ノ因縁ヲ一、毎年五月五日、祭礼神幸ノ時、在地ノ之神人、鎧ヒ二甲冑ヲ一、帯ス二弓箭ヲ一。白リレ尓レ以降コノカタ、小男兒帯ビ二作リ太刀等ヲ一、以テ二菖蒲ヲ一飾リレ之ヲ、稱ス二菖蒲太刀ト一。（按ズルニ菖蒲ハ勝負ノ義ヲトルナルベシ。）　○又按ズルニ、此日鍾馗ト云者ノ貌ヲ幟ニ画テコレヲ建ルハ、黄帝蚩尤ヲ殺テ後ニ其ノ形チヲ旗ニ画テコレヲ民間ニ建テ、以テ邪気ヲ防ガシム。コレヲ蚩尤旗ト云ト古書ニ見タリ。蚩尤旗ト鍾馗ト音近キニ依テコレヲ誤ルカ。勿論世人ノ云鍾馗ハ唐ノ玄宗ノ臣ニテ、帝ノ夢ニ

來リ疫-鬼ヲ食フノ説ハ唯ダ逸-史ニ載ルノミニテ、正-史ニ見ヱズ。故ニ古-人コレヲ論ジテタシカナラズトス。

〔傍注〕 按ニ、此日鍾馗ト云白ヲ幟ニ画テ建ルハ黄帝蚩尤ヲコロシテ後ニ其カタチヲ旗ニ画テコレヲ民間ニタテヽ邪気ヲ防シム。コレヲ蚩尤旗ト云ト古書ニ見タリ。鍾馗ハ蚩尤旗ノアヤマリカ。

〔解〕 句解、前に注する、太刀 笈に依ての吟なり。釈するに及ばず。一句明らか也。

〔京大〕 ※五月五日幟之事 天應年中、光仁帝ノ時蒙古より賊来る。討手として早良親王出陣之時、伏見藤森明神祈。五月五日風吹て不戦して勝事を得る。藤森祭神舎人親王。※

〔五視〕 〔笈も太刀も—〕 追福の賢慮ありや。帋幟、古実のむかしに返して。

〔洗心〕 〔笈も太刀も〕 かゝる御代の 〔五月〕 の節供 〔にかざれ〕 かし 〔紙幟〕 とゝもに

〔註〕 笈もの字、寂心付べし。か《ママ》ありて面白し。

〔百代〕 〔笈も〕 類書纂要に、武人以端午用二用武之所一。為穿揚之技盡為二闘勇之戯一。藤森社縁記ニ云、天應年中、異國蒙古責来ル。被祈申當社、五月五日大風吹翻二波浪一蒙古悉ク滅亡畢ル。以二此因記一毎年五月五日祭礼神幸ノ時、在-地之神人鎧レ申冑(甲冑)帯弓箭、自尓以来小男兒帯二作リ太刀等一ヲ、以菖蒲飾之、稱二菖蒲太刀一云々。

〔句解〕 笈も太刀も五月にかざれ帋幟

細道文ノツヾキ、五月朔日の事也。句選注ニ、奥州高舘の旧跡なり。庄司が旧舘、麓に大手の跡など云々。前文ヲ記シ、かざり太刀幟たつる比、季に用ひたり。

〔歌枕〕 ○紙幟にて其里の今ハわびしきを顕す。

〔通解〕 太刀《ママ》も笈も五月にかざれ紙幟

五月五日ハ男子の祭る節句とし、具足 甲冑 旌 緌 鎗 長刀 太刀等の武具をかざれバ、折ふしの感情なるべきにや。紙幟ハ唯時節の形容に言ひそへたるなるべし。趣ばかり述たる草の句とやいはん。但東遊記にハ、出羽国三瀬の社に義経主従の負ひ玉ひし笈七ツ残れり。いまに秘藏すと見えたり。

〔解説〕 太刀《ママ》も笈も五月にかざれ紙藏

細道に、月の輪のわたしを越て瀬の上と云宿に出づ。

丸山といふに尋あたる。是庄司が旧舘なり。爰に義經の太刀 弁慶の笈をとゞめて汁物とすと前文あり。但其要をとる。菅菰抄、信夫の庄司元治と云。大織冠の苗裔次信 忠信が父也云云。東遊記に、出羽の国三瀬《サンゼ》の社に義經主従の笈七ツ殘れり。今に秘藏すと云。此所にあるハ其ほかにや。按るに五月五日ハ男子の祭る節句とし、具足 甲冑 旌 緄 鎗 長刀 太刀等の武具をかざれる折ふしの感情なるべきにや。紙幟ハ唯時節の形容に言ひそへたるなるべし。趣ばかり述たる草の句とやいはん。泊船集にのせず。

【五月朔日の事也】

〔解〕前に発句に紙幟と有を釈する言葉也。五月一日なれば、さつきに飾レと、興じたる斗りなり。

〔一七〕 飯塚

其夜飯塚《そのよいひづか》にとまる。温泉《いでゆ》あれば、湯に入《いり》て宿をかるに、土坐《どざ》に莚《むしろ》を敷《しき》て、あやしき貧家《ひんか》也。灯《ともしび》もなければ、ゐろりの火《ほ》かげに寐所《ねどころ》をまうけて卧（臥）す。夜に入《いり》て雷鳴《かみなり》、雨しきりに降《ふり》て、卧《ふせ》（臥）る上よりもり、蚤《のみ》蚊《か》にせゝられて眠らず。持病さへおこりて、消入斗《きえいるばかり》になん。短夜の空もやう〳〵明《あく》れば、又旅立《またたびだち》ぬ。猶夜《なほよる》の余波《なごり》心すゝまず。馬かりて桒《こ》（桑）折《をり》の驛に出《いづ》る。遙《はるか》なる行末《ゆくすゑ》をかゝえ（へ）て、斯《かか》る病覚《おぼ》束《つか》なしといへど、羇旅邊土《きりよへんど》の行脚《あんぎや》、捨身無常《しやしんむしやう》の觀念《くわんねん》、道路にしなん、是《これ》天の命《めい》なりと、気力聊《いささか》（聊）とり直し、路縦横《みちじゆうわう》に踏《ふん》で、伊達《だて》の大木戸《おほきど》をこす。

【其夜飯塚にとまる】

〔洗心〕 飯塚〕曽‐良日‐記ニ飯‐坂とあり。もとよりしかり。川の向ひなるハ飯‐塚也。うち聞まゝに其名の混ぜしなるべし。

〔下露〕 曽良日記 二日飯塚に泊る。

【あやしき貧家】

〔鈔〕 異《アヤシ》〕怪同。ことなるとふしんなるべき歟。いつとても戀しからずハあらねども㶣の夕阝（部）はあやしかりけり

〔可常〕（◎「異又怪」と注記）

古〽いつとても恋しからずハあらねども㶣の夕べハあやしかりけり

〔五視〕あやし〕異《アヤシ》。怪《同》。ことなるふしんなるべき歟。

いつとても恋しからずハあらねども秋の夕ハあやしかりけり

【雷鳴、雨しきりに降て】

〔解〕伊勢物語に、業平人をいざなへ給ふに、いミじう神鳴騒て、雨いたふ《ママ》ふりければ 畧、白玉か何ぞと人の問ひし時露とこたへて消へなまし物を。是文意ハ遠(違)ひたれども、雷鳴大雨の冷まじきに、意も消入ル斗り成心ひとしき文勢、考合さるゝ処在にや。

【蚤蚊にせゝられて眠らず】

〔解〕セ、ラレ〕サ、イラルヽ事也。障ノ字ナルベシ。

堀川の院百首　蚊遣り火の煙りうるさき夏の夜は賤がふせ屋に旅寐おはせし　師頼。又、龜山殿七百首　夕立のとゞきてすぐる蚊遣り火のしめり果ぬる我こゝろ哉　俊成。是等の古哥を味へて、其夜の旅愁を察し給ふべきにや。早竟末に、行脚の捨身、無常の観念、天命を思ふ発端と見べき文脉なるべし。

〔洗心〕蚤蚊にせゝられて眠らず〕莊子ノ外篇ニ云、蚊虻嗜《スフ》レ膚ヲ則通一昔不レ寐《ラレ》。

【余波】

〔鈔〕なごりとハ海に風はやミても猶波のたつをいふより、陳鴻が長恨哥傳にハ餘波をなごりとよみ、左傳には波の一字をもよみ、萬葉にハしほひのなごりなどよめりとぞ。

古今　桜花ちりぬる風のなごりには水なき空に波ぞちりぬる　つらゆき

〔可常〕（◎「余波」に「ナゴリ」と振仮名）

（「海ニ風止テ猶波ノ立ヲ云。陳鴻が長魂《ママ》哥傳ニハ餘波ヲナゴリト云。左傳ニハ波ノ一字ヲヨム」と注記）

古今〈桜花ちりぬる風のなごりにハ水なき空に波ぞちりぬる　貫之

〔菅菰〕余波ハ又波餘ト云ム。國語ニ見タリ。ナゴ•リト和訓ス。ノコリノコトナリ。

〔解〕書經云、導ニ弱水一至ニ于合黎一、余波入ニ于流沙一。余波の字の出処也。又、左傳云、晋ノ重耳、對ニ楚子一曰、

其波及《コト》レ晋者、君之餘《ナリ》。

〔**寛政**〕余波〕國語ニ見タリ。ナゴリト和訓ス。ノコリノ事也。

〔**五視**〕なごり〕なごりとハ海に風ハやミても猶波のたつをいふより、陳鴻が長恨哥傳ニハ餘波をなごりとよミ、左伝ニハ波ノ一字をもよミ、萬葉ニハしほひのなごり歟とよめりとぞ。

古今　桜花ちりぬる風の名殘にハ水なき空ハ波ぞちりぬる　貫之

〔**洗心**〕餘波〕菅ニ、又波餘と書。國語に見へたり。ナゴリと和訓す。ノコリの事也。

〔**百代**〕余波〕又、波余。國語に見へたり。なごりと訓ず。のこりの事也。

〔**歌枕**〕○国語ニ波餘ノ二字〔ア〕リ。

〔**鼇頭**〕○余浪《ママ》〕ナゴリ。

【栞折の驛】

〔**鈔**〕桑折〕コヲリトヨムト。

〔**可常**〕（◎「コヲリト云リ」と注記）

〔**菅菰**〕桑《コ》折《ヲリ》ハ　往還宿也。名所ニハアラズ。

〔**解**〕伊達の郡栞折と云。

〔**元禄**〕栞折《コヲリ》。

〔**寛政**〕（本文「栞折《コヲリ》」に「コオリ」と振仮名）

〔**京大**〕栞折《コヲリ》〕往還駅也。

〔**洗心**〕栞折《コオリ》の駅〕菅ニ、往還宿也。名所にハあらず。

〔**註**〕葛の松原にかゝりて栞折へ出る也。葛の松原、浄土宗松源寺 覚英僧都の旧菴の跡也。墓有。碑の面に、

世の中の人にハくづの松原と呼るゝ名こそ今ハうれしき

宝元二年卒、四十一。二月十七日甲尅《ママ》と在。

此本文、草枕の侘しミを綴る躰也。権少僧都覚英、西行記に在如し。

〔**百代**〕桑折〕瀬の上よりすぐに来れバ一里十二丁あり。

〔**鼇頭**〕○栞折〕コヲリ。

【遙なる行末をかゝえて、斯る病覚束なしといへど】

〔**鈔**〕遙なる行末をかゝへ斯る病覚束なしと思ふは自問

也。いへど羇旅邊土より天の命なりとまでは自答也。
〔可常〕（◎［遥なる行末～］に「是《ヨリ》自問」、［羇旅邊土の行脚］に「是ヨリ自答」と注記）
〔五視〕遥なる行末をかゝへかゝる病覚束なしと思ふハ自問也。

【羇旅邊土の行脚】


〔菅菰〕羇旅及ビ行脚ノ説ハ前ニ記ス。邊土ハ片田舎ノ土地ナリ。

〔解〕羇旅ハ、羈旅と同じ。杜甫が詩《ニ》、況《ヤ》我飄然《シテ》無定所、終日戚々《シテ》忍羈旅。則驛路也。邊土ハ邊鄙の土地。

〔京大〕邊土〕田舎也。

〔洗心〕羇旅〕菅《ニ》、前に見。

邊土〕片田舎の土地也。

行脚〕前に見。

〔鼇頭〕○羈旅〕キリヨ。前に出せり。


【捨身無常の観念】

〔鈔〕源氏まぼろし巻、河海抄引哥、
身はすてつ心をだにもはふらさじつゐにはいかゞなるとしるべく
日本紀崇神紀《ニ》溢の字を用。こゝハ不《ジ》溢《ハフラサ》。心底を慎むの謂也。
高野大師秘蔵宝鑰《ニ》、死《シニ》死《ニ》死《シテ》死《シノ》不知《ラ》終《ヲ》。生《ウマレ》生《レ》生《レテ》生《ノ》不知《ラ》始《ヲ》。
撰集抄《ニ》、念は老鼡のごとし、覺《サトリ》ハ猫に似たりと。
〔可常〕古ハイカイ哥　身ハすてつ心をだにもはふらさ《不溢》じ終にハいかゞなるとしるべく（「はふらさじ《不溢》」）に「心底ヲ慎云也」と注記）
弘法、秘蔵宝鑰、死死死死《シテ》不知終。生生生生《テノ》不知始。撰集抄、念《ハ》如老鼡覺《ハ》似猫。
〔菅菰〕捨身ハ道ノ爲ニ身命ヲ顧《ミ》ザルヲ云。無常ハ定ナキコトニテ何レモ儒佛家ニ立ル所。觀ハ心ニテ視《ル》ヲ云。念ハ心ニ絶ズ思コトナリ。
〔解〕釈氏要覧ニ云、十任断語經云、仏言過去無数却有一大国、名斐闍有一女人、名提謂、夫喪守寡家冨無子有婆羅門、謂曰、今身之厄由汝前世

罪、故若不二脩（修）福滅一レ罪、後墜（二）地獄（一）、悔不レ所レ及、提、謂問作二何福一、得二罪滅一耶、婆羅門云莫レ非二積レ薪自焼一レ身、提謂依レ教積レ薪、次有二一道士一、名二鉢底婆一、漢言二辨方一問曰、辨貝シテ薪火而欲二何為一、女人答曰、欲二自焼一レ身滅一レ罪、辨方告曰、先身罪業隨二逐精神一不與身合安能滅レ罪、何旅若惱求シヤ二善根一耶、於レ理不レ通、譬如牛厭レ車、欲レ使レ車壊前車若壊セ續得二後車一、假使焼壊百千万身罪業因縁相續不レ滅。

無常〕諸業は無常にして、常なき事を、観念する也。摂大乗論云、無常有二三種一、一ニハ念々壊滅無常、二ニハ和合離散ノ無常、三ニハ畢竟如是無常と云々。

〔京大〕捨身〕捨身ハ道之為に身命顧ザルヲ云。

無常〕無レ定也。

觀念〕觀ハ心にて見る也。念、絶ず思ふ事。

〔五視〕捨身〕幻の巻ニ河海抄引うた、

身ハ捨つ心をだニもはふらさじつゐにハいかゞなるとしるべき

無常の観念〕高野大師秘蔵宝鑰ニ云、死シニ死ニ死シテ死シノ不知終。生レ生レ生レテ生の不知終。

撰集抄ニ、念ハ老鼡の如し。覚《サトリ》ハ猫に似たりと。

〔洗心〕捨身〕道のために身命をかへりミざるを云。

無常〕定めなき世の事也。

観念〕観ハ心にて視るを云。念ハ心に絶ず思ふ也。

○是迄（「邊土」以下）菅ノ注也。

〔歌枕〕○捨身ハ道ノ爲ニ身命ヲ顧ザル也。

○觀念ハ佛語ヨリ出テ、觀ハ心ニ視ヲ云ヒ、念ハ深ク思ヲ云フ。

〔鼇頭〕○捨身〕シヤシン。道のためニ身命をかへりミざる事。無常ハつねなき事。

○観念〕クハンネン。クハンハ心にて見る也。ネンハ心にたえずおもふを云。

〔通解〕捨身ハ、佛法の為に命をおしまぬ也。菩薩の身を捨て衆生の為にする事、法華経の提婆品に見えたり。然れ共、是は風雅に身を捨る也。

【道路にしなん】

〔鈔〕 論語子罕篇、且《ツ》予《レ》縦《ヒ》不レ得《トモ》二大《ナル》葬《リヲ》一、予《レ》死《ナン》二於道路《ニ》一乎《ヤ》。

新古今集恋の歌なれど、

心にもあらぬ我身の行かへり道の空にて消ぬべきかな

　道信朝臣

〔可常〕 新古恋 〽心にもあらぬ我身の行かへり道の空にて消ぬべき哉　道信

〔五視〕 論語子罕ノ篇二、且《ツ》予不レ得二大葬一、予死二道路一乎。

新古今恋　心にもあらぬ我身の行かへり道の空にて消ぬべきかな

〔洗心〕 道路にしなん……道縦横に踏で〕 前の如くあハれにはかなき述懐の詞よりして、さかしくけやけき地名へたゞちには詞をうつしがたし。さる故かくハ観想して勇猛の文勢に引直し後へ及ぼせる處、名人のてづまにして凡愚の伺ふ所にあらず。

〔歌枕〕 ○［論語］予死於道路乎。

〔通解〕 論語子罕扁《ママ》、且予縦《ヒ》不レ得《トモ》二大葬《ヲ》一、予《ハ》死《セン》二於道路《ニ》一乎《ヤ》。朱子曰、死二於道路一謂《フ》二棄而不《ヲ》(一)レ葬。又、法華新註を按るに、観念の観ハ得解の観、重き煩悩を治すといへり。

【天の命なり】

〔鈔〕 孟子盡心篇、殀｜壽不レ貳《ウタガハ》、脩《メテ》レ身《ヲ》以《テ》俟《ツハ》レ之、所二｜以《ンナリ》立《ツル》レ命《ヲ》也。

〔可常〕 孟尽心篇、殀｜壽不レ貳《ウタガハ》修《テ》レ身以《テ》俟《ツハ》レ之所二｜以立《ツル》レ命也。

〔解〕 有二死生命一、冨貴有レ天といふ如く、天の正命に任かせんと也。

【気力聊とり直し】

〔鈔〕 此気力聊とりなをす場か。おのれに克《ツ》なり。

論語顔渕首章、子《ノ》曰、克《ツテ》レ己《ニ》復《ヘルハ》レ禮《ニ》為《ル也》レ仁《ヲ》。註《ニ》云、仁《ハ》者本｜心《ノ》之全｜徳、己《ハ》謂《フ》二身《ノ》之私｜欲《ヲ》一也。涅槃経《ニ》曰、願《クハ》作《リテ》二心《ノ》師《ト》一不レ師《トセ》二於心《ヲ》一と。

夫木集に、をろかなる心の師とはなりぬとも思ふおもひに身をバまかせじ　衣笠内大臣

〔可常〕 （◎［気力］に「己ニ克ツ也」と注記）

論語、子曰、克《テ》レ己復《スルハ》レ礼為《ル也》レ仁。注ニ、仁《ハ》者本-心之《ノ》全-徳。己《ハ》者謂二身之私欲一。子竺《ママ》経、願《ハ》作《リテ》二心師一不レ師《セ》二於心一《ヲ》。
夫木 〽おろかなる心の師とはなりぬとも思ふおもひの身をバまかせじ　衣笠内大臣

【路縦横に踏で、伊達の大木戸を越す】

〔鈔〕 此文勢雄壮にして韓文公の勢あり。翁筆力を入たる處言外に顕然たり。此所は錦戸太郎泰衡が城跡と申。

〔菅菰〕 伊達郡の入口にて固-塞の地、領主の封關ある處也。

〔可常〕 （◎「文勢雄壮也。筆力言外見ユ」と注記）

〔傍注〕 伊達郡ノ入口ナリ。

〔解〕 「伊達の大木戸」義經動功記云、大木戸の形勢を見るに、古へ藤原の秀衡法師、九郎義經に頼まれて、此木戸を切塞がバ、譬へ鎌倉勢百万騎にて寄セたりとも、いかでか、此所を破るべきと言しとこそ、傳へしか。実に嶮岨自然の要害なりと思ひけり。下略。

〔京大〕 大木戸〕封関有。

〔洗心〕 伊達の大木戸〕菅ニ、伊達郡の入口にて固塞の地、領-主の封-関ある所也。○まづたがへり。領-主の封-関とハ苅-田-郡越-河の事をいへるなるべし。しかも今伊-達-郡ハ仙-臺-矦（侯）の有にハあらず。多くは公領にて大木戸の跡ハしるしだになけれど、それとさす所ハ藤田と貝田のあハひにやと覚へぬ。

〔百代〕 大木戸〕伊達郡の入《ル》固塞の地。領主の封閠（関）有所也といふ。

〔歌枕〕 ○路縦横　讀者涙を拂て此文勢に驚べし。

〔鼇頭〕 ○路縦横〕ミチジュウヲウ。たてよこ也。

〔通解〕 桒折より藤田へ一里七町、藤田より貝田へ壱里七町。爰を伊達の大木戸と云とかや。是より越河へ廿六町。こすがうより幸川へ一里拾六町。夫より白石へ一里拾六町と行程記に見えたり。和漢三才圖會の道程にハ呉同有。菅菰抄云、伊達の大木戸、伊達郡の入口にて固塞の地、領主の封關ある所也云云。

〔一八〕笠島

鐙摺《あぶみずり》、白石《しろいし》の城《じやう》を過《すぎ》、笠嶋《かさじま》の郡《こほり》に入れバ、藤《とうの》中将実方《さねかた》の塚ハいづくのほどならんと、人にとへば、是《これ》より遙《はるか》右に見ゆる山際の里をミのわ 笠嶋と云《いひ》、道祖神《だうそじん》の社《やしろ》 かた見の薄《すすき》今にありと教ゆ。此比《このごろ》の五月雨《さみだれ》に道いとあしく、身つかれ侍れば、よそながら眺《ながめ》やりて過《すぐ》るに、簑輪《みのわ》 笠嶋も五月雨の折にふれたりと、

笠嶋ハいづこさ月のぬかり道

【鐙摺】

〔菅菰〕（本文「鐙摺」に「アブズリ」と振仮名）鐙摺は山の峙にて 四寸の道など云。行-途いと狭し。鐙-摺の笹あり。其長ケあぶミをこえず。

〔傍注〕 鐙摺ハ四寸の道抔いふ。道せばし。鐙摺の笹あり。其丈鐙を越えず。

〔寛政〕 鐙摺《アブズリ》。

〔京大〕 鐙ズリ〕山手ニ信兩上ノ像アリ。

〔洗心〕 鐙摺〕菅ニ、アブスリと訓をつけたり。○されどいぶかし。今通称する所やはりアブミスリなり。

〔百代〕 鐙摺〕行途いと狭し。鐙摺の石あり。その長ケ鐙をこえずといふ。陸奥千鳥ニ、伊達の大木戸構きびしくミゆ。是ゟ才川村入口に鐙摺の岩あり。一騎立の細道なり、とあり。中胄(冑)堂ハ此邊の寺なるべし。先キ

に全文を引り。

〔歌枕〕○鐙摺ハ峙道にていと狭し。鐙摺りの笹とて有。其長ヶ鐙をこへず。

〔鼇頭〕○鐙摺〕アブスリ。

〔通解〕菅菰抄云、鐙摺ハ山の峙にて四寸の道など云。行途いと狭し。鐙ずりの笹あり。たけ鐙を越へず。

〔永機〕鐙摺ハ山の岐にて行途せまし。あぶミ摺の笹といふあり。其丈鐙を過ず。

【白石の城】

〔菅菰〕白石の城は伊達家の臣片倉小十郎これを守る。

〔傍注〕白石ハ片倉ガ居城なり。

〔解〕苅田郡白石の駅也。

〔京大〕白石〕片倉守ル。

〔洗心〕白石の城〕苅田郡にあり。仙府の公族片倉某が居館也。

〔百代〕白石〕伊達の老臣片倉氏これを守る。

〔下露〕曽良日記ニハ、三日白石ニ泊る、とあり。

〔通解〕白石の城ハ仙臺の藩臣、片倉小十郎是を守る。

〔通解追加〕白石城〕片倉氏居之。

【笠嶋の郡に入れバ】

〔菅菰〕郡ノ字ハ、或ハ庄郷等ノ誤ナルベシ。笠嶋ハ郡ノ名ニアラズ。

〔傍注〕庄郷抔のアヤマリナラン。

〔洗心〕笠嶋の郡〕或ハ荘郷等の誤りなるべし。郡の名にハあらずと菅ニいへれど、是無益なり。猿蓑集のうち笠嶋の句の詞書に云〈奥州名取の郡に入て中將実方の塚ハいづくにやと尋侍れバ是より壱里半ばかり左の方笠嶋云々。

〔百代〕笠嶋〕郡名にハあらず。此處ハたゞ大略にまかせて書れしなるべし。猿蓑集にハ名取郡に入てと詞書有て、笠嶋のほ句ミへたり。

〔歌枕〕○笠嶋ハ郡の名にあらず。郷の字の誤にや。

〔通解〕笠じまハ郡の名にあらず。庄郷等の誤なるべし云々。後文を案ずるに名取の郡の誤なるにや。

【藤中将実方の塚】

〔鈔〕実方朝臣さすらへの事繫けれバこゝに略す。

〔**可常**〕（◎「実方朝臣さすらへの事繫けれバ略す」と注記）

〔**菅菰**〕実方ハ、八雲御抄に云、一条左大臣師尹公ノ孫、侍従定時ノ子也。母ハ左大臣源雅信公ノ女メ。右中将正四位下陸奥守。長徳四年十二月於任國卒。藤原系図にハ長保元年正月廿六日於任国陸奥卒之由閏三月到来と云。御抄に又云、此實方、行成と同時の殿上人にてありしが、殿上にて口論をして行成の冠を笏にて打落されしを、さらぬ躰にて冠を着し袖かきあハセ色をもそこなはずして、是ハいかなるゆへにか乱冠にあひ候やらんと申されけれバ、実方いらへん方なくしらけてたゝれけり。主上此事をひそかに御覧ぜられて、実方をバ歌枕見てまいれとて陸奥ノ守になしてつかハされ、つゐにめしかへされずして、国にてうセし人也と。袖中抄にハ、かの中將はミちのくのところ〲のうたまくら見んために中將にかえての任也。仍て陸奥中將と云と記せり。

〔**傍注**〕一条左大臣師尹の孫、侍従定時の子。八雲御抄に陸奥へ下られし事をのす。

〔**解**〕「藤中将実方の塚」は、神社考云、一條院の御宇、中将藤實方坐㆓不敬㆒、謫㆓奥州㆒、三年註㆓和歌名所㆒、以為㆓哥枕㆒尋㆓阿古屋松㆒而、無㆓知人㆒。有㆓一翁㆒。謂㆓実方㆒曰、阿古屋松、在㆓出羽國㆒。其翁、塩竈明神也。其後実方、騎㆑馬、過㆓一社㆒。或人云、是陸奥名取郡、笠嶋道祖神也。行人必下ル㆑馬ヨリ。実方問、何神ゾヤ。答云、王城加茂川ノ西、一條ノ北、出雲路ノ道祖神ノ之女也。以㆑蜜《ママ》㆓通商人㆒、故被㆓放逐㆒、来レリ㆑此。州人祭拜禱者、造㆓陰相㆒懸㆓神前㆒、必有㆓霊驗㆒。今中将、其後祈㆓帰洛㆒。実方曰、然者則是下品之女神也。我何下シヤ㆑馬ヨリ哉。徑ニ行ク。実力、馬俄斃ル。実方又死。因葬ル㆓社側ニ㆒。其霊化シテ為㆑雀、飛㆓來王城㆒、入㆓内-裏殿-上臺盤㆒、以飲啄飛鳴スト云〻。

〔**元禄**〕○藤中将実方ハ小一条左大臣師尹公孫、侍従定時子也。右中将正四位下陸奥守。長花（徳）四年十二月於任国卒云〻。

○徒然草云、鴨ノ橋本社ハ此人也云〻。

○一云、かの中将ハ陸奥のところ〴〵の哥枕ミんために中将にかへて任也。仍て陸奥の中将といふ。任国のあいだ金吾将軍が合戦出来て國中散〻水驛云〻。

○御抄云、此実方行成と同時の殿上人にてありしが、殿上にて口論をして行成の冠を笏にて打落されしを、さらぬ体にて冠を着し袖かき合せて色をもそこなハずして是ハいかなる故にか乱冠にあひ候やらんと申されけれバ、実方いらへむかたなくてしらけてたゝれけり。主上此事をひそかに御覧ぜられて、実方をバ哥枕みてまゐれとて陸奥守になしてつかハされて、終に召かへされずして国にてうせし人也云〻。

〔寛政〕実方の塚とて有けるに薄などおひたるを見て、
朽もせぬその名ばかりをとゞめ置て枯野のすゝきかたミとぞ見る　西行

〔京大〕任陸奥中将ラル、ハ、殿上人曰ク、行成口論有テヨリ也。袖中抄ニ見へ〔タリ〕。
實方ハ小一条左大臣師《モロ》尹《タヾ》公ノ孫、侍従貞時ノ男。母ハ左大臣雅信公ノ女。

＊道祖ノ前ニテ卒。今ニ廟社ノカタハラニ有。実方ノ塚ニ
くちもせぬ其名バかりをとめおきて枯野の薄かたミとぞ見る　西行＊

〔五視〕実方朝臣左迁の事略ス。

〔洗心〕藤中将実方〕菅ニ、八-雲御抄云、一-條ノ左-大-臣師-尹-公ノ孫侍-従-定-時ノ子-也。母ハ左-大-臣源ノ雅-信-公ノ女。右-中-將正-四-位ノ下陸奥ノ守。長-徳四-年十-二-月於ニ任-國一卒ス。△藤原系-圖ニ云、長-保元-年正-月廿六-日於ニ任-國陸奥一ニ卒スル之-由、閏三-月到-来スト云。○按ルニ長-徳四-年戊-戌ハ乃チ一-條ノ帝ノ治-世十-二-年にあたり長-保元-己-亥ノ年ハ同-帝の十-三-年にあたれる也。又行-成-卿と口-論の事ハ用なければ省く。

〔註〕実方塚〕帝斬蚩庀因置塚墓。然諸小説家往〻記犠女媧之塚。疑後人増築。右黄帝内傳漢書注。壽藏ヲ謂レ塚也。
藤原實方右中將正四位下長徳四年十二月任陸奥守。右北村季吟説。系圖云、長保元年正月廿六日於任国卒。

栄華物語に出る。奥州名取郡笠嶌邑塩手の庄。

ミちのくに死（罷）ける野中にめにたつさまなる塚の侍けるを問ハせ侍れバ、これなん中将の塚と答へけれバ、いづれの中将ぞとあるに、実方朝臣の事となん申けるにぞ。冬の事にて霜がれの芒ほの〴〵ミへわたりて、折ふしものがなしく覚侍れバ詠りける。

　朽もせぬその名斗をとゞめ置てかれ野の芒かたミとぞみる　円位上人
中将の塚塩手邑久蔵なる者の裏家薮の中に在。今存ス。まし田の駅より西へ一里余り、塩の薬師かたミの芒道祖神熊の堂、ツヾき也。

〔百代〕　実方〕　八雲御抄ニ、一条左大臣師尹公ノ孫、侍従定時ノ子也。母ハ左大臣源ノ雅信公ノ女、右中将正四位下陸奥守。長徳四年於任國卒。又云、此実方、行成と同時の殿上人にてありしが、殿上人と口論して行成の冠を笏にて打落されしを、さらぬ躰にて冠を着し袖かきあハせ色をもそこなハずして、是ハいかなるゆへにや乱冠にあひる（候）やらんと申されけれバ、実方いらへん方なくしらに（け）て立れけり。主上この事をひそかに御覧ぜられて、実方をバ哥枕見てまいれとて陸奥守になしてつかはされ、つゐにめしかへされづ（ず）して国にてうせし人也と云々。又、藤原系図には、長保元年正月廿六日於任國陸奥卒しよし。閏三月至来（ママ）と見えたり。八雲にいへる長徳四ハ翌年改元、長保元なれバ年月へだゝるやうなれど、わづかに一月の遠（違）ひなり。かゝる事ハ遠国の事なれバ推て察べし。

〔歌枕〕　○［八雲］実方ハ一條左大臣師尹公ノ孫侍従定時ノ子也。母ハ左大臣源雅信公ノ女。右中将正四位下陸奥守、長徳四年十二月於ニ任国一卒。［同書］此実方、行成と同時の殿上人にてありしが、殿上にて口論をして行成の冠を笏にて打落されしを、さらぬ躰にて冠を着し袖かきあハせ色をそこなハずして、是ハいかなるにか乱冠にあひ候やらんと申されけれバ、実方いらへん方なくしらけてたゝれけり。主上此事をひそかに御覧ぜられて、実方をバ哥枕見てまいれとて陸奥守になしてつかハされ、つゐにめしかへされずして国にてうせし人

也。

○［八雲］或説に、実方笠嶋の道祖神の前を下馬なくして通り給へりければ、神前にて馬たふれて実方卒すと云。今に実方の廟、其社のかたはらにありと云り。

〔鼇頭〕○実方の傳ハ袖中抄ニくハし。

〔通解〕尊卑分派系圖云、中将實方ハ、*小二《一》条左大臣師尹公の孫、侍従定時の男。母ハ左大臣源雅信公女。正四位下右近衛中将陸奥守、任所に於て薨ずとあり。陸奥千どり、岩沼を一里ゆきて一村有。左の方より一里半山の根に入て笠嶋。*此国にあらたなる道祖神御座て*近江《郷欤》のもの旅人参詣不絶。社のうしろに原あり。実方中将の塚有。五輪折崩れて名のミ斗也。傍に中将の召されたる馬の塚あり云云。八雲御抄云、或説に実方笠嶋の道祖神の前を下馬なくして通り玉へりければ、神前にて馬たふれて実方卒すと云。今に実方の廟、其社のかたはらに有といへり。

〈洒本　小一条左大臣　此所に　近郷の〉

〔永機〕実方朝臣ハ、八雲御抄ニ、一條左大臣師尹公孫、正四位下左中将陸奥守。長治《ママ》四年任国ニ卒ス。

【遙右に見ゆる】

〔京大〕翁ノ文章、奥ヨリノボリノ文也。

〔洗心〕右〕左の誤写也。

【ミのわ】

〔菅菰〕「ミのわ笠嶋と云」いづれも名所にはあらず。

〔傍注〕ミのわ〕非名所。

〔洗心〕ミのわ〕此村のうち塩手村といへるに古ー墳並にかたミの芒あり。

〔鼇頭〕○みのは《ママ》笠じま〕名所ニあらず。

【笠嶋】

〔傍注〕笠嶋〕非名所。

〔洗心〕笠嶋〕道ー祖ー神鎮ー坐ノ地也。

〔鼇頭〕（前掲【ミのわ】参照）

【道祖神の社】

〔菅菰〕道祖神の号は、前の解に見えたり。八雲御抄に云、或説に、実方笠嶋の道祖神の前を下馬なくして通り給へりければ、神前にて馬たふれて、實方卒すと云。

今に実方の廟、其社のかたハらにありと云りと。

〔**傍注**〕　此神の前にて実方落馬して卒すといふ。

〔**元禄**〕　○笠島道祖神社〕　一条院ノ御宇中将藤ノ実方坐《シテ》二不敬(一)、謫二奥州一。三年註二和哥名所一以為二哥枕一。尋二阿古野杢一而無二知人一。有二一翁一謂二実方一曰、阿古野松在二出羽国一。奥羽者一州而今分為レ二。実方赴二羽州一見(二)阿古野松一。其翁塩竈明神也。其後実方騎馬而出過二一社一。或人云、是陸奥名取郡笠嶋道祖神也。行人必下馬。実方問何神。答曰、王城賀茂川西一条北出雲路道祖神之女也。以二密通商人一故被二放逐一来二此州一。人祭拜禱者造二陰相一懸二神前一。必有二灵験一。今中将具祈二帰洛一。実方曰然則此下品之女神也。我何下馬哉。徑行。実方馬俄斃。実方亦死。因葬二社側一云々。社考。

〔**洗心**〕　道祖神の社〕　菅ニ、八雲御抄云、或説に実方笠嶋の道祖神の前を下馬なくして通り給へりけれバ、神前にて馬たふれて実方卒すと云。今に実方の廟其社のかたハらにありと云り。延喜式神明(名)帳ニ名取ノ郡佐具叡ノ神社。

〔**註**〕　笠嶌道祖神〕　神領百石、神主完戸長門守。道祖神ハ前に出せり。近津の神の事、棚倉大社是なり。あるに、冠蔵きの左遷の奥中將藤原のあそみなりけるが、此社の前を馬に乗給ふを馬かたのとゞめ奉れども、腹あしき君にして仰とゞまり給はずのりうちし給ふ故に、さへの神の祟し玉ひてつゐに落馬して死玉ひけるとかや。行成卿の冠敲き玉へるも此君の事也と云なり。実方奥刕の任なる事ハ叔(叙)位次第にも侍る也。栄花物語　千年荊蕀龜跡在。會有レ人尋《ス》下馬陵。

〔**百代**〕　道祖神〕　笠嶋明神。両社祭神、猿田彦命天鈿目命也。俗傳、金精大明神といふ。御抄ニ、ある説に云、昔藤中將実方朝臣、此社の前を馬乗給ふに神の祭(祟)りありて落馬し、身まかり給ふとかや。中將の塚ハ今人の屋敷裏にあり。土のミ高く藪のうちなり。馬の塚かたミのすゝきは堤の薬師堂前にありといへり。

〔**鼇頭**〕　○中古此處ニ碑を立。かさじまハいづこさつき

のぬかり道の句也。

〔**通解**〕（前掲【**藤中将実方の塚**】参照）

【**かたみの薄**】

〔**可常**〕神無月はじめつかた此所に至しに中将の墓所を尋ねミれバ枯の薄《ママ》物かなし《ママ》も見え侍けれバ

〽朽もせぬ其名ばかりを留置て枯のゝ薄かたミとぞミる　西行

〔**菅菰**〕形見のすゝきハ、新古今哀傷ノ部に、みちのくにて広き野中に 実方の塚とて有けるに、すゝきなどおひたるを見て、くちもせず其名ばかりをとゞめ置てかれのゝ薄かたミとぞ見る　西行

〔**傍注**〕形見ノス、キ〕新古今ニ、西行、くちもせぬ其名斗をとゞめおきてかれのゝ薄形見とぞ見る

〔**解**〕西行家集ニ、ミちのくに罷下りし時、野中に常よりもと、覚しき塚の見へ侍りしを、人に問ひ侍りしかバ、中将の塚と申。中将とハ誰が事ぞと問ひ侍りしに、実方の御事也と申。いと哀に覚ゆ。さあらぬだに、物哀しき、霜枯のすゝき、ほの〴〵と見へ渡る後に、物語にも、言の葉もなき心地して、くちもセぬ其名斗りハ止置て枯野ゝ薄かたミとぞなる《ママ》

〔**元禄**〕○かた見の薄〕新古今哀傷部に、みちのくにまかりける野中にめにたつさまなる塚の侍けるをとハセ侍けれバ、是なん実方中将のはかと申けるに、冬の事にて霜枯の薄ほの〴〵見えわたりて折ふし物がなしく覚え侍りけれバよめる

〽くちもせぬ其名斗をとゞめ置て枯野の薄かた見とぞみる　西行法師

〔**京大**〕山家集ニ、クチモセズ《ママ》ソノ名バカリヲトゞメヲキテカレノ、ス、キカタミニゾミル

みちのくにまかりたりけるに、野中につねよりもとおぼしきつかの見へけるを人にとひければ、中将の御墓と申ければ、中将とハ誰が事ぞと又問ければ、實方の御事なりと申ける。いとかなしかりけり。さらぬだに物哀におぼえけるに、霜がれのすゝきほの〴〵見へわたりて、後にかたらひ（む）詞なきやうに覚へて。

〔洗心〕　かたミの薄〕菅ニ、新古今集哀傷、実方の塚とて有けるにすゝきなどおひたるを見て　〈くちもせぬ其名ばかりをとゞめおきてかれ野のすゝきかたみとぞミる　西行

〔註〕　（前掲【藤中将実方の塚】参照）

〔百代〕　かたミの薄〕　山家集、朽もせぬその名ばかりを残し置てかれ野ゝ薄かたミとぞミる。かたミハ記念と書。心にとまりて忘ぬをいふ也。

〔歌枕〕　○山家集みちの国にまかりたりけるに、野中に常よりもとおぼしきつかのミへけるを人にとひければ、中将の御はかと申ハこれがこと也と申ければ、中将とハ誰がことぞと又問ければバ、実方の御こと也と申ける。いとかなしかりけり。さらぬだに物哀におぼへけるに、霜がれの薄ほのぐ＼みへ渡りて後にかたらん詞なきやうにおぼへて、〈朽もせぬ其名ばかりをとゞめをきてかれのゝすゝきかたみにぞミる

〔鼇頭〕　○かたミの薄〕　新古今ニ有。

〔通解〕　新古今集哀傷部　西行法師、みちのくにて廣き野中に実方の塚とてありけるに、すゝきなど生ひたるを見て、

朽もせぬ其名ばかりをとゞめをきて＊枯野のすゝき《スヽキ》かたみにぞ見る

さらぬだに物哀におぼへけると山家集に見へたり。

〈酒本　枯野のすゝき〉

〔通解追加〕　形身の薄〕　実方の塚の前にあり。其地、塩手村と云。

〔永機〕　かたミの薄〕　新古今哀傷の部、ミちのくにて廣き野中ニ実方が塚とてありけるに薄など生たるをみて、くちもせぬその名斗をとゞめ置てかれのゝ薄かたミとぞみる

【道いとあしく】

〔鈔〕　道いとあしくはいとゞ也。甚ならん。

〔可常〕　（◎「いとゞ《甚》ならん」と注記）

【よそながら眺やりて過るに】

〔解〕　私云、白石より岩沼の駅まで七里四丁、左ハ信田駅、右は大隅《ママ》川へ出る追分也。実方の社は信田の右に

あり。依て岩沼ゟ二里斗りも寄道なれば、遥に見やりて通る物成べし。

【笠嶋ハいづこさ月のぬかり道】

〔鈔〕 新古今　玉ぼこの道ゆく人のことづてもたへてほどふる五月雨のころ　定家卿
泥渟《ヌカル》と書よし。東国こと葉成り。土のとろけたるをいふ也。是ハ哥まくらに見えず。武蔵国に此名有。
※ぬかりみち〕 近路《チカミチ》をぬかり道といふハ奥羽ノ言也と翁もよくきゝふられてや。これにて一句解たり。むら径書※

〔可常〕 新古〈玉ぼこの道行人のことづてもたえてほどふる五月雨の頃　テイカ
（◎〔笠嶋〕に「哥枕ニ見えず。武蔵國ニ此名有」、「ぬかり道」に「泥渟ト書ヨシ、東国の詞也。土のとろけたる也」と注記）

〔解〕 句解に云、蓑輪 笠嶋ともに五月雨の折にふれたる名也。降りしきる雨に、彼ノ中将の塚、道祖神の社も、聞し斗にて、いづこやと、遥拝の怠りをも、ぬかり道にかづけたる成るべし。又云、不レ怠をぬからぬと言、怠るをぬかるといへり。此趣、臆説のやうなれども、其下心明らかな注して云ふ、翁の先ン言ありと云、二日にもぬかりハせじな花の春、此語を考へ合すべし。

〔京大〕 増田ハナレテ往来ヨリ山手江入ル道アリ。立石今ハアリ。仙府智昂立之。笠嶌江三十六丁也。

〔五視〕 笠嶋ハいづこ――〕 新古今　玉ぼこの道ゆく人のことづてもたへてほどふる五月雨の頃　定家
泥渟《ヌカル》ト書よし。東国詞也。土のとろけたるを云也。是哥枕ニ見えず。武蔵国ニ此名あり。ぬかり道ハ、近《チカ》道をいふなり。奥羽の言なり。翁もよく〳〵きゝふれられてや。是にて一句解たり。

〔洗心〕 〔笠島はいづこ〕のほどなるぞ〔さ月の〕折ふしの〔ぬかり道〕ならずバ尋ねとふべきものを
今按るに、笠じまハ名取郡増田の駅より左の山際にあれば、岩沼よりはるかに行さき也。しかるを翁ハ不知案内の事ゆへ、槻木のあたりにて実方塚の事問れし物

にて、地名前後せしものなるべし。
〔註〕ぬかり道〕 上方にてしるきミちと云事。しる谷越へ抔云叓也。
〔百代〕笠嶋ハ〕 さるミの 夘辰集 句撰ともに、笠嶋やとあり。句集にハ、ハと出せり。珎重。
〔句解〕笠嶋や《へ》いづこ五月のぬかり道
句選註ニ、實方ハ長保元年正月廿三日於任国陸奥ニ卒ス。ぬかり道は、しるき事也。歩ミがたき所也。
附言、物類称呼ニ曰、道村卿御詠、
はこね山まだ明ぬ間に越ゆかむ道のぬかりのしミとけぬ間に
シミト云ハ、山陰道及び相州箱根小田原邊ニテ凍ヲシミト云。物類称呼ニ曰、道路のぬかりを関西ニテシルイト云。東國ニテヌカリ。
續千載 あぜおこす苗代水のほど見えてミちのぬかりのかハく間もなし
むか□□□宗久法師が都のつとゝいふ物にいはく、ミちの国淺香の沼をすぐ云々。

此国にもあやめのあるにやと年月ふしむにおぼえしかバ、この度人にたづねしに當国にあやめのなきにハあらず。されども藤中将の君くだり給ひし時、なにのあやめもしらぬしづが軒端にハ、いかで都のおなじあやめをふくべきとて、かつミをふかせられけるより、これをふきつたへたる也とかたり侍りし云々、といへり。国人の語りし説につられず。
〔歌枕〕○ぬかりハ泥を云。為尹千首 あぜをこす苗代水の程ミへて道のぬかりのかハく間もなし（補注「猿蓑ニ笠嶋やとあり」）
〔通解〕笠島ハいづこ五月のぬかり道
猿ミの集に、奥刕名取郡に入りて、中将実方の塚ハいづくにやと尋ね侍れば、道より一里半ばかり左の方、笠嶋といふ所にありとをしゆ。ふりつゞきたる五月雨いとわりなく打過るに、と前書ありて此吟あり。夘辰集にハ、日もくれかゝりければとあり。五月雨にかさじまのひゞきありて、降りつゞく旅中の有様思ひやらる。

〔解説〕 奥州かさじま

笠じまやいづこさつきのぬかり道

紀行に、笠じまの郡に入れば藤中将実方の塚ハいづくの程ならむと人に問へば是よりはるか右に見ゆる山際の里をみのわ 笠じまと云、道祖神のやしろ かたみの薄今にありとをしゆ。此頃の五月雨に道いとあしく身つかれ侍ればよそながら詠めやりて過るにみのわ 笠じまも折にふれたりとの文あり。猿ミの集にハ、奥州名取郡に入りて中将実方の塚ハいづくにやと尋ね侍れば道より一里半ばかり左の方笠じまといふ所にありとをしゆ。ふりつゞきたる五月雨いとわりなく打過るにと前書ありて此吟あり。

夘辰集にハ、日も暮かゝりければとあり。五月雨にかさじまのひゞきありてふりつゞく旅中の有さま思ひやらる。但さるみの 夘辰集何れも笠じまやとあり。紀行に笠じまはとあり。八雲御抄ニ曰、此実方行成と同時の殿上人ニ而有りしが殿上にて口論をして、行成の冠を笏にて打落されしを、さらぬ躰にて冠を着し袖かき合ハせ色をも損なハずして、是ハいかなる故にハ乱冠に逢候やらんと申されければ実方いらへん方なくしらけて立れけり。主上此事をひそかに御覧ぜられて実方をバ哥枕見てまいれとて陸奥守になして遣ハされ終に召かへされずして国にて失し人也と。袖中抄ニハ、彼の中将ハみちのくの所〻のうた枕見ん為にかく任ずる也。仍て陸奥中将と云と記せり。小一條左大臣師尹公の孫侍従定時の男也。

〔一九〕武隈の松

岩沼《いはぬま》に宿る。

武隈《たけくま》の松にこそめ覚《さむ》る心地ハすれ。根ハ土際《つちぎは》より二木《ふたき》にわかれて、昔の姿うしなハずとしらる。先能因法師《まづのういんほふし》思ひ出《いづ》。徃（往）昔《そのかみ》むつのかミにて下《くだ》りし人、此木《このき》を伐《きり》て、名取川《なとりがは》の橋杭《はしぐひ》にせられたる事などあればにや、松ハ此《この》たび跡《あと》もなしとハ詠《よみ》たり。代〻《よよ》あるハ伐《きり》、あるひハ植継《うゑつぎ》などせしと聞《きく》に、今《いま》将千歳《はたちとせ》のかたちとゝのほひて、めでたき松のけしきになん侍《はべり》し。

武隈の松みせ申せ遅桜と、挙白《きよはく》と云《いふ》ものゝ餞別《せんべつ》したりければ、

桜より松ハ二木《ふたき》を三月越《みつきご》シ

【岩沼】

〔菅菰〕驛宿にて舘あり。仙臺家の臣これを守る。

〔傍注〕仙ダイ家士ノ舘あり。

〔解〕桒折より岩沼まで十二里斗りにて止宿。仙臺岩沼ノ駅ナリ。

〔洗心〕岩沼〕其頃田‐村‐𠊳（侯）の居‐館。今ハ仙‐府ノ家‐士古‐内某居レス之。

〔百代〕岩沼〕駅宿にて舘あり。臺家の臣守。

〔下露〕曾良日記ニハ、三日白石ニ泊る、とあり。

〔通解〕和漢三才圖會を案るに、幸川《サイ》、此処仙臺領の境。白石へ一里半。白石より勝田へ一里半餘。勝田より金が瀬へ一里とあり。道中行程記にハ、白石より宮へ一

里廿三町、宮より金が瀬江一里拾弐町とあり。金が瀬より大河原舟せまり、槻木を歴て岩沼に至る。里程昊同あり。是よりまし田 中田 なが町を過て仙臺へ出る。岩沼より仙臺へ五里半斗也。菅菰抄云、岩沼、澤（驛）宿にて館あり。仙臺家の臣是を守る。むつ千鳥に、金が瀬より岩沼へかゝり、橋の際左へ二丁入て、竹駒明神社有。乾の方へ一丁行て武隈の松ありと云。

〔通解追加〕岩沼〕本、田村家居館の地。今、仙臺の家士居之。

【武隈の松】

〔鈔〕武くまの松は此たび跡もなし千とせをへてや我はきぬらん　能因法師

袋草子ニ云、能因實ニハ不レ下二向セ奥刕一ニ之由ヲ風聞云云。二度下向ノ之由アリ。於テ二一度一ニ者實欤。書ケリ二八十嶋ノ記ヲ一と。

山家集に、たけくまの松はむかしになりたりけれども、跡をだにとて見にまかりてよミける。かれにける枩なき宿のたけくまハみきと云てもかひなからまし

有記ニ此枩ハ藤原元善任国の時舘の前に植初しと。

後撰　植し時契りやしけんたけくまの松をふたゝびあひミつるかな　藤原元善

〔可常〕〽武隈の松ハ此たび跡もなし千とセをへてや我ハきぬらん　能因

袋草子ニ因實ニ不下向奥州為レ詠、竊ニ籠居シテ下向ノ由、風聞ト云。二度下向由有。一度ハ実か。書八十嶋記と。

山か集ニ、武隈の松ハ昔になりたりけれども跡をだに見にまかりてよめる、

〽かれにける枩なき宿のたけくまハみきといふてもかひなからまし

後セン〽植し時契りやしけんたけくまの松をふたゝびあひミつるかな　元善

〔菅菰〕たけくまの松ハ又鼻端の枩共云。奥州の詞に山の出崎をはなわと云。此枩は今岩沼の町中、天神の社の傍にあり。和漢三才圖會ニ云、昔シ藤原ノ元善任國ノ時、舘前ニ初テ所レ植ル松ナリ也、ト。二木にわかれてとハ、

後拾遺　たけくまの杢はふた木を都人いかにとゝハゞミきと答ん　橘季通

〔**傍注**〕此松、今岩沼の町中天神の社の傍にあり。一名鼻端の松ともいふ。奥州の詞に山の出崎をハナハといふ。

〔**解**〕「武隈の松」文段《ママ》に、岩沼駅、道祖神も近し。後撰集十七、藤原元善朝臣、陸奥に居て、武隈の松枯侍りけるを、小松を植継がせ侍て、任はてゝのぼりて、後、又下り侍るに、前任に植し松を見て詠る、〽植し時契りやしけん武隈の松をふたゝびあへ《ママ》ミつる哉。「今はた千載のけしきとゝのへて、目出度」など、末に書ける事も、此哥によるべし。「根は土際より二木にワかれてむかしの姿失ハず」後拾遺〽武隈の松は二木を都人いかゞと問わ《ママ》バみきと答ん　橘季通。「先能因法師思ひ出。往昔むつのかミにて下りし人――」能因法師ハ、俗名、永愷《ナガヤス》、作二玄々集一。肥後守橘元愷《ヤス》の子也。傳ハ扶桑隠逸傳に委シ。又哥枕名寄にいふ、後拾遺集〽武隈の松は此度跡もなし千歳をへてや我は来つらん　能因。先ツ此哥を以て先ツ能因を思ひ出るといふ也。又裏書に云、右一首ミちのくへ二度下りて、後のたび、武隈の松も侍らざりければよめるとなん。又云、或は傳云、藤原の元善、任国の時、舘前に所植の松なり。其旨見ユ二後撰集一ニ。其後火に焼きたり。源滿仲、任国の時、又植レ之、其後、又失たり。橘の道貞、任国、又植之、其後、孝義、任国の時、切ルレ之。造レ橋後ニ永失タル乎。無情の名、留二後代一者ト云〻。是を以考ふれば、此松を伐て名取川の橋となしたるは、孝義也。其後任国の人〻、又松を植継て、今將ニ千載のかたち調へ、目出度、昔シの名木とハ成りけらしとの心也。

〔**元禄**〕○武隈松

後撰〽うへし時契りやしけんたけくまの松をふたゝびあひ見つるかな　元善朝ト（臣）

新古〽おぼつかな霞たつらん武くまのまつのくまもる春の夜の月　加ゝ左衛門

後拾〽武隈の松ハ二木をみやこ人いかゞととハゞ見きとこたえん　季通

続古《ママ》〽けふよりハ見来とかたらふ武くまの松のもと立
ゆかしかりしを　尭孝
新拾〽たけくまの松のミどりも埋れて雪をミ木とや人
にかたらん　光行
〽古郷へ我ハ帰りぬたけくまのまつとハ誰につげよと
か思ふ　為仲
○山家
たけくまの松ハ昔になりたりけれども跡をだにとてミ
にまかりてよミける、
かれにけるまつなき宿のたけくまハみきと云てもかひ
なからまし
〔**寛政**〕　後拾遺　武隈の松ハ二木を都びといかにと問バ
ミきとこたえん　橘季通
同集　たけくまの松ハこのたび跡もなし千とせを経て
や我ハ來にけん　能因
〔**京大**〕　山家集ニ、カレニケル松ナキヤドノタケクマハ
ミキトイフトモカヒナカラマシ
たけくまの松ハむかしになりたりけれども跡をだにと
て見にまかりてよミける。
鼻端ノ杢トモ。藤原元善植。
〔**五視**〕　武くまの松ハ此たび跡もなし千とせをへてや我
ハきぬらん　能因
袋双子ニ云、能因實ハ不レ不(下)ニ向ニ奥州一。為レ詠竊《ぜン》ニ籠
居下ニ向奥州一ノ由ヲ風聞スト云〻。二度下向ノ由アリ。
於ニ一度一ハ實か、八十嶋の記へ書《ママ》リ。
有記ニ、此松ハ藤原元善任国の時舘の前ニ植初しと。
後撰　植し時契やしけんたけくまの松をふたゝびあひ
見つる哉　元善
代(伐)て橋杭になせしハ孝義なりと也。
〔**洗心**〕　武隈の松〕　菅ニ、又鼻端の松ともいふ。奥刕の詞に山の出
崎をはなハと云。　此松は、岩沼の町中、天神の社の傍にあり。
和漢三才圖會ニ云、昔藤原元善任國ノ時館ノ前ニ

所レ植ノシ松一也。

叢 奥-儀-抄云、武隈の松はいつの世より有けるものともしらぬ人ハ、うゑし時とよまれたれバおぼつかなくもや思ふとて書出てはべる也。此松ハむかしよりあるにあらず。藤原元良といひける人の任に館の前に始て植たる松也。陸奥の館ハ武隈といふ所にあり。此人二度かの國の任に來て、後の度よめる哥〽うゑし時ちぎりやしけん武くまの松をふたゝびあひミつるかな云々。○菅ニ、又鼻端の松云々。是ハ遙に所たがひて街道よりハ遙に入こミたるにあるよし。又ハナハといへるハ當國の方言にあらず。すべて水なき出崎を塙《ハナハ》といへる、諸國相同じ。

〔註〕 後拾遺 たけくまの杰ハふたきをミやこ人いかにととはゞ見きとこたへん　橘季道

則光朝臣の供に陸奥に下りて武隈の杰をよむ、源氏元良宮内卿、

薄雲巻 植し時契お《ママ》きけん武隈のまつを此度逢ミつるかな　元良

顕照《ママ》云、武隈の松二本松とも云なり。宮内卿元良、陸奥の任に件の松植て後、再び任に下り侍る時に詠る哥なり。其松放火のために焼失して、其後孝義伐て橋に作。満正が任に再うゑ、道実が任に三度植ると云ども、終にむかしと成て松の名斗りとなりぬ。

名取川の橋に作と申古言、名取老女の塚ハ名取川の辰巳に在。一里斗下余田邑ト云所。

後拾遺集　陸奥に二度下りて後の度に松侍らされバ

武隈の松ハ此度跡もなし千とせを經てや我ハ來つらん　能因法師

たけくまの二葉《ママ》の松と人とはゞ岩瀬のもりのにしと答よ　能因

岩瀬郡ハ須加川の辺なり。白川郡大里村に武隈大明神の社在。是より一丁程前、いにしへの松のかたち有。一木の松二木に割れてあり。今存す。今二木の松植つぎの杰と云。岩沼通りより西へ三丁斗入て家中屋敷の前にあり。

和漢三才圖彙　武隈松名ニク二一木松一ト、在ニ相馬街道追分一ニ。

〔百代〕　武隈〕　陸奥千鳥に、金が瀬より岩沼へかゝり、橋の際左へ二丁入て竹駒明神あり。社より乾の方へ一丁行て武隈の松あり、といへり。奥義抄に、武隈の松ハいつの世より有ける物ともしらず。人ハうへし時とよまれたれバおぼつかなくもや思ふにて書いでゝ侍る也。此松ハ昔より有にあらず。藤原元良と云ける人の注に、舘の前に始て植たる松也。陸奥の舘ハ武隈といふ所にあり。此人二度かの国の任に成て、後のたび詠る哥、植し時契りやしけん武隈の松をふたゝびあひミつる哉。又、武隈のはな〔は〕の松ともよめり。重之集、武隈のはなハに立る松だにも我ごとひとりありとやハきく。武隈のはなわとて、山のさし出たる所の有也と云〻。又、説叢に、ふた木に限るハ武隈のミ也といへり。

〔歌枕〕　○三才圖會昔藤原ノ元善任一國ノ時舘一前初テ所ノレ植松一也。

〔鼇頭〕　○武隈〕　タケクマ。松ハ鼻端ノ松とも云。たけくまのまつハふた木を都人いかにとゝはゞミきと答へん　橘孝通《ママ》

〔通解〕　和漢三才圖會云、武隈の松ハ、又二木の松、又鼻端の松と云。相馬街道の追分にあり。昔藤原元善《△能》任國の時、舘の前に初て植る所の松也。其後、*孝義が任国の時、是をきりて橋となす。如今唯杉村の中、寺あるのミといへり。源重之集に、

武くまのはなはにたてる松だにも我ごとひとりありとやハきく

竹くまのはなはとて山のさし出たる所にある也。目さむるといふ詞ハ、源氏桐壺の巻に、われはと思ひあがり玉へる御かた〴〵めざましきものにおとしめそねミ給ひとあり。目案にめざましさハ詩に冷眼とかけり。すさまじく見る心也。そねむ心なるべしと云。翁の武くまの松を詠て冷眼して驚き玉ふなるべし。見どころもはやさめ果たりといふにハあらず。又はゝ木〻の巻に、めざましくつらければとあり。

能因法師はじめて當国に来れるとき、此松を見、後又来るとき松なし。よりてよめる。

武隈の松ハ此たび跡もなし千とせを経てや我ハ來に
けん

山家集　西行法師、たけくまの松ハ昔になりたりけれども、跡をだにとてみにまかりてよみける。

かれにける松なき宿のたけくまハみきと云てもかひ
なからまし

回國雑記に、

いたづらに我もよはひハたけくまのまつことなしに
身ハふりにけり

武隈の松かげにしばらく立よりてよみ侍りけるとあれば、道興法親王のその頃ハ松ありしなるべし。芭蕉翁行脚のときもこの松にあるべきにや。

（〔一一二〕白河の関の章【白川の関にかゝりて旅心定りぬ】参照）

〈洒本　孝義の〉

〔永機〕たけくまの松は此たび跡もなし千とせをへてや
我ハ来ぬらん

【二木にわかれて】

〔傍注〕ふた木に別れてとハ、後拾遺に、橘季通、
武くまの松は二木をミやこ人いかにととハゞミきと答
ん

〔洗心〕二木にわかれて〕引哥トに記す。

〔註〕（前掲【武隈の松】参照）

【能因法師】

〔菅菰〕能因ハ百人一首抄ニ云、橘ノ諸-兄-公ノ末-孫、橘ノ忠望ノ孫、肥-後ノ守元-愷ノ子ナリ也、任ズ二長-門ノ守一ニ。和-漢三-才-圖-會ニ云、能因ハ後-冷-泉-院ノ朝ノ人、肥-後ノ守爲-愷ノ男、出-家シテ名ク二古-曽-部ノ入-道一ト。初メ爲ル二肥-後ノ進-士一時ニ、入テ二長-能ガ家一ニ、受ク二和-歌ノ指-南一ヲト。能因故摂州古-曽-部-邑ニ處ス故ヲ以テ古曽-部入-道ト稱ズ。

〔京大〕※能因法師〕橘諸兄公の末孫、橘忠望孫、肥後守ノ子也。任長門守。冷泉院ノ朝ノ人也。出家して古曽部入道と称。長能家ニ入て和哥の指南を受る。攝州古曽部村居為、古曽部入道と云。※

〔洗心〕能因法師〕菅ニ、和-漢三-才畾-会ニ云、能-因ハ後冷-泉-院ノ朝ノ人、肥-後ノ守為-愷ガ男、出-家シテ名ク二

古曽部ノ入道一ト。初為二ル肥後ノ進士一ト時ニ入二テ長能ノ家一ニ受二ク和哥ノ指南一ヲ。能因故ト攝刕古曽部邑ニ処ス。故ヲ以テ古曽部ノ入道ト称ス。

△百人一首ノ抄ニ云、橘ノ諸兄公ノ末孫橘ノ忠望ガ孫、肥後ノ守元愷ガ子也。予が見及び同ジ抄ノ系図ニ

永愷長門守法名能因。

〔**百代**〕　能因〕　百人一首抄に、橘諸兄公の末孫、橘忠望孫、肥後守元愷ノ子也。任長門守。和漢三才図會に、能因ハ後冷泉院朝ノ人、肥後守為愷ノ男。出家して名古曽部入道。初為肥後進士時、入長能ガ家受二和哥指南一。攝刕古曽部村ニ處云々。

【**徃昔**】

〔**鼇頭**〕　○徃昔〕　ソノカミ。

【**むつのかミにて下りし人**】

〔**傍注**〕　孝義也。

【**此木を伐て、名取川の橋杭にせられたる事**】

〔**鈔**〕　伐て橋杭になせしハ孝義なりとかや。

〔**菅菰**〕　名とり川の橋杭にせられたる事ハ、和漢三才圖會ニ云、孝義任國ノ時剪レテ之ヲ用テ為二名取川ノ橋一ト。

〔**洗心**〕　此木を伐て名取川の橋杭に…あればにや〕　叢　雑和抄云、顕仲云、藤原元良が植し其松ハ野火にてうす。其後備正《ママ》が任に植。其後又うす。道貞が任に植。其後孝義きりて橋に造る。其後うせ終りぬ。

〔**註**〕　（前掲【武隈の松】参照）

〔**百代**〕　橋杭〕　顕仲云、藤原元良がうへしその松野火にてうす。其後満正が任にうふ。その後又うす。道貞が任にうふ。其後孝義伐て橋に作る。その後うセ終りにきと云々。

〔**歌枕**〕　○三才圖會孝義任國ノ時剪レ之用テ爲二名取川ノ橋一。

○山家集かれにける松なき宿のたけくまハみきといひてもかひなからまし

〔**鼇頭**〕　○名取川　名所也。

名取川の橋杭〕　今古木をり〳〵ほり出す。人賞して埋木ト云。

〔**永機**〕　孝義任国の時是を伐て名取川の橋杭にせし事あ

り。

【松は此たび跡もなし】

〔菅菰〕 松ハ此たび跡もなしとは、（後拾遺）武隈の松はこのたび跡もなし千とせをへてや我ハ来つらん　能因

〔傍注〕 後拾遺　武隈の松は此たび跡もなし千とせを經てや我ハきつらん　能因

〔元禄〕 ○後拾イ―雑四
ミちのくにふたゝびくだりて後のたびたけくまの杦も侍らざりけれバ、
武隅《ママ》の松ハ此たび跡もなし千とせを經てや我ハ來つらん　能因

〔京大〕 ※武隈の松ハ此度跡もなし千とせを經てや我ハ來つらん　能因※

〔洗心〕 松は此たび跡もなしとハ詠たり」（菅ニ）、後拾―遺集〽たけくまの松ハこのたびあともなし千とせをへてや我はきつらん　能因
○ミちのくにゝふたゝびくだりて、のちのたび武くまの松もはから《ママ》ざりければよめると詞書有。

〔百代〕 松ハ此度〕 後拾遺、能因、武隈の松は此度跡もなしちとせをへてや我ハ来つらん

〔歌枕〕 ○能因集ミちのくへ二たびくだりけるに、のちのたびは武隈の松のなかりければ、〽たけくまの松ハ此たび跡もなし千とせをへてや我ハきつらん。能因ノ事ハ「百人一首抄」「三才圖會」等ニ出。

【武隈の松みせ申せ遅桜と、挙白と云ものゝ餞別したりけれバ】

〔解〕 句解に云、後拾遺（僧正源覚）、武隈の松を二木《ママ》をミきといはゞよくよめるにハあらぬなるべし。此源覚（深）の哥を、思ひよせて、挙白が餞別したるにや。挙白の句にいさゝか中事侍れども、爰に、詮なければ畧。

〔京大〕 後拾遺集雑四ニ、能因、
ミちのくにふたゝびくだりて後のたびたけくまの松も侍らざりけれバ、
タケクマノマツハコノタビアトモナシチトセヲヘテヤワレハキツラン
同集　タケクマノマツノ二木《ママ》ヲミヤコ人イカニトトハ

ゞミキトコタヘン
八重ニ、ヨミ方二季トカケテヨムユヘニ、春夏トカ、ル也。ヨツテ二木ヲ三ツキトナルベシ。
〔タケ〕クマノハナハノマツトモ云〻。山ノサシ出タルトコロヲ鼻ハト云リ。

〔洗心〕〔武隈の松〕を花とともに〔みせ申せ〕よや〔遅桜〕と挙白といふもの丶、餞別したりければ、〔桜より〕はるぐ\の道を過し來て〔松ハ二木を〕かぞへミれバいかにも〔三月越シ〕なるぞや

叢 雑-和-抄云、橘の季通ミちの國よりのぼり〽武隈の松はふた木をミやこ人いかにととハゞ見きとこたへん。か丶る哥を自讃しけるを、禅林寺の大僧正深覚、武くまの松はふた木を見きといはゞよくよめるにハあらぬなるべし

解 奥の細道を按るに、元禄二年弥生末の七日武江を立て、皐月はじめに武隈に到る。依さくらより三月ごしと其日枚を云て、夏季たしかなるべし。只長途の観想紙毫に及ぶべからずと有て前の哥を引たり。

〔百代〕 挙白〕（見出し語だけで解説なし）

【桜より松ハ二木を三月越シ】

〔鈔〕 後拾遺 武隈の松ハ二木を都人いかゞと問ハゞみ木とこたへん 橘 季通
此哥の句拍子にや。武江発足ハやよひの末、今さつきなれバミつきごし也。
松は花より朧にてと辛甘の差別ある歟。好む處に五味賞翫すべし。

〔可常〕（◎「後拾遺〽武隈の松ハ二木を都人いかゞと問ハゞみ木とこたへん 橘季通。此哥の句評《ママ》子にや」と注記）
（◎〔三月越シ〕に「武江発足弥生ノ末、今さ月ニテ〔三月越シ〕にや」と注記）

〔解〕 扨翁の句は、松見セ申せといひかけたる餞別に、答へて、三月ゟ春夏の二季を含て、桜咲しゟ、今武隈の松を見るは、三月越よといふ所、誹諧の上工なり。下の心は、辛崎の松は花より朧にてといふ所に通ふなり、但シ續がらは、桜より二季の間に、今松を三月越

に見るよといふ、句續なり。或人の云く、此句は雑の句なりなど、難ずる者あれども、一向論に及ばず。例の愚作虚談といふべし。

〔五視〕　後拾遺　武隈の松ハ二木を都人いかゞと問ハゞみきとこたへん

此哥の句拍子にや。武江発足ハ弥生末、いま五月なれバ三月キ越也。松ハ花ゟ朧にてと辛甘の差別ある歟。好ム所に五味賞翫すべし。むかし名とり川の老女ト云住けると。

〔洗心〕　（前掲【武隈の松みせ申せ遅桜】参照）

〔註〕　むさし野ハ桜のうちにうかれ出て、白川の關は早苗にこえ、武隈の杏ハあやめふく頃になんなりぬ。

　散果ぬ松は二木を三月越し

出羽霍（靏）が丘に真跡如此の有と人ゝ申。是本書と云ハ世人わろし。翁の句は前案後案あり。いづれ前後のうちたるべし。　武隈大明神、岩沼入口に社有。真言宗竹駒寺、竹駒大明神と今ハ改むよしと也。稲荷大明神祭所、宝嵓（窟）山神領三百石。

〔百代〕　桜より〕　後拾遺、橘季通、武隈の松ハふた木をミやこ人いかにとゝハゞミきとこたへん。真跡はし書に、武蔵野ハ桜のうちにうかれ出て白川の関は早苗にこえ、武隈の松ハあやめふく比になんなりぬ。散りはてゝうセぬ松ハ――と。出羽霍（靏）岡に有とぞ。

〔句解〕　桜より松は二木を三月越し

諸書一ニ春の歌ト有。考蝶夢集夏之部に出す。佳也。奥羽三越路行脚の句なるべし。（「考」に付く「○」は次行「松の」に付く「○」に符号する）

句選ニさくらより松のト有。弥生□、江戸を桜に立て武隈の松の二木を三月を月秋にいひなして三越といふ縁を用るなるべし。至極の手づまなるべし。武隈の杏ハ二木をみきといふハよくよめるにはあらぬなるべし　僧正深覚

華傳ニ解曰、奥細道を按ずるに、元禄二年弥生末七日武江を立て皐月のはじめ武隈に至る。依て桜より三月越と其日数を云て夏季たしかなるべし。只長途の観想紙毫の及ぶべからず。哥ニ、

武隈の松ハ二木を都人いかにと問バミきと答む
雑談集ニ、貞室老人三月芳野の花ニ是ハこれハと口ずさミて、琵琶頁枕をかゝえ、東路へおもむき、四月冨士に至りて、
先の月三芳野の花や冨士の雪
と吟ぜられし。又、是ハ〳〵と長歎せし古人のつくろひなき餘情見るがごとし。當季の定やう前章の武隈の吟とひとし。
太曰、奥細道を按ずるに、元禄二年弥生末七日武江を立て皐月はじめに武隈に至る。依て桜より三月越とその日数を云て夏季慥成べし。只長途の観想紙毫に及ぶべからず。
かざしに、武くまの松は二木を都人いかにと問ハゞミきと答む

〔歌枕〕　○此送別より三」月に成ぬれバ桜ハなけれども松の二木のいとめづらか也といふ心也。しかるを松のといハずして、松ハといへるハ、後拾　武隈の松ハ二木を都人いかゞとゝハゞみきと答ん　季通

〔鼇頭〕　○さくらよりの句夏季なしと見るべからず。桜よりハ三月江戸を出たるを云。路の程ハ十里斗にして早五月ニなりたる故三月越しと。句意ハ能因白川の哥ニならふ。

〔通解〕　橘の季通の詠に、
武くまの松ハ二木を都人といかゞと問はゞ見木と答へん
清輔連歌秘傳抄に、赤染が百寺うちありきけるに、
山の井のふた木の桜咲にけり
と申ければバ、とりあへぬ程に赤染のしける、
みきと答へん見る人の為
説叢大全云、松ハふた木なるを、桜の頃より旅立、やう〳〵と長途を三月ごしに武隈にたどりつきたると嬉しき心あり。ふたきにみつきの拍子もうたのくさりに習ふならん。按るに、三月の首途より五月まで三月なり。赤染の連歌も又思ひ合ハすべし。擧白ハ芭蕉門人、草壁氏なり。遅桜ハ餘花などの類ひにや、眼前の景色にやあるらん。早竟ハ翁の首途の比を言ひたる欤。覚

束なし。

〔**解説**〕武くまの松見せ申せ遅ざくら、と挙白と云もの

餞別しければ、

桜より松ハ二本《ママ》を三月越

紀行の前文是に同じ。説叢云、松ハ二木なるを桜の頃より旅立、やう〳〵と長途を三月越にたどりつきたると嬉しき心あり。ふたきにみつきの拍子もうたのくさりに習ふならん。橘の季通の詠に、武隈の松ハふた木を都人いかにと問はゞみきと答ん。挙白ハ芭蕉門人、草壁氏也。遅桜ハ餘花などの類ひにや、眼前の景色にやあるらん。早竟ハ翁の首途の頃を言ひたる歟。覚束なし。陸奥千鳥云、金が瀬より岩沼へかゝり橋の際左へ二町入て竹駒明神あり。社より乾の方へ一町ゆきて武隈の松あり。松ハ二木にして枝打たれ名木とハ見えたり。西行の詠に、松ハふた度跡もなしとあれど、幾たびか植つぎたるなるべし。但、紀行ふた木とあり。

〔二〇〕宮城野

名取川《なとりがは》を渡《わたつ》て仙臺《せんだい》に入《いる》。あやめふく日也。旅宿《りよしゆく》をもとめて四五日逗留《とうりう》す。爰《ここ》に畫工《ぐわこう》加《か》右衞《ゑ》門《もん》と云《いふ》ものあり。聊《いささか》(聊)心ある者と聞《きき》て、知る人になる。この者年比《としごろ》さだかならぬ名どころを考《かんがへ》置《おき》侍ればとて、一日《ひとひ》案内す。宮城野《みやぎの》の萩《はぎ》茂りあひて、秋の気色《けしき》思ひやらるゝ。玉田《たまだ》 よこ野 つゝじが岡ハあせび咲《さく》ころ也。日影ももらぬ松の林に入《いり》て、爰《ここ》を木《き》の下《した》と云《いふ》とぞ。昔もかく露ふかけれバこそ、ミさぶらひミかさとハよみたれ。薬師堂《やくしだう》 天神の御社《みやしろ》など拝《をがみ》て、其《その》日ハくれぬ。猶《なほ》、松嶋《まつしま》 塩《しほ》がまの所〻《ところどころ》 畫《ゑ》に書《かき》て送る。且《かつ》、紺《こん》の染緒《そめを》つけたる草鞋《わらぢ》二足《にそく》 餞《はなむけ》す。されバこそ風流《ふうりゆう》のしれもの、爰に至りて其実《そのじつ》を顕《あらは》す。

あやめ艸(草)足に結《むすば》ん草鞋《わらぢ》の緒《を》

かの畫圖《ぐわと》《ゑづ》にまかせてたどり行《ゆけ》バ、おくの細道の山際《やまぎは》に十苻《とふ》(符)の菅有《すげあり》。今も年〻《としどし》十苻《とふ》(符)の菅菰《すがごも》を調《ととのへ》て、國守《こくしゆ》に献《けん》ずと云《いへ》り。

【名取川】

〔鈔〕むかし名とりの老女と云住けると。

陸奥に有といふなる名取川なき名とりてはくるしかりけり

〔**可常**〕（「昔名とりの老女住けると」と注記）
古〽陸奥に有といふなる名取川なき名とりてハくるしかりけり　忠峯
〔**菅菰**〕名取川は名所にて、古哥多し。
〔**傍注**〕名所なり。
〔**解**〕名取川〕仙臺の内なり。文段《ママ》に云、名取川 同里同湯 仙臺入口川ト云〻。綾瀬爰にて尋ぬべしと云〻。
古今集〽ミちのくにあるといふなる名取川なき名とりてハ苦しかりけり　忠岑。同あめのミるとのあふミのうねめに給りけり〽犬上のとこの山なる名取川いさと答へよ我名もらすな
〔**元禄**〕○名取川〕
古〽みちのくに有といふ也名とり川なき名とりてハ苦しかりけり　忠岑
同〽名取川せゞの埋木あらハれていかにせんとかあひミそめけん
拾〽あだなりなとりの郡に下ゐるハ下よりとくる事ハしらぬか　重之

新古〽なとり川やなせの波ぞさハぐ成紅葉やいとゞよりてせくらん　同
続後撰〽名取川杢の日数ハあらハれて花にぞしづむ瀬〻の埋木　定家
〽名とり川心のとハゞむもれ木の下ゆく波ハいかゞこたへん　家隆
〽おろかなる涙ぞあだの名取川せきあへぬ袖ハあらハれずとも　順徳院
山家〽名とり川岸の紅葉のうつるかげハ同じにしきを底にさへしく
〔**京大**〕名トリ川〕仙府長町ト中田トノ間ノハシナリ。山家集哥有。
名トリ川キシノモミヂノウツルカゲハ同じニシキヲソコニサヘシク。
〔**五視**〕名取川〕むかし名とり川の老女《ト》云住けると。陸奥にありといふなる名取川なき名とりてハくるしかりけり。
〔**洗心**〕名取川〕菅《ニ》、名所にて古哥多し。

〔百代〕　名取川〕　名取郡。埋木の名所なり。
古今　名取川せゞの埋木あらハれていかにせんとかあひミそめけん
〔歌枕〕　○金葉　あさましや逢瀬もしらぬ名取川まだきに岩間もらすべしやハ　前斉宮内侍
夫木　ほと〔、〕ぎすをのが五月の名取川はや埋木にあらハれてなけ　少将内侍
〔鼇頭〕　名取川〕　名所也。
〔通解〕　名取川ハみちのくの名所也。古哥多し。
古今集恋之部　忠峯、
みちのくにありといふなる名取川なき名とりてハ苦しかりけり
おなじく　よミ人しらず、
名取川せゞの埋木あらはればいかにせんとて逢見そめけん
名所百首　定家、
名取川心にくだす埋木のことはりしらぬ袖のしがらみ
河のそこなる埋木にたとへてよめる也。

【仙台】

〔菅菰〕　仙臺ハ奥州の府。伊達家の城下にて都會の地なり。
〔洗心〕　仙臺〕　奥州《ノ》府にて宮城《ノ》郡に在。伊達侯（侯）の家伯代々居《ル》之。
〔百代〕　仙臺〕　奥刕の府。伊達家の城下。
〔下露〕　〈絵図一〉（「奥州路玉図縮写」278・279に収載）

【あやめふく日】

〔菅菰〕　あやめふく日は五月五日を云。此日艾菖蒲ヲ用ルコトハ、按ルニ、歳時記《ニ》云、此《ノ》日採《リ》艾《ヲ》爲《ツクリ》人《ヲ》、縣（懸）《テ》門上《ニ》、以《テ》禳《フ》毒氣《ヲ》。又云、以《テ》艾《ヲ》爲《リ》虎《ノ》形《ヲ》、粘《ハリテ》艾葉《ニ》載《ク》之《ヲ》。是ヲ艾人艾虎ト云　本草綱目《ニ》云、是《ノ》日切《リ》菖蒲《ヲ》、漬《テ》酒《ニ》飲《ム》之《ヲ》。或《ハ》加《レバ》雄黄少《シ》許《リヲ》、除《ク》一切《ノ》悪《ヲ》、ト。是《レ》等ノ遺習ナルベシ。三才圖會《ニ》又《タ》云、天平十九年詔《シテ》曰、五月五日、百官諸人、須《シ》掛《ク》菖蒲《ノ》ヲ鬘。如《シ》否《ラザル》者《ハ》、不許《サ》入《ルコトヲ》宮中《ニ》。拾芥抄《ニ》云、此《ノ》日主殿寮、

内‐裏葺ニテ二殿‐舎ニ一于菖‐蒲ヲ一。
〔**京大**〕※あやめふく日ハ五月五日。さまぐ〵有。艾虎
菖蒲酒等。※
〔**洗心**〕あやめふく日〕菅ニ、五‐月五‐日を云。此‐日
艾菖‐蒲を用る事ハ、按に歳‐時‐記云、此ノ‐日採リレ艾ヲ
為リレ人ヲ懸テ二門‐上ニ一以テ禳フ二毒‐氣ヲ一。
〔**歌枕**〕◯「荊楚歳時記」此‐日採レ艾為レ人縣(懸)二門上一以
禳《ハラフ》二毒氣一。
○「拾芥抄」此日主殿寮内裏葺二殿‐舎ニ于菖蒲一。
〔**鼇頭**〕◯菖蒲ふく日〕本屮(草)綱目ニ云、此日あやめを
伐、酒にひたしてのむ。或雄黄少し斗を加ふれバ一切
の悪をのぞく。此外諸抄ニ説多し。
【旅宿をもとめて四五日逗留す】
〔**洗心**〕旅宿〕曽‐良日‐記、仙臺大‐崎荘（ママ）‐左‐ヱ‐門。
此旅‐店、近き迄國‐分‐町に在しとぞ。
〔**下露**〕曽良日記ニ、
四日　仙臺国分町大嶋(崎)庄左ェ門。
五日　仙臺見物。法運(蓮)寺門前。加右ェ門同道。酒田ノ
人。
曽良日記ニ、
六日　同断。七日　同断、とあり。
〔**通解追加**〕あやめふく日の旅宿〕國分町大内源左衛
門かた。
【畫工加右衛門】
〔**解**〕「画工嘉右衛門」此画師の傳未考。等窮が類の風
流ものなるべし。画工ハ俗に言ふ画師也。工ハ廣員に
匠也、其業に善成る者をTと云。
〔**洗心**〕画工嘉右衛門〕曽‐良日‐記、仙‐臺見‐物。
泫(法)‐運（ママ）‐寺土人云、八ッ塚ニアリト。門‐前。嘉‐右‐ヱ‐門同‐道。
六‐日同‐人（ママ）、七‐日同、とあり。
〔**註**〕画工加右衛門家敷しかと不分。国分町東側中程と
も云、又新傳馬町とも申す。いづれ繪馬の画師と申明
也。国分町又南町、古よりの旅亭なり。
〔**百代**〕画工〕画師。彩客色匠幷に仝じ。前漢書ニ、
元帝令三レ画工図二宮人形一ヲ云〻。
〔**通解追加**〕画工加右衛門〕八塚法蓮寺門前に住す。

【聊心ある者】

〔**歌枕**〕 ○心あるハ哥枕に心ある也。

【宮城野の萩】

〔**鈔**〕 続後拾遺　旅衣たつ暁の別れよりしほれはてしや
宮城野の露　長明

古今　宮城野の本あらのこ萩露をもミ風を待ごと君を
こそまて　しらず

此名物の萩はから萩とて木也。草萩にあらず。弓などに作る木也。梢に枝生て花咲ゆへにもとあらの木萩とよむと。又、秌萩の古枝に咲る花見ればとよめり等の説あり。袋草子ニ云、為仲爰ノ任果て登リし時此木萩を長櫃十二合に入てもてのぼりし事あり。委ハ畧す。

〔**可常**〕 ゾクゴ拾イ　〽旅衣たつ暁の別れよりしほれはて
しや宮城の丶露　長明

古今　〽宮城野丶本あらの小萩露おもミ風を待ごと君を
こそまて　不知人

（◎　〽此名物の萩ハから萩とて木也。草にあらず。弓などに作る木也。梢に枝生て花咲ゆへに、もとあらの木萩とよむと。又、秋萩の古枝に咲ける花ミればとよめり」と注記）

〔**菅菰**〕 宮城野ハ宮城郡の名所なり。故に此名あり。

古今〽宮城の丶もとあらの木萩露をおもミ風をまつごと
君をこそまてよミ人しらず。此外古哥（歌）多し。○連哥産衣抄に、

秋萩の古枝に咲る花見れバもとの心は忘れざりけり

と云哥を載て、註に云、此哥の難に、萩は一年ヅヽにて枯て花はさくを、古枝に咲と云如何。答云、此萩ハからはぎとて木萩なり。艸（草）萩にハあらず。弓などに作る木也。奥州宮城の丶萩是なり。梢に青き枝生て其枝に花さく故に、宮城野のもとあらの木萩と云と。梨一按ずるに、萩にハ山野の二種有て、山萩ハ、枝剛く、野はぎは枝やハらかにしてよく垂る。今見る所の宮城の丶萩は多く此山萩にて、弓に作るといふものハ今沙汰なし。或ハ此山萩を鳥おどしなどの弓につくる事か。然れバ木萩ハ則ち山萩を云なるべし。もとより萩は其年のうちに刈ラざれバ、翌年に至り其幹《ミキ》より若枝を生じ、葉をあらハし花さく事、山萩野萩いづれも同じ。

されど前年の刈跡にもえ出るものよりハ、花葉はるかに劣るなり。

〔傍注〕 宮城郡の名所、宮城野ゝ《（の）》萩。連哥産衣抄ニ云、哥に、秋萩の古枝に咲る花見ればもとの心は忘ざりけり、といふ哥を載て、注云、此哥の難に、萩は一年づゝ《（つ）》にて枯て花は咲くを、古枝に咲といふ、いかゞ。答云、此萩はから萩とて木萩なり。草萩にあらず。弓杯に作る木也。奥州宮城野の萩これなり。梢に青き枝生て其枝に花さくゆへに宮城のゝ本あらの木萩といふと云ゝ。按るに、萩には山野の二種ありて、山萩は枝こハく、野萩ハ枝やはらかにしてよく垂る。今見る所の宮城のゝ萩は多く山萩にて、弓に作るといふものは今沙汰なし。あるひハ此山萩を鳥おどし杯の弓につくる事歟。然れば木萩は則ち山萩をいふなるべし。元来萩は其年の内に刈ざれば、翌年に至り其幹より若枝を生じ葉をあらハし花さく事、山萩野萩いづれも同じ。されど前年の刈あとに蒔《（萌）ママ》出るものよりは花葉はるかに劣ル也。

〔解〕 文段《ママ》に宮城郡なり。同野、同原。源氏桐壷、〽宮城野ゝ露ふきむすぶ風の音に小萩がもとを思ひこそやれ。此哥などの心を以て思ひやらるゝといふ所を味ふべし。

〔元禄〕 〇宮城野〕 哥別紙アリ。

古 〽宮木のゝ本荒の小萩露をおもミ風をまつごと君をこそまて

同 〽みさぶらひミかさと申せ宮城野の木の下露ハ雨にまされり

※〇宮城野〕

古大哥所 みさぶらひミかさと申せ宮城野の木の下露ハ雨にまされり

同 宮城のゝ本荒のこ萩露をおもミ風をまつごと君をこそまて 讀人不知

後拾 みやぎ野に妻よぶ鹿ぞさけぶなる本あらの萩に露やさむけき 長能

千 ともしする宮木が原の下露に忍ぶもぢずりかはくまぞなき 匡房

續後撰　移りあへぬ花の千種にみだれつゝ風の上成宮木のゝ露　定家
玉　置あまる木の下露や染つらん草はうつろふ宮木のゝ原　清兼
續千　思ふどちいざミにゆかんミやぎ野の萩が花ちる秋の夕暮　後徳大寺
續拾　立残す錦にいく村秋はぎの花におく有宮城野の原　逍遥院
新千　露にだに御笠といひし宮城のゝ木の下くらき五月雨の比　宗高
續後拾　たび衣たつ暁の別よりしほれしはてや宮木野の露　長明
新拾　櫻色に春たち初したび衣けふ宮木のゝ萩が花ずり　有家
新續古　哀なる宮城が原の旅ねかなかたしく袖に鶉鳴なり　季経
さま〴〵に心ぞとまる宮城野の花のいろ〳〵虫のこゑ〴〵　※

※堀百　〜ともしする――下もへに――かハくまぞなき　匡房　※
〔寛政〕　古今　宮城野のもとあらの木萩露をおもミ風を待ごと君をこそまて
〔京大〕　秋萩の古枝に咲る花見れバ元の心ハ忘れざりけり
もとあらの萩と云。山野の萩ハ別種也。□萩也。山萩野萩二種アリ。
〔五視〕　続後拾遺　旅衣たつ暁の別よりしほれはて《ママ》しや宮城のゝ露　長明
古今　宮城野の本あらの萩露《ママ》おもミ風を待ごと君をこそまて
此名物の萩ハからはぎとて木也。草萩にあらず。弓などに作る木也。梢に枝生て花咲ゆへにもとあらの木萩とよむと。又秋萩の古枝に咲る花見れバとよめり、等の説あり。
袋艸子ニ云、為仲爰の任果て登りし時、此木萩を長櫃十二合ニ入て持て登りし事あり。委ハ記さず。

〔洗心〕 宮城野の萩〕 菅、宮城郡の名所なり。故に此名あり。古‐今‐集〈ミやぎのゝもとあらの木《コ》萩露をおもミ風をまつごと君をこそまて　よミ人しらず

〔百代〕 宮城野萩〕 宮城ハ郡名也。さま〴〵に心ぞとまる宮城野ゝ花の色〳〵虫の聲〳〵。萩ハ古今、宮城野の本あらが《(の)》小萩露おもミ風をまつごと君をこそまて。無名抄に、むかし橘為仲、陸奥の任終りて上洛の時、宮城野ゝ萩を長櫃十二合に入て上りたる事あり。連哥産衣抄に、秋はぎの古枝に咲る花ミれバもとの心ハ忘れざりけり。註に、此哥の難に、萩ハ一年づゝにて枯て花ハ咲を、古枝に咲といふ事、いかゞ。答て云、此萩ハから萩とて木萩也。草萩にはあらず。弓などに作る木也。奥州宮城のゝ萩是也。梢に青き枝生てその枝に花咲故に、宮城野の本あらの木萩といふと云〻。菅菰の説に、萩ハ山野の二種ありて、山萩ハ枝剛く、野萩ハ枝やハらかにしてたるゝ。今見る所の宮城野ゝ萩ハ多く此山萩也、と有。

〔歌枕〕 ○[古今]宮城のゝもとあらの木萩露をおもミ風をまつごと君をこそまて　よミ人しらず

〔鼇頭〕 ○宮城野〕 名所也。秋萩の古枝にさける花見ればもとの心ハわすれざりけり。宮ぎのゝ萩ハ弓ニ作る木萩なり。

〔通解〕 古今集恋四、よミ人しらず、
宮城野ゝもとあらのこはぎ露をおもミ風をまつごと君をこそまて。萩ハ高く生て本のあらきものなれば、本あらとハよめるなるべし。

【思ひやらる】

〔洗心〕 思ひやらる〕字‐傍の一‐畫あまりて全くル、とよミなさる。誤‐写なるべし。

【玉田 よこ野 つゝじが岡ハあせび咲ころ也】

〔鈔〕 堀川百首　取つなげ玉田横野のはなれ駒つゝじがけ《ママ》たにあせみ花咲　俊頼朝臣
うた枕に和泉国ニ入、此歌有。同じ名により思ひ寄せられし歟。

〔可常〕 堀百首〈取つなげ玉田横野のはなれ駒つゝじがけたにあせミ花咲　俊頼

（◎［玉田 よこ野］に「哥枕、和泉国入」、［つゝじか岡］に「連哥新式奥州と有」と注記）

〔**菅菰**〕 玉田 よこ野 つゝじが岡〕 皆名所也。取つなげ玉田よこのゝはなれ駒つゝじが岡にあセミ花さく 俊成（頼）。あセミハ馬酔木《アセボ》を云。本文のあせびハ則ちあセぼの事なり。ひとミとは横音の相通にて、哥書などにかなしミをかなしびと書るに同じ。

〔**傍注**〕 玉田〕 名所。横野〕 名所。つゝじが岡〕 名所。あせび〕 馬砕《ママ》木《アセボ》ノコト也。

〔**解**〕 文段《ママ》に、猪沢の内、玉田、横野、荒野牧、尾鮫牧、奥牧、同所の牧かと云〻。「玉田、横野ゝ、つゝじの岡」 堀川百首 とりなつ《ママ》け玉田横野ゝ放駒つゝじの岡にあせミ花咲 俊成《ママ》卿。又「山榴岡《ツ、ジガ》」六帖 ミちのくのつゝじの岡の草つゞらつゝ《ママ》じと君をけふぞしりぬる

（本文に「あセミ」とする）菅菰抄ニ云、あせミハ馬《ア》酔木《セボ》を云。あせびとあり。びはぼも相通となり。

〔**元禄**〕 ○玉田横野〕 堀百〽とりつなげ玉田よこ野のはなれ駒つゝじが岡にあせミ花さく 俊頼

○山榴岡〕 堀百〽東路やつゝじの岡にきて見れバあがもの裾に色ぞかよへる 常陸

○馬酔木《アセビ》《アセボノキ》。又、鳥草樹。

〔**寛政**〕 玉田 横野 つゝじが岡〕 皆名所なり。取つなげ玉田横野の放れ駒つゝじが岡にあせミ花咲 俊成《ママ》

〔**京大**〕 古哥有。トリツナゲ玉田ヨコノ、ハナレゴマツヽジガヲカノアセミサクコロ 俊成《ママ》（本文「馬酔木」の右に「アセミ」と振仮名、左に「アセホ也」と注記）

〔**五視**〕 堀川百首 取つなげ玉田横野のはなれ駒つゝじがけたにあせみ花咲 俊頼 うた枕に和泉の国ニ入、此哥あり。同じ名による思《ママ》ひよせられしか。

〔**洗心**〕 玉田 横野 つゝじが岡〕 菅ニ、玉田 横野 つゝじが岡、皆名所也。〽とりつなげ玉田よこ野のはなれ駒

つゝじがをかにあせミ花さく　俊成《ママ》。あせミハ馬酔木を云。本文のあせびハ則あせぼの事也。○按るに、馬酔木ハ三月の景物にして、大に気侯《(候)》をへだてたればおぼつかなし。たゞあせびあふひの假字の誤にて、つゝじが岡の名に對せし植物の形容なるべし。

〔百代〕　玉田〕　堀川百首、とりつなげ玉田横野ゝはなれ駒つゝじが岡にあせみ花咲。陸奥千鳥に、つゝじが岡 釈迦堂 天神宮 木の下 藥師堂 宮城野 玉田 横野ゝ何も城下より一里に近し、とあり。

〔あせび〕　馬酔木《アセビ》。三才圖會ニ、馬喰此葉酔故に名《ク》。又、大和木草《(本)》に、其葉榕に似テ小《ナル》者也云〻。萬葉《ニ》、馬酔木ツツジト訓ず。

〔歌枕〕　○　〽取つなげ玉田よこ野のはなれ駒つゝじが岡にあせミ花さく　俊成《ママ》
○あせミハ馬酔木《アセボ》也。ひとミと音通ずるが故にひと書たるにや。

（補注「躑躅ハ馬ノ藥。馬酔木ニ花相似タリ」）

〔鼇頭〕　○玉田 横野つゝじが岡〕　いづれも名所也。馬酔木アセビ。取つなげ玉田よこのゝはなれ駒つゝじが岡にあせび花さく　俊成《ママ》

〔通解〕　顕昭散木集註　俊頼、春の駒の詠に、
とりつなげ玉田よこ野のはなれ駒つゝじの岡にあせミ咲く也
たまだよこの つゝじの岡〕　所名也《ママ》。陸奥国にあり。万葉集にハ馬酔木と書て、あせみともよミ、つゝじともよめり云云。

【木の下】

〔解〕　文段《ママ》ニ云、木の下は仙臺より松嶌へ行東の端に在《ト》云〻。古今集　〽御侍みかさと申せ宮城野ゝ木の下露ハ雨にまされり。是皆も斯く露深きなれバこそ、書たる證哥。

〔洗心〕　木の下〕　撰集抄《ニ》、いとゞだにつたの細道は日影ももらぬ木のもとに云〻。斯有を裁入て木の下の地名を活用せし也。

【昔もかく露ふかければこそ、ミさぶらひミかさとハよ

みたれ】
〔鈔〕 古今みちのく哥　みさぶらひミかさともふ《まう》せ宮城の丶木の下露は雨にまされり
〔可常〕 古ミチノク哥　〽みさぶらひミかさともふ《まう》セ宮城の丶木の下露ハ雨にまされり
〔菅菰〕 古今大歌所御歌ミさぶらひみかさと申せミやぎの丶木の下露は雨にまされり
〔傍注〕 古今大哥所御哥、ミさぶらひミかさと申せ宮城の丶木の下露ハ雨にまされり
〔元禄〕 ※古今第十九東哥、ミさぶらひみかさ、栄雅抄云、御侍御笠まゐらせよと申せ、宮城野丶木の下露ハ雨降るにまざりたると也。奥州の郡の名也。西の方山陰にて露しげき所也。笠ハ侍の役也。雨よりも露まさりたるにハあらず。雨ふれバ水のまさるといふがごとし。※
〔寛政〕 古今集　ミさぶらひみかさと申セミやぎ野の木の下露ハ雨にまされり
〔京大〕 古今集第十九、東哥ニ、ミさぶらひミ笠と申せミやぎの丶木のした露ハ雨にまされる
栄稚《ママ》抄ニ云、御侍ミ笠まいらせよと申せ。宮城野の木の下露ハ雨ふるにまさりたるとぞ。
奥刕の郡の名也。西の方つゆしげき処也。
笠ハ侍の役也。雨よりは露まさりたるにハあらず。雨のふれバ水のまさるといふがごとし。
〔五視〕 古今みちのく哥　みさぶらひミかさと申せ宮城野の木の下露ハ雨にまされる《ママ》
〔洗心〕 かく露ふかければ〕ふかゝりと有し假字の落たるものならん欤。ゆへハ過去の詞なれバ也。
ミさぶらひミかさ〕菅ニ、古今集大哥所ノ御歌〽ミさぶらひみかさとまうせミやぎ野の木の下露は雨にまされり
〔註〕 無名抄鴨長明作、連哥新式等にも有。
往昔橘の爲仲上洛の時、本あらの木萩を長櫃十二合に入テ都迄送リける㕝有ければ、入洛の日是を見んとて人あまたつどひ、二条大路に車立ならべて見物したりけるとぞ。

秋萩の古枝に咲る花ミれバもとの心ハわすれざりけり
宮城野の本荒の木萩露を重ミ風を待事君をこそまて
産衣に、宮城野の本荒の木萩とハ、もとあらハなる事
也と有。
哀いかに草葉の露のこぼるらん秋風たちぬ宮城野の原
　円位上人
古今ミちのおく哥　ミさむらひみかさとまをせ宮城野
の木の下露ハ雨にまされる
とりつなげ玉田横野のはなれ駒つゝじが丘に馬酔木花
咲　入道大政大臣
三笠 深笠 太山 御侍 深けれバこそ とハ翁の弁也。
〔**百代**〕　みさぶらひ〕　古今、陸奥哥、ミさぶらひミか
さと申せ宮城野の木の下露ハ雨にまされり。
〔**歌枕**〕　○[古今]みさぶらひみかさと申せミやぎのゝ木
の下露ハ雨にまされり　大哥所御哥
〔**鼇頭**〕　○みそう《ママ》らひ。古今大哥所の御哥、ミさぶら
ひみかさと申せ宮城のゝ木の下露ハ雨にまされり
〔**通解**〕　古今集、みちのくうた、
みさぶらひ御笠と申せ宮城野の木の下露ハ雨にまさ
れり
栄雅抄云、御侍御笠参らせよと申せ、宮城野の木の下
露ハ雨ふるにまさりたるとや。宮城野ハ、萩も多く露
しげき所なり。笠ハ侍の役なり。雨よりも露のまさり
たるにあらず。雨のふれバ水のまされるといふがごと
し云云。回国雑記に、
木の下に雨舎りせむ宮城野やみかさと申人しなけれ
ば
〔**永機**〕　古今御哥所の御哥、みさぶらひミかさと申せミ
やぎのゝ木の下露ハ雨にまされり

【薬師堂 天神の御社など拝て、其日ハくれぬ】

〔**京大**〕　（本文「薬師堂」の右上に「東方」と注記）
※御名道実。是善《ゼゼン》師第四ノ御子、承和十二年御産。清
和帝ノ御時也。右大臣右大将ニノボリ玉ふ。左大臣時平
中皇后タリ。内外ゟ讒言ニ□昌泰四年太宰府へ御左遷、
延喜三年二月廿五日薨ズ。御年五十九。安樂寺ニ葬。
帝哀感アリテ延長元年本宮ニ復シ正二位送ラル。天暦

元、北野ノ社建。天徳九天満宮ト称ス。正暦五年太政大臣正一位贈ラル。凡九百四十年斗ニ成ル。※

〔洗心〕 薬師堂〕當ー國の国ー分ー寺なり。

〔下露〕 曽良日記ニ、

六日 同断

七日 同断 とあり。

〔通解〕 （後掲【猶松嶋 塩がまの所〻…】参照）

〔通解追加〕 薬師堂天神社〕 國分寺に安置す。

【猶松嶋 塩がまの所〻畫に書て送る】

〔解〕 前段の画工、嘉右衛門が圖する處、年頃さだかならず《ママ》、名所を考置侍れと《ママ》いふを顧て、讀べきなり。又云、草鞋貳足餞したる細かに心を配る類ひ、前段にいさゝか心ある者と聞傳て、尋寄りたるを、深切に謝する有さま、只人のこゝろにあらざるにや。思ひやるべき処也。

〔洗心〕 画に書て送る〕 菅ニ、送ハ贈の誤写なるべし。

〔通解〕 むつ千鳥に、青葉山ハ仙臺城山 本丸 二の丸の間をさして云。山榴岡《ツヽジガ》 釋迦堂 天神の宮 木の下薬師堂 宮城野 玉田 横野 何も城下より一里に近しとあり。松しまハ仙臺の東七里にあり。塩がまの浦、風景甚よし。

古今集、東うた、

みちのくハいづくハあれど塩がまの浦こぐ船のつなでかなしも

栄雅抄云、此かなしもハ面白かりといふ心也云〻。

〔永機〕 蜻蛉日記ニ、みちのくにもをかしかりける所〴〵を画にかきて云〻。

【且紺の染緒つけたる草鞋二足餞す】

〔百代〕 餞す〕 礼ニ、贈レ行ヲ以賤者自卑而執レ履ヲ云〻。

〔鼇頭〕 ○草鞋を餞ハナムケニおくるものハ加右衛門也。

【さればこそ風流のしれもの、爰に至りて其実を顕す】

〔鈔〕 源氏箒木巻、頭中將の詞に、なにがしはしれものゝ物がたりと。岷江入嶕（楚）ニ云、浦嶋が長哥を引て癡なる方有人也と。又、左伝十三成公十八年傳無レ惠不弁菽麦故不可立。注ニ曰、不惠世所謂白癡云〻。又ほたるの巻にも、しれ物のものがたりと有。同註也。

〔可常〕 （◎「源箒ニ、頭中將の詞に何がしハしれもの《ママ》

物がたりと。岷江入礎（楚）ニ浦島が長哥を引テ癡なる方有人也ト。左傳ニハ白癡ト注ス」と注記）

〔解〕 風流の二字前に注す。「しれもの」痴の字、癡ト同《ジ》。説文ニ超之切、不慧也、又左傳周ガ兄無慧也、注云、所謂白癡也。源氏箒木ノ巻に、しれものゝ物語をせん。注岷江入楚、花鳥ニしれものなどハざれものなどいふがごとし。又藻塩ニ、しれものはしれもの也。悪き物也。又、萬葉に、世間《ヨノナカ》之愚人《シレモノ》、吾ガ妹子《ヒコ》ニ爾とおろか成る儀なり。又、徒然草加茂競馬段、樗の木に法師のぼりて、木のまたに付て物見る有、取付きながらいたう眠りて、落ぬべき時に目を覚す事度ゝなり。是を見る人嘲りあさみて、世のしれもの哉、斯く危き枝の上にて安き心あつて眠らんよと云下畧。愚案に此諸説を以て見る時は、しれものハあしきものなり、翁の心いかゞ心得て、遠（違）ひるや。再案にする《ママ》、又文面「されば社」とあれば、花鳥の説によらば、是風流のされもの也と、心得て遠（違）へるや。されものハ洒落《サレ》者なるべし。又史記竇威傳ニ竇氏ノ子弟、皆喜レ武独威尚レ文、諸兄詆《ソシッテ》為ニ書癡一。是等の心にてもあらんか。嘉右衛門も風流の過たるを卜心にて、風流のしれものにて、誉ながらいさゝかなる所もあるべきにや。

〔五視〕 源氏はゝきゞ巻、頭の中将の詞になにがしハしれものゝ物がたりと。岷江入楚ニ云、浦嶌が長哥を引て癖なる方有人也と。又、左傳十三、成公十八年傳無レ恵不弁菽麦故不可立。注ニ口、不恵世所謂白癡云ゝ。又、ほたるの巻にもしれ物のものがたりとあり。

〔通解〕 源氏物語箒木の巻、雨夜物語の十三段に、中将何がしハしれもの、物語をせんとて、いと忍びて見そめたりし人の、さても見つべかりしけはひなりしかバ云云。目案云、しれものハ、愚人ぐちなる心なり。春秋左傳に白痴といへるに同じ云云。加右衛門、愚直にして風雅に痴情を益すを賞美し、しれものとハ申されしなるべし。其事ハかはれども鄭衛の淫婦の氓の蚩ゝたると言ひ、又狡童といひ、狂童の狂せるなど、かたらふ男をさして云。皆譏れる詞にして其実は愛するなり。翁も畫工を愛するのあまりに、しれものとは申さ

れしにや。

【あやめ草足に結ん草鞋の緒】

〔**鈔**〕　類題　あやめ草結ぶ五月の玉かづら涼しくかゝる袖のうへかな　逍遙院

染緒を草あや《ママ》めによそへ、あやめもしらず恋もする哉と、しれものへ一答ならんかし。

〔**可常**〕　ルイ題〽あやめ草結ぶ五月の玉かづら涼しくかゝる袖のうへかな　逍遙院

（◎「染緒を草あやめによそへ、あやめもしらず恋もするかなと、しれものへ一答ならんかし」と注記）

〔**解**〕　句解、嘉右衛門が送りたる風流の草鞋を即趣向にして、世間ハあやめ葺く頃なれバ我等旅姿の草鞋の緒の青〳〵としたるぞ、取も直さず、見まがふよふなれど、爰にあやめ草の目もあやなる、働ありておもしろき、佳句といふべし。

〔**五視**〕　あやめ艸―〕類題　あやめ艸結ぶ五月の玉かづら涼しくかゝる袖の上かな　逍遙院

草あやめによそへ、あやめもしらず恋もする哉と、しれ者の一答ならんかし。

〔**洗心**〕　〔あやめ艸〕の長き根のめでたきとゝもに〔足に結ん草鞋の緒〕

〔**句解**〕　あやめ艸足に結バむ草鞋の緒

句選註ニ云ヽ、あやめ草を以て髪にもむすぶ故なり。句意前文ニて聞ゆべし。

嚢ニ、紐に結ばんと有。五月五日なれバ幸あやめ艸を草鞋の緒にもむすぶべしとなり。

〔**歌枕**〕　○［三才圖會］天‐平十‐九年詔《シテ》曰、五‐月五日百‐官諸‐人須レ掛二菖蒲ノ鬘一、如《シ》否‐者不レ許レ入二宮‐中一。

○行脚の身なれバ足に結バんとハいへり。

〔**通解**〕　〽あやめ草足を《ママ》結びて草鞋の緒

一本に足を結ばんとあり。端午の菖蒲によりての心なるべし。

〔**解説**〕　前書今畧しぬ。

あやめ草紐にむすばん草鞋の緒

紀行に、名取川を渡りて仙臺に入。あやめふく日也。

旅宿をもとめて四五日滞留す。爰に畫工加右衛門といふものあり。中略、松しま・塩がまの所〻画に書ておくる。且紺の染緒つけたる草鞋二足餞す。されバこそ風流のしれもの爰に至て其実を顕はすと前文ありて、足に結ばんと見えたり。桃鏡撰芭蕉文集にも足に結ばんとあり。端午の菖蒲によりての心なるべし。

【おくの細道】

〔鈔〕 此細道、哥枕になし。唯おくへ往かふ人の名だゝる故にや。これ此一帖の實の賓也。奥の字眼を付べき歟。細は謙下の意に見つべしや。猶こみちより大道へ誘引の気味なきにあらず。又、麁細と連綿すれば甚委く叮嚀の義なり。あらかじめ私の了簡なり。翁は名のおかしく便あるに任せられ曽て是論判にわたらずあられなん。

※扶桑拾葉集ニ都のつとニ出る。

前文畧之。み《ママ》ち國たがのごうにもなりぬ。それより〽おくの細道といふかたを南ざまに末の松山へたづね行て、松原ごしにはる〳〵とみわたせバなみこすやう也。

右観應（応）の比、釋宗久の文章也。かゝれバおくの細道と云所有こと顕然也。村徑書ス。※

〔可常〕 （◎「此細道、哥枕ニナシ。唯おくへ行かふ人の名だゝる故にや。これを此一帖の実の賓ナリ」〔おく〕に「字眼」、〔細〕に〔細〕「ハ譲下の意ニ見ツベシ」と注記）

〔菅菰〕 おくの細道ハ名所に非ず。

〔傍注〕 奥の細道」非名所。

〔解〕 名所にハあらず、宮城野、十府、おくのほそ道と、つゞく也。

〔五視〕 おくの細道」 此細道哥枕になし。唯おくへ往かふ人の名だゝるゆへにや。これ一帖の実の賓也。奥の字眼を付くべきか。細ハ謙下の意に見つべしや。猶こみちより大道江誘引の気味なきにあらず。又、麁細と連綿すれバ意委く叮嚀の義なり。あらかじめ私の了簡也。翁ハ名のおかしく便あるにまかせられ曽テ是論判にわたらずあられなん。

おくの細道〕（この行以下は、巻初にある）みちの国たがのこうにもなりぬ。それよりおくの細道といふ方を南ざまに末の松山へ尋行て松原ごしにはる〴〵とみわ〔た〕せバなミこすやう也。右観応の頃釈宗久の文章也。かゝれバおくの細道と云処有こと明然也。扶桑拾葉集ニ出。

〔洗心〕おくの細道〕菅ニ、名所にあらず。

〔百代〕おくの細道〕宮城郡ニあり。名所にあらず。

〔鼇頭〕○おくの細道ハ名所ニ非ず。鳴子村也。

〔通解〕回國雑記云、おくの細道もろをかあかぬま西行がへりなど云所〳〵をうち過て松しまに至りぬ、とあり。

【十苻の菅菰】

〔鈔〕陸奥の十苻の菅ごも七ふには君をねさせて三ふに我ねん

〔可常〕〽陸奥の十苻の菅ごも七ふには君をねさせて三ふに我ねん

〔菅菰〕十苻の里ハ名所也。

新古今 見し人もとふの浦かぜ音せぬにつれなく消る秋の夜の月 仲橘為

金葉 水鳥のつらゝの枕ひまもなしむべさえけらし十苻のすがごも 經信

方角抄 みちのくのとふの菅菰七ふにハ君を寐させてミふに我ねん

〔傍注〕十府〕名所也。里也。

金葉 水鳥のつらゝの枕ひまもなしむべさえけらし十府の菅菰 經信

方角抄 ミちのくのとふの菅菰七ふには君をねさせてミふに我寐ん

〔解〕十府〕宮城へ續也。万葉、〽みちのくの十府の菅菰七府にハ君を寐させて我三府に寐ん

〔元禄〕○賦役令曰、二丁簀一張三丁薦一張。

○十苻菅〕

金〽水鳥のつらゝの枕ひまもなしむべさえけらしとふの菅ごも 經信

新古〽みし人もとふの浦風音せぬにつれなく澄る秋の

夜の月　為仲

〔**寛政**〕　金葉　水鳥のつらゝの枕ひまもなしむべさえけらし十苻のすがごも

〔**京大**〕（本文「十苻」の右に「所名也」と注記、左に「トフ」と振仮名）

〔**五視**〕　陸奥の十苻の菅ごも七ふにハ君を寐させて三ふに我寐ん

〔**洗心**〕　十苻の菅〕　苻ハ府の誤なるべし。菅ニ、十苻の里ハ名所也。新古ー今ー集ニ〽見し人もとふの浦風音せぬにつれなく消る秋の夜の月　橘為仲

十苻の菅菰〕　菅ニ、金葉集〽水鳥のつらゝの枕ひまもなしむべさえけらしとふの菅ごも　経ー信。方ー角ー抄〽ミちのくのとふの菅ごも七苻にハ君をねさセて三ふに我ねん

〔**註**〕　袖中抄　読人不知、ミちのくの十苻の管《ママ》（菅）ごも七ふには君をねさせて三苻に我ねん
雜波の御門御製　難波づの芦ふく小屋の管莚《ママ》我狭夜敷て妹二人寐し　此哥の心なるべし。

管莚《ママ》と書てすがごもとよむべし。国学者の申されし事あり。菰むしろを畧してこもと云也。桐油紙を桐油といふが如しと也。如何哉。十苻とハもと一布二苻三布と云よりの名也。利付《ト》と書。利《ト》根川などの利《ト》のよミなり。十の苻におる菰、利苻との文字掛合てよみし哥也。陸奥十苻の浦、月水鳥など景物也。城下より松嶌海道三里。燕沢の碑ハ松嶌海道びく尼坂と中所の坂下五丁斗《り》下りて、燕沢邑小堂前に在。もふこ（蒙古）を吊（弔）文と世人申傳ふ。

〔**百代**〕　十苻〕　十苻の里、名所也。新古今　橘為仲、見し人もとふの浦風をとせぬにつれなく消る秋の夜の月。陸奥千鳥に、仙臺より今市村へかゝり、冠川大橋を渡り、東光寺の脇を三丁行て岩切新田といふ有。此村百姓の裏に十苻の菅あり。又、同所道端の田の脇にあり。両所ながら垣結廻し、菅ハ彼百姓が守となん、とあり。顕昭云、とふのすがごもハあミを十してあミたる也。すが菰とハ菅にてあミたるこも也と云々。

〔**歌枕**〕　○新古　見し人もとふの浦風音せぬにつれなく

消る秋の夜の月　橘為仲　十苻の里也。
○目を十にあミたるすがごも也。
○金葉 水鳥のつらゝの枕ひまもなしむべさへけらし十苻のすがごも　經信
方角抄 ミちのくのとふの菅菰七ふにハ君を寐させて三ふに我ねん
〔鼇頭〕 ○十府の里〕 名所也。新古今、見し人もとふの浦風音せぬにつれなく消る烁のよの月。金葉集　水鳥のつらゝの枕ひまもなしむべさえけらし十府の菅菰
〔通解〕 十苻の里〕 古者此処より菅菰を織出す。十苻の菅薦と名づく。或云、其あミたる畴目有十枚、故に十賦と称す。古きうたに、

　みちのくの十府のすがごも七ふにハ君をねさせてみふにわれねん

釋古梁鹽松紀行云、抵都府浦。地古近鎮府。故有此名。地産菅。編之為薦。薦廣三尺而経緫(纔)十縷。古之遺製也。
陸奥衡云、仙臺より今市村へかゝり、冠川土橋をわたり、東光寺の脇を三町行て岩切新田と云村、百姓のうらに十苻の菅あり。又同所道端の田の脇にもあり。両所ながら垣結ひ廻し、菅ハ彼百姓が守となん云云。又云、此所より又本の道へもどり、土橋より一町往き、左之方に小橋三つ有り。中を緒絶の橋と云。所の者は裏(轟)の橋と答ゆ。是より石川村入口板橋をわたり、右の方小山へ三町行て壺碑云云。
〔通解追加〕 十府の里〕 案内村と塩がまとの間にて、街道より左に入る所に其古跡有。

【國守】

〔京大〕 〔「国守」の左に「クニノカミ」と振仮名〕
〔洗心〕 國守〕 菅ニ、クニノカミと假レ字をくだしたれど、たゞ讀ん人の意にまかすべし。しかも次の詞献ずとある、是漢ｰ語也。もとより俳文ハ和ｰ訓にのミ泥みてハ却よむにくるし。考て知べし。

〔二二〕壺の碑

壺碑《つぼのいしぶみ》　市川村《いちかはむら》多賀城に有《あり》。

つぼの石ぶミハ高サ六尺餘、横三尺計《ばかり》欤《か》(歟)。苔を穿《うがち》て文字幽《かすか》也。四維《しゆゐ》国界之枚(数)里をしるす。此城《このじやう》《しろ》、神亀《じんき》元年、按察使《あぜち》鎮守苻《ちんじゆふ》(府)将軍大野朝臣《おほののあそん》東人之《あづまひとの》所里(置)也。天平宝字《てんぴやうほうじ》六年、参議《さんぎ》東海《とうかい》東山《とうせん》《とうさん》莭《せつ》(節)度使《どし》同将軍恵美《ゑみの》朝臣猟《あさかり》(朝獦)修造《しゆざう》而(也)。十二月朔日《ついたち》と有《あり》。聖武皇帝《しやうむくわうてい》の御時《おほんとき》に当《あた》れり。むかしよりよみ置《おけ》る哥枕《うたまくら》、おほく語傳《かたりつた》ふといへども、山崩《くづれ》川落《おち》て、道あらたまり、石ハ埋《うづもれ》て土にかくれ、木ハ老《おい》て若木にかハれば、時移り代変じて、其《その》跡たしかならぬ事のミを、爰《ここ》に至りて疑なさ千歳《せんざい》の記念《かたみ》、今眼前に古人《こじん》の心を閲《けみ》す。行脚《あんぎや》の一徳、存命《ぞんめい》の悦《よろこ》び、羇旅《きりよ》の労《らう》をわすれて、泪《なみだ》も落《おつ》るばかり也。

【壺碑】【つぼの石ぶミハ高サ六尺餘、横三尺計欤。苔を穿て文字幽也】

〔鈔〕(頭注「壺碑全圖別書相添ル」)

新古今　陸奥のいはで忍ぶハえぞしらぬかきつくしてよつぼの石ぶミ　右大将頼朝

〈絵図二〉

壺碑考

東奥州宮‐城ノ郡市‐川ノ邑多‐賀城ノ址壺碑全圖

右壺碑ハ者見雲ノ真-人ノ書。出《ツト》ニ日本風土記殘篇一。前大僧正慈圓、文にてハ思ふほど事も申つくしがたきよし申つかハし侍ける返事に、

〽みちのくのいはでしのぶハえぞしらぬ書つくしてよ坪の石文　前右大将頼朝

歌枕　〽碑やけふのせば布はつ〳〵に逢見ても猶あかぬ君かな　仲實

六百番　〽おもひこそ千嶋のおくを隔ねどえぞかよはさぬ坪のいしぶみ　顕昭

歌枕　〽日数へてかく降つもる雪なれバつぼの碑跡やなからん　懐円法師

〽陸奥はおくゆかしくぞおもほゆる　坪の碑そとの濱風　西行法師

〽みちのくの壺の碑行て見ん　それにもかゝじ唯まどへとは　慈鎮和尚

〽おもふこといなみちのくのえぞいはぬ　坪の碑かきつくさねば　仝

夫木　〽碑やつがろのをちに有ときくえぞ世中をおもひはなれぬ　清輔朝臣

〽陸奥のつぼの碑有ときく　いづれか恋のさかひなるらん　寂蓮法師

〔菅菰〕　壺碑《ツボノイシブミ》」　是も宮城郡松嶌(嶋)の邊にあり。圖ハ附録に記す。此碑ハむかし多賀城の前栽の壺のうちに在し故に、つぼのいしぶミと云。いしぶミハ碑の字の和訓也　後拾遺集に、大僧正慈圓の頼朝公へ思ふほどの事文にてハ中昼(盡)しがたしと申つかハしける返し、みちのくのいわで忍ぶハゑぞしらぬ書つくしてよつぼの碑頼朝。夫木陸奥の壺のいしぶみありと聞いづれか戀のさかひ成らん寂蓮。うけひきは遠からめやハミちのくの心づくしのつぼのいしぶミ和泉式部　○按ルニ、庭中ヲツボト云ハ、本ト壼ノ字ナルベシ。音《ヱ》-梱《コン》　爾-雅ニ、宮-中ノ衖謂フニ之ヲ壼ト一、瓶ノ-屬《ヒ》ノツボハ壺ニテ、音《ヱ》-古《コ》ナリ。然ニ、今門-内前-栽ナドヲツボノ内ト稱ズルハ、壼ト楷書ノ字-形紛ラハシキヨリシテ、終ヰニ其和訓マデヲ誤ルナリ。

〔解〕　壺の碑〕　外に圖式有。「市川村多賀城」是則奥州

宮城郡、市川邑、多賀城址也、大《サ》竪六尺五歩、横三尺四歩、「苔を穿て文字幽也」韓退之《ガ》石鼓歌云、剜《エリ》レ苔剔《ケヅ、テ》レ蘚《ヲ》、露《シ》二節角一、安《ス》二直妥帖平《カニ》一不《ルコトヲ》レ頗、大厦深簷與《タメニ》蓋覆《シ》、經《シテ》二歴久遠《ヲ》一期無レ他。苔をうがつの文字を考ふるに、剜レ苔、剔レ蘚露二節角一の本文により出るといふべし。又云、今時多賀の碑は、国主より四面に囲覆て、鐶鎖を堅くなして騒人《ジン》行客ミだりに、摩挲する事成難し。私に云、余壮年の頃より、此多賀城の碑を、壺の碑と世人挙て称するに、不審多し。和学多識の人に寄て尋れども不明。其故は、此多賀城の碑を壺碑と称する事、國史にも見へず、只口碑に傳ふ所。新古今　右大将頼朝の哥、〽ミちのくのいはでしのぶはえぞ知らぬ書つくしてよ壺の碑。此詠を以て證として傳ふ。もとより右大将も、多賀の門碑を壺碑と意得給へて詠るにや。されば此碑の事、鎌倉の頃ゟ唱ひ遠《(違)》ひたれば近古の相遠《(違)》にてもなく、今の人唱ひ遠《(違)》たるも断也。按《ルニ》、夫木に〽思ひこそ千嶋の奥をへだつともえぞかよわさぬ壺の碑　躬恒。碑ハ千嶋の奥にあるべき、往昔説成るべし。清輔集〽石ぶミや津輕のおちに有と聞くえぞ世の中を思ひはなれぬ。又、山家集〽むつのくの奥ゆかしくぞおもほゆるつぼの碑そとの濱風　西行。是等の古哥に依て考れバいよ〳〵壺碑ハ多賀城の碑にあらざる事明《ケ》し。又、袖中抄《ニ》、顯昭云、碑とハ陸奥のおくに、壺の碑有り、日本の果といへり。但、田村将軍征夷の時、弓のはづにて、石の面に日本中央と、書付たれば石ぶミといふと云り。信家侍従申ハ、石の面長《サ》四五尺斗りなるに文ゑりつけたり。其所をば、つぼといふ。爰にそれをつもとハいふなり。又云、津輕外濱近邊に、壺村と唱ふる処あり。此所碑有り。則、壺村名主八右衛門といふ者、代〻名主役の家にて領主ゟ右碑を預り見継居るよし。碑は社のごとく覆ひ、秘て有るよし文畧。太宰純《ノ》説、至《テ》臆説也。用ゆべからず。

菅菰抄ニ云、壺碑《ツボノイシブミ》是も宮城郡松嶋の邊にあり。圖ハ附録に記す。此碑ハむかし多賀城の前栽の壺のうちに在し故につぼのいしぶミと云。いしぶミは碑の和訓

也。後拾遺集に、大僧正慈圓の頼朝公へ思ふほどの事文にてハ申㠯（盡）しがたしと申つかわしける返し、みちのくのいわで忍ぶハゑぞしらぬ書つくしてよつぼの碑　頼朝。夫木ニ、陸奥の壺のいしぶみありと聞いづれハ恋のさかひ成らん　寂蓮。うけひきは遠からめやハミちのくの心づくしのつぼのいしぶミ　和泉式部

○按ルニ、庭中ヲツボト云ハ本ト壷ノ字ナルベ〔シ〕。音梱《ヱコン》、爾雅ニ宮中ノ衖謂フ二之ヲ壼一ト。是なり。瓶ノ屬ヒノツボハ壺ニテ音古《ヱコ》ナリ。然ルニ今門内前栽ナドヲツボノ内ト称スルハ、壼ト壺ト楷書ノ字形紛ラハシキヨリシテ、終ヰニ其ノ和訓マデヲ誤ルナリ。

〔元禄〕○壷碑　図別紙アリ。

自聖武天皇神亀元年甲子至元禄二己巳歳逮九百六十六年。

自神亀元年至廃帝天平宝字六年及三十八年。

○新古今雑部　大僧正慈圓、文にてハ思ふほどの事も申つくしがたき由申遣しける返事に、

〽みちのくのいは《岩手》で忍ぶ《信夫》ハゑ《夷》ぞ知らぬ書つくしてよつぼの石ぶミ　前右大将頼朝

○観鵞談云、本朝ノ字ノ古キモノハ壷ノ碑ニ越タルハ無シ。風土記ニ見雲真人清書トアリ。其筆跡諸葛亮曹操ナドノ躰ニ似テ、字様ハ唐覧ヲ用ヒタリ云〻。

〈絵図三〉

碑之図　高　六尺三寸

横　三尺一寸

厚　一尺

〔明和〕○宮城郡松嶋の辺にあり。昔多賀城の前栽の壷の間にありし故に名とす。

〔寛政〕むかし多賀城の前栽の壷のうちに在し故に、つぼのいしぶミと云。

〔京大〕翁石碑ノ記有。少シ文ニカキクワヘアルナリ。

署之。

多賀城　去京一千五百里。

去蝦夷国界一百二十里。

去常陸国界四百十二里。

去下野国界二百七十四里。

去靺鞨国界三千里。

西
此城神亀元年歳次甲子按察使兼鎮守将軍従四位上勲四等大野朝臣東人之所置也。天平宝字六年歳次壬寅參議東海東山節度使従四位上仁部省卿兼按察使鎮守将軍藤原恵美朝臣獦䑓（修）造也。天平宝字六年十二月一日。

田村将軍也立之。

碑、文書ニ委シ。

三雲眞人《ミクモマツト》ノ手跡也。

新古今　ミちのくのいはで忍ぶハえぞしらぬかきつくしてよつぼのいしぶミ　頼朝

〔**五視**〕新古今　陸奥のいはで忍ぶハえぞしらぬかきつくしてよつぼのいしぶミ

〔**洗心**〕壺碑ノ見雲ノ真人の筆－跡也と。

菅ニ、これも宮城郡松嶋の邊にあり。圖ハ附録にしるす。此碑ハむかし多賀城の前栽壷の中に在しゆへに、つぼのいしぶミと云。イシブミは碑の字の和訓也。後拾－遺－集大－僧－正慈－圓の頼－朝－公へ思ふほどの事文にてハ申尽しがたしと申つかハしける返し　〽ミちのくの岩手しのぶはえぞしらぬ書つくしてよつぼの碑　頼朝　○新古－今－集を按るに、此哥の解に清－輔朝－臣の説を引て、此碑ハ坂ノ上ノ宿－祢田－村－丸の造－立にして、其ノ文ハ日－本中－央とあるよしを記せり。こをも是を思ふに、そハ南－部－侯（侯）の封－内壷－村に在て、其文さのごとし。しかるを神に祝ひ石－文大－明－神と称するよし也。此事、常－州水－戸の赤－水が編る東－奥紀－行にも委しくあらハしおけり。又、多－賀－城の事ハ続日－本－紀聖－武天－皇ノ天－平九－年丁－丑四－月ノ記ニ見エたり。前説に城の壷の中に在しといへる、是又いぶかし。ゆへハ他－國への道－法をしるしたれば、門－碑たること疑ひなし。奚ぞ庭中にたつべきの謂れなきか。

〔**註**〕壷碑〕宮中衖間道也（爾雅）。又曰、東西南北羅国界。誌識ニ、壺と云ハ市川村多賀城の坪のうちに置と云事なるべし。屋敷居廻りを今も坪の内など云心。仙臺城下より四里余り。壷碑南部に又在と、水府赤水東遊記にも出ス。可考。

去京一千五百里　古代道法六十一里ニ當ル。
去蝦夷国界二百廿里
本圖
石面　西　去常陸国界四百十二里
去下野国界二百七十四里
去靺鞨国界三千里
まかつの国ハだつたん国の事。

此城神亀元年歳次甲子按察使兼鎮守府将軍従四位上勲四等大野朝臣東人之所置也。天平宝字六年歳次壬寅参議東海東山節度使四位上仁部省卿兼按察使鎮守府将軍藤原恵美朝臣獦悠造也。天平宝字六年十二月朔日。

獦ハ狙獣之名。音ハ葛、訓ハたける也。

勲ハ古代位格也。一より十二格迠。勲格と云。

風土記曰、陸奥国宮城郡壷碑在鴻池。爲故鎮守府碑恵美朝臣朝獦立之。見雲真人清書也。

記二異域本邦之行程一令三旅人一不レ爲レ迷レ途。

右大臣頼《ヨリ》朝公　ミちのくの岩手信夫ハ○蝦夷しらずよミつくしてやつぼのいしぶミ。　続日本記 聖武帝天平九夏記（紀）に○いてきども○（歌の「蝦夷」の右上に○を付け、曲線で「続日本記…」以下を囲み「いてきども」の上下に○を付す）

〔百代〕　壷の碑　宮城郡市川村にあり。銘を誌す。此記を付て日本中央とす云々。壷ト紛安ク、壷ハ苦本ノ切与ニ酒壷ノ字一不レ仝。活法ニ宮中ノ巷路也云々。むつ千鳥に、冠川土橋より一丁行、左の方に小橋三ツ有。中を緒絶の橋と云。所のものハ轟の橋といふ。是より市川村入口板橋を渡り、右の方小し《ママ》山え行て壷の碑、多賀城鎮守府将軍古舘也とあり。猶碑の圖有。附録ニ出ス。

高サ〕むつ千鳥に、高サ六尺、横三尺一寸、厚〔一〕尺と云々。此記行文章、許六選、風俗文選巻三ハ碑類ノ中に出たり。

〔句解〕　多賀城の碑ハ中古兵乱に□□□□□て年久しくしれざりしに、伊達綱村朝臣大に巨萬の財を費したり。扨郡弐里四方を地下五尺づヽほらせられしが終に堀《ママ》得たり。其の堀《ママ》出せし處にすへおかれ、今宮城郡市川村と云に有。

或説ニ鎮守府の門に有碑也と云り。しかれども鎮守府

は膽沢《キサハ》郡也。ほり出せし處ハ宮城郡也。尤、恵美の朝《アサ》獦《カリ》と云人再興のよし碑文ニ見ゆれど、初の碑ハ膽沢郡にありしとかや。又、碑面に里数を記されしハ本朝の古法六丁一里也。今も猶奥羽にハ六丁一里とし、古道と称す。昔ハ今のごとく驛舎の自由なく、行程の日数をつもりて糒《カレイ》を持て□。故ニ諸方への道法を石に彫て[承]せり。令の軍防令に兵士壱人毎に糒六斗塩弐升を貯備と云〻。偖この碑面に西の字を書れしゆへ、壷の石碑と[云]。東に有といふは穿鑿過たり。是よ[り][東]は海なり。何ぞ東に碑有らん[や]。[西]の字を書れたるハ軍役ニ他處[よ][り][來]りし者のために方角をしめさる□□□。

續本朝俗説弁曰、俗説ニ、いにしへ田村麻[呂]奥州宮城郡の大石に弓の弭《ハツ》にて日本の中央としるす。これを壷ノ碑と云。此事諸書にのする所甚だ誤れり云〻。

其格ニ曰、　左ノ圖ニ証ストコロト少シク異ナリ。其タガフ所ヲ記ス。猶可後考。

此○神亀元年歳　○城ノ字ナシ

大野ノ東人朝臣之所レ建也

従四位上○部省卿　仁ノ字ナシ

恵美朝臣揭ニ修ル造ヲ一也　朝獦ノ字ナシ　揭ノ字有　猶可考

新古今　右大將頼朝のうた、

ミちのくのいはでしのぶハゑぞしらぬかきつくしてよ
つぼのいしぶミ

藤貞幹著、好古小録所載。

陸奥多賀城碑、　碑石高六尺餘。濶三尺四寸許。

〈絵図　五〉

凡惣而

五尺三寸

ハヾ三尺

此クリ壱尺

右以朱字書

寸法正面摺

所及見□記

此碑徃年宮城郡市川邑ノ土中ヨリ堀《ママ》出ス。多賀城ノ廢址ナラン。

靺鞨　續日本紀云、養老四年正月遺《ママ》ニ渡島津輕津司従七位上諸君鞍男等六人ヲ於靺鞨國一観ニ其風俗ヲ一。何レノ地方ナルニヤ、今知ベカラズ。

従四位上勲四等大野朝臣東人　按續日本紀東人當年従四位下也。此碑従四位上ニ作ル。

按ニ、壺碑考ニ載スル所ノ陸奥國風土記ノ殘篇、疑クハ後人ノ偽作ナラム。今其文中解スベカラザル者ヲ記シテ識者ノ訂正ヲ俟ツ。

陸奥風土記殘篇云、陸奥國宮城郡坪碑在。一作レ有。鴻之池今廢。鎮守府ノ門碑ヲ宮城郡ノ坪碑トハ書ベカラズ。今廢ノ二字其義通ゼズ。為故鎮守門碑。故鎮守、故ノ字其義通ゼズ。門碑モ疑フベシ。恵美朝獦立之見雲真人清書也。清書ノ二字至拙疑フベシ。

記異域東邦之行程。異域東邦之行程其意通ゼズ。

今旅人不迷塗。國界ヲ去ルノ里數ヲ記スノミニテ途ニ迷ハザラシムト云、大簡ナラズヤ。此ヲ以テ塗ニ迷ハザル旅人アラバ一奇ト云ベシ。

〔歌枕〕○［尓雅］宮一中平衖謂ニ之ヲ壺一。（補注「壺、音梱《コン》、壺音古也」）○多賀城前栽ノ壺《ママ》ノ内ニ在シ故トゾ。○［後拾］大僧正慈圓より《ママ》思ふほどの事文にてハ申盡（盡）しがたしと申つかハしける返し〽みちのくのいわで忍ぶハゑぞしらぬ書つくしてよつぼの碑　頼朝　［夫木］陸奥の壺の石ぶミありときくいづれか恋のつかひ成らん　寂蓮　〽うけひきハ遠からめやハミちのくの心づくしの壺の碑　和泉式部

〔鼇頭〕○碑ハ仙府ヨリ千賀の浦への往来の傍ラ市川村ニ有。多賀城の前栽の壺の内ニ在し故つぼの碑と云。壺の字宮中の道也。壺音古也。酒甕也。混ずべからず。日本風土記曰、陸奥国宮城郡坪碑在鴻之池。爲故鎮守府門碑。恵美朝臣獦立之。見雲真人清書也。記異城《ママ》本邦之行程令旅人不為迷途。ミちのくのいはでしのぶのえぞしらぬ書つくしてよつぼのいしぶみ　右大将頼朝。みちのくハおくゆかしくぞおもほゆるつぼのいしぶミそとのはまかぜ　西行法師。多賀城事始見續日本記、聖武皇帝天平九年夏四月記。神龜元年甲子廼聖武帝元

年、至嘉永二年己酉千百四十四年。天平寶字六年壬寅
廼廃帝四年、至嘉永二年己酉千百六年。

〔**通解**〕鹽-松-紀-行《ニ》云《フ》、市-河-村《ハ》古-鎮-府《ノ》之墟也《ナリ》。村-中一-部婁-上有二立石一。所レ謂壺《ノ》碑也《ナリ》云云。四方國界《ノ》里程、*去《ルコト》レ京《ヲ》一-千-五-百里、去《ルコト》二蝦夷國界《ヲ》一一-百-二-十-里、去《ルコト》二常陸國界《ヲ》一四-百-十-二-里、去《ルコト》二*下野國界《ヲ》一二-百-七-十-四-里、去《ルコト》二*靺-鞨-國-界《ヲ》一二-千-里。是《レ》碑-文の記する所なり。名所圖會（繪）、坪《ノ》碑考《ニ》云、日本紀百六曰、陸奥國宮城郡坪碑、平地の平かなる処を坪と云。自二碑頭一至石《テ》根《ニ》一六尺五分、石圍九尺六寸八分、石基六尺三寸七分、碑後石形三稜、幅二尺六寸四分、為《ナス》二鎮守府《ノ》門碑《ト》一云云。山家集、西行、

みちのくハおくゆかしくぞ思はるゝつぼの石ぶミそと
の濱風

〈洒本　去《ルコト》レ京《ヲ》一千五百里　去《ルコト》二下野國-界《ヲ》一　靺-鞨國-界〉

【市川村多賀城】

〔**傍注**〕宮城郡松嶋の邊にあり。

【四維国界之枚里】

〔**菅菰**〕四維ハ、四方ノ隅ヲ云。○按ルニ、數里ハ里數ノ書《キ》誤《リ》ナルベシ。碑-面二四方国界ノ里數ヲ勒ス。猶附録ノ圖ニ見《ル》ベシ。

〔**傍注**〕里枚ノアヤマリカ。

〔**解**〕金剛經《ノ》語也。四《ハ》四方也。維《ハ》極也。国界の枚里を記《ス》とハ、則碑文《ニ》ム、去京一千五百里、去二蝦夷国界一一百二十里、去二常陸国界一四百十二里、去二下野国界一二百七十四里、去二靺鞨国界一三千里。是、多賀城の門碑に記処也。菅菰抄ニ、數里ハ里數ノ書誤リナルベシ。碑面ニ四方國界里數ヲ勒ス。猶附録ノ圖ニ見ルベシ。

〔**明和**〕○四-維ハ四方の隅を云。枚-里ハ里-枚の書誤なるべし。

〔**洗心**〕四維〕菅《ニ》、四-方の隅をいふ。
國界之枚里〕菅《ニ》、按る里《ママ》-数の書誤りなるべし。
○京都及び常-陸下-野靺-鞨鰕《ママ》-夷等への行程をいへ

り。

記す〕碑の縮圖左にあらハす。

〈絵図四〉

〔百代〕四維〕四隅とも。四方のすミ〴〵を付ス。法華經ニ、東西南北四維上下ト云〻。

〔歌枕〕〇「淮南子」四維、四隅也。〇坤《ヒツジサル》乾《イヌヰ》艮《ウシトラ》巽《タツミ》。

（補注「數里ハ里數ナルベシ」）


【此城、神亀元年、按察使鎮守苻将軍大野朝臣東人……】


〔解〕「此城神龜元年按察使……十二月朔日」と云迄、皆碑の文面の通記たるもの也。續日本記。但翁の書記と、全碑文と聊相遠（違）在之事、旅記自走筆、暗記の無覚束事なるべし。後漢王粲讀二道邊碑一能闇記スといふ趣なるべし。

此數字ハ乃チ碑ノ文ヲ抽出シタルモノニテ、苻ハ府ノ誤リ。所里ハ所置ノ誤リ。獦ハ獦ノ誤リニテ朝ノ字ヲ脱ス。惠美朝臣ノ名ハ朝獦《アサカリ》ナリ。

〔京大〕田村ノ親。苅田丸ト云。コレ歟。

大埜東人者聖武ノ御宇ノ人ニ而力量世人ニスグレ騎射ヲヨクス。軍術ニ達シ次第ニ進達シ而大将軍兼《ケン》參議正三位ニ叙す。仁慈深クテ士ヲメグミヨク国ヲ収テワカヲヨクス。

〔百代〕按察使〕アゼツシ アゼチ 唐名都護といふ。

〔歌枕〕〇按察《アゼシ》《アゼツシ》使ハ唐ノ都護ニ當ル。

〔通解〕碑文を以て按るに、神亀元年歳次甲子按察使兼鎮守府将軍從四位上勲四等大野朝臣とあり。又、天平寶字六年歳次壬寅參議東海東山節度使從四位上仁部少卿兼按察使鎮守府将軍藤原朝臣朝獦修造也。天平寶字六年十二月一日とあり。略して記されしなるべし。

〔通解追加〕天平宝字六年〕淡路帝四年也。


【鎮守府】

〔傍注〕（本文「府」の右に「本書ニ苻トアルハあやまり也」と注記）
〔明和〕〇苻ハ府の誤。
〔洗心〕鎮守府〕菅ニ、符ハ府の誤ならん。〇これも亦あやまれり。碑面にハ此字もとよりなし。
〔百代〕鎮守苻〕奥州膽沢ノ郡。往古當國将軍ノ居所也

トゾ。

〔歌枕〕○苻ハ府也。書写誤レ之。

【所里也】

〔鈔〕（本文「所里」の下に、「世ニ流布ニ置ト有」と注記）

〔可常〕（◎［里］に「世ニ流布ニハ置ト有」と注記）

〔菅菰〕此數字（編者注、「此城……朔日と有」までのこと）ハ、乃碑《チ》ノ文ヲ抽-出シタルモノニテ、苻ハ府ノ誤リ。所里ハ所-置ノ誤リ。

〔傍注〕（本文「里」の左に「置ノアヤマリ」と注記）

〔明和〕所-里ハ所-置の誤。

〔洗心〕所里〕菅ニ、置字の誤-写也。

〔百代〕所里〕里ハ置の字の書損也。

〔歌枕〕○所里ハ所置。誤レ之。

【参議】

〔百代〕参議〕唐名諫議大君、又相公。異名ハ宰相、又八坐トモ。

〔歌枕〕○参議〕唐ノ諫議大夫ニ當ル。

【節度使】

〔百代〕莭(節)度使〕事ハ文ニ都督ノ帯ニ任持節一者、又唐宮志莭ニ度使ハ掌ル下總ニ軍旅一顓中誅殺上云ゝ。

〔歌枕〕○「唐百官志」節-度-使、掌下總ニ軍-旅一顓中誅-殺一。

【恵美朝臣獦】

〔菅菰〕獦ハ獦ノ誤リニテ且ツ朝ノ字ヲ脱ス。恵-美ノ朝-臣ノ名ハ朝《アサ》-獦《カリ》ナリ。猶附-録ノ碑-面ニ委シ。

〔傍注〕獦ノアヤマリニシテ、又朝ノ字ヲ脱ス。アサカリトヨム。

〔元禄〕※續紀巻廿一ノ十二ウ

○天平宝字二年八月甲子藤原朝臣仲麻呂任大保。（「八月」と「甲子」の間から右に線を引き「是日官号改易アリ。△仁部ノ吏卿民部省也」と書く）勅曰褒善――宣姓中加恵美二字云ゝ。故名押勝云ゝ。巻廿二ノ十ヲ一

○同三年六月授従五位下藤原恵美朝臣朝狩正五位下。前後巻廿ノ廿ヲニ

○天平宝字元年七月甲寅授正六位上藤原朝臣朝獦従五

位下為陸奥守。
巻廿二ノ廿二ヲハ
○同四年正月丙寅 陸奥国按察使兼鎮守府将《ママ》軍正五位
下藤原恵美朝臣朝猟等 教導荒夷 馴従皇化 不労一戦 造
成既早。又於陸奥国牡鹿郡 跨大河 陵峻嶺 作桃生柵。
(奪)大集賊肝膽眷言 惟績 理応褒。昇宜擢朝獦特授従四位
下云々。
巻廿三ノ四ヲ
○同四年九月 新羅国 遣貞巻朝貢 使陸奥按察使――恵
美――朝獦等 問其来朝之由云々。
同巻廿ヲ
○同五年十月 従四位下藤(原)―恵美朝臣朝獵為仁部卿
(「仁部」の右に「民阝改」と注記) 陸奥出羽按察使如
故。
〃廿一ウ
○同十一月 朝狩為東海道節度使。
巻廿四ノ十一ウ
○同六年十二月乙巳朔 従四下―――朝獦為参議。

同十一ヲ
●同年閏十二月 以従五位上田中朝臣多太麻呂為陸奥
守兼鎮守副将軍。
前後巻廿四ノ五ウ一
●同六年四月彳(従)五イ(位)上田中朝臣多太麻呂為陸奥守鎮守
副将軍彳五イ下大伴宿祢益立為兼介云々。
巻廿四ノ廿二ヲ
●同七年七月 従五位上藤原朝臣田《ママ》麻呂為陸奥出羽按
察使。

○東人

続紀巻八ノ七ヲ
養老三年正月壬寅 授正六位下大野朝臣東人従五位下。
神亀元年二月壬子 授従五位上。
同二年閏正月丁未 授従四位下勲四等。
○第十巻廿二ウ
天平元正月陸奥鎮守兵及三關兵士簡定三等具録進退如
法臨敵振威向冒万死不観一生之状并姓名年紀居貫軍役
之年便差専使上奏其諸衛府内武藝可称者亦以名奏聞。

同巻廿二ヲ
○天平元年九月陸奥鎮守府將軍従四位下大野朝臣東人
等言在鎮兵人勤功可録請授官位勸其後人云〻。
〃廿八ヲ
○同二年正月陸奥同言。
巻十一ノ一ウ
同三年正月授大野朝臣東人従四位上。
巻十二ノ十二ウ
同九年正月陸奥按察使大野朝臣東人等言云〻。
〃十五丁ヲ
同年四月戊午言〻。
巻十三ノ十ヲ
同十一年四月壬午陸奥国按察使兼鎮守府將軍大養ー徳
守従四位上勲四等大野朝臣東人為参議。
〃ノ十七ヲ
同十二年九月丁亥廣嗣反。勅為大野朝ト(臣)東人大將軍云〻。
十八ヲ
同年同月乙巳云〻。

十九ヲ
同月己酉云〻。
廿ヲ
同十月壬戌云〻。
廿二ヲ
同月壬午勅云〻。
巻十四ノ四ヲ
同十三年閏三月乙卯授従四位上大野朝臣東人従三位。
〃ノ十五丁ヲ
同十四年十一月癸卯参議従三位大野朝臣東人薨。飛鳥
朝廷糺職大夫真(直)廣肆果安之子也云〻。
○朝獦※
拾芥中末八ウ
○按察使〕養老三七月始置之云〻。
○職原抄下廿六ウ
按察使〕相當従四ー下。近代納言以上兼之。
鎮守府〕養老二年置按察使。(○続日本紀三年七月)令レ監二察兩国吏一。聖
武天皇二年陸奥国内又置鎮守府。々国相並行国事云〻。

○制度通三私本廿八ウ
天平宝字二年官号改易民部省改仁部云々。
恵美押勝支敗シテ悉ク旧号ニ復スル云々。
〔**明和**〕獦ハ獦《カリ》の誤にて、且朝の字を脱す。恵美の朝臣の名ハ朝獦《アサカリ》也　。
〔**寛政**〕獦〕恵美朝臣朝獦《アサカリ》ナリ。
〔**洗心**〕恵美朝臣〕碑文ニ臣字の下朝字あり。此紀－行の碑－文ハ省きつゞめたるなれど、朝《アサ》－獦《カリ》ハ諱なれば省くべき所以なし。依て正す。
〔**百代**〕獦〕今按るに、恵美押勝の子、朝獦《カリ》が事欤。
獦〕菅ニ、獦の誤寫也。
此の記行、朝の字脱。
〔**歌枕**〕○恵美朝臣〕名ハ朝獦《カリ》也。獦の字ハ誤也。且朝ノ字ヲ脱す。

【**修造而。十二月朔日**】
〔**鈔**〕（本文「○獦朝獦欤修造而是、亦也ト有」と注記）
〔**可常**〕（◎［而］に「是又也ト有」と注記）
〔**洗心**〕修造而〕而ハ也ノ誤也。
十二月朔日〕朔ハ一の誤り也。

【**聖武皇帝の御時**】
〔**菅菰**〕聖－武ハ反－正－帝ノ皇子、人－皇四－十－五代ノ帝ナリ。皇－帝ノ號ハ、中華ニテ秦ノ始－皇ヨリ起ル。
〔**傍注**〕四十五代ノミカド。三－皇五－帝ノ義ヲ取ト云。
〔**解**〕宝字六年也。
〔**明和**〕○聖武ハ反正帝の皇子、人皇四十五代の帝なり。皇帝の号ハ、中華にて秦始皇より起ル。三皇五帝の義を取と云。
〔**京大**〕人皇四十五代。万葉集ノ時。人マロ存生ノコロ也。元正帝御子。
〔**洗心**〕聖武皇帝〕菅ニ、反－正天－皇ノ皇－子人－皇四－十－五－代の帝也。○とほうもなきこと也。反－正天－皇ハ十－九－代の聖－主なるをいかにして誤りつらん、いといぶかし。今按に、聖－武－帝ハ四－十－二－代文－武天－皇ノ太－子也。養－老八年甲－子正－月元－正天－皇の譲りを受ク。母ハ藤原ノ宮子。天－平廿－年譲－位。

太－上天－皇在－位廿－五－年、天－平勝－宝八－年丙－申五－月二－日崩ズ。
御時〕神－亀元－年甲－子ハ廼聖－武－帝の元年なること明らか也。されど此レ碑を造立せし天－平宝－字六年ハ淡レ路ノ廃－帝の四－年にあたれり。是全く暗－記の誤也。

〔百代〕　聖武〕　人皇四十五代之帝是也。

〔歌枕〕　○聖武皇帝ハ反正帝ノ御子、人皇四十五代也。
○皇帝ノ號起ニ秦ノ始一皇一。

【むかしよりよみ置る哥枕、おほく語傳ふといへども】

〔鈔〕　新古今　陸奥のいはで忍ぶハえぞしらぬかきつく
してよつぼの石ぶミ　右大将頼朝

〔可常〕　新古〈陸奥のいはで忍ぶハえぞしらぬかきつく
してよつぼのいしぶミ　頼朝

〔解〕　哥枕は其名所を枕として哥を詠といふ心也。前段、かたミの薄の所にいふ如く、実方不敬の罪ありて、哥枕見て参れとてミちのくへ遣さるゝ事、又能因《イン》の哥枕など、始メと云ふべし。又花鳥余情に、哥枕とハ、名所の哥を集たるを云へり。能因が五代の哥枕有と云ゝ。爰の文勢は、むかしより、此国の名所、旧跡、世ゝ詠置ける哥も多けれど、山崩レ道改りて、其跡さだかならず、跡の段を引起ス詞なり。

〔百代〕　哥枕〕　能因の哥枕、範兼類聚　顕昭哥枕抔、皆諸国名所を記して古哥を集たるもの也。今世流布の哥枕名寄ハ沙門澄月の編也。卅八巻あり云《ママ》。後拾遺　頼朝、陸奥のいはでしのぶ《磐手信夫》ハゑ《夷》ぞしらぬよミつくしてよつぼのいしぶミ　巾。夫木　寂蓮、陸奥のつぼのいしぶミありときくいづれか恋のさう《（か）》ひなるらん。此外古哥多し。

〔通解〕　新古今集　頼朝卿、
みちのくハいはでしのぶハえぞしらぬ書つくしてよ
つぼの石ぶミ
詠歌多し。略してのせず。

【山崩川落て、道あらたまり】

〔菅菰〕　古－文前－集、李－白ガ蜀－道－難ノ詩ニ、地レ崩山レ摧ケテ壮－士死ス。文選古詩ニ、古墓ハ犂テ為シレ田ト、松－

栢ハ摧テ爲スレ薪ト、ト。是等ノ風情ナルベシ。

〔**明和**〕○古文前集、李白ガ蜀道難ノ詩ニ、地崩レ山摧ケテ壮士死ス。文選古詩ニ古墓犂テ爲シレ田ト松柏摧爲スレ薪ト。是等の風情なるべし。

〔**京大**〕古文前集、李白詩ニ、地崩山摧ケテ壮士死。

〔**洗心**〕山崩川落て〕菅ニ、古文前集、行路難ノ詩ニ、地崩レ山摧ケテ荘《ママ》士死ス。道あらたまり〕菅ニ、杜律ニ、往来時ニ屢改マリ川陸日ニ悠ナル哉。

〔**歌枕**〕○古文前集地崩山摧ケテ壮士死。

〔**鼇頭**〕○古文前集ニ、李白ガ蜀道難の詩ニ、地崩山摧ケテ壮士死。文選古詩ニ、古墓ハ犂《スキ》テ為レ田、松栢ハ摧《コリ》テ為レ薪ト。

【石ハ埋て土にかくれ】

〔**解**〕多賀城の碑、近世に至りて、土中ゟ掘出したり。
惹摺の石は、今も土中に埋て有るの類をいふ。

【木ハ老て若木にかハれば】

〔**菅菰**〕（前掲【山崩川落て…】参照）

〔**解**〕又、「木は老て若木に替れり」とハ、武隈の松の、むかし幾度か絶へて、世〻任国の人植継て、若木と成ルためしなど云ふて、千載のかたちと唱ひたりとハ言ふ成るべし。

〔**京大**〕文選 古墓ハ犂テ為レ田。松柏ハ摧テ為レ薪。
（本文「閲」の左に「ミメグラス」と振仮名）

〔**洗心**〕木は老て若木にかハれば〕菅ニ、文選古詩ニ、古墓ハ犂テ為リレ田ト、松栢ハ摧レテレ為ル薪ト。是等の風情なるべし。

〔**歌枕**〕○文選古墓ハ犂テ爲レ田松栢摧テ爲レ薪。

【時移り代変じて、其跡たしかならぬ事のミを、爰に至りて疑なき千歳の記念、今眼前に古人の心を閲す】

〔**解**〕「時移り代変じて……古人の心を閲」と云迠、前段に注する如く、時移り星霜を旧れば、物換りて、其所〻をもさだかに求めがたけれども、此石ぶミハ、あたり歴〻然として、殘有て、今千歳の記念と成りて、古人の心を閲る事よと、至て感歎の詞なるべし。蘓子瞻、後石皷歌曰、漂二流百戦一偶然シテ存ス獨二立千載一

誰与《ニカ》友《ニセン》。是等の心をもて味ふべし。

【千歳の記念】

〔鈔〕 記念〕カタミ。遊仙窟《ニ》出と。

〔可常〕 (◎「カタミ。遊仙窟に出」と注記)

〔菅菰〕 記念ハ俗ニカタミト訓ズ。ヨク心ニトマリテ忘ヌヲ云ベシ。

〔元禄〕 ○千歳〕ひさし。

〔明和〕 ○記念ハ俗にかたミと訓ず。能《ク》心にとまりて忘れぬを云べし。

〔百代〕 千歳〕むつ千鳥に、神亀より元録まで千歳近し、とあり。記念の事ハ前《ニ》注ス。

〔歌枕〕 ○記念ハカタミト訓ジテ、念ヲ心ニ記シ忘レヌナリ。

〔鼇頭〕 ○記念〕カタミ。

【古人の心を閲す】

〔鈔〕 字彙、閲《ハ》観《ル》也。猶略出ス。

〔可常〕 (◎「閲」に「ハ観ナリ」と注記)

〔菅菰〕 閲ハ字書ニ歴観《ナリ》也トアリ。見メグラスコトナリ。

〔傍注〕 歴観ナリト注シテ、見メグラス心ナリ。

〔解〕 古人の心〕とハ、則碑文を起する所、神龜《ノ》将軍東人、宝字将軍恵美朝獦の事也。「閲」ハ説文《ニ》經歴也、又檢視也、委しく見る皃也。

〔元禄〕 閲〕ミメグラス。ケミス。

〔明和〕 閲ハ歴観也。見めぐらすこと也。

〔百代〕 閲〕見《ママ》くらす事也。字書に歴観也と有。

〔歌枕〕 ○閲〕歴観也。ケミスト訓ズ。察シ視ル也。

(補注「音越」)

〔鼇頭〕 ○閲〕ケミス。

【行脚の一徳、存命の悦び、羇旅の労をわすれて、泪も落るばかり也】

〔菅菰〕 行脚羇旅ノ解ハ皆前ニ記ス。存ハ見在ニテ、存命トハイマダ命ノアルト云意ナリ。羇旅の労をわすれてとハ、詩《ニ》所《ム》樂自《ラ》忘《ル》疲《ヲ》、ト云サマナリ。

〔解〕 石皷哥云、嗟《アヽ》余好古生苦《ハナハダ》晩、對此涕涙双《テ》滂

沱《タリ》。又、後石鼓哥ニ、興亡百憂(變)物自閑也、冨貴一朝名不レ朽、細思ニ物理一坐《ロニ》歎息《ス》、人生安《ゾ》得レ如《ルコトヲ》ニ汝《ノ》壽一。是皆、古今の支跡を思ひめぐらして、攢《アツマル》レ心故、泪落て霑レ袖の道理也。

〔**明和**〕○詩に、所レ楽《ム》自《ラ》忘《ルル》レ疲《ヲ》といふさま也。

〔**京大**〕詩ニ、所レ樂自《ラ》疲《ヲ》忘。

〔**洗心**〕存命〕菅ニ、存ハ見ー在にて、存ー命とハいまだ命のあるといふ意也。

存命の悦び〕徒ー然ー草九ー十ー三ー段ニ、又いはく、されバ人死をにくまバ生を愛す。存命の悦び日〻にたのしまざらんや云〻。

羇旅の労をわすれて〕菅ニ、行ー脚羇ー旅の鮮(解)ハ皆前にしるす。羇旅の労をすれてとハ、詩に所レ樂《ム》自忘《ルル》レ疲《レヲ》といふさま也。

〔**下露**〕

〈絵図　一〉

〔**歌枕**〕○所レ樂自忘《ヲ》レ疲詩。

〔**通解追加**〕存命のよろこび〕徒然草九十三段、されバ人死をにくまば生を愛す。存命のよろこび日〻にたのしまざらんや云〻。

〈絵図一〉〔下露〕

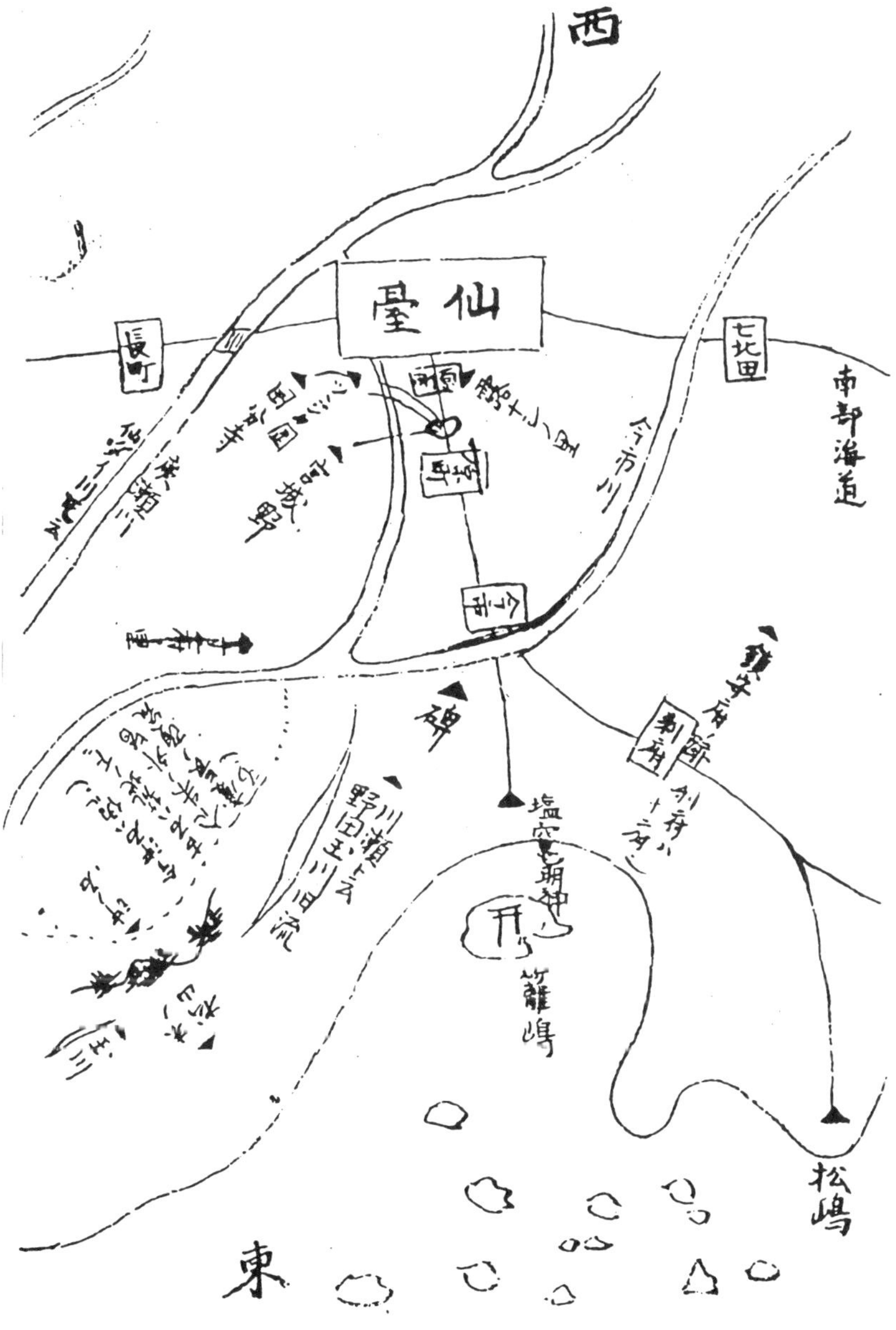

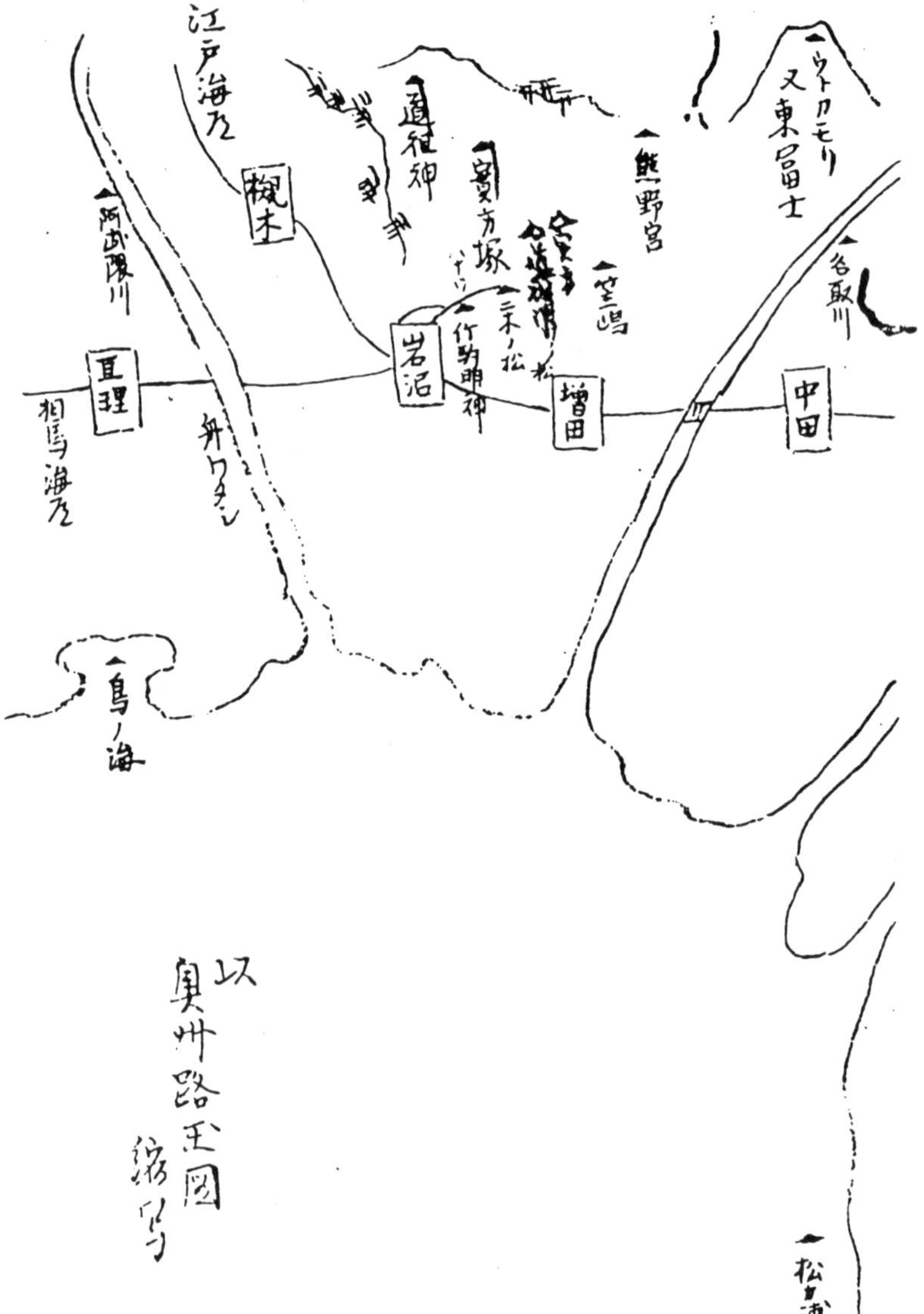
江戸海道
道祖神
實方塚
熊野宮
ウトカモリ
又東冨士
阿武隈川
槻木
名取川
笠嶋
二木ノ松
竹駒明神
岩沼
増田
中田
亘理
相馬海道
舟ワタシ
鳥ノ海
以奥州路程図縮写

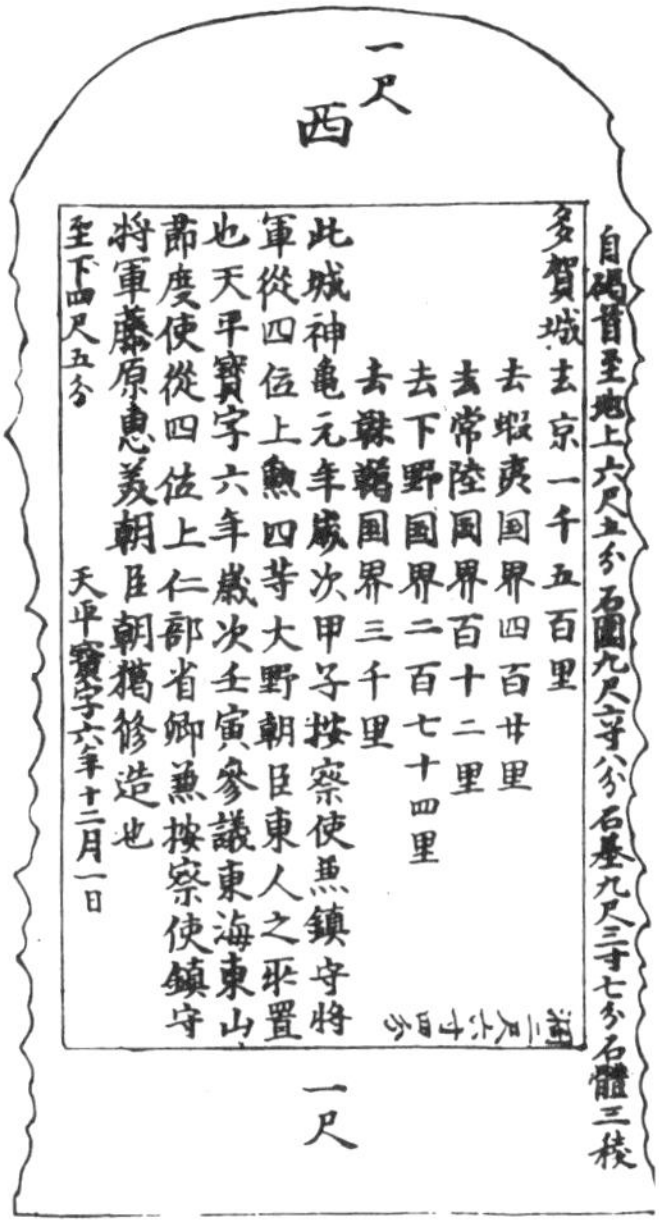
一尺
西
多賀城去京一千五百里
去蝦夷国界四百廿里
去常陸国界百十二里
去下野国界二百七十四里
去靺鞨国界三千里
此城神亀元年歳次甲子按察使兼鎮守将
軍従四位上勲四等大野朝臣東人之所置
也天平寶字六年歳次壬寅参議東海東山
節度使従四位上仁部省卿兼按察使鎮守
将軍藤原恵美朝臣朝獦修造也
天平寶字六年十二月一日
至下四尺五分
一尺

〈絵図二〉〔鈔〕

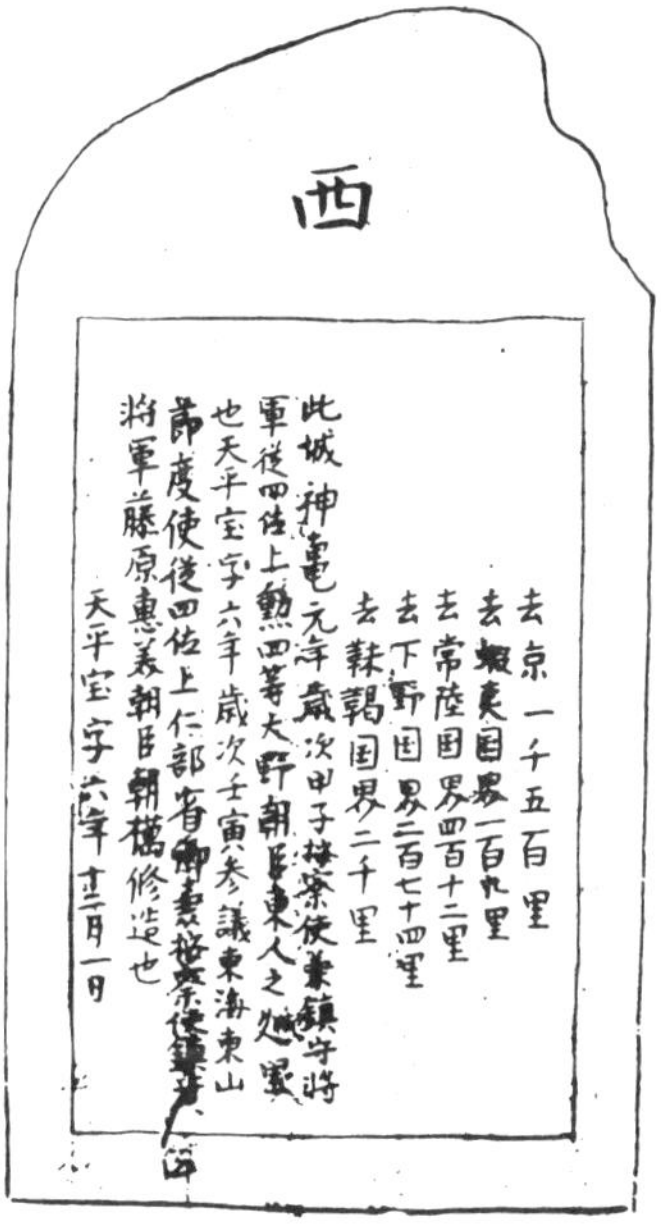
西
去京一千五百里
去蝦夷国界一百廿里
去常陸国界四百十二里
去下野国界二百七十四里
去靺鞨国界三千里
此城神亀元年歳次甲子按察使兼鎮守将
軍従四位上勲四等大野朝臣東人之所置
也天平宝字六年歳次壬寅参議東海東山
節度使従四位上仁部省卿兼按察使鎮守
将軍藤原恵美朝臣朝獦修造也
天平宝字六年十二月一日

〈絵図三〉〔元禄〕

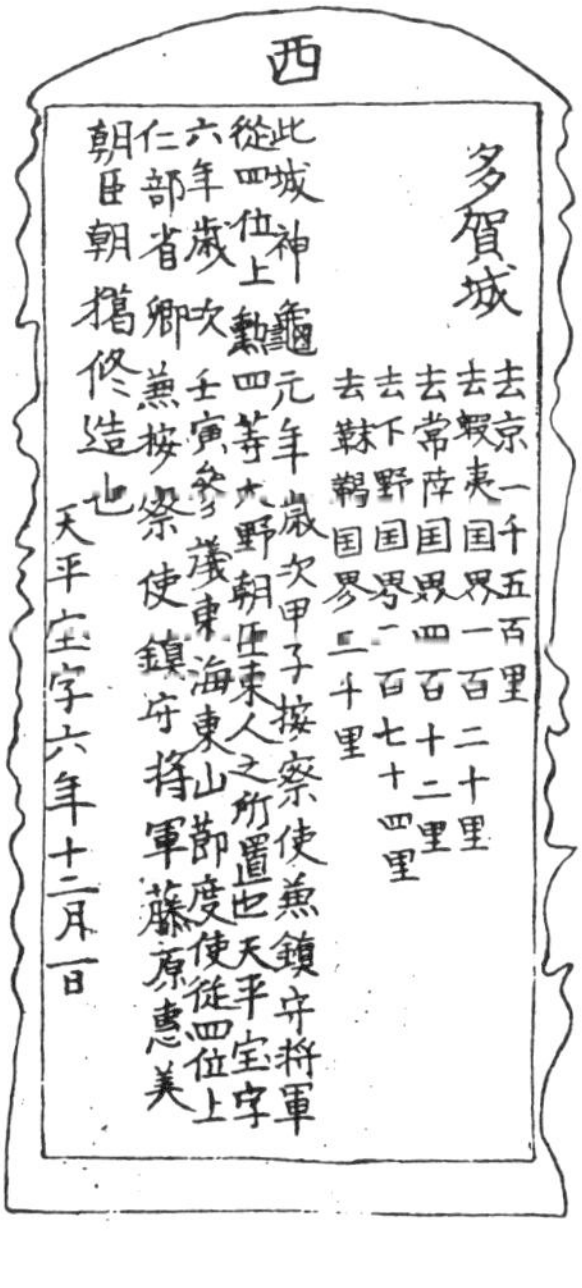
西
多賀城
去京一千五百里
去蝦夷国界一百二十里
去常陸国界四百十二里
去下野国界二百七十四里
去靺鞨国界三千里
此城神亀元年歳次甲子按察使兼鎮守将軍
従四位上勲四等大野朝臣東人之所置也天平宝字
六年歳次壬寅参議東海東山節度使従四位上
仁部省卿兼按察使鎮守将軍藤原恵美
朝臣朝獦修造也
天平宝字六年十二月一日

〈絵図四〉〔洗心〕

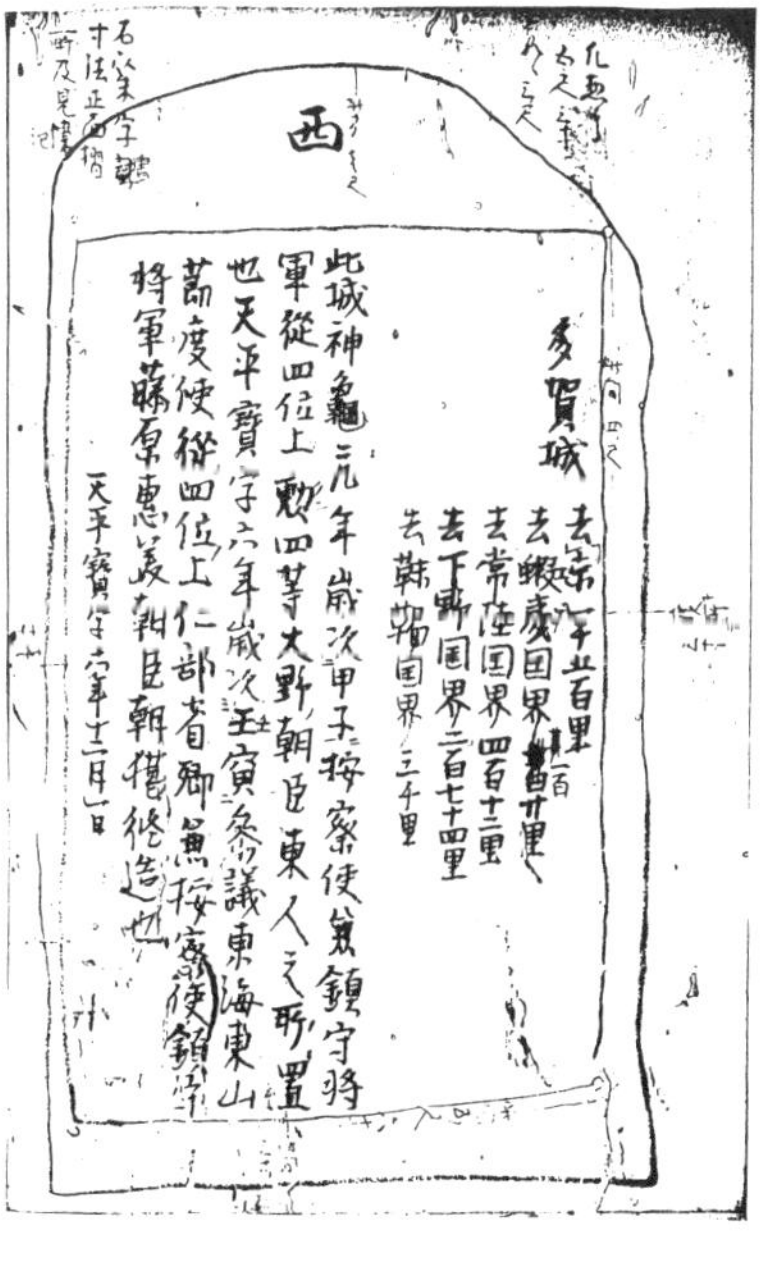
西
多賀城
去京一千五百里
去蝦夷国界一百廿里
去常陸国界四百十二里
去下野国界二百七十四里
去靺鞨国界三千里
此城神亀元年歳次甲子按察使兼鎮守将
軍従四位上勲四等大野朝臣東人之所置
也天平寶字六年歳次壬寅参議東海東山
節度使従四位上仁部省卿兼按察使鎮守
将軍藤原恵美朝臣朝獦修造也
天平寶字六年十二月一日

〈絵図五〉〔句解〕

〔二二〕末の松山・塩竈の浦

それより野田《のだ》の玉川　沖の石を尋ぬ。末《すゑ》の松山《まつやま》ハ　寺を造《つくり》て　末松山《まつしようざん》といふ。松のあひ〱　皆墓ハらにて、はねをかハし枝をつらぬる契《ちぎり》の末も終《つひに》ハかくのごときと、悲しさも増《まさ》りて、塩《しほ》がまの浦《うら》に入《いり》相《あひ》のかねを聞《きく》。五月雨《さみだれ》の空聊《いささか》（聊）はれて、夕月夜幽《ゆふづくよかすか》に、籬《まがき》が嶋《しま》もほど近し。蜑《あま》の小舟《をぶね》こぎつれて、肴《さかな》わかつ聲《こゑ》〱《ごゑ》に、つなでかなしもとよみけん心もしられて、いとゞ哀《あはれ》也。其夜目盲《そのよめくら》法師の琵琶《びは》をならして、奥上（浄）るりと云《いふ》ものをかたる。平家にもあらず舞にもあらず、ひなびたる調子《てうし》うち上《あげ》て、枕ちかうかしましけれど、さすがに邊土《へんど》の遺風《ゐふう》忘れざるものから、殊勝《しゆしよう》に覚《おぼえ》らる。

【野田の玉川】

〔鈔〕　新古今　夕されバ汐風こして陸奥の野田の玉川ちどり鳴なり　能因法師
六ッ玉川の一ッ。千鳥の景物とぞ。玉川ハ今富岡の駅と名古曽の関の間に有。

〔可常〕　新古〈夕されバ汐風こして陸奥の野田の玉川千鳥鳴なり　能因
（◎「玉川」の左に「六ノ一也」、右に「ハ今富岡の駅と名古曽ノ間ニ有」と注記）

〔菅菰〕　野田の玉川ハ本朝六玉川のうちにて名所なり。

新古今夕されバ汐風こえてミちのくの野田の玉川衛なく也 能因

〔傍注〕 新古今 夕されバ汐風こえて陸奥の野田の玉川千鳥なくなり 能因

〔解〕 文段（談）に云、岩城の内、野田玉川、同入江と云〻。新古今 〽夕されバ汐風越してミちのくの野田の玉川千鳥鳴くなり 能因

〔元禄〕 ○野田玉川〕

新古 〽夕されば汐風こしてミちのくののだのたま川衛なくなり 能因

續古 〽みくのくの野だの玉川見渡ばしほ風こしてこほる月影 順徳院

〔寛政〕 新古今 夕されバ汐風こえてミちのくの野田の玉河衛鳴なり 能因

〔京大〕 夕されバ汐風こへてミちのくの野田の玉川衛啼也 能因

（本文「野田の玉川」の右に「六玉川の内」と注記）

〔五視〕 新古今 夕されバ汐風こして陸奥の野田の玉川千鳥なく也 能因

六ッ玉川の一ッ。千鳥の景物とぞ。玉川ハ今富岡の駅と名古曽の関の間ニ在。

〔洗心〕 野田の玉川〕 菅ニ、本朝六玉川のうちにて名所也。新古今集、夕されバ汐風こしてミちのくの野田の玉川衛なくなり 能因

〔註〕 新古今 夕されバ汐風こしてミちのくの野田の玉川千鳥鳴くなり 能因

紅葉山在。

玉川ハ塩竈より南へ一里斗、留谷邑山べりに有。平なる野田の中に小サキ流あり。玉川のしるし也。途中に

〔百代〕 野田の玉川〕 むつ千鳥に、按るに、岩城領の内にも野田の玉川緒絶の橋有と見ゆ。奥刕に緒絶のはし都合四ヶ所あるよし。同抄にミへたり。

〔歌枕〕 ○野田の玉川ハ六玉川の一也。[新古]夕されバ汐風こえてミちのくの野田の玉川ちどり鳴也 能因

〔龍頭〕 ○野田の玉川〕 名所也。能因法師の碑在。夕されば汐かぜ越てミちおく《ママ》の野だの玉河ちどり鳴也

〔**通解**〕 名所図繪、奥州仙臺宮城野郡留谷村野田玉川。楓山全図云、蓋、野田の玉川ハわが塩釜村の少し南に有。往古奥の細道の通路也。此地に河流あり。潮汐又往来すと。或ハ涌泉ありともいへり。今ハ盡く野田となりて小橋を渡し、耕秧通農の補道となる。旧年塩釜の雅人、白坂屋文六なるもの、能因の歌詠を刻ミて一碑石を其傍なる一高丘にたつ云云。或云、近年南部に同名ありと。同国にして二佳の高名あらんやといへり。

新古今集　能因法師、

　夕されバ汐風こしてみちのくの野田の玉川千鳥なく也

續古今集冬　順徳院、

　みちのくの野田の玉川見渡せば汐風越て氷る月影

續後撰集　鴨祐慶、

　五月雨ハ夕しほながらみちのくの野田の玉川浅き瀬もなし

図中、楓山思惑橋あり。

【沖の石】

〔**鈔**〕 沖の石ハ今末松山の辺、福田村と云所にあり。其間甚隔れり。沖の石は俗の名づくる所にして、沖の井と云物也と土俗の語る。不分明の故に斯尋ぬと斗書れし歟。讃岐が哥は寄石恋といふ題にて、此名所をいふにあらざるべし。

〔**可常**〕 ◎ 〔石〕「ハ今、末松山の辺福田村ト云所ニ有。川と石甚隔ル。故ニ尋ヌト斗云か」と注記）

〔**菅菰**〕 沖の石ハ末の枩(松)山のうちにあり。

千載集　我恋はしほひに見えぬ沖の石の人こそしらねかハく間もなし　二条院讃岐

按ずるに、こゝの沖の石ハ此哥(歌)により後人附会して付たる名なるべし。讃岐が哥ハ、たゞよのつね海洋にある所の石を云。此末の枩山の石に限るにハ非ず。

〔**傍注**〕 沖の石は末の松山の内にありといへども、讃岐がよミしハ只よのつねの海中の石也。末の松山の沖の石は後人の附会ならん。土人の□□の石は末の松山の内にはあらず。末の松山ゟ(より)三四十丁西にて別郷なり。末の松山も本ト の松山 中の松山 末の松山とて三あり

といふ。此説も非なり。

〔**解**〕千載集〽我袖は汐干に見へぬ沖の石の人こそ知らねかわく間もなし　讃岐

〔**元禄**〕○興の井、八幡村民家ノ裏ニアリ。土人此ヲ沖ノ石ト云。

古〽おきのゐて身をやくよりも悲しきハ都しまべの別なりけり　小野小町

〔**明和**〕○沖の石ハ末の松山の内にあり。

〔**京大**〕＊此所ニアラズ。沖ノ石ハタヾ沖ノ石也。ワガ袖ハノ歌ハ二条院讃岐＊

〔**五視**〕沖の石ハ今末松山の辺福田村といふ所ニあり。其間甚隔レリ。沖ノ石ハ俗の名づくる所にして、沖の井といふ物也と古俗の語る。不分明の故に斯尋ぬと斗書レしか。

讃岐が哥ハ寄石恋といふ題にて、此名所をいふにあらざるべし。

〔**洗心**〕沖の石〕菅ニ、末の松山のうちに有。

〔**註**〕千載集　我袖は汐干に見へぬ沖の石の人こそしらねかハく間もなし　讃岐

沖の石と申ハ、八幡邑百姓何某の庭上にあり。五間斗りの池の中に海石立て有。里人沖の石と云。

〔**百代**〕沖の石〕千載、二条院讃岐、我が恋ハしほひにミへぬ沖の石の人こそしらねかはく間もなし。むつ千鳥に、壷《ママ》の碑より一里余細道を分入、八幡村百姓の裏に興の井あり。三間四方の岩、廻りは池也。処のものハ沖の石と云。是より末の松山。むかふに海原ミゆ。千引の石、此邊といへども所のものも曽て不知。一里行て松が浦嶋。是より塩竈への道筋に、浮嶋　野田の玉川　紅葉のはし、いづれも道續也、とあり。

〔**歌枕**〕○沖の石ハ末の松山の内にあり。是讃岐の哥より後人附會したるものか。讃岐の哥ハよのつねの沖の石也。

〔**鼇頭**〕○沖の石ハ百性《ママ》家の庭前ニ在。ウシホの満干の形あり。

〔**通解**〕むつ千鳥云、壷碑、此所よりハ八幡村へ一里餘、細道を分け入、八幡村百姓の裏に興の井あり。三間四

方の岩、廻りハ池なり。所の者ハ沖の石と云。是より末の松山。向ふに海原見ゆ。

謡曲善知鳥に、末の松山風あれて袖に波こす沖の石とつゞけたり。沖の石ハ八雲御抄にも名所と見へたり。

二条院讃岐、

我袖ハ汐干に見へぬ沖の石の人こそしらねかはく間もなし

名所図繪云、興の井 都嶌ハ、仙臺を去る事敉里、八幡村といへる小村落、農家の前にある小池塘を云。其池中に畳巖あり。形容人巧の及ぶ所にあらず。実に可愛翫一奇場也。古来人称して曰、興の石、其奇絶如巧盆池。又、池中西北隅に水脉ありて涌出す。是を興の井と称す。小池塘を興の井と呼び、池井の奇石を都嶋と呼ぶ事明けし。今八幡村にも祠ありて興の八幡と称す。是興井の里の古名存する処なり。今ハ都嶋と呼びて沖の石と云。好叓《（事）》のもの、池中の奇巖をとりて硯に翫ぶ。其墨色潤沢*乾く事なれ《（き）》は讃岐が歌詠の如しとぞ。又云、八雲御抄に興の井の里と有。蓋此村をさす。又起居の里とも。愁人終霄《（宵）》不眠の義とす云〻。菅菰抄に、沖の石ハ末の松山の内にあり。さぬきうたハ此末の松山の石に限るにハあらず云〻。

〈洒本　乾く事なきは〉

【末の松山】

〔鈔〕　古今みちのく歌　君をおきてあだし心を我もたば末の松山浪もこえなん

後拾遺　契りきなかたみに袖をしぼりつゝ末の松山波こさじとは　元輔

元トノ山 中ノ山とて有。松嶋につゞきたる海濱の嶋山とぞ。末の松山の本縁、奥義抄 顕注蜜《（密）》勘 にくハしきよし。今略す。

〔可常〕　陸奥哥〽君をおきてあだし心を我もたば末の松山浪もこへなん

（◎「元トノ山 中ノ山トテ有。松嶋ニツヾキタル海濱ノ嶋山トゾ。奥義抄ニ委シ」と注記）

〔菅菰〕　末の杢山ハ萬葉《ママ》集に 君をゝきてあだし心をわがもたバ末のまつ山波もこえなん といふ哥をとりて

後拾遺 ちぎりきなかたミ袖をしぼりつゝすゑの松山波こさじとハ　と藤原ノ元輔が詠る名所也。顕注抄に、万葉の哥を注して云、あだし心とハ化《ダ》心《ナリ》也。君ををきてこと心をもたばとよめる也。すへのまつ山波こゆといふ事ハ、むかしおとこ、女にすへのまつ山をさし、かの山に波のこさん時ぞわするべきとちぎりけるが、程なくこと心つきにけるより、人の心のかハるを、波こゆと云也。彼山にまことに浪のこゆるにはあらず。あなたの海のはるかにのきたるに立波の、かの山のうへよりこゆるやうに見ゆるを、あるべくもなき事なればまことにあの浪の山をこえんとき、ことごゝろハあるべしと、ちぎれる也といへり。此所にまつ山三つ有て、本《ト》の松山　中のまつやま　すへの枩山といふなりと。

〔**傍注**〕末の松山の事、顕注抄《ニ》出。萬葉《ニ》、君をゝきてあだし心を我もたバ末の松山波も越なん、といふを本哥にして、後拾遺《ニ》元輔、契りきなかたミに袖をしぼりつゝ末の松山波こさじとは

〔**解**〕文段《ママ》《ニ》云、仙臺也。松山は、末の松《ママ》、本の松山といふ有り。哥林良材 古今集〽きみお《ママ》きてあだし心を我持たバ末の松山浪を越《ママ》へなん〽浦近きふり来る雪はしら浪の末の松山越すかとぞ見る　藤原興風。右むかし男女ありけるが、末の松山をさして、彼山に浪の越なん時ぞ来るべきと契りけるが、程なくしてこと心付てけり、によりて、人の心替るをバ、浪越《ス》と云なり。彼山に、誠に、浪越ゆるにハあらず。あなたの浪のはるかに退たるに、打浪の彼の山の上より越ゆるやうに見ゆるを、有べきもなき事なれば、誠にあの浪の越る時ぞ、心替るべきと契れる也。又、能因哥枕に、本の松　中の松　末の松とて、三重にあるといへり。さればにや、山とハいわで、唯末の松と詠る事も侍り。後拾遺〽契りきな記念に袖を絞りつゝ末の松山浪越さじとハ　元輔

〔**元禄**〕○末松山〕哥、別ニアリ。浪こゆると云故叓ハ古今顕註曰、むかし男女にすゑの松山をさして、かの山に浪のこさん時ぞわするべきと

ちぎりけるが、程なくこと心つきにけるより、人の心のかハるをば波こゆといふ也云々。

古〈君をおきてあだし心を我もたバ末の松山波もこえなん

○長恨哥、七月七日長生殿。夜半無人私語時。在天願作比翼鳥。在地願為連理枝云々。

※○末松山〕

古　君をおきてあだし心を我もたバ末の松山波もこえなん

同　浦遠くふりくる雪ハしら波の末の松山こすかとぞ見る　人丸

新古　松〔山〕と契りし人ハつれなくて袖こそ波に残る月影　定家

同　白波のこゆらんすゑの松山ハ花とや見ゆる春の夜の月　かゞ久左衛門

後拾　契りきなかた見に袖をしぼりつゝ末の松山波こさじとハ　元輔

續拾　偽の花とぞ見ゆる松山の梢を越てかゝる藤波　為家

新後拾　末の松まつ夜更行空はれて波より出る山の端の月　宣子

越ぬ也すゑの松山すゑ終にかねて思ひし人のあだ波　国助

末松原

名百　やよひもや末の松原杢の色に今一しほの波ハこえけり　順徳院

あづさ弓末の松山杢ハたゞけふまで霞む波の夕暮　定家

時わかぬすゑの松山こす波の花をわけても帰る春哉　家隆　※

〔明和〕○末の松山波こゆと云事ハ、昔おとこ、女に末の松山をさし、かの山に波のこさん時ぞわするべきと契りけるが、程なくこと心つきにけるより、人の心はかハるを波こゆと云也。彼山にまことに浪のこゆるにハあらず。あなたの海の遥にのきたるに、立浪のかの山の上より越るように見ゆるを、あるべくもなき事な

れバ、まことにあの浪の山をこへん時こと心ハあるべしとちぎれる也といへり。此所に松山三ツありて、本の松山 中の松山 末の松山といふ也。
（本文「末ｰ松ｰ山」の「山」の右に「寺歟」と注記）
〔寛政〕 万《ママ》葉集　君をゝきてあだし心をわがもたバ末の松やま波もこえなん
〔京大〕 （本文「末の松山」の右に「チギリキナ　藤原元輔」と注記）
〔五視〕 古今みちのく哥　君を置てあだし心を我もたバ末の松山浪もこえなん
後拾遺　契りきなかたミに袖をしぼりツ、末の松山波こさじとハ
元ト ノ山中ノ山とてあり。松嶋につゞきたる海濱の嶋山とぞ。末の松山の本縁、奥義抄顕注ニ委し。
〔洗心〕 末の松山〕 菅ニ、万《ママ》ｰ葉ｰ集ニ〽君をおきてあだし心をわがもたば末の松山波もこへなん、といふ歌をとりて〽ちぎりきなかたミに袖をしぼりつゝすゑの杢山波こさじとは　清ｰ原元ｰ輔云々

〔註〕 末の松山ハ玉川より十町斗南也。末松山宝国寺、済家宗。寺の後に小高き山有。爰に昔の松五六本残る也。可考。
能因歌枕に曰、もとの松 末の松 中の松と有。又、枕草紙にも末の松山まつとしなど詠り。
古今集　君を置てあだし心を我がもたバ末の松山浪も越なん
もとの松山東光寺ハ岩切邑と云にあり。塩竃へ仙臺よりの海道也。中の松山今ハ絶てなし。中村と云所有。是歟。可考。
〔百代〕 末の松山〕 萬葉、君をおきてあだし心を我もたバ末のまつ山なミもこへなん
〔歌枕〕 ○本の松山 中の松山 末の松山とて三あり。
○むかし男女のありけるが末の松山をさして、かの山に浪のこえなん時ぞわするべきと、浪のこゆる事ハあるまじき事なれバ、かく契りけるが、ほどなくこゝろがハりしけれバ、人の心のかハる事を末の松山浪こゆるとハいふ也。

［万葉］君をゝきてあだし心をわがもたバ末の松山波もこえなん

［後拾］ちぎりきなかたミに袖をしぼりつゝ末の松山波こさじとハ　藤原元輔

〔鼇頭〕○末の松山〕　名所也。松山ハ三ツ有て、本のまつ山中の松山すゑのまつ山と云也。

〔通解〕名所百首　順徳院御製、

弥生もや末の松山春の色に今ひとしほの波ぞこえゆく

和漢三才図會を按ずるに、松しまの次、海辺にあり。又、本松山中松山ありとぞ。むかし人の有けるが、此松を波こえんとき、わがちぎりハ替らんと定めて後、すさむる心ありて、遥の外所へ此女をつれゆくに、松をかへり見れば、波の越すやう也ければ、既に契のかはれるよとて替りしと也。浪こゆるとばかり言ひても人のかはりたる心也。

古今集　みちのくうた、

君をおきてあだし心をわがもたば末の松山浪もこえなん

後拾遺集　元輔、

契きなかたみに袖をしぼりつゝ末の松山浪こさじとは

名所圖繪云、末の松山ハ、興の石の上にある山を云。寺あり末松山鄰障寺。寺林の後に高丘あり。青松數株、是其旧地なり。去ル二海辺ヲ一事数里。然れ共従ヨリ二丘ノ上ヘ一望メバレ之遠海の白浪、此丘上を越らんと思ふがごとし云云。能因坤元儀にハ、末の松山中の松山本の松山と云三重ありといへり。宗久紀行に、此末の松山の落葉松かさ、塩がまの浦のうつせ貝を都のつとに持ゆきしうたあり。

【松のあひ〳〵皆墓ハらにて】

〔解〕私に云、末の松山寺の、雀林の躰を見て、契の末の墓なきを思ひつゞけたる処、即妙當意の称あり、

【はねをかハし枝をつらぬる契】

〔鈔〕在ラバレ天ニ願クハ作リニ比翼ノ鳥ト一　在ラバレ地ニ願クハ為ランニ連理ト一。白氏長恨哥。

源氏桐壺巻、岷江入楚《ニ》、天暦御集、
いきての世死しての後の後の世もはねをかハせる鳥と成なん
御返し、妹ちぎることの葉だにもかハらずは我もかはする枝となりなん　女御芳子

〔可常〕（◎「比翼連理ヲ云」と注記）

〔菅菰〕はねをかハし枝をつらぬるとは、樂-天《ガ》長-恨-歌《ニ》、在《ラバ》レ天《ニ》願《クハ》作《ン》二比-翼《ノ》鳥《ト》一。在《ラバ》レ地《ニ》願《クハ》爲《ン》二連-理《ノ》枝《ト》一、ト云句ヨリ出タル故事ニテ、比-翼-鳥ハ爾雅《ニ》云、南-方《ニ》有《リ》二比-翼-鳥一焉。不《レバ》レ比《セ》不レ飛《バ》。其《ノ》-名《ヲ》謂《フ》二之《ヲ》鶼鶼《ト》一。郭-璞《ガ》註《ニ》似《テ》レ鳧《ニ》青-赤-色、一-目一-翼、相《ヒ》-得《テ》乃《チ》-飛《ブ》、ト。連-理《ノ》枝ハ山-海-經ニ見《ユ》タリ。兩-枝《ノ》條-理、連-比《シテ》相《ヒ》-生《ズル》者也《ナリ》、ト云。

〔解〕源氏桐壺《ノ》巻、更衣のかたミ送り奉る段に云ふ、朝夕のことぐさに、羽をならべ、枝をかはさんと、契らせ給ひしに、叶ざりける命の程ぞ、尽せず恨めしき。又、白氏文集長恨哥云、在レ天願《ハ》作《リ》二比翼《ノ》鳥一、在《テ》レ地願《ハ》爲《リ》二連-理《ノ》枝一、天-長地久、有レ時尽《ク》。此恨緜々《トシテ》無二絶期一。又、東坡、九相詩、古墳相云、五蘊自レ元司二皆空一、縁《テ》レ底平生愛二此身一、守レ塚幽-魂飛二夜月一《ニ》、失レ屍愚魄嘯二秋風一、名留無レ皃松丘《ノ》下、骨《ハ》〔化〕為レ灰草澤中、石上《ノ》碑文消《シテ》不レ見、古人墳際泪《ダ》生レ紅。此和漢の文章を味ひて、人世の常なきを観じて、悲しめる筆法巾。

〔元禄〕○源氏桐壷、はねをならべえだをかハさんと契らせ給しに。
○天暦御製、いきての世死ての後の後の世ノはねをならぶる鳥となりなん
女御返し、かくちぎることの葉だにもかハらずハ我もかハせる枝となりなん

〔明和〕○樂天　長恨哥、在レ大願《ハ》作《ン》(二)比翼《ノ》鳥《ト》(一)。在レ地願爲《ン》二連理枝《ト》一。比翼鳥ハ爾雅《ニ》云、南方《ニ》有二比翼鳥一焉。不レ比不レ飛。其名《ヲ》謂二之《ヲ》鶼-鶼《ト》一。郭璞註、似《テ》レ鳧《ニ》青赤色、一日一翼相得《テ》乃《チ》飛《ブ》と。
○山海經ニ見ヱタリ。両-枝《ノ》條-理連比《シテ》相生《ズル》者也

と云。

〔京大〕ミヤスンドコロ薨御ノ後、源氏桐壷ニ、羽をならべえだ〳〵《ママ》かハさんとちぎらせ給ひしに。長恨哥ニモアリ。在天願作比翼鳥。在地願爲連理枝。天暦御製ニモ、イキテノヨシニテノノチノノチノヨモハネヲナラブル鳥トナリナン

御返シ、カクチギルコトノハダニモカハラズハワレモカハセル枝トナリナン

〔五視〕在レ天願《ハ》作ニ比翼《ノ》鳥一。在レ地願《クハ》為ニ連理一。白氏長恨哥。源氏桐壺巻。岷江入楚。

天暦御製　いきての世死しての後の後の世もはねをかハせる鳥と成なん

御返し　怺ちぎることの葉だにもかハらずハ我もかはする枝となりなん　女御芳子

〔洗心〕はねをかハし枝をつらぬる契〕又はねをかハし枝をつらぬるとハ、樂‐天《ガ》長‐恨‐哥《ニ》在《テハ》レ天《ニ》願《クハ》為《ン》ニ比‐翼《ノ》鳥《ト》一介雅ニ出。在《テハ》レ地《ニ》願《クハ》為《ン》ニ連‐理《ノ》枝《ト》一山‐海経ニ出。といふ句より出たる古事也云々。

〔百代〕はねをかハし〕爾雅ニ、南方《ニ》有レ比翼鳥。不比不飛云々。源氏桐壺《ママ》に、はねをならべえだをかハさんとちぎらせ給ひしにかなハざりける命と云々。また宇多王哥に、いきて世にしにての後の後の世もはねをかハせる鳥と成らん。女御芳子返し、かくちぎることの葉だにもかハらずハ我もかハせる枝となりなむ。尚、唐に韓明と云者夫婦死《(死)》て比翼連理の古叓有。畧之。両枝をつらぬる〕連理枝、山海經にミへたり。両枝《ノ》條理連比《シテ》相生《ル》者也と云々。

〔歌枕〕○爾雅南方《ニ》有ニ比翼《ヨク》鳥一焉。不《ハ》レ比不レ飛。其名謂ニ之鶼《ヲ》‐鶼一。○郭‐璞《ガ》註《ニ》、似レ鳧青赤色一‐目一‐翼相‐得乃‐飛。○山海經兩‐枝條‐理《リ》連‐比相‐生者也。○樂天長恨歌《ニ》、在レ天願《ハ》作ニ比‐翼《ノ》鳥一在レ地願《ハ》爲ニ連‐理枝一。

〔鼇頭〕○はねをかはし枝をつらぬるハ、楽天ガ長恨哥ニ、天ニ在てハヒヨクノ鳥とならん。地ニ在てハ連理の枝とならん と云故事より出たり。一目一翼相得て則飛。連理の枝ハ山海経ニ見えたり。

〔**通解**〕はねをかはし、枝をつらぬる契りといふ事ハ、白楽天ノ長恨歌ニ云フ、在ラバレ天ニ願クハ*作ラン二比翼ノ鳥一ト。在ラバレ地ニ願クハ為ラン二連理ノ枝一ト。註ニ云、鳥各〻一-羽相-比シテ而飛ブヲ*為ス二比翼鳥一ト。樹ノ一-枝相-向テ連二-接シテ*脉-理ヲ二而生ズルヲ*為ス二連-理ノ枝一。比ス二明-皇妃-子私ニ相盟誓スルニ一。〈洒本　為ス二比翼ノ鳥一ト　脉理ヲ一　為ス二連-理ノ枝一ト〉

【塩がまの浦に入相のかねを聞】

〔**鈔**〕宋（寂）しく艶なる文法なり。

寺〳〵の鐘の心も恥しな打しきれども長きねぶりに

逍遙院

〔**可常**〕（◎「寂しく艶なる文法也」と注記）

〽寺〳〵の鐘の心もはづかしなうちしきれども長きねぶりに

〔**菅菰**〕塩がまのうらハ宮城郡に有ル名所。本名千賀の浦にてしほがまあり。千賀の塩竈と云故に、此うらを亦しほがまの浦共いふ也。古今大哥所御哥、ミちのくの《ママ》いづくハあれど塩がまの浦こぐ舟の綱手かなしも

〔**傍注**〕宮城郡也。本名千賀の浦といふ。

〔**解**〕文段《ママ》に云、塩竈、同浦、千賀の浦、浮嶋、三嶋と云〻。又、哥枕名寄に、血鹿ノ塩竈、或ハ千賀と云〻。同浦、同礒。古今集に、〽みちのくハいづくハあれどしほがまの浦こぐ舟のつなで悲しも

〔**元禄**〕○塩竈浦〕哥、別ニアリ。

古大哥〽みちのくハいづくハあれどしほ竈の浦こぐ舩のつなでかなしも

○浮島

新古〽塩がまの前にうきたるうき嶋のうきて思ひのある世也けり　山口女王

拾〽わだつ海の波にもぬれぬ浮嶋の松に心をよせてたのまん　能宣

續千〽ミちのくハよをうき嶋も有といふせきこゆるぎの急がざらなん　小町

續古〽塩がまの浦のひがたのあけぼのに霞にのこるうき嶋の杢　後鳥羽

※△塩ガマ、肴わかつ声〳〵。

○催馬樂　我家

わひへんハとばりちやうをもたれたるをおほ君きませ、むこにせん、みさかなになによけん、あはびさだをか、かせよけん、
梁塵抄云、わいへんハ我家ト云、何あはびさだをか、かせなどハミな貝の名なるべし。延ギ式に螺をさだむといへり。さゞいの叓なるべし。※
※○塩竈浦〕
古東哥　みちのくハいづくハあれど塩竈の浦こぐ舩のつなでかなしも
同　わがせこを都にやりてしほがまのまがきの嶋のまつぞ恋しき
千　しほがまの浦ふく風に霧はれて八十嶋かけて澄る月影　清輔
新古　ふる雪にたくもの煙かき絶て淋しくも有か塩がまの浦　前関白
續後撰　塩がまの浦のけふりハ絶にけり月見んとての蜑のしわざに　太上天皇
同　ミちのくのちかの塩がまちかながらからき人《ママ》にハ《ママ》あハぬ也けり　不知
續古　塩がまの浦のひがたの明ぼのに霞にのこるうき嶋の枩　後鳥羽院
同　煙たつあまの笘やも見えぬまで霞にけりな塩がまの浦　経信
同　同じくハ越ても見まし白川の関のあなたのしほがまの浦　行能
風　聞てだに身こそこがるれ通ふなる夢の直路のちかの塩竈　為家
新拾　明ぬとや釣する舩も出ぬらん月に棹さすしほがまの浦　隆信
新後拾　塩がまの浦より外もかすめるを同じ煙の立かとぞ見る　為道
六百　礒　しほ竈の礒のいさごをつゝミもて御代の敉とも思ふべらなり　忠岑
夫　沖　哀とやかすむにつけて塩がまの沖こぐ舩の遠ざかるこゑ　後久我太政大ト（臣）※
〔**明和**〕　○塩がまの浦ハ宮城郡に有。本名千賀の浦にて

塩竈有故に、又塩竈の浦トモ云。
〔**京大**〕 催馬楽、ワイヘンハトバリテウオモ立タルニオ、君キマセ、ムコニセン、ミサカナニナニヨケン、アハビサダヲカ、カゼヨケン。
（本文「塩がまの浦」の右に「千賀の浦ト云」と注記）
〔**洗心**〕 塩がまの浦〕 菅ニ、宮-城郡にある名所。本-名千-賀ノ浦といふ。しほがまあり。千賀の塩がまといふ故に、此浦を亦しほがまのうらともいふなり。古-今-集大-歌-所ノ御哥〽ミちのくのいづくハあれどしほがまの浦こぐ舟のつなでかなしも
入相のかねを聞〕 前の無-常の観想を此一句にて結べり。後の句ハ別におこせし也。
〔**註**〕 古今 大歌所御哥 わがせこを都にやりて塩竈の籬が嶌の咨ぞ恋しき
陸奥ハいづし（く）ハあれど塩がまの浦こぐ舟のつなでかなしも 爲顕《ママ》
夫木集 唐もちかの浦半のよるの夢思ハぬ中に遠つ舟人 家隆
〔**百代**〕 塩がま〕 宮城郡の名所。本名千賀の浦と云。むつ千鳥に、麓ハ町家。町の中に塩釜四ッあり。中畧。往昔六ッ有けるを盗出し、海中へ落したると也。此所隣に牛神とて牛に似たる石あり。明神の塩を運し牛、化してかくハ成りぬと云。今ハ塩不焼、とあり。
〔**歌枕**〕 ○塩がまの浦ハ則ちかの浦也。
○わづかの間に観無常の詞を起して、塩がまにハ續けがたき所なるを晩鐘の寂滅につなぎたる文筆自在を尊ミ、猶入の字の働を見るべし。
〔**鼇頭**〕 ○塩がまの浦〕 宮城郡ニ在。名所也。
〔**通解**〕 塩がまの浦に入相の鐘をきく。寂滅為楽のひゞきに観相の思ひ深きなるべし。都の土産云、その日くるゝほど塩がまの浦につきぬと取合ハせて感深からんにや。名所百首 順徳院御製、
雲のなミ煙のなミハ晴ながら朧月夜の塩がまの浦
雲けむりに月の朧ならんは、其けしき夏さへ思ひやらる。されバ五月雨の空いさゝか晴て夕月夜かすかなるとや。面白き眺めなるべし。陸奥千鳥云、沖の石より

一里ゆきて松が浦しま。是より塩がまへの道筋に、浮しま 野田の玉川 紅葉のはし、何れも道つゞき也云云。

【五月雨の空聊はれて、夕月夜幽に】

〔解〕千載集に、〽塩がまの浦吹く風に霽晴レて八十嶋かけて澄める月影　清輔朝臣

〔五視〕五月雨空――〕寂しく艶なる文法也。

寺〴〵の鐘の心も恥しな打しきれども長きねぶりに

【籬が島】

〔鈔〕漁舟笆が嶋のかゞり火に色見えまがふとこなつの花

〔可常〕〽漁舟笆が嶋の篝火に色見えまがふとこなつの花

〔菅菰〕まがきが嶋も名所にて、塩がまのうらの海中にあり。

古今大哥所御哥　我せこをミやこにやりて塩がまの笆の嶋にまつぞわびしき　其外古哥多し。

〔傍注〕塩がまの浦の海中にあり。

〔解〕五月雨も漸晴れて、夕月夜にもなりて、まがきが嶋も程近しと、文章續がらおもしろし。

後撰集〽扨もまた籬が嶋もありけれバ立よりぬべくおもほゆるかな　清蔭

〔元禄〕○笆島〕

古大哥〽わがせこを都にやりてしほがまのまがきが嶋の松ぞ恋しき

拾〽夘の花の咲る垣ねハミちのくの籬の嶋の波かとぞ見る

續後拾〽夕やミに螢のいさり火見えつるハまがきが嶋の蛍也けり　好忠

〔明和〕籬嶋〕塩がまの浦海中にあり。

〔五視〕漁舟笆が嶋のかゞり火に色見えまがふとこなつの国

〔洗心〕籬が嶋〕菅ニ、名所にて、古今集大哥所御歌〽我せこを都にやりて塩がまの籬がしまの松ぞわびしき。其外古哥多し。

〔百代〕籬が嶋〕古今　大御哥所の御哥に、わがせこを都にやりて塩竈のまがきがしまの松ぞ恋しき

〔**歌枕**〕○［古今］我せこをミやこにやりて塩がまの笆の嶋にまつぞこひしき　大哥所御哥

〔**鼇頭**〕○まがきがしま〕　名所也。しほがまの浦ハ海《ママ》中也。みちおく《ママ》の《ママ》いづくハあれど塩がまの浦こぐ舟のつなでかなしも　大哥所の御哥也。

〔**通解**〕古今集　みちのくうた、我せこを都にやりて塩がまのまがきが嶋のまつぞ恋しき

栄雅抄云、しほがまの浦の沖に籬嶋あり。いと面白き所也。

家集　兼家、よる波の枚をもしらず成にけり笆がしまのまぢかなれども

回國雑記云、まがきが嶋を見渡せば、藤、つゝじなど•咲あひて見へ、風景多かりければ云云。

鹽ー松ー紀ー行ニ云フ、島ノ之首ヲ曰レフ尾ト。首ニシテ而名レク尾ト。自レシテ松而呼レブ之ヲ。鹽ー松相ヒ一接綺ー繍無シ二端倪一。何レカ首何レカ尾。若レ撃率然*名モ亦タ切巧ナル哉カナ。左ハ者曰レフ籬ト。（蓋）盒一ー巨ー巌而當ル二潮汐ノ之衝一ニ。故ニ名ナツクルカ一歟。

〈洒本　名モ亦タ巧ナル哉カナ〉

【蜑の小舟こぎつれて】

〔**歌枕**〕○［古今］みちのくハいづくハあれど塩がまの浦こぐ舟のつなでかなしも　大歌所御哥

○［新勅］世の中ハ常にもがもな渚こぐあまの小舟のつなでかなしも

【肴わかつ】

〔**洗心**〕肴わかつ〕祖ー翁文ー集松ー嶋ノ賦にハ、魚わかつと有。

〔**歌枕**〕（補注「［文選註］魚肉曰肴、菜蔬曰蔌。［廣匀］（凡）几非穀而食謂之肴」）

【つなでかなしも】

〔**鈔**〕古今ミちのくうた　みちのくハいづくはあれど塩がまの浦こぐ舟のつなでかなしも

又六帖に、陸奥はいづくハあれど塩がまのまがきが嶋のつなでかなしも

〔**可常**〕古集《ママ》〳〵みちのくハいづくハあれど塩がまの浦こぐふねのつなでかなしも

六帖　……離《ママ》が嶋のつなでかなしも

〔**菅菰**〕 證哥は前に見えたり。

〔**解**〕 百人一首 〽世の中は常にもがもな渚漕ぐあまの小舟のつなでかなしも 鎌倉右大臣

〔**寛政**〕 古今 ミちのくのいづくハあれど塩がまの浦こぐ舟の綱手かなしも

〔**京大**〕 新勅撰覊旅、カマクラノ右大臣、ヨノ中ハツネニモガモナナギサコグアマノヲブネノツナデカナシモ

古今ニモ、ミチノクノイヅクハアレドシホガマノ浦コグフネノツナデカナシモ

〔**五視**〕 古今みちのくうた みちのくハいづくハあれど塩がまの浦こぐ舟のつなでかなしも

みちのくハいづくハあれどしほがまのまがきが嶋のつなでかなしも

〔**洗心**〕 つなでかなしもと〕菅《ニ》、引哥、前にあらハす。

〔**百代**〕 つなで〕 全集 陸奥哥、みちのくのいづくハあれど塩がまの浦こぐ舟のつなでかなしも

（「全集」は古今集）

〔**歌枕**〕 ○豆奈天《ハ》、牽紋《ママ》也。「唐匀」挽レ船縄也。

〔**通解**〕 古今集 みちのくうた、陸奥ハいづくハあれど塩がまの浦こぐ舩のつなでかなしも

栄雅抄云、陸奥ハいづくもおほかれど、塩がまの浦こぐ舩のつなでを見る斗哀にもうらがなしき事ハなしと也。此かなしにハ面白かりといふ心なり。定家卿もこのかなしもハ悲歎のかなしきにあらず、面白かりといふやうの詞也といへり。歓楽極哀情多といへる心を思ふべし。但翁の意中にハ、その面白きをうち詠れバ、やがて蜑のたづきのはかなきを哀れミ給ふ旅情深かるべし。

〔**永機**〕 世の中ハ常にもがもな渚こぐ海士の小舟のつなでかなしも 鎌くら右大臣

【目盲法師】

〔**菅菰**〕 盲ハ釋ー名《ニ》、盲《ハ》茫(茫)《ナリ》也、茫ー茫《トシテ》無《キ》レ所レ見《ル》也、ト云。

〔**解**〕 盲法師〕無官の盲者を云。

菅菰抄ニ云、奥州の田うへ哥ハ生仏といふ目くら法師の作なりと云傳ふ。此生佛ハ平家物語にふしを付て琵琶に合セ初たるよし徒然草にしるセリ。故に風流のはじめとは申されたるなり。（〔一三〕須賀川の章【風流の初や……】の上欄・行間に記す）

〔歌枕〕〇［釈名］盲ハ茫也。茫-茫無レ所レ見也。

【琵琶をならして、奥上るりと云ものをかたる】

〔鈔〕源氏明石巻の註、河海抄に、兼盛集ニ云、四ツの緒に思ふ心をしらべつゝひきありけども知人もなし

私云、断絃のまじはりの故事ある歟。

〔可常〕源明石ノ注、河海抄〈四の緒に思ふ心をしらべつゝ引ありけども知人もなし

（◎「断絃ノ云也。故事有か」と注記）

〔菅菰〕琵-琶ハ釋-名ニ云、本ト胡-中馬-上ニ所レ鼓ク、推レテ手ヲ前ムヲ曰レヒ琵ト、引レテ手ヲ却クヲ曰レフ琶ト。因テ以テ爲レ名ト、ト。然レバ本ト批-把ノ音ヲ假ルナリ。

〔解〕「びわならして」事記等に詳也。三才圖會、器用ノ部ニ云、推レテ手前《ス丶ムヲ》曰レ琵、引レ手却クヲ曰琶。因テ以テ為レ名。又、文選、呉都賦、注云、琵琶魚、無レ鱗、其形似ニ琵琶一。私云、琵琶魚ハ、今ノ鮟鱇也。

〔五視〕源氏明石巻の注、河海抄ニ兼盛集ニ云、四の緒に思ふ心をしらべつゝひきありけども知人もなし

〔洗心〕私曰、断絃のまじハりの故事ある歟。

琵琶〕菅ニ、釈-名ニ云、本ト胡-中馬-上ニ所レ鼓ク推レテ手ヲ前ムヲ曰レヒ琵ト引レテ手ヲ却クヲ曰レフ琶ト。故ニ為レス名ト。

〔百代〕琵琶〕一名ハ、胡琴ハ順カ。和名鈔ニ琵琶ノ躰ニ有反手覆手承弦撥面落帯滿月半月等の名云々。

〔龍頭〕琵琶〕釈名ニ云、本胡中ノ馬上ニ所レ鼓ク推レ手《ママ》前ムヲ曰レ琵ト引レテ手ヲ却クヲ曰レ琶ト。因以為レ名云。

【奥上るり】

〔菅菰〕奥上るりとは今俗の仙臺浄瑠璃といふものにて、多く義經奥州下りの事などを作りて語る也。上るりハ豊臣《トヨトミ》秀吉公の侍女阿通《ヲツウ》と云もの、牛若丸と三州矢作《ハギ》の長が娘浄瑠璃姫との事を編て書となし、十二段と名

づく。後、京師に瀧野検校 澤角検校 と云二人の瞽者ありて、此十二段に節《シ》を付てかたり始る。是よりして浄瑠璃の名ありと云。

〔**解**〕今仙臺淨留りといふ物なるべし。但浄瑠璃と唱ひ初たるは、東山殿、義政の頃、小野ゝお通といふ白拍子、洛陽にして舞曲の師を営としてありけるが、十二段の俗謡を作り出したるより云傳ふ。御曹司牛若、矢矧の長が女浄瑠璃御前に通じ、糸竹管紘をもて、心をいとミ《ママ》、などしたる、狂言、奇語の、艶曲を工《ミ》なしけるより、其諷物を浄留りと唱へ初けるとかや。今の世に専翫ぶ、上留りの纜觴也。

〔**明和**〕○奥浄るりとハ、義經奥劦下りの事などを作りかたるなり。

〔**寛政**〕奥浄瑠理とハ今俗の仙臺上るりといふものにて、多く義経奥劦下りの事などを作りて語るなりとぞ。

〔**京大**〕奥淨るりハ義經奥劦下りの事を作る。

〔**洗心**〕奥上るり〕萱、上ハ浄の誤寫なるべし。今俗の仙臺浄瑠璃といふものにて、多く義經の事などを作りて語る也。浄-瑠-璃ハ平《ノ》信-長-公の侍-女阿-通といふもの、牛-若-丸と三-劦矢-作の長が娘浄-瑠-璃-姫との事を編て書となし、十-二-段と名づく。後、京-師に滝-野検-校津-角検-校と云二-人の瞽-者、此十-二-段に節をつけて語り始る。是よりして浄瑠璃の名有と云。

〔**百代**〕奥上るり〕一名仙臺淨瑠理。義經奥劦下《り》の事などを作りて語るとぞ。淨留理の事ハ萱菰にくハし。

〔**歌枕**〕○奥浄瑠璃ハ頼光山入 義經奥州下り 其外盛衰記などの所ゝをつゞりて語る也。○浄瑠璃の名ハ秀吉公の侍女阿通《ヲツウ》といひしが、牛若丸と三州矢作の長が娘浄瑠璃姫との事編て十二段なりしを、後、京師の瀧野検校 津角検校といひけるが節を付て語始しとぞ。

〔**鼇頭**〕○奥浄瑠璃ハ他國になきものにて此国ニかぎる也。廿八九番ありて鄙びたる妙唄也。今云仙臺浄留里といふものニて、義経奥劦下りの事などかたる也。浄留りハ則浄留り姫の名也。其まゝ外題とせり。秀吉公の侍女阿通《ヲツウ》作して生佛と云瞽者の琵琶ニ合せて語はじ

むと。十二段に節を附たり。

〔通解〕浄瑠璃ハ、京都瀧野検校澤《ママ》角検校の二人、御曹司と浄瑠璃と恋慕の事跡をあらはし、十二段に作り、扇をうちて是を語る。生佛の平家物語に類す。後三絃をひき、是に合すと云。奥上瑠璃も又其流たるべき欤。鹽-松-紀-行云《フ》、入《ル》二鹽-浦《ノ》之市一《ニ》。市樓相《ヒ》接《シ》、絃-歌相聞《ユ》、といへる其地のさま思ひ合すべし。


【平家】

〔菅菰〕平家ハ平家物がたりを云。信濃《ノ》前司行長が作にて、生仏と云瞽者の琵琶に合《セ》始たる事、徒然草に見えたり。按ずるに仙臺上るりハ此遺風なるべし。

〔解〕「平家にもあらず」徒然草に、後鳥羽院の御時、信濃前司行長入道、平家物語を作て、生佛といひける盲目に教へて語らセけり下畧。又、勘文録云、愚按に、平家物語の名目は、三十二変の題号ありて、北野丶聖廟の御夢想によつて、平家物語と定られたり。尤平家の節《シ》は生佛検校、熊野權現へ三七日參籠して、満願の夜、御夢想を以て、節落成したりとなん。

〔京大〕平家〕ウタヒ物也。ビハニ合スルナリ。

〔洗心〕平家〕菅、平-家-物-語をいふ。信-濃《ノ》前-司行-長が作にて、生-佛といふ瞽-者の琵-琶に合せ始めたる。徒-然-草にミえたり。

〔百代〕平家〕平家物語を付り。信濃前司行長作也。これを瞽者の琵琶に合せかたる事は、生佛といふ盲人の始《メ》たりと、兼好が徒然草に見ゆ。

〔歌枕〕○平家ハ生仏と云瞽者、「平家物語」を比巴(琵琶)に合語りしと也。「つれ〴〵草」に出。

〔通解〕按るに、平家ハ、後鳥羽院の御時、信濃前司行長入道、平家物語十二巻をあらはし、瞽者生佛にをしへて語らしむるよし。徒然草に見えたり。


【舞】

〔菅菰〕舞は、謡に似たるものにて、八-嶋高-舘笈-探《シ》など云名あり。越前の幸若代〻専門たり。幸-若笠-屋臺(台)-頭の三流有と云。

〔解〕舞といふも古き事也。徒然艸に、多《クノ》久助が申けるハ、通憲入道、舞の手の中に興ある事共を撰て、礒

の禅師と云者の女に教へて舞せけり。白きさうまきをさゝせ、ゑぼしをひき入れたりければ、男舞とぞ言ける。禅師が娘靜といひける、此稽□《古カ》を積。是白拍子の根源也。佛神の本縁をうとふ事を綴れり。後鳥羽院の御作もあり、龜菊に教へさせ給へける。又、源平盛衰記ニ、我朝にハ、鳥羽院ノ御宇に、嶌の千載、若ノ前とて、二人の遊女舞初けりと云〻。

〔洗心〕舞にもあらす〕菅、謡に似たるものにて、八嶋 高館 笈様《ママ》シなどいふ名あり。越前の幸若代〻専門たり。幸若笠屋臺頭の三流有といふ。

〔百代〕舞〕諷に似たるものにて、八嶋 高舘 笈探など云名あり。越前の幸若、代〻専門たり。幸若 笠屋 臺頭の三流有と菅菰に云り。

〔歌枕〕〇舞ハ越前の幸若を始とするか。幸若 笠屋 臺頭の三流有。謡に似たる物にて八嶋 高館 笈探など云名あり。

〔竈頭〕〇舞ハ諷に似たるものにて越前の幸若専門とす。幸若 笠屋 臺頭の三流有。

〔通解〕舞ハ、天正十年五月十九日、織田信長公 家康公を江刕惣見寺に招請し玉ひ、饗應の折から丹波梅若太夫 猿楽幸若八郎の舞あり。是も又伶人の行粧より出て、昔物語に音節を附る仕形舞 居舞のふたつあり。

【ひなびたる】

〔鈔〕又末摘花巻に、ひなびたり。岷江に注して、夷国《日本紀》ト有。私云、こゝは鄙にや。

〔可常〕(◎「源末摘花巻、ひなびたるハ、岷江注、夷〻国《日本記》有ト」と注記、「ひな」に「鄙ノ字にや」と更に注記)

〔菅菰〕ひなびハ鄙の字にて、いなかめきたる事也。

〔五視〕末摘の花巻にひなびたり。岷江に注して、夷夷国《日本紀》ト有。私曰こゝハ鄙にや。

【調子】

〔解〕宮商角徴羽。

【かしましけれど】

〔解〕喧花《ケンクワ》《カシマシ》、講闘《カイトウ》《カシマシ》ノ字也。源氏夕貞の巻に、鳴神より〳〵《ママ》も、おどろ〳〵しく、ふみとゞろかす、から臼の

音も、枕神《マヽ》と覚ゆ。あな耳かしましと、これにと（ぞ）おぼさるゝ。

【さすがに】

〔解〕「流石邊土の」私云、惣じてさすがといふは、人の才量有て、むつかしき、公事、私の世事にても、能とり捌《サバク》などしたるを、其人の器量をほめていふ処を、則、さすがといふ也。然らバ、余が愚案する処の故事にても、あたるべきや、後人の考へ給わん為に記し侍る。晋書、孫楚、少時、謂《テ》王濟曰《ク》、當枕石、漱流、誤云、漱石、枕流。濟《ガ》曰《ク》、非可枕流、石《ハ》非可《ニ》漱。楚《ガ》曰《ク》、枕《ハ》流《ニ》欲《スレバナリ》洗《ト》其耳《ヲ》。漱《ハ》石《ニ》欲《レバナリ》礪《ト》其歯。此《ノ》孫楚、王濟への答、當意即妙、博覧強記、凡人の及べきにあらず。されバ称して誤《ゴ》語《ゞ》《アヤマリノゴ》却て佳句を得たるといふべし。よく後世にも云《フ》、孫楚の雋才なればこそ、さすがに、言下の對妙ハ出しなんと、世挙て言ふ故に、流石を、さすがと唱ひ侍りたるにこそ侍ん。予管見《クワンケン》《クダヨリ天ヲ見ル》猶後人可《シ》考。

【邊土】

〔洗心〕邊土〕菅、前に註す。

【遺風忘れざるものから】

〔菅菰〕遺風ハ風義ののこるを云。からハ俗語のからにて、故と云如し。

〔洗心〕遺風〕菅、風-俗ののこるを云。

物から〕菅、俗語のからにて、故と云ごとし。

【殊勝】

〔菅菰〕殊勝ハコトニスグルト訓ズ。涅-槃-經諸-善-法《ヲ》最《モ》爲殊-勝《ト》、ト云リ。但《シ》日本ノ俗話ニ用ルハヤサシキ意也。

〔傍注〕ヤサシキト云心也。

〔洗心〕殊勝〕菅、コトニスグルと訓ず。涅-槃-経、諸善-法《ノ》《ヲ》最《モ》為《ス》殊-勝《ト》といへり。但、日本の俗語に用るハやさしき意也。

〔百代〕殊勝〕世俗やさしき事に用る詞とす。涅槃經、諸善法《ヲ》最為殊勝云ゝ。

〔歌枕〕○涅槃經諸善法最爲殊勝。

〔鼇頭〕○殊勝〕シュセウ。涅槃経ニ出せり。

〔二三〕塩竈明神

早朝《さうてう》塩がまの明神《みやうじん》に詣《まうづ》。國守《こくしゆ》再興せられて、宮柱《みやばしら》ふとしく、彩椽《さいてん》きらびやかに、石の階《きざはし》九仞《きうじん》に重《かさな》り、朝日あけの玉がきをかゝやかす。かゝる道の果《はて》塵《ちん》(塵)土《ど》の境《さかひ》まで、神霊《しんれい》あらたにましますこそ吾《わが》国《くに》の風俗なれと、いと貴《たふと》けれ。神前に古き宝燈有《はうとうあり》。かねの戸びらの面《おもて》に、文治《ぶんち》三年和泉《いづみの》三郎奇(寄)進と有。五百年来の俤《おもかげ》、今目の前にうかびて、そゞろに珎(珍)し。渠《かれ》ハ勇義忠孝の士也。佳命《かめい》今に至りてしたハずといふ事なし。誠《まことに》人能《よく》道を勤《つとめ》、義《ぎ》を守《まもる》べし。名もまた是《これ》にしたがふと云《いへ》り。日既《すでに》午《ご》にちかし。船をかりて松嶋《まつしま》にわたる。其間《そのあひ》二里餘。雄嶋《をじま》の礒《いそ》につく。

【塩がまの明神】

〔鈔〕 或説、能因哥枕ニ云、塩竈宮、此神ハ田村將軍討東夷之時五万八千人の兵粮を炊たる竈なり。又チカノシホガマト云と。

〔可常〕（◎「或曰、能因哥枕ニ出、此宮ハ田村將軍討東夷之時五万八千人ノ兵粮ヲ炊タル竈也。又チカノ塩ガマト云」と注記）

〔菅菰〕 塩がま明神ハ則ちしほがまの浦に立。祭ル神味《アジ》耜高《スキタカ》彦《ヒコ》根《ネノ》命。當國ノ一ノ宮ナリ也。相傳フ當社ノ明神始テ鹽(塩)ヲ製スルコトヲ教ヘ玉フト。

〔傍注〕 祭神味スキ高彦根命ニテ一ノ宮ナリ。相傳、コノ神始テ塩ヲ制スルコトヲオシユト。

〔**解**〕　神社考云、一條院ノ時、中将実方、徃奥州、尋阿古屋松。塩竈明神、化テ翁ニ、告テ中將ニ曰ク、阿古屋の松は、出羽国に有と云々。

〔**明和**〕　○塩竈の明神ハ祭神味耜高彦根命《アジスキタカヒコネノ》。当国ノ一ノ宮也。相ヒ傳フ、始テ塩を制する事を教給ふと。

〔**京大**〕　塩竈明神〕味耜《アヂスキ》高彦根命。当国一ノ宮也。

〔**五視**〕　或説、能因哥枕ニ云、塩竈宮、此神田村將軍討東夷之時五万八千人の兵粮を炊たる竈也。又、チカノシホガマト言ト。

〔**洗心**〕　塩がまの明神〕　菅、則塩がまの浦にあり。祭ル神味耜高彦根ノ命云々。相傳ふ、當社の明神始て鹽《ママ》する事を教へたまふと。○彼鹽竈といへるハ社頭より遥にへだてゝ市中わづかに引入たる所にあり。枚ハ四かとおぼゆ。藍瓶などの如、土にぬりこめ家根を覆へり。いづれ銕もて鑄たるものかと見ゆ。そこにも小さき社ありて此竈の事にあづかる所の祠官そこばく有。宗久紀行ニ云、日くるゝほどに塩がまのうらに行つきぬ。神躰はやがて塩がまにてわたらせ給ふ。御前に通夜しはべりぬ云々。

〔**註**〕　和漢三才圖彙　塩竈祭神味耜高彦根命、相殿(傳)徃昔當社始焼〔塩〕云々。猶塩竈明神事跡也。然共国守之神秘ナル故ニ語ラズト云ム也。塩焼始玉ふ遠津主を神とし祭るよし。猶神職ハ皆其神の臣なる事明なりと、神職長田氏何某の申。其臣ひとつ也。別當ハ真言宗 法蓮寺。祭礼、正月 三月 七月 二度。中にも三月ハ大祭とて国守より御名代、其外花馬行(列)、供廻り多くけいこするなり。宮士其外塩竈町中練物出ル。神領三百石、内百五十石ハ神領 寺領 社家中江田地、残百五十石ハ大明神江付テ有ト云。今拝殿三坐、右宮 左宮 中宮 鹿嶌 香取二坐 塩竈明神一坐也。

〔**百代**〕　塩竈明神〕當国一の宮也。三才圖會に、祭神味耜高彦根命、相傳、徃昔當社明神始テ焼塩ヲ云々。陸奥千鳥に、緒絶橋、今市村より壺の碑えの間に一ヶ所有。これ二ヶ所なり。此橋ハ六社の御前ニ有。塩竈六社御神一社に竈、宮作輝斗也。奥刕一の大社、さもあるべしといへり。

〔**歌枕**〕○鹽竈明神ハ當國一宮也。味耜《アジスキ》高彦根ノ命ヲ祭ル。此御神始テ鹽ヲ製スルル《ママ》コトヲ教玉フトナン。

〔**通解**〕袖中抄云、塩がまの宮、此神ハ田村将軍討夷之時、五萬八千人の兵粮をかしぎたる釜也。千賀の大がまとぞいふ云云。

*和漢三才圖會云フ、*鹽竈六所大明神在リ千賀ノ浦ニ。

*祭神、*味耜高彦根ノ命大己貴命ノ子事代主命ノ弟。*相傳、*往昔當社ノ明神始テ焼ク鹽ヲ云云。鎮座ノ時代未詳。*社領千四百石。

鹽松紀行ニ云フ、乃チ詣ヅ神廟ニ。石級危峻若ク縁ルガ堵ニ、喉喘《アヘギ》足枳ス。左*右石櫐櫐櫐級窮テ廟門*有リ閟《タカキコト》龍桷。虹梁暉(暉)映シ雲檝、繚垣彤髹廟宇。*巘山錞シ于江灣ニ、宮負ヒ山而壇(擅)ス焉。神ヲ曰フ塩彦ト。盇(蓋)上古ノ聖神煮テ海ヲ瞻ス民ヲ者、得ルヤ毋キコトヲ*東方漁鹽ノ之饒以此為始哉。乃チ天朝ノ祀典所載崇奉シテ及ブ鄰國ニ者宜ナリ矣。

〈洒本　和漢三才圖會ニ云フ　鹽竈六所　祭神　味耜高彦根ノ命　相ヒ傳フ　徃昔當社ノ明神　社領千四百石　右ノ石櫐　有リ閟《タカキコト》　巘巘山　東方〉

【国守】

〔**菅菰**〕國守ハ、仙臺(台)侯ナリ。

〔**洗心**〕國守〕菅、仙臺侯(侯)なり。

【宮柱ふとしく】

〔**鈔**〕先代旧事本紀祝言《ノット》本紀ニ曰、大八縁日高見之国《ヲホヤマトヒタカミノクニヲ》乎安國《ヤスクニ》与《ト》定《サダメ》盗奉兮《タテマツリテ》而下底《シタツ》盤根《イハネ》ニ于宮柱《ミヤバシラ》太敷建《フトシクタチ》下畧。

〔**可常**〕（◎「旧事本紀、太敷」と注記）

〔**菅菰**〕宮柱ふとしくハ、中臣《トミ》ノ祓ニ下《シタ》津磐《ツイワ》根《ネ》ニ宮柱ラ太《フト》敷《シク》立テ氐トアリ。

〔**傍注**〕中臣ノ秡ノ言葉也。

〔**京大**〕中臣祓ニ、下津磐根《シタツイハネ》ニ宮柱太敷立テトアリ。

〔**洗心**〕宮柱ふとしく〕菅ニ、中臣ノ祓ニ下津磐根ニ宮柱太敷立氐とあり。

〔**百代**〕宮柱〕中臣秡ニ下津磐根ニ宮柱太敷立氐ト云々。

〔**歌枕**〕○（補注「中臣秡ニ、下津磐根ニ宮柱太敷立テ」）

〔**鼇頭**〕○宮柱ふとしくハ、中臣の秡ニアリ。

【彩椽きらびやかに】

〔**鈔**〕彩椽タルキヲイロドル。

〔可常〕（◎「彩椽」に「たる木をいろどる也」と注記）

〔菅菰〕彩椽ハ、イロドルタルキト訓ズ。サイシキタル《ママ》タルキヲ云。何レモ宮社ノ荘嚴ヲ稱ズルナリ。

〔解〕「彩の椽奇羅美やかに」説文ニ、榱《スイ》《タルキ》也。彩椽ハ、丹青を以彩色したる社頭也。

〔明和〕○彩椽ハいろどるたるきと訓ず。何れも宮社の莊嚴を称する也。

〔京大〕（本文「彩椽」の左に「サイシキ也」と注記）

〔五視〕彩椽ハタルキヲイロドル。

〔洗心〕彩椽〕菅、イロドルタルキと訓ず。いづれも宮社の莊嚴を称するなり。

〔百代〕彩椽〕いろどり也。宮殿荘厳を云り。

〔鼇頭〕○彩椽〕サイヱン《ママ》。

〔通解〕彩椽ハ、説文、椽ハ榱《タルキ》也。左傳桓公十年、曰、宋以大宮之椽帰テ*為ス盧門之椽ト。註ニ圓ヲ曰ヒ椽ト、方ヲ曰桷ト。魯語丹ス桓宮之楹ヲ而刻ス其桷ヲ。彩椽ハ屋上の垂木を色どり染たるを云。

〈洒本　為ス盧門之椽ト〉

【石の階九仭に重り】

〔鈔〕九仭ハ枚多キを云とぞ。亦、孔安國がいへるには八尺ヲ曰仭トとぞ。

〔可常〕「九仭」に「枚多ヲ云。又、孔安国云、八尺曰仭」と注記）

〔菅菰〕仭ハ八尺ヲ云。サレドモ九仭ハ汎ク高キヲ云コトアリ。尚書ニ所謂《イハユル》爲ルコト山ヲ九仭、ノ類是ナリ。

〔解〕階〕ハ、廣員、梯也、又砌也ト在テ、かけはしの如し。段級在也。石階は高き石段の坂也。磴にひとしき也。「九仭」説文ニ、一仭ハ八尺ト。又、孟子に、掘井九仭。

〔明和〕○九仭ハ、仭ハ八尺をいふ。されども九仭ハ汎く高きを云事あり。尚書所謂爲ルコト山九仭の類也。

〔京大〕（本文「階」に「キザハシ」と振仮名）

九仭ハ高き事を云。（本文「仭」に「ジン」と振仮名）

〔五視〕九仭ハ枚多キヲ云。亦孔安国ガイヘルニハ八尺ヲ曰仭ト云トゾ。

〔洗心〕九仭〕仭ハ八尺をいふ。されども九仭ハ汎

く高きを云事有。尚-書ニ所-謂為《ルコト》レ山《ヲ》九-仞の類是なり。

〔**百代**〕階〕本字ハ堦也。説文ニ、階《ハ》梯也。如ニ梯之等異一也。又、切匀ニ、登《ル》レ堂《ニ》級也云々。

九仞〕八尺を仞と云。こゝにてハ、唯高きを云也。尚書ニ、所謂為レ山九仞ノ類也。

〔**歌枕**〕○禮祭義築レ宮仞有。三尺又度《ヲ》レ深曰仞。左傳仞ニ溝洫一。○孔-安-國云、八-尺曰レ仞。王-粛云、四-尺曰レ仞。鄭-玄云、七尺曰レ仞。○尚書為山九仞。

〔**鼇頭**〕○階〕キダハシ。

九仞〕キウジン。仞ハ八尺を云。

〔**通解**〕書ニ曰《ク》、為レ山《コト》《ヲ》九-仞。仞《ハ》八-尺也《ナリ》。

【あけの玉がき】

〔**解**〕万葉に〽みかさ山檜はら松原みどりなる色もてはやす朱のたま垣　九條右大臣

瑞籬、神垣、いがき、玉垣、皆同じ。

【塵土】

〔**鈔**〕こゝの塵土は和光同塵成べし。

〔**解**〕「塵土」塵界、邊土の地也。仏説云、佛地を浄土《ト》名付く。常に清浄にして、自然に、一切の雑穢なし。此《ノ》佛土に對して見れば、邊鄙の土地、境界は、塵埃雑穢多し。故ニ塵土と云。

〔**五視**〕こゝの塵土ハ和光同塵なるべし。

〔**洗心**〕塵土の境まで神霊あらたに〕菅ニ、和-光同-塵をいへり。

【神霊】

〔**歌枕**〕○大戴禮陽レ之精-氣曰レ神、陰レ之精-氣曰レ霊。

【風俗】

〔**菅菰**〕風俗ハナラハセヲ云。子-夏《ガ》詩《ノ》-序ニ、變《ジ》レ風《ヲ》易《フ》レ俗《ヲ》。

〔**京大**〕（本文「風俗」の右に「神国ノ」と注記）

〔**洗心**〕風俗〕菅、ならハせをいふ。子-夏《ガ》詩《ノ》-序ニ、変《ジ》レ風《ヲ》易《フ》レ俗《ヲ》。

〔**百代**〕風俗〕ならハせと訓ず。子夏が詩序ニ、変レ

風易ヲレ俗ヲ云々。

〔竈頭〕○風俗ハならはせを云。子夏ガ詩の序ニ、變風易俗云々。

【神前に古き宝燈有】

〔鈔〕火袋を燈室と云を以かく書れしにや。一基見上るばかりの立灯篭なりと。

〔可常〕（◎本文［宝燈］の右に「火袋ヲ燈室ト云故ニヤ」、左に「一基見上ル斗ノ立灯篭ト」と注記）

〔解〕社頭、宝前にかけたる銅燈籠也。今世に残れり。戸びらハ扉の字也。

〔五視〕火袋を燈宅《ママ》ト云を以かく書れしにや。一基見上る斗の立灯篭なりと。

〔洗心〕寶燈〕燈ハ塔の誤写ならんといへるもあれど非なり。全-體南-蛮-銕にて足なし。蓋ハ近-世寄-進せしものにて、銅をもて宝-篋-印-塔のごとくつくれり。足あるを錠といひ、足なきを燈といへるよし。同-社の祠-官藤」塚知」明、詩-哥を賦してよく辯じたり。こをもてその證あきらか也。

〔通解〕松嶋賦にかな燈篭とあり。名所圖繪、奥劦一宮鹽釜社内和泉三郎寄進鐵燈之全図云、世傳曰、南蠻鉄也。従燈頭至燈根九尺二寸、廻六尺二寸五分、礎高二尺八寸五分。扉之表、奉寄進文治三年七月十日和泉三郎忠衡敬白と書す。塩釜神社の社内西南の隅にあり。今ハ燈扉の朽損るを恐るゝが為に神庫に収むといへり。故に今ハ見る事かたし。今ある処の燈のふたハ寛文年中仙臺町家堺屋宗心といへるが再造也云云。


【文治三年】

〔菅菰〕文-治ハ後鳥」羽ノ院ノ御宇ノ年號ナリ。
〔傍注〕後鳥羽帝年号。）
〔明和〕○文治ハ後鳥羽ノ院の御宇の年号也。
〔京大〕（本文「文治三年」の左に「御鳥羽院御宇」と注記）
〔洗心〕文治三年〕丁-未ハ乃チ後鳥」羽帝の四-年なり。
〔百代〕文治〕後鳥羽院御宇に当れり。

【和泉三郎奇進】

〔菅菰〕和」泉ノ三-郎、名ハ忠」衡、秀」衡ガ三男ニテ

下ニ詳ナリ。

〔**傍注**〕忠衡ト云。此年秀衡死スト云。奇ハ寄ノ誤ナリ。

〔**解**〕秀衡が嫡子西木戸太郎国衡、次男和泉《伊達カ》次郎泰衡、三男和泉三郎忠衡、四男本吉冠者高衡也。

〔**明和**〕和泉ノ三郎〕名ハ忠衡。秀衡が三男也。此年秀ひら死すと云。

〔**京大**〕秀衡三男和泉三郎藤原忠衡。

〔**洸心**〕和泉三郎〕菅ニ、名ハ忠衡。秀衡ガ三男にて下に詳也。

奇進〕菅、奇ハ寄の誤写也。

奇進と有〕右の扉半月の透シありてその右ニ寄進、左の扉日輪の透シ有てその左に文治三年七月十日和泉ノ三郎敬白。また扉の背面に奥州鎮守一宮塩竈太前鐵燈一基とあり。はた近世祠官社僧の争論より事発りて、此扉を神庫にふかく藏めて、親しく見ることあたハず。をしむべきにや。

〔**百代**〕和泉三郎〕秀衡の三男忠衡是也。此年父秀衡卒す。

〔**鼇頭**〕○秀衡ガ嫡子錦木戸太郎 伊達次郎を始として一族叛逆し義経を攻む。忠衡一人義経ニしたがひ高舘ニて戦死す。父の遺命を守りて義つねを捨ざる孝也。よし経ニ仕るハ忠也。兄ニそむきてしたがふハ義也。戦死ハ勇也。此忠ヒラハ和泉三郎也。

〔**通解**〕*記ニ曰、文治五年三月有リ二義経征伐之詔一。伊達泰衡乍背キ二父命ヲ一、反心欲スレ弑ント二義経ヲ一。其弟泉三郎忠衡不レ従固ク諫ムレ之。泰衡怒テ殺ス二忠衡ヲ一。年二十三。

〈洒本 記曰〉

【五百年来の俤】

〔**元禄**〕文治三丁未歳ヨリ元禄二己巳マデ五百三年ニ及ブ。

【そゞろに珎し】

〔**鈔**〕駐メテレ車ヲ坐ソゞロニ愛ス楓林ノ晩 杜牧。伊勢物語に、みちのくまでそゞろに行てと云ハ、心ならず也。

難波がた芦火たく屋に宿かりてそゞろに袖のしほたるゝかな

〔**可常**〕駐テレ車坐ソゞロニ愛ス楓林ノ晩 杜牧

（◎「伊セ物語ニみちのく迠そゞろに行てト有。心ならずト也」と注記）

新古〽難波泻芦火たくやに宿かりてそゞろに袖のしほたるゝ哉　俊成

〔解〕五百年来の古物、弥玩すべきとの心也。

〔元禄〕明李夢陽詩、一花復一花坐見歳年易。注云、坐《ソゞロハ》不覚也。字注ニ、ソゞロハ心ニ緒ナキノ皃。

〔五視〕駐《メテ》レ車坐《ソゞロニ》愛《ス》楓林《ノ》晩。

伊勢物語ニ、みちのくまでそゞろに行てと云ハ、心ならずなり。

難波がた芦火たく屋に宿かりてそゞろに袖のしほたるゝ哉

〔鼇頭〕○坐〕ソゞロ。倉卒ニあらず。

【渠ハ勇義忠孝の士也】

〔菅菰〕勇義忠孝の士とは、按ずるに、義經奥州に居給ふうちに秀衡死す。こゝにおゐて、嫡子錦戸太郎 次男伊達次郎を初として、一属こと〲く叛逆して義經を攻む。忠衡ひとり義經にしたがひ高館にて戦死すと云り。猶下に詳なり。夫レよく父の遺命を守りて義經を捨ざるハ孝也《ナリ》。よく義經に仕るは忠なり。兄にしたがハずして義經に従ふハ義也。終に戦死するハ勇なり。

〔解〕渠ハ、説文ニ云、呉人呼レ彼称《ス》ト云〻。勇義ハ、子路曰君子死《トモ》不レ墜レ冠といふ心也。忠孝ハ、孝經云、孝子事レ親有レ三始ニ於事レ親於事レ君終《リ》ニ於立レ身孝《ハ》此三支《ヲ》兼《タリ》。

〔京大〕義經奥州ニ行玉ふ時、嫡子錦戸太郎 次男伊達治郎一属叛逆シ、忠衡一人ハ忠也。

〔洗心〕勇義忠孝の十〕菅ニ、按るに、義經奥州に居給ふうちに秀衡死す。こゝにおいて嫡子錦戸太郎 次男伊達次郎を初として、一属こと〲く叛逆して義經を攻む。忠衡ひとり義経にしたがひ高館にて戦死すといへり。夫よく父の遺命を守りて義経を捨ざるハ孝なり。よく義経に仕るハ忠也。兄に従ハずして義経に従ふハ義也。終に戦死するは勇也。

〔百代〕勇義忠孝〕義經奥刕在居のうち、秀衡死。次嫡子錦戸太郎 次男伊達次郎を始め、叛逆して義經を

攻む。三郎獨リ是にくミせず、父の遺命を守り、義經を捨ざるハ忠也。孝也。兄にしたがハざるは義也。終に戦死せしハ勇也。

〔**歌枕**〕○父の遺命を守ハ孝也。義經に仕て忠也。兄に従ハず義經に従は義也。戦死するは勇也。

【佳命】

〔**鈔**〕（本文「佳名ならん。写誤にや」と注記）

〔**可常**〕（◎［命］に「名ノ誤寫カ」と注記）

〔**菅菰**〕佳ハ善也。佳‐名は聞ヱノヨキヲ云。

〔**解**〕佳命《名カ》、美命《名カ》、喜命《名カ》、と云ふごとし。

〔**元禄**〕（本文「佳名」とし、「名」の右に「イニ命」と注記）

〔**明和**〕（本文「佳命」の「命」の右に「名歟」と注記）

〔**五視**〕佳命〕佳名ならん。写誤にや。

〔**洗心**〕佳命〕菅ニ、命ハ名‐字の誤寫なるべし。佳ハ善‐也。佳‐名は聞えのよきをいふ。

【人能道を勤義を守べし。名もまた是にしたがふ】

〔**鈔**〕名又隨フレ之。此四字、韓退之進学解ニ出ト。竜‐門原‐上ノ土ニ埋メドモレ骨ヲ不レ埋マレ名ヲ。白氏文集。

〔**可常**〕（◎「名又隨之。韓退之進学解ニ出ルト」と注記）

白氏、竜‐門原‐上ノ土、埋トモレ骨不レ埋レ名。

〔**菅菰**〕勤ハ疑クハ勵ノ字ノ誤ナルベシ。七‐書ノ六‐韜ニ、勵テレ道ヲ可シレ操ルレ義ヲ。名モ‐亦タ従フレ之ニ、ト云リ。

〔**傍注**〕疑くハ励ノ字ナラン。六韜ノ文也。励道可操義名亦従之。

〔**元禄**〕孝経曰、立身行道揚名於後世。又云、行成於内而名立於後世矣。

〔**明和**〕○勤ハ疑くハ勵の字の誤なるべし。七書六韜ニ、勵テレ道ヲ可レ操ル義ヲ。名モ亦従フトレ之ニと云り。

〔**寛政**〕勤ハ疑クハ勵ノ字ノ誤ナルベシ。七書六韜ニ、勵道可操義名亦従之。

〔**五視**〕名又随之。此四字、韓退之進学解ニ出ト。竜門原上ノ土ニ埋レ骨不レ埋レ名　白氏文集。

〔**洗心**〕誠人能道を勤義を守るべし名もまた是にしたがふ〕菅ニ、勤ノ字疑らくハ励ノ字の誤りなるべし。七‐

書ノ六ー韜ニ勵ミレ道ヲ可シレ操ルレ義ヲ。名モ亦従フレ之ニといへり。

〔百代〕 名もまた〕 六韜ニ、勵テレ道ヲ可レ操レ義。名モ亦従之云。

〔歌枕〕 ○[六韜]励ミレ道可レ操レ義。名モー亦従レ之。

○[海道記][竹取物語]の事を書る段に、〽すべてむかしも今も好女ハ国をかたぶけ人をなやます。つゝしんで色にふけるべからず。

〔永機〕 七書六韜ニ、厲道可操義。名又従之。

【日既午にちかし】

〔菅菰〕 午にちかしハ、昼にちかき也。

〔洗心〕 午にちかし〕 菅ニ、昼にちかき也。

【船をかりて松嶋にわたる】

〔菅菰〕 松しまハ、又杰（松）がうら嶋共よめり。

後撰集音にきく松がうらしまけふぞ見るむべ心ある蜑はすミけり 素性法師

〔傍注〕 宮城郡。

〔洗心〕 松嶋〕 菅、松ー島ハ松が浦しまともよめ〔り〕。

後ー撰ー集〽音にきく松がうらしまけふぞミるむべ心あるあまはすミけり 素ー性

〔下露〕 八日加右衛門より状、塩竈治兵衛。九日松嶋。同人より状、久之助、と曽良日記ニ有。

〔鼇頭〕 ○松島ハ松がうらしまとも。

〔通解〕 詞花集 元輔、

松しまや礒かくれぬるあしたづのをのが様〴〵見えし千代かな

拾葉抄云、松嶋ハ仙臺の東にあり。松が浦嶋ともいふ。天下無双の景地なり。此所に五坊あり。其随一を松嶋山陏（瑞）岩寺と号す。

按るに、松しまと松が浦しまとハおのずから別なり。混雑すべからず。名所圖繪、奥州仙臺宮城郡松ヶ浦嶋眺望の全圖云、松が浦しまハ、千賀の浦を去事二里余、松が濱にあり。其佳境絶景松しまにおとらず。昔より嶌の上に藤ありて倖名を得たり。今にいたる迄毎春盛なり。漁家多くして捕魚を以て業とす。此濱の南ハ断岸千尺、長湾数仭、荒浪奔騰、皚〻として石礒の松が根にそゝぐ。山頭を御殿崎と称す。国君観眺の場なり。

是より望めバ北隅 南方 西闕 東隈（涙） 盡く吟眸に入る。其地ハ七ツ森 和泉岳 仙臺城 盤山 或ハさゝやの闕 不忘の山および名取 亘理 伊具 宇多 相馬の諸山等なり。歌人松が浦嶋の古歌を以て松島の古歌とす。是其実地をふまざるの論なり。たとへバ松嶋の景ハ西子が眠りの如く、松が浦嶋の景ハ西子の覚る時の如し。豈一様の詠觀となすべからず。

新古今集春下　後嵯峨帝御製、

心ある漁人やうへけん春ごとに藤咲かゝる松がうらしま

後撰集　素性法師、

音にきく松がうらしまけふぞ見るむべ心ある海士ハ住ける

續後撰集　藤原光俊、

降つもる雪ふきかへす汐風にあらはれわたる松がうらしま

図中、海中に釜石　鯛生石　鴻の寄　其外巌石多く見へたり。

【雄嶋の礒】

〔鈔〕　新古今　立かえり又もきて見ん杢嶋や雄嶋の苫屋なみにあらすな　俊成卿

〔可常〕　新古　〽立かへり又もきて見ん松嶋や雄嶋の笘やなみにあらな（すな）ん　俊成

〔菅菰〕　雄嶋はもと御嶋と書り。下の見仏聖の解にくわし。両所ともに宮城郡の名所にて證哥ハはじめにしるす。其外古哥多し。雄嶋のミを詠る哥ハ、千載　見せばやなをじまのあまの袖だにもぬれにぞぬれし色はかハらじ　殷富門院大輔

〔傍注〕　モト御嶋ト書ク。宮城郡。

〔解〕　新古今　松がね〔の〕おじまが礒のさよ枕いたくなぬれそあまの袖哉《ママ》　式子内親王。後又出ス。新古今　〽立かへり又も来て見ん松嶌や小嶋の苫屋波に荒らすな　俊成。又、新續古今　〽波かゝる小嶋が礒の梶枕心して吹け八重の汐風　有家。又、後拾遺　〽まつ嶋や雄嶋が礒にあさりせしあまの袖こそ斯はぬれしか　重之。又、新勅撰　〽松嶋や小嶋が礒の夕霞たなびきわたる蜑のたくなわ　親隆。

是等を考レバ此礒ハ海にさし出たり。

〔**元禄**〕　※○雄嶋〕

後撰　松嶋やを嶋の礒にあさりせし蜑の袖こそかくハぬれしか　源重之

新勅　まつ嶋や雄嶋が崎の夕霞たなびきわたせ蜑のたく縄　前参議親長

新後撰　松嶋やをじまの礒による波の月の氷に千鳥鳴なり　イ御製　俊成

續千　長閑なる春の光にまつ嶋やをじまのあまの袖やほすらん　後京極

千首　まつ嶋や雄嶋のあまのひまとへバいさりに出ぬ月のひと比　為尹

夫　沖つ風やゝ寒からじまつ嶋やをじまの浦に千鳥鳴也　季廣

千　ミせばやなを嶋の蜑の袖だにもぬれにぞぬれし色ハかハらず　殷富門院大輔

松が根を（の）をじまが礒のさし（よ）枕いたくハ（な）ぬれそ蜑の袖かハ　式子内親王

新古　心ある雄嶋のあまの袂哉月やどれとハぬれぬ物から　宮内卿

同　秋の夜の月やをじまの天の原明がた近き沖のつりぶね　家隆

玉　夜舟こぐせとの塩あひに月冴てを嶋が礒に千鳥しば鳴　勝命法し

續千　波かくるを嶋の苫や秋をへてあるゝもしらず月や澄けん　国助

風　明わたる雄嶋の松の木の間より雲にはなるゝ蜑の釣舟　家隆

新續古　波かゝるをじまの礒の梶枕心して吹け八重の汐風　有家　※

〔**明和**〕　○雄嶋ハもと御嶋と書り。両所ともに宮城郡の名所也。

〔**京大**〕　見せバて（や）な　殷富門院大輔。御嶋ト云。

〔**五視**〕　新古今　立かへり又もきて見ん松しまや雄嶌のとまやなみにあらすな

〔**洗心**〕　雄嶋が礒〕　苫ニ、もと御一嶋と書り　下の見仏聖の觧に委し。

両所とも宮城郡の名所にて、證哥ハはじめにしるす。其外古哥多し。　雄－島のミを詠る歌ハ、千－載－集〽ミせばやなをじまの蜑の袖だにもぬれにぞぬれしいろはかハらじ　殷－富－門－院ノ太（大）－輔。

〔註〕　明わたる小嶌の松の木間より雲にはなるゝ海のつりぶね　家隆

嵐ふく雄嶌が礒の濱ちどり岩うつ波に立さハぐなり　俊頼

頼とも此嶌に御舟を付玉ひしより御嶌とも書と、風流の世人申なり。

〔百代〕　雄島〕　千載　殷冨門院太（大）輔、見せばやなをじまのあまの袖だにもぬれにぞぬれしいろハかはらじ

〔鼇頭〕　〇雄島〕　御島トモ。

〔通解〕　小嶋ハ此礒《イソ》のめぐりにある小さき嶋をさしていふ也。古歌にをじまの礒といへり云云。

後拾遺集、源重之、

松嶋やをじまの礒にあさりせしあまの袖こそかくハぬれしか

鹽－松紀－行ニ云フ、既ニシテ而*蒼翠鬱－盤迎－接スル者ヲ為シ二雄島一ト、為シ二福－浦－島一ト、為ス二五－大－堂一ト。松－樹*翳－虧－堂宇隠－見、嶄－然雄二視ス諸島一ヲ。乃チ停レ船陟ル二雄島一ニ。*崩岸峭－壁、巘－路*縈回ス。乃チ天－仁中、高－僧見－佛栖－禅之地。道聲上－聞、帝賜リ二寶器一ヲ以テ旌二－異ス之一ヲ云云。

〈洒本　蒼－翠鬱－盤　翳－虧堂－宇　崩－岸　縈－回ス〉

〔二四〕松島

抑《そもそも》ことふりにたれど、松嶋《まつしま》ハ扶桑《ふさう》第一の好風《かうふう》にして、凡《およそ》洞庭《とうてい》西湖《せいこ》を恥《はぢ》ず。東南より海を入《いれ》て、江《え》の中三里、浙江《せつかう》の潮《うしほ》をたゝふ。嶋《しま》〳〵《じま》の枚（数）を盡《つく》（尽）して、欹《そばだつ》ものハ天を指《ゆびさし》、ふすものは波に匍匐《はらばふ》。あるハ二重《ふたへ》にかさなり、三重《みへ》に畳《たた》ミて、左にわかれ、右につらなる。負《おへ》るあり、抱《いだけ》るあり、児孫愛すがごとし。松の緑こまやかに、枝葉汐風《しえふしほかぜ》に吹《ふき》たハ（わ）めて、屈曲を（お）のづからためたるがごとし。其気《そのけ》色窅然《しきえうぜん》として、美人の顔《かんばせ》を粧《よそほ》ふ。ちはや振《ふる》神のむかし、大山ず（づ）ミのなせるわざにや。造化《ざうくわ》の天工《てんこう》、いづれの人か筆をふるひ詞《ことば》を盡《つく》（尽）さむ。

【抑】

〔鈔〕そも〳〵は言葉改て又語を発す文字とぞ。

〔可常〕（◎「詞改テ語発ス」と注記）

〔菅菰〕抑ハ和文にてハ扨といふ詞の重きものにて、發端に用ゆ。漢語の抑とは義異なり。

〔傍注〕發端ノ言ニテ扨ト云心ノヲモキ也。此段ノ文ニ抑ト冠セシハ、伯夷ノ列傳ノ初メニ夫レト置シ如ク、松シマヲ殊ニ称センガタメ、此一段シバラク賦ノ体トナルユヘニ、抑トオキシ也。

〔解〕抑〕助語辞云、抑ハ有二還是之意一、如レ診《ヲスガ》レ脈、以レ指按、抑究メ三其所二以然一、文公又有レ云、反語ノ辞、略反二上之文旨一ト云。和文作る人誤て、発語と心得た

るもの多し。俗意也。抑ハ前段を請て、反語して、述出す事也。されば、還て、是を、心ありとも、又脉をおして、指《ビ》にて、其病源を知るともいへり。猶文公は、略上の文の趣意を反し云とも釈《ス》。

〔明和〕○抑ハ和文にてハ扨といふ詞の重《キ》ものにて、發端に用ゆ。漢語の抑とハ義戻也。

〔京大〕（本文「抑」の右に「扨也」と注記）

〔五視〕抑ハ言葉改て又語を発す文字とぞ。

〔洗心〕抑」萱《ニ》、和語にてハさてといふ詞の重きものにて発端に用ふ。漢語の抑とハ義異也。○ある人の書る謡ー曲の解に、はじめしかぐの事ありて其後にさてと、又事を発す處に用ひ來れるよし。ひたすらの發語に用ふるハ非也とハいへり。

〔歌枕〕○抑ハアクルの字義にて古より發語に用来れるにや。

〔鼇頭〕○松島ハ日本第一ノ風景なれバ是を称せんがためニ首ニ抑ノ字を置て端を改められしハ、史記列傳の始伯夷傳の首ニ、夫の字有が如し。凡て翁の文巧なるニ眼を付べし。

【ことふりにたれど】

〔萱菰〕ことふりにたれどハ事舊(旧)《リ》たれどにて　俗に古めかしきと云が如し。中のにハ助辞なり。

〔解〕にハ助字也。哥、波間より見へし景色ぞかハりぬる雪ふりにたる松が浦嶋。此ふりにたるのに、心同じ。

〔明和〕ことふりにたれどハ、中のにハ助字也。

〔京大〕（本文「ことふり」の右に「事旧」と振漢字）

〔洗心〕ことふりにたれど」萱《ニ》、事」舊《リ》たれどにて、俗に古めかしきと云がごとし。中のにハ助ー辭也。

〔百代〕ことふりにたれど〕にハ助辞也。事旧りたりとなり。

〔歌枕〕○「つれぐ草」いひつゞくれバ、げんじ物語枕草子にことふりにたれど。

【松嶋】

〔解〕文段(談)に、松が浦嶋、雄嶌、同礒崎、難(籬)嶋、同渡、海、同所と云ゝ。

後拾遺　松嶌や雄嶋が礒にあさりせし蜑の袖こそかく

ハぬれしか　重之。又、詞（花）巻集〔松嶋の礒にむれゐる芦田靍のおのがさま〴〵見へしちよ哉　元輔。又、新後撰　有明の月に夜舟を漕行ヶば千鳥鳴也松嶋の浦　顕昭。同橋　ふミわけて渡りもやらぬ紫の藤波かゝる松嶋の橋　民部卿忠孝。

〔**元禄**〕※○松嶋〕

詞　まつ嶋の礒にむれゐる芦たづのおのがさま〴〵見えし千代哉　元輔

新古　松嶋や塩汲蜑の秋の袖月ハ物思ふならひのミかハ　長明

續後選《ママ》　松しまや蜑の笘屋の夕雰に塩風寒ミ衣うつ也

律師公猷

新後撰　やミ路にハ迷ひも果じ有明の月まつ嶋の人のしるべに　蓮生

玉　便ある風も吹やと松嶋によせて久しき蜑のはし舟

清少納言

新續古　つれなくも今ハ何をか松嶋やをしまぬ老の波を重て　実助　※

〔**明和**〕○松嶋ハいづれの嶋も松樹斗にて他木なし。故に第一となす。

〔**寛政**〕後撰　音にきく松が浦嶋けふぞ見るむべ心ある蜑ハすミ鳧

松島ハ日本第一の景地なれバ、殊に是を稱せんがため文法をかへてしばらく賦の体となる。翁の文に巧なるこれ等の事に目を付て能〱考見るべしとぞ。

〔**通解**〕和漢三才圖繪ニ云フ、*松嶋、海ー中有*小嶼（嶼）數百。曲ー洲環ー浦奇峰異石實ニ是レ天下ノ絶景而其ノ嶌*曳（或）似二地ー蔵毘ー沙ー門二ーー王大ー黒恵ー美ー酒布ー袋等ノ之像一ニ。或ハ肖タル二大ー皷屏ー風甲ー冑等ノ之形一ニ者ノ*不二悉ク記一。雄《スサ》《ママ》嶌*籬《マガキ》嶌*千ー貫嶌*松嶋殊ニ名高シ。故ニ以テ二松嶋ヲ一為ス二惣ー名ト一。買ヒレ船ヲ来ジ二小船ニ一、巡ー廻*遊宴ン、凡ソ不レル經二*十餘日ヲ一者ハ不ル一盡ク見一者ナリ也。有レ寺號ス二瑞岩寺ト一。記ス二于前ニ一。古人歌あり。

松しまやをじまのあまの袖だにもぬれにぞぬれし色ハかはらず

いさり舩まがきがしまのかゝり舩色見へまがふとこ

夏の花

〈洒本 松‐嶋 小嶼 或似 不《ズ》㆓悉《ク》記《サ》㆒ 籬‐嶌 千‐貫‐嶌 松‐嶋 遊‐宴《シ》 十‐餘日〉

【扶桑第一の好風】

〔**鈔**〕 扶桑〕 山海経 淮南子 東方朔《ガ》十洲記等の論判繁重なれバ爰に畧す。好風ハ風土を下略し、致景を云ならん。

〔**可常**〕（◎〔扶桑〕に「山海經 淮南子 十洲記等論繁略爰」、〔好風〕に「風土《ノ》下略。致景ヲ云ナラン」と注記）

〔**菅菰**〕 扶桒はいにしへより日本の異名に用ひ来れ共、実ハ別に一國の名なり。淮南‐子《ノ》註《ニ》、扶‐桑《ハ》東‐方《ノ》之野《ナリ》也。楚‐辭《ノ》註《ニ》、扶‐桑《ハ》木‐《ノ》名。日出《ツ》㆓其《ノ》‐下《ヨリ》㆒。和‐漢三‐才‐圖‐會《ニ》、扶‐桑‐國《ハ》在《リ》㆓大‐漢‐國《ノ》東《ニ》㆒。其《ノ》‐土《ニ》多《シ》㆓扶‐桑‐木㆒。葉《ハ》似《テ》㆑桐《ニ》、實《ハ》如《シ》㆑梨《ノ》、ト云是ナリ。但《シ》コヽニテハ、俗ニ従テ日本ノコトト見《ル》ベシ。第一とハ、松嶋ハいづれの島も唯杢《（松）》樹のミにて他木なし。故に第一と称す。好‐風ハ、ヨキ風‐景ト云コトナリ。

〔**傍注**〕 別国ノ由、淮南子ノ注ニアレド、コヽニテハ日本ニ借リ用。

〔**解**〕 「扶桑」唐‐王‐維、仲麻呂、帰朝するを、送る詩あり。唐詩選、送㆔秘書日兆監還㆓日本㆒詩中、郷国扶桒《ノ》外、主人孤嶋《ノ》中、此對句より、後世の文人、日本を扶桒と称し唱ひたるべし。扶桒国《ノ》名、山海經、事林廣記等に出たれども、日本の称にあらず。

「第一好風」日本三景ハ、松嶋 天橋立 厳嶋。日本事考云、陸奥国松嶋ハ、此嶋之外《ニ》有㆓小嶋若干《ソコバク》㆒。殆《ド》如㆓盆池月‐波之景㆒。境地《ノ》佳《ナル》與丹後天橋立、安藝厳嶌、為三處奇觀云々。

〔**明和**〕 ○好風ハよき風景と云事也。

〔**五視**〕 好風ハ風土を下略し、致景を言ならん。

〔**洗心**〕 扶桑〕 菅《ニ》、いにしへより日‐本の異‐名に用ひきたれども、実ハ別に一‐國の名。○淮‐南‐子の説、用なし。

好風〕 よき風景といふ事也。

松嶋は扶桑第一の好風にして〉菅ニ、松嶋ハいづれの島も唯松ー樹のミにて、他ー木なし。故第一と称す。○此解さらに聞得がたし。もとより吾朝の三ー景と称するもの、松嶋天ノ橋立嚴島これ也。しかハあれど、そが中にもわきて此松しまこそ第一の風光なれとの意なるべきにや。又、この扶ー桑第一ノ好ー風といへる六ー字、いづれにも古ー文古ー詩の裁いれなるべし。

〔百代〕 扶桑〉 日本の一名也。事ハ、山海經 淮南子等に詳也。

〔歌枕〕 ○扶桑ハ「文献通考」「十州記」等ニハ別國ナレドモ、「山海經」「淮南子」ニヨリテ中古ヨリ日本ノ異名ニ用來レリ。

〔鼇頭〕 ○扶桒〉 フソウ。日本の異名ニ用ひ来リ。淮南子ノ注ニ東方ノ野也。三才図會ニ大漢国東ニ在。其土ニフソウ木多し。但、コ、ハ日本の事也。

【凡】

〔通解〕 凡ハ字書ニ皆《ナリ》也ト註ス。俗ノソウタイト云ニ同ジ。

〔明和〕 ○凡ハ字書ニ皆也と。俗のソウタイと云に同じ。

〔洗心〕 凡〉 菅、字書ニ皆也と註す。俗にそうたいと云に同じ。

〔歌枕〕 ○凡ハ字書ニ皆也トアレバ、スベテノ心ニテコ、ニ用タルベシ。

【洞庭 西湖を恥ず】

〔鈔〕 両所とも大明一統志に委しと。

〔可常〕 (◎「大明一統志ニ委シ」と注記)

〔菅菰〕 洞ー庭ハ中ー華ニ名高キ山ー水ノ地ナリ。洞ー庭ー湖アリ。一名大湖 半ハ潭ー州ニ屬シ、半バ岳ー州に屬スト云。西ー湖ハ鄂ー州ニ在ト。是等ノ風ー景ハ王ー弇ー州ガ四ー部稿及ビ熙ー朝樂ー事等ニ詳ナリ。

〔傍注〕 洞庭湖〉 一名大湖。半ハ潭州ニツキ、半ハ岳州ニツク。西湖ハ鄂州ニアリ。王弇州ガ四部稿マタ熙朝楽事ニ出ヅ。

〔解〕 張舜南録云、岳州洞庭湖、南ヲ名ク青草一。北名ニ洞庭湖一。所謂重湖也。西湖一統志ニ、杭及、穎、皆

有レ之。東坡連バ二守二州一と、世に知る所の、洞庭西湖の八景など、勝景にも恥べからずとなり。

〔明和〕○洞―庭〕半ハ潭―汾ニ屬シ、半ハ岳州ニ屬スト云。西―湖ハ鄂州ニ在ト。

〔京大〕（本文「洞庭」の右に「一名大湖」と注記）一統志ニ曰、西湖ハ中華ノ勝地。府城ノ西ニ在。三十里ニ廻ル。六丁一里ニテナルベシ。

〔洗心〕洞庭〕菅ニ、中―華に名高き山―水ノ地也。半バハ潭―州に屬し、半バハ岳―州に屬すといふ。

西湖〕菅ニ、鄂―州に在と。是等の風景ハ王―弇―州が四―部―稿及淵《ママ》―朝樂―事等に詳なり。

西湖を恥ず〕洞―庭ノ八―景西湖ノ十―境といふともや《ママ》ハ《ママ》か。此松島に優―劣すべからんやとの意也。

〔註〕洞庭西湖ハ中華の名所。和漢共、史に作る。

〔百代〕洞庭〕唐の岳汾府巴陵縣。府城の西南にあり。山水の勝地也。

西湖〕唐の杭汾錢塘縣。十景備る勝地也。

〔歌枕〕○洞―庭ハ在ニ岳―州―府巴―陵縣府ノ―城西南一。○西湖ハ在ニ杭―州錢―塘―縣一。

〔鼇頭〕○洞庭〕トウテイ。中華山水ノ勝地也。
○西湖〕セイコ。鄂汾ニ在ト。
〔通解〕洞庭ハ、大湖の中、山をなす事大小七十二、両洞庭なるもの是が冠たり。*餉（銷）宥夏灣なるもの洞庭の勝に於て最とすといへり。王世貞云、両山皆中空、真に洞庭なるかなと。又云、西湖は、浙江杭州府新城の西南にあり。無双の風景、人以て口実とす。洞庭湖も又無双の光景、湖廣武昌府の南にあり、江水のそゝぐ所也。大湖の洞庭山と同じからず。素丸翁、*東波（坡）西湖の詩を以て洞庭湖の風景の勝とす。恐らくハ混ずるにや。〈洒本　銷夏湾　東坡〉
〔通解追加〕洞庭〕半ハ潭州に属し、半ハ岳州に属す。
西湖〕鄂州にあり。

【浙江の潮】


〔鈔〕是亦一統志、滕王閣序ニ王勃云、襟トシ二三江ヲ一而帯タリト二五湖ヲ一。浙江ハ三江の中、洞庭ハ五湖也とぞ。

〔可常〕滕王閣序ニ、襟トシ二三江一而帯タリ二五湖ヲ一。

（◎［浙江］「ハ三江ノ中。洞庭ハ五湖也」と注記）

〔**菅菰**〕 浙－江ハ中－華三－江ノ一《ナリ》也。字－彙《ニ》云、浙－江《ハ》在《リ》㆓錢－塘《ニ》㆒、出《ツ》㆓歙－縣《ノ》玉－山《ヨリ》㆒。因《テ》㆔水－勢曲－折《シテ》激㆓－起《スルニ》湖－頭《ニ》㆒、故《ニ》曰《フ》㆓浙－江《ト》㆒ト。日－本九－州ノ西ニ當リ、日－本へ往－來スル海－船ノ港《ミナト》ニテ繁－華ノ地、且景－色無－雙ト云。其潮ヲ稱ズルモノハ、詩《ニ》盧－山《ノ》烟－雨浙－江《ノ》潮。未《ダ》㆑到《ラザレバ》千－般《スレドモ》恨不㆑休《セ》。到《リ》得《テ》帰《リ》來《レバ》無《シ》㆓別－事㆒。盧－山《ノ》烟－雨浙－江《ノ》潮。

○按ずるに、松島ハ日本に第一の致景の地なれバ、殊にこれを稱ぜんが為、此一段はしばらく文法をかへて賦の躰となる。故に首《メ》に抑の字を置て端を更《メ》申されしは、史－記《ノ》列－傳の始《メ》伯－夷《ガ》傳の首に夫の字あるが如し。翁の文に巧なる此等の事に眼をつけてよく〱考へ見るべし。

〔**傍注**〕 三江ノ一也。錢塘ニアリ。歙縣ノ玉山ヨリ出。日本九州ノ西、繁花ノ港也。

〔**解**〕 説文《ニ》云、江水東《ノ方》至㆓會稽山陰《ニ》㆒、為㆓浙江《ト》㆒。又云、増韻《ニ》、浙《ハ》者折也。水勢、曲折《シテ》、激㆓－起潮《ママ》頭㆒。故曰㆓浙江㆒。是等の事を以て、浙江の潮の冷まじう、激流、湧漲して、水勢の、曲折する景を、爰にたとへ、東南より海を入れて、江の中三里の潮勢をいへる筆意、言外に見合すべし。

〔**明和**〕 ○浙－江ハ三－江《ノ》一也。字彙《ニ》云、浙－江ハ在㆓錢－塘《ニ》㆒出㆓歙－縣《ノ》玉山《ヨリ》㆒因《テ》㆔水－勢曲折《シテ》激㆓－起《スルニ》湖頭《ニ》㆒故《ニ》曰㆓浙－江㆒。日本九州《ノ》西ニアタリ、日本へ徃－來スル海－船ノ港《ミナト》ニテ繁－華ノ地、且景－色無－雙ト云。其潮ヲ称スルモノハ詩《ニ》、盧－山《ノ》烟－雨浙－江潮。未《ダ》㆑到《ラザレバ》千般《スレドモ》恨不㆑休《セ》。到《リ》得《テ》歸－来《レバ》無㆓別－事㆒。盧－山《ノ》烟－雨浙－江《ノ》潮。

〔**京大**〕 （本文「浙江」の右に「中華三湖ノ一。日本九州ノ西」と注記）

〔**五視**〕 唐詩選、楼《ニハ》観㆓滄海《ノ》日㆒。門《ニハ》對㆓浙江ノ潮㆒。

〔**洗心**〕 浙江の潮〕 菅、中－華三－江《ノ》一也。字－彙《ニ》云、浙江《ハ》在《リ》㆓錢－塘㆒。出《テ》㆓歙－縣《ノ》玉－山《ヨリ》㆒因《テ》㆔水－勢曲－折《シテ》激㆓－起《スル》湖－頭《ニ》㆒故《ニ》曰㆓浙－江《ト》㆒。日－本九－州の西にあたり、日本へ徃来する海－船の港にて繁－華の

地、且景《ツ》色無双といふ。其潮を称するものハ、詩《ニ》、廬山《ノ》烟雨浙江《ノ》潮。未《ダ》《レバ》到《ラ》千般《スレドモ》恨《ミ》不《レ》休《セ》。到得《テ》帰《リ》来《レバ》無別事。廬山《ノ》烟雨浙江《ノ》潮。

△按るに、松嶋ハ日本に致景の地なれば殊に是を称せんがため、此一段ハしばらく文泑をかへて賦の体となる故に、首に抑《ノ》字を置て端を更《メ》申されしは、史記列傳《ノ》始《メ》伯夷《ガ》傳《ノ》首《メ》に夫の字あるが如し。翁の文に巧《ミ》なる此《レ》等の事に眼をつけて、よく〳〵考へミるべし。

〔**百代**〕 浙江〕 字彙《ニ》、在錢塘出歙縣王山《ママ》《ヨリ》。因水勢曲折《シテ》激起《ルニ》湖頭故曰浙江云。

〔**歌枕**〕 ○字彙浙江《ハ》在錢塘出歙縣《ノ》玉山。因《ノママ》水勢曲折《シテ》激起湖頭故曰浙江。

〔**鼇頭**〕 ○浙江〕 セツコウ。中華三江ノ一也。日本へ徃来する港也。

〔**通解**〕 *和漢三才圖會《ニ》云《フ》、浙江《ハ》當《ル》日本*九州之西。海上三百五十里而北隣《リ》南京《ニ》、東限《ル》海岸《ヲ》。其《ノ》地風景無双而*民家繁華。華倭相去《ルコト》無《シ》近《キハ》於此《ヨリ》。故《ニ》商人毎《ニ》出《シ》市舶《ヲ》徃來《スル》于日本《ニ》之《ノ》湊也《ナリ》云云。

〈洒本 和漢三才圖會《ニ》 九州之西《ニ》 民家〉

【嶋〳〵の数を盡して】

〔**解**〕 松嶋、嶋〻、百嶋あるよし、言傳ふ。依て、数を尽してと言成るべし。長久三年斉宮哥合、あさりするうき嶋めぐるあま人はいづれの浦かとまりなるらん

〔**洗心**〕 嶋〻の数〕 俗説には八百八洲ありといふ。凡此致景をつくさんとならバ、此所と塩がまのうらとのあハひなる海岸に大沢村、そこに海無量寺といへる禅院はべる。其しりへなる山荘にのぼりて海上を望むときハ、百千の嶋々目下にありて、はつかなる隈々までものこれる所あらざるよし、或人の云りし。

〔**百代**〕 嶋〳〵〕 陸奥衢に、枩嶋眺望五十七嶋四十八濱二十二浦三十一崎、外に金花山冨の山とあり。因云、平泉への海道より半里斗右《ニ》入て冨《ノ》山、登れバ寺あり。冨山大師寺といふ。此所より松嶋雄じま眼下

に見をろし、手もとらるゝ斗。松嶋を岡より見渡したるよりも増りて、国守も度〻登山のよし。心あらん旅人必尋て見るべしと、むつ千鳥下の文ニ見ゆ。

【攲ものハ天を指、ふすものは波に匍匐】

〔**鈔**〕二句の對に絶景を摂し、まのあたりに思ひはからるゝ。匍匐ハ詩経、匏有苦葉ノ篇、孟子、滕文公ノ篇ニ出。（頭注、「攲《ソバダツ》。攲ハ写誤欤。又改、不写誤ト」）

〔**可常**〕（◎「二句對。絶景ヲ摂し」と注記。〔攲〕の右に「ソバダツ」、左に「ナゲク」と振仮名。〔匍匐〕「ハ詩ノ匏有苦葉篇孟子滕文公ニ出」と注記）

〔**菅菰**〕此両句は嶋岩の形容なり。攲ハ或は倚と通ず。かたより立也。ふすハ伏ス也。匍ー匐ハ両手をつきてはらバふを云。詩ノ大ー雅ニ、誕ニ實ニ匍ー匐ス。

〔**解**〕攲ハ、説文、持シ去ル。廣員ニ不正也。又宗廟器也、又家語、孔子観ニ于周廟一、目テ二攲器一焉、使下ニ子路一取レ水試上之、滿則覆リ、中（時）トキハ則正、虚（時）トキハ則攲ク。又古詩、月落庭空影半攲ク。攲かたぶくと、訓じてよろし。文意は、攲器の如く、かたぶく物は、嶋なれども、天をさすが如く、臥が如き物は、はらぼふが如しと、例の句中の對也。匍匐、はらぼふと、訓ず。詩經、誕ニ實ニ匍匐シテ克岐サトリ克嶷モノ、注ニ云、匍匐ハ、兒ノ以レ手行也。

〔**明和**〕○攲ハ或ハ倚ト通ズ。カタヨリタル也。此兩ー句ハ嶋岩ノ形容也。

〔**寛政**〕（本文「匍匐」に「ハラボウ」と振仮名）

〔**京大**〕攲《ソバダツ》〕カタヨリタツ也。

〔**五視**〕二句の對に絶景を摸し、まのあたりに思ひはからるゝ。

〔**洗心**〕匍匐〕萓ニ、両手をつきてはらバふを云。詩ノ大ー雅ニ、實ニ誕ニ匍ー匐ス。

〔**百代**〕匍匐〕毛詩註ニ、兒以レ手ヲ行也トアリ。攲ものハ、ふすものハの両句、嶋岩の形容也。

〔**歌枕**〕（補注「詩大雅ニ云、誕實匍匐ス」）

〔**鼇頭**〕○攲〕ソバダツ。○匍匐〕ハラバフ。詩ノ大雅ニ見ユ。

【あるハ二重にかさなり、三重に畳ミて、左にわかれ、

右につらなる】

〔解〕是皆百嶋の風景変態也。

【負るあり、抱るあり、児孫愛すがごとし】

〔鈔〕西-嶽崚-嶒トシテ竦ヘテ處ルレ尊ニ一、諸-峯羅リ立テ似タリ二兒孫ニ一。杜律。

〔可常〕杜律、西-嶽崚-増(嶒)トシテ竦ヘテ處ルレ尊ニ。諸-峯羅-立似タリ二児孫ニ一。

〔菅菰〕杜-甫ガ望-嶽ノ詩ニ、諸-峯羅-立シテ似タリ二兒-孫ニ一。

〔傍注〕杜甫、望嶽ノ詩ニ、諸峯羅立シテ似児孫。

〔解〕前に波にはらぼふといふより、負る有、抱る有と續ケて、句中の對をなして、爰に児孫を愛すがごとしといひて、前段を結語したる筆法也。味ふべし。はらぼふとハ、小児の手を以て行といふ注にも叶ひて、翁の胸臆をもおもふべし。又、杜律ニ、望嶽詩、西嶽崚嶒トシテ竦テ處レ尊。諸峯羅立シテ似二児孫一。此詩の心は、西嶽の高きハ、祖-尊の如く、諸峯の連なりたるは、児孫に似たるとなり。翁は、杜律并ニ山家集を生涯枕とセし人なれバ、自然と、此事を思ひ寄せるも、理りなり。

〔明和〕○杜甫ガ望-嶽ノ詩ニ、諸-峯羅-立シテ似リ二兒-孫ニ一。

〔五視〕西岳崚嶒トシテ竦ヘテ処レ尊、諸峯羅リ立テ似二児孫一。杜律。

〔洗心〕児孫愛すがごとし〕菅ニ、杜-甫ガ望-岳ノ詩、西-嶽崚-嶒トシテ竦ェ處ルレ尊ニ。諸-峯羅-立シテ似タリ二兒孫ニ一。

〔百代〕児孫〕杜律、望嶽詩、諸峯羅立シテ似児孫云々。

〔歌枕〕○杜律諸-峯羅リ立テ似リ二兒-孫一。

〔鼇頭〕○児孫ジソン愛すが如し〕杜甫望嶽の詩ニ、諸峯羅立似児孫。

【松の緑こまやかに】

〔鈔〕堀川百首　塩風にみどりの色はまされどもうらさびにけり住よしの松　公實卿

〔可常〕堀百〽塩風に緑の色ハまされどもうらさびにけり住吉の松　公実

〔解〕玉葉集〽ふかみどり入江の松も年旧れば影さへともに老にける哉　躬恒

〔五視〕堀川百首　塩風にみどりの色ハまされどもうら

さびにけり住よしの松

〔通解〕松島賦云、法蓮寺ハ海岸に峙ち、老松影をひたし、花鯨波にひゞく。松のみどりこまやかに枝葉汐風に吹たはめて、とあり。

【枝葉汐風に吹たはめて】

〔解〕礒の松の偃蹇の侭に生たちたる躰也。

〔歌枕〕○［家語］南山ニ有レ竹不レ揉《タメ》自直。［荀子］蓬生二麻ノ中一不レ扶《タメ》自直トハ、イヅレモ曲レルヲ伸ノタメル也。サレド昔ヨリ直ナルヲタワメルコトヲモタメルト云来レリ。

【屈曲をのづからためたるがごとし】

〔菅菰〕ためるは揉扶矯等ノ字ヲ用ベシ。家語ニ、南山ニ有リレ竹、不ルニレ揉メ自ラ直シ、荀子ニ、蓬生ジ二麻ノ中一ニ、不レ扶メ自ラ直シ。又、矯ハ矢ヲタムルヲ云。

〔解〕「屈曲」は其枝の曲りくねりたる体なれば也。又字書撓スルモノハ二万物一莫レ疾レ風ヨリ。たわめる字也。

〔洗心〕ためたるが如し〕菅ニ、タムルは操《ママ》。扶。矯等の字を用ふべし。家語ニ、南山ニ有レ竹。不レ揉シテ自ラ直シ。○荀子ニ、蓬生ズ二麻中一ニ。不レ扶シテ自ラ直シ。

〔百代〕ためたる〕家語、南山有竹不レ操（揉）自直シ。又、荀子、蓬生麻中不扶自直シ、などあり。

【窅然として】

〔鈔〕窅〕字彙ニ深目也。又深遠ノ皃。和訓フカシ、トヲシ。（頭注「荘子外篇知北遊ニ、夫レ道ハ窅然トシテ難レ言イ哉」）

〔可常〕（◎「窅」字イニ深目也。又深遠也」と注記）荘外篇知北遊、〽夫レ道ハ窅然シテ難レ言ヒ哉。山中問答、李白、問レ余何ノ竟《ママ》栖《コト》二碧山一ニ。笑テ而不レ答心自ヲ閑テ。桃花流水窅然シテ去ル。別ニ有三天地ノ非二人間一。李白。

〔菅菰〕窅ハ字彙ニ深遠ノ貌ナリトス。

〔傍注〕深遠ノカタチ。

〔解〕「窅然」ハ説文ニ、窅ハ深目也、双ナランデ二穴中目一ニ、注に、深目ト訓ズ。

〔明和〕○窅然ハ深遠ノ貌。

〔寛政〕窅然〕深遠皃。

〔**京大**〕 窅《ヨウ》〕 メクボム。スグニミル形ナリ。谷沢等ノフカキ心。

〔**五視**〕 窅〕 深目ナリ。

〔**洗心**〕 窅然として〕 菅《ニ》、字‐彙《ニ》、深‐遠《ノ》貌とす。〇荘‐子ノ林‐註《ニ》、茫‐々又深‐奥《ノ》貌とあり。

〔**百代**〕 窅然〕 字書《ニ》、窅《ハ》深遠《ノ》皃、又、窅窊《ア》ハ曲《ル》皃とあり。又、荘子《ニ》窅然《トシテ》表《（喪）フ》二其天下一云々。

〔**歌枕**〕 〇窅〕 音杳《ヨウ》。深‐目也。又深‐遠《ノ》貌。〇然《ハ》語《ノ》辭。〇荘子希‐逸註窅‐然茫‐茫之意也ト有テ、感ズルコト驚キニヨツテ茫レタル体ヲ云。玄‐英法師曰、窅‐然者寂‐寥也。是深‐遠之名。

〔**鼇頭**〕 窅然〕 メイゼ《ママ》ン。深く遠き事也。

〔**通解**〕 荘子逍‐遙‐遊《ニ》云、*窅然《トシテ》喪《フ》二其天下一《ヲ》焉。註《ニ》、窅然《ハ》猶《シ》二悵然《ノ》一。〈洒本 窅‐然《トシテ》〉

〔**永機**〕 窅《ヨウ》〕 深遠ノ意

【美人の顔を粧ふ】

〔**菅菰**〕 美人の顔を粧ふとハ、東‐坡《ガ》西‐湖《ノ》詩《ニ》、欲《レバ》下把《テ》二西‐湖《ヲ》一比《セント》中西‐子《ニ》上、淡‐粧濃‐抹也《マタ》相《ヒ》‐宜《シ》、ト云此意ナリ。西子ハ西‐施ヲ云。越‐王勾‐践ノ臣范‐蠡ガ呉‐王夫‐差ヘ贈《リ》シ美人ノ名ナリ。淡粧濃‐抹ハウスクケハヒコクケハフヲ云。

〔**解**〕 王‐昌‐齢《ノ》詩、芙蓉《モ》不レ及二美人《ノ》粧一《ニ》。又、楊‐妃外傳云、虢‐国《ノ》夫人不レ施二粧粉一、自有二美麗一、常素面《ニシテ》朝二天子一《ニ》。すべて絶世の美人といふ時は、紅粉を以不粧して、美麗なるべし、されども、其上にも、美人の顔を又粧ふごとき、美景を増したる、松嶋の風景也、と称する文章也。又、袁中郎が、第五集《ノ》上五言律、送二李湘洲使一レ浙《ニ》、不レ言知レ向レ越、面上有二西湖一、同集第九、竹枝詞、恰似江頭娼女面、此詩等に基きて、松嶌の絶景を美人に比して、称する詞なるべし。

〔**明和**〕 美人ノ皃ヲ粧フトハ、東坡ガ西湖《ノ》詩ニ、欲二把《テ》二西湖《ヲ》一西‐子《ニ》比《セント》一。淡‐粧濃‐抹《ウスクケハイコクケハウ》也《マタ》相‐宜《シ》。

〔**洗心**〕 美人の顔を粧ふ〕 菅、東‐坡《ガ》詩《ニ》、欲《ス》下把《テ》二西‐湖《ヲ》一比《セント》中西‐子《ニ》上、淡‐粧濃‐抹也《タ》相‐宜《シ》、と云、此意也。

〔**歌枕**〕○東坡西‐湖《ノ》詩《ニ》、若把《トツテ》二西‐湖一比二西‐施一。淡‐粧濃‐抹兩《ラ》相‐宜《シ》。

〔**鼇頭**〕○〔顔〕カンバセ。美人ノ東坡ノ詩。

〔**通解**〕東坡西湖詩云、水光瀲灎晴更《ニ》好《シ》。山色朦朧雨亦奇《ナリ》。若《シ》把《テ》二西‐湖《ヲ》比《セバ》西子《ニ》一、淡粧濃‐沫*両《ナガラ》相《ヒ》宜《シ》。窅然として美人の顔を粧ふと云、即水光瀲灎の姿ならん。松嶋の景ハ西子が眠りの如くといへるも思ひ合ハすべし。〈洒本　両《ガラ》相《ヒ》宜《シ》〉

【**ちはや振**】

〔**鈔**〕ちはや振は神とつゞく枕こと葉、説〻有。別してハ歌道傳受の中、口傳とかや。

〔**可常**〕（◎「神ト続枕詞。哥道口傳也」と注記）

〔**菅菰**〕ちはや振とは、百人一首季吟抄にちはやふるとは神といハんとての枕詞也。此外いろ〳〵の説ありて用ざるよし、定家卿説也と云り。按ずるに此説埒なし。又神書には、千釼破と書て、素盞嗚尊《ソサノヲ》を神〻の攻給ふ時、尊の埋置給ふ千の釼を踏破り捨、終に尊をしたがへたまふなど、是亦さま〲の説有。予も管見の事あれども、其家にあらさる故にしばらくこれを舍《ク》。

〔**傍注**〕神ト云ン枕詞也。

〔**解**〕千早ふる神の昔と書く。神書の常言也。

〔**五視**〕ちハやふる神とつゞく枕詞ハ説〳〵有。

〔**洗心**〕千はや振神のむかし〕菅《ニ》、百‐人一‐首季吟抄ニ千はやふるとハ神といはんとての枕詞也。此外いろ〳〵の説あれども用ひざるよし、定家卿説也といへり。按るに此説埒なし。○又おのれが説をいハんとしていはず。是も埒なし。冠‐辭真淵ノ考《ニ》云、万‐葉一《ニ》、千‐磐‐破神‐曽著常《ゾツクトフ》云、巻ノ二‐十に知波夜夫流、神乎許等牟氣云〻猶いと多し。こは、いちハやぶる神てふ語なるを畧《ハブキ》きていへり。波ハ言‐便にて和の如く唱へ、夫ハもとより濁れり。故に夫の假‐字を用ひ、破《ル》と借てかき、辞の意も濁るべき也、と云〻。然れバ此辞を万葉にハさま〲書つれど、たゞ崇《タヽ》ハしく着き神てふ意なるをしるべし、と云〻。是にて考へしるべし。

〔**百代**〕ちはやふる〕神といはん枕辞也。神書ニハ千剣破と書。いろ〳〵説あり。道のしをり 冠辞考等に委し。

〔**歌枕**〕○ちはやふる〕神の枕詞にて秘傳也。文字も数多あり。（本文「ちはや振神のむかし大山ずミのなせるわざにや」の左に「文意真に俳諧也」と注記）

〔**鼇頭**〕○千磐破〕チハヤフル神と云枕詞也。説多し。略す。

【大山づみ】

〔**鈔**〕大山祇〕前ニ出。同じ歟。又は造化の天工と字を添て見べき歟。

〔**可常**〕（◎「大山祇〕前《ニ》出。同《ジ》カ」と注記）

〔**菅菰**〕大山ずミハ大山《ヲ、ヤマズミノ》祇神ヲ云。山-神ナル故ニなせるわざにやと申されぬ。此神出生等ノコトハ日本紀ニ見タリ。コ、ニ用ナキ故ニ委ク記サズ。

〔**傍注**〕山神なり。

〔**解**〕大山祇《ママ》の神、天地明理本源ノ神也。造化の天工と、いへる、勿論なるべし。神代巻に云、大山祇《ママ》の神は、盤長姫《イワナガヒメ》、木の花開耶姫の父神也。又、神系にいふ、鹿《シカ》葦《アシ》姫又木の花開耶姫ト号。

〔**明和**〕○大山ズミハ大山祇《ヲ、ヤマズミノ》神ヲ山神ナル故ニイヱリ。

〔**京大**〕大山祇〕神代ノ巻ニ委。

伊-奘-諾-尊《ト》抜《テ》レ剱《ヲ》斬《キツテ》二軻《カ》-遇《ク》-突《フ》-智《ヲ》一為《ス》二三-段《キタニ》一。其《ノ》一段《ハ》是《レ》為《ル》二雷《ノ》神《ト》一。一段《ハ》是為《ル》二大-山-祇-神《ト》一。一段《ハ》是為《ル》二高龗《ト》一云々。

〔**洗心**〕大山ずミ〕菅《ニ》、大山祇神をいふ。山-神なる故に、なせるわざにやと申されぬ。

〔**註**〕伊弉諾尊秡剱軒（斬）軻過突智爲二三段一。其一段是爲二大山祇一。鈔曰、伊豆国加茂郡三嶌神社、摂津国鳥下郡三嶌社、伊豫国越智郡大山積神社、三所共同神也。

〔**百代**〕大山ずミ〕山神也。神代巻、伊弉諾尊秡剱斬二軻遇突智一為二三段一。是為大山祇神云々。

〔**歌枕**〕○大山祇命ハ日本紀ニ出。○本朝山霊トシ、祭ル。

〔**鼇頭**〕○大山ズミ〕山の神也。

〔**通解**〕旧事-本紀云、長髄《ヲサスネ》彦《ヒコノ》神元人《ハモト》ノ神ノ戸《ミカラノ》化《ナル》嶽山《タケヤマ》祇神児《ノナリ》。在《テ》二陸奥國《ニ》一焼《キ》レ鹽施《ヲ》レ民《ス》ニ。仍《テ》為二陸奥鎮守《ト》一。*今鹽竈ノ神也矣（ナリ）。大山ずみの事も是より出るにや。按るに、大山祇ノ神ハ木之花開耶姫の父也。倭姫世記ノ鈔に山神也と云。〈洒本　今ノ鹽竈ノ神也《ナリ》〉

【造化の天工、いづれの人か筆をふるひ詞を尽さむ】

〔鈔〕 四書大全《ニ》、許謙《ガ》曰、天地《ハ》言《フ》其《ノ》形《ヲ》。造化《ハ》言《フ》其《ノ》理《ヲ》。造化《ノ》之理妙《ニシテ》不可見《ル》。惟《ダ》見《ル》其《ノ》成敗《ノ》之迹《ヲ》耳。蒙引《ニ》云、天地《ノ》功用《ハ》即造化《ノ》迹也也。造化《ハ》指《シテ》天地《ノ》之作為《スル》所《ヲ》言《フ》。造《ハ》者自《リシテ》無而有《リ》。化《ハ》自《リシテ》有《リ》而无《シ》と。

中庸《ニ》曰、知《ル》天地《ノ》之化育《ヲ》。

〔可常〕（◎「造化」に「此上又ノ字添テ可見」と注記）

四書大全、許謙曰、天地《ハ》言《フ》其形《ヲ》。造化《ハ》言《フ》其理《ヲ》。造化《ノ》理妙《ニシテ》不可見《ル》。惟《タヾ》見其《ノ》成敗《ノ》之迹《ヲ》耳。蒙引ニ云、天地《ノ》功用《ハ》即《チ》造化《ノ》迹《ト》也。造化《ハ》指《シテ》天地《ノ》之作為《スル》所《ヲ》言《フ》。造《ハ》者自《リシテ》無而有《リ》。化《ハ》自《リシテ》有而无《シ》ト。

（◎「中庸《ニ》、知天地《ノ》之化育《ヲ》」と注記）

〔菅菰〕 造化ハ、正字通《ニ》云、天地陰陽《ノ》運行、萬物《ノ》生息、謂《フ》之《ヲ》造化《ト》、ト。天工ハ俗ニ云トキハ天地自然ノ細工ト云ガ如シ。但《シ》造化天工ノ文ハ、或ハ賈誼《ガ》鵬鳥《ノ》賦《ニ》云《フ》、造化《ヲ》爲工《ト》、萬物《ヲ》爲爐《ト》、ノ句ヨリ出ルカ。いづれの人か筆をふるひ詞を尽さんとハ、三體詩、孫魴《ガ》句《ニ》、寒暄皆《ナ》有《リ》素、孤絶画《クトモ》難《シ》形《ハナシ》ト云ガ如ク、俗ノ手ニ及バヌト云コトナリ。

〔解〕 「造化の天工」賈誼賦《ニ》、天地の為爐、造化を為工。又、杜律、望嶽詩、造化鍾神秀。注《ニ》云、凡名山、名川、皆有神異。天地造化鍾聚《ス》神秀之気于此。是造化天工の本文也。「筆をふるひ」岑参《ガ》詩《ニ》、始《テ》知《ル》丹青筆、能奪《フ》造化《ノ》功。「詞を尽さん」繋辞傳に、君子居則観其象、而玩其辞。又、情見辞、又、國語《ノ》周語云、始尽言以招人過《ハ》怨之本也。筆をふるひ、辞を尽すの本文、則、句中の對也。

〔明和〕 ○天地陰陽《ノ》運行萬物《ノ》生息謂之《ヲ》造化《ト》。天工ハ俗ニ云トキハ天地自然ノ細工ト云ガゴトシ。

〔京大〕 造化ハ天地自然ノ作也。則天工ナリ。

（本文「造化」の右に「天地自然ノ細工ト云」と注記）

〔五視〕 天地言其形。造化言其理。造化の天工と字を添えて見べき歟。

〔**洗心**〕造化〕菅《ニ》、正‐字‐通云、天‐地陰‐陽《ノ》運‐行萬‐物《ノ》生‐息謂《フ》二之《ヲ》造‐化《ト》一。

天工〕菅《ニ》、俗に天地自然の細工と云が如し。但天‐工《ノ》文ハ夏‐誼《ガ》鵬‐鳥《ノ》賦《ニ》云、造‐化《ヲ》爲《シ》レ工《ト》萬‐物《ヲ》爲《ス》レ壚《ト》の句より出たり。

筆をふるひ〕菅、三‐體‐詩孫‐魴《ガ》句《ニ》、寒‐暄皆有レ素孤‐絶画《ケドモ》難《シ》レ形《チシ》、といふが如く、俗の手にハ及ばぬといふ事也。

詞を尽さむ〕序‐詞のうちに引たる薩‐天‐錫《ガ》詩の結‐句をもて察すべし。

〔**百代**〕造化〕四時轉變の義也。又、是を洪鈞《ト》云。性理字訓《ニ》、陰陽之運消息始終生々《トシテ》不窮。是《ヲ》造化《ト》云とあり。

天工　賈誼《ガ》鵬鳥《ノ》賦、造化《ヲ》為レ工云々。

〔**歌枕**〕○[正字通]天‐地陰陽《ノ》運‐行萬‐物《ノ》生‐息謂二之《ヲ》造‐化一。

（補注「賈誼鵬鳥賦、造化為工。万物為壚」）

〔24〕松島

〔**龍頭**〕○造化〕ゾウクハ。陰陽の運行万物の生息を云。

○天工〕テンコウ。天地自然のものニて人作ニ非ず。

○いづれの人か〕俗物の手におよぶ事ニあらずと云事也。

〔二五〕雄嶋

雄嶋《をじま》が礒《いそ》ハ地つゞきて、海に出《いで》たる嶋也。雲居禅師《うんごぜんじ》の別室の跡、坐禅石《ざぜんせき》など有《あり》。将《はた》松の木陰《こかげ》に世をいとふ人も稀〳〵《まれまれ》見え侍りて、落穂《おちぼ》 松笠《まつかさ》など打けふりたる草の菴《いほり》 閑《しづか》に住《すみ》なし、いかなる人とはしられずながら、先《まづ》なつかしく立寄《たちよる》ほどに、月海にうつりて、昼のながめ又《また》あらたむ。江上《かうしやう》《じやう》に帰りて宿を求《もとむ》れバ、窓をひらき二階を作《つくり》て、風雲《ふううん》の中に旅寐《たびね》するこそ、あやしきまで妙《たえ》なる心地ハせらるれ。

松嶋や靏《（鶴）》に身をかれほとゝぎす　曽良《そら》

予《よ》ハ口をとぢて眠らんとしていねられず。旧庵《きうあん》をわかるゝ時、素堂《そだう》松嶋の詩あり。原安適《はらあんてき》松がうらしまの和哥《わか》を贈《おく》らる。袋を解《とき》てこよひの友とす。且《かつ》、杉風《さんぷう》 濁子《ぢよくし》が発句《ほつく》あり。

【雲居禅師】

〔明和〕 〇雲居禅師ハ真壁平四郎の家人。澤庵と同時代の人と云。傳説不詳し

〔菅菰〕 雲居禅師ハ真壁平四郎の家人。澤庵と同時代の人と云。傳説未詳。平四郎の事ハ下に見えたり。

〔寛政〕 雲居禅師ハ真壁平四郎の家人。澤庵と同時代の人と云。傳説未詳。

〔傍注〕 傳説不詳。真壁平四郎《ママ》同時の人といふ。

〔京大〕　雲居禪師〕　御水尾ノ院ノ御宇ニ大悲圓満国師ト宣下在。西屋見仏聖人トモ云。
〔洗心〕　雲居禅師〕　菅ニ、雲-居禅-師ハ真｣壁ノ平-四-郎の家-人、澤-庵同時代の人と云。傳-説未レ詳。平-四-郎の事ハ下に見へたり。〇祖-翁文-集松｣嶋ノ賦云、其後伊達政｣宗再興して七堂伽藍となれりける云々。しかるを此紀行にハ政｣宗の名をはぶき、雲-居禅-師の徳-化に依て云々。沢庵同時代の事ハさもあらん歟。いづれ元-和寛-永のころの人也。
〔百代〕　雲居〕　真壁平四良の家人とぞ。傳説未詳。
〔歌枕〕　〇雲｣居禅｣師ハ真｣壁平｣四｣郎ノ家｣人ナルヨシ。傳｣記未レ見。
〔通解〕　本朝文鑑第一　念佛歌、雲居和尚、

　松しまやミなとの海ハ極楽の智水も同じ法のみちのく

狂云、此うたハ、雲居念佛とて、尼入道の明けくれに唱て、一首の間に＊六字を称と。惣じて一百餘首ありとぞ。然るに此和尚、奥の松嶋に住し、愚堂大愚と名をならべて、彼ハ禅門の活計を示され、此ハ経家の念佛をすゝめらる。共に中頃の名僧也云々。

（〔二六〕瑞巌寺の章【真壁の平四郎】参照）

〈洒本　六字を称す〉
〔永機〕　雲居禅師ハ真壁平四郎の臣。傳未詳。

【将《ハタ》】

〔菅菰〕　将ハ玉篇ニ、或ハ也《ナリ》ト云。卑-俗ノマアト云詞ニ當ルベシ。サレドモ和文ニテハ、多ク且ノ字ノ意ニ用ヒ來ル。
〔解〕　将タ〕　助字也、又といふにひとし。
〔元禄〕　（本文「将」に「ハタ」と振仮名）
〔明和〕　〇将ハ玉篇ニ、或ハ也ト云。俗ノマアト云詞ニ当ルベシ。サレドモ和｣文ニテハ多ク且ノ字ノ意ニ用ヒ來ル。
〔歌枕〕　〇将ハ或也。〇これより立寄ほどにまでハ撰集抄の文体也。

【松の木陰に世をいとふ人】

〔菅菰〕　世をいとふ人ハ世｣捨テ｣人ヲ云。但シ此二句ハ

唐詩選、無名子偶來松樹下、高枕石頭眠、ト云ル句意ヲ以テ見ベシ。

〔**解**〕　堀川百首〽みさごゐる礒邊に生ふる松の根のせハしく見ゆる世にも旧哉　俊頼。又、新古今、題ハ、閑居、〽誰かハと思ひたへても松にのミ音づれて行く風もうらめし　有家。世をいとふハ、遯世をや。西行法師、江口にて〽世の中をいとふまでこそかたからめ仮のやどりををしむ君哉、といへる、世の中をいとふ人なるべし。又、中庸ニ遯世不見世而不悔。落穂を拾ひて食とし、松笠打けぶりて炊ぐ、誠に貧しき躰なるべし。伊勢物語、むかし心つきて色好なる男、長岡と云ふ処に、家造りて居けり。其所の隣なりける、宮バらにこともなき女共のゐ中成りければ、田刈とて、此男の有るを見て、いミじのすきものゝしわざやとて、あつまりて入来りければ、此男逃て、奥に隠れければ、女〽あれにけり哀いく夜の宿なれや住けん人の音信もせぬ、と云て、此宮に集り、聞て在ければ、此男、〽むぐら生へて荒れたる宿のうれたきハかりにも鬼のすだく成りけり、とてなん出したりける。此女ども、ほひろハんと言ければ〽うちわびて落穂拾ふときかませば我も田づらに行かまし物を。又、後漢書、冉去官嘗使兒捃拾麥。注云、捃拾ハ拾取也。落穂拾ふのわびしさ、是等和漢ノコトヲ考合スベシ。草の庵靜に住なし、只何となく、物淋しく、其時の景色までも思ひ合セて、感味すべし。

〔**明和**〕　〇世をいとふ人ハ世すて人を云。此二句ハ唐詩選ニ、無名子偶来松樹下高枕石頭眠ルト云ル句意ヲ以テ見ベシ。

〔**洗心**〕　世をいとふ人〕　菅ニ、世捨人をいふ。餘ハ非なればはぶく。

〔**鼇頭**〕　〇世をいとふ人ハ世捨人を云。

【落穂】

〔**洗心**〕　落穂〕　穗ノ字さらに解しがたし。もしくは葉の誤りにや。ゆへハ松ノ落葉夏なれバ也。

【いかなる人とハ】

〔**洗心**〕　いかなる人とはしられずながら先なつかしく立

寄ほどに〕 撰−集−抄ニ云、徃昔ある聖と伴ひ侍りてこし路のかたへ越侍るに、能登の國いなやつの郡の内に云々。岸その事となくそびえあがりて木どもゝよしありておひて、岩屋の目出度見ゆめり。床しさに急ぎよりて侍るに、齢四十ばかりの僧坐して侍り。彼いハや南向にてなん、海を前にうけ侍り。殊に心もすミていまぞかりげに侍りき。只きのまゝに帷衣の外にはなに物もあたりに見へざんめり。なつかしく覚へて、いづこの人にかいますらん所ざまさこそ住よしと思すらん、と申侍しかば、此聖少しほゝ笑給てかく、〈難波がた村だつ松もミへぬ浦をこゝすミよしとたれかおもハん、との給ハせ侍りしかバ、何となく哀を覚てかく、〈松がねの岸うつ浪にあらハれてこゝすミよしと思ふばかりぞ、と詠て侍しかば、此聖もいとおかしげにいまぞかりき云々。この聖と申すハ見−仏上−人を申されしなれバ、この島の因びに古文の意をかりて書たり。

【月海にうつりて、昼のながめ又あらたむ】

〔解〕 是までは、白日の明朗なる、絶景をいへり。月海上にうかミ出たれば、又、景色も改りたるやうにて、夜興、殊ニ奇なるべし。

【江上に帰りて宿を求れば】

〔解〕 江上〕 は、詩話に、江のほとりと訓ず。

宿を求れば〕 幸に窓などを開、二階の如く床を組て、打ながむる也。白氏晩望詩ニ、独坐ニ高亭上一、西南望ニ遠山一ヲ。又、黄鑑詩、遠水涵レシテ空迷ニ極目一ヲ。是等の詩意を以て、味ふべきにや。

〔洗心〕 宿〕 曽−良日−記、松−嶋久−米之《ママ》−助、嘉−右ヱ門より状。

【窓をひらき二階を作て風雲の中に旅寐するこそ、あやしきまで妙なる心地ハせらるれ】

〔鈔〕 唐詩選、楼ニハ観ニ滄海ノ日一ヲ。門ニハ對スニ浙江ノ潮一ニ。桂子月中ヨリ落チ。天香雲外ニ飄ル。駱賓王。

古今集序に、山ノ辺赤人といふ人有けり。哥にあやしく妙なりけりと。

〔可常〕 唐詩選、楼ニハ観ニ滄−海日一ヲ。門ニハ對ニ浙江ノ潮一。桂−子月中ヨリ落チ。天−香雲外ニ飄。駱賓王。

（◎［あやしきまで……］の右に「古今序ニ山の辺の赤人といふ人有。哥にあやしく妙なりけりと」と注記）

〔菅菰〕　此段ハ詩ニ、軒ー窻（窓）爲レメ月ノ開ク、ト云、何ー似タル山ー中臥ニコトヲ白ー雲一ニ、ナド云風ー情ヲ得、文章簡ニシテ盡セリト稱スベシ。妙ハ奇ー妙ヲ云。

〔解〕　「風雲の中に旅寐ーー」杜詩ニ、生涯幾時ゾ常在ニ羈旅一。又、古詩、生涯只在ニ水雲中一。又、徒然草にいふ、謝霊運ハ、諸邑ニ偏歴《ママ》して、いたる所ごとに、詩を作り、風雲の思ひをなして観ぜしかば、心雑乱なりとて、遠公浄社の中に入る事をゆるさづ《ママ》と也。風景雲物に心そむ事を風雲といふ也。「怪しきまで」増韻に、奇也。又、非常之事を、曰レ怪ト。又、韓愈文集ニ、大江之濆ニ有ニ怪物一焉。又、博物志ニ水石ノ怪あり。「妙なる心地はせらるれ」老子に、微妙を釈して、玄通深シテ不可識。又、杜甫ガ詩ニ忽思フ剡渓ス去テ、水石遠清妙也、など丶いふ心なるべし。

〔明和〕　此段ハ詩ニ、軒窻爲レ月ノ開クト云、何似タル山中臥ニコトヲ白雲一ニナド云風情ヲ得、文章簡ニシテ盡セリト称スベシ。妙ハ奇妙ヲ云。

〔寛政〕　窗を開き二階を〕　此段ハ詩ニ軒窗為月開ト云ゝ。相似《ママ》山中臥白雲ナド云風情ヲ得テ、文章簡ニシテ盡セリト稱スベシ。

〔五視〕　唐詩選、楼ニハ觀ニ滄海ノ日一。門ニハ對ニ浙江ノ潮一。桂子月中ヨリ落。天香雲外ニ瓢（飄）ル。

古今の序に、山辺赤人といふ人有けり。哥にあやしく妙なりけりと。

〔洗心〕　風雲の中に旅寢するこそあやしきまて妙なる心地ハせらるれ〕　菅ニ、此段ハ詩ニ、軒ー窓為レニ月開クといひ、何ゾ似タル山ー中臥ニコトヲ白ー雲一ニなど云風情を得、文章簡にして尽せりと称すべし。妙タヘハ奇ー妙を云。

〔百代〕　妙なる〕　絶也。法華玄義ニ、妙トハ妙也といへり。

〔歌枕〕　○軒ー窻爲レ月開。○何似山ー中臥ニコトヲ白雲一。

〔通解追加〕　風雲の中に旅寐する〕　何似山中臥白雲。

【松嶋や鶴に身をかれほとゝぎす　曽良】

〔鈔〕　後拾遺　梅が香を（の）桜の花に匂ハせて柳が枝に咲せ

てしがな　中原致時
此哥ハ願ひたる也。ほ句ハ下知也。
詞花　松しまや礒がくれぬる芦田鶴のをのがさま〳〵見えし千代哉　元輔
〔可常〕後拾イ　〽梅が《（の）》香を桜の花に匂ハせて柳が枝に咲せてしがな　致時
此哥ハ願たる也。（◎「ほ句ハ下知也」と注記）
詞花〽松嶋や礒がくれぬる芦田鶴のをのがさま〳〵見えし千代かな　元輔

〔菅菰〕此句の趣向ハ古哥ありと覚ゆ。今失念せり。

〔傍注〕此句の出所古哥ありと覚ゆ。失念。

〔解〕句解、松嶋の絶勝今更いふべくもあらぬに、又此夕の眺望いふばかりなく、百嶋のうかび出て、風景風物の奇絶、目も及ぶべからず。廣大の海上に、されバ郭公の啼も常より、事たるまじけれバと、爰に滑稽の法をあまさず、鶴に身を借りて鳴渡らんには、松嶋の百嶋の変態に、声行わたりて、猶奇絶ならんと、時鳥を聊おとしめるやうにて、松嶋を称する所、妙法なり。無名抄に云、俊恵法師が家をば、哥林花と名付て、月毎に會し侍りしに、祐盛法師、其會所にて、寒夜千鳥といふ哥を詠みたり。千鳥もかるや鶴の毛ごろもと、詠じたるに、例の法師難じて言、少し寸法や遠《（違）》ひたらんと、言けるに、興覚けるとなん。此故事を採用したるものなり。愚按るに、此句の精工、曽良が前後の句作に、聞馴れざる秀逸といふべし。疑ふらくは、芭蕉の翁、風流三昧の人なれば、此句を作りて、曽良にあたへ、自らは口を閉て、風景に魂を奪ハれて、一句にも及ばず、無言にして、高尚をなすものならんか。猶評注あれども、故有りて爰にもらしぬ。

〔寛政〕此句、鵑も松島に對してハちいさき故、鶴に身をかれなりと白老宗匠語りき。

〔京大〕千鳥モ借ヤ霍ノケゴロモ。

〔五視〕梅が《（の）》香を桜の国《（花）》に匂ハせて柳が枝に咲せてし哉
此哥ハ願《ヒ》たる也。ほ句ハ不知也。
詞花　松しまや礒がくれぬる芦田鶴のをのがさま〳〵見えし千代哉　元輔

〔洗心〕〔松嶋〕のけしきのよい事〔や鶴〕の長生をするよう〔に〕汝も〔身をかれ〕よ〔子規〕曽良

菅《ニ》、此句の趣向ハ古哥ありと覚ゆ。失念せり。

〔百代〕〔松嶋や〕猿蓑に、千鳥もかるや霍の毛衣とよめりけれバ、と前書に有て此句見へたり。千鳥のうた無名抄徃見《ママ》小説二有。客各〻言志。一《ツ》ハ願《ヒ》レ為二揚州《ノ》刺史一、一《ハ》願レ多二貨財一、一ハ願レ騎レ馬上昇一、一ハ願三腰鐺《(纏)》二十万貫一、騎レ霍遊二揚州一云〻。恐くは是を踏襲せるか。

〔歌枕〕〇嶋〻や渚などにとゞまりて鳴なば猶妙ならんと也。

〔通解〕松しまや鶴に身をかれ時鳥　曽良

此句、猿ミの集に出されて、松しま一見のとき千鳥もかるや鶴の毛衣とよめりければ、と前書あり。長明無名抄に、千鳥も着けり鶴の毛衣といふうたをよみたり云云。時鳥ハ其鶴に身をかりて、松しまをなき渡れとの下知の句也と遺稿にあり。梅が香を桜の花に匂はせてなど願ふ類ひなるべし。

【予ハ口をとぢて眠らんとしていねられず】

〔鈔〕此一語巻中の要乂ならん歟。見識によるといへれば好む所に任すべきながら、論語述而篇、子《ノ》曰、黙《シテ》而識《ルス》レ之《ヲ》と。亦孔大子、温伯雪子に見え給ひ、寂として目繋《(撃)》のミに道存すと宣ふと、荘子に云りとかや。維摩詰、口をとぢるに文殊師利称し給ふ。彼經にありと。これらの深意のゆへにや。物いへば唇寒し秋の風、いとあてに覚ゆ。又、朝よさを誰まつしまぞ片心、此折からの吟といふ説ありき。いぶかし。

〔可常〕（◎「予」に「此一語巻中ノ要文ナラン」と注記）ロンゴ述而ヘン、子曰、黙《シテ》而識レ之。荘子外篇、田子方二曰、仲尼見《テ》レ之而不レ言。子路曰、吾子欲《ルコト》レ見二温泊雪子一《ヲ》久《シ》矣。見レ之而不レ言《ルハ》何《ゾヤ》耶。仲尼曰、若二夫《キ》人一《ノ》者目ー撃《ニシテ》而道ー存《ス》矣。亦不レ可二以《テ》容《ル》レ声《(エ)コトヲ》矣。

（◎「維广詰口ヲトヂルハ文殊師利称しタマフ。彼経二見ユ。コレラ深意故アリ。〔朝よさを誰まつしまぞ片

心ト。此折柄の吟ト云説有。いかゞ。いぶかし」と注記）

〔**解**〕翁爰の文章おもしろく高尙也。予は松嶋絶勝に心魂をうばハれて、いふ出《ママ》すべき言葉もなけれども、又むげにやむべきにもあらねば、いかほども、工案あるべし。されバ、物おもふ時ハ、終夜いねられざるも、又人情の鍾《アツマル》事の功成るは常にして、風骨身にしみて、彼ノ謝霊運が徒に等しとしかるべし。其心、言外にあらわるゝ様なり。詩経にも、轉輾反覆不レ寐。又、梁ノ元帝、定隔天淵水相思テ不レ眠。是皆和漢同意といふべし。又云、翁、曽良が靏に身をかれの一句をよましめて、自らは無言也。松嶋に来て句なき事、実に其景を称して、自ラの句を言はず。風流洒落の高致、古今心裏の工夫、言尽すべからず。将タ曽良が松嶋の句、聊口授とすべき秀逸なり。

〔**元禄**〕あさよさを誰まつ嶋の片心《ママ》

〔**五視**〕此一語巻中の要文ならん歟。見識によると、いづれハ好む処ニ任すべきながら、論語述而篇、子曰、黙シテ誅（識）レ之。亦孔夫子温伯雪子に見え給ひ、寂として目繫（撃）のミに道存すと宣ふと、荘子ニ云りとかや。維广詰、口をとぢるに文殊師利称し玉ふ。彼經に有と。これらの深意のゆへにや。

物いへバ唇さむし秋の風、いとあてに覚ゆ。又、朝よさを誰まつしまぞ片心、此折からの吟といふ説あり。いぶかし。

〔**洗心**〕予ハ口をとぢて〕是祖翁の謙譲也。こゝにも前の白川の關にも、おの〳〵二章の作あり。しかるをいづれをも記さゞる事を私におもふに、曽-良が句作ミな古事古哥によりて作れり。そを又翁の其名所をたゞちにとらへてつくらんには、曽良が句是にけをされて見るところ有まじき歟。こをもてこれを省れしにやあらん。見ん人、翁の慈愛を察せよ。

〔**註**〕前書に、我松嶌の松といひめるを笘やかしたる案内の海士にならふて春の句をもふく。　翁独吟の巻、

松の花笘や見に來る席かな

此句にて哥仙一巻有。今義仲寺にて諸風士にふぞくす。

是ハ重厚法師の住菴の時より、ミちのくの土産なりとて木板して出す也。此哥仙ハ須加川等窮独吟也。外に三哥仙等窮自筆にて、四哥仙の草稿須加川相樂氏にあり。

〔**下露**〕一本ニ、

嶋〴〵や千〴〵に砕けて夏の海

松嶋や水を衣裝に夏の月

とみへたり。

〔**歌枕**〕○予ハ口を閉てと有ど〽あさよさをたれ松嶋ぞ片心、ハ此時の句ならん。名所に雑の發句の事、後来るあらそひの端とならん事を憚りて也。

○楚辞 夜耿ー耿トシテ而不レ寐。○註ニ耿ー耿ハ猶ニ儆ー儆一ノ。不レ寐貌ー也。（補注「文選登樓賦、夜參半而不寐」）

〔**通解**〕*家集ニ云ク、夏ー初松ー嶋自ラ清幽。雲ー外ノ杜ー鵑聲ヘ未ダズレ同ラ。眺望洗フレ心ヲ都テ*似タリレ水。可ベレ憐ム*蒼翠対スルヲニ青眸ニ一。豈是歟。

〈洒本 家集ニ云フ似タリレ水ニ蒼ー翠〉

【素堂】

〔**菅菰**〕素堂は隠士山口氏にして、初ハ信章と云。中比は来雪と云、晩年に素堂といふ。祖翁の信友なり。

一説に俳諧も翁と同門なりと。按ずるに初信章といふを以て考れバもと或は信徳の門人なる歟。

〔**傍注**〕山口氏。ハジメ信章、中ゴロ来雪、後ニ素堂。モト信徳ノ門人ナルカ。

〔**解**〕「旧庵をわかるゝとき」是深川の草庵なり。前に「素堂松嶋の詩あり」葛飾《カツシカ》の隠翁素堂は我先師なり。芭蕉翁友とし善。俗名山口太郎兵衛、名ハ信章、俳号は素仙堂、来雪なり。本ト（糸）系割符の町家にして、世ゝ敖冨の家なり。常に洛陽に徃来して、信徳、言水が徒と旧識たり。性、詩哥連俳をこのみ、又琴曲を学び、又謡舞に長ず。朝世の常なきを観相して、家産を投ち、弟、山口胡庵に譲り、母を供して、忍が岡の梺、蓮池の邊りに隠栖をいとなみ、孝養を遂《ゲ》たる事は、其行牒並に発句等にも世の知る所也。老母沒して後、芭蕉、其角が徒進めに應じて、本庄、今六間堀、鯉屋敷といふに草庵を営、住めり。家集に、忍が岡麓より、かつしかの里へ居を移すとて、長明が車に梅を

上荷哉　素堂。是より芭蕉庵と隣也ければ、猶はた、芭蕉も心をよせて莫逆の交をなせり。三日月日記、後菊の園、其外人の知る所、風流の交り、今将《タ》言に及ばず、集物にあり。

〔**明和**〕素堂ハ隠士山口氏にして、初ハ信章と云。中比ハ來雪と云、晩年に素堂と云。祖翁の信友也。

〔**京大**〕素堂ハ隠士。山口氏。信章トモ。又初《メ》來雪ト云。翁ノ信友。

〔**洗心**〕素堂〕菅ニ、隠士山‐口‐氏にして、初ハ信‐章といひ、中ごろは来‐雪といひ、晩‐年に素‐堂といふ。祖‐翁の信‐友也。一‐説に俳‐諧も翁と同門也と。按に、初信‐章と云を以て考れバ、もと信徳の門‐人歟。〇此説いかにもいりほが也。按に、信‐章ハ諱なるべし。維‐舟が重頼、貞‐室が正章、翁の宗房等、もと連‐歌師なる事別‐意なし。又或書にハ、来‐雪素‐堂ともに別号なるよしをいへり。

〔**註**〕素堂の詩安適の和哥杉風濁子の発句未見。

〔**百代**〕素堂〕山口氏也。小説《ママ》、葛飾郡の人。世務を避て武州深川に隠る。翁の友たり。延宝の頃の誹書にハ信章とあり。則、堂が事也。松嶋が詩未だ見聞せず。

〔**歌枕**〕〇素道（堂）ハ晩年の号也。山口氏にて初ハ信章といひ、中比ハ来雪といひしとぞ。翁の隠友也。

【原安適】

〔**菅菰**〕原安適ハ醫を業として東武深川に住す。哥人にて是も翁の友なり。其子は鈴木庄内といひ、縣令の小吏をつとめて死す。其子庄右衛門といへるも父に先立死して、今ハ跡なし。

〔**傍注**〕医也。深川ニ住ス。

〔**解**〕原安適、松が浦嶋の和哥求め得ず。

菅菰抄ニ、原安適ハ医を業として東武深川に住す。哥人にて是も翁の友なり。其子庄右衛門といふ。父に先立死して、今ハ跡なし。

〔**明和**〕原安適ハ医を業として東武深川に住す。哥人にて、是も翁の友也。

〔**京大**〕原安適〕醫師。東武深川ニ住。哥人。翁ノ信友。

〔洗心〕　原安適〕　菅ニ、医を業として東武深川に住す。
哥人にて是も翁の友也。
〔註〕（前掲【素堂】参照）
〔百代〕　原安適〕　行状事跡未考。和哥も又見聞せず。
〔歌枕〕　○安適も翁の友也。醫を業として深川に住す。
〔鼇頭〕　○原安適ハ医業也。松がうらしまハまつしま也。
〔通解〕　菅菰抄云、原安適ハ医を業として東武深川に住す。哥人にて是も翁の友なり。其子ハ鈴木左《ママ》内と言ひ、縣令の小吏をつとめて死す。其子庄右衛門といへるも父に先て死し、今ハ跡なし。一書に云、松しまハ仙臺城下より七里、扇屋と号する逆旅至てよしと云云。

【松がうらしま】

〔鈔〕　後撰　音にきく松がうら嶋けふぞ見るむべ心あるあまハ住けり　素性法師
〔可常〕　後セン〽音に聞松がうらしまけふぞミるむべ心あるあまハすみけり　素性
〔解〕　「松が浦嶋」は、後撰集に〽音に聞く松が浦嶋けふぞ見るむべ心ある蜑ぞ住ミけり。又、千載集に〽波間より見へしけしきぞ替りぬる雪ふりにけり松が浦嶌　顕昭。哥枕に云、此哥は、西院御ぐしおろし給りける時、彼ノ院、中嶋の松を削り書付侍る哥と云々。此ちなミに釈す。
〔元禄〕　△松賀浦島〕　哥別ニアリ。
後撰〽音に聞松が浦嶋けふぞミるむべも心あるあまハすミけり　素性法師
※○松賀浦島〕
後撰　音に聞松がうら嶋けふぞミるむべも心あるあまハ住けり　素性法し
新勅　心あるあまの藻塩火たき捨て月にぞあかす松が浦嶋　成茂
續後撰〽ふりつもる雪ふきかへす塩風にあらハれ渡る松が浦嶋　光俊
同　芦たづの鳴音も遠く聞ゆ也波しづか成まつが浦しま　俊平
心あるあまや植けん杢《（春）》毎に藤咲かゝる松がうらしま
後嵯峨院　※

〔五視〕後撰〈音にきく松がうらしまけふぞ見るむべ心あるあまハすミけり

〔通解〕（〔二三〕塩竈明神の章【舩をかりて松嶋にわたる】参照）

【袋を解てこよひの友とす】

〔鈔〕源氏岷江箒木巻、手跡は人の遠かたちと有。

〔可常〕（◎「源ハ、木ニ、岷江、手跡ハ人の遠きかたちと」と注記）

〔五視〕○源氏岷江箒木巻、手跡ハ人の遠かたちとあり。

【杉風】

〔菅菰〕杉風が事ハはじめに見えたり。

〔傍注〕翁の門人。

〔解〕杉風が事ハはじめに見へたり。

〔明和〕杉風が事ハはじめに見へたり。

〔洗心〕杉風〕菅ニ、はじめにミえたり。

〔註〕（前掲【素堂】参照）

〔百代〕杉風〕翁の門人也。前に註し侍ぬ。

【濁子】

〔菅菰〕濁子も翁の門弟なり。

〔傍注〕同じく。（杉風と「同じく」「翁の門人」の意）

〔解〕濁子も翁の門人なり。

〔明和〕濁子も翁の門弟也。

〔京大〕（本文「濁子」の左に「翁門人」と注記）

〔洗心〕濁子〕菅ニ、翁の門弟也。

〔註〕（前掲【素堂】参照）

〔百代〕濁子〕行状事跡未考。風子が両句ともに。

〔歌枕〕○濁子ハ門人也。

【発句あり】

〔洗心〕發句あり〕詩-哥発-句とも未レ考。

〔二六〕瑞巌寺

十一日、瑞岩寺《ずゐがんじ》(巌)に詣《まうづ》。当寺《たうじ》三十二世の昔、真壁《まかべ》の平四郎《へいしらう》出家して入唐《につたう》、帰朝の後開山《かいさん》す。其後《そののち》に雲居禅師《うんごぜんじ》の徳化《とくくわ》に依《より》て、七堂《しちだう》甍《いらか》改りて、金壁荘厳《こんぺきしやうごん》光を輝《かかやかし》、仏土成就《ぶつどじやうじゆ》の大伽監《だいがらん》(藍)とハなれりける。彼見仏聖《かのけんぶつひじり》の寺ハいづくにやとしたハる。

【瑞岩寺】

〔菅菰〕瑞岩寺は松嶋に立。禅宗なり。

〔傍注〕瑞岩寺ハ松島ニアリ。円福山ト云。

〔元禄〕※○圓福寺今号瑞岩寺。開山釈法心。俗名真壁平四郎。四条院嘉禎年中入宋、大元太宗ノ時分也。在宋十餘年而帰朝。師之偈曰、遠上徑山分風月。帰開圓福大道場。法心覚了無一物。元是真壁平四郎。※

〔明和〕圓福山と号。開山法心和尚ハ常州真壁郡の人。故に俗名を真壁平四郎と云り。少キ時仕官す。一旦過チ有リしに、主人木屐《ゲタ》を以て撃ツ。平四郎大ニ恚怨し、其木屐の缺たるを抱て走出、遂に僧と成ル。木屐の缺を錦ノ袋に入、頸に掛て放ず。人其故を問。曰、是我師也と。終に宋に入て臨濟宗を傳へ歸朝。今此寺曹洞宗と成ル。

〔京大〕圓福寺。開山法心。今号瑞岩寺。開山釈法心俗名平四郎。四条院嘉禎年中入テレ宋ニ上ル二經山一ニ。大元大宗《ママ》ノコロナリ。在宋地十餘年而帰朝。師偈ニ曰、嘉禎年中十月遠上經山分風月。帰開圓福大道場。法心覺了無一物。

元是真壁平四良。

〔洗心〕瑞巌寺〕菅《ニ》、圓－福－山と号す。又云、今ハ曹－洞－宗となれりと。共に非也。臨－済－宗にて花レ園妙－心－寺に屬す。松－嶋－山瑞－巖圓－福禅－寺と号す。

〔歌枕〕○山号、圓レ福也。今曹洞宗トナル。

〔龍頭〕○瑞岸《ママ》寺ハ円福山と号す。開山法心和尚ハ常刕真壁郡ノ人。真壁平四郎をさなきより仕官す。過チ有しニ主人木屐にてうつ。平四郎ボクリのかけを抱て迯。後其かけを錦の袋ニ入発心の師としてはなたず。終ニ宋ニ入て帰朝のゝち瑞岸寺を開山す。

〔通解〕松島賦云、瑞岩寺ハ相模守時頼入道の建立。又云、伊達政宗再興云云。陸奥千鳥云、圓福禅寺ハ妙心寺の末寺。紫衣。仙臺城主菩提所。右に陽徳院、左に天麟院、何も紫衣云云。

【真壁の平四郎】

〔鈔〕傳記世に流布せずと。唯人口につたふのミ。偈頌とて見えわたりしまゝに、遠《ク》上《テ》二徑山《ニ》一弄《ス》二風光《ヲ》一。却《リ》来《テ》圓福啓《ク》二道場《ヲ》一。覚二－了《スレバ》法－身《ヲ》一無《シ》二一物一。元《ト》是《レ》真壁平四郎。無準禅師ノ法子とぞ。真壁郡の産《ニシテ》浅野分家《ノ》某《ノ》僕タリシト。其事實云傳ふに英雄なり。一言芳談に敬佛上人といへるハ真壁氏、高野山に篭居と。是ハ別人成べし。

〔可常〕（◎「傳記世《ニ》流布セズト。只人口《ニ》ツトフノミ」と注記）

偈頌　遠《ク》上《テ》二徑山《ニ》一弄《ス》二風光《ヲ》（一）。却《リ》来《テ》円福啓《ク》二道場《ヲ》一。覺二－了《スレバ》法身《ヲ》一無《シ》二一物一。元《ハ》是《レ》真壁平四郎。

（◎「無準禅師ノ法子。真壁郡の産。浅野氏分家某の僕たりしと。其事実傳ふに英雄也。一言法談《ニ》敬佛上人ト云《ハ》真壁氏氏《ママ》なりと。高野山籠居にて別人成べし」と注記）

〔菅菰〕真壁平四郎ハ雲居禅師の主人。壮年にて出家し、名を法心と云。入宋して徑山寺の佛鑑禅師に受法すと云。友－人《ノ》僧嬾－菴《ガ》レ云、瑞岩寺ハ圓－福－山ト號ス。開－山法－心和－尚ハ常－州真レ壁レ郡ノ人。故ニ俗－名ヲ真レ壁《ノ》平－四－郎ト云。少《キ》レ時仕－宦《ママ》ス。一－旦過《チ》

アリシニ主-人木《ゲ》-屐《タ》ヲ以テ平-四-郎ヲ撃ツ。平-四-郎大ニ恚-怨シ、其木-屐ノ缺タルヲ抱テ走リ-出テ、遂ニ僧トナル。其-後ニ至テモ猶此木-履ノ缺ヲ錦ノ-袋ニ入レ、頸ニ掛テ動-止コレヲ放タズ。人其ノ故ヲ問ニ曰、是レ我-師也《ナリ》ト。終ニ宋ニ入テ臨-濟-宗ヲ傳ヱ、歸-朝シテ瑞-岩-寺ヲ開ク。此寺今-曹洞-宗ト成ル。其ノ-時ノ-偈ニ曰、一《タビ》住シテ二徑-山一ニ弄ス二風光一ヲ。歸リ-來テ坐ス二圓-福道-場一ニ。法-心覺-了無-一-物。本ト-是レ真-壁ノ平-四-郎、ト。

〔**傍注**〕 開山法心和尚、常州真カベ郡ノ人。俗名真壁平四郎ト云。少キトキ仕官ス。一旦アヤマチアリシニ、主人木屐ヲ以テ平四郎ヲ打ツ。平四郎大ニ恚怨ミ、其木屐ノ欠タルヲ抱テ走出テ僧トナル。其後ニ至ツテモ猶コノ木屐ノ欠ヲ錦ノ袋ニイレ、頸ニカケテ動止コレヲ放タズ。自ラ云、是我師也ト。つゐニ宋ニ入テ徑山寺ノ仏鑑禅師ニ受法シ、臨済宗ヲ傳ヱ、帰朝シテ瑞岩寺ヲヒラク。今曹洞宗トナル。

〔**解**〕 私云、真壁平四郎は、常陸の国真壁村の産、領主真壁某に奉公せしと也。或時木履を以て眉間を打たれ、直に欠たる歯を抱て上京し、智識の弟子と成て、其後同所の菩提寺に下り住職し、其後松嶋瑞岩寺へ轉識せし名僧也。

菅菰抄ニ、平四郎は雲居禅師の主人とあり。

〔**寛政**〕 瑞岩寺、開山泓(法)心和尚。俗名真壁平四郎。

〔**京大**〕 (本文「真壁平四良」の右に「常劦真壁ノ人」左に「雲居禅師主人」と注記)

〔**五視**〕 傳記世に流布せずと。唯人口ニつたふのミ。偈頌とて見えわたりしまゝに、遠ク上ニ徑山一弄ニ風光一。却リ来テ円福啓ニ道場一。覚ニ了法身一無ニ一物一。元ト是真壁平四郎。無準禅師ノ法子とぞ。真壁郡の産ニして、浅野分家ノ某ノ僕タリ。其事實云傳ふ英雄なり。一言芳談ニ、敬佛上人といへるハ真壁氏、高野山ニ籠居と。是ハ別人成べし。

〔**註**〕 法身過ニ壮歳一出家ス。不レ知ニ文墨一。駕ニ商舩一入宋到ニ臨安一。登ニ經山寺一見ニ〔佛〕鑑禅師一。性堅硬耐ニ坐禅(一)。骨臀腫爛モ而不不《ママ》レ撓者九年。皈(帰)朝居ニ松嶌一。臨終先七日、謂レ徒曰、某日當滅。然心無恙待(侍)

僧乞送(遺)偈。元不克書《コト》。即喝(唱)曰、来〔時〕明々公(去)時明(々)二。是箇(箇)何物《ゾヤ》。不二言。侍僧曰、猶欠二一句一。望《ラクハ》足レ之。法身應声喝。一喝泊然而化。

常陸真壁平四良壮歳勤二農家一馬《ノ》洗レ足。主人足板《ヲ》以《テ》跪《ル》二額人一而何足下《ニ》掛《ラン》ト云テ、其足駄《ヲ》持《テ》出家《ス》。

今其足駄真壁正傳寺《ニ》アリ。

一任(住)徑山弄風光。皈来円福坐道場。法身覚了無一物。

元是真壁平四良。

松嶌青龍山瑞岩寺りんざい宗。本山妙心寺。松平奥陸《ママ》守寺。平四良ハ真壁道夢入道に仕とも里人申。道夢ハ真壁城主六万石ト云。

〔**歌枕**〕 ○平四郎ハ常州真壁郡ノ人。後法心ト云。若キ時仕官ス。一旦過アリ。主人木履ヲ以テ撃。平四郎恚怨シテ其缺ヲ抱テ走-出シ遂ニ僧トナリ、猶其-缺ヲ錦《ノ》-袋ニ入、頭ニ掛テ動-止放タズ。人其-故ヲ問ヘバ是我-師也ト云。終ニ宋ニ入テ臨-濟-宗ヲ傳、歸-朝シテ瑞岩寺ヲ開ク。其時ノ偈《ニ》曰、一《タビ》住二徑-山一弄二風-光一。歸-來《テ》坐二圓-福-道-場一。法-心覺-了無-一-物。本-是真-壁平-四-郎。

〔**通解**〕 *和漢三才圖會云、*瑞岩寺在二松嶋境内一。凡-三-里-許號《ス》二松嶋寺《ト》一。開山法-心和尚、中興雲居和尚。法心過《テ》二壮歳《ヲ》一出家《シ》、不レ知二文墨《ヲ》一。*駕二商船《ニ》一入レ宋《ニ》到《リ》二臨安《ニ》一登《リ》二*経山寺《ニ》一見《ユ》二佛鑑禪師《ニ》一。性堅-硬、耐《ユ》二座-禪《ニ》一。骨-臀腫爛而不レ撓《ル》者《マモノ》*九-年-歸-朝《シテ》居《ル》二奥州松嶋《ニ》一。臨《ミ》レ終《ニ》先《ツコト》七-日、謂《テ》レ徒《ニ》曰《ク》、某《ノ》日當レ滅。然《シテ》心無レ恙。侍-僧不レ信。至レ期齋《シ》罷《ミ》坐《ス》二禪牀《ニ》一。侍-僧乞《フ》二遺偈《ヲ》一。元不レ克《セ》レ書《ヲ》。即《チ》唱《テ》曰、*來《ル》時明明、去《ル》時明-明。是箇《ノ》何《ン》物《ゾ》不-レ言《ル》(ハ)二後句一。侍-僧曰、猶欠《ク》二一句《ヲ》一。望《ラクハ》足《サント》レ之《ヲ》。法-心《ノ》應《ジテ》レ聲《ニ》喝《ス》。一-喝《シテ》泊-然《トシテ》而*化《ヲ》(ス)。

菅菰抄云、開山法心和尚ハ常州真壁郡の人。故に俗名真壁平四郎と云云。

(後掲【帰朝の後開山す】参照)

〈洒本 和-漢三-才-圖會 瑞-岩寺《ハ》駕《シ》二商船《ニ》一入《リ》レ宋《ニ》経-山-寺 九-年歸-朝《シテ》 來《ル》時明-明 化《ス》〉

〔**通解追加**〕 真壁平四郎〕 石ノ巻の城主、葛西某の臣

也。
〔永機〕 平四郎入道ハ法心和尚といふ。
【出家】
〔京大〕 〔本文「出家」の左に「法心下駄ニテ主人ヲ打《ママ》、此下駄持て走出家ス。錦ノ袋ニ入我師也トス。七堂建」と注記〕
【入唐】
〔洗心〕 入唐〕 實ハ入宋なれど、近世の俗称に異國に遊学する人をさしてなべて入唐といへれバ流俗に準ひて書しものか。
【帰朝の後開山す】
〔洗心〕 帰朝の後開山す〕 菅ニ開山法心和尚ハ常州真壁郡の人。故に俗名を真壁平四郎と云。少き時仕宦(官)す。一旦過チありしに主人木履を以て平四郎を撃つ。平四郎大に恚怨し、其木履の缺たるを抱て走り出、遂に僧となる。其後に至ても猶此木履の缺を錦帒に入て頭に掛て、動止これを放たず。人其故を問に曰、是我師也と。終に宋に入て〔仏鑑を師とす。〕 臨済宗を傳へ、帰朝して瑞巌寺を開く。其時の偈に曰、一タビ住シテ二経山一ニ弄ス二風光一ヲ。帰リ來テ坐ス(二)圓福道場ニ。法心覚了無一物。本ト是真壁ノ平四郎と云々。〇法心禅師の素姓常州也と云るハ是非を知らず。又、禅師の偈、當山無相窟の石面に刻す。曰、遠ク上テ二経山一ニ分チ二風月一ヲ。帰テ開ク二圓福大道場一ヲ。法身透得無一物。元ト是真壁ノ平四郎、とありとおぼへぬ。
〔通解〕 鹽松紀行ニ云フ、法身禅師*既得二法ヲ於雙徑一ニ、帰テ而遁居ス。平ノ時頼微行遇フ二于此一ニ。還レル相ニ之後忮二興シ寺宇一ヲ、延テ而尸レシム之ヲ。寺本ト*名ク二松嶋一。籍ス二天台一ニ。革テ*為二禅刹一ト。更ニ名ク二圓福一ト。大ニ振フ(二)佛鑑ノ之道一ヲ。爾來歷二多年所一ヲ。法幢頽廢ス。元和中貞公一二新シ之ヲ一、亦易ルニ以シ二今ノ名一ヲ、請ジテ二圓滿國師一ヲ為ス二*中興ノ祖一ト。蔚トシテ為ス二東奥之望刹一ト焉。
(前掲【真壁の平四郎】参照)
〈洒本 既ニ得二 名ク二松嶋一ト 為シ二禅刹一ト 中興ノ祖一ト〉

【徳化】

〔菅菰〕 徳化ハ、孟子ニ、徳‐化盈テ紛‐敷ス。玉‐篇ニ、徳ハ惠‐也ナリ、化ハ教‐化ナリ也、ト云。メグミヲシユルコトナリ。

〔洗心〕 徳化〕菅ニ、孟‐子ニ徳‐化盈テ紛‐敷ス。玉‐篇ニ、徳ハ惠‐也。化ハ教‐化也といふ。メグミヲシユル事なり。

〔歌枕〕 ○「孟子」徳‐化盈テ紛‐敷ス。「玉篇」徳ハ惠‐也。化ハ教‐化也。

【七堂】

〔菅菰〕 七堂ハ講‐堂山‐門鐘‐樓鼓‐樓庫‐裏浴‐室厠ノ七ヲ云　又異説アリ。

〔傍注〕 異説アレドモ、予ガキ、シハ、講堂 山門 鐘樓 皷樓 庫裏 浴室 厠ノ七ツヲ云。

〔明和〕 ○七堂ハ講堂 山門 鐘樓 鼓樓 庫裏 浴室 厠ノ七を云。又呉説有り。

〔京大〕 （本文「七堂」の右に「講堂 山門 鐘樓」、左に「皷樓 庫裏 浴室 厠」）

〔洗心〕 七堂〕菅ニ、講‐堂山‐門鐘‐樓鼓‐楼庫‐裡浴‐室厠の七ツを云。又異説あり。

〔歌枕〕 ○七堂ハ三‐門佛‐殿法‐堂方‐丈食‐堂浴‐室東‐司。

【甍】

〔菅菰〕 甍ハ字‐彙ニ屋‐棟ナリ也ト云。

〔解〕 同書（菅菰抄のこと）ニ甍ハ字彙ニ屋棟也ト云。

〔明和〕 （本文「甍」の下に「字彙ニ屋棟也」と注記）

〔洗心〕 甍〕字‐彙ニ屋‐棟也ト云。

〔鼇頭〕 ○甍〕イラカ。

【金壁】

〔菅菰〕 金‐壁ハ壁ヲ金‐張リ‐附ケニシタルヲ云。但此ノ壁ハ或ハ碧ノ字ノ誤カ。碧ハルリ色ニテ金‐碧ハ壁ベ‐柱ナドヲイロ〳〵ニ彩色タルヲ云。杜律龍門詩ノ註ニ、山ニ在リ佛寺、金‐碧照‐耀スト云。是ナリ。

〔解〕 金‐壁ハ金張附ニシタルヲ云。

〔洗心〕 金壁〕菅ニ、壁ハ碧ノ字の誤リ欤。碧はルリイロにて、金‐碧は壁‐柱などをいろ〳〵に彩‐色するを云。杜‐律、龍‐門ノ詩ノ註ニ、山ニ在二仏‐寺一、金‐碧照‐耀ス。

〔**歌枕**〕○金壁ハ金-碧カ。［杜律註］山在二佛寺一。金-碧照-耀ス。

（補注「韓退之、讀書城南ノ文、金-壁ハ雖二重キ-寶一費-用難テ二貯儲《タクハヘ》一」）

〔**鼇頭**〕○金壁〕コンペキ。――故事ニ委シ。

【**荘厳**】

〔**菅菰**〕莊-厳ハ大-智度-論ニ、七-寶莊-嚴。字-彙ニ、莊-嚴ハ飾-也《ナリ》、ト云。

〔**解**〕七寶莊嚴ハ飾ト字彙ニ云トアリ。

〔**洗心**〕莊厳〕菅ニ、大-智-度-論ニ、七-宝莊-嚴。字-彙ニ、莊-嚴ハ飾也と云。

〔**歌枕**〕［大智度論］七-寶莊-嚴。［輔行］能嚴二法-身一名テ爲二莊-厳一。［字彙］莊-厳ハ飾也。

〔**鼇頭**〕莊厳〕セウゴン。――（荘厳）ハ大智度論ニ七宝――ト云。

【**仏土成就**】

〔**解**〕此佛土は、佛地也。成就ハ廣員に、就ハ成也、又終也とも釈して、其功を終るを、成就といふ也。

【**大伽監**】

〔**鈔**〕伽藍ハ梵語なり。翻譯して衆園といふと。

〔**可常**〕（◎［伽監］「ハ梵語。翻訳シテ衆園ト云」と注記）

〔**菅菰**〕伽-藍ハ釋氏要-覧ニ云、僧-伽-羅-摩、此ニハ云フ二衆-園ト一。圓-機-活-法ニ云、梵-語-題ニ云、僧-伽-藍-摩、或ハ云フ二僧-伽-羅-摩ト一。此ニハ云フ二衆-園ト一。園ハ者生-植ノ之所。佛-弟-子居ルハレ之ニ、取ル下生-植スルノ道-本聖-果ヲ一之義ヲ上也。五-分-律ニ云、缾-沙-王、施スヲ二迦-蘭-陀竹-園ヲ一爲レ始ト也、ト。按ズルニ上ノ説ニ依トキハ迦蘭陀ヨリ取テ僧伽藍摩トシ、又上（略）下畧シテ伽藍ト云。乃《チ》今云寺ノコトナリ。

〔**解**〕伽藍〕釈氏要覧云、招提菩薩ハ、皆古ノ佛号也。故謂二寺ヲ招提一。或名二伽藍一、或名仏場、其実一也。又、名義集ニ、僧伽藍譯二為衆園一。僧央略ニ云、為二衆人園圃一。々々ハ、生植所、佛弟子ハ則生二道芬一、聖果也。

〔**五視**〕伽藍ハ梵語也。翻議《ママ》して衆園ト云と。

〔**洗心**〕大伽藍〕菅ニ、伽-藍ハ釋-氏要覧ニ、僧-伽-羅-摩此レヲ云フ二衆-園ト一。圓-機活-浤ニ云、梵-語-題ニ云、

僧-伽-藍-摩、或ハ云二僧-伽-羅-摩一。此レヲ云二衆-園一ト。之ハ生-植之所。仏-弟-子居ルレ之ニ。取ル下生二-植道スル-本聖-果ヲ一之義上ヲ。五-分-律ニ云、缾-沙-王施二迦スヲ-蘭-陁(陀)竹-園ヲ一為スレ始メト也。按るに、上の説によるときハ迦-蘭-陁より取て僧-伽-羅-摩とし、又上-下を畧して伽-藍と云歟。乃チ今いふ寺の事也。

〔歌枕〕○「五分律」缾-沙-王施二ヲ迦-蘭陀竹-園一為レ始也。○「釈氏要覧」僧伽-羅-摩。此云二衆園一。○「梵語題」僧-伽-藍-摩、或ハ云二僧-伽-羅-摩一。此云二衆-園一。園-者生-植之所。佛-弟-子居レ之。取下生二-植道-本聖-果一之義上也。

〔鼇頭〕○大伽藍〕　ガラン。

【見仏聖】

〔鈔〕　此ひじり元亨釈書ニ見ゆ。又撰集抄に云、能登の国いな〔や〕つの郡の内山海交り人里遥に離れてあら礒の岩屋に坐禅し給しに、なつかしく覚えていづくの人にかいますらん、所ざまさこそすみよしとおぼすらんと申侍しかバ、此聖すこしほゝゑミて、

難波がたむれ立まつも見えぬうらをこゝ住よしと誰か思ハん

との玉ハせ侍りしかバ何となう哀に覚えてかく、

松がねの岸うつなミにあらハれてこゝ住よしと思ふばかりぞ

とよみて侍しかば此聖もいとおかしげにいまそかりき。

右略出す。

〔可常〕　(◎本文「見-仏-聖」の右に「此聖元亨釈書ニミユ△」と注記)(△は次の「△撰集抄」に続く記号)

△撰集抄　能登の国いな〔や〕つの郡の内山海交り人里遥に離れてあら礒の岩屋に坐禅し給ひしに、なつかしく覚えていづくの人にかいますらん、所ざまさこそすみよしとおぼすらんと申侍りしかバ、此聖すこしほゝえミて、

〽難波がたむれ立松も見えぬうらをこゝ住よしと誰か思ハん、との給ハせ侍りしかバ何となう哀に覚えて斯、

松がねの岸うつなみにあらハれてこゝ住よしと思ふ斗ぞ、とよみて侍りしかバ此聖もいとおかしげにいまそ

かりきと。

〔菅菰〕 見佛聖ハ元亨釋書ニ云、釋ノ見佛ハ、居ル二奥州松嶋一ニ。其ノ地東溟ノ之濱ニ、小嶼十《ママ》百數アリ。其(大)尤キ者ヲ曰フ二千松嶋一ト。佛結テレ茆ヲ而居リ、精勤苦練スルコト、一十二年、其ノ間誦スルコト二法華一ヲ、滿ツ二六萬部一ニ。其ノ後不レ計ラレ數ヲ。屢〻顯ハス二靈應一ヲ。天仁帝聞キ二道譽一ヲ、賜テ二佛像寶器一ヲ、而旗ス二異之一ヲ。依テ茲ノ土ノ人、改テ二千松一ヲ曰フ二御嶋一ト。今ノ雄嶋ナリ。年八十二ニシテ寂ス。

〔傍注〕 元亨釈書ノ見佛ハ奥刕松嶌ニ居ス。其地東溟ノ濱ニ小嶼十《ママ》百数アリ。其尤キ者ヲ千松嶌トイフ。仏茆ヲ結ンデ居リ、精勤苦練スルコト十二年。其間法花ヲ誦スルコト六万部ニ満ツ。其後カズヲ計ラズ。屢灵(霊)應ヲアラハス。天仁帝道誉ヲ聞キ、仏像宝器ヲ玉ツテ之ヲ旗異ス。ヨツテコノ土ノ人、千松ヲアラタメテ御嶋ト云。年八十二ニシテ寂ス。

〔解〕 元亨釈書云、釈見佛、居二陸奥松嶋一。其地東溟之濱、小嶼千百数、曲州環浦奇峯異石天下之絶境也。其尤者曰二千松嶋一。佛結レ茆ヲ、而居。精勤、苦練、一十二年、其ノ間誦シテ二法華一ヲ、満二六萬部一ニ。其後、不レ計レ數。専壹持誦ス。世ニ云、既浄二六根一、役二使ス鬼物一。屢顯霊應。天仁帝、聞二道誉一、賜二仏像宝器一ヲ、而以旌異ス之。依茲、上人《ママ》改二千松一、曰二御嶌一。蓋境得人而顯ス。又人因レ境而傳之也。年八十二寂。私云、瑞岩寺の伽藍の荘厳を見て、徃時、見佛上人の茆を結んで居とし、其徳行によつて、帝王の宝器等賜りし事など、思ひめぐらして、しとふ筆意也。

〔明和〕 ○元亨釈書ニ曰、釈ノ見仏ハ居ル二奥刕松嶋一ニ。其ノ地東溟ノ之濱ニ、小嶼十《ママ》百枚有リ。其尤キ者ヲ曰フ二千松嶋一ト。佛結テレ茆ヲ而居リ精勤苦練スルコト一十二年。其間誦コト二法華一ヲ満ツ二六萬部一ニ。其ノ後不レ計ラレ枚ヲ。屢〻顯ス二霊應一ヲ。天仁帝聞二道譽一ヲ賜テ二仏像寶器一ヲ而旗二異之一ヲ。依テ茲ノ土ノ人改テ二千松一ヲ曰フ二御嶋一ト。今ノ雄嶋也。年八十二ニシテ寂ス。

〔五視〕 此聖、元亨釈書ニ見ユ。能登国いなりの郡《ママ》ノ内、山海交リ人里遙ニ離レテあら礒の岩屋に座禅し給ひし

になつかしく覚えて、いづくの人にかいますらん、〔所〕ざまさこそすみよしとおぼすらんと申侍しかバ、此聖すこしほゝゑミて、なにハがたむれ立松も見えぬうちをこゝ住よしと誰か思ハん、との玉ハセ侍りしかバ、何となう哀に覚えてかく、松がねの岸うつなミにあらハれてこゝ住よしと思ふ斗ぞ、〔と〕侍しかバ、此聖もいとおかしげにいまそかりき。

〔洗心〕見佛聖〕菅ニ、元亨釈書ニ云、釈ノ見佛者居ニ奥州松島一ニ。其ノ地東溟之濱ニシテ小嶼十百数アリ。其ノ広キ者ヲ曰フ二千松嶋一ト。仏結テレ茆ヲ而居リ、精勤苦錬スルコト十二年。其ノ間誦スルコト二浤華ヲ一満ツ二六万部一ニ。其ノ後不レ計ヘレ数ヲ。屢顕ス二霊應一ヲ。天仁帝聞テ二道譽ヲ一賜テ二佛像宝器ヲ一而旗二異スレ之ヲ一。○天仁ハ乃チ鳥羽帝ノ治世也。依テ此ノ土人改メテ二千松ヲ一曰フ二御嶋一ト。今ノ雄嶋ナリ。年八十二シテ寂ス。

〔歌枕〕○[釈書]釈ノ見佛ハ居二奥州松嶋。中略。精勤苦練コト一十二年。其間誦コト二法華六万部。其後不レ計レ數。屢顯二霊應一。天仁帝聞二道誉一賜二佛像寶器二而旗二異之一。依茲土ノ人改二千松一曰二御嶋一。年八十二寂。

〔鼇頭〕○見佛聖ハ元亨釈昼(書)ニ松島ニ居。年八十三(ママ)。

〔通解〕見佛上人の支ハ撰集抄第二(三)云、此松しまのありさまもゆゝしく閑かにして、心もすミぬべきをふりすてゝ、多くの海山をへだてゝ、はる〲能登のさかひまでいまそがりて、松風に付ていとゞ思をまし、よりくる浪にすめる心を洗ひ玉ひけん程、いとゞいさぎよく覚え侍りき。松しまに侍りし程にも、上の弓張の十日のほどハかきけし失玉ひにしかば、又能登の岩屋に住玉ふにこそと哀にかなしく侍る。失玉へる程ハ、一の弟子の寺をバはからひ侍けるなり云云。

*塩松紀行云、雄嶌、崩岸*峭壁巘路縈回ス。乃チ天仁中、高僧見佛栖禅之地。道聲上聞。帝賜リ二寶器ヲ一以テ*旗(旌)二異スレ之ヲ一。

按るに、西行上人ハ保延三年出家す。能登の国いなやつの郡の岩屋によりて、見佛上人にまみえしハ其後の事なり。其よはひ四十ばかりなるよし、撰集抄に見え

侍る。天仁中より栖禅の地なるにハ、此時既に五旬の後に及ばん歟。権者の姿貌若かりしなるべし。

〈洒本　鹽松紀行ニ云　峭-壁巘-路　旌-異二ス之ヲ一〉

〔**通解追加**〕　見佛聖〕　聖一國師門弟云云。

西村真砂子（にしむら　まさこ）

大正14年（1925）1月、大阪府池田市生れ。
関西学院大学文学部卒、同大学院文学研究科博士課程修了。日本近世俳文学専攻。梅花女子大学、同大学院教授（関西学院大学、同大学院等の講師を兼務）を経て、現在、梅花女子大学名誉教授。

著　書　『諸本対照芭蕉俳文句文集』（共著、清水弘文堂）・『校本おくのほそ道』（福武書店）ほか。

現住所　〒560-0011 大阪府豊中市上野西3丁目5番6号

久富哲雄（ひさとみ　てつお）

大正15年（1926）6月、山口県防府市生れ。
東京大学文学部卒業、同大学院修了。国文学（近世俳文芸）専攻。東京都立目黒高等学校教諭、鶴見大学女子短期大学部教授（東洋大学短期大学・学習院大学・聖心女子大学等の講師兼務）を経て、現在、昭和女子大学講師・鶴見大学名誉教授。

著　書　『詳考奥の細道増訂版』（日栄社）・『おくのほそ道全訳注』（講談社学術文庫）・『奥の細道の旅ハンドブック』（三省堂）・『おくのほそ道論考』（笠間書院）ほか。

現住所　〒146-0084 東京都大田区南久が原2丁目33-6

奥の細道古註集成　1

2001年2月28日　初版第1刷発行

編　者　西村真砂子
　　　　久富　哲雄©

発行者　池田つや子

発行所　有限会社　笠間書院

〒101-0064　東京都千代田区猿楽町2-2-5

NDC分類：911.31　☎03-3295-1331㈹　振替00110-1-56002

ISBN 4-305-60108-7

モリモト印刷・渡辺製本
（本文用紙：中性紙使用）

JN234467